Jane Austen

Orgueil
et préjugés

Texte présenté, traduit et annoté
par Pierre Goubert

Professeur émérite
à l'Université de Rouen

Gallimard

PRÉFACE

Premières impressions

Orgueil et préjugés, *nous le savons par un mémoran-dum*[1] *de la main de Cassandra Austen, la sœur de Jane, fut commencé en octobre 1796. Il portait alors un autre titre,* Premières impressions. *En cet état, selon la même source, il fut achevé en août 1797.*

L'auteur (né le 16 décembre 1775) avait alors environ l'âge de son héroïne, Elizabeth Bennet, soit un peu moins de vingt et un ans. Jane vivait dans le presbytère paternel avec sa sœur Cassandra, sa compagne de tous les jours, dont elle ne cessera jamais de partager la chambre. Comme ses frères avaient quitté la maison familiale, que son père n'était plus tenu de prendre des élèves en pension pour arrondir ses revenus, deux pièces d'habitation s'étaient trouvées libérées en 1796 pour le bénéfice des jeunes filles. L'une de ces pièces fut trans-formée en dressing room, *autrement dit en un petit salon abritant un piano, des étagères pour recevoir des livres, une table. Jane dut là pour la première fois trouver des conditions propices à l'écriture, si elle avait déjà abondamment fait l'essai de sa plume et*

1. On trouve ce mémorandum notamment dans l'ouvrage de B.C. Southam, *Jane Austen's Literary Manuscripts*, Oxford, the Clarendon Press, 1964, p. 53.

notamment complété la première version du Cœur et la Raison.

Premières impressions *eut pour lecteurs les proches du jeune écrivain, auxquels elle avait l'habitude de soumettre ses ouvrages, et sut tellement convaincre que le père de la romancière en herbe écrivit à la maison d'édition Cadell et Davies le 1er mars 1797, non pour proposer à la publication le manuscrit dont il disposait, mais pour s'informer des conditions dans lesquelles son correspondant accepterait de publier, soit à compte d'auteur, soit à ses propres frais. M. Austen, ce faisant, s'adressait à un professionnel honorablement connu, qui avait notamment fait paraître par souscription l'année précédente la* Camilla *de Fanny Burney. M. Austen avait même souscrit, lui aussi, au nom de Jane, dont le nom figurait avant les pages du roman sur la liste des souscripteurs. Il reçut par retour du courrier une réponse signifiant une totale absence d'intérêt. Il avait précisé que l'ouvrage en sa possession était composé de trois volumes, et d'une longueur à peu près équivalente à celle d'*Evelina, *également de Fanny Burney. C'est l'information la plus sûre que nous ayons sur* Premières impressions. *Le manuscrit a disparu.*

Le roman anglais en 1797

En 1797, le roman anglais avait déjà produit plus d'un chef-d'œuvre et n'était pas dans l'attente d'un nouveau talent capable de porter plus haut sa renommée. Richardson avait fait paraître Pamela *en 1740, Fielding* Tom Jones *en 1749, Sterne* Tristram Shandy *en 1767, Goldsmith* Le Ministre de Wakefield *en 1766, Smollett* Humphry Clinker *en 1771. Richardson en particulier avait suscité de l'émulation, et Fanny Burney avait connu avec* Evelina *en 1778 un succès éclatant. Les publications étaient nombreuses, grâce notamment aux besoins des bibliothèques de prêt, qui réclamaient sans cesse des nouveautés et dont les clientes étaient surtout*

*friandes de romans. Les femmes en particulier s'es-
sayaient volontiers à ce genre d'entreprise. La floraison
d'ouvrages de fiction était telle que l'on se demandait
parfois si l'on n'avait pas déjà épuisé toutes les ressources du genre.*

    *La valeur reconnue de certains des livres publiés n'em-
pêchait pas les critiques de disputer au roman une place
dans la littérature égale à celle de la poésie, voire du sermon. Ils accordaient dans les revues une modeste place
à l'examen de ces ouvrages, souvent pour se lamenter sur
la médiocrité de ce qui était soumis à leur attention. Il
était acquis que l'écriture d'un roman ne demandait rien
de plus à son auteur que du papier et de l'encre. On
gémissait sur l'ignorance manifestée par les candidates à
la gloire littéraire en matière de grammaire et même d'or-
thographe. Certaines, conscientes de leur insignifiance,
plaidaient le manque d'argent en faveur de leurs tentatives. Elles pouvaient, c'est vrai, espérer recueillir quelque
profit de leurs travaux : Fanny Burney avait vendu Evelina pour vingt livres, Cecilia pour deux cent cinquante.
La souscription de Camilla lui en avait rapporté mille.
Le succès du premier ouvrage lui avait même valu une
place à la Cour.*

    *Les critiques des revues, généreusement, distribuaient
des conseils aux pauvres femmes qui faisaient l'épreuve
de leur talent, vulgarisant à leur intention les idées d'un
Blair ou d'un Johnson concernant la composition littéraire. Ils insistaient sur le naturel et la vraisemblance.
Ils se préoccupaient beaucoup de la valeur morale des
livres examinés. Johnson en particulier s'était penché
sur cet aspect des choses dans son journal* The Rambler
*en mars 1750. Après avoir constaté que le roman faisait
surtout les délices « des jeunes, des ignorants et des
désœuvrés*[1] *», il émettait l'opinion que cette catégorie de
la population, prompte à s'inspirer de ses lectures
pour conduire sa vie, pouvait très bien tirer profit de
conseils moraux habilement distillés par des romanciers*

---

1. Samuel Johnson, *The Rambler*, 4 (31 mars 1750), 13.

conscients de leurs responsabilités. On pouvait dans un roman mettre en garde l'innocence contre les pièges qui lui étaient tendus, lui donner les moyens de débusquer les fourbes, d'acquérir de la prudence.

*En 1797, Johnson avait disparu, mais ses conseils sur l'utilité morale du roman restaient très écoutés. Il avait donné sa caution sous ce rapport à l'*Evelina *de Fanny Burney et se réjouissait du caractère sérieux de l'ouvrage, qui lui rappelait le didactisme de Richardson. L'auteur de l'article «Novel» de l'*Encyclopaedia Britannica *dans son édition de 1797 reproduisait en entier l'article du* Rambler. *Par ses frères, par son père, la jeune Jane Austen pouvait aisément avoir accès à ce catéchisme de l'orthodoxie littéraire. Son goût pour les ouvrages de Richardson, son admiration pour Fanny Burney lui facilitaient l'adoption d'une conception du roman analogue aux leurs, tant pour ce qui était du respect de la vraisemblance et du choix d'une peinture réaliste que pour l'adjonction au récit d'un discret enseignement en matière de bonne conduite.*

Premières impressions, un roman didactique

L'intention moralisatrice apparaît en effet clairement dans le choix du titre : Premières impressions *ne laissait aucun doute dans l'esprit du lecteur quant à l'existence, et même à la teneur, de la leçon qui allait se dégager de la lecture du roman. Depuis longtemps les moralistes mettaient en garde les jeunes gens contre une confiance abusive dans leurs répulsions et leurs attachements spontanés. Dans* The Mysteries of Udolpho *(1794) d'Ann Radcliffe, célèbre roman noir, Mme Chéron leur emboîtait le pas et prévenait l'héroïne contre de pareilles réactions affectives.*

« Vous avez beaucoup des préventions de votre père et, au nombre de ces préventions, des prédilections

soudaines qui vous viennent de la mine que vous trouvez aux gens[1]. »

Addison, dans The Spectator, *en 1711, n'avait déjà
pas une autre façon de voir.*

C'est une injustice irréparable dont nous nous rendons coupables les uns envers les autres, quand nous
sommes prévenus par les traits du visage et les expressions des gens que nous ne connaissons pas. Combien
de fois ne nous arrive-t-il pas de détester un homme de
mérite, ou de croire sur sa mauvaise mine en l'orgueil
et la méchanceté d'une personne, qu'ensuite nous ne
saurons comment trop estimer, une fois informés de
qui il est vraiment! *(n⁰ 86, 8 juin 1711).*

On pourrait imaginer là une source pour Orgueil *et*
préjugés, *tant la ressemblance est grande entre la pensée
du moraliste et le propos de la romancière. La vogue de la
physiognomonie encourageait à croire dans les premières
impressions. On lisait toujours Lavater avec intérêt[2]. On
découvre quelque chose de la prétention (souvent raillée)
à reconnaître la nature des gens à leur physionomie
quand Elizabeth Bennet s'écrie à propos de Wickham:
«... la sincérité se lisait sur son visage» (p. 123).*
*Lié aux premières impressions, le coup de foudre fai-
sait le bonheur de plus d'un romancier. Dans l'*Emme-
line *de Mrs Smith (1788), Delamere demande la main de
l'héroïne le lendemain même du jour où il l'a vue pour la
première fois et sans qu'elle lui ait jamais adressé la
parole. Elizabeth Bennet n'est pas victime du même choc
affectif en présence de Wickham, et pourtant elle est
immédiatement charmée, au point de perdre beaucoup de
son sens critique. Les moralistes, tel le docteur Gregory[3],*

1. Ann Radcliffe, *The Mysteries of Udolpho* (Londres, 1794);
Londres, Everyman's Library, 1931, I, 45.
2. *L'Art d'étudier la physiomonie*, 1772; *Fragments physiognomo-
niques*, 1774.
3. John Gregory, *A Father's Legacy to His Daughters*, Londres,
Cadell, 1774, p. 182.

tentaient de dissuader les jeunes filles de croire en l'exis-
tence de cet engouement et soulignaient dans les attache-
ments entre les deux sexes le rôle joué par la gratitude. On
peut dire que dans Orgueil et préjugés, *lorsqu'Elizabeth*
incline du côté de Darcy après avoir penché du côté de
Wickham, Jane Austen s'enrôle parmi les disciples du
docteur Gregory et, non sans un certain embarras, essaie
de montrer, dans un commentaire qui ne lui est pas cou-
tumier, combien est plus vraisemblable que le coup de
foudre une affection fondée sur la reconnaissance et l'es-
time. On voit bien ici comment la jeune romancière est
influencée dans la construction même de son ouvrage par
les conseils des critiques en renom, alliant un désir d'être
vraie à un souci d'être utile à ses jeunes lectrices par de
sages considérations.

Si la gratitude et l'estime constituent pour l'affection
un fondement solide, on ne trouvera dans ce changement intervenu dans le cœur d'Elizabeth ni un manque
de vraisemblance ni un regrettable défaut. Mais s'il en
va autrement, si la tendresse venue de telles sources
n'est ni raisonnable ni naturelle, en comparaison de ce
qui est souvent donné comme le fruit d'une première
entrevue, et même avant que deux mots aient été
échangés, on ne pourra rien avancer pour la défendre,
sinon qu'elle avait expérimenté quelque peu la seconde
méthode en s'attachant à Wickham et pouvait peut-
être, en raison du piètre résultat, être pardonnée de
chercher la vérité du côté de l'autre et moins séduisante façon de s'éprendre *(p. 321).*

Si important et divers demeure le jeu des premières
impressions dans Orgueil et préjugés, *c'est-à-dire dans*
le roman tel qu'il nous est resté, qu'il n'est pas utile
d'imaginer que, lorsque Jane Austen changea son titre,
elle diminua leur rôle. Quand on aura pris en compte les
erreurs commises par Darcy et Elizabeth en présence
l'un de l'autre pour la première fois, quand on y aura
ajouté l'aveuglement passager d'Elizabeth devant le

*charme de Wickham, quand on aura réfléchi à la peine
que prend l'auteur tout au long du livre pour ruiner ces
premières impressions, on comprendra que pour l'essentiel elles constituaient et continuent à constituer le principal ressort du roman.*

Assiste-t-on avec le nouveau titre
à une nouvelle orientation?

*Pourtant Jane Austen changea son titre. Mais elle
avait à cela une excellente raison : en 1800, Mrs Holford
fit paraître un roman intitulé* Premières impressions. *Il
devenait nécessaire de trouver autre chose.*

Ce changement de titre, le passage à Orgueil et préjugés, *s'accompagna d'une révision. Nous le savons de
manière sûre par le mémorandum de Cassandra*[1] *ainsi
que par une lettre que Jane adressa à sa sœur le 29 janvier 1813.*

Le deuxième volume n'a pas la longueur que je pouvais souhaiter, mais la différence n'est pas tant dans la
réalité que dans les apparences, car dans cette partie-
là il y a davantage de récit. J'ai émondé, j'ai rogné avec
tant de succès, toutefois, qu'au total ce doit être un peu
plus court que *Le Cœur et la Raison*[2].

*Peut-être à cause de ce raccourcissement substantiel,
mais davantage en fonction d'une source pour le nouveau titre qui s'offrait pour ainsi dire à la sagacité des
critiques, on a quelquefois voulu voir dans le changement opéré une intention nouvelle, une orientation différente. La correspondance de Jane n'en dit rien, mais la
tentation était grande d'épiloguer sur la présence à la fin*

---

1. «... publié par la suite avec des modifications et des réduc-
tions sous le titre d'*Orgueil et préjugés*. »
2. *Jane Austen's Letters to Her Sister Cassandra and Others*, 2e éd.,
Londres, Oxford UP, 1952, p. 298 (1re éd., 1932).

de la Cecilia *de Fanny Burney en 1782 de l'expression
retenue par Jane Austen pour nommer son ouvrage, et
même de cette expression en lettres majuscules. Alors,
comment s'y tromper?*

Toute cette malheureuse histoire, dit le docteur Lys-
ter, trouve son origine dans l'Orgueil et le Préjugé[1].

*Effectivement, on trouve dans un roman comme dans
l'autre la dénonciation de l'orgueil du nom (family
pride), d'une fierté déplacée qui s'oppose à une union
raisonnable, et il semble naturel de lier les préoccupations des deux auteurs. S'attachant uniquement à* Cecilia *pour comprendre le nouveau titre, certains chercheurs
ont poussé l'analogie jusqu'à discerner dans le roman
révisé une intrigue visant à presque exclusivement fusti-
ger le mépris aristocratique.*

*Or, s'il reste possible que Jane Austen ait été influen-
cée par les termes de la conclusion de* Cecilia, *elle n'a
pas pu leur donner l'importance capitale qui leur a été
prêtée. L'expression* pride and prejudice *en effet était
monnaie courante à l'époque, un véritable cliché. On ne
cesse d'en trouver de nouveaux exemples[2]. Ce qu'il y a
d'intéressant dans ces multiples occurrences est que les
deux mots sont toujours associés et non mis en balance,
et que le sens donné à l'expression entière ne varie jamais.
On signifie par là le mépris, un mépris orgueilleux,
une prévention de l'orgueil, toujours irraisonnée. Henry
Brooke et Robert Bage marquent bien cette opposition
entre orgueil et préjugés d'un côté, raison et sens commun de l'autre.*

1. Fanny Burney, *Cecilia* (Londres, 1782); Londres, World's
Classics, 1988, p. 930.
2. L'occasion se présente d'y ajouter ma propre trouvaille. Dans
Letters on Education de Catherine Macaulay, on lit : «Mon orgueil
et mes préjugés me conduisent à considérer mon propre sexe sous
un jour qui le place au-dessus des objets offerts à nos sens» (*Letters
on Education*, Londres, Dilly, 1790, p. 61).

La raison et les effets de la nature avaient commencé à l'emporter sur l'orgueil et le préjugé du pair du royaume[1].

Jamais orgueil et préjugé n'avaient à ma connaissance pareillement triomphé du malheureux sens commun[2].

Mais si pride and prejudice *signifie bien la prévention de l'orgueil, il n'est plus nécessaire d'envisager une orientation nouvelle dans le roman avec la mise en place d'un nouveau titre. En traitant de cette prévention, l'auteur continue un combat contre les préjugés inauguré dans la première version. Il se contente de prêter davantage attention au rôle de l'orgueil dans la formation de ces préjugés, d'étudier comment ils font obstacle à l'information et à l'observation, durcissent l'opinion, excluent le scrupule.*

Convenons néanmoins que cet intérêt pris à l'orgueil décale notre propre intérêt vers un aspect particulier du préjugé. Le lecteur oublie assez vite l'engouement d'Elizabeth pour Wickham au profit des changements qui se font jour dans les jugements portés l'un sur l'autre par le héros et l'héroïne. Il se passionne pour la défaite de l'orgueil. Que ce gauchissement soit dû ou non à une révision, il existe bien, et le nouveau titre nous invite à le prendre en considération.

L'humiliation de l'orgueil

On assiste bien, en effet, dans le roman à une défaite de l'orgueil, et même à sa double défaite, car il est vaincu tant chez Darcy que chez Elizabeth. Mais quel genre d'orgueil doit admettre ses torts ? Lady Catherine de

---

1. Henry Brooke, *The Fool of Quality* (Londres, 1766); Londres, Johnston, 1765-1770, IV, p. 292.
2. Robert Bage, *Hermsprong*, Dublin, Wogan, 1796, I, p. 216.

*Bourgh était orgueilleuse. Elle demeure toujours aussi
sûre de la valeur de son nom. Darcy lui-même n'a certainement pas renoncé à la haute idée qu'il se faisait de son
importance dans la société. Par contre, il s'avoue justement humilié (p. 416), tout comme Elizabeth se reconnaît humiliée par la découverte de la vérité (p. 250). Cette
part d'orgueil qui, chez l'un et l'autre, doit admettre son
erreur est l'orgueil intellectuel, celui qui influence le
jugement, ne permet pas son libre exercice.*

«Comme j'ai agi de manière méprisable! s'indigna-
t-elle. Moi qui tirais fierté de mon discernement, qui
estimais tant mes capacités... Dans cette découverte,
que d'humiliation! Et pourtant, que cette humiliation
est juste!» *(p. 250).*

*Plus d'un roman s'intéressait à la dénonciation de
l'arrogance aristocratique et se terminait, comme* Cecilia, *par la défaite de l'orgueil. Mais le plus souvent il
était soit joué, comme dans l'ouvrage de Fanny Burney,
soit contrecarré comme dans* The Mysteries of Udolpho.
Dans Orgueil et préjugés, *il est partiellement détruit, et
cela dans la mesure où il fait obstacle à la lucidité.
Comme Pope, Jane Austen, considère l'orgueil comme
un des pires ennemis du jugement. À travers sa ruine
dans le roman se dessine le rôle prioritaire du mot* préjugés *à l'intérieur du titre. C'est contre eux que le combat
est principalement mené.*

*Cette mise en accusation des préjugés était alors dans
l'air du temps. On la trouve chez Voltaire[1] ou chez Johnson[2] à travers les définitions qu'ils en donnent. Moralistes et romanciers conseillaient de s'en défier. Ils
étaient l'ennemi de la clairvoyance, représentée un peu
partout comme un idéal à atteindre. Jery Melford, au*

1. Voltaire, *Dictionnaire philosophique*, Genève, 1764, article
«préjugés»; édition Folio classique, 1994, p. 437-440.
2. Samuel Johnson, *A Dictionary of the English Language*,
Londres, 1755.

terme de Humphry Clinker, *fait en ces termes la critique des erreurs dont il s'est rendu coupable au sujet de George Dennison:*

Je suis... mortifié lorsque je pense à l'injustice fla-
grante dont nous nous rendons coupables tous les jours
et à l'absurdité des jugements que nous formulons à
travers le prisme trompeur du préjugé et de la passion... Sans nul doute, le plus grand avantage que l'on
retire des voyages et d'un contact avec les hommes est
de dissiper ces voiles si regrettables qui obscurcissent
les facultés de notre esprit en l'empêchant de juger
avec impartialité et précision[1].

*Chasser l'obscurité des préjugés devenait ainsi un but
et presque une nécessité pour qui se voulait intelligent et
lucide. Or cette mentalité ne pouvait que séduire une
famille telle que les Austen, fière de ses capacités intel-
lectuelles. Le mépris du préjugé crée l'amusement dans
l'œuvre de jeunesse de Jane,* Histoire de l'Angleterre
depuis le règne de Henry IV jusqu'à la mort de Charles I,
par un historien partial, prévenu et ignorant *(1791)[2]. Il
se retrouve dans les essais des frères de Jane, publiés
dans* The Loiterer, *journal rédigé à Oxford en 1789-
1790. James veut y triompher de l'étroitesse des préjugés
opposant Français et Anglais (vol. 1, essai 10). Deux
autres essais partent en guerre contre l'attitude mépri-
sante dont souffrent les commerçants (vol. 1, essai 24).
La défaite du préjugé, dit un troisième, est chose que
depuis longtemps la raison se targue de pouvoir accomplir (vol. 2, essai 41).*

*C'est donc avant tout dans une perspective rationaliste
qu'il faut situer le combat contre les préjugés tel qu'il
nous apparaît dans le roman. La conception qu'a Jery*

1. Tobias Smollett, *The Expedition of Humphry Clinker* (Londres,
1771); Londres, Penguin Books, 1967, p. 374.
2. Traduite notamment dans l'édition Pléiade (vol. 1) des *Œuvres
romanesques complètes* de Jane Austen (p. 1003-1011).

Melford de ce combat nous aide à bien le comprendre. Il s'agit pour Smollett comme pour Jane Austen de faire face à une sorte de voile placé entre la réalité et la raison. Qu'il se déchire et s'établit une clarté bénigne. « Même si j'avais été amoureuse, avoue Elizabeth en pensant à sa prévention, je n'aurais pu m'aveugler plus misérablement » (p. 250). La sérénité qui fait suite correspond au secret désir de toutes les héroïnes austéniennes et s'accompagne d'une heureuse bienveillance à l'égard d'autrui, idéal chrétien incarné dans Orgueil et préjugés *par Jane Bennet*[1].

Succès et réserves : un manque d'expérience et d'imagination

Nous avons laissé Jane Austen changeant vers 1800 le titre de son roman en raison de la parution d'un livre intitulé Premières impressions, *puis l'abrégeant, le remaniant, sans doute légèrement, tout cela dans l'attente d'un sort favorable. Le destin lui sourit finalement. L'ouvrage connut même d'entrée en 1813 un succès retentissant qui établit le mérite de son auteur, sans pour autant lui tourner la tête, car elle ne consentit jamais à mettre son nom sur la couverture d'un de ses livres.* Orgueil et préjugés *fut donné au public comme étant « d'une dame, l'auteur du* Cœur et la Raison ».

Cette réussite connut ensuite des hauts et des bas[2], *avant de se transformer en véritable culte dans les pays anglo-saxons. Aujourd'hui, comme l'écrit Claire Tomalin, « Austen est devenue une industrie mondiale*[3] ». Orgueil et préjugés *est sans conteste le fleuron de cette industrie.*

---

1. « Moi [s'écrie Elizabeth] qui ai souvent dédaigné l'esprit de charité de ma sœur et contenté ma vanité par une méfiance inutile ou blâmable » (p. 250).

2. Voir la notice.

3. Claire Tomalin, *Jane Austen, passions discrètes*, trad. Christiane Bernard et Jacqueline Gouirand-Rousselon, Paris, Autrement, 2000, p. 378 (*Jane Austen : A Life*, Londres, Viking, 1997).

L'incontestable célébrité peu à peu acquise par Jane Austen auprès des lecteurs anglophones n'a pas empêché la critique de se montrer fréquemment parcimonieuse, en particulier jusqu'au milieu du vingtième siècle. Certains des reproches adressés par les Victoriens demeurent encore collés à son image. Beaucoup de journalistes étrangers les répètent fidèlement, comme si on n'en avait jamais fait justice.

Le premier de ces reproches concerne le manque d'expérience et d'imagination. Il est essentiellement dû à l'indulgente compassion dont firent preuve après la mort de Jane Austen son frère Henry et son neveu James Edward Austen-Leigh, lorsqu'on les pria d'éclairer le lecteur sur la vie et le personnage d'une romancière admirée dont on ne savait rien. Comment ne pas faire confiance pour cette découverte aux membres de sa famille? Hélas, on n'est jamais si bien trahi que par les siens. Le frère et le neveu de Jane partagèrent les mêmes sentiments à l'égard de l'existence menée par leur humble parente, ainsi qu'à l'endroit de la femme qu'ils avaient longuement fréquentée sans déceler chez elle d'originalité quelconque. Elle avait vécu dans l'obscurité d'un village ou d'un autre du Hampshire, sans argent, sans importance dans le monde, sans espoir ni ambition d'y changer quelque chose. «Brève et facile», écrivit Henry Austen, son frère, en 1817, «sera la tâche du biographe se limitant à une biographie. Une existence vouée au service d'autrui, à la littérature et à la religion ne fut en aucune manière fertile en événements[1].» «Sa vie», renchérit son neveu James Edward en 1870, «fut remarquablement dénuée d'événements notables. Peu de changements, nul bouleversement n'altérèrent jamais la régularité de son cours... J'ai donc de la peine à trouver de quoi alimenter en détails le récit de la vie qui fut celle de ma tante[2].»

1. «Biographical Notice of the Author», en annexe à Jane Austen, *Northanger Abbey and Persuasion* (Londres, Murray, 1818); Londres, Oxford UP, 1923, p. 3.
2. James Edward Austen-Leigh, *A Memoir of Jane Austen*, Londres, Bentley, 1870.

On tenait là du même coup une explication au cadre restreint dévolu aux romans de Jane Austen qui avait souvent suscité des regrets de la part de critiques bien intentionnés. Si elle s'était toujours limitée à la peinture d'une classe moyenne dans le sud de l'Angleterre, c'était tout simplement qu'on avait affaire à une sorte de recluse qui ne pouvait nourrir l'ambition de peindre au-delà de la portée de son regard. La publication de ses lettres acheva de limiter à la fois la valeur de son œuvre et l'étendue de ses perspectives. Ses conseils à sa nièce Anna en 1814, lorsque celle-ci s'essaya à écrire à son tour un roman, prescrivaient pour ainsi dire l'exiguïté.

Nous pensons que tu ferais mieux de ne pas quitter l'Angleterre. Laisse les Portman aller en Irlande mais, comme tu ne sais rien des manières de ce pays-là, mieux vaut ne pas les y suivre. Tu courrais le risque de donner une idée fausse de la réalité. Tiens-t'en à Bath et aux Forester. Là tu seras parfaitement à l'aise *(10 août 1814).*

Tu rassembles maintenant tes personnages avec bonheur, les plaçant précisément dans le genre d'endroit dont je raffole. Cinq ou six familles dans un village de province fournissent la matière idéale pour un ouvrage *(9 septembre 1814).*

Jane Austen eut même le malheur en décembre 1816, en réponse à James Edward déplorant la perte de deux chapitres d'un roman que lui aussi s'était mis en tête de rédiger[1], d'identifier son art à la peinture sur ivoire.

Je ne crois pas pourtant qu'un larcin de cette nature me serait particulièrement utile. Que ferais-je de tes croquis pleins de verve, exécutés avec force d'une main

---

1. La réussite littéraire de Jane Austen donna envie à plusieurs des membres de sa famille de l'imiter, comme apparemment il n'était pas besoin de sortir de l'ordinaire pour écrire des romans à succès.

virile, pleins de diversité et d'intensité ? Comment pourrais-je jamais les adjoindre au petit morceau d'ivoire (large de deux pouces) sur lequel je travaille avec un pinceau si fin que de nombreux efforts ne produisent qu'un maigre résultat ? *(16 décembre 1816.)*

Il ne faut jamais rabaisser son propre ouvrage, car le dénigrement aussitôt emporte la conviction. David Cecil en 1935, dans une conférence[1] *qu'il donna sur Jane Austen, nous semble avoir pris trop au pied de la lettre l'information communiquée par sa famille. «Elle passait, dit-il, le plus clair de son temps assise dans le salon du presbytère qui était son foyer à coudre et à bavarder» (p. 5). «Le champ de l'imagination de Jane Austen était, sous certains rapports, très limité» (p. 7). «Il n'y a pas d'aventures dans ses livres, d'idées abstraites, de rêveries romantiques, de scènes de lits de mort» (p. 10).*

Et puis l'on s'est aperçu, tardivement, il est vrai, que Jane Austen ne disait rien de la guerre dans laquelle son pays était engagé. L'Angleterre demeura en effet en conflit avec la France de 1793 à 1815, mis à part de courts répits. Orgueil et préjugés fut écrit entre 1796 et 1813. On n'y mentionne ni le spectre de la France révolutionnaire guillotinant à tout va, ni celui de l'ogre corse. La vie n'y est pas toujours paisible, mais les ennuis des soldats comme ceux des civils n'ont rien à voir avec les affrontements guerriers.

En réponse à ce reproche, observons d'abord qu'il ne vint nullement à l'esprit ni des journalistes qui commentèrent la parution de l'ouvrage, ni des contemporains qui donnèrent leur avis sur son contenu. Pareille unanimité suggère que la discrétion maintenue par Jane Austen sur le conflit en cours était en accord avec ce qui était attendu d'un roman féminin à tendance moralisatrice, tel que l'annonçaient titre et signature. Il n'était pas interdit à une femme de se mêler publiquement de poli-

1. David Cecil, *Jane Austen, The Leslie Stephen Lecture*, Cambridge, Cambridge University Press, 1936.

tique ; il aurait été malséant pour elle d'introduire des
coups de canon dans la représentation d'erreurs de jugement et de fautes de conduite situées dans un milieu pro-
vincial.

Ajoutons que si l'on n'entend pas le bruit de la mitraille
dans Orgueil et préjugés, la guerre y est néanmoins
présente, avec l'armée territoriale et ses riches effectifs
(300 000 en 1812), groupée essentiellement le long des
côtes est et sud de l'Angleterre dans l'attente d'une éven-
tuelle invasion. Cette invasion, on n'en sent pas la
menace dans le roman. Par contre, la gêne éprouvée par
les habitants devant ce déploiement de troupes troublant
la sérénité de leur vie quotidienne y est parfaitement sensible. Jusqu'en 1793, les officiers furent logés chez l'habitant, puis on se mit à construire des casernes pour leur
bénéfice et celui de leurs soldats. Dans Orgueil et préjugés, Wickham et ses camarades vivent immergés au sein
de la population. Non seulement ces officiers désœuvrés
n'hésitaient pas à contracter des dettes qu'ils n'envisa-
geaient pas toujours de régler, eu égard à leurs déplace-
ments constants, mais ils commettaient des dégâts, tant
dans les chasses des propriétaires terriens que dans le
cœur des jeunes filles, difficiles à pardonner dans un cas
comme dans l'autre. Sous ce rapport, il est impossible
d'affirmer que Jane Austen fait abstraction de la guerre en
cours. Elle la subit, comme on la subissait autour d'elle[1].

Si les bienséances, un certain sens de ce qu'on peut
faire et doit faire, contribuent à restreindre l'espace au
sein du roman de Jane Austen, elle est aussi aidée dans
cette limitation volontaire par sa peur de se tromper. Ses
conseils à Anna traduisent bien cette crainte. On la sent
à l'aise (at home, écrit-elle) avec ce qu'elle connaît,
embarrassée avec ce qu'elle ne connaît pas. Quand elle

---

1. Le journaliste du British Critic en février 1813 partage son
point de vue sans hésitation : « Le tableau qui nous est donné des
demoiselles Bennet, leurs visites incessantes au bourg, le résultat
qui en découle, illustrent peut-être ce qui se passe dans chacune
des villes de province de notre royaume » (p. 190).

écrit au bibliothécaire du Prince Régent qui la presse de donner au public un personnage d'ecclésiastique hors du commun, elle s'abrite derrière une feinte modestie qui n'est pas exempte d'une réelle appréhension.

Je crois pouvoir me vanter d'être, avec toute la vanité qui s'y attache, la femme la moins instruite et la moins bien informée qui ait jamais osé écrire un roman *(11 décembre 1815).*

Cette peur de mal faire, il semble qu'on le reconnaisse aujourd'hui de plus en plus, loin de la diminuer, fonde le plus grand mérite de Jane Austen. C'est grâce à elle que nous avons, dans Orgueil et préjugés *comme ailleurs, des scènes délicatement et délicieusement vraies. En ne s'écartant pas d'un milieu familier, Jane Austen s'est maintenue dans un réalisme séduisant, au point qu'on est tenté de faire de sa fiction une histoire indéniablement véridique de ce qu'était la vie des classes moyennes en Angleterre à l'aube du dix-neuvième siècle.*
Persister à l'accuser dans ces conditions d'un manque d'expérience et d'audace imaginative, c'est manquer soi-même de largeur de vues. Comme les peintres flamands, Jane Austen sait aboutir à l'excellence par le respect minutieux de la vérité.

Succès et réserves. La chasse au mari

C'est ce même réalisme qu'on retrouve dans les romans de Jane Austen quand il est question de mariage, et une même incompréhension a valu à leur auteur là encore de vigoureux reproches. Ils ont été résumés en 1928 par H.W. Garrod dans son essai «Jane Austen : a Deprecia-tion» : «L'action principale, y lit-on, est une chasse au mari[1].»

---

1. H. W. Garrod, «Jane Austen : A Depreciation», *Essays by Divers Hands*, Transactions of the Royal Society of Literature, nº 8 (1928), p. 34.

On ne peut nier que dans Orgueil et préjugés, *comme dans les autres ouvrages, le mariage soit une préoccupation essentielle, en particulier chez les personnages féminins. Elizabeth, quand elle refuse Darcy, lui avoue qu'elle ne le connaissait pas depuis un mois qu'elle était déjà déterminée à ne jamais l'accepter pour mari (p. 235). Pourquoi ce refus avant toute sollicitation? Existe-t-il meilleure preuve de la permanence de l'idée de mariage dans l'esprit de l'héroïne? Mais Lydia n'est pas moins obsédée par le souci de se marier et, après avoir convolé en justes noces, elle est moins heureuse de montrer quel compagnon elle s'est choisi que l'anneau qui symbolise son nouveau statut. Quant à Charlotte Lucas, elle est si désireuse de trouver chaussure à son pied qu'elle fait abstraction dans ses calculs de l'évidente sottise de Collins.*

Dans un roman, avant de proposer au lecteur l'éventualité d'un mariage, il est habituel qu'on nous fasse assister à l'éclosion et au développement d'un sentiment amoureux. On peut dire que chez Jane Austen, et plus particulièrement dans Orgueil et préjugés, *l'idée de l'union entre les deux héros précède l'évolution sentimentale qui permettra d'y aboutir. Il apparaît souhaitable qu'Elizabeth devienne la femme de Darcy avant que soient survenus les changements indispensables pour le permettre. Le cœur a quelque retard sur la raison.*

S'il en est ainsi, c'est que les conditions économiques de l'époque dans le milieu dépeint par Jane Austen imposaient aux jeunes filles la recherche d'un mari. Là encore, donc, c'est le souci de vérité qui prime, et c'est lui qui modèle l'intrigue. Certes, dans la catégorie sociale en question, c'est-à-dire la gentry, *le monde des petits propriétaires terriens, le célibat n'était pas synonyme de mendicité. La vieille fille restait assurée du montant de sa dot, telle qu'elle avait été définie dans le contrat de mariage de ses parents. Mais le paiement des intérêts de ce capital incombait à l'héritier du domaine, si bien que l'infortunée célibataire était vouée à demeurer une charge pour les siens, et la dot, très variable, pouvait ne pas représenter grand-chose : les filles de M. Bennet auront mille livres chacune à la mort de leur père.*

Cependant, si le mariage vient au premier rang des préoccupations des jeunes filles dans l'œuvre de Jane Austen, s'il est économiquement désirable, cela ne signifie pas qu'elle considère la chasse au mari avec quelque indulgence. Moralistes et romanciers s'accordaient pour la condamner[1]. Il aurait été très étonnant que Jane Austen fût la seule à adopter une attitude différente. Quand elle écrit du mariage après la décision de Charlotte Lucas d'épouser Collins : « C'était la seule ressource honorable laissée aux jeunes femmes de bonne éducation et de maigre fortune et, malgré l'incertitude du bonheur qu'il offrait, nul autre moyen plus attrayant n'existait pour elles de se préserver du besoin (p. 163) », elle n'exprime évidemment pas sa propre opinion sur le sujet, mais traduit en style indirect libre la pensée de la future Mme Collins. Elizabeth Bennet ne nous laisse pas dans le doute là-dessus à la conclusion du chapitre, où sa condamnation du mariage à but économique s'exprime clairement en ces termes :

Qu'une amie ainsi se déshonorât et sombrât dans son estime était déjà bien pénible. Mais il s'ajoutait à cela le chagrin de devoir penser qu'il était impossible à cette amie de goûter un bonheur quelconque dans l'existence qu'elle s'était choisie *(p. 167).*

En refusant d'épouser Harris Bigg Wither en 1802, Jane Austen avait d'ailleurs, mieux que par des exemples fournis dans son œuvre littéraire, clairement formulé son opinion sur le mariage sans amour. Elizabeth Bennet écartant la première offre de Darcy, Fanny Price dans Le Parc de Mansfield *déclinant celle de Henry Crawford, semblent seulement confirmer une position que l'auteur avait arrêtée dans sa propre vie.*

1. Jane West, dans *Letters to a Young Lady* (Londres, 1801); Londres, Longman, 1806, III, p. 126, parle de « prostitution légale » à propos du mariage sans amour.

Jane Austen et la société patriarcale

Parce que Jane Austen nous dépeint une société où l'argent, le pouvoir et l'autorité appartiennent le plus souvent aux hommes, où les jeunes femmes qui refusent de se marier sans affection semblent n'avoir d'autre perspective que de végéter d'une manière ou d'une autre, parce que par ailleurs une Elizabeth Bennet n'a pas sa langue dans sa poche et refuse de se laisser intimider, on cherche souvent de nos jours à voir en la romancière une combattante dressée contre la société patriarcale. Si l'on hésite à la qualifier de féministe, c'est peut-être que le mot n'apparaît en français qu'en 1872 (en anglais plus tard encore).

Bien sûr, ses romans ne font jamais mention d'une société dite patriarcale (le mot entrerait difficilement dans son vocabulaire d'écrivain), mais la révolte contre la toute-puissance du patriarche n'apparaît qu'épisodiquement. Dans Orgueil et préjugés, elle est totalement absente. Lady Catherine de Bourgh illustrerait plutôt un matriarcat triomphant. Quant à M. Bennet, le moins qu'on puisse dire est qu'il n'impose pas son autorité au sein de sa famille. Il est vrai, par contre, que cet effacement n'enlève rien à la pénible situation qui est faite à ses filles. Elles sont de toute manière menacées par la pauvreté si elles ne se marient pas.

L'injustice sociale est donc bien présente dans le roman, mais elle est moins le fait d'un pater familias *oppresseur que de la prépondérance sur toute autre considération de l'intérêt familial. La pratique de la substitution (entail) — et d'après Gornall[1], les domaines étaient généralement substitués — faisait passer le collectif avant l'individuel. Le propriétaire foncier apparaissait comme le bénéficiaire temporaire des revenus de sa pro-*

1. Voir J.F.G. Gornall, «Marriage, property and romance in Jane Austen's novels», II, *The Hibbert Journal*, 66 (automne 1967), p. 152.

priété. *Il lui incombait de protéger l'intégrité des biens
dont il était l'usufruitier en écartant les femmes de la
ligne d'héritage, car elles auraient en se mariant livré cet
héritage à une autre famille. Il lui revenait également le
soin d'accroître l'importance et la richesse du clan,
notamment par des mariages avantageux. La société était
moins patriarcale que patrimoniale.*

*Si les femmes souffraient de ces arrangements, ils
n'étaient pas conçus contre elles en tant que femmes, et
c'est peut-être pourquoi dans* Orgueil et préjugés *il n'y a
pas de révolte d'un sexe contre un autre. Le contrat de
mariage protégeait l'intérêt pécuniaire de l'épouse en
spécifiant le montant de son douaire, tout comme il
assurait un capital aux filles. On chercherait vainement
d'ailleurs dans le roman l'existence d'un sentiment d'hos-
tilité aux hommes en tant que puissance asservissant de
pauvres femmes. Les dames dans les salons attendent
avec anxiété l'arrivée des messieurs. Les conversations en
leur absence à Pemberley semblent menacées de tomber.*

Certes il n'est pas niable qu'un ouvrage comme Orgueil
et préjugés, *s'il n'est ni militant ni rebelle, expose avec
beaucoup d'insistance les difficultés faites aux femmes
dans la société qui nous est dépeinte. On pourrait même
dire en songeant à la maigre dot constituée aux demoiselles Bennet que l'auteur sciemment assombrit le tableau
pour nous faire mieux sentir une détresse souvent connue.
Les problèmes rencontrés par les femmes sont incontestablement aigus et présentés sous un aspect criant. Mais de
leur solution rien n'apparaît.*

*Pour mieux comprendre comment fonctionne dans ce
domaine la pensée de l'auteur, il nous faut revenir à sa
lutte contre les préjugés. Chacun des grands romans de
Jane Austen s'attache à dénoncer un parti pris hostile
à une catégorie sociale particulière. Dans* Le Parc de
Mansfield, *il s'agit des pasteurs, dans* Emma *des fermiers, dans* Persuasion *des marins.* Orgueil et préjugés
*nous montre avec les Gardiner des négociants injuste-
ment méprisés. L'auteur combat cette prévention. Il s'arrange même, afin de mieux la railler, pour que ces*

*commerçants rapprochent des héros que leur commerce
paraît devoir inéluctablement séparer. Mais pour autant
Jane Austen ne se fait pas leur porte-drapeau. Elle ne
présente pas même de revendication. Elle se contente de
faire la chasse aux idées fausses. Elle se fie à notre
impartialité.*

*Elle ne procède pas d'une manière différente dans ses
romans avec les difficultés dont souffrent les femmes.
Elle présente un tableau éloquent de leur infortune. Elle
n'y ajoute pas des propositions pour y porter remède. Les
mariages de Jane et d'Elizabeth résolvent certains des
problèmes de la famille Bennet, mais ils n'apportent pas
l'ombre d'une solution à ceux que connaissent souvent
les demoiselles désargentées de la* gentry. *En définitive,
l'intrigue nous aura invités à réfléchir, mais sans nous
donner le sentiment qu'il existait du côté de l'auteur une
réflexion aboutie.*

*Jane Austen impose dans son roman non des prin-
cipes, ni même des idées, seulement les prérogatives du
bon sens, de la raison, et cela explique sans doute pour
une bonne part l'universalité de son succès.*

*Roger Gard[1] nous rapporte que dans les années quatre-
vingt, une presse appartenant à l'État bulgare imprima
cent mille exemplaires d'une traduction d'*Orgueil et
préjugés. *Ils furent tous vendus en l'espace d'une semaine
ou deux. Pareil engouement a tout de même de quoi surprendre. On peut s'interroger sur son ampleur.*

L'amusement que le livre procure

*Dans l'espoir d'un résultat, il convient de ne pas négli-
ger l'importance du comique dans le roman. L'époque
que nous vivons a besoin d'oublier un douloureux présent, s'ouvrant sur un avenir aux couleurs plus sombres
encore. Les Bulgares des années quatre-vingt trouvaient*

---

1. Roger Gard, *Jane Austen's Novels : The Art of Clarity*, Londres,
Yale University Press, 1992, p. 97

sûrement dans la lecture d'Orgueil et préjugés *un moyen bienvenu de s'évader au cœur d'un passé lointain que l'auteur excellait, non à rendre idyllique, mais au moins divertissant.*

Ce n'est pas que Jane Austen soit aujourd'hui considérée comme un maître de l'humour. Elle n'en manque certes pas, mais humour *n'est pas le mot qui vient aussitôt à l'esprit de ses laudateurs les plus convaincus pour célébrer ses mérites dans le domaine du comique, car l'humour suppose un recul, un retrait par rapport à la parole, qui ne convient guère à l'idée qu'ils se font de la pensée irrévérencieuse qui s'exprime dans ses romans. Ils préfèrent parler d'ironie, car l'ironie est volontiers féroce. Elle fouille. Elle va au fond des choses. Et c'est la critique que fait Jane Austen de son milieu qui les intéresse le plus.*

Ses contemporains ne semblent pas avoir été aussi sensibles à la profondeur de son ironie. Ils l'étaient à n'en pas douter à son esprit, mais le bel esprit n'a jamais été synonyme d'approfondissement. Les commentateurs des périodiques accueillant Orgueil et préjugés *mirent en relief les vertus comiques du personnage de M. Bennet, et justement à son propos parlèrent d'humour. C'était un humour qu'ils n'avaient aucune peine à identifier. M. Bennet correspond en effet à un caractère courant dans la littérature anglaise du dix-huitième siècle, celui de l'excentrique qui préfère s'amuser des défauts de ses contemporains plutôt que passer sa vie à s'en désoler. Matthew Bramble, dans le roman de Smollett,* L'Expédition de Humphry Clinker, *est un exemple célèbre de ce misanthrope. Aujourd'hui, l'excentricité de M. Bennet amuse toujours mais ne focalise pas l'attention. Le lecteur apprécie ses plaisanteries mais ne goûte pas sa manière de prendre ses distances par rapport à une fâcheuse réalité. Il apparaît comme un mauvais père et un regrettable mari.*

Davantage qu'à l'humour de M. Bennet, on est aujourd'hui sensible à l'esprit de raillerie qui imprègne le roman tout entier, propre à l'héroïne mais aussi caracté-

*ristique du narrateur. Ce goût de la raillerie peut sembler
de nos jours, sinon original, du moins assez frappant.
En réalité, dans la jeunesse de Jane Austen, il était très
répandu, et il n'y a rien de singulier à ce qu'il n'ait pas
retenu l'attention des premiers commentateurs. La paro-
die, qui relève de la raillerie, était un amusement très
apprécié. Le poème héroï-comique avait beaucoup plu au
dix-huitième siècle. Il était bâti sur une disconvenance
entre un style élevé et une action sans grandeur, entre le
haut et le bas à l'intérieur d'un même ouvrage. Or Jane
Austen utilise cette disconvenance, par exemple avec le
personnage de Collins, dont les discours couvrent mal la
mesquinerie, avec celui de Lady Catherine de Bourgh,
mesquine elle aussi sous des dehors de grande dame.
Lorsque s'ouvre le roman par cette phrase :*

Chacun se trouvera d'accord pour reconnaître qu'un
célibataire en possession d'une belle fortune doit éprouver le besoin de prendre femme.

*le procédé rhétorique appartient au genre héroï-comique.
L'auteur fait semblant d'apostropher son lecteur dans les
termes du style pompeux qu'affectionnait Samuel Johnson, cela jusqu'au mot* fortune, *pour ensuite tomber dans
des préoccupations basses et avaricieuses. Admirable
début, puisque le jeune écrivain crée une attente, pour
aussitôt la déjouer, comme une jeune fille capricieuse
peut d'un pas de côté se dérober à une compagnie trop
sérieuse à son goût.
L'attente déjouée ne va pas s'arrêter en si bon chemin.
Le procédé va dépasser le domaine du style pour s'étendre
à ceux de l'intrigue et de la construction. Malgré l'indifférence initiale de Darcy, il s'éprend d'Elizabeth ; malgré
l'attente des habitants de Longbourn, Bingley s'efface et
disparaît. On n'en finirait pas de citer tous les éléments
de la disconvenance. À travers les nombreuses surprises
qui guettent les principaux personnages, c'est la vie
même qui se moque d'eux, qui rit de leur ignorance et de
leur manque de discernement. Ce genre de raillerie amu-*

sait bien sûr déjà à l'époque de Jane Austen. Il continue de nous faire sourire.

Pareille raillerie toutefois ne nous séduirait pas tant si elle ne s'exerçait pas dans le roman en accord avec nous, si nous n'étions pas dans une certaine mesure partie prenante dans le procès fait à la faiblesse humaine. Or c'est bien ainsi que raille Jane Austen. Elle ne tourne pas en dérision les défauts de ses personnages, leur sottise, leurs caprices, leurs incohérences, à l'image d'Elizabeth[1], sans nous associer à sa façon de faire.

Pour bien le comprendre, et pour bien comprendre aussi pourquoi cette méthode n'a pas retenu l'attention des premiers commentateurs, il faut revenir aux règles du bon goût en matière d'écriture qui prévalaient au dix-huitième siècle et que Jane Austen persistait à ne pas enfreindre. Il était alors acquis que pour bien écrire on devait adopter un mode d'expression proche de la conversation, celle d'un gentleman *bien entendu, mais d'un* gentleman *sans affectation, sans emphase, sans jargon, sans affection pour les mots savants et les métaphores prétentieuses. Ce mode d'expression impliquait tout au long du discours la conscience d'un auditeur. Chez Jane Austen, l'auditeur est bien là, virtuellement présent, et chacun aujourd'hui comme hier peut pour son plaisir endosser son habit. Elle maintient avec lui une conversation que la clarté et la simplicité de son style, la précision élégante de ses mots conceptuels, rendent facile et sans heurt. Avec lui elle débusque le ridicule. Si le lecteur n'est pas assez subtil pour collaborer, tant pis pour lui. Il n'est pas supposé être sans esprit.*

D'où la présence dans Orgueil et préjugés *d'une constante ironie qui est aussi complicité. Bon enfant dans les premiers romans comme celui-ci, elle se fait ensuite plus sarcastique, plus mordante. Mais déjà, à Longbourn comme à Rosings, elle apparaît corrosive. L'ironie chez Jane Austen est toujours si caustique qu'elle peut donner l'illusion de faire le vide autour d'elle, et*

---

1. P. 58.

*c'est peut-être pour cela que dans le monde d'aujour-
d'hui, où souvent on ne croit plus à rien, elle exerce un
tel pouvoir de séduction. Elle est si peu respectueuse, en
apparence, de l'ordre établi qu'on peut l'imaginer sub-
versive, et pourquoi pas révolutionnaire, qu'il faut la
replacer dans le contexte de l'œuvre tout entière pour ne
pas en exagérer indûment le pouvoir dévastateur. Cependant, quoi qu'il en soit, elle communique au roman un
charme indéniable, une légèreté dans le ton, une indépendance dans le jugement qui ne peuvent que plaire. La
popularité continue d'*Orgueil et préjugés* *est là pour le
prouver.*

Pierre GOUBERT

Orgueil et préjugés

VOLUME I

CHAPITRE I

Chacun se trouvera d'accord pour reconnaître[1] qu'un célibataire en possession d'une belle fortune doit éprouver le besoin de prendre femme.

Aussi peu connus que soient les sentiments ou les projets d'un tel homme à son arrivée dans le voisinage, cette vérité est si bien ancrée dans l'esprit des familles des environs qu'on l'y considère comme la légitime propriété de l'une ou l'autre de leurs filles.

« Mon cher monsieur Bennet, lui dit un jour sa femme, savez-vous que le Parc de Netherfield a enfin trouvé preneur ? »

M. Bennet répondit qu'il l'ignorait.

« Et pourtant c'est fait, reprit-elle, car Mme Long sort d'ici, et elle m'a mise au courant de tout. »

M. Bennet garda le silence.

« Ne désirez-vous pas savoir qui vient de le louer ? » s'écria son épouse impatiemment.

« Je vois que vous avez envie de me le dire et je n'ai pas de raison de refuser de l'entendre. »

C'était là une invitation suffisante.

« Eh bien, mon cher, sachez-le, Mme Long m'assure que Netherfield a été pris à bail par un homme jeune et riche du nord de l'Angleterre. Il est venu lundi en

chaise de poste à quatre chevaux[1] pour examiner les
lieux, et il en a été si charmé qu'il a aussitôt donné son
accord à M. Morris. Il doit prendre possession avant la
Saint-Michel, et quelques-uns de ses domestiques sont
attendus dans la maison dès la fin de la semaine prochaine.

— Comment se nomme-t-il ?

— Bingley.

— Est-il marié ou célibataire ?

— Célibataire, mon cher, la chose est sûre ! C'est un
célibataire qui a une grosse fortune : de quatre à cinq
mille livres de rente. Quelle aubaine pour nos filles !

— Comment cela ? En quelle manière cela peut-il les
affecter ?

— Mon cher monsieur Bennet, lui repartit son
épouse, ce que vous pouvez être agaçant ! Vous devez
vous douter que j'ai à l'esprit son mariage avec l'une
ou l'autre.

— Vient-il s'installer par ici dans cette intention ?

— Dans cette intention ! Cela n'a pas le sens commun ! Comment pouvez-vous dire des choses pareilles !
Il n'en demeure pas moins probable qu'il puisse tomber
amoureux de l'une ou bien de l'autre. C'est pourquoi il
faut que vous lui rendiez visite dès qu'il arrivera.

— Je n'en vois pas la nécessité. Mes filles et vous
avez ma permission d'y aller, ou vous pouvez les
envoyer seules, ce qui vaudrait peut-être mieux car,
comme vous avez autant de beauté qu'elles, M. Bingley
risquerait de vous donner la préférence.

— Mon cher, vous me flattez. J'ai eu certainement
autrefois ma part de beauté mais, à l'heure qu'il est, je
ne prétends à rien d'extraordinaire. Quand une femme
comme moi a cinq grandes filles, il n'est plus temps
pour elle de songer à sa beauté.

— En pareil cas, elle n'a souvent plus beaucoup de
charmes pour occuper ses pensées.

— Quoi qu'il en soit, mon ami, il faut absolument
que vous alliez voir M. Bingley à son arrivée dans notre
voisinage.

— C'est plus que je ne puis vous promettre, je vous assure.

— Mais pensez donc à vos filles. Avez-vous songé à l'établissement[1] que cela représenterait pour l'une d'elles ? Sir William et Lady Lucas sont déterminés à le visiter, uniquement pour ce motif, car vous savez bien qu'en général ils ne vont pas au-devant des nouveaux venus. Il faut absolument que vous y alliez, sinon il nous sera impossible de faire la même visite.

— C'est trop de scrupule, assurément. Je suis persuadé que M. Bingley sera enchanté de vous voir, et je vais par votre entremise lui faire parvenir un billet lui garantissant qu'il a mon consentement pour prendre parmi mes filles l'épouse de son choix — bien qu'il me faille glisser un mot en faveur de ma petite Lizzy.

— Je vous saurais gré de n'en rien faire. Lizzy n'est en rien supérieure à ses sœurs, et je prétends qu'elle est loin d'avoir la beauté de Jane et l'heureux caractère de Lydia. Mais il faut toujours que vous lui donniez la préférence.

— Aucune n'a grand-chose pour la recommander. Elles sont toutes sottes et ignorantes, comme la plupart des filles. Mais Lizzy possède un esprit un peu plus vif que les autres.

— Monsieur Bennet, comment pouvez-vous médire de la sorte de vos propres enfants ? Vous prenez plaisir à me tourmenter. Vous n'avez pas pitié de mes pauvres nerfs.

— Vous vous méprenez, ma chère. J'ai le plus grand respect pour vos nerfs. Ce sont de vieux amis. Cela fait au moins vingt ans qu'avec considération je vous entends parler d'eux.

— Ah ! vous ne savez pas ce que je souffre.

— Néanmoins j'espère que vous prendrez le dessus et vivrez assez longtemps pour voir de nombreux jeunes gens avec quatre mille livres de rente entrer dans notre voisinage.

— À quoi cela servirait-il qu'il en vienne vingt, si vous ne leur rendez pas visite ?

— Comptez sur moi, ma chère. Il peut en venir vingt, je les visiterai tous. »

La vivacité d'esprit, un humour sarcastique, la réserve et la fantaisie se mêlaient si étrangement dans la composition de M. Bennet qu'une expérience de vingt-trois ans n'avait pas suffi à sa femme pour parvenir à le comprendre. En ce qui la concernait, le personnage était moins difficile à approfondir. C'était une femme d'une intelligence médiocre, peu instruite et perdant facilement patience. Lorsqu'elle était contrariée, elle s'imaginait malade des nerfs. La grande affaire de sa vie était de marier ses filles. Elle tirait consolation de ses visites, ainsi que des potins.

CHAPITRE II

M. Bennet fut parmi les premiers à se rendre chez M. Bingley. Il avait toujours eu l'intention de le faire, bien qu'assurant sa femme jusqu'au dernier moment qu'il n'irait pas. Le soir encore qui suivit cette démarche, elle restait dans l'ignorance. Voici comment ensuite cela lui fut dévoilé. Observant la deuxième de ses filles qui s'occupait à garnir un chapeau, brusquement il lui lança :

« J'espère, Lizzy, qu'il sera du goût de M. Bingley.

— Ce n'est pas demain que nous connaîtrons les goûts de M. Bingley, rétorqua sa mère avec aigreur, puisque nous ne le visiterons pas.

— Mais vous oubliez, maman, intervint Elizabeth, que nous le rencontrerons dans les assemblées[1] et que Mme Long a promis de nous le présenter.

— Je ne crois pas que Mme Long fasse quelque chose de ce genre. N'a-t-elle pas deux nièces à marier ? C'est quelqu'un d'égoïste et de fourbe pour qui je n'ai pas la moindre estime.

— Moi non plus, renchérit M. Bennet, et j'ai plaisir à

entendre que vous ne comptez pas sur ses bons offices. »

Mme Bennet ne daigna pas répondre mais, incapable de se contenir, elle se mit à rabrouer l'une de ses filles.

« Cesse donc de tousser ainsi, Kitty, pour l'amour du ciel ! Aie un peu pitié de mes nerfs. Tu les mets à la torture.

— Kitty ne fait preuve d'aucun discernement dans ses accès de toux, fit remarquer son père. Elle les place au mauvais moment.

— Je ne tousse pas pour mon plaisir, répliqua Kitty sur un ton grincheux.

— À quand ton prochain bal, Lizzy ?

— Dans quinze jours demain.

— Mais oui ! s'écria sa mère, et Mme Long ne sera de retour que la veille. Il lui sera donc impossible de nous présenter M. Bingley, car elle-même ne l'aura jamais vu.

— En ce cas, ma chère, vous aurez sur votre amie l'avantage de pouvoir lui rendre ce service.

— Impossible, monsieur Bennet, impossible, puisque je ne connaîtrai pas M. Bingley, moi non plus ! Vous avez décidé de me faire enrager !

— Je rends hommage à votre circonspection. Des relations qui datent de quinze jours ne représentent, il est vrai, pas grand-chose. Ce n'est pas au bout de deux semaines qu'on peut se vanter de connaître les gens. Mais, si nous n'osons pas présenter M. Bingley, quelqu'un d'autre s'en chargera à notre place et, après tout, il est juste de donner leur chance à Mme Long et à ses nièces. En conséquence, comme elle y verra un geste amical, si vous refusez de le faire, c'est moi qui m'occuperai de la présentation. »

Les jeunes filles regardèrent leur père avec étonnement, cependant que Mme Bennet ne trouvait à dire que « Fariboles ! ».

« Que peut bien signifier cette expression pleine d'emphase ? s'exclama-t-il. Considéreriez-vous les formes de la présentation ainsi que l'importance qu'on y attache comme autant de fariboles ? C'est un point sur lequel je ne puis tout à fait vous suivre. Qu'en penses-tu, Mary ? Je sais que tu es une jeune personne qui réfléchit profondément, lit de gros livres et relève des citations. »

Mary voulut placer une remarque très judicieuse mais ne trouva rien à dire.

« Laissons Mary rassembler ses idées, poursuivit M. Bennet et revenons-en à M. Bingley.

— J'en ai par-dessus la tête de M. Bingley, s'écria sa femme.

— Je suis fâché de l'entendre. Mais pourquoi ne pas me l'avoir dit plus tôt ? Si j'avais su cela ce matin, je ne serais sûrement pas allé le voir. C'est très regrettable. Mais, puisque la visite maintenant est rendue, nous ne pouvons plus faire comme si nous ne le connaissions pas. »

L'étonnement de ces dames fut à la hauteur des espérances de M. Bennet, la stupéfaction de sa femme surpassant peut-être celle de ses filles. Malgré tout, les premières effusions de joie une fois passées, elle se mit à soutenir qu'elle ne s'était attendue à rien d'autre dès le commencement.

« Que c'est aimable de votre part, mon cher monsieur Bennet ! Mais je savais bien que je finirais par vous persuader. J'étais sûre que vous aimiez trop vos enfants pour négliger une relation comme celle-là. Ah ! comme je suis contente ! Et quel bon tour vous nous avez joué en y allant ce matin sans rien découvrir avant ce moment !

— À présent, Kitty, dit M. Bennet, te voilà libre de tousser à ta guise. »

Sur ces mots il quitta la pièce, lassé des transports de sa femme.

« Quel excellent père vous avez là, mes filles ! s'écria-t-elle, une fois la porte refermée. Je ne vois pas comment vous pourrez jamais le remercier suffisamment de sa bonté — ni me remercier, moi, tant que nous y sommes. À l'âge auquel nous arrivons, il n'est pas tellement agréable de nouer de nouvelles relations. Mais pour vous, que ne ferions-nous pas ? Lydia, ma chérie, tu es la plus jeune, c'est vrai, mais je suis persuadée que M. Bingley te fera danser au prochain bal.

— Oh ! je n'ai pas de crainte à avoir là-dessus, répondit Lydia avec assurance. J'ai beau être la plus jeune, je suis aussi la plus grande. »

Le reste de la soirée fut consacré à se demander quand M. Bingley rendrait sa visite à M. Bennet et à décider du jour où on l'inviterait à dîner.

CHAPITRE III

Toutes les questions cependant que Mme Bennet, avec l'assistance de ses cinq filles, put poser sur le sujet ne suffirent pas à obtenir de son mari un portrait satisfaisant de M. Bingley. Elles s'y prirent de différentes façons, alternant les interrogations sans détour, les hypothèses ingénieuses, les suppositions pleines d'audace. Il déjoua toute leur habileté, et en dernier recours elles durent se contenter des renseignements que leur fournit leur voisine, Lady Lucas. Son rapport fut des plus favorables. Sir William avait été enchanté. L'homme était fort jeune, merveilleusement beau, d'une compagnie très agréable et, pour couronner le tout, il avait l'intention de se rendre à la prochaine assemblée en s'entourant de nombreux amis. Rien ne pouvait être plus réjouissant. De l'amour de la danse à l'amour il n'y a qu'un pas : on se mit à entretenir les espoirs les plus vifs concernant le cœur de M. Bingley.

« Si je peux seulement voir une de mes filles heureusement établie à Netherfield, dit Mme Bennet à son mari, et toutes les autres faire un aussi bon mariage, je n'en demande pas plus. »

Quelques jours plus tard, M. Bingley rendit sa visite à M. Bennet et resta près de dix minutes en sa compagnie dans la bibliothèque. Il avait espéré que l'occasion lui serait donnée d'entrevoir les jeunes filles de la maison, dont on lui avait vanté les charmes. Mais il ne vit que le père. Les jeunes filles, quant à elles, bénéficièrent d'un peu plus de chance : elles eurent le privilège de pouvoir distinguer d'une fenêtre d'en haut qu'il portait un habit bleu et montait un cheval noir.

Peu de temps après fut dépêchée une invitation à dîner, et déjà Mme Bennet avait songé à tous les plats qui devaient faire honneur à ses capacités de maîtresse de maison quand leur parvint une réponse qui remettait le projet à plus tard. M. Bingley devait se trouver le lendemain à Londres. En conséquence, il ne pouvait accepter l'honneur qui lui était fait, etc. Mme Bennet en fut toute déconcertée. Elle ne voyait pas ce qui était de nature à l'appeler dans la capitale sitôt après son arrivée dans le Hertfordshire[1], et elle se mit à redouter qu'il ne fût toujours par monts et par vaux sans jamais se fixer à Netherfield comme c'était son devoir. Lady Lucas apaisa quelque peu ses craintes en émettant l'idée que son voyage à Londres n'avait d'autre but que de réunir un grand nombre d'amis pour l'assemblée. Le bruit ensuite ne tarda pas à se répandre que M. Bingley allait amener avec lui douze dames et sept messieurs. Les jeunes filles se désolèrent devant pareil afflux de cavalières mais se rassérénèrent la veille du bal en apprenant que ce n'étaient pas douze dames qui avaient fait le voyage de Londres mais six, cinq sœurs et une cousine. En réalité, quand le groupe entier pénétra dans la salle, il ne comptait plus que cinq éléments : M. Bingley, ses deux sœurs, le mari de la plus âgée et un autre jeune homme.

M. Bingley était bien fait de sa personne et distingué, avec un visage agréable, des manières simples et franches. Ses sœurs avaient de la beauté et affichaient une élégance recherchée. Son beau-frère, M. Hurst, avait l'air d'un *gentleman*[2], rien de plus. Mais son ami, M. Darcy, attira vite l'attention de tous par sa haute stature, sa prestance, l'agrément et la noblesse de ses traits, ainsi que par la rumeur qui circula moins de cinq minutes après son entrée lui attribuant dix mille livres de rente. Les messieurs lui trouvèrent de l'allure, les dames le jugèrent beaucoup plus séduisant que M. Bingley et, durant près de la moitié de la soirée, on le considéra avec beaucoup d'admiration, jusqu'à ce qu'il déplût par des manières qui inversèrent le cours de sa popularité. En effet, on découvrit qu'il était fier, méprisait les gens qu'il côtoyait et ne se satisfaisait de rien. Du coup, son vaste domaine du Derbyshire[1] ne suffit pas à lui épargner d'avoir une physionomie particulièrement désagréable et rébarbative, et de n'être rien en comparaison de son ami.

M. Bingley eut tôt fait de lier connaissance avec tout ce qui comptait dans la salle de bal. C'était quelqu'un d'enjoué qui bannissait toute réserve. Il dansa chacune des danses, se fâcha de ce que le bal finît trop tôt et parla d'en donner un lui-même à Netherfield. Des qualités aussi charmantes se passent de commentaire. Quel contraste entre son ami et lui ! M. Darcy ne fit que deux apparitions parmi les danseurs, la première en compagnie de Mme Hurst et la seconde avec Mlle Bingley. Il refusa d'être présenté à d'autres dames et passa le reste de la soirée à déambuler dans la pièce, avec un mot parfois à l'adresse des gens qu'il connaissait. Aussi décida-t-on bien vite de son caractère. Il fut jugé l'homme le plus orgueilleux, le plus déplaisant qui fût au monde, et chacun espéra ne plus jamais le revoir. Parmi les plus virulents dans leur opposition figurait Mme Bennet, dont le dégoût causé par l'ensemble de son comportement se muait en un ressentiment plus aigu et plus particulier du fait qu'il avait traité avec dédain l'une de ses filles.

Elizabeth Bennet avait dû, par suite de la rareté des cavaliers, rester assise pendant deux danses et, durant une partie de ce temps, M. Darcy s'était tenu assez près pour qu'elle pût entendre sa conversation avec M. Bingley. Ce dernier avait quitté la danse quelques instants pour presser son ami de le rejoindre.

«Allons, Darcy, lui dit-il, viens donc danser. Je déteste te voir traîner tout seul de cette manière. Tu ferais beaucoup mieux de te joindre à nous.

— N'y compte pas. Tu sais à quel point je déteste la danse quand je ne connais pas bien ma cavalière. Dans une assemblée comme celle-ci, l'épreuve me serait insupportable. Tes deux sœurs ont trouvé des partenaires, et il n'y a pas dans la salle d'autre femme à qui ce ne serait pas pour moi une punition de tenir compagnie.

— Comment peut-on se montrer aussi difficile! s'exclama Bingley, c'est à n'y pas croire. Je te jure que je n'ai jamais rencontré de ma vie autant d'aimables jeunes filles qu'en cette soirée. Tu peux voir par toi-même que plusieurs sont remarquablement jolies.

— Tu danses avec la seule qui soit belle, dit M. Darcy en regardant l'aînée des demoiselles Bennet.

— Ah! c'est la plus divine créature que j'aie jamais vue! Mais une de ses sœurs est assise juste derrière toi qui est très jolie, et je ne doute pas qu'elle soit très charmante. Permets-moi, je t'en prie, de demander à ma partenaire de te présenter.

— De qui veux-tu parler?»

Se tournant, un instant il examina Elizabeth, jusqu'à ce que, croisant son regard, il détournât le sien et dît froidement:

«Elle n'est pas mal, mais pas assez belle pour me tenter, et je ne suis pas d'humeur aujourd'hui à donner de l'importance aux jeunes filles qui ont été laissées pour compte. Tu ferais mieux de retourner auprès de ta cavalière pour te repaître de ses sourires, car tu perds ton temps avec moi.»

M. Bingley suivit son conseil. M. Darcy s'éloigna, et Elizabeth resta seule à nourrir à son égard des sentiments qui n'avaient rien de très cordial. Cela ne l'empêcha pas de raconter à ses amies ce qui s'était passé avec beaucoup de verve, car elle était dotée d'un esprit vif et malicieux qui se divertissait du ridicule sous toutes ses formes.

La soirée, dans l'ensemble, se passa agréablement pour la famille entière. Mme Bennet avait pu voir l'aînée de ses filles très admirée par les hôtes de Netherfield. M. Bingley avait dansé deux fois avec elle, et ses sœurs lui avaient montré une faveur particulière. Jane en ressentait autant de plaisir que sa mère, si ce plaisir demeurait plus discret dans ses manifestations. Elizabeth était sensible au contentement de Jane. Mary s'était entendu mentionner à Mlle Bingley comme la jeune fille la plus accomplie[1] du voisinage. Quant à Catherine et à Lydia, elles avaient eu la chance de ne jamais manquer de partenaires, ce qui constituait la somme des satisfactions qu'elles avaient jusqu'alors appris à attendre d'un bal. On revint donc dans la bonne humeur à Longbourn, le village où ils résidaient et dont ils étaient les habitants les plus en vue.

M. Bennet n'était pas encore couché. Avec un livre entre les mains, il ne voyait pas le temps passer et, en la circonstance, sa curiosité était éveillée de connaître les résultats d'une soirée qui avait suscité d'aussi grands espoirs. Il avait plutôt escompté la déception de tous les plans dressés par sa femme qui visaient le jeune étranger, mais il s'aperçut bien vite qu'il aurait à écouter quelque chose de très différent.

«Ah! mon cher monsieur Bennet, s'écria-t-elle sitôt entrée dans la pièce, nous avons passé une soirée merveilleuse; ce bal était une réussite parfaite. Je regrette que vous ne soyez pas venu. Jane a été admirée, admirée, on n'avait jamais rien vu de pareil. Tout le monde m'a complimentée sur sa beauté. M. Bingley l'a trouvée ravissante, et il a dansé deux fois avec elle. Vous vous rendez compte: deux fois[2]! Il n'a invité personne d'autre une deuxième fois. Il a commencé par faire danser Mlle Lucas. J'étais contrariée de la voir à son bras, vous ne pouvez pas vous imaginer. Heureusement, il n'a pas du tout été séduit — il est vrai que personne ne pourrait l'être — et, en regardant Jane passer devant lui[3], il a paru conquis. Il a donc cherché à savoir qui elle était, s'est fait présenter et lui a retenu les deux pro-

chaines danses[1]. Après cela, il a dansé les deux suivantes avec Mlle King, les deux suivantes avec Maria
Lucas, les deux suivantes de nouveau avec Jane, les
deux suivantes avec Lizzy, et la boulangère[2]...

— S'il avait eu un peu de pitié pour moi, coupa son
mari impatiemment, il se serait arrêté bien avant. Pour
l'amour du ciel, plus un mot sur ses partenaires ! Ah !
s'il avait pu se fouler la cheville dès la première danse !

— Mon cher, poursuivit Mme Bennet, je suis absolument charmée par cet homme. Il est si étonnamment
beau ! Et ses sœurs sont des femmes exquises. Jamais
de ma vie je n'ai vu plus élégant que leurs robes. Je
crois bien que la dentelle de celle de Mme Hurst... »

On l'interrompit une fois encore. M. Bennet refusait d'entendre parler chiffons. Son épouse fut donc
contrainte de se rabattre sur un autre aspect de la soirée, et elle raconta, en y mettant beaucoup d'aigreur
et quelque exagération, l'impolitesse grossière dont
M. Darcy s'était rendu coupable.

« Mais je puis vous assurer, ajouta-t-elle, que Lizzy ne
perd pas grand-chose à ne pas satisfaire son goût. C'est
quelqu'un de très désagréable, d'abominable, qui ne
mérite aucunement qu'on cherche à lui plaire. Il est si
hautain et si imbu de sa personne qu'on ne peut le
souffrir. Il se promenait d'un côté, de l'autre, en se prenant pour un grand personnage. Pas assez belle pour
être invitée ! Je regrette que vous n'ayez pas été là, mon
cher. Vous l'auriez remis à sa place, comme vous savez
le faire. J'ai un véritable dégoût pour cet homme-là. »

CHAPITRE IV

Lorsque Jane et Elizabeth se retrouvèrent seules, la
première, qui avait jusque-là mesuré son éloge de
M. Bingley, ne cacha plus à sa sœur combien elle l'admirait.

« Il a tout ce qu'on attend d'un jeune homme, du bon sens, de la gaieté, de la vivacité, et je n'ai jamais vu de manières aussi aimables, une grande aisance jointe à une parfaite éducation.

— Sans oublier qu'il est bien fait, ajouta Elizabeth. C'est une qualité qu'on attend aussi d'un jeune homme, si possible. Somme toute, il ne lui manque rien.

— Il m'a beaucoup flattée en m'invitant à danser une deuxième fois. Je ne prévoyais pas qu'il me ferait pareil compliment.

— Vraiment ? Moi si, je le prévoyais à ta place. Entre autres choses, c'est là ce qui nous sépare. Les compliments te surprennent toujours ; ils ne m'étonnent jamais. Quoi de plus naturel que de renouveler son invitation ? Il ne pouvait s'empêcher de remarquer que tu étais quelque cinq fois plus jolie que les autres femmes dans l'assistance. Sa galanterie n'y était pour rien. Il n'en demeure pas moins quelqu'un de très agréable, et tu as ma permission de le trouver à ton goût. Je t'ai vue apprécier beaucoup plus sot.

— Oh ! Lizzy !

— Tu as trop tendance, vois-tu, à faire grâce à tous. Tu ne décèles de défaut nulle part. À tes yeux, chacun est bon et aimable. Je ne t'ai jamais entendue dénigrer qui que ce soit.

— Je crains de censurer trop vite, mais je dis toujours ce que je pense.

— Je le sais bien, et c'est là le plus étonnant. Comment, avec le bon sens qui te caractérise, peut-on être aussi sincèrement aveugle aux extravagances et aux absurdités d'autrui ? Affecter d'être charitable n'a rien en soi de particulier. On voit cela partout. Mais faire montre de charité sans ostentation et sans rechercher son avantage, ne retenir des gens que ce qu'ils ont de meilleur et en exagérer le prix, rester muet sur ce qui est à reprendre, tout cela n'appartient qu'à toi. Ainsi donc, tu as bien aimé les sœurs de cet homme ? Leurs manières ne valent pas les siennes.

— Certainement non, du moins au premier abord.

Mais on les trouve charmantes quand on s'entretient avec elles. Mlle Bingley doit habiter chez son frère et tenir sa maison. Elle nous fera une voisine des plus agréables, à n'en pas douter. »

Elizabeth écouta en silence, mais sans être convaincue. Le comportement des deux jeunes femmes lors de l'assemblée n'avait démontré aucun désir de gagner tous les suffrages. Plus fine observatrice que sa sœur et moins influençable, avec un jugement par surcroît plus neutre de n'avoir fait l'objet d'aucune attention particulière, Elizabeth n'était guère disposée à approuver leur conduite. Elles jouaient en réalité les grandes dames. Elles pouvaient se montrer enjouées quand tout allait bien, aimables lorsqu'elles avaient décidé de l'être. Mais elles étaient orgueilleuses et infatuées de leur personne. Plutôt belles, elles avaient reçu leur éducation dans l'une des meilleures pensions de la capitale, disposaient d'une fortune de vingt mille livres, avaient coutume de dépenser plus qu'elles n'auraient dû et de fréquenter les personnes du premier rang. Elles avaient donc toutes les raisons de se faire une haute idée d'elles-mêmes et une piètre idée d'autrui. Elles appartenaient à une famille respectable du nord de l'Angleterre, particularité qui avait marqué leur esprit plus profondément que l'origine mercantile de leur fortune à tous trois.

M. Bingley avait hérité de son père des biens dont la valeur se montait à près de cent mille livres. Ce père avait caressé l'idée d'acheter un domaine mais n'avait pas vécu assez longtemps pour mener à bien son projet. Le fils n'avait pas d'autre intention et parfois choisissait son comté. Mais, comme à présent il était pourvu d'une maison à sa convenance et des droits attachés à une seigneurie[1], beaucoup de ceux qui connaissaient sa nonchalance naturelle se demandaient s'il ne passerait pas le reste de ses jours à Netherfield, laissant à la génération suivante le soin d'effectuer une acquisition.

Ses sœurs étaient fort désireuses de le voir en possession d'un domaine bien à lui. Mais, quoiqu'il fût maintenant installé uniquement en tant que locataire,

Mlle Bingley n'était nullement hostile à l'idée de présider à sa table. Mme Hurst, qui avait épousé quelqu'un dont la condition valait mieux que la fortune, n'était pas moins disposée qu'elle à considérer comme sienne la maison de son frère lorsque cela lui conviendrait. Il y avait à peine deux ans que celui-ci avait atteint sa majorité quand, sur la foi d'une recommandation fortuite, il avait été tenté de jeter un coup d'œil à Netherfield. Il avait regardé effectivement la demeure, dont il avait examiné l'intérieur pendant trente minutes, été satisfait de la situation et des pièces principales ; il avait cru à l'éloge qu'en faisait le propriétaire et signé sans plus tarder.

Entre Darcy et lui s'était instaurée une solide amitié, en dépit du contraste de leurs personnalités. Darcy s'était attaché à Bingley en raison de sa complaisance, de sa franchise et de son humeur accommodante, bien que ce genre de caractère fût aux antipodes du sien et que du sien il ne parût jamais mécontent. Sur la force du sentiment d'affection de Darcy à son égard Bingley n'entretenait aucun doute, et il tenait son jugement en haute estime. Des deux, Darcy était celui qui avait le plus d'intelligence. On ne peut dire que Bingley en manquait, mais Darcy en possédait beaucoup. Cependant il lui arrivait de se montrer arrogant, réservé, fastidieux, et ses manières, bien que celles d'un homme bien élevé, n'étaient guère engageantes. Sous ce rapport son ami reprenait nettement l'avantage. Partout où il passait, Bingley était assuré de plaire. Darcy, lui, ne cessait d'indisposer.

La façon dont ils commentèrent l'assemblée de Meryton illustre bien leur différence. Bingley de sa vie n'avait jamais rencontré de gens plus agréables ou de jeunes filles plus jolies. Tout le monde lui avait prodigué des égards et des politesses. Il n'avait eu à se plaindre d'aucune formalité, d'aucune raideur. Vite, il s'était senti en pays de connaissance. Quant à Mlle Bennet, on ne pouvait rêver plus belle créature. Darcy au contraire s'était vu confronté à tout un tas de gens parmi lesquels on n'observait que peu de beauté et aucun raffinement. Nul n'avait suscité chez lui le moindre intérêt. Personne n'avait prêté attention à ce qu'il pouvait ressentir ni ne lui avait causé de plaisir. Il admettait que Mlle Bennet était jolie, mais elle souriait exagérément.

Mme Hurst et sa sœur le reconnurent ; pourtant elles continuèrent de l'admirer et de bien l'aimer. C'était une charmante jeune fille. Elles ne verraient pas d'inconvénient à faire plus ample connaissance. Il fut donc entendu que Mlle Bennet était charmante, et leur frère se crut autorisé par la force du compliment à se faire d'elle l'opinion de son choix.

CHAPITRE V

À peu de distance à pied de Longbourn habitait une famille avec laquelle les Bennet entretenaient des relations étroites. Sir William Lucas avait autrefois tenu un négoce à Meryton. Il y avait amassé une fortune non négligeable, et il avait été élevé au titre de chevalier[1] à la suite d'une adresse au roi durant le temps où il était le maire. Cette distinction l'avait peut-être marqué trop profondément. Il en avait conçu du dégoût pour ses affaires et pour sa résidence dans un petit bourg. Quittant tout cela, il avait élu domicile avec sa famille dans une maison située à environ un quart de lieue de Meryton et désormais connue sous le nom de Pavillon de Lucas, où il pouvait agréablement rêver à sa dignité et, libéré des contraintes du commerce, consacrer la totalité de son temps à se montrer aimable avec tout le monde. En effet, son rang, s'il l'avait enflé d'orgueil, ne l'avait pas rendu méprisant. Au contraire, il multipliait les politesses à l'égard de chacun. Par nature il était dénué de méchanceté, amical, obligeant. À ces qualités, d'être présenté à St. James's[2] avait ajouté la courtoisie.

Lady Lucas était une très bonne personne dont la

finesse d'esprit n'était pas telle qu'elle ne pût faire une
voisine appréciable à Mme Bennet. Ils avaient plusieurs enfants. La plus âgée de tous, une jeune femme
pleine de bon sens et d'intelligence qui avait dans les
vingt-sept ans, était l'amie intime d'Elizabeth.

La nécessité d'une rencontre entre les demoiselles
Lucas et les demoiselles Bennet pour parler du bal de la
veille ne se contestait pas. Le matin qui suivit l'assemblée vit les premières venir à Longbourn pour entendre
les opinions des secondes et communiquer les leurs.

«Tu as bien commencé la soirée, Charlotte», dit
Mme Bennet à Mlle Lucas[1] en taisant poliment ce
qu'elle en pensait. «C'est toi que M. Bingley a d'abord
choisie.

— Certes, mais il a paru préférer le second de ses
choix.

— Ah oui! tu penses à Jane, je suppose, parce qu'il a
dansé deux fois avec elle. À coup sûr, il paraissait l'admirer. En réalité, je crois bien qu'il l'admirait vraiment. Quelque chose à ce sujet m'est venu aux oreilles
— mais je ne pourrais pas dire quoi —, quelque chose
qui concernait M. Robinson.

— Peut-être avez-vous à l'esprit ce que j'ai entendu
d'une conversation entre M. Robinson et M. Bingley?
Ne vous en ai-je pas parlé? M. Robinson lui demandait
ce qu'il pensait de nos assemblées de Meryton, s'il ne
croyait pas qu'il y avait beaucoup de jolies femmes dans
l'assistance, et laquelle il jugeait la plus charmante. Il a
répondu aussitôt à la dernière question: "Oh! sans
aucun doute l'aînée des demoiselles Bennet. On ne peut
hésiter là-dessus."

— Ma parole! C'est sans équivoque! On pourrait en
conclure que... mais il n'en reste pas moins, tu sais,
que tout cela peut n'aboutir à rien.

— Il y avait davantage de profit à tirer de ce que j'ai
surpris que de ce que tu as pu entendre, Eliza, reprit
Charlotte. Il ne vaut pas la peine de prêter l'oreille à
M. Darcy autant qu'à son ami, n'est-ce pas? Pauvre
Eliza! N'être que "pas mal"!

— J'aimerais que tu n'ailles pas lui mettre en tête de se chagriner des mauvais procédés de cet homme. Il est si déplaisant que le malheur serait de lui plaire. Mme Long me disait hier soir qu'il était resté assis près d'elle une demi-heure sans desserrer les dents.

— En êtes-vous absolument sûre, ma mère ? intervint Jane. N'y a-t-il pas une petite erreur ? Je suis certaine d'avoir vu M. Darcy lui parler.

— Oui, oui, parce qu'elle a fini par lui demander son opinion sur Netherfield. Il ne pouvait pas ne pas lui répondre. Mais elle m'a dit qu'il avait l'air très fâché de se voir adresser la parole.

— Selon Mlle Bingley, dit Jane, il n'est pas bavard, à moins qu'il ne soit parmi ses intimes. Mais avec eux il est tout à fait charmant.

— Je n'en crois pas un mot, ma chérie. S'il était tout à fait charmant, il aurait parlé à Mme Long. Mais je vois comment les choses se sont passées. Tout le monde dit qu'il est bouffi d'orgueil. Il a dû, je ne sais trop comment, entendre dire que Mme Long n'avait pas de voiture à elle et qu'elle était venue au bal dans une chaise de louage.

— Je ne lui en veux pas de ne pas avoir parlé à Mme Long, observa Charlotte, mais je regrette qu'il n'ait pas dansé avec Eliza.

— Une autre fois, Lizzy, lui conseilla sa mère, à ta place je refuserais de danser avec lui.

— Je crois, ma mère, pouvoir vous promettre de ne jamais être sa cavalière.

— Son orgueil, reprit Mlle Lucas, ne me choque pas autant que l'orgueil me choque d'ordinaire, car il a une excuse. On ne peut s'étonner qu'un si beau jeune homme, avec famille, fortune, tout en sa faveur, ait une haute opinion de lui-même. Si je puis m'exprimer ainsi, il a le droit d'être orgueilleux.

— C'est juste, repartit Elizabeth, et je pourrais facilement lui pardonner son orgueil s'il n'avait pas fait souffrir le mien.

— L'orgueil, professa Mary, qui se piquait d'émettre

des réflexions pleines de sagesse, est, j'en suis persuadée, un défaut très répandu. Si j'en crois tout ce que j'ai lu, je suis convaincue de son universalité, du fait que la nature humaine y est particulièrement portée et que très peu d'entre nous sont à l'abri d'un sentiment de complaisance à l'égard d'eux-mêmes fondé sur la possession de quelque qualité, réelle ou imaginaire. La vanité et l'orgueil sont deux choses distinctes, bien que les mots soient souvent utilisés l'un pour l'autre. On peut être orgueilleux sans être vain. L'orgueil a trait davantage à l'idée que nous nous faisons de nous-mêmes, la vanité à ce que nous voudrions que les autres pussent penser de nous [1].

— Si j'étais aussi riche que M. Darcy, s'écria un jeune Lucas qui avait accompagné ses sœurs, je ne me soucierais pas de savoir si j'avais trop d'orgueil ou non. J'aurais une meute de chiens, et je boirais une bouteille de vin par jour.

— En ce cas, s'insurgea Mme Bennet, tu boirais beaucoup plus qu'il n'est permis et, si je te voyais faire, je t'enlèverais ta bouteille tout de suite.»

Le garçon protesta qu'elle n'en ferait rien, elle qu'elle saurait l'y forcer, et le débat ne se termina qu'avec la visite.

CHAPITRE VI

Les dames de Longbourn ne tardèrent pas à visiter celles de Netherfield, visite qui fut rendue en bonne et due forme. Les manières engageantes de Mlle Bennet lui attiraient de plus en plus les bonnes grâces de Mme Hurst et de Mlle Bingley. La mère fut jugée insupportable, les sœurs cadettes indignes qu'on leur adressât la parole, mais on émit le souhait de parfaire la connaissance des deux aînées. Tant d'amabilité fut accueilli par Jane avec le plus grand plaisir, tandis qu'Elizabeth persistait à voir de l'arrogance dans leur comportement vis-à-vis de tout le monde, sans même excepter entièrement sa sœur, et ne parvenait pas à leur accorder sa sympathie. Néanmoins leur complaisance à l'égard de Jane, telle qu'elle se manifestait, prenait de la valeur du fait que très probablement elle avait son origine dans l'admiration de leur frère. Chaque fois que Jane et lui se rencontraient, cette admiration ne manquait pas de frapper ; aux yeux de la cadette, on ne pouvait davantage ignorer que sa sœur cédait au penchant qui l'avait dès l'abord portée vers le jeune homme et qu'elle était en passe de devenir très amoureuse. Cependant Elizabeth se félicitait de penser que la plupart des gens ne risquaient guère de s'en apercevoir, car Jane à la vigueur des sentiments alliait un calme et un enjouement constants qui la mettraient à l'abri des soupçons des impertinents ; elle s'en ouvrit à son amie, Mlle Lucas.

« Il peut être satisfaisant, lui opposa Charlotte, d'être capable en pareil cas de donner le change, mais dissimuler ainsi ne comporte pas que des avantages. Si une femme avec la même adresse parvient à cacher son affection à celui qui en fait l'objet, elle gâchera peut-être un moyen de se l'attacher, et ce sera pour elle une mince consolation de croire les gens qui l'entourent dans une égale ignorance. La gratitude ou la vanité jouent un rôle si important dans presque tous les liens du cœur qu'il n'est pas prudent de les laisser se former sans se mêler de rien. Nous pouvons tous commencer sans incitation — une légère préférence est assez naturelle — mais fort peu d'entre nous ont une sensibilité assez vive pour aimer tout de bon sans encouragement. Neuf fois sur dix, une femme aura intérêt à montrer plus d'affection qu'elle n'en ressent. Ta sœur plaît à Bingley, ce n'est pas niable. Les choses cependant risquent d'en rester là si elle n'aide pas à leur progrès.

— Mais elle y aide autant que sa nature le lui permet. Si moi, je peux percevoir la préférence qu'elle a pour lui, il faut qu'il soit un grand benêt pour ne pas s'en apercevoir aussi.

— Rappelle-toi, Eliza, qu'il ne connaît pas aussi bien que toi le caractère de Jane.

— Mais quand une femme est attirée par un homme et n'essaie pas de le dissimuler, il le découvre nécessairement.

— Peut-être, s'il a suffisamment l'occasion de la voir. Mais, si Bingley et Jane se rencontrent assez souvent, ce n'est jamais pendant de longues heures et, comme ils se côtoient toujours dans des réunions où il y a beaucoup de monde, il leur est impossible de profiter pleinement du temps qui leur est imparti pour tenir des conversations. Il importe donc à Jane d'exploiter chaque demi-heure où Bingley peut lui accorder son attention. Quand elle sera sûre qu'il ne lui échappera pas, alors elle aura tout loisir de tomber amoureuse, et autant qu'il lui plaira.

— Ton plan est sans défaut, répliqua Elizabeth, s'il correspond au seul désir de faire un beau mariage et, si j'étais moi-même résolue à me procurer par tous les moyens un mari fortuné, ou simplement un mari, je crois que je l'adopterais. Mais ce n'est pas l'état d'esprit de Jane. Elle n'agit pas par calcul. Jusqu'à maintenant elle n'est même pas certaine du degré de sa propre affection. Elle ne sait pas si cette affection est raisonnable. Elle ne connaît Bingley que depuis quinze jours. Elle a dansé quatre danses avec lui à Meryton. Elle l'a vu un matin chez lui, puis elle a dîné en sa compagnie quatre fois. Ce n'est pas tout à fait suffisant pour savoir à qui elle a affaire.

— Non, de la manière dont tu vois les choses. Si elle avait seulement dîné avec lui, elle aurait pu borner ses découvertes à la connaissance de son appétit. Mais souviens-toi qu'ils ont aussi passé quatre soirées ensemble, et quatre soirées peuvent se révéler fort instructives.

— Oui, ces quatre soirées leur auront permis de s'assurer qu'ils préféraient tous deux le vingt et un au commerce[1]. Mais, pour ce qui est d'autres sujets d'importance, je ne pense pas que les révélations aient été considérables.

— Eh bien, conclut Charlotte, de tout cœur je souhaite à Jane de réussir et, si elle devait l'épouser demain, je lui accorderais autant de chances d'être heureuse que si elle pouvait étudier sa nature une année de suite. Le bonheur dans le mariage est uniquement une question de chance. Quand bien même les personnes concernées connaîtraient parfaitement leurs caractères réciproques, quand ces caractères avant la cérémonie se ressembleraient point par point, ce n'est pas cela qui favoriserait le moins du monde leur félicité future. L'un et l'autre ensuite se différencieront toujours suffisamment pour que leur échoie leur lot de déconvenues. Il vaut mieux rester dans l'ignorance la plus grande possible des défauts de la personne qui doit partager votre vie.

— Tu me fais rire, Charlotte. Ton raisonnement ne tient pas debout et tu le sais. Tu n'appliquerais jamais ces principes-là toi-même.»

Tout occupée à observer les attentions de M. Bingley à l'égard de sa sœur, Elizabeth était loin de soupçonner qu'elle-même prenait de l'intérêt au regard de son ami. M. Darcy d'abord avait eu peine à admettre qu'elle fût seulement jolie. Au bal, il avait pu la voir sans l'admirer. Lors de leur rencontre suivante, il ne la considéra que pour la critiquer. Mais il n'eut pas plus tôt établi clairement, tant pour son propre bénéfice que pour celui de ses amis, l'absence en son visage de toute espèce d'attrait qu'il dut reconnaître qu'il s'éclairait d'une intelligence peu commune due à l'éclat de ses beaux yeux noirs. Cette découverte fut suivie d'autres tout aussi humiliantes. Alors que son regard critique avait décelé dans sa silhouette qu'elle contrevenait en plus d'un point aux exigences d'un galbe parfait, il dut admettre que sa personne ne manquait ni de légèreté ni de grâce. Il avait affirmé que ses manières n'auraient pu passer dans la bonne société et se trouvait pris à leur espièglerie. De cela elle ne se doutait nullement. Pour elle il était seulement un homme qui se rendait partout désagréable et ne l'avait pas estimée assez belle pour l'inviter à danser.

Il se mit à souhaiter de la mieux connaître et, dans sa recherche d'une conversation avec elle, commença par prêter l'oreille à ce qu'elle disait aux autres. Elle ne fut pas sans le remarquer. Cela se passait chez Sir William Lucas, où les invités étaient nombreux.

«Que peut bien avoir en tête M. Darcy, confia-t-elle à Charlotte, en m'écoutant parler au colonel Forster?

— C'est une question à laquelle seul M. Darcy peut répondre.

— Si je l'y reprends, je lui ferai certainement savoir que je ne suis pas aveugle à son manège. Il a un regard très ironique et, si je ne suis pas la première à montrer de l'impertinence, j'aurai vite peur de lui.»

Peu après, il s'approcha. Il ne semblait pas avoir l'intention d'entamer une conversation. Mais, Mlle Lucas mettant au défi son amie d'exécuter sa menace, Elizabeth eut aussitôt envie de le faire. Elle se tourna vers lui et dit:

«Ne trouvez-vous pas, monsieur Darcy, qu'il y a un instant je m'exprimais remarquablement bien lorsque je tourmentais ce pauvre colonel Forster pour qu'il acceptât de nous donner un bal à Meryton?

— Vous faisiez preuve de beaucoup d'énergie. Mais c'est un sujet qui toujours galvanise une femme.

— Vous êtes sévère à notre égard.

— Cela sera bientôt ton tour d'être tourmentée, dit Mlle Lucas. Je vais ouvrir le piano, Eliza, et tu te doutes de ce qui va suivre.

— Tu fais une bien curieuse amie, à toujours vouloir que je joue et que je chante avant et devant tout le monde. Si ma vanité s'était portée sur la connaissance de la musique, tu m'aurais été d'un grand secours mais, les choses étant ce qu'elles sont, vraiment j'aimerais mieux ne pas me mettre au piano devant des gens qui sont probablement accoutumés à entendre les tout meilleurs interprètes.»

Toutefois, comme Mlle Lucas insistait, elle ajouta :
« Très bien... S'il n'y a pas moyen de faire autrement... »

Puis, avec un coup d'œil plein de gravité en direction
de M. Darcy :

« Il existe un bon vieil adage que bien sûr chacun
connaît et qui dit : "Il faut garder son souffle pour faire
refroidir son porridge[1]." Je garderai le mien pour donner du volume à ma chanson. »

Son exécution fut plaisante, sans jamais atteindre les
sommets. Après un air ou deux, et avant qu'elle eût pu
répondre à plusieurs personnes qui la pressaient de
continuer, sa sœur Mary se hâta de lui succéder au
piano. Elle avait consenti de grands efforts, du fait
qu'elle était la seule de la famille à ne pas avoir de
beauté, pour s'instruire et acquérir des talents de
société dont elle se montrait toujours impatiente de
faire étalage.

Mary n'avait en partage ni bon goût ni dispositions
naturelles et, si la vanité l'avait rendue studieuse, elle
lui avait aussi donné un air affecté et prétentieux qui
aurait nui à des capacités plus éminentes que celles
auxquelles elle avait atteint. Elizabeth, qui ne faisait pas
d'embarras, avait été écoutée avec beaucoup plus de
plaisir, bien que beaucoup moins bonne pianiste. Au
terme d'un long concerto, Mary fut heureuse de s'attirer éloges et gratitude en jouant de petites mélodies
écossaises et irlandaises à la requête de ses jeunes
sœurs qui, avec quelques-uns des Lucas et deux ou trois
officiers, firent vite à se mettre en danse à une extrémité
de la salle.

Près d'eux se tenait M. Darcy qui sans rien dire s'in-
dignait d'une pareille manière de passer la soirée ne
permettant aucune conversation. Trop occupé de ses
pensées, il s'aperçut que Sir William Lucas s'était
approché de lui seulement en l'entendant lui adresser
la parole.

« Quel merveilleux divertissement pour des jeunes
gens, n'est-ce pas, monsieur Darcy ? Rien ne vaut la

danse en fin de compte. Je la tiens pour l'un des plus grands raffinements des sociétés civilisées.

— Vous avez raison, monsieur, et elle a de surcroît l'avantage d'être en vogue également parmi les plus barbares. Tous les sauvages savent danser.»

Sir William se contenta de sourire.

«Votre ami est un merveilleux danseur, reprit-il après une pause en voyant Bingley se joindre aux autres, et je ne doute pas que vous-même ne soyez passé maître en cet art.

— Vous m'avez vu à l'œuvre à Meryton, je crois, monsieur.

— Oui, c'est vrai, et le spectacle n'a pas été sans me procurer un grand plaisir. Dansez-vous souvent à St. James's ?

— Jamais, Monsieur.

— Ne croyez-vous pas que ce serait un juste hommage à rendre à la grandeur de ce lieu ?

— C'est un hommage que je ne rends à aucun lieu — lorsque je puis m'en dispenser.

— Dois-je en conclure que vous avez à Londres un hôtel particulier[1] ?»

M. Darcy s'inclina.

«J'ai songé autrefois moi-même à m'installer à Londres, car j'aime fréquenter les personnes du meilleur monde. Mais je n'étais pas absolument sûr que l'air de la capitale convînt à Lady Lucas.»

Il se tut, dans l'espoir d'une réponse, mais son compagnon n'était pas disposé à lui en donner une. Comme Elizabeth à cet instant passait par là, Sir William eut alors envie de faire quelque chose de très galant et l'interpella.

«Ma chère mademoiselle Eliza, pourquoi ne dansez-vous pas ? Monsieur Darcy, permettez-moi de vous présenter avec cette jeune demoiselle une partenaire des plus désirables. Il vous sera impossible de vous dérober, j'en suis certain, en présence de tant de beauté.»

Il lui prit la main et s'apprêtait à la mettre dans celle de M. Darcy qui, bien qu'extrêmement surpris, n'était pas opposé à la prendre, quand la jeune fille eut un mouvement de recul et dit à Sir William, non sans manifester de l'émotion :

« Je vous assure, monsieur, que je n'ai pas la moindre intention de danser. Surtout n'allez pas croire que je venais de ce côté pour mendier un cavalier. »

Avec une politesse étudiée, M. Darcy sollicita l'honneur d'être ce cavalier-là, mais en vain. Elizabeth était déterminée, et Sir William n'ébranla nullement cette détermination en tentant de la persuader.

« Vous dansez si bien, mademoiselle Eliza, qu'il est cruel de me refuser la joie de vous regarder évoluer et, bien que ce monsieur n'ait, de manière générale, pas de goût pour cet amusement, il ne verrait pas d'objection, j'en suis sûr, à nous obliger pour une demi-heure.

— M. Darcy est très aimable, repartit Elizabeth en souriant.

— Il l'est à n'en pas douter mais, chère mademoiselle Eliza, considérant l'incitation qui lui est offerte, nous ne pouvons nous étonner de sa complaisance. Qui pourrait dire non à une telle partenaire ? »

Elizabeth se détourna avec un regard malicieux. Sa résistance ne lui avait fait aucun tort auprès du jeune homme, et il songeait à elle, non sans y trouver du charme, quand Mlle Bingley l'accosta.

« Je puis deviner le sujet de votre rêverie.

— Cela me surprendrait.

— Vous vous dites qu'il serait insupportable de passer beaucoup de soirées de cette manière-là, dans une société pareille, et je suis tout à fait de votre avis. Jamais je n'ai été aussi dégoûtée. Tous ces gens insipides et cependant bruyants, qui ne sont rien et s'imaginent compter pour quelque chose ! Que ne donnerais-je pas pour vous entendre les égratigner !

— Vous vous trompez du tout au tout dans vos suppositions, je vous assure. Mon esprit se livrait à des réflexions plus agréables. Je méditais sur le très grand plaisir que peuvent procurer deux beaux yeux dans la physionomie d'une jolie fille. »

Aussitôt Mlle Bingley scruta son visage et voulut savoir le nom de la personne qui avait le pouvoir d'inspirer de telles pensées. M. Darcy répondit hardiment :

« Mlle Elizabeth Bennet.

— Mlle Elizabeth Bennet ! répéta Mlle Bingley. Vous me stupéfiez. Depuis combien de temps est-elle votre favorite ? Et quand, s'il vous plaît, devrai-je vous adresser mes félicitations ?

— C'est exactement la question que j'attendais de votre part. L'imagination d'une femme est très prompte. Elle vole de l'admiration à l'amour et de l'amour au mariage en quelques secondes. Je savais que vous me féliciteriez.

— J'irai même plus loin. Si vous prenez la chose aussi sérieusement, je vais devoir considérer l'affaire comme absolument réglée. Vous aurez une charmante belle-mère, à n'en pas douter, et naturellement elle sera toujours près de vous à Pemberley. »

Il l'écouta dans une indifférence totale tant qu'elle choisit de s'amuser de cette façon et, comme cette sérénité l'assurait que rien n'était à craindre, elle donna longtemps libre cours à sa verve.

CHAPITRE VII

Les biens de M. Bennet étaient constitués presque entièrement par un domaine qui annuellement rapportait deux mille livres et qui, malheureusement pour ses filles, était, en l'absence d'héritiers mâles, substitué[1] à un lointain parent. Quant à la fortune de leur mère, bien qu'importante pour une personne de sa condition, elle ne pouvait qu'imparfaitement suppléer à l'insuffisance de celle de son mari. Elle était l'enfant d'un avoué de Meryton qui lui avait laissé quatre mille livres.

Mme Bennet avait une sœur, mariée à un M. Phillips. Autrefois le clerc de leur père, il lui avait succédé dans sa fonction. Un frère tenait à Londres un respectable négoce[1].

Le village de Longbourn se situait à moins d'une lieue de Meryton, distance des plus commodes pour les jeunes filles, qui étaient habituellement tentées de s'y rendre trois ou quatre fois par semaine afin de présenter leurs devoirs à leur tante, de même qu'à la boutique d'une modiste juste en face, de l'autre côté de la rue. Les deux benjamines, Catherine et Lydia, étaient particulièrement assidues dans ces civilités. Elles avaient la tête plus vide que leurs sœurs et, quand rien de mieux ne leur était proposé, une promenade à Meryton s'avérait nécessaire pour l'amusement de leur matinée[2] et leur conversation du soir. Le pays dans son ensemble ne pouvant susciter que peu de nouvelles, elles s'arrangeaient toujours pour en obtenir de leur tante. À présent, en vérité, elles ne manquaient ni de potins ni de félicité, car un régiment de la milice[3] venait de prendre ses cantonnements dans le voisinage. Il devait y demeurer tout l'hiver et Meryton être son quartier général.

Leurs visites à Mme Phillips étaient désormais source de l'information la plus précieuse. Chaque jour ajoutait à leur connaissance du nom des officiers et de leurs familles. Les logements qu'ils avaient trouvés ne restèrent pas longtemps secrets, et elles finirent par lier connaissance avec les officiers eux-mêmes. M. Phillips les visitait tous, ce qui découvrit à ses nièces des bonheurs insoupçonnés. Ces officiers furent au centre de toutes leurs conversations. La grande fortune de M. Bingley, dont la seule mention faisait briller le regard de leur mère, perdit tout intérêt à leurs yeux en comparaison du bel uniforme d'un enseigne porte-drapeau[4].

Ayant entendu un matin le flot de paroles que ce sujet occasionnait, M. Bennet fit remarquer avec froideur :

« Si j'en juge d'après votre conversation, vous devez être deux des filles les plus sottes du pays. Voilà quelque temps que je m'en doutais. Maintenant mon opinion est faite. »

Catherine perdit contenance et ne trouva rien à répondre, mais Lydia, maintenant un air de parfaite indifférence, continua d'exprimer l'admiration qu'elle ressentait pour le capitaine Carter et son espoir de le croiser dans le courant de la journée, avant son départ pour Londres le lendemain matin.

«Vous me surprenez, mon ami, dit Mme Bennet, à vouloir toujours considérer vos filles comme des sottes. S'il me prenait envie de penser du mal des enfants de quelqu'un, je prendrais soin d'exclure les miens de ce dénigrement.

— Si mes enfants sont stupides, j'espère pouvoir toujours m'en rendre compte.

— Peut-être, mais il se trouve qu'ils sont tous très intelligents.

— C'est le seul point, je m'en flatte, sur lequel nous sommes d'un avis différent. J'avais nourri l'espoir que nous serions d'accord sur tout, mais il me faut me séparer de vous sur cet article : je trouve nos deux benjamines remarquablement bornées.

— Mon cher monsieur Bennet, vous ne devez pas vous attendre à ce que des jeunes filles comme elles puissent prétendre à un aussi bon jugement que celui de leur père et de leur mère. Quand elles auront notre âge, il est probable qu'elles n'auront pas plus que nous de pensée pour les officiers. Mais je me souviens d'un temps où moi-même j'étais très sensible au charme d'un habit rouge et, au fond de mon cœur, rien n'a vraiment changé. À supposer qu'un jeune colonel tout pimpant, avec cinq ou six mille livres de rente, vienne me demander une de mes filles, je ne lui dirais pas non. L'autre soir, chez Sir William, j'ai trouvé que le colonel Forster avait fière allure dans son bel uniforme.

— Maman, s'écria Lydia, ma tante dit que le colonel Forster et le capitaine Carter ne vont plus aussi souvent chez Mlle Watson qu'au début. Elle les voit très souvent maintenant à la bibliothèque de Clarke[1].»

Mme Bennet fut empêchée de réagir à cela par l'arrivée de son laquais. Il avait un billet pour Mlle Bennet qui provenait de Netherfield. Le domestique envoyé attendait une réponse. Les yeux de Mme Bennet brillè-rent de plaisir et, tandis que sa fille lisait, elle lança :

«Alors, Jane, de qui est-ce ? De quoi est-il question ? Que dit-il ? Allons, Jane, vite, tiens-nous au courant. Vite, ma chérie.

— C'est de Mlle Bingley», dit Jane, et elle se mit à lire à haute voix.

«Ma chère amie,

Si vous n'avez pas suffisamment pitié de Louisa et de moi pour accepter de dîner avec nous aujourd'hui, nous courrons le risque de nous détester l'une l'autre tout le restant de nos vies, car un tête-à-tête d'une journée entière entre deux femmes ne se termine jamais sans une dispute. Venez dès que possible après réception de la présente lettre. Mon frère et les deux messieurs doivent dîner avec les officiers.

Votre fidèle
Caroline Bingley

— Avec les officiers ! s'écria Lydia. Je suis étonnée que ma tante ne nous en ait rien dit.

— Il dîne dehors, se lamenta Mme Bennet. Ce n'est vraiment pas de chance.

— Puis-je avoir la voiture ? demanda Jane.

— Non, ma chérie, dit sa mère, tu ferais mieux d'y aller à cheval. La pluie menace. Comme cela, s'il pleut, tu seras obligée de rester à coucher.

— Ce serait un plan bien agencé, fit remarquer Elizabeth, si vous aviez l'assurance qu'ils ne proposent pas de la reconduire.

— Oh ! les messieurs ont dû prendre la calèche de M. Bingley pour aller à Meryton, et les Hurst n'ont pas de chevaux à atteler à la leur.

— Je préférerais de beaucoup y aller en voiture, dit Jane.

— Mais, ma chérie, ton père ne peut se passer des

chevaux, cela ne fait aucun doute. On en a besoin à la ferme, n'est-ce pas, monsieur Bennet ?

— On en a besoin à la ferme beaucoup plus souvent qu'il ne m'est possible d'en disposer.

— Si vous vous en servez aujourd'hui, mon père, glissa Elizabeth, ma mère va obtenir ce qu'elle cherche. »

Elle finit par lui arracher l'assurance que les chevaux n'étaient pas disponibles. Jane fut donc contrainte de prendre le sien. Sa mère l'accompagna jusqu'à la porte en répétant gaiement que l'on devait s'attendre à une vilaine journée. Ses espoirs ne furent pas déçus : Jane n'était pas depuis longtemps partie qu'il se mit à pleuvoir à verse. Ses sœurs s'inquiétèrent, mais sa mère était ravie. La pluie ne cessa pas de toute la soirée. Il serait à coup sûr impossible à Jane de rentrer à la maison.

« Quelle bonne idée j'ai eue là ! » s'exclama Mme Bennet à maintes reprises, comme si tout le mérite lui revenait du déclenchement du déluge. Il lui fallut pourtant attendre le lendemain matin pour mesurer tout le succès de son plan. À peine avait-on fini de prendre le petit déjeuner qu'un domestique de Netherfield apporta pour Elizabeth le billet suivant :

Très chère Lizzy,

Je me sens fort mal ce matin et suppose que cela est dû à la pluie d'hier qui m'a trempée jusqu'aux os. Mes bons amis refusent de me laisser partir avant que mon état s'améliore. Ils veulent aussi que je voie M. Jones. Donc ne te tracasse pas si tu entends dire qu'il a été appelé pour moi. Mis à part ma gorge qui est irritée et la migraine, je n'ai pas grand-chose.

Ta sœur, etc.

« Eh bien, ma chère amie, conclut M. Bennet quand Elizabeth eut achevé de lire pour le bénéfice de tous, si votre fille tombait dangereusement malade, si elle venait à mourir, ce serait un réconfort de savoir que tout était fait dans le dessein de captiver M. Bingley et en conformité avec vos instructions.

— Oh! mais je ne crains pas du tout qu'elle meure. On ne succombe pas à de petits refroidissements sans importance. Ils prendront grand soin d'elle. Tant qu'elle reste là-bas, tout est pour le mieux. J'irais volontiers la voir si je pouvais disposer de la voiture.»

Elizabeth, dont l'anxiété était réelle, avait décidé de se rendre auprès de sa sœur malgré l'impossibilité de se faire transporter et, comme elle n'était pas bonne cavalière, il ne lui restait plus qu'à y aller à pied. Elle déclara que telle était son intention. Sa mère se récria.

«Comment peux-tu être aussi sotte? Quelle idée, avec toute cette boue! Tu ne seras pas belle à voir à ton arrivée.

— Je serai assez présentable pour voir Jane, et c'est tout ce qui compte.

— Dis-tu cela, Lizzy, intervint son père, pour que je fasse atteler?

— Non, pas du tout. Je ne cherche pas à éviter de marcher. La distance n'est rien lorsqu'on obéit à un motif. Il ne s'agit que d'une lieue. Je serai de retour pour le dîner.

— J'admire l'activité à laquelle te conduit ton désir de bien faire, fit observer Mary, mais les impulsions de nos sentiments doivent se laisser guider par la raison et, à mon sens, les efforts que nous consentons doivent toujours être proportionnés à ce que les circonstances réclament.

— Nous allons t'accompagner jusqu'à Meryton», proposèrent Catherine et Lydia.

Elizabeth accepta leur offre, et les trois jeunes filles partirent de conserve.

«Si nous nous dépêchons, dit Lydia chemin faisant, peut-être aurons-nous la chance d'apercevoir le capitaine Carter avant qu'il parte.»

Une fois à Meryton, elles se séparèrent. Les deux benjamines gagnèrent le logement de l'une des femmes d'officiers, tandis qu'Elizabeth poursuivait seule son

chemin, traversant prés et champs à vive allure, escala-
dant les échaliers[1] et sautant par-dessus les flaques
dans l'impatience d'être vite arrivée. Elle finit par apercevoir la maison. Ses chevilles brûlaient, ses bas étaient
crottés, et ses joues luisaient de tant d'exercice.

On la fit entrer dans la petite salle à manger où tout
le monde excepté Jane était réuni à déjeuner, et où son
apparition créa une vive surprise. Qu'elle eût pu faire
toute une lieue à pied, si tôt le matin, par un temps
aussi exécrable, et seule, pour Mme Hurst et
Mlle Bingley passait presque l'entendement. Elizabeth
sentit qu'elle s'était attiré leur mépris. Cela ne les
empêcha pas de l'accueillir très poliment. Dans l'accueil de leur frère il y eut davantage que de la politesse,
de l'enjouement et de l'affabilité. M. Darcy dit très peu
de chose ; M. Hurst ne dit rien. Le premier était divisé
entre son admiration pour l'éclat que l'exercice avait
donné au teint de la jeune fille et ses réserves quant à
la nécessité de faire tout ce chemin toute seule ; le
second ne pensait qu'à son déjeuner.

Les questions qu'Elizabeth posa sur l'état de santé de
sa sœur ne donnèrent pas lieu à des réponses très rassu-
rantes. Mlle Bennet avait mal dormi et, bien qu'elle fût
debout, souffrait d'une forte fièvre. Son état ne lui permettait pas de quitter la chambre. Elizabeth fut heureuse de pouvoir être conduite aussitôt auprès d'elle.
Jane, que seule la crainte d'alarmer ou de gêner avait
empêchée de dire dans son billet combien elle souhaitait pareille visite, fut enchantée de la voir paraître. Elle
n'était pas en mesure, toutefois, de soutenir une longue
conversation et, quand Mlle Bingley les eut laissées
seules, fut incapable d'exprimer autre chose que sa gratitude pour les bontés extraordinaires dont elle était
l'objet. Elizabeth l'écouta en silence.

Le petit déjeuner fini, les deux sœurs de Bingley les
rejoignirent, et Elizabeth elle-même se mit à éprouver
de la sympathie à leur égard devant l'affection et la sollicitude qu'elles témoignaient à Jane. L'apothicaire[2]
vint et, ayant examiné la patiente, déclara, comme on

aurait pu s'y attendre, qu'elle était victime d'un grave
refroidissement et qu'il allait tâcher de venir à bout de
ce mal. Il lui conseilla de se remettre au lit et promit de
lui apporter des potions. Son conseil fut suivi sans réticence, car les symptômes de la fièvre allaient croissant,
et le mal de tête était insupportable. Elizabeth ne quitta
pas la pièce un seul instant, et les autres dames ne s'ab-
sentèrent que rarement ; les messieurs étant sortis, rien
en réalité ne les appelait ailleurs.

Lorsque trois heures sonnèrent, Elizabeth se sentit
dans l'obligation de partir et, à contrecœur, annonça
qu'elle s'en allait. Mlle Bingley lui proposa la voiture,
et il ne manquait plus qu'un peu d'insistance de sa part
pour qu'elle acceptât quand Jane manifesta tant de
chagrin à l'idée de la séparation que l'offre de la calèche
dut être convertie en une invitation à rester à Netherfield pour le moment. Elizabeth y consentit avec beaucoup de gratitude, et l'on dépêcha un domestique
à Longbourn pour prévenir la famille de son séjour et
ramener les vêtements dont il était besoin.

CHAPITRE VIII

À cinq heures, les deux dames de Netherfield se retirèrent pour changer de toilette et, à six heures et demie,
on fit savoir à Elizabeth que le dîner était servi. Ce fut
un assaut de questions polies, parmi lesquelles elle eut
le plaisir de noter l'expression par M. Bingley d'une sollicitude de bien meilleur aloi. La réponse qu'elle donna
ne put être très favorable. L'état de Jane ne s'améliorait
nullement. Entendant cela, les deux sœurs redirent par
deux ou trois fois combien elles étaient navrées, répété-
rent qu'elles jugeaient insupportable de souffrir d'un
grave refroidissement et détestaient personnellement
être malades. Puis elles n'y pensèrent plus, et leur indifférence à l'égard de Jane dès lors qu'elle n'était plus

sous leurs yeux permit à Elizabeth d'à nouveau ne plus faire obstacle à toute l'étendue de son antipathie.

Leur frère, à la vérité, était la seule personne parmi ses hôtes capable de s'attirer ses bonnes grâces. Son inquiétude à propos de Jane ne faisait aucun doute, et la prévenance dont il l'entourait elle-même la touchait beaucoup en l'empêchant de se sentir une intruse au même point qu'elle était certaine de l'être au regard des autres. Il n'y avait guère que lui pour prêter attention à son existence. Mlle Bingley ne s'intéressait qu'à M. Darcy, sa sœur aussi, à peu de chose près. Quant à M. Hurst, son voisin de table, c'était quelqu'un d'indolent qui ne vivait que pour manger, boire et jouer aux cartes. Lorsqu'il découvrit qu'elle préférait un plat cuisiné simplement à un ragoût, il n'eut plus rien à lui dire.

Le repas terminé, elle retourna aussitôt auprès de Jane. Mlle Bingley la prit pour cible dès qu'elle eut quitté la pièce. On jugea ses manières particulièrement détestables, un mélange d'orgueil et d'impertinence. Elle n'avait ni conversation, ni savoir-vivre, ni goût, ni beauté. Mme Hurst fut du même avis. Elle ajouta :

« Bref, elle n'a rien pour la recommander en dehors de ses talents pour la marche. Je n'oublierai jamais l'aspect qu'elle nous a offert ce matin. Sans mentir, on aurait dit une folle.

— C'est bien vrai, Louisa. J'ai eu de la peine à garder mon sérieux. Quelle idée absurde d'entreprendre ce voyage ! Pourquoi se mettre à courir la campagne, sous prétexte que sa sœur souffre d'un rhume ? Hirsute, les cheveux en bataille !

— Oui, et son jupon, j'espère que vous avez vu son jupon. Six pouces de boue, j'en jurerais ! Et la robe qui avait été rabattue pour cacher cela, sans y parvenir !

— Le tableau que tu brosses, Louisa, dit Bingley, est peut-être très fidèle, mais tout ce que vous racontez là m'a échappé. J'ai trouvé que Mlle Elizabeth Bennet était particulièrement à son avantage lorsqu'elle est entrée ce matin dans notre maison. La boue de son jupon, je ne l'ai pas remarquée du tout.

— Mais vous, monsieur Darcy, je suis sûre que vous vous en êtes rendu compte, insista Mlle Bingley et, j'ai tendance à le croire, vous ne souhaiteriez pas que votre sœur se donnât ainsi en spectacle.

— Non, certainement pas.

— Marcher une lieue, ou une lieue et demie, ou deux lieues, je ne sais plus, avec de la boue par-dessus les chevilles, et seule, tout à fait seule ! À quoi pensait-elle ? Cela dénote, il me semble, une indépendance d'esprit insupportable et pleine de présomption, une indifférence au décorum qui sent la province.

— Cela démontre une affection pour sa sœur des plus plaisantes, rétorqua Bingley.

— J'ai bien peur, monsieur Darcy, dit Mlle Bingley à mi-voix, que cette aventure n'ait quelque peu gâté votre admiration pour ses beaux yeux.

— Pas du tout, répliqua-t-il, l'exercice en avait avivé l'éclat. »

Il y eut une courte pause après cette repartie. Mme Hurst reprit :

« J'ai la plus grande sympathie pour Jane Bennet. C'est vraiment une jeune fille très charmante, et je voudrais de tout cœur la voir établie avantageusement. Mais, avec le père et la mère qu'elle a, et une famille aussi peu fréquentable, je crains qu'elle n'en ait pas du tout la possibilité.

— Je crois bien t'avoir entendue dire que leur oncle était avoué à Meryton.

— Oui, et elles en ont un autre qui habite quelque part du côté de Cheapside[1].

— C'est un comble, ajouta sa sœur, et elles rirent toutes les deux de bon cœur.

— Si elles avaient des oncles à remplir tout Cheapside, s'écria Bingley, cela n'ôterait pas la moindre parcelle à leur charme.

— Mais cela diminuerait nécessairement de manière considérable leur chance d'épouser des hommes de quelque importance dans le monde », fit observer Darcy.

À cette remarque Bingley ne trouva rien à répondre,

mais ses sœurs l'approuvèrent ostensiblement et furent quelque temps à s'esclaffer sans retenue aux dépens de la parenté vulgaire de leur chère amie.

Un regain de tendresse, toutefois, les conduisit à sa chambre lorsqu'elles quittèrent la salle à manger, et elles lui tinrent compagnie jusqu'à ce que le café fût prêt. Elle n'allait toujours pas bien. Elizabeth refusa de la laisser seule jusque tard dans la soirée, quand elle eut la satisfaction de la voir s'endormir et qu'il lui parut conforme à ses obligations plutôt qu'à son goût de descendre à son tour. En rentrant au salon, elle les trouva tous occupés à jouer à la mouche [1]. On l'invita aussitôt à participer mais, les soupçonnant de jouer gros, elle déclina l'invitation et, prenant prétexte de l'état de sa sœur, dit que, le peu de temps qu'elle pourrait rester en bas, elle se distrairait avec un livre. M. Hurst lui jeta un regard étonné.

« Préférez-vous la lecture aux cartes ? Voilà qui est assez singulier.

— Mlle Eliza Bennet, dit Mlle Bingley, méprise les cartes. Elle lit beaucoup et ne prend plaisir à rien d'autre.

— Je ne mérite ni tant d'éloge ni tant de blâme, s'écria Elizabeth. Je ne lis pas souvent et prends plaisir à bien des choses.

— À soigner votre sœur, dit Bingley, je suis certain que vous vous plaisez, et j'espère que vous aurez bientôt la satisfaction de la voir parfaitement guérie. »

Elizabeth le remercia du fond du cœur, puis se dirigea vers une table où étaient posés quelques volumes. Il offrit aussitôt d'aller lui en chercher d'autres, tout le contenu de sa bibliothèque.

« Et je regrette que mes ressources ne soient pas plus considérables, tant pour votre bénéfice que pour ma réputation. Mais je suis un paresseux et, bien que je n'aie pas grand-chose, j'ai plus de livres que je n'en lis jamais. »

Elizabeth l'assura que ceux qui se trouvaient dans la pièce faisaient parfaitement son affaire.

« Je suis étonnée, dit Mlle Bingley, que mon père n'ait pas amassé plus de livres. — Quelle merveilleuse bibliothèque vous possédez à Pemberley, monsieur Darcy !

— Elle devrait être bonne, car elle est l'ouvrage de nombreuses générations.

— Et puis vous y avez tellement ajouté, vous êtes sans cesse en train d'acheter.

— Je ne puis comprendre qu'on néglige une bibliothèque familiale par des temps comme ceux que nous vivons[1].

— Négliger ! Je suis sûre que vous ne négligez rien de ce qui peut ajouter aux beautés de cette noble demeure. Charles, quand tu construiras ta maison, mon souhait est qu'elle atteigne à la moitié du charme de Pemberley.

— C'est aussi le mien.

— Sérieusement, je te conseillerais d'effectuer ton achat dans son voisinage et de le prendre en quelque sorte pour modèle. Il n'existe pas en Angleterre de plus beau comté que le Derbyshire.

— Je le ferais très volontiers. J'achèterai même Pemberley, si Darcy consent à me le vendre.

— Je parle de possibilités, Charles.

— Parole d'honneur, Caroline, il me paraît plus réalisable d'avoir un Pemberley en l'achetant qu'en s'efforçant de l'imiter. »

Elizabeth était si absorbée par ce qu'elle entendait qu'elle ne pouvait porter que très peu d'attention à son livre. Elle ne tarda guère à l'abandonner tout à fait pour se rapprocher de la table de jeu et se placer entre M. Bingley et sa sœur aînée afin d'observer la partie en cours.

« Mlle Darcy a-t-elle beaucoup grandi depuis le printemps dernier ? demanda Mlle Bingley. Sera-t-elle aussi grande que moi ?

— Oui, je crois. Elle est maintenant à peu près de la taille de Mlle Elizabeth Bennet, ou un peu plus grande.

— Comme j'ai hâte de la revoir ! Je n'ai jamais rencontré quelqu'un qui me plaisait autant. Quelle physionomie! quelles manières! Et quels talents pour son âge! Elle joue divinement du piano.

— Je suis stupéfait de la patience que les jeunes filles déploient, dit Bingley, pour acquérir la diversité des talents que toutes elles possèdent.

— Toutes! Mon cher Charles, tu n'es pas sérieux.

— Mais oui, toutes, à mon avis. Elles savent toutes peindre des dessus de table, garnir des écrans[1] et faire une bourse au filet[2]. Je n'en connais aucune, pour ainsi dire, qui n'en soit pas capable, et je vous assure qu'on ne me parle jamais de l'une d'elles pour la première fois sans m'informer qu'elle a tous les talents.

— La liste que tu dresses de ces talents tels qu'on les conçoit ordinairement, dit Darcy, n'a que trop de vérité. Le mot s'applique à plus d'une femme qui ne s'en montre digne qu'en faisant une bourse au filet ou en recouvrant un écran de cheminée. Mais je suis très éloigné de te suivre dans l'appréciation que tu portes sur les demoiselles en général. Je ne peux me targuer d'en connaître plus d'une demi-douzaine, parmi toutes celles que j'ai fréquentées, dont je puisse dire qu'elles soient vraiment des femmes du monde accomplies.

— Il en va de même pour moi, approuva Mlle Bingley.

— En ce cas, fit observer Elizabeth, vous devez inclure bien des choses dans votre conception d'une femme accomplie.

— Oui, je lui demande beaucoup, dit Darcy.

— Comme vous avez raison! s'exclama sa fidèle alliée. Nulle ne peut être tenue pour véritablement accomplie qui ne surpasse grandement les mérites que l'on rencontre le plus souvent. Une femme accomplie, pour prétendre à ce titre, doit avoir acquis une connaissance parfaite de la musique, du chant, du dessin, de la danse et des langues modernes. En outre, il lui faut un je ne sais quoi dans le maintien, la façon de marcher, le ton de la voix, les manières, le choix des mots, ou le qualificatif sera loin d'être appliqué à bon escient.

— Il lui faut tout cela, ajouta Darcy, et pourtant lui

sera encore nécessaire quelque chose de plus substantiel : l'amélioration de son esprit par de nombreuses lectures.

— Je ne m'étonne plus, repartit Elizabeth, que vous ne connaissiez que six femmes accomplies. Je suis davantage surprise que vous en ayez rencontré une.

— Êtes-vous sévère à l'égard de votre sexe au point de considérer comme impossible la réunion de tous ces avantages ?

— Pour ma part, je n'ai jamais vu pareil prodige. Je n'ai jamais été mise en présence de ces facultés, de ce goût, de cette élégance rassemblés chez une même personne. »

Mme Hurst et Mlle Bingley se récrièrent toutes les deux contre l'injustice de ce scepticisme. L'une et l'autre affirmaient connaître quantité de femmes correspondant à cette définition quand M. Hurst les rappela à l'ordre en se plaignant amèrement de leur inattention au déroulement de la partie. Comme cela mettait un terme à toute conversation, Elizabeth quitta la pièce peu après.

« Eliza Bennet, commenta Mlle Bingley lorsque la porte se fut refermée, est l'une de ces jeunes filles qui cherchent à se faire valoir auprès du sexe opposé en décriant le leur. Avec beaucoup d'hommes, je pense que cela réussit. Mais, à mon sens, le procédé est misérable, le stratagème indigne.

— Il est certain, repartit Darcy, à qui cette remarque était principalement adressée, qu'il y a quelque chose de déshonorant dans toutes les finesses que les demoiselles se laissent parfois aller à utiliser pour captiver les hommes. Tout ce qui confine à la duplicité est méprisable. »

Mlle Bingley ne fut pas assez contente de cette réponse pour continuer sur le même sujet.

Elizabeth ne vint les retrouver que pour leur signaler que l'état de sa sœur avait empiré et qu'elle ne pouvait la laisser seule. Bingley voulut qu'on fît appel immédiatement à M. Jones, tandis que ses sœurs, convaincues qu'en province aucun avis médical n'avait d'utilité, conseillaient l'envoi à Londres d'un exprès pour demander le secours d'un des médecins les plus éminents. Elizabeth refusa d'en entendre parler, mais elle fut moins réticente à accepter la proposition de leur frère. On décida donc de demander le lendemain matin de bonne heure à M. Jones de passer voir Mlle Bennet, si cela n'allait pas nettement mieux. Bingley ne pouvait dissimuler son inquiétude ; ses sœurs s'avouèrent très malheureuses. Elles apaisèrent néanmoins leur chagrin après souper[1] par des duos, cependant que lui ne trouvait d'autre moyen de soulager son cœur qu'en donnant ordre à sa femme de charge[2] d'entourer la malade et sa sœur de toutes les attentions possibles.

CHAPITRE IX

Elizabeth passa la plus grande partie de la nuit dans la chambre de sa sœur et, le matin, eut le plaisir de pouvoir répondre de manière assez favorable aux demandes de nouvelles que fit M. Bingley par l'entremise d'une femme de chambre, auxquelles s'ajoutèrent peu après les questions des deux élégantes personnes qui servaient Mlle Bingley et Mme Hurst. Toutefois, en dépit de cette amélioration, elle émit le souhait qu'on envoyât à Longbourn un billet qu'elle avait rédigé et dans lequel elle priait sa mère de venir voir Jane pour juger par elle-même de l'état de la malade. Le billet partit aussitôt, et l'on ne tarda pas à faire droit aux requêtes qu'il contenait. Peu après le petit déjeuner, Mme Bennet arriva à Netherfield, accompagnée des deux plus jeunes de ses filles.

Si elle avait constaté que Jane apparemment courait un danger, Mme Bennet eût été très malheureuse. Mais, ne craignant pas en la voyant que son mal pût avoir un caractère alarmant, elle perdit tout désir d'une guéri-

son immédiate qui aurait vraisemblablement signifié
son départ de Netherfield. Elle fit donc la sourde oreille
lorsque Jane proposa qu'on la ramenât à la maison.
L'apothicaire, arrivé presque dans le même temps, n'y
fut pas davantage favorable. Les trois visiteuses restèrent quelque temps au chevet de la patiente puis,
Mlle Bingley venant les inviter à se joindre aux autres,
elles l'accompagnèrent dans la petite salle à manger.
Bingley vint au-devant d'elles, espérant que
Mme Bennet n'avait pas trouvé sa fille plus mal qu'elle
ne s'y attendait.

« Oh mais si ! répondit-elle. Elle est beaucoup trop
mal pour être transportée. M. Jones dit qu'il n'y faut
pas songer. Nous devrons abuser un peu plus longtemps de votre bonté.

— La transporter ! s'écria Bingley. C'est hors de
question. Ma sœur, j'en suis certain, ne voudra pas en
entendre parler.

— Vous pouvez être tranquille, dit Mlle Bingley sur
un ton de froide politesse, Mlle Bennet sera entourée
de tous les soins possibles tant qu'elle restera chez
nous. »

Mme Bennet se confondit en remerciements.

« À coup sûr, ajouta-t-elle, sans d'aussi bons amis je
ne sais pas ce qu'elle deviendrait, car elle est très mal,
souffre beaucoup, bien qu'avec une patience d'ange,
comme toujours quand il s'agit d'elle, car elle a sans
conteste le caractère le plus doux que je connaisse. Je
répète souvent à mes filles qu'elles ne sont rien en comparaison. Vous avez une jolie pièce ici, monsieur Bingley, avec une vue charmante sur cette allée sablée.
Aucune maison dans la contrée ne vaut Netherfield,
à ma connaissance. Vous n'allez pas la quitter sans
prendre le temps de la réflexion, j'espère, bien que votre
bail soit de courte durée.

— Tout ce que je fais est fait dans l'instant, répondit-
il et, si je décidais de quitter Netherfield, je serais sans
doute parti dans les cinq minutes. À présent, malgré
tout, je me considère ici comme à demeure.

« — C'est exactement ainsi que je vous imaginais », dit Elizabeth.

Il se tourna vers elle.

« Tiens, tiens, commenceriez-vous à voir clair en moi ?

— Eh oui ! je vous comprends parfaitement.

— Je voudrais bien pouvoir interpréter cela comme un compliment, mais j'ai peur qu'il ne soit guère glorieux d'être aisément percé à jour.

— Cela dépend des cas. Il ne va pas de soi qu'un homme secret et compliqué mérite plus — ou moins — l'estime qu'une nature comme la vôtre.

— Lizzy, intervint sa mère, rappelle-toi où tu es, et ne laisse pas marcher ta langue avec la liberté qu'on t'accorde à la maison.

— Je ne savais pas, reprit Bingley tout aussitôt, que vous vous intéressiez à l'étude des caractères. Il doit être amusant de se pencher là-dessus.

— Oui, mais ce sont les plus complexes qui procurent le plus de plaisir. Ils ont au moins cet avantage.

— La campagne, dit Darcy, ne se prête en général que peu à une étude de ce genre. La vie se passe dans un milieu fermé où la société ne change pas.

— Mais les gens eux-mêmes changent à un tel point qu'il y a toujours parmi eux quelque chose de nouveau à observer.

— Oui, c'est vrai, s'écria Mme Bennet, que choquait la façon qu'avait Darcy de parler de la vie rurale. Je vous assure qu'il se passe autant de ces choses-là à la campagne qu'en ville. »

La surprise fut générale. Darcy, après avoir arrêté son regard sur elle un court instant, se détourna sans un mot. Mme Bennet, qui s'imaginait l'avoir réduit au silence, poursuivit triomphalement :

« Pour ma part, je ne vois pas en quoi Londres serait largement supérieur à la campagne, si l'on excepte les boutiques et les lieux publics. La campagne est infiniment plus agréable, n'est-ce pas, monsieur Bingley ?

— Quand je suis à la campagne, répondit-il, je n'ai aucune envie de la quitter et, quand je suis dans la capitale, je ne suis pas davantage porté à m'en aller. Chacune a ses avantages, et je trouve mon bonheur de la même façon ici et là.

— Oui, oui, c'est parce que vous avez le tempérament qu'il faut. Ce monsieur (avec un coup d'œil à Darcy) semblait penser que la campagne ne valait rien du tout.

— Mais non, maman, vous vous trompez, intervint Elizabeth, qui avait honte pour sa mère. Vous avez donné aux propos de M. Darcy un sens qu'ils n'avaient pas. Il voulait seulement dire qu'on ne rencontrait pas la même diversité de gens à la campagne qu'à Londres, ce que vous ne pouvez contester.

— Bien sûr, ma chérie, personne n'a prétendu le contraire. Mais, pour ce qui est de ne pas rencontrer beaucoup de monde dans notre voisinage, je ne pense pas que beaucoup soient plus étendus. Une chose est sûre : nous pouvons avoir à dîner l'une ou l'autre de vingt-quatre familles différentes. »

Seul un souci d'épargner Elizabeth permit à Bingley de garder son sérieux. Sa sœur fut moins délicate et jeta un regard à M. Darcy avec un sourire qui en disait long. Elizabeth, dans l'espoir de donner un autre cours aux pensées de sa mère, lui demanda si Charlotte Lucas était venue à Longbourn depuis son départ.

« Oui, elle est passée hier avec son père. Quel homme charmant que Sir William, n'est-ce pas, monsieur Bingley ? Tout à fait l'homme du monde, tant de distinction et de complaisance ! Il a toujours un mot pour chacun. Voilà l'idée que je me fais de la bonne éducation ! Les gens qui s'imaginent supérieurs et n'ouvrent jamais la bouche n'y comprennent rien.

— Charlotte a-t-elle dîné avec vous ?

— Non, elle a insisté pour rentrer chez elle. Je crois qu'on avait besoin de ses services pour les tartelettes. Pour ma part, monsieur Bingley, j'ai toujours des domestiques capables de faire leur travail. Mes filles ont été élevées d'une autre façon. Mais chacun est libre d'agir à sa guise, et les petites Lucas sont très gentilles, je vous assure. Quel dommage qu'elles ne soient pas belles! Ce n'est pas que je trouve Charlotte telle- ment laide — mais c'est une amie très chère.

— Elle me donne l'impression d'être une jeune femme très charmante, dit Bingley.

— Oh là là, oui — mais vous m'avouerez qu'elle est très laide. Lady Lucas me l'a souvent dit, en m'enviant la beauté de Jane. Je n'aime pas chanter les louanges de mes propres enfants mais assurément... Jane... on ne voit pas souvent mieux. C'est ce que tout le monde dit. Je ne me fie pas à mes préférences personnelles. Quand elle avait quinze ans, chez mon frère Gardiner à Londres il y avait un monsieur qui était si entiché d'elle que ma belle-sœur gageait qu'il la demanderait en mariage avant notre départ. Il ne l'a pas fait pour- tant. Peut-être la trouvait-il trop jeune. Malgré tout, il a écrit des vers sur elle, et des vers très jolis.

— Ainsi s'est terminée sa passion, conclut impatiem- ment Elizabeth. Plus d'une, j'imagine, s'est trouvée vaincue de la même façon. Je me demande qui a le pre- mier découvert l'efficacité de la poésie pour chasser l'amour.

— Je croyais qu'elle le nourrissait, dit Darcy.

— Peut-être est-ce vrai d'un bel amour, robuste et sain. Tout sert à donner consistance à ce qui est déjà plein de force. Mais s'il s'agit d'un petit penchant mai- grelet, je suis convaincue qu'après un bon sonnet il dépérira tout à fait. »

Darcy se contenta de sourire, et le silence qui s'éta- blit fit craindre à Elizabeth que sa mère ne se donnât à nouveau en ridicule. La jeune fille aurait voulu prendre la parole, mais rien ne lui venait à l'esprit. Après une courte pause, Mme Bennet se mit à renou- veler à M. Bingley l'expression de sa gratitude pour ses bontés envers Jane, en y ajoutant des excuses pour le dérangement causé par Lizzy. Dans sa réponse M. Bingley se montra d'une politesse qui n'avait rien de forcé, et il obligea sa sœur cadette à faire preuve aussi de civilité et à dire ce qui convenait en la cir-

constance. Elle tint son rôle à la vérité sans beaucoup
de bonne grâce, mais Mme Bennet en fut satisfaite et
peu après fit demander sa voiture. À ce signal, la plus
jeune de ses filles s'avança. Catherine et Lydia
n'avaient cessé de se murmurer à l'oreille pendant
toute la durée de la visite. Le résultat de ces concilia-
bules fut que Lydia rappela à M. Bingley sa promesse,
lors de son arrivée dans le pays, de donner un bal à
Netherfield.

Lydia était une grande et forte fille de quinze ans, au
teint frais et à l'air enjoué, la préférée de sa mère, dont
l'affection lui avait permis de faire précocement son
entrée dans le monde[1]. Elle se montrait pleine de vie et
semblait avoir reçu de la nature une conviction de son
importance que les attentions des officiers, prévenus en
sa faveur par les bons repas de son oncle et l'aisance de
ses façons, avaient transformée en assurance. Elle
n'avait donc aucun scrupule à entreprendre M. Bingley
sur le sujet du bal, et ce fut de but en blanc qu'elle lui
remit en mémoire sa promesse, ajoutant que ce serait la
pire des hontes que d'y manquer. La réponse qu'il fit à
cette attaque inopinée charma les oreilles de sa mère.

« Je suis tout à fait prêt, je vous assure, à tenir mes
engagements et, quand votre sœur sera rétablie, vous
fixerez vous-même le jour du bal. Mais vous ne vou-
driez pas danser alors qu'elle serait malade. »

Lydia se déclara satisfaite. « Oh oui ! ce serait beaucoup mieux d'attendre que Jane fût sur pied, sans
compter qu'alors il y aurait les plus grandes chances
pour que le capitaine Carter fût de retour à Meryton.
Et, quand vous aurez donné votre bal, ajouta-t-elle, je
les presserai d'en donner un à leur tour. Je dirai au
colonel Forster que ce serait honteux s'il refusait. »

Mme Bennet et ses filles prirent congé sur ces entre-
faites. Elizabeth se hâta de retourner auprès de Jane,
abandonnant sa propre conduite et celle des siens aux
commentaires des deux dames et de M. Darcy, lequel
cependant ne put être persuadé de mêler sa voix à ce

qui dans leur censure la concernait, malgré tous les traits d'esprit de Mlle Bingley au sujet des beaux yeux.

CHAPITRE X

Cette journée ressembla beaucoup à la précédente. Mme Hurst et Mlle Bingley vinrent passer quelques heures le matin au chevet de la malade dont l'état, bien que lentement, continuait de s'améliorer. Le soir, Elizabeth rejoignit les autres au salon. La table de mouche, cependant, ne fit pas son apparition. M. Darcy écrivait, et Mlle Bingley, assise à ses côtés, observait les progrès de sa lettre, tout en réclamant son attention à maintes reprises par des messages qu'elle destinait à sa sœur. M. Hurst et M. Bingley jouaient au piquet sous le regard intéressé de Mme Hurst.

Elizabeth sortit son ouvrage et trouva suffisamment d'amusement dans ce qui se passait entre Darcy et sa compagne. Les compliments sans cesse adressés par la demoiselle sur l'écriture, la régularité des lignes[1], la longueur de la lettre rencontraient de l'autre côté une parfaite indifférence aux éloges, ce qui donnait un curieux dialogue corroborant en tout point l'opinion qu'elle s'était formée de chacun des deux.

«Comme Mlle Darcy sera charmée de recevoir une telle lettre !»

Pas de réponse.

«Vous écrivez remarquablement vite.

— Vous vous trompez. J'écris assez lentement.

— Que de fois vous devez avoir l'occasion de prendre la plume au cours d'une année ! Sans parler des lettres d'affaires ! J'aurais horreur d'avoir à les écrire.

— Il est heureux dans ce cas qu'elles m'échoient plutôt qu'à vous.

— S'il vous plaît, dites à votre sœur que je languis de la voir.

— Je l'ai déjà fait, comme vous m'en avez prié.

— Je crains que votre plume ne vous convienne pas.

Permettez-moi de la tailler pour vous. C'est un travail
où j'excelle.

— Merci, mais je ne laisse ce soin à personne
d'autre.

— Comment vous arrangez-vous pour avoir une écriture aussi régulière ? »

Il ne répondit rien.

« Dites à votre sœur que je suis charmée d'entendre
parler de ses progrès à la harpe[1] et, je vous en prie,
faites-lui savoir que je suis absolument en extase devant
la belle petite esquisse qu'elle a peinte pour un dessus
de table — et que je la trouve infiniment supérieure au
dessin de Mlle Grantley.

— Me permettez-vous de remettre vos transports à
un prochain courrier ? À présent je manquerais de
place pour leur rendre justice.

— C'est sans importance ; je la verrai en janvier —
mais lui écrivez-vous toujours de longues lettres aussi
charmantes que celle-ci, monsieur Darcy ?

— Elles sont généralement longues. Quant à savoir si
elles sont toujours charmantes, ce n'est pas à moi d'en
décider.

— Pour moi, c'est une chose acquise : quand on est
capable d'écrire avec facilité une longue lettre, on ne
peut mal écrire.

— Cela ne peut servir à complimenter Darcy, Caroline, s'écria son frère, parce que justement il n'écrit pas
avec facilité. Il donne trop d'attention à la recherche
de mots de quatre syllabes[2]. N'est-ce pas, Darcy ?

— Ma manière d'écrire diffère sensiblement de la
tienne.

— Charles, en matière d'écriture, fait preuve de la
pire négligence. Il oublie la moitié des mots et bar-
bouille d'encre le reste.

— Les idées me viennent tellement vite que je n'ai
pas le temps de les exprimer, plaida Bingley, ce qui fait
que mes lettres parfois n'ont aucun sens au regard de
mes correspondants.

— Votre humilité, monsieur Bingley, dit Elizabeth, désarme la critique.

— Rien n'est plus trompeur, fit remarquer Darcy, que les apparences de l'humilité. Il s'agit souvent seulement d'indifférence à l'égard de ce que l'on pourra penser et parfois d'une vantardise cachée.

— Et quel nom donnes-tu à ce peu de modestie dont je viens de témoigner ?

— C'est de la vantardise cachée, car en réalité tu es fier de tes défauts dans le domaine de l'écriture. Tu considères qu'ils proviennent d'une rapidité dans la conception et d'une désinvolture dans l'exécution que tu juges, sinon estimables, du moins dignes d'intérêt. La capacité de faire les choses avec promptitude est toujours très prisée de celui qui la possède, et souvent sans qu'il porte attention aux suites fâcheuses que cela entraîne. Quand tu disais ce matin à Mme Bennet que si tu décidais de quitter Netherfield, tu serais parti dans les cinq minutes, tu en faisais une sorte de panégyrique, d'éloge que tu te serais décerné. Et pourtant, qu'y a-t-il de si louable dans une précipitation qui ne peut que laisser en souffrance des affaires qu'il importe de traiter et ne comporte d'avantage réel ni pour toi ni pour les autres ?

— Ah non ! s'exaspéra Bingley. Comment peut-on vous rappeler ainsi le soir toutes les sottises qui ont pu vous échapper le matin ? Pourtant, parole d'honneur, je croyais à la vérité de ce que je disais sur moi, et je n'ai pas cessé d'y croire. Du moins n'ai-je pas voulu me donner le caractère d'un homme qui expédie ses affaires sans raison afin de me faire valoir aux yeux des dames.

— Je ne nie pas que tu aies été de bonne foi, mais je ne suis nullement convaincu que tu déguerpirais avec cette précipitation. Ta conduite dépendrait autant du hasard des circonstances que celle des autres gens que je connais et si, au moment de monter à cheval, un ami venait te dire : "Bingley, tu ferais mieux de ne pas partir avant la semaine prochaine", sans doute suivrais-tu son conseil, sans doute resterais-tu et, s'il insistait, peut-être pour un mois entier.

— Vous avez seulement démontré, intervint Elizabeth, que M. Bingley ne rendait pas justice à ses qualités naturelles. Vous l'avez mis en valeur bien davantage qu'il ne l'a fait.

— Je vous suis infiniment obligé, dit Bingley, de convertir les propos de mon ami en compliments sur la douceur de mon caractère. Mais je crains que vous ne leur donniez un sens que ce monsieur n'entendait nullement leur conférer. Il aurait certainement meilleure opinion de moi si en pareil cas je répondais par une rebuffade et détalais de toute la vitesse de mon cheval.

— M. Darcy considérerait-il l'imprudence de votre intention première comme rachetée par une obstination à vous y tenir ?

— Ma foi, je serais fort en peine de vous expliquer cela, Darcy doit s'en charger lui-même.

— Tu attends de moi que je justifie des opinions que tu as choisi de me faire endosser, mais auxquelles je n'ai jamais prétendu. Cependant, à supposer que la situation soit telle que tu la représentes, il faut vous souvenir, mademoiselle Bennet, que l'ami qui est supposé désirer son retour chez lui et l'ajournement de son projet ne fait que désirer. Il demande sans avancer une raison valable en faveur du bien-fondé de sa sollicitation.

— Céder volontiers, facilement, à la persuasion d'un ami ne comporte donc pour vous aucun mérite ?

— Céder à un ami sans être pour autant convaincu qu'il a raison ne fait honneur à l'intelligence ni de l'un ni de l'autre.

— Vous me semblez, monsieur Darcy, ne rien vouloir rabattre au profit de l'amitié et de l'affection. Quand on aime celui qui vous demande quelque chose, on fait souvent droit de bonne grâce à une requête sans attendre les arguments capables de vous décider. Je ne songe pas plus particulièrement au cas que vous avez évoqué à propos de M. Bingley. Il vaudrait peut-être mieux, pour une circonstance de ce genre, patienter jusqu'à ce qu'elle survienne avant de discuter de la sagesse du comportement de l'intéressé. Mais, dans des situations comme il s'en trouve ordinairement entre amis, lorsque l'un des deux se voit sollicité par l'autre de changer une résolution qui n'a pas grande importance, penseriez-vous du mal du premier pour s'être soumis au désir du second sans avoir attendu de céder à la force d'un raisonnement?

— Ne serait-il pas préférable, avant de poursuivre sur ce sujet, de situer avec un peu plus de précision le degré d'importance de la requête, ainsi que l'attachement qui unit les parties en cause?

— Mais oui! s'écria Bingley, n'épargnons aucun détail, sans oublier la taille et l'embonpoint de chacun. Cela aura plus de poids dans la discussion, mademoiselle Bennet, que vous ne le soupçonnez. Je vous assure que si Darcy n'était pas un si grand et solide gaillard en comparaison de moi, je ne lui témoignerais pas autant de déférence. Je vous garantis que je ne connais rien de plus imposant que Darcy, en certaines occasions et certains lieux, chez lui en particulier, le dimanche soir, quand il n'a rien à faire[1]. »

M. Darcy sourit, mais Elizabeth crut sentir qu'il était quelque peu piqué et en conséquence étouffa son envie de rire. Mlle Bingley s'offusqua de l'outrage qu'il avait subi et se plaignit à son frère qu'il se fût laissé aller à proférer de pareilles sottises.

«Je vois où tu veux en venir, Bingley, dit son ami. Tu répugnes aux discussions et désires mettre un terme à celle-ci.

— Peut-être. Les discussions ressemblent beaucoup trop à des querelles. Si Mlle Bennet et toi acceptez de différer la vôtre jusqu'au moment où je serai sorti de cette pièce, je vous en serai très reconnaissant. Ensuite vous pourrez dire de moi tout ce qui vous plaira.

— Ce que vous demandez, assura Elizabeth, n'entraîne de ma part aucun sacrifice, et M. Darcy aurait tout avantage à finir sa lettre. »

M. Darcy suivit son conseil et termina effectivement
sa lettre.

Quand ce fut fait, il pria Mlle Bingley et Elizabeth de
bien vouloir leur donner un peu de musique.
Mlle Bingley avec empressement se dirigea vers le
piano puis, après avoir invité courtoisement Elizabeth
à s'y asseoir la première, offre que celle-ci déclina tout
aussi poliment et en y mettant plus d'insistance, elle s'y
installa.

Mme Hurst chanta avec sa sœur et, tandis qu'elles
étaient ainsi occupées, Elizabeth, tout en tournant les
pages de quelques recueils de musique qui se trouvaient
sur l'instrument, ne put s'empêcher de remarquer la
fréquence avec laquelle le regard de M. Darcy venait se
poser sur elle. Elle avait peine à imaginer comment elle
aurait pu susciter l'admiration d'un si grand homme, et
pourtant qu'il la regardât parce qu'il avait de l'antipathie pour elle eût été plus étrange encore. Elle finit par
supposer néanmoins que si elle retenait son attention,
c'était parce qu'il y avait en elle quelque chose de plus
inconvenant et de plus répréhensible, selon sa conception des convenances, que chez toutes les autres personnes présentes. Cette supposition ne l'affligea pas. Il
n'éveillait pas suffisamment sa sympathie pour qu'elle
se souciât de son approbation.

Après quelques airs italiens, Mlle Bingley varia les
plaisirs en jouant une musique écossaise pleine d'entrain. Peu après, M. Darcy s'approcha d'Elizabeth et
lui glissa :

« Cela ne vous donne-t-il pas envie, mademoiselle
Bennet, de mettre à profit l'occasion qui s'offre de danser un branle écossais[1] ? »

Elle sourit mais ne répondit pas. Il réitéra sa question, quelque peu étonné de son silence.

« Je vous ai entendu, dit-elle, mais je n'ai pas pu décider sur-le-champ de la réponse à vous donner. Je sais
que vous attendiez de moi un oui, pour avoir la satisfaction de mépriser mon manque de goût. Mais j'éprouve
toujours un malin plaisir à contrecarrer ce genre de

projet et à priver les gens du dédain qu'ils ont prémé-
dité. J'ai donc abouti à une solution qui consiste à vous
répondre que je n'ai nulle envie de danser le branle — et
maintenant méprisez-moi si vous l'osez.

— Je n'oserais certes pas. »

Elizabeth, qui s'était plutôt attendue à ce qu'il reçût
sa réponse comme un affront, fut stupéfaite de sa galanterie. Mais il y avait dans ses reparties un mélange de
douceur et d'espièglerie qui faisait qu'il lui était difficile
d'offenser qui que ce fût, et Darcy n'avait jamais été
ensorcelé par une femme comme il l'était à présent. Il
pensa vraiment que, sans l'obscurité de sa parenté, il
aurait couru un danger.

Mlle Bingley en vit ou en soupçonna suffisamment
pour être jalouse, et son grand souhait de voir rétablie
sa chère amie Jane reçut du secours de son désir de se
débarrasser d'Elizabeth.

Elle essaya souvent de provoquer Darcy pour l'amener à concevoir du dégoût pour son invitée en parlant
de leur possible mariage et en imaginant le bonheur
qui découlerait d'une telle alliance.

«J'espère, dit-elle, alors qu'ils se promenaient
ensemble le lendemain dans la plantation d'arbustes[1],
que vous saurez, par de discrètes allusions, quand l'événement désirable aura eu lieu, faire comprendre à votre
belle-mère l'avantage qu'il y aurait à tenir sa langue. Et
puis, si la tâche n'est pas trop rude, obtenez des benjamines qu'elles cessent de courir à la poursuite des officiers. Enfin, si je puis me permettre d'aborder un sujet
aussi délicat, tentez aussi de brider ce je ne sais quoi
qu'on découvre chez votre future épouse et qui frise la
vanité et l'impertinence.

— Avez-vous autre chose à proposer pour mon bonheur domestique ?

— Mais oui. Faites placer les portraits de votre oncle
et de votre tante Phillips dans la galerie de tableaux[2]
de Pemberley. Mettez-les à côté de votre grand-oncle
le juge. Ils appartiennent à la même profession, vous
savez. Seules les branches sont différentes. Quant au

portrait de votre chère Elizabeth, il ne faut pas essayer
de le faire exécuter, car quel peintre pourrait rendre
justice à de si beaux yeux ?

— Il ne serait pas facile, en effet, de saisir leur
expression, mais la couleur et la forme, de même que
les cils, qui sont si remarquables, pourraient être
reproduits. »

À cet instant, ils furent rejoints, venant d'une autre
allée, par Mme Hurst et Elizabeth elle-même.

« J'ignorais que vous aviez l'intention de vous promener », dit Mlle Bingley, quelque peu confuse, car elle
craignait qu'ils n'eussent été entendus.

— C'était bien mal vous conduire envers nous, répliqua Mme Hurst, que de vous enfuir comme vous l'avez
fait sans prévenir que vous sortiez. »

Elle prit le bras encore libre de M. Darcy et laissa
Elizabeth continuer seule. La largeur du sentier ne per-
mettait qu'à trois personnes de marcher de front.
M. Darcy fut sensible à leur grossièreté et dit aussitôt :

« Ce sentier n'est pas assez large pour nous tous.
Mieux vaudrait prendre l'avenue[1]. »

Elizabeth, toutefois, qui n'avait pas la moindre envie
de demeurer en leur compagnie, répondit en riant :

« Non, non, restez comme vous êtes. Vous formez un
groupe très charmant qui vous fait paraître tout à votre
avantage. Le pittoresque serait gâché par l'addition
d'un quatrième[2]. Au revoir. »

Elle s'enfuit en courant gaiement, se réjouissant dans
ses vagabondages à la pensée de pouvoir dans quelques
jours rentrer à la maison. Jane était déjà suffisamment
rétablie pour songer à quitter sa chambre une heure ou
deux ce soir-là.

CHAPITRE XI

Lorsque les dames se retirèrent après le dîner[3], Eliza-

beth se hâta d'aller rejoindre sa sœur et, après s'être
assurée qu'elle ne risquait pas de prendre froid, l'accompagna au salon. Elle y fut accueillie par ses deux
amies avec de grandes démonstrations de joie. Elizabeth ne les avait jamais vues aussi charmantes qu'elles
le furent durant cette heure passée ensemble avant l'arrivée des messieurs. Elles possédaient beaucoup de
talent pour la conversation, sachant décrire avec exacti-
tude une réception, conter une anecdote avec humour
et se moquer des gens de connaissance avec brio.

Pourtant, dès l'entrée de l'élément masculin, Jane
cessa d'être au centre de leurs préoccupations. Le
regard de Mlle Bingley se tourna instantanément vers
Darcy, et elle trouva quelque chose à lui dire avant
qu'il eût fait quelques pas. Il s'adressa aussitôt à
Mlle Bennet pour poliment la féliciter de son rétablissement ; M. Hurst s'inclina aussi légèrement devant
elle et se dit « très heureux » ; mais chaleur et effusion
restèrent l'apanage des salutations de M. Bingley. Il se
montra rayonnant et plein d'attentions. C'est ainsi qu'il
consacra la première demi-heure à entasser des bûches
dans la cheminée, de crainte qu'elle n'eût à souffrir
d'un changement par rapport à sa chambre. À sa
demande, elle passa de l'autre côté de l'âtre pour être
plus éloignée de la porte. Quand ce fut fait, il s'assit
près d'elle, et c'est à peine s'il trouva le moyen de parler à quelqu'un d'autre. Elizabeth, qui s'occupait de
son ouvrage dans le coin opposé, observa la scène avec
grand plaisir.

Quand on eut pris le thé[1], M. Hurst rappela à sa belle-
sœur l'opportunité de commander la table de jeu, mais
en vain. Elle avait appris indirectement que M. Darcy
ne souhaitait pas jouer aux cartes, et la requête de son
beau-frère, quand elle lui fut ouvertement présentée
peu après, se heurta à un refus. Elle l'assura que nul ne
voulait jouer, et le silence général parut lui donner raison. Il ne resta donc plus à M. Hurst qu'à s'étendre sur
l'un des sofas et à s'assoupir. Darcy prit un livre,
Mlle Bingley l'imita, et Mme Hurst, dont la principale

occupation consistait à s'amuser de ses bracelets et de ses bagues, se mêla de temps à autre aux propos de son frère et de Mlle Bennet.

L'attention de Mlle Bingley était tout autant requise par la lecture que faisait M. Darcy de son ouvrage que par le sien propre. Sans cesse, ou bien elle lui posait une question, ou elle jetait un coup d'œil à sa page. Elle ne réussissait pourtant pas à l'entraîner dans une conversation ; il lui répondait et continuait à lire. Finalement, épuisée par ses efforts pour tirer un plaisir quelconque de son propre livre, qu'elle avait choisi seulement parce qu'il était le second tome de celui qu'il lisait, elle bâilla profondément et dit : «Quelle plaisante façon de passer la soirée ! Il n'est vraiment rien d'aussi divertissant que la lecture. On se lasse beaucoup plus vite de tout le reste. Quand j'aurai une maison à moi, je serai bien à plaindre si je ne dispose pas d'une excellente bibliothèque.»

Personne ne réagit. Elle bâilla encore une fois, se débarrassa de son livre et promena son regard autour de la pièce dans l'espoir d'y découvrir quelque chose d'intéressant. Entendant alors son frère parler d'un bal à Mlle Bennet, elle se tourna brusquement vers lui.

«Dis-moi, Charles, es-tu véritablement sérieux en songeant à donner un bal à Netherfield ? Tu ferais mieux avant de te décider de consulter les souhaits des personnes présentes. Je me trompe fort s'il n'y a pas parmi nous des gens pour qui un bal tiendrait davantage de la punition que de l'amusement.

— Si c'est à Darcy que tu penses, s'écria son frère, il peut aller se coucher s'il le souhaite avant le commencement des réjouissances, mais pour le bal il n'y a pas à y revenir et, dès que Nicholls aura fait assez de potage à la reine[1], j'enverrai mes invitations.

— J'aimerais les bals bien davantage, reprit-elle, s'ils se passaient différemment, mais il y a quelque chose d'épouvantablement ennuyeux dans le déroulement ordinaire de ce genre de réunion. Il serait sûrement plus rationnel de faire de la conversation au lieu de la danse l'objet principal des occupations de la journée.

— Ce serait beaucoup plus rationnel, ma chère Caroline, j'en conviens, mais cela ressemblerait beaucoup moins à un bal. »

Mlle Bingley ne répondit rien. Peu après, elle se leva et déambula dans la salle[1]. Sa silhouette était élégante et sa démarche gracieuse, mais Darcy, pour qui tout cela était conçu, ne détourna pas son attention de son livre. Voyant qu'elle ne faisait aucun progrès, elle se résolut à tenter autre chose. Elle se tourna vers Elizabeth et dit :

« Mademoiselle Eliza Bennet, laissez-vous persuader de suivre mon exemple et de faire un tour dans la pièce. Je vous assure que cela délasse quand on est resté longtemps assis dans la même position. »

Elizabeth fut surprise mais accepta tout de suite. Mlle Bingley n'eut pas moins de succès dans ce qui constituait le seul objet de sa civilité : Darcy leva les yeux. Autant qu'Elizabeth elle-même avait pu l'être, il s'était étonné de la nouveauté des attentions provenant de ce côté-là. Sans y prendre garde, il ferma son livre. Aussitôt il fut invité à se joindre à elles, mais il refusa, observant qu'il ne pouvait attribuer que deux motifs au choix qu'elles avaient fait d'arpenter la pièce ensemble et que sa présence à leurs côtés irait à l'encontre de l'un comme de l'autre. Qu'avait-il à l'esprit ? On brûlait d'envie de savoir ce à quoi il pensait. Mlle Bingley demanda à Elizabeth si elle en avait quelque idée.

« Je n'en ai aucune, répondit-elle, mais, croyez-moi, son intention est de faire preuve de sévérité à notre égard, et le plus sûr moyen de le décevoir est de ne pas poser de question. »

Mlle Bingley, toutefois, était incapable de décevoir M. Darcy en quoi que ce fût. Elle persévéra donc dans sa recherche d'une explication de ces deux motifs.

« Je n'ai pas la moindre objection à vous les expliquer, dit-il, aussitôt qu'elle lui permit de reprendre la parole. Si vous avez choisi ce moyen de passer la soirée, c'est

que vous vous faites des confidences et avez des secrets
dont vous désirez vous entretenir, ou encore c'est que
vous savez que la marche met vos silhouettes en valeur.
Dans le premier cas, en me joignant à vous je vous
embarrasserais ; dans le second, je suis davantage en
mesure de vous admirer si je ne quitte pas le coin du
feu.

— Fi donc ! s'écria Mlle Bingley. Je n'ai jamais rien
entendu d'aussi abominable. Comment allons-nous le
punir de tenir de pareils propos ?

— Rien de plus facile, dit Elizabeth, pourvu que vous
en ayez envie. Il nous est donné à tous de pouvoir nous
tourmenter et nous punir les uns les autres. Taquinez-
le, moquez-vous de lui. Vous êtes assez intimes pour
savoir comment il faut s'y prendre.

— Ma foi, non. Je vous assure que notre intimité ne
m'a encore rien appris là-dessus. Comment taquiner la
sérénité même et la présence d'esprit faite homme ?
Non, je crois qu'il peut défier tous nos efforts en ce
domaine. Quant à nous moquer, ne nous donnons pas
en ridicule, s'il vous plaît, en essayant de rire sans que
l'occasion s'y prête. Laissons à M. Darcy sa victoire.

— Il serait donc impossible, s'écria Elizabeth, de rire
de M. Darcy ! C'est un privilège singulier, et j'espère
qu'il continuera d'être rare, car je trouverais bien dommage d'avoir beaucoup de gens de cette sorte parmi
mes connaissances. J'aime beaucoup rire.

— Mlle Bingley, dit-il, m'a doté d'un pouvoir dont
nul ne peut se targuer. Les plus sages et les meilleurs
des hommes, même les plus avisées et les plus ver-
tueuses de leurs actions, peuvent être tournés en ridicule par quelqu'un qui s'est donné pour objet principal
dans la vie de faire des plaisanteries.

— C'est vrai, repartit Elizabeth, ces gens-là existent,
mais j'espère ne pas être du nombre. J'espère ne jamais
railler ce qui est sage et vertueux. Les folies et les absurdités, les bizarreries et les inconséquences me divertis-
sent, je l'avoue, et je m'en amuse chaque fois que j'en ai

l'occasion. Mais ces faiblesses, je suppose, sont précisément ce dont vous n'avez pas à souffrir.

— Peut-être personne ne peut-il y échapper. Mais
durant toute mon existence j'ai cherché à éviter les travers qui souvent exposent au ridicule l'esprit le plus
rassis.

— Tels que la vanité et l'orgueil.

— Oui, la vanité est un travers déplorable. Mais l'orgueil… quand l'intelligence est véritablement supérieure,
l'orgueil est toujours contenu dans de justes limites.»

Elizabeth se détourna pour cacher un sourire.

«Vous avez achevé votre examen de M. Darcy, je
suppose, dit Mlle Bingley, et quel en est le résultat, je
vous prie?

— Je suis parfaitement convaincue de l'absence de
tout défaut chez M. Darcy, absence qu'il reconnaît lui-
même sans fausse honte.

— Non, répliqua celui-ci, je n'ai prétendu à rien de
tel. J'ai bien des défauts, mais ce ne sont pas, j'espère,
des défauts de l'esprit. Mon caractère, je ne saurais
m'en porter garant. Je crois qu'il manque de souplesse.
Il est sans doute trop rigide, en tout cas au goût des
gens que je fréquente. Je ne parviens pas à oublier les
folies et les vices d'autrui aussi vite qu'il le faudrait, ni
les torts qu'ils m'ont fait subir. On ne réussit pas à
m'influencer chaque fois que l'on me flatte. Je suis
d'une humeur qu'on pourrait qualifier de rancunière.
Quand je retire mon estime, c'est pour toujours.

— Que voilà un grand défaut! s'écria Elizabeth.
Un ressentiment implacable déprécie les mérites d'un
homme. Mais vous avez bien choisi votre faiblesse. Il
m'est impossible d'en rire. Vous n'avez rien à craindre
de moi.

— Il existe, je crois, dans toutes les dispositions une
tendance à tomber dans un vice particulier, une imper-
fection naturelle dont même la meilleure éducation ne
peut venir à bout.

— Chez vous, c'est une tendance à détester les gens.

— Et chez vous, riposta-t-il en souriant, à volontairement déformer le sens de leurs paroles.

— Et si nous faisions un peu de musique? lança
Mlle Bingley, qui se lassait d'une conversation où elle
n'avait nulle part. Louisa, tu ne verras pas d'inconvénient à ce que je réveille M. Hurst?»

Sa sœur n'éleva aucune objection. On ouvrit le piano,
et Darcy, après quelques instants passés à se reprendre,
n'en fut nullement fâché. Il commençait à percevoir le
danger pour lui de trop s'intéresser à Elizabeth.

CHAPITRE XII

Le lendemain matin, après s'être concertée avec sa
sœur, Elizabeth écrivit à sa mère pour la prier d'envoyer la voiture les prendre dans le courant de la journée. Mais Mme Bennet, qui avait tablé sur un séjour de
ses filles à Netherfield ne se terminant pas avant le
mardi suivant, ce qui aurait fait précisément pour Jane
une semaine complète, ne pouvait se résoudre à les
accueillir plus tôt avec satisfaction. Sa réponse, en
conséquence, ne fut guère favorable, du moins à l'accomplissement des vœux d'Elizabeth qui avait hâte de
retourner chez elle. Mme Bennet leur écrivit qu'il leur
serait impossible de disposer de la voiture avant le
mardi suivant et dans un post-scriptum ajouta que si
M. Bingley et sa sœur les pressaient de rester plus longtemps, elle-même pouvait aisément se passer de leur
présence. À une prolongation de son séjour, cependant,
Elizabeth était résolument opposée; elle ne s'attendait
guère d'ailleurs à ce que ce fût sollicité. Craignant au
contraire de donner l'impression de s'imposer exagérément longtemps, elle incita Jane à emprunter sans plus
tarder la voiture de M. Bingley. Finalement, elles déci-
dèrent de faire connaître à leurs hôtes leur intention

première, qui avait été de quitter Netherfield ce matin-là, et leur requête fut présentée.

On manifesta beaucoup de regret quand ce désir fut connu, et il fut dit avec suffisamment d'insistance qu'on souhaitait les voir rester au moins jusqu'au lendemain matin pour que Jane se laissât fléchir. Le départ fut donc remis au dimanche. Ensuite Mlle Bingley se repentit d'avoir proposé ce délai, car la jalousie et l'antipathie que lui inspirait l'une des sœurs outrepassaient de beaucoup l'affection qu'elle ressentait pour l'autre.

Ce fut avec un chagrin non feint que le maître de maison entendit qu'elles devaient partir aussi tôt. Il fit plusieurs tentatives pour persuader Mlle Bennet que ce ne serait pas prudent, qu'elle n'était pas assez rétablie. Mais Jane était inflexible quand elle sentait avoir la raison de son côté.

Pour M. Darcy, la nouvelle fut la bienvenue. Elizabeth était restée depuis suffisamment de temps l'hôte de Netherfield. Il se sentait attiré vers elle davantage qu'il ne l'aurait voulu, sans compter qu'en sa présence Mlle Bingley manquait à la politesse et avec lui se montrait plus importune qu'à l'ordinaire. Il résolut sagement de prendre soin qu'aucun signe d'admiration ne lui échappât désormais, rien qui pût faire caresser à Elizabeth l'espoir de jouer un rôle dans son bonheur futur. Si pareille idée avait été suggérée, son comportement lors de la dernière journée devait ou la consolider ou la réduire à néant. Ferme dans sa résolution, il ne dit guère à la jeune fille que deux ou trois mots pendant toute la durée du samedi. Il leur arriva de rester en tête à tête une demi-heure, mais il ne changea rien à sa ligne de conduite et ne lui accorda pas même un regard.

Le dimanche, après l'office, la séparation eut lieu qui faisait si bien l'affaire de presque tous. La courtoisie de Mlle Bingley à l'égard d'Elizabeth s'accrut enfin très rapidement, de même que son affection pour Jane et, quand elles se quittèrent, après avoir assuré la seconde du plaisir qu'elle aurait toujours à la voir, soit à Londres, soit à Netherfield, et l'avoir embrassée très tendre-

ment, elle alla jusqu'à serrer la main de la première.
Elizabeth prit congé de la compagnie de la meilleure
humeur du monde.

En rentrant chez elles, elles n'eurent pas droit de la
part de leur mère à un accueil très cordial. Mme Bennet
s'étonna de les voir arriver. Elle leur donna tort de causer tout ce dérangement et se dit certaine que Jane avait
de nouveau pris froid. Leur père, en revanche, bien que
n'exprimant son plaisir que très sobrement, fut véritablement heureux de les savoir de retour. Il avait pu
mesurer leur importance dans le cercle de famille. La
conversation de la soirée, quand tout le monde était
réuni, avait en leur absence perdu beaucoup de son ani-
mation et presque la totalité de son bon sens.

Elles trouvèrent Mary comme à son habitude plongée dans l'étude de la basse continue[1] et de la nature
humaine. Il leur fallut admirer de nouveaux extraits de
livres et écouter de nouvelles réflexions morales sans
originalité aucune. Catherine et Lydia avaient d'autres
nouvelles à leur annoncer. Bien des choses s'étaient
passées et bien des paroles avaient été dites dans le régiment depuis le mercredi précédent : plusieurs des officiers avaient récemment dîné avec leur oncle, on avait
donné le fouet à un soldat[2], et le bruit avait indéniablement couru du prochain mariage du colonel Forster.

CHAPITRE XIII

« J'espère, ma chère, dit M. Bennet à son épouse,
alors qu'ils étaient à déjeuner le lendemain matin, que
vous avez prévu un bon dîner pour aujourd'hui, car j'ai
des raisons de m'attendre à ce que notre table familiale
compte un convive de plus.

— De qui voulez-vous parler, mon cher ? Je ne vois
assurément personne qui puisse venir, à moins que
Charlotte Lucas ne passe nous rendre visite, et j'espère

que mes dîners sont assez bons pour elle. Je ne crois
pas qu'elle ait souvent les mêmes à la maison.

— La personne à laquelle je pense est un monsieur
qui n'a pas ses habitudes ici. »

Une lueur brilla dans les yeux de Mme Bennet.

« Un monsieur qui n'a pas ses habitudes... Je parie
que c'est M. Bingley. Dis donc, Jane, tu n'en as pas souf-
flé mot. Petite cachottière ! Eh bien, assurément je serai
très heureuse de voir M. Bingley. Mais... Seigneur !
quelle malchance ! pas moyen d'avoir du poisson aujour-
d'hui[1] ! Lydia, ma chérie, veux-tu sonner ? Il faut que je
parle à Hill[2] tout de suite.

— Ce n'est pas M. Bingley, dit son mari, c'est quelqu'un que je n'ai jamais vu de ma vie. »

La surprise fut générale, et M. Bennet eut le plaisir
d'être pressé de questions à la fois par sa femme et par
ses cinq filles. Après s'être amusé quelque temps de
leur curiosité, il consentit à s'expliquer.

« Il y a un mois environ, j'ai reçu la lettre que voici et,
il y a près de quinze jours, j'y ai répondu, car je trouvais
l'affaire un peu délicate et réclamant de suite mon
attention. Cette lettre est de mon cousin, M. Collins, qui,
lorsque je serai mort, sera libre de vous mettre toutes à
la porte de cette maison dès que l'envie lui en prendra.

— Ah là là, mon ami, s'écria sa femme, je ne supporte pas qu'on me parle de cette chose-là. S'il vous
plaît, pas un mot sur cet homme abominable ! Je consi-
dérerai toujours comme tout à fait insupportable que
votre domaine puisse être substitué au détriment de
vos propres enfants. Je suis sûre qu'à votre place j'aurais depuis longtemps essayé de faire quelque chose
pour l'empêcher. »

Jane et Elizabeth tentèrent de lui expliquer en quoi
consistait une substitution. Elles s'y étaient souvent
aventurées auparavant, mais c'était un sujet sur lequel
Mme Bennet n'entendait pas raison, et elle continua de
vitupérer contre la cruauté qu'il y avait à instituer héritier d'un domaine un homme dont nul ne se souciait, en
dépouillant du même coup une mère et ses cinq filles.

« C'est à n'en pas douter inique au plus haut point, déclara M. Bennet, et rien ne saurait laver M. Collins du crime d'hériter de Longbourn. Mais, si vous voulez bien écouter ce qu'il m'écrit, peut-être serez-vous quelque peu adoucie par la manière dont il s'exprime.

— Non, je suis sûre que non, et je trouve qu'il est très impertinent de sa part d'avoir seulement songé à vous écrire, et très hypocrite. Je déteste les faux amis de cet acabit. Pourquoi n'a-t-il pas voulu continuer à se chamailler avec vous, comme son père avant lui ?

— Pourquoi, en effet ? Il est vrai qu'il semble avoir eu à ce sujet quelques scrupules filiaux, comme vous allez l'entendre.

> *Hunsford, près de Westerham, Kent,*
> *le 15 octobre.*

Cher Monsieur,
Le désaccord qui subsistait entre vous-même et feu mon honoré père m'a toujours causé un grand embarras et, depuis que j'ai eu le malheur de perdre ce père, j'ai souvent souhaité porter remède à la dissension. Pendant quelque temps, toutefois, j'ai été retenu par mes scrupules, craignant que ce ne fût paraître manquer de respect à sa mémoire que de me rapprocher ainsi d'un homme avec lequel il s'était toujours plu à être en désaccord. — Vous voyez, madame Bennet. J'ai cependant à présent fini de balancer car, ayant reçu l'ordination à Pâques, j'ai eu la chance de bénéficier du patronage de la Très Honorable[1] Lady Catherine de Bourgh, veuve de Sir Lewis de Bourgh, dont la générosité et la bénéficence m'ont élevé à l'excellente charge de la rectorerie de cette paroisse[2], où tous mes efforts tendront à me conduire avec respect et gratitude envers Sa Seigneurie et à montrer mon zèle dans l'observation des rites et cérémonies institués par l'Église d'Angleterre. De surcroît, en tant que pasteur, je sens qu'il est de mon devoir de favoriser et d'instaurer une paix bienfaisante dans toutes les familles à portée de mon influence. En conséquence, je me flatte que les ouvertures que je fais à présent pour

manifester ma bonne volonté sont extrêmement louables et, si je suis dans la substitution le premier appelé à l'héritage du domaine de Longbourn, j'espère que vous aurez la bonté de ne pas m'en tenir rigueur et n'en serez pas tenté de rejeter la branche d'olivier que je vous tends. Je ne puis être autrement que navré de me voir la cause d'un dommage atteignant vos aimables filles et vous prie de bien vouloir m'en excuser, tout en vous assurant de mon désir de compenser ce tort par tous les moyens possibles — mais de cela nous reparlerons.

Si vous n'avez pas d'objection à me recevoir dans votre demeure, je me propose le plaisir de vous visiter ainsi que votre famille le lundi 18 novembre, à quatre heures de l'après-midi. J'abuserai sans doute de votre hospitalité jusqu'au samedi de la semaine suivante, ce que je puis faire sans inconvénient aucun, car Lady Catherine est loin de trouver à redire à mon absence occasionnelle le dimanche, pourvu qu'un autre membre du clergé ait été prévu pour la célébration des offices de la journée.

Je reste, cher Monsieur, en vous demandant de transmettre mes respectueux compliments à votre épouse et à vos filles, votre ami dévoué,

William Collins

» À quatre heures donc, nous pouvons nous attendre à la visite de cet homme de paix, conclut M. Bennet en repliant la lettre. Il me donne l'impression, ma foi, d'être tout ce qu'il y a de poli et de consciencieux, et je ne doute pas qu'il constitue une relation à ne pas négliger, en particulier si Lady Catherine a l'indulgence de lui permettre de revenir nous voir.

— Ce qu'il dit sur nos filles, observa Mme Bennet, n'est pas dépourvu de bon sens et, s'il est enclin à les dédommager d'une manière ou d'une autre, ce n'est pas moi qui l'en dissuaderai.

— Il est difficile, fit remarquer Jane, de deviner la façon dont il entend réparer ce qu'il considère comme ses torts à notre égard, mais il est à porter à son crédit qu'il souhaite y parvenir. »

Ce qui frappait surtout Elizabeth était la déférence extraordinaire qu'il manifestait envers Lady Catherine, ainsi que sa louable intention d'en toute occasion baptiser, marier et enterrer ses paroissiens.

« Ce doit être quelqu'un de singulier, dit-elle. Je ne parviens pas à voir clair en lui. Il y a quelque chose de très pompeux dans son style. Et pourquoi s'excuser d'être le premier appelé dans la substitution ? Impossible d'imaginer qu'il y renoncerait si c'était en son pouvoir. Pensez-vous qu'il ait du bon sens, mon père ?

— Non, ma chérie, je ne le crois pas. J'ai bon espoir qu'il soit tout le contraire d'un homme sensé. Il y a dans sa lettre un mélange de servilité et de suffisance qui promet beaucoup. Je suis impatient de le voir.

— Du point de vue de la composition, fit observer Mary, sa lettre ne paraît pas fautive. L'idée de la branche d'olivier n'est peut-être pas entièrement neuve, mais je la trouve bien exprimée. »

Pour Catherine et Lydia, ni la lettre ni son auteur n'offraient le moindre intérêt. Il était impossible que leur cousin arrivât vêtu d'un habit rouge, et cela faisait à présent des semaines qu'elles avaient cessé d'apprécier la compagnie d'un homme sous une autre couleur. Quant à leur mère, la lettre de M. Collins avait dissipé en grande partie son préjugé défavorable, et elle se préparait à le rencontrer dans une relative tranquillité d'esprit, ce qui étonnait son mari et ses filles.

M. Collins vint à l'heure dite. Toute la famille lui réserva un accueil des plus polis. M. Bennet à la vérité ne fut guère loquace, mais l'élément féminin se montra bien disposé à entretenir la conversation, et M. Collins lui-même ne parut pas avoir besoin d'encouragement ni être enclin à garder le silence. C'était un homme jeune, de vingt-cinq ans, de grande taille, et qui avait l'air d'un lourdaud. Il affichait une mine grave, empreinte de dignité, et ses manières étaient très guindées. Il n'avait pas depuis longtemps pris un siège qu'il complimentait déjà Mme Bennet de sa belle petite famille, disait qu'il avait beaucoup entendu vanter les charmes de ses cinq

filles, mais qu'en la circonstance la renommée n'avait
pas rendu justice à la réalité. Il ajouta ne pas douter de
les voir toutes le moment venu faire un bon mariage.
Cette galanterie ne fut guère du goût de certaines de ses
auditrices, mais Mme Bennet, qui n'était pas difficile en
matière de compliments, lui répondit de fort bonne
grâce.

« Vous êtes certes très aimable, monsieur, et de tout
cœur je souhaite que cela se passe de la manière que
vous dites, car autrement elles seront très démunies.
Tout a été réglé de si étrange façon.

— Peut-être faites-vous allusion à la substitution de
ce domaine ?

— Eh oui, monsieur, c'est bien cela. Quelle calamité
pour mes pauvres filles, vous devez l'admettre ! Ce
n'est pas que je veuille vous en faire grief, car ce genre
de choses en ce bas monde dépend, je le sais bien, tout
à fait du hasard. Impossible d'être sûr du destin d'un
domaine, dès lors qu'il est substitué.

— Je me rends parfaitement compte, chère madame,
de ce que mes belles cousines ont à supporter, et je
pourrais en dire long sur le sujet si je ne craignais d'apparaître à l'excès entreprenant et précipité. Mais je puis
assurer ces jeunes demoiselles que je viens préparé
à être leur admirateur. Je m'en tiendrai là pour le
moment, mais peut-être que, lorsque nous aurons fait
plus ample connaissance… »

Il fut interrompu par l'annonce que le dîner était
servi. Les jeunes filles échangèrent des sourires complices. L'admiration de M. Collins ne se limita pas à ses
cousines. Le vestibule, la salle à manger, tout le mobilier furent passés en revue et firent l'objet de louanges.
Cette façon de célébrer le mérite de chaque chose aurait
touché le cœur de Mme Bennet si elle ne s'était accompagnée de la navrante supposition qu'il considérait l'ensemble comme devant plus tard lui appartenir. Le dîner
à son tour reçut de grands compliments, et M. Collins
voulut savoir à laquelle de ses belles cousines il devait
l'excellence de ce qu'il mangeait. À cet endroit de la

conversation, toutefois, Mme Bennet se chargea de rectifier son erreur en l'assurant non sans aigreur qu'ils avaient les moyens de payer les services d'une bonne cuisinière et que ses filles n'avaient pas leur place aux fourneaux. Il lui demanda pardon de lui avoir déplu. D'une voix radoucie elle se défendit d'avoir été offensée. Il continua cependant de s'excuser pendant près d'un quart d'heure.

CHAPITRE XIV

Pendant le dîner, c'est à peine si M. Bennet dit quelques mots mais, lorsque les domestiques se furent retirés, il jugea le moment venu d'avoir une brève conversation avec son hôte. Il lança donc un sujet qui devait permettre à celui-ci de briller, observant qu'il semblait avoir eu beaucoup de chance en la personne de sa protectrice. Lady Catherine de Bourgh consultait ses souhaits, veillait à son confort ; cela paraissait digne d'être noté.

M. Bennet n'aurait pu mieux choisir. M. Collins ne tarit pas d'éloges. Le sujet lui inspira une éloquence plus solennelle encore que de coutume et, prenant son air le plus important, il soutint que jamais de sa vie il ne lui avait été donné d'observer pareil comportement chez une personne de haut rang. Jamais il n'avait été le témoin d'une affabilité et d'une condescendance semblables à celles qu'il avait trouvées chez Lady Catherine. Elle lui avait fait la grâce d'approuver les deux sermons qu'il avait déjà eu l'honneur de prononcer devant elle. Par deux fois elle l'avait prié à dîner à Rosings et, encore le samedi de la semaine précédente, l'avait envoyé chercher pour faire le quatrième le soir dans sa partie de quadrille[1]. Lady Catherine était jugée hautaine par beaucoup de gens qu'il connaissait, mais pour sa part il ne l'avait jamais vue qu'aimable et bienveillante. Elle lui avait toujours parlé de la même façon qu'aux autres personnes de la bonne société. Elle ne

voyait aucun inconvénient à ce qu'il se mêlât aux réceptions données par les familles du voisinage, ni à ce qu'il
quittât sa paroisse à l'occasion une semaine ou deux
pour visiter des parents. Elle avait même daigné lui
conseiller de se marier au plus tôt, pourvu qu'il sût
choisir avec discernement, et lui avait une fois rendu
visite dans son humble presbytère pour y approuver
sans réserve toutes les modifications qu'il apportait. Elle
avait même consenti à en suggérer d'autres : quelques
tablettes à fixer dans les petites pièces à l'étage.

«Tout cela est des plus honnêtes et des plus courtois
assurément, dit Mme Bennet, et il ne fait aucun doute
que c'est une personne charmante. Il est dommage que
les grandes dames en général ne lui ressemblent pas
davantage. Habite-t-elle près de chez vous, monsieur ?

— Le jardin où se tient mon humble demeure n'est
séparé que par une allée du Parc de Rosings, la résidence de Sa Seigneurie.

— Il me semble vous avoir entendu dire qu'elle était
veuve. A-t-elle de la famille ?

— Elle a une fille unique, l'héritière de Rosings et de
terres très étendues.

— Ah ! s'écria Mme Bennet en hochant la tête, en ce
cas son sort est plus enviable que celui de bien d'autres
filles. Et quelle sorte de jeune personne est-ce ? Est-elle
jolie ?

— C'est la plus charmante qui soit. Lady Catherine
elle-même dit qu'en matière de véritable beauté,
Mlle de Bourgh éclipse, et de loin, les plus belles de son
sexe, parce que dans ses traits se reconnaissent les
marques de la jeune femme de haute naissance. Elle
est malheureusement d'une faible constitution, ce qui
l'a empêchée d'accomplir dans l'acquisition de beaucoup de talents les progrès que sans cela elle n'eût pas
manqué de faire, comme j'en ai été informé par la personne qui a dirigé son éducation et réside encore au
château. Elle n'en est pas moins parfaitement aimable
et condescend souvent à passer près de mon humble
séjour dans son petit phaéton attelé de poneys[1].

— A-t-elle été présentée à la cour ? Je ne me souviens pas d'avoir vu son nom parmi ceux des jeunes filles que l'on y recevait.

— Son médiocre état de santé malheureusement l'empêche de séjourner dans la capitale, et c'est ainsi, comme je le dis un jour à Lady Catherine, que la cour d'Angleterre a été privée du plus beau de ses fleurons. Sa Seigneurie parut contente de mon idée. Comme vous pouvez l'imaginer, je suis ravi, dès que l'occasion m'en est offerte, de tourner ces petits compliments pleins de délicatesse qui flattent toujours l'oreille des dames. J'ai plus d'une fois fait observer à Lady Catherine que sa charmante fille paraissait née pour être une duchesse et que le rang le plus élevé, au lieu de lui donner de l'importance, lui serait redevable de quelque chose. C'est là le genre de bagatelle qui plaît à Sa Seigneurie et une sorte d'attention que je me considère comme particulièrement appelé à lui témoigner.

— Vous en jugez avec beaucoup d'à-propos, dit M. Bennet, et il est heureux pour vous que vous possédiez le talent de flatter avec délicatesse. Puis-je vous demander si ces plaisantes attentions proviennent de l'impulsion du moment, ou si elles ont fait l'objet d'une recherche préalable ?

— Elles trouvent principalement leur origine dans ce qui survient alors, et bien que je m'amuse parfois à imaginer et à parfaire de petits compliments gracieux susceptibles de convenir à des occasions ordinaires, je désire toujours qu'ils apparaissent aussi spontanés que possible. »

L'attente de M. Bennet était comblée. Son cousin se montrait aussi ridicule qu'il l'avait espéré. Il l'écoutait avec le plus vif plaisir sans pour autant se départir du plus grand sérieux et, si l'on excepte un coup d'œil parfois en direction d'Elizabeth, sans éprouver le besoin de partager son amusement.

À l'heure du thé, cependant, il en avait assez entendu. Il fut heureux de ramener son hôte au salon puis, après le thé, de l'inviter à faire la lecture aux dames.

M. Collins ne se fit pas prier. On apporta un livre mais, en le voyant (car tout annonçait qu'il venait d'une bibliothèque de prêt), il eut un mouvement de recul et, s'excusant, protesta qu'il ne lisait jamais de romans[1]. Kitty écarquilla les yeux, Lydia laissa échapper une exclamation. On lui proposa alors d'autres livres. Après avoir hésité, il choisit les *Sermons* de Fordyce[2]. Lydia se mit à bâiller lorsqu'il ouvrit le volume. Il n'avait pas lu trois pages, d'une voix grave et monocorde, qu'elle l'interrompit en lançant :

« Saviez-vous, maman, que mon oncle Phillips songeait à congédier Richard et que, dans ce cas, le colonel Forster le prendrait à son service ? C'est ma tante elle-même qui me l'a annoncé samedi. J'irai demain à Meryton pour en apprendre davantage et demander quand M. Denny rentre de Londres. »

Ordre fut donné à Lydia par ses deux aînées de tenir sa langue, mais M. Collins, ulcéré, posa son livre et déclara :

« J'ai souvent remarqué le peu d'intérêt que portaient les jeunes filles aux ouvrages d'un caractère sérieux, même lorsqu'ils ont été écrits tout exprès pour leur profit. Cela me stupéfie, je l'avoue — car il est certain que rien ne peut être plus avantageux pour elles que de s'instruire. Mais je n'importunerai pas davantage ma jeune cousine. »

Il se tourna vers M. Bennet et offrit de se mesurer à lui au backgammon[1]. M. Bennet releva le défi, observant qu'il faisait preuve de beaucoup de sagesse en laissant les jeunes filles à leurs futiles occupations. Mme Bennet et ses enfants le prièrent fort poliment de bien vouloir pardonner l'interruption de Lydia et lui promirent qu'elle ne se renouvellerait pas s'il consentait à reprendre sa lecture. Mais M. Collins, après les avoir assurées qu'il n'en voulait aucunement à sa jeune cousine et ne considérerait en aucun cas sa conduite comme un affront, prit place à une autre table avec M. Bennet et se prépara à jouer.

CHAPITRE XV

M. Collins n'était pas un homme de bon sens, et au défaut de la nature il n'avait été que peu remédié par l'éducation ou le commerce des hommes. Il avait passé la plus grande partie de sa vie sous la conduite d'un père illettré et avare et, bien qu'il fût passé par l'une des universités[1], s'y était contenté de prendre des inscriptions sans y nouer de relations utiles. La soumission à laquelle son père l'avait accoutumé était responsable de la grande humilité qu'il avait d'abord manifestée, mais elle était maintenant grandement battue en brèche par la fatuité d'un esprit faible sans beaucoup de liens avec le monde, ainsi que par les sentiments de vanité qu'avait fait naître un succès précoce et inattendu. Un heureux hasard l'avait recommandé à Lady Catherine de Bourgh à un moment où le bénéfice de Hunsford n'était pas pourvu, et le respect que lui inspirait le rang de cette dame, sa vénération pour celle à qui il devait sa charge se conjuguant à une haute opinion de lui-même, de son autorité en tant qu'homme d'Église et de ses prérogatives en tant que curé d'une paroisse, en faisaient un curieux mélange d'orgueil et d'obséquiosité, d'humilité et de suffisance.

Comme il disposait maintenant d'une maison confortable et d'un revenu tout à fait convenable, il pensait à se marier et, en cherchant à se réconcilier avec la famille de Longbourn, songeait à une future épouse. Il se proposait de choisir une des filles s'il les trouvait aussi belles et aimables que la rumeur les représentait. C'était là son projet de dédommagement — de réparation — pour le tort qu'il avait d'hériter du domaine de leur père, et il considérait ce projet comme excellent, à la fois agréable et commode, en même temps qu'en ce qui le concernait excessivement généreux et désintéressé.

Son plan ne varia pas quand il vit les jeunes filles. Le charmant visage de Mlle Bennet le confirma dans ses desseins et fortifia les strictes notions qu'il se faisait du droit d'aînesse. Durant la première soirée, son choix resta le même. La matinée du lendemain pourtant produisit un changement : au cours d'un tête-à-tête avec Mme Bennet avant le petit déjeuner, la conversation, qui commença par son presbytère et conduisit tout naturellement à l'aveu de ses espoirs au sujet d'une maîtresse de maison venant de Longbourn, suscita de la part de son hôtesse, parmi des sourires complaisants et des marques d'encouragement qui ne la commettaient pas, une mise en garde contre cette même Jane sur laquelle il avait arrêté son choix. « Pour ce qui était des cadettes, elle ne pouvait rien affirmer, en répondre avec assurance — mais elle ne leur connaissait aucun attachement ; sa fille aînée, il lui fallait le dire au passage — elle se sentait tenue d'en glisser un mot — serait sans doute très bientôt fiancée. »

M. Collins n'eut qu'à passer de Jane à Elizabeth. Ce fut bientôt fait, le temps pour Mme Bennet d'attiser le feu. Elizabeth, la plus proche de Jane, tant par la naissance que par la beauté, naturellement lui succéda.

Mme Bennet garda précieusement en mémoire l'indication fournie et ne douta plus d'avoir bientôt deux de ses filles mariées. L'homme dont elle ne supportait pas de parler la veille encore accéda au comble de sa faveur.

Lydia, cependant, n'avait pas renoncé à son projet de se rendre à Meryton. Chacune de ses sœurs à l'exception de Mary accepta de lui tenir compagnie. M. Collins leur fut associé, à la requête de M. Bennet, qui désirait vivement se débarrasser de sa présence et retrouver l'usage exclusif de sa bibliothèque. En effet M. Collins l'y avait suivi après le petit déjeuner et ne voulait plus en sortir. En principe son attention était retenue par l'un des plus gros in-folios qu'on y trouvait, mais en réalité il ne cessait guère d'entretenir M. Bennet de sa maison et de son jardin de Hunsford. De tels procédés ôtaient au maître de céans beaucoup de sa tranquillité d'esprit. Dans sa bibliothèque, il avait toujours été assuré de retrouver calme et loisir. Bien que prêt à rencontrer, ainsi qu'il le confiait à Elizabeth, la folie et la vanité dans chacune ou presque des autres pièces de la maison, là il avait pris l'habitude d'en être délivré. Il s'empressa donc courtoisement d'inciter M. Collins à se joindre à ses filles dans leur promenade, et ce dernier, qui par nature était mieux fait pour marcher que pour lire, ne se fit nullement prier pour fermer son imposant volume et se mettre en chemin.

Jusqu'à leur entrée dans Meryton, le temps passa de son côté à énoncer des platitudes et, du côté de ses cousines, à obligeamment acquiescer. Ensuite il fut impossible à M. Collins de retenir l'attention des plus jeunes. Leurs regards aussitôt se mirent à vagabonder le long de la rue à la recherche des officiers, et rien ne put les en ramener qu'un très joli bonnet ou une mousseline toute nouvelle aperçue à une devanture.

Cependant, l'attention de toutes fut bientôt requise par un jeune homme qu'elles n'avaient encore jamais vu. Il avait l'air fort distingué et marchait auprès d'un officier de l'autre côté de la chaussée. Cet officier n'était autre que le même M. Denny dont Lydia était venue s'enquérir s'il était rentré de la capitale. Il s'inclina sur leur passage. Chacune fut frappée de la prestance de l'étranger, toutes se demandèrent qui il pouvait bien être. Kitty et Lydia, résolues à le découvrir si c'était possible, traversèrent la rue les premières en affectant d'avoir besoin d'un article dans une boutique en face. La chance leur sourit, car elles venaient d'arriver à hauteur du trottoir quand les deux messieurs, revenant sur leurs pas, atteignaient précisément le même endroit.

M. Denny prit la parole et sollicita la permission de leur présenter son ami M. Wickham, qui l'avait accompagné la veille à son retour de Londres et, à sa grande satisfaction, avait accepté un brevet d'officier dans son régiment. C'était parfait ainsi, car il ne manquait au jeune homme qu'un habit rouge pour le rendre entièrement séduisant. Son apparence prédisposait beaucoup en sa faveur : il répondait à la plupart des canons de la beauté, son visage plaisait, sa silhouette était pleine de charme et son abord des plus gracieux.

La présentation fut suivie de son côté par une entrée rapide dans la conversation qui était des plus louables, à la fois parfaitement conforme à la bienséance et dépourvue de prétention. On était encore à la même place à deviser agréablement quand un bruit de sabots retint l'attention de tous : Darcy et Bingley descendaient la rue à cheval. Apercevant les demoiselles, ils approchèrent aussitôt du groupe et commencèrent les politesses d'usage. Bingley fut le plus loquace, Mlle Bennet celle à laquelle il s'adressa principalement. Il était justement, annonça-t-il, en route vers Longbourn pour y demander de ses nouvelles. M. Darcy en s'inclinant devant elle corrobora ses dires, et il s'apprêtait à prendre la résolution de ne pas poser les yeux sur Elizabeth quand son regard soudain se figea à la vue de l'étranger. Le hasard fit que la jeune fille put juger de la physionomie de l'un et de l'autre quand ils s'aperçurent. Elle fut stupéfaite de l'effet produit. Ils changèrent tous les deux de couleur, l'un devint blême, l'autre pourpre. Au bout de quelques instants, M. Wickham porta la main à son chapeau, salutation à laquelle M. Darcy consentit à peine à répondre. Que cela pouvait-il signifier ? Il était impossible de le deviner, impossible aussi de ne pas brûler d'envie de le savoir.

Un moment plus tard, M. Bingley, qui n'avait pas semblé remarquer la scène, prit congé et poursuivit sa route en compagnie de son ami. M. Denny et M. Wickham accompagnèrent les jeunes demoiselles jusqu'à la porte de Mme Phillips, puis ils les quittèrent en dépit des instances de Mlle Lydia qui les pressait d'entrer, et malgré celles de Mme Phillips elle-même qui ouvrit la fenêtre du salon et à haute voix joignit son invitation à la sienne.

Mme Phillips était toujours heureuse de voir ses nièces. Les deux aînées, en raison de leur récente absence, étaient particulièrement les bienvenues. Elle exprimait vivement sa surprise de les voir soudain de retour, ce dont elle n'aurait rien su puisque leur voiture n'était pas allée les chercher si elle n'avait par chance croisé le commis de M. Jones qui lui avait appris qu'il fallait cesser d'envoyer des potions à Netherfield, attendu que les demoiselles Bennet n'y étaient plus, quand Jane la rappela à ses devoirs de politesse en lui présentant M. Collins. Mme Phillips l'accueillit avec toute la courtoisie dont elle était capable. Elle eut droit en retour à bien davantage. Il s'excusa de paraître ainsi en intrus, sans pouvoir se réclamer d'une connaissance préalable, tout en espérant pouvoir trouver une justification dans un lien de parenté avec les jeunes demoiselles qui lui avaient permis cette introduction auprès d'elle. Mme Phillips fut confondue de tant de savoir-vivre. Mais on mit vite un terme à son ébahissement devant cet étranger-ci en s'exclamant et en posant des questions sur l'autre. Elle ne put cependant rien dire à ses nièces au sujet du nouveau venu qu'elles ne savaient déjà. M. Denny l'avait amené de Londres, et il devait avoir un brevet de lieutenant dans le régiment du comté de X. Cela faisait une heure, dit-elle, qu'elle le regardait arpenter la rue.

Si M. Wickham avait fait son apparition, nul doute que Kitty et Lydia auraient pris la suite et regardé à leur tour. Mais, malheureusement, personne ne passa sous les fenêtres, hormis quelques-uns des officiers qui, en comparaison de l'étranger, n'étaient plus que «des sots et des sapajous». Certains d'entre eux étaient attendus à dîner chez les Phillips le lendemain, et leur tante s'engagea à obtenir de son mari qu'il rendît visite à M. Wickham et lui donnât aussi une invitation, si la famille de Longbourn pouvait venir le soir. On s'accorda là-dessus, et Mme Phillips promit une bonne partie de loterie[1] pleine de charme et fort animée, suivie d'un petit souper chaud. La perspective de pareilles délices était très réconfortante, et l'on se quitta des deux côtés d'excellente humeur. M. Collins renouvela ses excuses en partant, et fut assuré avec une inlassable politesse qu'elles étaient tout à fait superflues.

Sur le chemin du retour, Elizabeth rapporta à Jane la scène entre les deux messieurs dont elle avait été le témoin. Jane volontiers eût pris la défense de l'un, de l'autre, ou des deux à la fois, s'ils avaient semblé dans leur tort, mais elle ne pouvait davantage que sa sœur expliquer leur comportement.

À son retour, M. Collins fit grand plaisir à Mme Bennet en admirant les manières et la politesse de Mme Phillips. Il soutint qu'excepté Lady Catherine et sa fille, il n'avait jamais vu de femme possédant plus d'urbanité. Non seulement elle l'avait reçu avec une civilité extrême, mais elle l'avait nommément inclus dans son invitation pour le lendemain soir, bien qu'elle n'eût jamais entendu parler de lui auparavant. Certes il pouvait imaginer devoir quelque chose au lien de parenté qui l'unissait aux habitants de Longbourn, mais il n'en demeurait pas moins qu'on ne lui avait jamais montré autant d'égards de toute sa vie.

CHAPITRE XVI

Aucune objection n'ayant été faite à la visite que les jeunes filles comptaient rendre à leur tante, et tous les scrupules de M. Collins refusant de quitter M. et Mme Bennet ne fût-ce que le temps d'une soirée pendant son séjour ayant été très fermement combattus, à l'heure qui convenait la voiture le conduisit à Meryton, de même que ses cinq cousines, et les jeunes filles eurent le plaisir d'apprendre en entrant au salon que M. Wickham avait accepté l'invitation de leur oncle et se trouvait déjà dans la maison.

Quand cette information eut été communiquée, que chacun eut pris place, M. Collins put tout à loisir jeter ses regards alentours et admirer. Il fut si impressionné par les dimensions et le mobilier de la pièce que, dit-il, il aurait bientôt pu se croire à Rosings dans la petite

salle à manger utilisée l'été. La comparaison ne suscita
pas d'emblée beaucoup d'enthousiasme mais, lorsque
Mme Phillips eut compris en l'écoutant ce qu'était
Rosings et qui était sa propriétaire, lorsqu'elle eut
entendu décrire l'un seulement des salons de Lady
Catherine et découvert que la cheminée à elle seule
avait coûté huit cents livres, elle sentit toute la force du
compliment et se serait à peine offensée d'un rapprochement avec la chambre de la femme de charge.

La description à Mme Phillips de toute la grandeur de
Lady Catherine et de son château, entrecoupée de
digressions à l'éloge de son humble demeure et des
améliorations qui lui étaient maintenant apportées,
occupa agréablement M. Collins jusqu'à l'arrivée des
messieurs. Il trouva en son auditrice une oreille complaisante. Mme Phillips se faisait de son importance
une idée sans cesse plus flatteuse à mesure qu'il discourait, et se promettait de répercuter tout cela parmi ses
voisines aussitôt que l'occasion lui en serait donnée.
L'attente, au gré des jeunes filles, qui n'avaient aucune
envie d'écouter leur cousin et n'avaient rien à faire qu'à
déplorer l'absence d'un piano et à contempler leurs
médiocres imitations de porcelaine sur la cheminée,
parut interminable. Elle prit fin cependant. Les messieurs approchèrent et, quand M. Wickham pénétra
dans la pièce, Elizabeth eut le sentiment de ne jamais
l'avoir observé jusque-là et de n'avoir jamais pensé à lui
depuis leur rencontre avec une admiration qui fût un
tant soit peu déraisonnable. Les officiers du régiment
du comté de X étaient dans l'ensemble des hommes
d'aspect engageant, avec un air de distinction ; les plus
remarquables étaient venus ; mais M. Wickham les rendait tous aussi insignifiants par les mérites de sa personne, de son visage, de son maintien, de sa démarche,
qu'eux-mêmes se montraient supérieurs à derrière eux
un oncle Phillips emprunté, bouffi, et dont l'haleine
empestait le porto.

M. Wickham fut l'heureux homme vers lequel se tournèrent presque tous les regards féminins, et Elizabeth

l'heureuse élue à côté de laquelle il finit par s'asseoir. La manière agréable dont il entra aussitôt en conversation, bien que celle-ci ne portât que sur le caractère humide de la soirée et la probabilité d'une saison pluvieuse, fit sentir à Elizabeth que le sujet le plus banal, le plus plat, le plus rebattu, pouvait être rendu intéressant par le talent de celui qui le traitait.

Avec des rivaux tels que M. Wickham et les officiers à qui disputer l'attention des belles, M. Collins paraissait promis à un sort des plus obscurs. Pour les jeunes demoiselles à coup sûr il ne représentait rien, mais il avait parfois en Mme Phillips une auditrice aimable qui veillait à l'approvisionner abondamment en café et en petits pains. Lorsqu'on installa les tables de jeu, il eut l'occasion de l'obliger à son tour en acceptant de tenir son rôle dans une partie de whist[1].

«Je ne connais pas grand-chose à ce jeu pour le moment, dit-il, mais je serais heureux de pouvoir faire des progrès, car un homme dans ma situation…»

Mme Phillips le remercia vivement de sa complaisance, mais n'eut pas le temps d'écouter ses explications.

M. Wickham, lui, ne jouait pas au whist. On se fit un plaisir de l'accueillir à l'autre table, où il prit place entre Elizabeth et Lydia. Tout d'abord, le risque fut grand de voir celle-ci l'accaparer entièrement, car c'était une bavarde impénitente. Mais, comme elle se trouvait par ailleurs passionnée par la loterie, elle fut bientôt trop absorbée par le jeu, trop intéressée à faire des mises et à réclamer ses lots[2], pour accorder son attention à une personne en particulier. Compte tenu du soin que réclamait couramment la partie, M. Wickham eut donc le loisir de parler à Elizabeth. Elle-même était très désireuse de l'entendre, quoique désespérant que ce fût à propos de ce qu'elle souhaitait surtout connaître, autrement dit de l'histoire de ses relations avec M. Darcy. Elle n'osait pas même faire allusion à cet homme-là. Sa curiosité pourtant fut assouvie contre toute attente. M. Wickham de lui-même aborda le sujet. Il voulut savoir à quelle distance de

Meryton se situait Netherfield puis, après avoir été renseigné, d'une voix hésitante demanda depuis combien
de temps M. Darcy y séjournait.

« Un mois environ », dit Elizabeth.

Ensuite, pour éviter qu'on en restât là, elle ajouta :
« J'ai cru comprendre qu'il possédait de très grands
biens dans le Derbyshire.

— Oui, répondit Wickham, son domaine est superbe.
Il rapporte dix mille livres par an, tous frais déduits.
Vous ne pouviez trouver plus à même de vous fournir
des renseignements précis sur ce chapitre, car j'ai eu
des liens étroits avec sa famille qui remontent à la
prime enfance. »

Elizabeth ne put dissimuler sa surprise.

« Vous êtes certes en droit de vous étonner, mademoiselle Bennet, d'une telle affirmation après avoir
vu, comme vous l'avez vraisemblablement fait, avec
quelle froideur nous nous sommes rencontrés hier —
connaissez-vous bien M. Darcy ?

— Autant que j'aurai jamais envie de le connaître,
s'écria Elizabeth. J'ai passé trois jours dans la même
maison que lui, et je le trouve très désagréable.

— Qu'il soit agréable ou non, je ne puis donner mon
avis sur ce point, dit Wickham. Je n'ai pas qualité pour
formuler une opinion valable. Je le connais depuis trop
longtemps et trop bien pour juger impartialement. Il
m'est impossible d'être neutre. Mais je crois que votre
sentiment en étonnerait plus d'un, et peut-être l'expri-
meriez-vous un peu moins brutalement ailleurs qu'ici.
Vous êtes dans votre propre famille.

— Je vous assure que je n'en dis pas plus chez ma
tante que je n'en dirais dans n'importe quelle maison du
voisinage, à l'exception de Netherfield. On ne l'apprécie
pas du tout dans le Hertfordshire. Tout le monde est
rebuté par son orgueil. Personne ne vous en parlera
plus favorablement.

— Je ne puis prétendre à du regret, repartit Wickham après une courte pause, lorsque lui, ou n'importe
quel autre, n'est pas estimé au-dessus de ses mérites.

Mais je crois que dans son cas particulier cela n'arrive pas souvent. Les gens sont éblouis par sa fortune et son importance dans le monde, ou encore intimidés par ses manières hautaines et imposantes, si bien qu'ils le considèrent uniquement ainsi qu'il choisit d'être vu.

— Je ne le connais que peu, mais il me paraît avoir mauvais caractère. »

Wickham se contenta de hocher la tête.

« Je me demande, dit-il, lorsque le jeu lui permit à nouveau de parler, s'il compte rester longtemps par ici.

— Je n'en sais rien, mais je n'ai pas entendu mentionner son départ tant que je suis demeurée à Netherfield. J'espère que vos projets en faveur du régiment du comté de X ne seront pas affectés par sa présence dans le voisinage.

— Oh non! ce n'est pas à moi de céder la place à M. Darcy. S'il veut éviter de me rencontrer, c'est à lui de partir. Nous ne sommes pas bons amis, et je suis toujours fâché de le voir, mais je n'ai aucun motif de me soustraire à sa vue que je ne pourrais proclamer à la face du monde. J'ai le sentiment qu'il m'a fort maltraité, et je regrette très vivement qu'il soit ce qu'il est, c'est tout. Son père, mademoiselle Bennet, le défunt M. Darcy, était l'un des meilleurs hommes que la terre ait portés et l'ami le plus sûr que j'aie jamais eu. Je ne puis donc me trouver dans la compagnie du présent M. Darcy sans être pénétré de chagrin à l'évocation de toutes sortes de tendres souvenirs. La conduite de ce dernier à mon égard a été scandaleuse. Mais je crois sincèrement que je pourrais tout lui pardonner plutôt que d'avoir déçu les espoirs que son père mettait en lui et déshonoré sa mémoire. »

L'intérêt d'Elizabeth allait croissant. Elle écoutait, tout émue. Mais le sujet était trop délicat pour pousser plus loin la curiosité.

M. Wickham choisit des centres d'intérêt moins personnels, tels que Meryton, le voisinage, les gens qui en faisaient partie. Il parut très satisfait de tout ce qu'il avait vu jusque-là. Quand il parla des personnes en par-

ticulier, ce fut avec une galanterie discrète mais très
intelligible.

« C'est la perspective de fréquenter du monde, et du
beau monde, ajouta-t-il, qui a principalement joué dans
ma décision d'entrer dans le régiment du comté de X. Je
savais qu'il avait bonne réputation et que la vie y était
agréable, mais mon ami M. Denny accrut la tentation
en me parlant de son cantonnement actuel, des très
grandes marques de sympathie et des excellentes relations que Meryton lui avait values. Je ne puis vivre à
l'écart du monde, je l'avoue. J'ai connu des déceptions,
et mon humeur ne supporte pas la solitude. Il faut que je
m'occupe et je voie des gens. La carrière militaire n'est
pas ce à quoi l'on me destinait ; les circonstances l'ont
rendue à présent souhaitable. J'aurais dû appartenir à
l'Église ; mon éducation m'y conduisait, et j'aurais
maintenant été en possession d'un bénéfice particulièrement lucratif si la personne dont nous parlions tout à
l'heure y avait consenti.

— Vraiment !

— Oui, le défunt M. Darcy dans son testament avait
fait de moi le destinataire du meilleur bénéfice dont il
disposait, lorsque celui-ci se trouverait vacant. Il était
mon parrain et avait beaucoup de tendresse pour moi.
Je ne puis rendre suffisamment justice à sa bonté. Son
intention était de pourvoir généreusement à mon établissement. Il pensait y avoir réussi. Mais, quand l'occasion se présenta, le bénéfice alla à quelqu'un d'autre.

— Mon Dieu ! s'écria Elizabeth. Mais comment cela
a-t-il pu se faire ? Comment a-t-on pu ignorer les dispositions du testament ? Pourquoi n'avez-vous pas cherché en justice le rétablissement de vos droits ?

— Il y avait dans les termes employés pour parler du
legs une imprécision qui ne me laissait aucun espoir
devant un tribunal. Un homme d'honneur n'aurait pas
pu mettre en doute les intentions du testateur, mais
M. Darcy choisit de le faire — ou de ne les traiter que
comme une recommandation conditionnelle et d'affirmer que j'avais perdu tous mes droits par ma prodiga-

lité, mon imprudence, bref n'importe quoi. Une chose
est sûre : le bénéfice devint vacant il y a deux ans, alors
que justement j'atteignais un âge qui me permettait d'y
prétendre, et on le donna à quelqu'un d'autre. Il n'est
pas moins certain que je ne puis m'accuser d'une faute
qui m'aurait valu de le perdre. J'ai un tempérament vif,
je ne surveille pas mes paroles. Il se peut que parfois
j'aie trop librement dit ce que je pensais de lui, et en sa
présence. Je ne vois rien de plus grave. La vérité, c'est
que nous sommes de nature très différente et qu'il me
déteste.

— C'est révoltant ! Il mérite qu'on publie son infamie.

— Un jour ou l'autre, ce sera fait. Mais je n'y aurai
nulle part. Tant que je garderai le souvenir de son père,
je ne le défierai ni ne le dénoncerai.»

Elizabeth lui rendit hommage de tels sentiments et
le trouva plus beau que jamais au moment où il les
exprima.

«Mais, demanda-t-elle après une pause, qu'est-ce qui
l'a poussé à agir ainsi ? Pourquoi se conduire aussi
cruellement ?

— Cela est dû à son antipathie à mon égard, une
antipathie profonde et tenace, que je ne puis m'empêcher d'attribuer dans une certaine mesure à la jalousie.
Si le défunt M. Darcy avait eu moins d'affection pour
moi, son fils m'aurait mieux supporté. Mais l'attachement peu commun de son père fut pour lui une source
d'irritation, je crois, dès son plus jeune âge. Son caractère ne lui permettait pas de souffrir la rivalité qu'il y
avait sans cesse entre nous et la préférence qui m'était
souvent donnée.

— Je n'aurais pas imaginé autant de mal de
M. Darcy. Je ne l'ai jamais aimé, mais je ne l'aurais pas
mis aussi bas. Je lui prêtais du mépris pour la plupart
des hommes, sans le soupçonner de s'abaisser à une
vengeance aussi méchante, à tant d'injustice, tant d'in-
humanité.»

Elle réfléchit quelques instants, toutefois, puis reprit :
«Je me souviens malgré tout de l'avoir entendu un

jour à Netherfield se vanter du caractère inexorable de ses rancunes, de sa difficulté naturelle à pardonner. Il doit avoir un caractère épouvantable.

— Je ne me risquerai pas à me prononcer, répondit Wickham. Il me serait difficile d'être juste envers lui. »

De nouveau Elizabeth se plongea dans ses réflexions. Un instant plus tard, elle s'exclama :

« Traiter ainsi le filleul, l'ami, le favori de son père ! »

Elle aurait pu ajouter « et un jeune homme tel que vous, dont le visage à lui seul garantit l'amabilité », mais elle se contenta de dire « et quelqu'un qui sans doute était son compagnon depuis l'enfance, avec lequel, je crois l'avoir entendu de votre bouche, il était lié tout particulièrement ! »

— Nous sommes nés dans la même paroisse, dans l'enceinte du même parc, nous ne nous sommes pas quittés pendant la plus grande partie de notre jeunesse, habitant la même maison, partageant les mêmes jeux, objets d'une même tendresse paternelle. Mon père commença par la profession à laquelle votre oncle, M. Phillips, paraît faire tant d'honneur, mais il abandonna tout pour se mettre au service de feu M. Darcy et consacra tout son temps aux soins que réclamait le domaine de Pemberley. Il avait l'entière confiance de M. Darcy, dont il était l'ami intime, le confident. M. Darcy admit plus d'une fois qu'il avait envers lui une grande dette de reconnaissance pour l'administration zélée de ses biens et, lorsque peu de temps avant sa mort M. Darcy spontanément lui promit de faire quelque chose pour moi, je suis convaincu qu'il interpréta cela autant comme l'effet d'une gratitude à son égard que comme un témoignage d'affection envers moi.

— Comme c'est étrange ! s'écria Elizabeth. Comme c'est abominable ! Je ne m'explique pas pourquoi l'orgueil même de ce M. Darcy ne l'a pas conduit à vous rendre justice ! S'il n'obéissait pas à un motif plus élevé, il aurait pu avoir trop de fierté pour être malhonnête — car il faut bien parler de malhonnêteté.

— C'est effectivement bien étonnant, repartit Wickham, car presque toutes ses actions sont imputables à l'orgueil, et l'orgueil l'a souvent bien servi. Il l'a conduit à se rapprocher de la vertu davantage qu'aucun autre sentiment. Mais aucun de nous n'est toujours conséquent avec lui-même et, dans son attitude à mon égard, l'orgueil a joué moins que d'autres mobiles.

— Un orgueil aussi monstrueux peut-il lui avoir jamais été profitable?

— Oui. Il l'a souvent amené à se montrer libéral et généreux, à donner son argent sans compter, à faire montre d'hospitalité, à aider ses fermiers et à secourir les pauvres. La fierté du nom, celle d'avoir un père comme le sien, car il est très fier de son père, ont accompli tout cela. Ne pas paraître déshonorer sa famille, ne pas sembler faillir aux qualités qui ont fait le renom de Pemberley, ne pas compromettre son influence, sont pour lui d'importantes raisons de bien agir. Il est également fier de sa sœur. Cela s'ajoute à l'affection qu'il lui voue pour faire de lui un tuteur très bon et très vigilant. Vous l'entendrez souvent vanté comme le plus attentionné et le meilleur des frères.

— Quelle sorte de jeune personne est Mlle Darcy?»
Il hocha la tête.

«Je voudrais pouvoir vous dire qu'elle est aimable. Cela me coûte de dénigrer quelqu'un du nom de Darcy. Mais elle ressemble par trop à son frère. Elle est très, très orgueilleuse. Enfant, elle se montrait affectueuse et gentille, elle m'aimait beaucoup, et je passais des heures à la distraire. Mais maintenant elle ne m'est plus rien. C'est une belle jeune fille, de quinze ou seize ans. Je crois savoir qu'elle possède bien des talents. Depuis le décès de son père, elle vit à Londres, dans la compagnie d'une dame qui dirige son éducation.»

Après de nombreuses interruptions et beaucoup de tentatives pour changer de sujet, Elizabeth ne put s'empêcher de revenir au même et de dire:

«Je suis surprise qu'il fasse partie des intimes de M. Bingley! Comment M. Bingley, qui semble la bonne humeur faite homme, et qui est, j'en suis persuadée, quelqu'un de véritablement aimable, peut-il être lié d'amitié avec un tel individu? Comment peuvent-ils s'entendre? Connaissez-vous M. Bingley?

— Pas du tout.

— C'est quelqu'un de débonnaire, d'agréable, de charmant. Il ne connaît sûrement pas la vérité sur M. Darcy.

— Sans doute pas. Mais M. Darcy est capable de plaire lorsque cela l'arrange. Il ne manque pas de talents pour y parvenir. Il peut converser aimablement s'il juge que cela en vaut la peine. Parmi ceux dont l'importance dans le monde égale un tant soit peu la sienne, il apparaît fort différent de ce qu'il est avec les moins fortunés. Son orgueil ne l'abandonne jamais, mais avec les riches il se montre ouvert, juste, sincère, raisonnable, honorable, agréable peut-être — seulement quand la fortune et la tournure sont à son goût.»

La partie de whist se terminant peu après, les joueurs se regroupèrent autour de l'autre table, et M. Collins s'assit entre sa cousine Elizabeth et Mme Phillips. Celle-ci posa les questions qu'on pose habituellement sur le succès qu'il avait rencontré. Il n'avait pas été considérable. En fait, M. Collins n'avait rien gagné. Mme Phillips commençant d'exprimer des regrets, il l'assura avec beaucoup de gravité que ce manque de réussite n'avait pas la moindre importance, qu'il considérait la perte d'argent comme une bagatelle et la priait de ne pas s'en inquiéter.

«Je sais très bien, madame, répondit-il, que lorsqu'on s'assoit à une table de jeu on doit en accepter les risques mais, heureusement, l'état de mes finances m'autorise à ne pas me tracasser pour cinq shillings. Plus d'un, la chose est sûre, ne pourrait en dire autant mais, grâce à Lady Catherine de Bourgh, je suis loin de devoir me mettre en peine pour des vétilles.»

Ces paroles retinrent l'attention de M. Wickham et, après avoir observé M. Collins quelques instants, il demanda à voix basse à Elizabeth si son parent était étroitement lié à la famille de Bourgh.

« Lady Catherine de Bourgh, expliqua-t-elle, lui a récemment fait don d'un bénéfice. Je ne sais pas grand-chose de la manière dont M. Collins a pu d'abord lui être connu, mais leurs relations ne sont certainement pas anciennes.

— Vous n'ignorez pas, bien sûr, que Lady Catherine de Bourgh et Lady Anne Darcy étaient sœurs et qu'en conséquence elle est la tante de l'actuel M. Darcy.

— Je n'en avais aucune idée. Je n'étais informée d'aucun des liens familiaux de Lady Catherine. Son existence m'était encore inconnue avant-hier.

— Sa fille, Mlle de Bourgh, sera un jour en posses-sion d'une grande fortune, et l'on croit que son cousin et elle réuniront leurs biens. »

Elizabeth sourit en apprenant cela, car elle pensait à la pauvre Mlle Bingley. À quoi servaient en effet ses soins attentionnés, son affection pour Mlle Darcy et ses louanges de M. Darcy si ce dernier se destinait déjà à épouser quelqu'un d'autre ?

« M. Collins, reprit-elle, ne sait pas quel bien dire, tant de Lady Catherine que de sa fille mais, d'après certains détails qu'il nous a révélés concernant Sa Seigneurie, je crains que sa gratitude ne l'égare et qu'en dépit du fait qu'elle est sa bienfaitrice, elle ne soit une femme pleine d'arrogance et de vanité.

— Je crois qu'elle est tout cela en effet, répondit Wickham. Cela fait des années que je ne l'ai pas vue, mais je me souviens très bien de ne l'avoir jamais aimée et que ses manières étaient impérieuses et inso-lentes. On lui fait la réputation de posséder beaucoup de jugement et d'intelligence, mais je croirais plutôt qu'elle tire une partie de ses capacités de son rang et de sa fortune, une autre de son autorité tyrannique, et le reste de l'orgueil de son neveu qui veut que toute sa parenté se recommande par ses qualités d'esprit. »

Elizabeth reconnut qu'il avait donné de tout cela des explications très rationnelles, et ils continuèrent de s'entretenir à la satisfaction de l'un et de l'autre jusqu'à ce que le souper mît fin à la partie de cartes et permît aux autres demoiselles d'avoir leur part des attentions de M. Wickham. Au milieu du brouhaha du repas il n'était pas question de tenir une conversation, mais les manières du jeune officier lui valaient la considération de tous. Tout ce qu'il disait était bien dit, tout ce qu'il faisait était fait avec grâce. Elizabeth quitta la soirée en ne pensant qu'à lui. Rien ne comptait plus que M. Wickham, elle ne se souvint que de ses paroles pendant tout le trajet de retour. Pourtant elle n'eut pas l'occasion de mentionner une fois ne serait-ce que son nom, car ni Lydia ni M. Collins ne cessèrent de parler. Lydia n'avait d'autre sujet que la loterie, le jeton qu'elle avait perdu et celui qu'elle avait gagné. Quant à M. Collins, il décrivait la civilité de M. et de Mme Phillips, affirmant qu'il ne se souciait pas le moins du monde de l'argent laissé au whist, énumérant les plats servis au souper, s'inquiétant à maintes reprises de savoir s'il incommodait ses cousines, tant et si bien que le temps lui avait manqué de dire tout ce qu'il avait à dire quand la voiture s'arrêta devant la porte de la maison de Longbourn.

CHAPITRE XVII

Elizabeth le lendemain raconta à Jane ce qui s'était passé entre elle et M. Wickham. Jane écouta, partagée entre l'étonnement et l'inquiétude. Elle n'arrivait pas à croire que M. Darcy pût être aussi indigne de l'estime de M. Bingley. Pourtant il n'était pas dans sa nature de mettre en doute la véracité d'un jeune homme d'apparence aussi aimable que Wickham. La seule idée qu'il eût pu souffrir de pareille méchanceté suffisait à émouvoir toute sa tendresse, et il ne lui resta plus qu'à penser du bien de l'un et de l'autre, à défendre la conduite de chacun et à imputer au hasard ou à l'erreur ce qu'on ne pouvait autrement expliquer.

« Ils ont dû tous deux être abusés, dit-elle, et d'une manière qui nous échappe entièrement. Des gens dont c'était l'intérêt ont pu représenter l'un à l'autre sous de fausses couleurs. Bref, il nous est impossible de deviner les causes ou les circonstances de leur éloignement, qui a pu survenir sans qu'on puisse blâmer effectivement l'une des parties.

— Tu as tout à fait raison, et maintenant, ma chère Jane, que vas-tu trouver à dire en faveur de ces personnes intéressées dont la responsabilité en l'affaire est probable ? Innocente-les elles aussi, ou nous serons forcées d'avoir mauvaise opinion de quelqu'un.

— Moque-toi autant que tu voudras, mais tu ne me feras pas changer d'avis en raillant. Ma chère Lizzy, songe un peu au déshonneur dont cela couvre M. Darcy si on le représente traitant de cette façon le favori de son père, un homme que celui-ci avait promis d'établir. C'est impossible. Qui donc, avec des sentiments d'humanité, un peu de considération pour la réputation qu'on lui fait, serait capable d'une chose pareille ? Ses amis les plus intimes pourraient-ils se tromper à ce point sur son compte ? Non, bien sûr.

— Il m'est beaucoup plus facile de croire M. Bingley abusé que d'imaginer M. Wickham inventant de toutes pièces le récit qu'il m'a fait de son passé hier soir, avec des noms, des faits, le tout donné sans se faire prier. Si cela est faux, que M. Darcy le démente ! En outre, la sincérité se lisait sur son visage.

— C'est bien délicat — c'est désolant — on ne sait ce qu'il faut penser.

— Je te demande pardon, on le sait exactement. »

Jane toutefois ne parvenait à une certitude que sur un point : M. Bingley, si effectivement il avait été dupé, aurait à souffrir de fâcheuses conséquences lorsque l'affaire serait rendue publique.

Les deux jeunes filles durent quitter le bosquet qui

était le lieu de cette conversation quand on leur annonça l'arrivée de quelques-unes des personnes dont justement elles s'entretenaient. M. Bingley et ses sœurs venaient personnellement remettre leur invitation au bal longuement attendu de Netherfield, désormais fixé au mardi suivant. Les deux visiteuses se dirent charmées de revoir leur chère amie, s'écrièrent que le temps leur avait paru bien long depuis leur dernière rencontre et lui demandèrent à maintes reprises comment elle avait pu occuper ses loisirs depuis le jour de leur séparation. Le reste de la famille ne retint que peu leur attention. Elles évitèrent Mme Bennet dans la mesure du possible, dirent quelques mots à Elizabeth et n'adressèrent pas la parole aux autres. Elles firent vite à reprendre la porte, quittant leurs sièges avec une promptitude qui prit leur frère au dépourvu et s'enfuyant comme si elles avaient hâte de se soustraire aux civilités de la maîtresse de maison.

La perspective du bal de Netherfield ravit tout l'élément féminin de la famille. Mme Bennet voulut y voir un hommage rendu à sa fille aînée et fut particulièrement flattée que l'invitation eût été transmise par M. Bingley en personne au lieu de l'envoi d'un carton cérémonieux. Jane prévoyait de passer une soirée agréable en compagnie de ses deux amies et entourée des soins de leur frère. Les pensées d'Elizabeth allaient au plaisir de beaucoup danser avec M. Wickham et d'observer la manière dont M. Darcy réagirait et se comporterait. La félicité envisagée par Catherine et Lydia dépendait moins d'une seule circonstance ou d'une personne en particulier car, bien que chacune, comme Elizabeth, eût l'intention de danser la moitié du temps avec Wickham, il n'était en aucune manière le seul cavalier susceptible de combler leur attente, et un bal, de toute façon, restait un bal. Mary elle-même était en mesure d'assurer sa famille qu'elle s'y préparait sans déplaisir.

«Aussi longtemps que je peux disposer de mes matinées, disait-elle, cela me suffit. Je ne considère pas comme un sacrifice de participer occasionnellement à une soirée. La société possède des droits sur chacun de nous, et je n'hésite pas à m'affirmer de ceux qui jugent les intervalles de récréation et d'amusement profitables à tous. »

L'humeur d'Elizabeth était rendue si belle par l'événement que, alors qu'il ne lui arrivait pas souvent d'adresser la parole à M. Collins sans que ce fût nécessaire, elle ne put s'empêcher de lui demander s'il comptait accepter l'invitation de M. Bingley et, au cas où il le ferait, s'il trouverait convenable de tenir sa place dans les amusements de la soirée. Elle fut assez surprise de découvrir qu'il n'entretenait pas le moindre scrupule à ce sujet et qu'il était loin de craindre une réprimande de la part de l'archevêque ou de Lady Catherine de Bourgh s'il s'aventurait à danser.

« Je suis fort éloigné de penser, je vous assure, répondit-il, qu'un bal de cette sorte, donné par un jeune homme de bonne réputation à des personnes respectables, puisse avoir le moindre caractère répréhensible. Je suis en réalité si peu opposé à danser moi-même que j'espère en l'honneur de pouvoir donner la main tour à tour à toutes mes belles cousines au cours de la soirée et saisis l'occasion qui m'est offerte de vous prier de me réserver, mademoiselle Elizabeth, les deux premières danses en particulier[1], préférence que ma cousine Jane, j'en suis convaincu, attribuera à un juste motif et non à un manque de respect à son égard. »

Elizabeth était prise à son propre piège. Elle s'était imaginé avec assurance recevant de Wickham une invitation pour les danses en question. Et c'était M. Collins qui le remplacerait ! Sa vivacité ne s'était jamais exercée aussi mal à propos. On ne pouvait malheureusement rien y changer. Le bonheur de M. Wickham et le sien devraient par force attendre un peu, et l'offre de M. Collins fut acceptée d'aussi bonne grâce que possible.

Sa galanterie ne lui plaisait pas davantage de ce qu'elle suggérait quelque chose de plus. Pour la première fois, il lui vint à l'idée que c'était elle qu'on choi-

sissait entre toutes les filles de la maison comme digne
de devenir la maîtresse du presbytère de Hunsford et
d'aider à compléter une table de quadrille à Rosings en
l'absence de visiteurs plus souhaitables. Cette supposition se transforma bientôt en certitude devant une politesse de plus en plus appuyée et fréquemment une
ébauche de compliment sur son esprit et sa vivacité.
Son étonnement devant l'effet produit par ses charmes
était plus grand que sa satisfaction, et pourtant il ne lui
fallut pas attendre longtemps pour que sa mère lui
donnât à entendre que la probabilité de leur mariage
lui plaisait infiniment. Elizabeth cependant préféra ne
pas relever l'allusion, comprenant bien qu'une réaction de sa part ne pouvait qu'entraîner une grave dispute. Peut-être M. Collins ne la demanderait-il jamais
et, tant qu'il s'abstenait de le faire, il était inutile de se
quereller à son propos.

Sans le bal de Netherfield pour lequel il fallait se préparer et qui fournissait un sujet de conversation, les
plus jeunes des demoiselles Bennet eussent été alors
bien à plaindre, car du jour de l'invitation à celui de la
réception la pluie tomba sans discontinuer, au point
d'exclure la possibilité d'aucune promenade à Meryton.
On ne pouvait se mettre en quête ni de la tante, ni des
officiers, ni de quelque nouvelle. Même les rosettes pour
les souliers du bal durent être acquises par procuration.
Il n'était pas jusqu'à Elizabeth qui aurait pu s'impatienter d'un temps qui dressait un obstacle insurmontable à
une plus ample connaissance de M. Wickham, et seule
la perspective de danser le mardi suivant était de nature
à rendre le vendredi, le samedi, le dimanche et le lundi
supportables à Kitty et à Lydia.

CHAPITRE XVIII

Jusqu'au moment où Elizabeth entra dans le salon de

Netherfield et chercha vainement du regard
M. Wickham au milieu des habits rouges qui étaient là
rassemblés, nul doute quant à sa présence ne l'avait
effleurée. L'assurance où elle était de le rencontrer
n'avait été tempérée par aucune des réflexions qui
auraient pu, non sans raison, lui causer de l'inquiétude.
Elle avait apporté à sa toilette un soin particulier et
s'était préparée de la meilleure humeur du monde à
conquérir ce qui dans le cœur de cet homme n'était pas
encore soumis, pensant que ce n'était pas plus qu'on ne
pouvait en attendre de la soirée à venir. Mais un instant
suffit pour donner naissance à un affreux soupçon : il
avait à dessein été omis de la liste des invitations aux
officiers afin de satisfaire M. Darcy. La vérité ne se
révéla pas exactement conforme à cette conjecture ; il
n'en demeura pas moins qu'il était absent, ce que
confirma sans aucun doute possible M. Denny lorsque
Lydia se hâta de le questionner : Wickham la veille avait
dû pour affaires se rendre à Londres et n'était pas
encore de retour. Il ajouta avec un sourire entendu :

« Je ne crois pas que ses affaires l'auraient empêché
de venir précisément aujourd'hui, s'il n'avait pas voulu
éviter ici un certain monsieur. »

Les derniers mots de cette information, Lydia ne les
entendit pas, mais Elizabeth les surprit. Comme cela
l'assurait que la responsabilité de Darcy dans l'absence
de Wickham n'était pas moins engagée que si sa première hypothèse s'était trouvée vérifiée, toute la rancœur que le coupable avait suscitée s'accrut tellement de
la déception présente qu'elle eut peine à répondre avec
suffisamment de civilité aux demandes polies qu'aussitôt il lui fit à propos de sa santé. Se montrer aimable,
patiente, indulgente avec Darcy était faire injure à
Wickham. Elle était décidée à ne tenir de conversation
d'aucune sorte avec lui et se tourna d'un autre côté avec
une mauvaise humeur qu'elle ne put tout à fait dominer, même en conversant avec M. Bingley dont la partialité aveugle l'irritait.

Mais Elizabeth n'était pas faite pour la mauvaise

humeur et, bien que la soirée n'eût plus rien à lui apporter, cela ne put longtemps la décourager d'être en train.
Quand elle eut confié tous ses chagrins à Charlotte
Lucas, qu'elle n'avait pas revue depuis huit jours, elle
fut bientôt capable de passer sans effort aux bizarreries
de son cousin et d'attirer sur lui l'attention de son amie.
Les deux premières danses, néanmoins, la rendirent à
son désarroi. Son amour-propre fut mis à rude épreuve.
M. Collins, gauche et emprunté, s'excusant au lieu de
s'appliquer, se trompant souvent dans ses mouvements
sans même s'en apercevoir, lui causa autant de confusion et de contrariété que peut en créer un partenaire
déplaisant pendant toute la durée des deux danses. Ce
fut un vrai bonheur quand elle en fut débarrassée.

Son cavalier suivant fut un officier, et elle eut la satisfaction de pouvoir parler de Wickham et d'entendre
qu'il était unanimement apprécié. Après quoi elle
retourna près de Charlotte Lucas, et elle était en grande
conversation avec son amie quand soudain elle fut
abordée par M. Darcy, qui la prit à ce point au dépourvu
en lui demandant de lui réserver deux danses que, sans
savoir ce qu'elle faisait, elle accepta. Il s'éloigna aussitôt, si bien qu'elle n'eut plus qu'à se désoler de son peu
de présence d'esprit. Charlotte essaya de la consoler.

«Je suis sûre que tu vas le trouver très aimable.

— Dieu m'en garde! Ce serait la pire des choses qui
puissent m'arriver. Trouver aimable un homme qu'on
était résolue à détester! Ne me souhaite pas pareille
calamité. »

Quand la musique reprit, toutefois, et que Darcy s'approcha pour lui demander de lui donner la main, Charlotte ne put s'empêcher de la mettre en garde à voix
basse : il ne lui fallait pas faire la sotte et permettre à son
goût pour Wickham de la rendre désagréable aux yeux
d'un homme dix fois plus important que lui. Elizabeth
ne répondit rien et prit place parmi les danseurs, stupéfaite de l'éminence à laquelle elle avait atteint en étant
jugée digne de se tenir face à M. Darcy et lisant dans le
regard de ses voisins un étonnement égal au sien. Ils

restèrent quelque temps totalement silencieux, et elle commençait à se dire que ce silence allait se prolonger jusqu'au bout des deux danses, sans d'abord se résoudre à autre chose qu'à le maintenir quand soudain, s'avisant que le plus pénible pour son partenaire serait d'être contraint d'ouvrir la bouche, elle fit sur la danse une remarque banale. Il lui répondit et de nouveau s'enferma dans le mutisme. Quelques instants plus tard, elle revint à la charge.

« C'est à votre tour maintenant de dire quelque chose, monsieur Darcy. J'ai parlé de la danse. À vous de placer quelques mots sur les dimensions de la pièce ou le nombre des couples. »

Il sourit et l'assura que ce qu'elle souhaiterait l'entendre dire, il le dirait.

« Très bien. Cette réponse suffira pour le moment. Peut-être est-ce que tout à l'heure j'observerai que les bals privés sont beaucoup plus agréables que les bals publics. Mais dans l'intervalle nous pouvons garder le silence.

— Parlez-vous donc par obligation quand vous dansez ?

— Cela m'arrive. Il faut bien échanger quelques mots, vous savez. Si l'on restait silencïeux pendant une demi-heure, cela paraîtrait bizarre. Pourtant, pour le bien de certaines personnes, la conversation devrait être réglée de manière à leur ôter l'embarras de faire plus que le strict nécessaire.

— Consultez-vous vos propres souhaits dans le cas présent, ou vous imaginez-vous accorder quelque chose aux miens ?

— L'un et l'autre, répondit-elle avec malice. Je n'ai cessé de remarquer beaucoup de similarité dans nos tournures d'esprit. Nous sommes tous les deux par nature insociables et taciturnes, répugnant à parler si l'occasion ne s'offre pas de dire quelque chose qui étonnera la salle entière et passera à la postérité avec tout l'éclat d'un proverbe.

— La ressemblance avec votre caractère n'a rien de

très frappant, dit-il. À quel point le portrait s'adapte au mien, je ne puis prétendre l'affirmer; vous, de toute évidence, le trouvez fidèle.

— J'en suis l'auteur: ce n'est donc pas à moi d'en juger.»

Il se tut. Ils restèrent muets tant qu'ils ne furent pas, tout en dansant, parvenus au bout de la rangée. Il lui demanda alors si ses sœurs et elle ne se rendaient pas très souvent à pied à Meryton. Elle répondit par l'affirmative et, incapable de résister à la tentation, ajouta:

«Lorsque vous nous avez rencontrées l'autre jour, nous venions de faire une nouvelle connaissance.»

L'effet fut immédiat. Son visage se rembrunit, exprimant davantage encore de hauteur, mais il ne dit rien. Elizabeth, bien que se reprochant un moment de faiblesse, n'eut pas le courage de poursuivre. Au bout de quelque temps, son interlocuteur reprit la parole pour faire observer avec une émotion contenue:

«M. Wickham a la chance de posséder des manières si engageantes qu'il est assuré de se faire des amis. Pour ce qui est de les garder, cela est moins certain.

— Il a eu le malheur de perdre votre amitié, répliqua Elizabeth avec véhémence, et dans des conditions qui risquent de lui nuire sa vie durant.»

Darcy n'insista pas et parut désireux de changer de sujet. À ce moment, Sir William Lucas surgit tout près d'eux. Il voulait se frayer un chemin à travers l'alignement des danseurs pour gagner l'autre côté de la pièce mais, apercevant M. Darcy, il s'arrêta et s'inclina de manière particulièrement courtoise pour le complimenter sur son art de la danse et le choix de sa partenaire.

«J'ai été au plus haut point charmé, mon cher monsieur. Ce n'est pas souvent qu'on assiste à une exécution aussi raffinée. Il est évident que vous appartenez au meilleur monde. Permettez-moi de vous dire, toutefois, que votre belle cavalière fait honneur à votre talent et qu'il me faut espérer d'éprouver fréquemment le même plaisir, en particulier lorsqu'un certain événement des plus souhaitables, ma chère mademoiselle Eliza (avec un regard en direction de sa sœur et de Bingley), se produira. Que de compliments afflueront en cette occasion ! J'en appelle à M. Darcy. Mais je ne voudrais pas vous déranger, monsieur. Vous ne me saurez aucun gré de vous avoir privé de la conversation enjôlante de cette jeune demoiselle, dont les beaux yeux aussi présentement m'admonestent. »

C'est à peine si Darcy entendit les derniers mots de ce discours. Mais l'allusion de Sir William à son ami parut l'impressionner vivement. Il adressa un regard empreint de gravité à Bingley et à Jane qui dansaient ensemble. Il se ressaisit toutefois rapidement et, se tournant vers sa cavalière, lui dit :

« L'interruption de Sir William m'a fait oublier ce dont nous parlions.

— Mais je ne crois pas que nous étions en train de parler. Sir William n'aurait pas pu couper la parole à deux personnes dans cette pièce qui eussent moins de choses à se dire. Nous avons déjà, sans succès, fait l'essai de deux ou trois sujets, et de celui que nous allons aborder à présent je n'ai aucune idée.

— Pourquoi pas les livres ? demanda-t-il en souriant.

— Les livres ? Oh non ! Je suis sûre que nous ne lisons pas les mêmes, ou alors pas avec les mêmes sentiments.

— Je regrette que ce soit là votre opinion. Mais, en ce cas, au moins ne manquerions-nous pas de matière. Nous pourrions comparer nos avis.

— Non, je refuse de parler littérature dans une salle de bal. J'y ai toujours l'esprit à autre chose.

— C'est le présent qui toujours vous occupe dans ce genre d'endroit si je vous comprends bien, suggéra-t-il d'un air de doute.

— Oui, toujours », répondit-elle sans faire attention à ce qu'elle disait.

Ses pensées en effet s'étaient égarées bien loin de ce sujet, comme il apparut bientôt quand elle s'exclama brusquement :

«Je me souviens de vous avoir entendu déclarer un jour qu'il vous arrivait rarement de pardonner, que votre ressentiment, une fois conçu, était impossible à apaiser. Vous devez prendre beaucoup de précautions, je suppose, avant de vous y livrer.

— C'est vrai, dit-il d'une voix ferme.

— Vous ne permettez pas aux préjugés de vous faire perdre votre lucidité ?

— J'espère que non.

— Il incombe particulièrement à ceux qui ne changent jamais d'avis de s'assurer que leur premier jugement est le bon.

— Puis-je vous demander à quoi tend cet interrogatoire ?

— Simplement à l'élucidation de votre personnalité, répondit-elle en essayant de chasser un sérieux qui l'embarrassait. Je tente de la comprendre.

«Y réussissez-vous ? »

Elle secoua la tête.

«Je ne fais pas le moindre progrès. J'entends sur vous des rapports si différents que je ne m'y retrouve absolument pas.

— Je suis tout prêt à croire, répondit-il avec gravité, qu'on puisse raconter à mon sujet des choses de nature très différente et je souhaiterais, mademoiselle Bennet, que vous renonciez à esquisser mon portrait à l'heure qu'il est, comme il y a tout lieu de croire que le résultat ne serait flatteur ni pour l'un ni pour l'autre.

— Mais, si je ne m'y essaie pas maintenant, il se peut que je n'en aie jamais plus l'occasion.

— Je ne voudrais pour rien au monde faire obstacle à l'un de vos plaisirs», répliqua-t-il froidement.

Elle se tut. Ils accomplirent un dernier passage devant les danseurs et se séparèrent sans un mot. L'un et l'autre éprouvaient du mécontentement, mais ce n'était pas le même, car dans le cœur de Darcy régnait un sentiment assez puissant, qui eut vite fait d'obtenir le pardon de sa partenaire et de diriger toute sa colère contre quelqu'un d'autre.

Ils ne s'étaient pas quittés depuis longtemps quand Mlle Bingley vint à elle et, avec un air de dédain qui se voulait poli, l'aborda en ces termes :

« Ainsi, mademoiselle Eliza, j'entends que vous êtes coiffée de George Wickham ! Votre sœur vient de me parler de lui et m'a posé mille questions à son sujet. Je me suis aperçue que ce jeune homme au milieu de ses confidences avait omis de vous informer qu'il était le fils du vieux Wickham, l'intendant de feu M. Darcy. Permettez-moi cependant, à titre amical, de vous conseiller de ne pas attacher une foi aveugle à tout ce qu'il avance. Pour ce qui est des mauvais procédés de M. Darcy à son égard, c'est totalement faux. Au contraire, M. Darcy a toujours été remarquablement bon envers lui, bien que George Wickham se soit conduit à l'inverse de la manière la plus indigne. Je ne connais pas les détails, mais je sais très bien que M. Darcy n'est pas le moins du monde à blâmer, qu'il ne supporte pas qu'on lui parle de George Wickham et que, si mon frère n'a pas cru possible de ne pas l'inclure dans ses invitations aux officiers, il s'est grandement réjoui de constater qu'il s'était abstenu de venir. Sa présence dans le pays est en elle-même une remarquable insolence, et je me demande comment il a osé y paraître. Je vous plains, mademoiselle Eliza, de devoir découvrir la culpabilité de votre favori mais vraiment, si l'on tient compte de ses origines, il ne fallait pas s'attendre à beaucoup mieux.

— Son crime et son ascendance à vous entendre apparemment ne font qu'un, riposta Elizabeth avec colère. Vous ne l'avez accusé de rien de pire que d'être le fils de l'intendant de M. Darcy, et de cela, je vous l'assure, il m'avait informée lui-même.

— Je vous prie de m'excuser, répondit Mlle Bingley en se détournant sans cacher son mépris. Pardonnez-moi d'être intervenue. L'intention était bonne. »

L'insolente ! se dit Elizabeth. Elle se trompe de beaucoup si elle croit pouvoir m'influencer par une sortie aussi pitoyable. Je n'y vois que l'ignorance où elle se complaît et la méchanceté de M. Darcy.

Elle partit ensuite à la recherche de sa sœur aînée, qui avait pris l'engagement de questionner M. Bingley sur le même sujet. Jane l'accueillit par un sourire si amène et si doux, des couleurs qui marquaient tant de félicité, qu'il n'était guère possible de douter de sa satisfaction quant à la manière dont se déroulait la soirée. Elizabeth n'eut aucune peine à connaître ses sentiments et, en cet instant, sa sollicitude à l'égard de Wickham, son animosité contre ses ennemis, tout cela s'effaça devant l'espoir de voir sa sœur promise à un mariage heureux.

«J'aimerais savoir, dit-elle avec un visage non moins souriant que celui de Jane, ce que tu as appris au sujet de M. Wickham. Mais peut-être as-tu été trop agréablement occupée pour penser à une tierce personne. En ce cas sois sûre que je te pardonne.

— Non, répondit Jane, je ne l'ai pas oublié. Mais je n'ai rien de satisfaisant à te communiquer. M. Bingley ne sait pas tout sur lui, et il ignore complètement les circonstances qui ont particulièrement indisposé M. Darcy. Toutefois il se porte garant de la bonne conduite, de la probité et de l'honneur de son ami, et il est parfaitement convaincu que M. Wickham a eu droit de la part de M. Darcy à beaucoup plus d'égards qu'il n'en méritait. Je regrette de devoir ajouter qu'à ce qu'il en dit, et à ce qu'en dit sa sœur, M. Wickham n'est nullement un jeune homme respectable. Je crains qu'il n'ait été très imprudent et que ce ne soit à juste titre qu'il ait perdu l'affection que M. Darcy lui portait.

— M. Bingley ne connaît pas personnellement M. Wickham?

— Non. Avant l'autre matin à Meryton, il ne l'avait jamais vu.

— Cette version des faits en conséquence est celle que M. Darcy lui a donnée. Je ne veux pas en savoir davantage. Mais que dit-il du bénéfice?

— Il ne se rappelle pas les circonstances exactes, quoiqu'il les ait entendues de la bouche de M. Darcy

plus d'une fois. Mais il est persuadé qu'on ne le lui laissait que sous réserve.

— Je ne doute pas un instant de la bonne foi de
M. Bingley, s'exclama Elizabeth, mais tu m'excuseras
de ne pas me contenter de simples assurances. Sans
doute M. Bingley a-t-il défendu son ami avec beaucoup
de talent, mais puisqu'il n'est pas au courant de plusieurs des éléments de l'histoire et tient le reste de cet
ami personnellement, je me hasarderai à persister
dans mon opinion sur les deux parties en cause.»

Elle fit alors porter la conversation sur un sujet plus
agréable à chacune et sur lequel elles ne pouvaient
avoir deux manières de penser. Ce fut avec joie qu'Elizabeth prit connaissance des heureux espoirs, modestes
certes, que Jane nourrissait concernant l'affection de
Bingley, et elle fit de son mieux pour étayer sa confiance.
M. Bingley en personne vint les rejoindre, et Elizabeth
se retira pour aller retrouver Mlle Lucas. Elle avait à
peine eu le temps de répondre à ses questions sur l'agrément du dernier de ses cavaliers que M. Collins vint à
elles et en exultant leur confia qu'il avait eu la chance
de faire une importante découverte.

«Je viens de m'apercevoir, leur dit-il, par un hasard
extraordinaire, qu'à l'heure qu'il est, dans cette pièce,
se trouve un proche parent de ma bienfaitrice. Figurez-
vous que j'ai eu la surprise d'entendre la personne
elle-même mentionner à la jeune demoiselle qui fait
les honneurs de cette maison les noms de sa cousine
Mlle de Bourgh et de sa mère Lady Catherine. Quelle
étrange coïncidence! Qui aurait pu imaginer que j'allais (peut-être) rencontrer dans cette assemblée un
neveu de Lady Catherine de Bourgh! Je me félicite que
cette découverte ait eu lieu assez opportunément pour
que je puisse lui présenter mes devoirs, ce que je vais
faire de ce pas, en espérant qu'il me pardonnera de ne
pas avoir été plus prompt. L'ignorance totale où j'étais
de cette parenté devra me servir d'excuse.

— Vous n'allez tout de même pas vous présenter à
M. Darcy?

— Mais si. Je vais le prier de m'excuser de ne pas l'avoir fait plus tôt. Je ne doute pas qu'il s'agisse du propre neveu de Lady Catherine. Il sera en mon pouvoir de l'assurer que Madame se portait à merveille il y a eu hier huit jours. »

Elizabeth fit de son mieux pour le dissuader d'un tel projet. Elle lui garantit que M. Darcy considérerait sa façon de l'aborder sans avoir été présenté comme une liberté pleine d'impertinence prise à son endroit plutôt que comme un compliment fait à sa tante. Il n'était pas le moins du monde indispensable que d'un côté ou de l'autre il y eût une salutation et, s'il devait y en avoir une, il incombait à M. Darcy, le plus important dans le monde, de faire le premier pas. M. Collins l'écouta avec l'air de ne vouloir en faire qu'à sa tête et, quand elle eut fini de parler, lui répondit en ces termes :

« Ma chère mademoiselle Elizabeth, j'ai de votre excellent jugement en toutes les matières où peut s'exercer votre intelligence la plus haute opinion qui soit. Mais permettez-moi de vous dire qu'il ne saurait y avoir de comparaison possible entre les formes que prend le protocole chez les laïques et les règles qui s'appliquent aux membres du clergé. Laissez-moi, en effet, vous faire observer que la fonction d'un homme d'Église peut être considérée comme égale pour la dignité au rang le plus élevé du royaume — pourvu qu'en même temps l'on sache s'en tenir à une humilité de bon aloi. Accordez-moi donc la liberté de me conformer aux ordres qu'en cette occasion me dicte ma conscience, qui me pousse à accomplir ce qui pour moi est de la nature du devoir. Pardonnez-moi si je néglige le bénéfice de vos conseils, qui dans tous les autres domaines seront constamment mon guide, mais il faut avouer que dans le cas présent l'éducation que j'ai reçue et l'habitude que j'ai d'étudier me rendent beaucoup plus capable de décider de ce qui est juste qu'une jeune personne telle que vous. »

Sur ce, s'inclinant profondément, il la quitta pour s'attaquer à M. Darcy dont elle guetta la réaction à ces avances et dont l'étonnement à se voir ainsi adresser la parole fut évident. Son cousin préfaça son discours par une courbette cérémonieuse et, bien qu'elle ne pût entendre un seul mot, elle eut le sentiment de tout percevoir et reconnut au mouvement des lèvres «excuses», «Hunsford» et «Lady Catherine de Bourgh». Elle souffrit de le voir se donner en ridicule devant un personnage de cette sorte. M. Darcy le regardait avec une surprise qu'il ne cherchait pas à dissimuler et, quand enfin M. Collins lui permit de parler, il répondit avec une froide politesse. Son interlocuteur pourtant ne fut pas découragé de poursuivre. Le mépris de M. Darcy parut croître sensiblement à mesure que s'allongeait la deuxième tirade. Quand elle finit, il se contenta d'incliner légèrement la tête et s'éloigna. M. Collins alors retourna près d'Elizabeth.

«Je n'ai aucune raison, je vous assure, commenta-t-il, d'être mécontent de l'accueil que j'ai reçu. M. Darcy a paru très satisfait de ma démarche. Il m'a répondu avec la plus grande courtoisie et m'a même fait le compliment de se dire si convaincu du bon discernement de Lady Catherine qu'il ne craignait en aucune façon de la voir accorder une faveur sans qu'elle fût méritée. C'était vraiment une charmante pensée. Tout bien considéré, ce monsieur m'a beaucoup plu.»

Comme Elizabeth ne s'intéressait plus personnellement à quoi que ce fût, elle consacra presque toute son attention à M. Bingley et à sa sœur. Ce qu'elle put observer mit en mouvement un train de réflexions agréables qui la plongèrent dans un contentement approchant peut-être celui de Jane. En rêve, elle la vit installée dans cette même maison et jouissant de tout le bonheur qu'un mariage d'amour véritable peut apporter. Du coup, elle se sentit capable d'aller jusqu'à tenter de donner sa sympathie aux deux sœurs de Bingley. Les pensées de sa mère, de toute évidence, suivaient le même chemin, et elle résolut de ne pas se risquer trop près d'elle de peur d'en entendre trop.

Lorsqu'on prit place pour le souper, elle se considéra donc la victime d'un sort particulièrement pervers en se retrouvant séparée de sa mère par une seule personne, et sa contrariété fut grande de découvrir qu'à cette même personne (Lady Lucas) Mme Bennet parlait librement, ouvertement, et uniquement de ses espoirs de voir Jane bientôt mariée à M. Bingley. C'était un sujet captivant, et elle paraissait ne pouvoir se lasser d'énumérer les avantages de cette union. Elle commença par se féliciter que ce fût un jeune homme aussi charmant, aussi riche, et n'habitant qu'à une lieue de chez eux. Puis elle trouva matière à se réjouir dans l'amitié que les deux sœurs manifestaient à Jane et dans la certitude qu'autant qu'elle-même elles devaient aspirer à cette alliance. En outre, pour les cadettes cela promettait beaucoup, car le beau mariage de Jane allait leur permettre de rencontrer d'autres hommes avec de la fortune. Enfin, c'était si agréable à son âge de pouvoir confier ses filles encore célibataires aux soins de leur sœur aînée, afin qu'elle-même ne fût plus obligée d'aller dans le monde davantage qu'elle ne le souhaiterait. Force était à Mme Bennet de faire de cette situation nouvelle une source de plaisir, car telle est la coutume en pareille circonstance, mais nul n'était moins appelé qu'elle à goûter du réconfort dans le fait de rester chez soi, que ce fût maintenant ou à aucun moment de la vie. Elle conclut en souhaitant à maintes reprises à Lady Lucas d'avoir bientôt la même chance, tout en demeurant triomphalement convaincue de toute évidence que cela ne risquait pas de se produire.

Ce fut en vain qu'Elizabeth tenta d'endiguer ce flot de paroles ou de persuader sa mère de dépeindre son bonheur d'une voix plus sourde car, à son grand désespoir, elle voyait que l'essentiel n'échappait pas à M. Darcy, qui était assis en face d'elles. Mme Bennet se borna à lui reprocher son absurdité.

«Que représente M. Darcy pour moi, je te prie, qui m'oblige à le craindre? Je suis sûre que nous ne sommes pas tenus de lui marquer une politesse telle que nous ne puissions dire quelque chose qui risque de lui déplaire.

— Pour l'amour du ciel, ma mère, parlez plus bas. Quel avantage pouvez-vous avoir à offenser M. Darcy ? Vous ne vous recommanderez nullement à son ami en agissant de cette façon. »

Rien de ce qu'elle trouvait à dire, toutefois, n'avait le moindre effet. Sa mère persista à faire connaître ses espérances de manière toujours aussi audible. Elizabeth rougissait sans cesse de honte et de vexation. Elle ne pouvait s'empêcher de jeter des coups d'œil du côté de M. Darcy, bien qu'à chaque fois elle eût la preuve de ce qu'elle redoutait. Il ne regardait pas constamment sa mère, mais son attention de toute évidence était toujours fixée sur elle. Sur ses traits le mépris et l'indignation se changèrent peu à peu en une gravité calme et résolue.

Finalement, toutefois, Mme Bennet fut à court d'idées, et Lady Lucas, qui depuis longtemps bâillait à la répétition de délices qu'elle n'envisageait pas de pouvoir partager, fut laissée au réconfort du jambon froid et du poulet. Elizabeth commença à revivre. Mais sa tranquillité fut de courte durée. Quand le souper s'acheva, on parla de chanter, et elle connut l'humiliation de voir Mary, après une invitation qui n'avait rien de pressant, se tenir prête à obliger l'assistance. À force de regards significatifs et de supplications muettes, elle tenta de l'empêcher de donner pareille preuve de sa complaisance, mais en vain : Mary se refusa à la comprendre. Semblable occasion de déployer ses talents lui réjouissait le cœur ; elle se mit à chanter. Le regard d'Elizabeth ne la quitta pas. Son embarras était extrême, et elle suivit la progression de sa sœur à travers les différents couplets avec une impatience qui fut très mal récompensée en fin de compte. Mary, en effet, entendant au milieu des remerciements des convives une vague allusion à l'espoir qu'elle pourrait être persuadée de les obliger à nouveau, après une courte pause attaqua un autre air.

Les capacités de Mary n'étaient en aucune façon adaptées à ce genre d'exhibition. Sa voix manquait de

force et son interprétation de naturel. Elizabeth était à
la torture. Elle regarda Jane pour voir comment elle
supportait cela, mais Jane très sereinement s'entretenait avec Bingley. Elle se tourna alors vers les deux
sœurs de celui-ci et vit qu'elles échangeaient des sourires complices, cherchant aussi la complicité de Darcy
qui, lui, gardait la même impassibilité. Puis elle interrogea son père du regard pour le conjurer d'intervenir,
de crainte que Mary ne continuât la nuit entière. Il
comprit ce qu'elle avait en l'esprit et, quand Mary eut
fini son deuxième air, lui lança à haute et intelligible
voix :

« C'est parfait ainsi, mon enfant. Tu nous as suffisamment charmés. Laisse aux autres jeunes filles la
possibilité de montrer leurs talents. »

Mary fit semblant de ne pas avoir entendu mais se
déconcerta quelque peu. Elizabeth en fut peinée pour
elle, regretta l'intervention de son père et se demanda
si son inquiétude n'avait pas été plus dommageable
que bénéfique. On sollicita d'autres membres de l'assistance.

« Si, pour ma part, observa M. Collins, j'avais la
chance de savoir chanter, j'aurais grand plaisir assurément à obliger la compagnie avec une chanson, car je
tiens la musique pour un divertissement des plus inno-
cents et parfaitement compatible avec la fonction pas-
torale. Je ne veux pas dire par là que nous pouvons être
justifiés de consacrer une trop grande part de notre
temps à la musique : d'autres choses réclament notre
attention. Le curé d'une paroisse a beaucoup à faire.
En premier lieu, il doit parvenir à un accord sur les
dîmes[1] qui lui soit profitable et ne déplaise pas à son
protecteur[2]. Il lui faut rédiger ses sermons. Le temps
qui lui reste ne sera pas trop long pour l'accomplissement de ses devoirs paroissiaux, auxquels s'ajoutent le
soin et l'amélioration de son habitation qu'il serait sans
excuse de ne pas rendre aussi confortable que possible.
Je ne pense pas non plus de maigre importance qu'il se
montre affable et conciliant à l'égard de chacun, en

particulier de ceux à qui il doit son bénéfice. Je ne puis
lui faire grâce de cette obligation, pas davantage que je
ne pourrais avoir bonne opinion d'un homme qui
négligerait la moindre occasion de témoigner son respect à la famille de son protecteur.»

D'une inclination de la tête à l'intention de M. Darcy
il conclut son discours, qui avait été prononcé d'une
voix assez forte pour être entendu de la moitié de la
salle. Beaucoup lui jetèrent un regard étonné, nombreux aussi furent ceux qui sourirent, mais nul ne parut
plus amusé que M. Bennet lui-même, tandis que sa
femme avec le plus grand sérieux approuvait M. Collins
pour des paroles aussi judicieuses et faisait observer à
Lady Lucas à quel point ce jeune homme était intelligent et estimable.

Elizabeth eut le sentiment que si tous les membres
de sa famille s'étaient donné le mot pour se ridiculiser
autant que faire se pouvait durant cette soirée, il ne
leur aurait pas été possible de tenir leur rôle avec plus
de brio et de succès. Il était heureux pour Bingley et
pour sa sœur, pensa-t-elle, qu'une partie de ce spectacle leur eût échappé, et l'on pouvait se féliciter que
Bingley ne fût pas homme à trop s'offusquer des absurdités dont il avait dû être le témoin. Il était déjà suffisamment attristant que ses sœurs et M. Darcy eussent
bénéficié d'une pareille occasion de tourner les siens
en ridicule, et elle se demandait ce qui était le plus
insupportable du mépris silencieux de l'un ou des sourires narquois des deux autres.

Le reste de la soirée ne lui fournit que peu d'amusement. Elle fut importunée par M. Collins qui persista à
ne pas vouloir la quitter et qui, s'il ne réussit pas à la
persuader de danser à nouveau avec lui, l'empêcha de
danser avec d'autres[1]. Ce fut en vain qu'elle chercha à
lui faire porter ailleurs ses invitations et offrit de lui
présenter dans la pièce la jeune fille de son choix. Il
l'assura que pour ce qui était de danser, il n'y prenait
aucun intérêt particulier; son but essentiel était par de
délicates attentions de se recommander auprès d'elle;

en conséquence, il tenait à rester à ses côtés jusqu'à la fin de la soirée. On ne pouvait opposer d'arguments à un tel projet. Elle dut son plus grand répit à son amie Mlle Lucas, qui fréquemment se joignit à eux et eut la complaisance de prendre à son compte la conversation avec M. Collins.

Du moins Elizabeth ne souffrit-elle plus d'autres attentions de la part de M. Darcy. Souvent il restait à très peu de distance, sans rien pour l'occuper, mais n'approchait jamais suffisamment pour entamer un dialogue. Elle conclut qu'elle devait sans doute ce changement aux allusions qu'elle avait faites à M. Wickham et s'en félicita.

La famille de Longbourn fut la dernière parmi tous les invités à quitter Netherfield et, grâce à une habile manœuvre de Mme Bennet, dut attendre sa voiture un quart d'heure après le départ des autres, ce qui leur donna le temps de constater à quel point certains de leurs hôtes avaient hâte de les voir disparaître. Mme Hurst et sa sœur ouvrirent à peine la bouche, sauf pour se plaindre de leur lassitude. Il était évident qu'il leur tardait de reprendre possession de leur domaine. Elles repoussèrent toutes les tentatives que fit Mme Bennet pour engager la conversation et, ce faisant, jetèrent sur le groupe entier une langueur qui ne fut guère atténuée par les discours de M. Collins, complimentant M. Bingley et ses sœurs du bon goût de leur réception ainsi que de l'hospitalité et de la courtoisie qui avaient marqué leur accueil. Darcy ne disait rien. M. Bennet, muet lui aussi, savourait le spectacle qui lui était offert. M. Bingley et Jane, qui se tenaient un peu à l'écart du groupe, ne parlaient qu'ensemble. Elizabeth maintenait un silence égal à celui de Mme Hurst ou de Mlle Bingley, et même Lydia était trop fatiguée pour proférer autre chose qu'une exclamation de temps en temps, un «Seigneur! comme je suis fatiguée!» accompagné d'un bâillement profond.

Quand enfin on se leva pour prendre congé, Mme Bennet avec une amabilité pleine d'insistance

exprima son espoir d'accueillir bientôt toute la famille
de ses hôtes à Longbourn. Elle s'adressa plus particulièrement à M. Bingley pour l'assurer qu'ils seraient très
heureux s'il acceptait de partager leur dîner un jour ou
l'autre, sans avoir reçu d'invitation en bonne et due
forme. Bingley se confondit en remerciements et promit de saisir la première occasion qui se présenterait
d'aller lui rendre visite, après son retour de Londres où
il était obligé d'aller le lendemain pour quelques jours.

Mme Bennet n'en demandait pas davantage, et elle
quitta la maison tout heureuse, persuadée que compte
tenu des délais nécessaires à l'établissement des actes
notariés, à l'acquisition de voitures neuves et de la robe
de la mariée, trois ou quatre mois suffiraient pour
qu'elle pût voir sa fille installée à Netherfield. Elle ne
doutait pas davantage du mariage d'une autre de ses
filles à M. Collins, et elle y pensait avec un plaisir qui,
pour n'être pas aussi grand, n'en était pas moins considérable. Elizabeth était de ses cinq filles celle qui lui
était la moins chère et, si l'homme et le parti étaient
bien assez bons pour elle, l'un et l'autre perdaient toute
valeur en comparaison de M. Bingley et de Netherfield.

CHAPITRE XIX

Le lendemain, une nouvelle scène s'ouvrit à Longbourn. M. Collins fit sa déclaration en bonne et due
forme. Ayant résolu d'agir sans perdre de temps, comme
son congé ne s'étendait que jusqu'au samedi suivant, et
n'étant retenu par aucun sentiment d'incertitude qui
aurait pu le troubler même au dernier moment, il se
mit en devoir de procéder avec ordre, en respectant
toutes les règles qu'il supposait d'usage dans cette pratique. Trouvant Mme Bennet, Elizabeth et l'une des
cadettes réunies, peu après le petit déjeuner, il s'adressa
en ces termes à la mère :

«Puis-je espérer, madame, l'appui de l'influence dont vous disposez auprès de votre charmante fille, Elizabeth, quand je solliciterai l'honneur d'un entretien particulier avec elle dans le courant de la matinée ? »

Avant que dans sa surprise Elizabeth eût le temps de faire autre chose que de rougir, Mme Bennet s'empressa de répondre.

«Oh mais oui, certainement ! Je suis sûre qu'Elizabeth sera très heureuse. Elle n'y verra aucune objection. Viens, Kitty, j'ai besoin de toi là-haut.»

Elle ramassait son ouvrage et se hâtait de quitter la pièce quand Elizabeth la rappela.

«Ma chère mère, ne partez pas. Je vous demanderais de rester. M. Collins m'excusera. Il ne peut rien avoir à me dire que tout le monde ne puisse entendre. Je pars moi-même.

— Non, non, c'est stupide, Lizzy. Fais-moi le plaisir de ne pas bouger d'ici.»

Elizabeth semblant vraiment, aussi contrariée que gênée, sur le point de prendre la fuite, elle ajouta :

«Lizzy, j'insiste pour que tu restes et écoutes M. Collins.»

Elizabeth ne pouvait s'opposer à pareille injonction et, un moment de réflexion lui ayant fait comprendre que le plus sage serait d'en finir aussi vite et aussi paisiblement que possible, elle se rassit et tenta de dissimuler, en s'y employant sans relâche, des sentiments qui hésitaient entre le désarroi et l'envie de rire. Mme Bennet et Kitty quittèrent la pièce et, aussitôt qu'elles eurent disparu, M. Collins prit la parole.

«Croyez-moi, chère mademoiselle Elizabeth, votre modestie, loin de vous nuire, ajouterait plutôt à vos autres perfections. Vous auriez été moins aimable à mes yeux sans cette petite réticence. Mais laissez-moi vous assurer que c'est avec la permission de madame votre mère que je m'adresse ainsi à vous. Il vous est difficilement possible de douter de l'objet de mon discours, aussi portée que vous soyez à feindre en raison de votre délicatesse naturelle. Mes attentions ont été trop claires pour prêter à confusion. Presque aussitôt que j'ai mis le pied dans cette maison, c'est vous que j'ai choisie pour être la compagne de ma vie.

» Cependant, avant que m'égarent les sentiments que ce sujet m'inspire, peut-être est-il préférable que je vous expose les raisons qui m'ont poussé à venir dans le Hertfordshire avec l'intention d'y trouver une épouse, intention ferme et délibérée. »

À l'idée d'un M. Collins, toujours aussi grave et maître de lui, emporté par la passion, Elizabeth fut si tentée de rire qu'elle ne put mettre à profit le court répit qu'il lui laissa pour essayer de l'arrêter. Il continua donc :

« Les raisons que j'ai de me marier sont : primo, que je considère approprié pour tout pasteur disposant d'un revenu confortable (comme c'est mon cas) de donner dans sa paroisse l'exemple de l'hyménée ; secundo, que cela ajoutera beaucoup, j'en suis convaincu, à ma félicité ; et tertio (j'aurais peut-être dû commencer par là) que je suivrais en cela le conseil et la recommandation précisément donnés par la très noble dame que j'ai l'honneur d'appeler ma bienfaitrice. Par deux fois, elle a daigné (sans que je le lui demande) me faire connaître son opinion là-dessus. Pas plus tard que dans la soirée de samedi dernier, avant mon départ de Hunsford, entre deux manches de quadrille, tandis que Mme Jenkinson arrangeait le tabouret aux pieds de Mlle de Bourgh, elle me dit : "Monsieur Collins, il faut vous marier. Un pasteur comme vous doit prendre femme. Choisissez à bon escient, choisissez une demoiselle de la bonne société pour ma convenance et, pour la vôtre, que ce soit quelqu'un d'actif, qui sache se rendre utile, qui n'ait pas été élevé dans des idées de grandeur mais parvienne à tirer le meilleur parti possible d'un petit revenu. Tel est mon conseil. Trouvez-vous ce genre de femme dès que vous pourrez, amenez-la à Hunsford, et je vous promets de lui rendre visite. »

» Soit dit en passant, permettez-moi de vous faire

remarquer, ma charmante cousine, que je ne compte pas l'attention et les bontés de Lady Catherine de Bourgh au nombre des moindres avantages qu'il est en mon pouvoir de vous offrir. Vous découvrirez qu'elle a des manières qui surpassent mon pouvoir de représentation. Quant à votre esprit et à votre vivacité, il me semble qu'ils ne lui déplairont pas, surtout quand ils auront été tempérés par le silence et le respect que son rang ne pourra que susciter.

» Voilà pour ce qui me dispose de façon générale en faveur du mariage. J'ai encore à vous préciser pourquoi ma recherche s'est orientée vers Longbourn plutôt que vers mon propre voisinage où, je vous assure, ne manquent nullement les aimables jeunes personnes. Mais, puisqu'il se trouve que devant, comme vous le savez, hériter de ce domaine à la mort de votre honoré père (qui, cependant, peut vivre encore de nombreuses années), je ne pouvais lever mes scrupules sans avoir résolu de choisir mon épouse parmi ses filles, afin que leur préjudice fût aussi faible que possible quand surviendra le triste événement — qui, toutefois, comme je l'ai déjà dit, peut ne pas se produire avant plusieurs années.

» Tel a été le motif qui m'a fait agir, ma charmante cousine, et je me flatte qu'il ne m'abaissera pas en votre estime. Maintenant, il ne me reste qu'à vous assurer dans les termes les plus vifs de la violence de ma passion. Les considérations de fortune n'ont pas d'effet sur moi, et je ne présenterai à votre père aucune requête dans ce sens, puisque je vois bien qu'il serait dans l'impossibilité d'y faire droit, et que mille livres, placées à quatre pour cent[1], qui ne seront vôtres qu'après le décès de votre mère, constituent la somme de tout ce à quoi vous pourrez jamais prétendre. Sur ce chapitre, en conséquence, je serai uniformément muet, et vous pouvez être assurée que, lorsque nous serons mariés, nul reproche mesquin ne passera jamais le seuil de mes lèvres. »

Il devenait absolument nécessaire de ne pas le laisser poursuivre.

«Vous allez trop vite en besogne, monsieur, s'écria Elizabeth. Vous oubliez que je ne vous ai donné aucune réponse. Permettez que je vous en donne une sans plus tarder. Acceptez mes remerciements pour le compliment que votre démarche implique. Je suis très sensible à l'honneur de votre proposition, mais il m'est impossible de faire autre chose que de la décliner.

— Vous n'allez pas m'apprendre, répliqua M. Collins en écartant cette réponse d'un geste de la main, qu'il est coutumier chez les jeunes demoiselles de repousser les avances de l'homme que secrètement elles envisagent d'accepter, lorsque celui-ci pour la première fois recherche leur consentement, refus qui parfois se renouvelle une deuxième et même une troisième fois. Je ne suis donc nullement découragé par ce que vous venez de me dire et garde l'espoir d'avant longtemps pouvoir vous conduire à l'autel.

— Ma foi, monsieur, s'exclama Elizabeth, c'est là un espoir assez singulier après la réponse que je vous ai faite. Je vous certifie que je ne suis pas de ces jeunes personnes (s'il est vrai qu'il en existe) qui ont la témérité de mettre en péril leur chance de bonheur en prenant le risque d'être demandées une deuxième fois. Je suis parfaitement sérieuse dans mon refus. Vous ne pourriez pas me rendre heureuse, et je suis convaincue d'être la femme au monde la moins apte à contribuer à votre félicité. J'irais même jusqu'à dire que si votre amie Lady Catherine me connaissait, elle me trouverait, j'en suis persuadée, à tous égards peu faite pour tenir ce rôle.

— Si j'étais sûr que ce fût l'opinion de Lady Catherine, commença M. Collins en prenant un ton très grave..., mais je ne vois pas pourquoi Sa Seigneurie trouverait à reprendre quoi que ce soit en vous. Vous pouvez être sûre que lorsque j'aurai l'honneur de la revoir, je parlerai dans les termes les plus flatteurs de votre modestie, de votre sens de l'économie, et de vos autres aimables qualités.

— Certes, monsieur Collins, il sera sans utilité aucune d'entreprendre mon éloge. Vous devez me permettre de

juger pour mon propre compte, et me faire le compliment de croire ce que je vous dis. Je vous souhaite beaucoup de bonheur et de fortune. En refusant votre offre,
je contribue autant que je le peux à ce qu'il n'en aille pas
autrement. Votre proposition doit avoir apaisé votre
conscience en ce qui concerne ma famille, et vous pourrez prendre possession du domaine de Longbourn
quand il vous reviendra sans le moindre scrupule. La
question me paraît donc définitivement réglée. »

Sur ces mots elle se leva et aurait quitté la pièce si
M. Collins ne l'avait arrêtée.

« Lorsque j'aurai l'honneur de vous reparler de tout
ceci, j'espère recevoir une réponse plus favorable que
celle que vous venez de me faire. Je suis loin, certes, de
vous accuser à présent de cruauté, parce que je sais
qu'il est de règle chez les personnes de votre sexe de
refuser un homme à sa première demande. Peut-être
même m'en avez-vous suffisamment dit à l'instant pour
encourager ma requête qui soit compatible avec la vraie
délicatesse de la nature féminine.

— Franchement, monsieur Collins, s'écria Elizabeth,
non sans exaspération, vous m'embarrassez au plus
haut point. Si ce que je vous ai dit jusque-là peut vous
apparaître comme une forme d'encouragement, je ne
sais plus comment exprimer mon refus d'une manière
qui puisse vous convaincre de son authenticité.

— Vous devez, ma chère cousine, me permettre de
garder l'espoir que ce refus soit simplement une for-
mule d'usage. Voici, brièvement, ce qui m'amène à le
croire : il ne me semble pas que ma main soit indigne de
votre acceptation, ou que l'établissement que je vous
propose soit autre que particulièrement désirable. La
situation où je me trouve, mes liens avec la famille de
Bourgh, ma parenté avec la vôtre, sont des circonstances qui plaident hautement en ma faveur, et vous
devriez réfléchir au fait qu'en dépit de vos multiples
attraits vous n'êtes nullement assurée de recevoir après
celle-ci une autre offre de mariage. Votre dot est malheureusement si réduite que selon toute vraisemblance

elle ruinera les effets de votre charme et de vos aimables qualités. Comme il me faut en conclure que vous ne parlez pas sérieusement lorsque vous me dites non, je n'ai pas d'autre choix que d'attribuer votre refus à votre souhait d'accroître mon amour en me faisant languir, selon la coutume des femmes élégantes.

— Je vous garantis, monsieur, que je ne prétends aucunement à la sorte de raffinement qui consiste à tourmenter un homme respectable. Je préfère qu'on me fasse le compliment de me croire sincère. Je vous remercie mille fois de m'avoir fait l'honneur de me demander en mariage, mais accepter votre offre m'est absolument impossible. Mes sentiments en tout point me l'interdisent. Puis-je être plus claire ? Ne me considérez pas maintenant comme une femme de grand ton qui a le dessein de vous martyriser, mais comme un être doué de raison qui parle sincèrement et du fond du cœur.

— Vous êtes charmante à tous égards, s'écria-t-il en se donnant maladroitement un air galant, et je suis persuadé que lorsque ma proposition sera sanctionnée par l'autorité sans recours de vos deux excellents parents, elle ne pourra que recevoir votre accord. »

Devant pareille obstination à vouloir se leurrer, Elizabeth choisit de se taire. Sans attendre et sans dire un mot elle se retira, décidée, s'il persistait à considérer ses refus répétés comme un encouragement flatteur, à faire appel à son père dont la réponse négative pourrait être formulée d'une manière qui ne souffrirait pas de contestation et dont le comportement au moins ne pourrait être confondu avec l'affectation et la coquetterie d'une femme élégante.

CHAPITRE XX

M. Collins ne fut pas laissé longtemps à rêver en

silence au succès de ses amours, car Mme Bennet, après avoir rôdé dans le vestibule à guetter la fin de l'entretien, ne vit pas plus tôt Elizabeth ouvrir la porte et d'un pas rapide passer près d'elle pour se diriger vers l'escalier qu'elle entra dans la petite salle à manger et se félicita hautement, de même que M. Collins, d'un lien de parenté plus étroit dans un avenir plein de promesses. M. Collins reçut ces félicitations avec un plaisir égal au sien ; il les rendit, puis se mit en devoir de narrer les détails de l'entrevue, dont l'issue, il en était persuadé, avait toute raison de le satisfaire, étant donné que le refus opposé avec constance par sa cousine provenait simplement de sa timidité, de sa pudeur et de l'authentique délicatesse de sa nature.

L'information, cependant, inquiéta Mme Bennet. Elle aurait aimé pouvoir partager l'assurance de M. Collins et croire que sa fille avait voulu l'encourager en regimbant devant ses propositions, mais elle n'osait s'y risquer et ne put s'empêcher de le lui dire.

« Pourtant, fiez-vous à moi, monsieur Collins, ajouta-t-elle, Lizzy sera mise à la raison. Je vais de ce pas lui en parler moi-même. C'est une enfant des plus têtues et des plus sottes. Elle ne sait pas où est son intérêt, mais je me charge de le lui faire comprendre.

— Pardonnez-moi de vous interrompre, madame, s'écria M. Collins, mais si elle est véritablement opiniâtre et absurde, je me demande si elle ferait à tout prendre une épouse très désirable pour un homme dans ma situation qui — et c'est bien naturel — recherche le bonheur dans l'union conjugale. Si par conséquent elle s'obstine à repousser mon offre, peut-être serait-il préférable de ne pas la contraindre car, affligée de tels défauts de caractère, elle ne pourrait guère contribuer à ma félicité.

— Monsieur, vous m'avez mal comprise, repartit une Mme Bennet alarmée. Lizzy n'est têtue que lorsqu'il s'agit de choses de ce genre. Autrement il n'y a pas plus obligeant. Je vais aller trouver M. Bennet, et nous

aurons vite fait d'arranger les choses avec elle, j'en suis
certaine.»

Elle ne lui laissa pas le temps d'une réponse. Elle se
hâta de rejoindre son mari et lui cria en entrant dans la
bibliothèque :

«Ah! monsieur Bennet, on a besoin de vous dans l'instant. Tout va de travers... Il faut que vous veniez forcer
Lizzy à épouser M. Collins, car elle jure ses grands dieux
qu'elle ne veut pas de lui, et si vous ne faites vite il chan-
gera d'idée et ne voudra pas d'elle non plus.»

À son entrée, M. Bennet leva les yeux de sur son livre
et les fixa sur elle avec une calme indifférence qui ne fut
en rien troublée par ce qu'elle venait de lui apprendre.

«Je n'ai pas le plaisir de vous suivre, dit-il lorsqu'elle
eut terminé. De quoi parlez-vous ?

— De M. Collins et de Lizzy. Lizzy déclare qu'elle ne
veut pas de M. Collins, et M. Collins commence à dire
qu'il ne veut pas d'elle non plus.

— Et qu'attendez-vous de moi en la circonstance ?
L'affaire me paraît désespérée.

— Parlez vous-même à Lizzy. Dites-lui que vous exi-
gez qu'elle l'épouse.

— Qu'elle descende! Elle va connaître ce que j'en
pense.»

Mme Bennet sonna ; Mlle Elizabeth reçut l'ordre de
venir à la bibliothèque.

«Approche, mon enfant, lui lança son père à son
arrivée. Je t'ai envoyé chercher pour une affaire d'importance. Si je comprends bien, M. Collins t'a proposé
le mariage. Est-ce exact ?»

Elizabeth répondit que oui.

«Très bien. Et cette offre de mariage, tu l'as refusée ?

— Oui, père.

— Très bien. Maintenant, nous en arrivons à l'essentiel. Ta mère veut absolument que tu l'acceptes. Je tra-
duis bien votre pensée, madame Bennet ?

— Oui, ou je ne la reverrai de ma vie.

— Tu es donc placée devant un fâcheux dilemme, Elizabeth. De ce jour tu devras être une étrangère pour

l'un ou l'autre de tes parents. Ta mère ne te reverra plus si tu n'épouses pas M. Collins et moi, je ne te reverrai pas davantage si tu l'épouses. »

Elizabeth ne put réprimer un sourire devant pareille conclusion après une telle entrée en matière, mais Mme Bennet, qui s'était persuadée que son mari partageait son point de vue, fut extrêmement déçue.

« Que signifie tout cela, monsieur Bennet ? Quel est ce langage ? Vous m'aviez promis d'exiger qu'elle l'épouse.

— Ma chère, repartit son mari, j'ai deux petites faveurs à vous demander. La première est de me permettre le libre usage de mon entendement en cette circonstance, la seconde de me laisser disposer de mon appartement. Je serai heureux d'avoir la bibliothèque à moi seul aussitôt que possible. »

Malgré la déception que lui avait causée son mari, Mme Bennet ne se résigna pas tout de suite. Elle entreprit Elizabeth de nombreuses fois, alternant cajoleries et menaces. Elle essaya de gagner Jane à sa cause, mais celle-ci, en y mettant le plus de douceur possible, refusa de s'en mêler. Elizabeth, tantôt avec beaucoup de sérieux, tantôt en badinant, fit échec à ses tentatives. Si la façon dont elle s'y prit varia, sa détermination resta la même.

M. Collins, cependant, méditait dans la solitude sur ce qui s'était passé. Il avait trop bonne opinion de lui-même pour comprendre le motif auquel sa cousine avait obéi en le refusant. Si son orgueil était blessé, il ne souffrait d'aucune autre manière. L'affection à laquelle il avait prétendu était purement imaginaire, et l'idée qu'Elizabeth méritât peut-être les reproches de sa mère l'empêchait de regretter quoi que ce fût.

La famille était en proie à cette confusion lorsque Charlotte Lucas vint pour la journée à Longbourn. Lydia l'accueillit dans le vestibule. Elle courut à sa rencontre et baissa la voix pour lui souffler : « Je suis contente que tu sois là, car tu ne peux pas savoir comme on s'amuse ! Tu ne devineras jamais ce qui s'est passé ce

matin. M. Collins a demandé sa main à Lizzy, et elle ne
veut pas de lui.»

À peine Charlotte avait-elle eu le temps de réagir que
Kitty les rejoignit, porteuse des mêmes nouvelles, et
elles n'étaient pas plus tôt entrées dans la petite salle à
manger où Mme Bennet était seule qu'elle aussi commença sur le même sujet, réclamant la compassion de
la visiteuse et la conjurant d'obtenir de son amie Lizzy
qu'elle se conformât aux souhaits de toute sa famille.
«Je vous en prie, aidez-moi, ma chère mademoiselle
Lucas, ajouta-t-elle sur un ton larmoyant, car personne
n'est de mon côté, personne ne me soutient, je suis
cruellement traitée, personne ne tient compte de mes
malheureux nerfs.»

L'entrée de Jane et d'Elizabeth épargna à Charlotte
le soin de lui répondre.

«Eh oui, la voici qui arrive, reprit Mme Bennet, l'air
aussi dégagé que possible, ne se souciant pas de nous
davantage que si nous étions à l'autre bout du monde.
Tout ce qui compte est qu'elle fasse ce qu'elle veut.
Mais je vais vous dire une chose, mademoiselle Lizzy :
si vous vous mettez en tête de refuser comme cela
toutes les offres de mariage, jamais vous n'aurez de
mari — et je ne sais assurément pas qui subviendra à
vos besoins quand votre père ne sera plus là. Ce n'est
toujours pas moi qui pourrai vous entretenir. Mais
vous êtes prévenue : à partir d'aujourd'hui je ne m'occupe plus de vous. Je vous ai dit dans la bibliothèque,
vous vous rappelez, que je ne vous adresserais plus la
parole, et vous verrez que je tiendrai mon engagement.
Je n'ai aucun plaisir à parler aux enfants désobéis-
sants. Ce n'est pas d'ailleurs que j'aie grand plaisir à
parler à qui que ce soit. Les gens comme moi qui souffrent des nerfs n'ont guère envie de babiller. Personne
ne sait ce que j'endure ! Mais c'est toujours ainsi que
les choses se passent : ceux qui ne se plaignent pas ne
sont pas pris en pitié.»

Ses filles l'écoutèrent en silence se livrer à cette jéré-
miade, sachant fort bien que tout effort pour la raison-

ner ou la calmer ne servirait qu'à la rendre plus irritable. Elle continua donc d'épancher sa bile sans être
interrompue par l'une ou par l'autre jusqu'à ce qu'elles
fussent rejointes par M. Collins. Il entra avec plus de
dignité encore que de coutume. L'apercevant,
Mme Bennet dit à ses filles :

« Maintenant, j'y insiste, taisez-vous, taisez-vous toutes,
et laissez-nous, M. Collins et moi, avoir ensemble une
petite conversation. »

Elizabeth sans un mot se glissa hors de la pièce. Jane
et Kitty la suivirent, mais Lydia tint bon, résolue à
perdre le moins possible de l'entretien. Charlotte, retenue d'abord par les politesses de M. Collins, qui prit
des nouvelles de sa santé et de celle de toute sa
famille, cédant à un peu de curiosité, se borna à aller
regarder par la fenêtre en faisant semblant de ne rien
entendre. D'une voix dolente, Mme Bennet entama
ainsi la conversation projetée :

« Ah ! monsieur Collins !

— Chère madame, répondit-il, dorénavant gardons
le silence sur ce chapitre. Loin de moi l'idée, reprit-il
bientôt sur un ton qui marquait son mécontentement,
de tenir rigueur de sa conduite à votre fille ! La résignation aux maux inévitables fait partie des devoirs de
chacun. Un jeune homme qui comme moi a eu la
chance de précocement obtenir un bénéfice est plus
encore tenu de les accepter. Je suis résigné, la chose
est sûre. Peut-être cela m'est-il facilité par le doute qui
me vient du bonheur qui aurait été le mien si ma charmante cousine m'avait fait l'honneur de m'accorder sa
main, car j'ai souvent remarqué que la résignation
n'est jamais aussi exemplaire que lorsque le bienfait
qui nous est refusé commence à perdre de sa valeur
dans notre estimation. J'espère que vous ne me consi-
dérerez pas, chère madame, comme manquant au respect que je dois à votre famille si j'abandonne ainsi
mes prétentions aux bonnes grâces de votre fille sans
vous avoir fait le compliment, à vous et à M. Bennet,
de vous demander d'interposer votre autorité en ma

faveur. Ma conduite, je le crains, prête à la critique
pour avoir accepté d'être éconduit non de votre bouche
mais de celle de votre fille. Nous sommes tous sujets à
l'erreur. J'ai certainement été animé des meilleures
intentions tout au long de cette affaire. Mon objet était
de me procurer une aimable compagne en tenant le
plus grand compte de l'intérêt de toute votre famille et,
si dans la façon dont j'ai procédé l'on peut trouver à
redire, je saisis l'occasion qui m'est offerte de vous
prier de m'en excuser.»

CHAPITRE XXI

Cela mit fin, ou presque, aux débats engendrés par la
proposition de M. Collins. Elizabeth n'eut plus à souffrir que de la gêne qui en résultait inévitablement et, de
temps à autre, d'une allusion acrimonieuse de la part de
sa mère. Quant au prétendant, ce qu'il ressentait se tra-
duisait principalement non par de l'embarras ou de la
morosité, ni par des efforts pour éviter la jeune fille,
mais par de la raideur et un silence chargé de reproche.
C'est à peine s'il lui adressait jamais la parole, et les
attentions soutenues dont il avait fait tant de cas allèrent pour le restant de la journée à Mlle Lucas, dont la
capacité polie à l'écouter parler fut un soulagement
pour tous, et en particulier pour son amie.

La journée du lendemain n'améliora en rien la mauvaise humeur de Mme Bennet ni sa mauvaise santé.
Rien ne changea non plus dans l'état de M. Collins,
dont l'orgueil ne décolérait pas. Elizabeth avait espéré
que son ressentiment abrégerait sa visite, mais ses projets n'en parurent nullement affectés. Il devait toujours
partir le samedi, et jusqu'au samedi il entendait rester.

Après le petit déjeuner, les jeunes filles se rendirent à
pied à Meryton pour savoir si M. Wickham était de
retour et déplorer son absence au bal de Netherfield. En

fait il se joignit à elles lorsqu'elles arrivèrent en ville et les accompagna chez leur tante où ses regrets, sa tristesse, la commisération de tous firent le sujet de bien des conversations. À Elizabeth, toutefois, il ne voulut pas cacher que s'il n'était pas venu, c'était qu'il en avait décidé ainsi.

«Je me suis aperçu, dit-il, à mesure que la date fixée se rapprochait, qu'il valait mieux pour moi ne pas rencontrer M. Darcy. Me retrouver dans la même pièce que lui, entouré des mêmes gens, et si longtemps, risquait d'être plus que je n'étais capable de supporter. Des scènes pouvaient en résulter, désagréables pour d'autres que pour moi.»

Elizabeth l'approuva hautement de s'être tenu à l'écart. Ils eurent tout loisir de traiter pleinement le sujet, ainsi que d'échanger de gracieux compliments, car Wickham — auquel s'était joint un autre officier — les raccompagna à Longbourn et, durant la promenade, lui donna une attention toute particulière. Qu'il les suivît jusqu'à leur demeure offrait un double avantage : Elizabeth fut sensible à l'hommage qui lui était rendu, et cela lui fournit l'occasion de le présenter à son père et à sa mère.

Peu après leur retour à Longbourn, une lettre fut remise à Mlle Bennet. Elle venait de Netherfield. On l'ouvrit immédiatement. L'enveloppe contenait un feuillet élégant de petit format, fait de papier glacé, couvert de la belle et facile écriture d'une dame. Elizabeth vit la physionomie de sa sœur s'altérer en la lisant. Elle s'attarda longuement sur certains passages. Jane se ressaisit bien vite et, après avoir mis la lettre de côté, essaya de participer avec son enjouement ordinaire à la conversation de tous. Mais l'anxiété d'Elizabeth à cette occasion ne lui permit pas d'accorder son attention à quiconque, pas même à Wickham. Il n'avait pas plus tôt pris congé avec son compagnon qu'un regard de Jane invita sa sœur à la suivre à l'étage. Quand elles eurent gagné leur chambre, Jane sortit la lettre et dit :

«C'est de Caroline Bingley. Son contenu m'a beaucoup surprise. Tous ont quitté Netherfield à l'heure qu'il est et sont en route pour Londres, sans intention de revenir. Tu vas entendre ce qu'elle me dit.»

Elle se mit alors à lire la première phrase à haute voix. Pour toute information, on apprenait que les deux sœurs venaient de décider de suivre sans attendre leur frère dans la capitale, et qu'elles avaient l'intention de dîner le jour même dans Grosvenor Street où M. Hurst possédait une maison. La phrase suivante était conçue en ces termes :

«Je ne prétendrai rien regretter de ce que je vais quitter dans le Hertfordshire, ma très chère amie, si ce n'est votre amitié. Mais espérons qu'à une future période nous pourrons profiter à maintes reprises de ce même commerce plein de charme que nous avons goûté ensemble et, dans l'intervalle, atténuer le chagrin de la séparation par une correspondance assidue et sans réserve. Je compte sur vous pour cela.»

Elizabeth écouta ces expressions ampoulées avec toute l'insensibilité que donne la méfiance. Bien que surprise de la soudaineté de leur départ, elle n'y voyait rien qui méritât vraiment de s'affliger. On ne pouvait supposer que leur absence de Netherfield empêcherait M. Bingley d'y venir. Quant à la perte de leur société, elle était persuadée que Jane cesserait bientôt de s'en soucier lorsqu'elle bénéficierait de celle de leur frère.

«Il est dommage, observa-t-elle après une courte pause, que tu ne puisses rencontrer tes amies avant qu'elles quittent le pays. Mais ne nous est-il pas permis d'espérer que la future période de félicité vers laquelle Mlle Bingley tourne ses regards survienne plus tôt qu'elle ne croit, et que le commerce plein de charme que vous avez connu en tant qu'amies se renouvellera avec une satisfaction accrue lorsque vous serez sœurs? Elles ne retiendront pas M. Bingley à Londres.

— Caroline dit clairement qu'aucun d'eux ne retour-

nera dans le Hertfordshire cet hiver. Je vais te lire le
passage qui s'y rapporte.

*Lorsque mon frère nous a quittées hier, il pensait que
les affaires qui l'avaient amené à Londres pouvaient être
réglées en l'espace de trois ou quatre jours. Mais, comme
nous sommes certaines que cela est impossible, et par-
dessus le marché que Charles, une fois à Londres, n'aura
plus envie d'en repartir, nous avons décidé de l'y suivre
pour qu'il ne soit pas obligé de passer ses heures de loisir dans un hôtel inconfortable. Beaucoup des gens que
je connais sont déjà là pour tout l'hiver. J'aimerais
apprendre que vous aussi, ma très chère amie, avez l'intention de vous joindre à la foule, mais je n'en ai guère
l'espoir. Je forme des vœux sincères pour que Noël dans
le Hertfordshire soit fertile dans le genre de réjouissances
qui accompagnent en général cette saison, et que les
beaux jeunes gens soient assez nombreux pour vous
empêcher de ressentir la perte des trois que nous vous
enlevons.*

» Il s'ensuit de toute évidence, ajouta Jane, qu'il ne
reviendra pas avant le printemps.
— La seule évidence est que Mlle Bingley ne prétend
pas qu'il revienne.
— Pourquoi crois-tu cela ? Il agit sûrement sous sa
propre responsabilité. Il est son maître. Mais tu ne sais
pas tout. Je vais te lire le passage qui me peine plus que
le reste. Je ne veux pas avoir de secrets pour toi.

*M. Darcy est impatient de revoir sa sœur et, pour tout
vous dire, nous aussi ne sommes guère moins désireuses
de la rencontrer de nouveau. Vraiment je ne crois pas que
Georgiana Darcy ait son égale pour ce qui est de la
beauté, de l'élégance et des talents de société. J'ajoute que
l'affection qu'elle nous inspire, à Louisa et à moi, se
change en quelque chose de plus tendre encore de l'espoir que nous chérissons de la voir devenir plus tard
notre sœur. Je ne sais pas si je vous ai jamais livré mes*

sentiments sur le sujet, mais je ne quitterai pas le pays
sans vous en faire la confidence, et je crois que vous ne
les jugerez pas déraisonnables. Mon frère l'admire déjà
beaucoup, il aura souvent l'occasion à présent de la voir
dans l'intimité la plus grande, sa famille souhaite cette
alliance autant que la nôtre, et l'affection d'une sœur ne
m'abuse pas, je pense, quand j'affirme que Charles a tout
ce qu'il faut pour gagner le cœur d'une femme. Quand
tant de circonstances s'accumulent pour favoriser un
attachement, quand rien ne s'y oppose, est-ce que je me
trompe, ma très chère Jane, en caressant l'espoir d'un
événement qui assurera le bonheur de plus d'un ?

» Que dis-tu de cette phrase, ma chère Lizzy ? demanda
Jane en achevant. N'est-elle pas suffisamment claire ?
Ne signifie-t-elle pas sans ambages que Caroline ne s'attend pas à ce que je devienne sa sœur et qu'elle ne le
souhaite pas non plus, qu'elle est parfaitement convaincue de l'indifférence de son frère et que, soupçonnant
peut-être la nature de mes sentiments envers lui, elle
cherche (avec une bienveillance extrême) à me mettre
en garde ? Peut-on interpréter cela d'une autre façon ?

— Oui, certes, car la mienne est entièrement différente. Veux-tu la connaître ?

— Très volontiers.

— Il suffira de quelques mots. Mlle Bingley voit bien
que son frère est amoureux de toi et veut qu'il épouse
Mlle Darcy. Elle le suit à Londres dans l'espoir de l'y
maintenir et essaie de te persuader qu'il ne se soucie
pas de toi. »

Jane secoua la tête.

« Il faut me croire, Jane. Qui vous a vus ensemble ne
peut douter de son affection. Mlle Bingley, j'en suis sûre,
en est incapable. Elle n'est pas si niaise. Si elle avait
reconnu chez M. Darcy un penchant pour elle moitié
moins grand, elle aurait commandé son trousseau. Mais
voici comment les choses se présentent : nous ne
sommes pas assez riches pour ces gens-là, ni assez hup-
pés, et elle cherche d'autant plus à obtenir Mlle Darcy

pour son frère qu'elle pense qu'après un premier
mariage entre les deux familles il lui sera moins difficile
d'en réussir un second. C'est un raisonnement qui ne
manque pas de finesse, et je crois bien qu'il aboutirait à
un résultat si Mlle de Bourgh n'existait pas. Mais, ma
très chère Jane, tu ne peux sérieusement imaginer que,
du fait que Mlle Bingley prétend son frère en admiration devant Mlle Darcy, il va être un tant soit peu moins
sensible à tes mérites que lorsqu'il a pris congé de toi
mardi dernier, ou qu'il sera en son pouvoir de le persuader qu'au lieu de t'aimer, toi, il est très épris de son
amie.

— Si nous portions le même jugement sur
Mlle Bingley, repartit Jane, tes explications me tran-
quilliseraient tout à fait. Mais je sais qu'elles sont fonda-
mentalement injustes. Caroline est incapable de
tromper sciemment quelqu'un, et tout ce que je puis
espérer dans le cas présent est qu'elle se soit trompée
elle-même.

— C'est bien. Tu n'aurais pas pu trouver une meilleure
idée puisque tu refuses le réconfort de la mienne. Sois
persuadée qu'elle se trompe, je t'en prie. Maintenant tu
as fait ton devoir envers elle. Tu n'as plus de raisons de
te tourmenter.

— Mais, ma chère Elizabeth, pourrais-je être heureuse, même dans l'hypothèse la plus favorable, si j'acceptais d'épouser un homme dont les sœurs et les amis
tous souhaitent qu'il se marie avec quelqu'un d'autre ?

— C'est à toi d'en décider, répondit Elizabeth, et si,
après mûre réflexion, tu juges que le chagrin de déso-
bliger ses deux sœurs compte davantage que le bonheur d'être sa femme, je te conseille de ne pas hésiter à
le refuser.

— Comment peux-tu dire des choses pareilles ?
repartit Jane avec un pâle sourire. Tu dois bien savoir
que, même si j'étais navrée au plus haut point de leur
désapprobation, je ne balancerais pas.

— Je ne pensais pas que tu le ferais et, dans ces

conditions, ne suis pas portée à beaucoup m'apitoyer
sur ton sort.

— Mais, s'il ne revient pas de l'hiver, je n'aurai pas
l'occasion de faire un choix. Bien des choses peuvent
arriver en l'espace de six mois. »

La supposition selon laquelle il ne reviendrait plus fut
traitée par Elizabeth avec le plus parfait mépris. Cette
idée lui parut provenir uniquement des vœux intéressés
de Caroline, et elle ne pouvait un instant imaginer que
ces souhaits, qu'ils fussent exprimés ouvertement ou
insidieusement, eussent la capacité d'influencer un jeune
homme aussi complètement maître de ses décisions.

Elle fit part à sa sœur, en cherchant du mieux possible à la convaincre, de toutes les réflexions que le sujet
lui inspirait, et elle eut bientôt le plaisir d'en observer
les heureux effets. Jane par nature ne se décourageait
pas facilement. Peu à peu elle se permit d'espérer,
même si les incertitudes de l'amour parfois effaçaient
l'espoir que Bingley retournerait à Netherfield et com-
blerait les vœux de son cœur.

Elles tombèrent d'accord pour ne faire connaître à
Mme Bennet que la nouvelle du départ de la famille,
sans l'inquiéter sur la conduite du maître des lieux.
Pourtant, même cette information tronquée lui causa
beaucoup de souci. Elle se lamenta d'apprendre que les
dames s'en allaient alors que les liens entre tous devenaient si étroits. C'était beaucoup de malchance, vraiment. Elle donna d'abord libre cours à sa désolation,
mais puisa ensuite du réconfort dans l'idée que bientôt
M. Bingley reviendrait à sa campagne et dînerait à
Longbourn. Cela se termina par une déclaration rassu-
rante : il avait seulement été convié à partager un dîner
en famille, mais elle prendrait soin d'y inclure deux services avec de nombreux plats [1].

CHAPITRE XXII

Les Bennet devaient dîner avec les Lucas et de nouveau, durant la plus grande partie de la journée,
Mlle Lucas eut la bonté de prêter l'oreille aux discours de M. Collins. Elizabeth trouva l'occasion de l'en
remercier. « Cela le maintient de bonne humeur, dit-
elle, et je t'en suis obligée plus que je ne saurais dire. »
Charlotte assura son amie du plaisir qu'elle avait à se
rendre utile, plaisir qui compensait largement le petit
sacrifice qu'elle faisait de son temps.

C'était un langage fort aimable que tenait là Charlotte, mais son bon vouloir s'étendait au-delà de tout ce
qu'Elizabeth pouvait imaginer. Il visait à rien moins
qu'à la garantir de tout renouvellement des poursuites
de M. Collins en leur donnant avec elle-même un autre
objet. Tel était le plan dressé par Mlle Lucas, et les
apparences lui étaient si favorables que lorsque
M. Collins et elle se séparèrent le soir, elle se serait
sentie presque assurée du succès s'il n'avait pas dû
aussi tôt quitter le Hertfordshire. Mais c'était faire
injure à son ardeur et à son indépendance d'esprit qui
le conduisirent le lendemain matin à se glisser hors du
manoir de Longbourn avec une adresse admirable
pour courir au Pavillon de Lucas se jeter à ses pieds. Il
voulait à tout prix éviter d'éveiller l'attention de ses
cousines, persuadé que si elles le voyaient sortir, elles
ne manqueraient pas de deviner ses intentions, et il ne
tenait pas à ce qu'on fût au courant de sa tentative
avant d'en connaître aussi le succès. Certes il se croyait
presque sûr de son fait, et avec raison, car Charlotte
l'avait passablement encouragé, mais il se méfiait plus
ou moins depuis sa mésaventure du mercredi précédent. Son accueil cependant fut des plus flatteurs.
Mlle Lucas d'une fenêtre du premier étage l'aperçut
qui se dirigeait vers sa maison, qu'elle quitta aussitôt
pour le rencontrer par hasard sur le chemin. Elle
n'avait tout de même pas espéré que tant de passion et
d'éloquence l'y attendraient.

En aussi peu de temps que l'autorisaient les longues
tirades de M. Collins, tout fut arrangé entre eux à la

satisfaction de l'un et de l'autre et, lorsqu'ils pénétrè-
rent dans le pavillon, il la conjura de fixer le jour qui
devait faire de lui le plus heureux des hommes. Bien
qu'une telle demande ne pût être satisfaite pour le
moment, la demoiselle n'avait aucune envie de badiner
avec le bonheur de son prétendant. La stupidité dont il
était redevable à la nature ne pouvait qu'ôter à sa cour
toute espèce de charme et à la femme aimée tout désir
qu'elle se prolongeât. Mlle Lucas, qui acceptait de
l'épouser uniquement sous l'emprise du souhait pur et
désintéressé d'un établissement, ne voyait aucun obstacle à hâter l'accomplissement de ses vœux.

On ne tarda point à solliciter le consentement de Sir
Williams et de Lady Lucas. Il fut donné avec beaucoup
de promptitude et de joie. L'état présent des finances
de M. Collins en faisait un parti des plus désirables
pour leur fille, à qui ils ne pouvaient assurer que peu
de fortune ; quant aux espoirs de richesse du prétendant, ils étaient très bien fondés. Lady Lucas se mit
aussitôt à calculer, avec plus d'intérêt que la question
n'en avait jamais soulevé, combien d'années M. Bennet
pouvait bien avoir encore à vivre, et Sir William se
déclara convaincu que lorsque M. Collins entrerait en
possession du domaine de Longbourn, il serait particulièrement expédient pour son épouse et pour lui-même
de paraître à la cour de St. James's. Bref, la famille
entière ressentit dans toute son ampleur la joie de l'événement. Les filles cadettes formèrent l'espoir d'entrer
dans le monde une année ou deux plus tôt que s'il
n'avait pas eu lieu, et les garçons furent délivrés de la
crainte d'une Charlotte vouée au célibat[1].

Charlotte elle-même était suffisamment sereine. Elle
avait obtenu ce qu'elle désirait, et le temps lui était
laissé d'y réfléchir. Ses réflexions dans l'ensemble étaient
d'une couleur aimable. M. Collins assurément n'avait ni
jugement ni charme ; sa compagnie déplaisait, et son
attachement devait être imaginaire. Il n'en resterait pas
moins son mari. Sans se faire une haute idée des
hommes ou de la vie conjugale, elle s'était toujours fixé

pour but le mariage. C'était la seule ressource honorable laissée aux jeunes femmes de bonne éducation et
de maigre fortune et, malgré l'incertitude du bonheur
qu'il offrait, nul autre moyen plus attrayant n'existait
pour elles de se préserver du besoin[2]. Cette garantie,
elle la possédait maintenant et, à l'âge de vingt-sept
ans[3], n'ayant jamais été belle, elle se rendait parfaitement compte de sa chance.

L'aspect le moins séduisant de cette affaire était la
surprise que ne manquerait pas d'avoir Elizabeth Bennet, dont elle appréciait l'amitié au-delà de celle de
toute autre personne. Elizabeth s'étonnerait et sans
doute la blâmerait. Sa propre résolution ne pourrait en
être ébranlée, mais elle souffrirait d'une telle désapprobation. Elle résolut de communiquer elle-même l'information et, en conséquence, demanda à M. Collins,
lorsqu'il retournerait dîner à Longbourn, de ne rien
laisser transparaître de ce qui s'était passé devant aucun
des membres de la famille. Le secret fut, bien sûr, très
fidèlement promis, mais il ne pouvait être gardé sans
difficulté : la curiosité éveillée par son absence prolongée se traduisit à son retour par des questions si
abruptes qu'il lui fallut ruser un peu pour les éluder ; en
même temps il faisait preuve d'une grande abnégation,
car il brûlait d'annoncer le succès de son amour.

Comme il devait le lendemain matin commencer son
voyage de trop bonne heure pour voir avant son départ
une seule des personnes de la famille, la cérémonie des
adieux fut avancée au moment où les dames se retirèrent pour la nuit. Mme Bennet, avec beaucoup de politesse et de cordialité, lui dit combien ils seraient heureux
de le revoir à Longbourn en toute occasion, quand ses
autres obligations lui permettraient de les visiter.

« Chère madame, lui répondit-il, cette invitation m'est
d'autant plus agréable que j'avais nourri l'espoir de la
recevoir, et vous pouvez être certaine que je m'en pré-
vaudrai aussi tôt que possible. »

L'étonnement fut général et M. Bennet, qui n'avait

aucune envie de le voir revenir aussi vite, lui opposa immédiatement :

« Mais, mon bon monsieur, ne craignez-vous pas en ce cas d'encourir la désapprobation de Lady Catherine ? Mieux vaut négliger vos parents que prendre le risque d'indisposer votre bienfaitrice.

— Mon cher monsieur, répondit M. Collins, je vous suis extrêmement obligé de cette mise en garde amicale, mais vous pouvez être sûr que je n'entreprendrais rien d'aussi important sans l'assentiment de Sa Seigneurie.

— Vous ne sauriez être trop prudent. Exposez-vous à tout plutôt qu'à son déplaisir et, si vous voyez qu'une nouvelle visite risque fort de le provoquer, ce que j'estime des plus vraisemblables, restez tranquillement chez vous, et soyez certain que nous ne nous en formaliserons pas.

— Croyez-moi, mon cher monsieur, j'éprouve une vive gratitude en présence d'une attention aussi bienveillante. Vous pouvez compter dans les plus courts délais recevoir de ma part une lettre pour vous en remercier, ainsi que de tous les autres témoignages de votre affection durant mon séjour dans le Hertfordshire. Quant à mes belles cousines, si mon absence ne s'annonce sans doute pas assez longue pour rendre cela nécessaire, je prendrai quand même à présent la liberté de leur présenter mes vœux de bonheur et de santé, sans excepter ma cousine Elizabeth. »

Après les politesses d'usage, les dames se retirèrent, toutes également surprises de découvrir qu'il envisageait un prompt retour. Mme Bennet souhaitait pouvoir en déduire qu'il songeait à courtiser l'une ou l'autre de ses filles cadettes. Mary aurait pu être persuadée de l'accepter : elle faisait beaucoup plus de cas de ses capacités que les autres ; il y avait dans ses observations un solide bon sens qui souvent la frappait et, bien qu'il fût loin d'atteindre à sa propre intelligence, elle estimait que si un exemple tel que le sien l'encourageait à lire et à se cultiver, il pourrait faire un très agréable compagnon. Hélas! dès le lendemain matin, il fallut déchanter. Peu après le petit déjeuner, Mlle Lucas arriva pour une visite et, dans un entretien en tête à tête avec Elizabeth, rapporta ce qui s'était passé la veille.

L'idée que M. Collins pût s'imaginer amoureux de son amie était venue à Elizabeth durant les derniers jours. Mais que Charlotte pût l'encourager lui avait paru presque aussi inimaginable que ses propres encouragements. Son étonnement fut en conséquence si grand qu'il outrepassa les limites de la politesse. Elle ne put s'empêcher de s'écrier :

« Fiancée à M. Collins ! Impossible, ma chère Charlotte ! »

Le visage impassible que Mlle Lucas avait gardé en racontant son histoire un instant fit place à la confusion sous le coup d'un reproche aussi brutal. Mais, comme elle ne s'était attendue à rien de mieux, elle eut tôt fait de se ressaisir et put répondre calmement.

« Pourquoi cette surprise, ma chère Eliza ? Jugerais-tu impossible que M. Collins réussît auprès d'une femme parce qu'il n'a pas eu la chance d'obtenir ton consentement ? »

Elizabeth s'était déjà reprise. Il lui fallut faire un gros effort, mais elle parvint à assurer son amie d'une voix suffisamment tranquille que la perspective d'un lien de parenté entre elles lui était extrêmement agréable et qu'elle lui souhaitait tout le bonheur du monde.

« Je comprends ce que tu ressens, dit Charlotte. Tu dois être étonnée, très étonnée. Il y a si peu de temps encore, c'est toi que M. Collins désirait épouser. Pourtant, lorsque tu auras eu le temps d'y réfléchir, j'espère que tu ne pourras qu'approuver ce que j'ai fait. Je ne suis pas quelqu'un de romanesque, tu sais. Je ne l'ai jamais été. Tout ce que je demande, c'est une maison confortable et, compte tenu des mérites de M. Collins, de ses relations, de sa position, je suis convaincue d'avoir autant de chances d'être heureuse que peuvent en faire valoir la plupart des gens commençant une vie conjugale. »

Elizabeth calmement répondit : « C'est certain » et, après un silence gêné, elles retournèrent se joindre aux autres membres de la famille. Charlotte ne resta pas beaucoup plus longtemps, et Elizabeth fut laissée à méditer sur ce qu'elle avait entendu. Il lui fallut beaucoup de temps pour se réconcilier un tant soit peu à l'idée de cette union qui lui paraissait si mal assortie. L'étrangeté d'un M. Collins offrant sa main à deux personnes différentes en l'espace de trois jours n'était rien en comparaison du fait qu'il était maintenant accepté. Elle avait toujours pensé que Charlotte avait du mariage une conception qui ne ressemblait pas tout à fait à la sienne, mais elle n'aurait jamais cru possible qu'au moment de la mise en pratique elle aurait sacrifié tout respect d'elle-même à des intérêts matériels. Charlotte devenue l'épouse de M. Collins ! Il était des plus humiliants de se le représenter. Qu'une amie ainsi se déshonorât et sombrât dans son estime était déjà bien pénible. Mais il s'ajoutait à cela le chagrin de devoir penser qu'il était impossible à cette amie de goûter un bonheur quelconque dans l'existence qu'elle s'était choisie.

CHAPITRE XXIII

Elizabeth était assise aux côtés de sa mère et de ses sœurs, réfléchissant à ce qu'elle avait entendu et se demandant si elle pouvait en faire état quand parut Sir William en personne, délégué par sa fille pour annoncer ses fiançailles à toute la famille. Prodiguant les compliments, se félicitant sans retenue d'une future alliance entre les deux maisons, il ôta le voile sur cette affaire devant un public non seulement stupéfait mais incrédule. Mme Bennet, avec plus d'insistance que de courtoisie, protesta qu'il devait se tromper du tout au tout, et Lydia, toujours libre dans ses propos et souvent impolie, s'exclama avec pétulance :

« Mon Dieu, Sir William, comment pouvez-vous raconter une pareille histoire ? Ne savez-vous pas que c'est Lizzy que M. Collins cherche à épouser ? »

Il fallait toute la complaisance d'un homme de cour pour tolérer un tel traitement sans se fâcher, mais le savoir-vivre de Sir William lui permit de tout supporter. En les priant de croire à la véracité de son information, il écouta leur impertinence se donner libre cours avec une patience exemplaire.

Elizabeth sentit qu'il lui incombait de le tirer d'une situation aussi embarrassante. Elle intervint pour confirmer ses dires en indiquant que Charlotte l'avait déjà mise au courant et tenta de réfréner les exclamations de sa mère et de ses sœurs en lui présentant de sincères félicitations, auxquelles Jane se joignit promptement, et en s'étendant en diverses considérations sur le bonheur qu'on pouvait espérer de cette union, les excellentes qualités de M. Collins et la distance commode qui séparait Hunsford de Londres.

Aussi longtemps que dura la visite, Mme Bennet se trouva en fait trop accablée pour répondre grand-chose à Sir William, mais il ne l'eut pas plus tôt quittée que son émotion ne put être contenue. Primo, elle refusait de croire à toute cette fable ; secundo, il ne faisait aucun doute que M. Collins avait été embobeliné ; tertio, assurément ils ne seraient jamais heureux ensemble ; quarto, c'étaient des fiançailles qui pouvaient fort bien être rompues. Deux choses, cependant, se déduisaient facilement de cette triste affaire : la première, c'était qu'à Elizabeth on devait imputer tout le blâme ; la seconde, qu'elle-même avait été cruellement traitée par chacun d'eux. Ce fut sur ces deux points qu'elle insista principalement pendant le restant de la journée. Rien ne la consolait ni ne l'apaisait. Son ressentiment le lendemain n'avait toujours pas disparu. Il fallut une semaine pour qu'elle vît Elizabeth sans la gronder, quatre avant qu'elle pût parler civilement à Sir William et à Lady Lucas, et bien des mois passèrent sans qu'elle accordât à leur fille le moindre pardon.

La réaction de M. Bennet en la circonstance se révéla beaucoup plus modérée, et les sentiments que lui inspirait l'événement furent donnés par lui comme des plus plaisants. Il tirait satisfaction, prétendait-il, de découvrir que Charlotte Lucas, qu'il tenait jusque-là pour passablement sensée, était aussi absurde que sa femme et plus sotte que ne l'était sa fille.

Jane s'avoua quelque peu surprise de cette union mais parla moins de son étonnement que des vœux sincères qu'elle formait pour leur bonheur ; Elizabeth ne réussit pas à la persuader de son improbabilité. Kitty et Lydia étaient loin d'envier Mlle Lucas, car M. Collins n'était qu'un pasteur après tout, et elles ne virent là-dedans qu'une nouvelle à répandre à Meryton.

Lady Lucas ne put se défendre de triompher en se découvrant en mesure de faire valoir à son tour auprès de Mme Bennet toute la satisfaction d'une fille bien mariée. Elle visita Longbourn un peu plus souvent que d'habitude pour exprimer sa joie malgré les regards sévères et les remarques acides de Mme Bennet qui auraient pu suffire à ternir sa félicité.

Entre Elizabeth et Charlotte s'installa une gêne qui les contraignit l'une et l'autre au silence sur ce sujet. Elizabeth se sentit même persuadée qu'aucune véritable confiance ne pourrait à l'avenir subsister entre elles. La déception que lui causait Charlotte la fit se tourner avec une affection accrue vers sa sœur Jane dont, elle en était assurée, elle n'aurait jamais l'occasion de mettre en doute la délicatesse et la droiture. Son bonheur l'inquiétait sans cesse davantage. Bingley était maintenant absent depuis une semaine, et l'on n'entendait pas parler de son retour.

Jane n'avait pas tardé à répondre à la lettre de Caroline et comptait les jours qui raisonnablement la séparaient de la réception d'un nouvel envoi. La lettre de remerciements promise par M. Collins arriva le mardi. Elle était adressée à leur père et dans un style cérémonieux exprimait autant de reconnaissance qu'aurait pu en susciter un séjour d'un an au sein de leur famille.

Après avoir soulagé sa conscience sur ce point, il en venait à les informer, à grand renfort de formules enthousiastes, de la joie qu'il éprouvait à avoir gagné le cœur de leur charmante voisine, Mlle Lucas. Il expliquait ensuite que c'était seulement dans le dessein de profiter de sa société qu'il s'était montré aussi prompt à accéder à leur aimable souhait de le revoir à Longbourn, où il espérait pouvoir retourner dès le lundi en quinze. En effet, Lady Catherine, ajoutait-il, approuvait si hautement son mariage qu'elle désirait le voir célébré au plus tôt, ce qui constituait, il n'en doutait pas, un argument sans réplique auprès de sa chère Charlotte pour hâter le jour qui ferait de lui le plus heureux des hommes.

Le retour de M. Collins, cependant, n'était plus pour Mme Bennet source de plaisir. Au contraire, elle apparaissait aussi disposée à s'en plaindre que son mari. Il était très étrange qu'il vînt à Longbourn au lieu d'aller au Pavillon de Lucas. Cela n'allait pas sans entraîner bien des inconvénients et infiniment de gêne. Elle détestait avoir des invités dans sa maison quand sa santé laissait tant à désirer, et de tous les gens au monde les amoureux étaient les plus fâcheux. Tels étaient les doux murmures de Mme Bennet, qui ne se taisait que sous le poids du chagrin plus considérable que lui causait l'absence prolongée de M. Bingley.

Ni Jane ni Elizabeth n'étaient rassurées à ce sujet. Les jours se succédaient sans apporter d'autre nouvelle de lui qu'une rumeur, qui bientôt eut force probante, selon laquelle il ne reviendrait plus de l'hiver à Netherfield. Ce bruit exaspéra Mme Bennet, et elle ne manqua jamais de le contredire, le traitant comme un scandaleux mensonge.

Même Elizabeth se mit à redouter, non l'indifférence de Bingley, mais le succès de ses sœurs dans leurs efforts pour le maintenir à Londres. Elle répugnait à admettre une supposition aussi dommageable au bonheur de Jane et aussi ignominieuse pour la constance de son soupirant, mais elle ne pouvait s'empêcher en pensée d'y revenir souvent. Si ces deux sœurs au cœur sec s'alliaient à son ami tout-puissant, si les trois recevaient le secours des attraits de Mlle Darcy et des amusements de Londres, l'attachement de Bingley, elle en avait peur, pourrait ne pas se révéler assez solide.

Quant à Jane, son anxiété en cette attente était, bien entendu, plus pénible que celle d'Elizabeth. Mais, quel que fût son chagrin, elle s'appliquait à le dissimuler et, entre sa sœur et elle, il n'en était jamais question. En revanche, sa mère n'était pas retenue par les mêmes scrupules, et une heure s'écoulait rarement sans qu'elle évoquât Bingley, qu'elle exprimât son impatience de le voir arriver, ou même qu'elle pressât Jane de reconnaître que s'il ne revenait pas, elle se considérerait comme bien maltraitée. Il fallait à Jane son inébranlable douceur pour supporter cette hargne avec suffisamment de sérénité.

M. Collins fort ponctuellement revint le lundi, au bout de deux semaines, mais l'accueil qu'il reçut à Longbourn ne fut pas aussi gracieux que lors de sa première visite. Il jubilait trop, toutefois, pour requérir beaucoup d'attention et, heureusement pour les autres, le temps que lui prenait sa cour leur ôtait beaucoup du désagrément de sa compagnie. Il passait le plus clair de ses journées au Pavillon de Lucas et retournait parfois à Longbourn juste assez tôt pour s'excuser de son absence avant que la famille allât se coucher.

Mme Bennet se trouvait réellement dans un état très pitoyable. Il suffisait qu'on fît allusion au mariage pour qu'elle entrât dans une humeur noire et, partout où elle se rendait, elle était assurée d'en entendre parler. La vue de Mlle Lucas lui était devenue odieuse. Appelée à lui succéder dans sa maison, la jeune fille lui causait une aversion jalouse. Chaque fois que Charlotte venait les visiter, elle l'imaginait anticipant l'heure de la prise de possession et, dès qu'elle parlait à voix basse à M. Collins, se persuadait qu'ils s'entretenaient du domaine de Longbourn et projetaient de la chasser de chez elle, ainsi que ses filles, sitôt M. Bennet hors de ce monde. Elle se plaignit amèrement de tout cela auprès de son mari.

« Convenez, monsieur Bennet, gémit-elle, qu'il est affligeant de penser qu'un jour Charlotte Lucas sera maîtresse de cette demeure, que je serai forcée de lui céder la place, et que je devrai la regarder faire !

— Ma chère, ne vous laissez pas abattre par ces tristes considérations. Espérons en un sort plus clément. Qui sait ? Je vous survivrai peut-être. »

Cette idée n'était pas de nature à consoler Mme Bennet et, au lieu de répondre, elle poursuivit sur le même ton.

« Je ne puis supporter de me dire qu'ils auront tout le domaine. S'il n'y avait pas la substitution, cela n'aurait pas d'importance.

— Qu'est-ce qui n'aurait pas d'importance ?

— Rien, rien n'aurait d'importance.

— Remercions le ciel que vous échappiez à pareille insensibilité.

— Je ne pourrai jamais me montrer reconnaissante, monsieur Bennet, de tout ce qui concerne la substitution. Comment en conscience peut-on substituer son domaine au détriment de ses propres filles ? Cela m'échappe. Et tout cela pour faire plaisir à M. Collins ! Pourquoi aurait-il Longbourn, lui plutôt qu'un autre ?

— Je vous laisse le soin d'en décider », dit M. Bennet.

VOLUME II

CHAPITRE I

Le lettre de Mlle Bingley arriva et mit fin à l'incertitude. Dès la première phrase, elle donnait l'assurance qu'aucun d'eux ne bougerait plus de Londres cet hiver-là et se terminait sur les regrets de son frère pour ne pas avoir eu le temps de rendre ses devoirs à ses amis du Hertfordshire avant de quitter le pays.

D'espoir il n'était plus question et, quand Jane fut en mesure de se tourner vers le restant de la lettre, elle n'y trouva pas grand-chose, en dehors de l'affection que professait son auteur, qui fût susceptible de la réconforter. L'éloge de Mlle Darcy y tenait une place prépondérante. On s'attardait sur ses multiples attraits. Caroline se réjouissait de leur intimité croissante et se hasardait à prédire l'accomplissement des vœux qu'elle avait reconnus dans sa lettre précédente. Avec satisfaction aussi, elle faisait savoir que son frère était l'invité de M. Darcy dans son hôtel particulier et s'extasiait sur certains projets de ce dernier concernant l'achat de mobilier neuf[1].

Elizabeth, à qui Jane ne tarda pas à communiquer l'essentiel de cette information, l'écouta sans donner voix à son indignation. Elle était partagée entre sa compassion pour sa sœur et sa rancœur à l'égard de tous les

autres. À ce que Caroline avançait au sujet d'un penchant de son frère pour Mlle Darcy elle n'attachait
aucun crédit. Elle ne doutait pas plus que précédemment de la réalité de l'affection de Bingley pour Jane
et, malgré toute la sympathie qu'il n'avait cessé de lui
inspirer, ne pouvait songer sans colère, presque sans
mépris, à cette complaisance de nature, cette absence
d'une juste fermeté, qui faisaient de lui à présent le
jouet des intrigues de ses amis et le conduisaient à sacri-
fier son bonheur au caprice de leurs inclinations. Si ce
bonheur, toutefois, avait été le seul menacé, elle lui
aurait permis de l'exposer de la manière qui lui aurait le
mieux convenu. Mais le bonheur de sa sœur était en
cause, lui aussi, et cela, pensait-elle, ne pouvait lui
échapper. Bref, c'était un sujet sur lequel on pouvait
réfléchir longuement sans être plus avancé pour autant.
Rien d'autre n'occupait les pensées d'Elizabeth et pourtant, que l'affection de Bingley eût véritablement disparu ou qu'elle fût étouffée par l'interposition de ses
amis, qu'il se fût rendu compte de l'attachement de
Jane ou que cela eût échappé à son observation, si en
toute hypothèse le jugement qu'elle portait sur lui ne
pouvait demeurer le même, la situation de sa sœur, elle,
ne variait pas, et sa tranquillité d'esprit restait uniformément compromise.

Un jour ou deux passèrent avant que Jane eût le
courage d'ouvrir son cœur à Elizabeth mais enfin,
Mme Bennet les ayant laissées seules après s'être irritée plus que de coutume contre Netherfield et son locataire, Jane ne put s'empêcher de s'exclamer:

«Ah! si seulement ma chère mère pouvait se maîtriser davantage! Elle n'a aucune idée de la peine qu'elle
me cause à dire sans cesse du mal de lui. Mais je ne vais
pas me plaindre. Cela ne peut durer bien longtemps. Il
sera oublié, et nous redeviendrons tous ce que nous
étions avant.»

Elizabeth adressa à sa sœur un regard où se lisaient
sollicitude et incrédulité mais resta muette.

«Tu ne me crois pas, protesta Jane, en rougissant un

peu. Mais tu as tort. Il restera peut-être dans mon souvenir comme l'homme le plus aimable que j'aurai connu, mais c'est tout. Je n'ai rien à espérer ni à craindre, rien non plus à lui reprocher. Dieu merci, ce chagrin m'est épargné. C'est pourquoi avec un peu de temps... J'essaierai certainement de prendre le dessus. »

D'une voix plus assurée elle ajouta bientôt :

« J'ai dès maintenant la consolation de penser que c'est seulement mon imagination qui m'a joué un tour et que nul autre que moi n'en a souffert.

— Ma chère Jane, s'exclama Elizabeth, tu es vraiment trop bonne. Ta douceur et ton désintéressement sont réellement angéliques. Je ne sais pas quoi te répondre. Je sens que je ne t'ai jamais rendu justice ni aimée à l'égal de tes mérites. »

Mlle Bennet s'empressa de se refuser tout mérite particulier, attribuant la chaleur du compliment à la force de l'affection de sa sœur.

« Non, répliqua Elizabeth, ce n'est pas juste. Tu voudrais croire chacun digne de respect et tu souffres si je dis du mal de quelqu'un mais, quand je désire seulement croire en ta perfection, tu t'insurges. N'aie pas peur que je donne dans je ne sais quel excès, que je te dispute le privilège que tu possèdes d'étendre ta bienveillance à tout le genre humain. Je n'aime véritablement que peu de gens et en estime moins encore. Plus je connais le monde et moins j'en suis satisfaite. Chaque jour appuie ma conviction de l'inconséquence de tous les hommes et du peu de confiance qu'on peut accorder aux apparences du mérite et du bon sens. Deux exemples viennent de m'en être donnés : le premier, je m'abstiendrai d'en parler ; le second est le mariage de Charlotte. Il est inconcevable. Sous tous les rapports, il est inconcevable.

— Ma chère Lizzy, ne te laisse pas aller à une pareille aigreur. Elle t'empêchera d'être heureuse. Tu ne tiens pas suffisamment compte des différences de situation et de caractère. Songe à la respectabilité de M. Collins, à la prudence de Charlotte et à la mesure dont elle fait

preuve. Rappelle-toi qu'elle appartient à une nom-
breuse famille, que pour ce qui est de l'argent le parti
est des plus souhaitables. Enfin, sois prête à croire pour
le bien de tous qu'elle puisse éprouver pour notre cousin un sentiment de la nature de l'affection et de l'estime.

— Pour t'obliger, je veux bien essayer de croire
presque n'importe quoi, mais nul autre que toi ne tirerait profit d'une telle conviction, car si j'étais persuadée que Charlotte l'aimait un tant soit peu, mon
opinion de son intelligence serait seulement plus mauvaise encore que celle que j'ai à présent de son cœur.
Ma chère Jane, M. Collins est quelqu'un de vaniteux,
de sentencieux, d'étroit d'esprit, de sot. Tu le sais aussi
bien que moi et comme moi ne peux manquer de penser que la femme qui l'épousera ne saurait avoir
une bonne manière de raisonner. N'essaie pas de la
défendre, même si elle s'appelle Charlotte Lucas. Tu ne
changeras pas, pour le bien d'une seule personne, le
sens des mots "principes" et "intégrité" et ne tenteras
pas de me persuader — ou de te persuader toi-même —
que l'égoïsme est prudence et l'aveuglement au danger
un gage de bonheur.

— Tu exagères, j'en suis sûre, quand tu emploies ces
mots pour parler d'eux, repartit Jane, et j'espère que tu
en conviendras quand tu verras qu'ils sont heureux
ensemble. Mais assez sur ce chapitre. Tu as fait allusion
à autre chose. Tu m'as cité deux exemples. Il est impossible pour moi de ne pas te comprendre, mais je t'en
conjure, ma chère Lizzy, ne me fais pas le chagrin de
croire que la personne à laquelle tu penses est à blâmer
et celui de me dire qu'elle a baissé dans ton estime.
Nous ne devons pas nous attendre à ce qu'un jeune
homme plein de vivacité soit toujours prudent et cir-
conspect. Très souvent, c'est notre seule vanité qui nous
abuse. Les femmes donnent à l'admiration plus de
signification qu'elle n'en a.

— Et les hommes s'arrangent pour qu'elles chéris-
sent cette illusion.

— Si cela correspond à un calcul, ils sont sans excuse. Mais je suis loin de penser qu'il y a dans le monde autant de sombres desseins que certains le croient.

— Je ne suis nullement tentée de leur attribuer une part quelconque dans la conduite de M. Bingley, repartit Elizabeth, mais sans chercher à faire du tort ou à rendre les autres malheureux, on peut tomber dans l'erreur et causer de la souffrance. L'étourderie, un manque d'attention à la sensibilité d'autrui, l'absence de fermeté suffisent.

— Accuses-tu un de ces défauts-là en ce qui le concerne ?

— Oui, le dernier. Mais, si je continue, je vais te déplaire en disant ce que je pense de gens que tu estimes. Arrête-moi pendant qu'il est temps.

— Tu persistes donc à supposer que ses sœurs l'influencent ?

— Oui, conjointement avec son ami.

— Je n'arrive pas à le croire. Pourquoi essaieraient-elles de l'influencer ? Elles ne peuvent souhaiter que son bonheur et, s'il m'est attaché, aucune autre femme n'est capable de le lui donner.

— Tu pars d'un mauvais principe. Elles peuvent désirer bien des choses en dehors de son bonheur, comme davantage pour lui de richesse et d'importance dans le monde, ou un mariage avec une jeune fille qui aurait toute la conséquence que donnent fortune, haute parenté et le sentiment de sa dignité.

— Il ne fait aucun doute qu'elles aimeraient le voir choisir Mlle Darcy, répondit Jane, mais elles peuvent obéir à des motifs plus respectables que ceux que tu leur imagines. Elles la connaissent depuis beaucoup plus longtemps que moi. Il n'est pas surprenant qu'elles me la préfèrent. Cependant, quels que soient leurs souhaits, il est peu vraisemblable qu'elles aient combattu ceux de leur frère. Quelle est la sœur qui s'estimerait libre de le faire, à moins que n'entre en considération quelque chose de très condamnable ? Si elles le croyaient attaché à moi, elles ne tenteraient pas de nous séparer ; s'il l'était, elles ne pourraient y réussir. En lui supposant pareille affection, tu attribues à chacun une conduite à la fois étrange et répréhensible, et tu me rends très malheureuse. Épargne-moi le chagrin de cette idée-là. Je n'ai pas honte de m'être trompée ou, du moins, est-ce peu de chose, n'est-ce rien en comparaison de ce que je souffrirais si je pensais du mal de lui ou de ses sœurs. Laisse-moi voir la situation sous son meilleur aspect, d'une façon qui permette de la comprendre.»

Elizabeth ne pouvait faire obstacle à ce souhait, et désormais le nom de M. Bingley fut rarement évoqué dans leur conversation.

Mme Bennet persistait à se demander pourquoi il ne revenait pas et à s'en lamenter. Il s'écoulait rarement une journée sans qu'Elizabeth l'expliquât clairement. Néanmoins il paraissait bien douteux que le sujet lui causât jamais moins de perplexité. Sa fille essayait de la convaincre de ce qu'elle-même ne croyait pas, c'est-à-dire que ses attentions à l'égard de Jane avaient seulement été dues à un goût banal et passager qui n'avait pas subsisté lorsqu'il avait cessé de la voir. Cette version des faits d'abord fut acceptée, mais Elizabeth fut obligée de reproduire chaque jour les mêmes explications. Ce qui réconfortait le mieux Mme Bennet était que M. Bingley ne manquerait pas de revenir l'été suivant.

M. Bennet avait un autre point de vue. «Ainsi, Lizzy, dit-il un jour, ta sœur a un chagrin d'amour, à ce que j'apprends. Je l'en félicite. Hormis le mariage, rien ne plaît tant aux filles qu'une peine de cœur, de temps à autre. Cela occupe l'esprit et leur donne une sorte de distinction parmi leurs compagnes. Quand donc viendra ton tour? Tu auras du mal à supporter longtemps une infériorité dans ce domaine vis-à-vis de Jane. Le moment est opportun. Meryton compte assez d'officiers pour briser le cœur de toutes les jeunes personnes de la région. Choisis Wickham. C'est un garçon charmant. Qu'il manque avec toi à ses engagements ajouterait à ta gloire.

— Je vous remercie, mon père, mais quelqu'un de

moins séduisant ferait mon affaire. Nous ne pouvons pas toutes espérer avoir la même chance que Jane.

— C'est vrai, concéda M. Bennet. Mais il est satisfaisant de penser que, quel que soit l'accident de cette nature dont tu puisses être la victime, tu possèdes une mère affectionnée qui en tirera toujours le meilleur parti. »

La société de M. Wickham leur fut d'un grand secours pour dissiper la tristesse qui, en raison d'un sort contraire ces derniers temps, s'était abattue sur plus d'un membre de la famille de Longbourn. On le voyait souvent, et à ses autres mérites il joignait à présent celui de ne jamais montrer de la réserve. Tout ce qu'Elizabeth avait déjà appris de sa bouche, ce qu'il prétendait que M. Darcy lui devait, la totalité de ses griefs, tout cela était maintenant rendu public et ouvertement débattu, si bien que chacun se réjouissait à l'idée d'avoir toujours trouvé déplaisant ce M. Darcy, avant même de connaître quelque chose de la vérité.

Mlle Bennet était seule à supposer qu'il pouvait dans cette affaire exister des circonstances atténuantes dont la société du Hertfordshire n'aurait pas été informée. Sa charité constante, sa douceur plaidaient en faveur de l'indulgence et faisaient valoir la possibilité d'une erreur. Mais partout ailleurs on condamnait M. Darcy, dont on faisait le pire des hommes.

CHAPITRE II

Après une semaine passée à redire son amour et à élaborer des plans pour sa félicité, M. Collins vit arriver le samedi soir qui l'arrachait à son aimable Charlotte. Le chagrin de la séparation, toutefois, avait quelque chance d'être de son côté diminué par des préparatifs en vue de l'accueil de sa future femme, comme il avait de bonnes raisons d'espérer que peu après son prochain

retour dans le Hertfordshire serait fixé le jour qui devait
faire de lui le plus heureux des hommes. Il prit congé de
ses parents de Longbourn avec autant de solennité que
la première fois, de nouveau souhaita à ses charmantes
cousines bonheur et prospérité, et promit à leur père
une nouvelle lettre de remerciements.

Le lundi suivant, Mme Bennet eut le plaisir de recevoir son frère et sa femme, qui venaient comme à l'ordinaire passer Noël à Longbourn. M. Gardiner était un
homme de bon sens, de distingué, de bien supérieur à
sa sœur, tant par les talents qu'il devait à la nature que
par l'éducation qu'il avait reçue. Les dames de Netherfield auraient eu peine à croire qu'une personne vivant
du négoce et si près de ses entrepôts pût être aussi bien
élevée et aussi agréable. Mme Gardiner, de plusieurs
années la cadette de Mme Bennet et de Mme Phillips,
était une femme charmante, intelligente, élégante,
qu'adoraient ses nièces du Hertfordshire. Entre elle et
les deux aînées en particulier existait une très grande
affection. Elles avaient fréquemment séjourné dans sa
maison de Londres.

La première tâche de Mme Gardiner à son arrivée
fut de distribuer ses cadeaux et de décrire les dernières
modes. Quand ce fut fait, on lui attribua un rôle moins
actif. Ce fut son tour d'écouter. Mme Bennet avait subi
bien des torts, dont il lui fallait faire part, et accumulé
les sujets de doléance. On s'était bien mal conduit avec
eux tous depuis la dernière visite de sa belle-sœur.
Deux de ses filles avaient été à la veille de se marier, et
finalement cela n'avait rien donné.

« Je ne fais pas de reproche à Jane, poursuivit-elle, car
Jane aurait bien voulu de M. Bingley si cela avait été
possible. Mais Lizzy ! Ah ! ma sœur ! Il est affligeant de
penser qu'aujourd'hui sans son obstination elle aurait
pu être la femme de M. Collins. Il lui a proposé le
mariage dans cette même pièce, et elle lui a dit non. La
conséquence en est que Lady Lucas aura une de ses
filles mariées avant les miennes et que le domaine de
Longbourn est aussi substitué que jamais. Les Lucas,

vous savez, ma sœur, sont très malins. Ils sont prêts à faire main basse sur tout. Je regrette d'avoir à dire du mal de ces gens-là, mais c'est la vérité. Cela me rend très nerveuse et très abattue d'être ainsi contrariée dans ma propre famille et d'avoir des voisins qui pensent d'abord à eux-mêmes avant de penser aux autres. Enfin, c'est un grand réconfort que vous veniez précisément dans ces heures-là, et je suis bien contente de ce que vous m'annoncez au sujet des manches longues.»

Mme Gardiner, qui était déjà au courant de l'essentiel de ces nouvelles par la correspondance de Jane et d'Elizabeth, répondit brièvement à sa belle-sœur et par pitié pour ses nièces détourna la conversation. Mais, quand elle fut seule ensuite avec Elizabeth, elle revint sur le sujet.

«Sans doute aurait-ce pu être un bon mariage pour Jane, dit-elle. Je regrette que cela n'ait pas abouti. Mais ce sont des choses qui arrivent souvent! Un jeune homme, tel que tu dépeins M. Bingley, a si tôt fait de s'amouracher d'une jolie fille. Cela dure quelques semaines et, quand le hasard les sépare, il l'oublie très rapidement. On voit fréquemment cette sorte d'inconstance.

— Voilà, repartit Elizabeth, qui pourrait constituer une excellente consolation, mais elle ne s'applique pas à notre cas. Nous ne pouvons accuser le hasard. Il n'arrive pas souvent qu'un jeune homme auquel la fortune donne toute liberté de choisir cède à l'interposition de ses amis pour ne plus penser à une jeune fille dont il était violemment épris seulement quelques jours plus tôt.

— Ton expression de "violemment épris" est si galvaudée, si vague, elle donne si peu de sens qu'elle ne me renseigne que fort peu. On l'applique aussi souvent à des sentiments nés d'une fréquentation d'une demi-heure qu'à un attachement véritable et profond. Dis-moi, quelle était la violence de la passion de M. Bingley?

— Je n'ai jamais vu d'inclination plus prometteuse. Il faisait de moins en moins attention aux autres et se

consacrait à elle seule. Chaque fois qu'ils se retrou-
vaient, cela se renforçait et se remarquait davantage. À
son bal, il a offensé deux ou trois jeunes filles en ne les
invitant pas à danser, et je lui ai en deux occasions
adressé la parole sans recevoir de réponse. Pouvait-il y
avoir de symptômes plus encourageants ? Une absence
de politesse généralisée n'est-elle pas le signe distinctif
de l'amour ?

— Oh oui ! si c'est le genre d'amour que je le soup-
çonne d'avoir ressenti. Pauvre Jane ! Je suis navrée
pour elle parce que, telle que je la connais, il lui faudra
du temps pour s'en remettre. Il aurait mieux valu que
cela t'arrivât à toi, Lizzy. Tu t'en serais sortie plus vite
en te moquant de toi-même. Crois-tu que l'on pourrait
la persuader de nous accompagner à Londres ? Un
changement de décor pourrait s'avérer utile et peut-être
trouverait-elle dans ce répit par rapport à sa vie d'ici un
adoucissement qui vaudrait bien d'autres remèdes. »

Elizabeth fut ravie de cette proposition et se déclara
assurée du prompt consentement de sa sœur.

« J'espère, ajouta Mme Gardiner, qu'elle ne se lais-
sera influencer par aucune considération concernant ce
jeune homme. Nous habitons un quartier de la ville si
différent du sien, nos relations sont si éloignées des
siennes et, comme tu ne l'ignores pas, nous sortons si
peu qu'il est très improbable qu'ils se rencontrent
jamais, à moins qu'il ne vienne tout exprès pour la voir.

— Et c'est là une hypothèse qu'il faut absolument
écarter, car il est maintenant sous la garde de son ami,
et je vois mal M. Darcy désormais accepter qu'il rendît
visite à Jane dans un pareil endroit de Londres ! Ma
chère tante, qu'allez-vous imaginer là ! Il se peut que
M. Darcy ait entendu parler de l'existence d'un lieu tel
que Gracechurch Street, mais il aurait peine à admettre
un mois d'ablutions suffisant pour le laver de ses impu-
retés s'il devait un jour y pénétrer et, croyez-moi,
M. Bingley ne se déplace jamais sans lui.

— Tant mieux. Mon espoir est qu'ils ne se rencontrent pas du tout. Mais Jane ne correspond-elle pas

avec la sœur ? Cette sœur, elle, ne pourra se dispenser
d'une visite.

— Elle cessera toute fréquentation. »

Pourtant, en dépit de l'assurance à laquelle prétendait Elizabeth, sur ce point ainsi que sur celui (plus
captivant encore) d'un empêchement mis à une visite
de Jane par Bingley, elle se mit à éprouver pour ces
sujets un intérêt qui la persuada, à la réflexion, qu'elle
ne considérait pas tout espoir comme perdu. Il se pouvait (et parfois elle l'envisageait comme probable) que
l'affection de Bingley fût ravivée et l'influence de ses
amis combattue avec succès par l'effet plus naturel du
charme de Jane.

Mlle Bennet accepta l'invitation de sa tante avec
plaisir, et les Bingley n'auraient occupé aucune place
en ses pensées à ce moment si elle n'avait nourri l'espoir que, ne vivant pas sous le même toit que son frère,
Caroline pût passer parfois une matinée avec elle sans
qu'elle courût le risque de le rencontrer.

Les Gardiner restèrent une semaine à Longbourn et,
tant à cause des Phillips que des Lucas ou des officiers,
ils n'eurent pas une soirée de libre. Mme Bennet avait
si soigneusement pourvu aux distractions de son frère
et de sa belle-sœur qu'ils n'eurent pas l'occasion une
seule fois de partager un dîner en famille. Lorsque la
réception était donnée à Longbourn, inévitablement
des officiers figuraient parmi les invités, et Wickham
était du nombre. En ces occasions Mme Gardiner, à
qui les éloges chaleureux qu'en avait faits Elizabeth
avaient donné des soupçons, les observa l'un et l'autre
attentivement. Ce qu'elle vit ne l'amena pas à supposer
qu'ils étaient véritablement épris, mais leur penchant
réciproque lui parut suffisamment évident pour lui
causer un peu d'inquiétude. Elle résolut d'en parler à
Elizabeth avant de quitter le Hertfordshire et de lui
représenter l'imprudence qu'il y aurait à encourager
pareil attachement.

Wickham possédait un moyen de plaire à
Mme Gardiner sans lien aucun avec l'ensemble de ses

talents. Dix ou douze ans plus tôt, avant son mariage, elle avait passé beaucoup de temps dans cette même région du Derbyshire dont il était originaire. Ils avaient donc beaucoup de connaissances en commun et, même si Wickham n'avait pas fait là de fréquentes apparitions depuis le décès du père de Darcy, cinq ans plus tôt, il demeurait en son pouvoir de donner à Mme Gardiner de ses anciens amis des nouvelles plus fraîches que celles qu'elle avait pu se procurer.

Mme Gardiner avait vu Pemberley, et de réputation fort bien connu le défunt M. Darcy. C'était là en conséquence un sujet inépuisable pour la conversation. En comparant ses souvenirs du domaine à la description minutieuse que Wickham pouvait en faire et en donnant sa part d'éloge au propriétaire précédent, elle le comblait d'aise et trouvait son plaisir. Quand elle sut quel traitement l'actuel M. Darcy lui avait réservé, elle essaya de se rappeler quelque chose des traits de caractère qu'on prêtait à ce dernier quand il était enfant qui pût s'accorder avec cette conduite. Finalement elle crut se ressouvenir qu'on lui avait parlé de M. Fitzwilliam Darcy comme d'un garçon hautain et plein de méchanceté.

CHAPITRE III

Mme Gardiner fut fidèle à sa résolution. Dès que l'occasion se présenta de lui parler seule à seule, elle adressa à Elizabeth une bienveillante mise en garde. Elle ne lui cacha rien de ce qu'elle pensait, puis continua en ces termes :

« Tu as trop de bon sens, Lizzy, pour t'éprendre de quelqu'un simplement parce qu'on t'aura conseillé de n'en rien faire. C'est pourquoi je ne craindrai pas d'être franche. Sérieusement, il est bon que tu te méfies. Ne te laisse pas entraîner, et n'essaie pas de l'entraîner lui-même, dans une affaire de cœur que l'absence de for-

tune rendrait particulièrement imprudente. Je n'ai rien
à lui reprocher. C'est un jeune homme très attachant et,
s'il disposait des biens qu'il mériterait de posséder, je
suis d'avis que tu ne pourrais mieux choisir. Mais, les
choses étant ce qu'elles sont, il ne faut pas te laisser
emporter par ton imagination. Tu as du jugement, et
nous aimerions tous te voir en faire usage. Ton père,
j'en suis persuadée, se fie à ta détermination et à ta
bonne conduite. Il ne faut pas le décevoir.

— Ma chère tante, voilà qui est parler sérieusement.

— Oui, et j'espère t'inciter à faire preuve de sérieux,
toi aussi.

— Eh bien, dans ce cas, il n'est pas besoin de vous
tracasser. Je vais prendre soin de moi-même, ainsi que
de M. Wickham. Il ne sera pas amoureux de moi. Je
m'y engage, si je puis l'empêcher.

— Elizabeth, à présent tu ne parles pas sérieusement.

— Je vous demande pardon. Je vais m'y efforcer
maintenant. Pour le moment, je ne suis pas amoureuse
de M. Wickham. Non, certainement pas. Mais il est,
sans comparaison possible, l'homme le plus séduisant
que j'aie jamais rencontré et si, véritablement, il s'attache à moi... Je crois préférable qu'il s'en abstienne. Je
vois à quel point ce serait imprudent. Oh! l'abominable
M. Darcy! L'opinion que mon père a de moi me fait le
plus grand honneur, et je serais très peinée de ne plus
m'en montrer digne. Mon père, toutefois, a de la sympathie pour M. Wickham. Bref, ma chère tante, je serais
navrée de vous causer du chagrin, à l'un ou à l'autre,
mais, puisque nous voyons tous les jours que lorsqu'ils
aiment les jeunes gens sont rarement retenus dans l'immédiat par l'absence de fortune d'entrer dans un engagement mutuel, comment puis-je promettre d'être plus
sage que tant de mes semblables si je suis tentée, et
comment même saurais-je si la sagesse consiste à résister? Tout ce que je puis vous promettre, donc, est de ne
pas me presser. Je ne déciderai pas hâtivement que je
suis l'objet de ses vœux. Lorsque nous serons ensemble,

je me garderai de souhaiter quoi que ce soit. Bref, je
ferai de mon mieux.

— Peut-être ne serait-il pas plus mal de le décourager de venir si souvent. Du moins ne devrais-tu pas
rappeler à ta mère de l'inviter.

— Comme je l'ai fait l'autre jour, admit Elizabeth
avec un sourire. C'est vrai. Il sera sage de ma part de
m'en abstenir. Mais n'allez pas vous figurer qu'il est
toujours ici. C'est pour vous faire plaisir qu'on l'a si
fréquemment convié cette semaine. Vous connaissez
les principes de ma mère quant à la nécessité de sans
cesse rassembler du monde autour de ses amis. Cela
dit, je vous en donne ma parole, j'essaierai de m'en
tenir à ce que je jugerai le plus prudent. Maintenant,
j'espère que vous voilà satisfaite.»

Sa tante l'assura qu'elle l'était et, après qu'Elizabeth
l'eut remerciée de ses aimables suggestions, elles se
séparèrent : exemple hors du commun d'un conseil
donné sur un sujet aussi délicat sans provoquer de mauvais sentiments.

M. Collins retourna dans le Hertfordshire peu après
qu'il eut été quitté par les Gardiner et par Jane. Mais,
comme il élut domicile chez les Lucas, son arrivée
n'incommoda pas beaucoup Mme Bennet. La date de
son mariage approchait bien vite. Elle s'y était enfin
suffisamment résignée pour le considérer comme iné-
luctable et même répéter sur un ton aigre-doux qu'elle
«formait des vœux pour leur bonheur». Le jour des
noces tombait un jeudi : le mercredi, Mlle Lucas vint
faire ses adieux. Quand elle se leva pour prendre
congé, Elizabeth, honteuse des félicitations de sa mère,
données d'une voix peu aimable et à contrecœur, céda
à une émotion sincère et sortit pour la raccompagner.
Comme elle descendait l'escalier, Charlotte dit :

«Je compte sur toi pour m'écrire très souvent, Eliza.

— Sois sans crainte.

— J'ai une autre faveur à te demander. Accepterais-
tu de venir me voir ?

— Nous nous rencontrerons souvent, j'espère, dans le Hertfordshire.

— Il est probable que je resterai quelque temps sans quitter le Kent[1]. Promets-moi une visite à Hunsford. »

Elizabeth était dans l'impossibilité de refuser, bien qu'elle n'en augurât que peu d'agrément.

« Mon père et Maria doivent venir au mois de mars, ajouta Charlotte. J'espère que tu consentiras à te joindre à eux. Vraiment, Eliza, j'aurai autant de plaisir à te voir qu'à retrouver mon père ou ma sœur. »

Les noces furent célébrées. Le marié et la mariée dès le sortir de l'église prirent la route du Kent. Les commentaires furent du même ordre que ceux que l'on fait ou que l'on entend d'ordinaire en pareille occasion. Elizabeth ne tarda pas à recevoir des nouvelles de son amie, et leur correspondance s'établit avec autant de régularité et de fréquence que cela avait pu se produire autrefois. Mais il était impossible qu'elle fût aussi peu réservée. Elizabeth ne put jamais s'adresser à Charlotte sans éprouver le sentiment que tout le plaisir de leur intimité avait disparu. Si elle résolut de ne pas se montrer une correspondante négligente, ce fut plutôt à cause de leur vieille amitié que de ce qui en demeurait.

Les premières lettres de Charlotte furent ouvertes avec beaucoup d'empressement. Comment ne pas être curieuse de savoir la manière dont elle parlerait de sa nouvelle demeure, ce qu'elle pensait de Lady Catherine, et dans quelle mesure elle oserait se déclarer heureuse ? Pourtant, lecture faite, Elizabeth eut l'impression que Charlotte s'exprimait sur tous ces sujets exactement comme elle l'aurait prévu. Le ton était celui du contentement ; elle paraissait vivre dans un milieu fort agréable et se bornait à mentionner ce qui était digne d'éloge. La maison, le mobilier, le voisinage, les routes, tout était à son goût. L'attitude de Lady Catherine se révélait des plus amicales et des plus obligeantes. C'était le tableau de Hunsford et de Rosings tel que M. Collins l'aurait dressé, avec les adoucissements qu'exigeait la raison.

Elizabeth comprit que pour connaître le reste il lui faudrait attendre sa propre visite.

Jane avait déjà écrit quelques lignes à sa sœur pour annoncer qu'ils étaient arrivés à Londres sans encombre et, quand elle se manifesta de nouveau, Elizabeth avait espéré qu'elle serait à même de lui donner des nouvelles de Bingley.

L'impatience que lui causait cette deuxième lettre eut le sort généralement réservé à l'impatience. Jane était depuis une semaine à Londres, et elle n'avait toujours pas vu Caroline ni entendu parler d'elle. Elle l'expliquait cependant, en supposant que son dernier envoi de Longbourn à son amie avait pu s'égarer malencontreusement.

« Ma tante, poursuivait-elle, va demain dans leur quartier. Je mettrai l'occasion à profit pour rendre une visite à Grosvenor Street. »

Après cette visite, Jane reprit la plume. Elle avait vu Mlle Bingley. « Je n'ai pas trouvé Caroline très en train, écrivait-elle, mais elle était très heureuse de me voir et m'a reproché de ne pas l'avoir prévenue de mon arrivée à Londres. J'avais donc raison : elle n'avait pas eu ma dernière lettre. Naturellement, j'ai pris des nouvelles de leur frère. Il était en bonne santé, mais si souvent requis par M. Darcy que c'est à peine si elles le voyaient. Mlle Darcy, à ce que j'ai appris, était attendue à dîner ; j'aimerais la rencontrer. Caroline et Mme Hurst sortaient, ce qui a abrégé ma visite. Je pense qu'elles viendront bientôt me visiter ici. »

Elizabeth hocha la tête en parcourant cette lettre. Il ne faisait plus de doute pour elle que seul le hasard pourrait informer M. Bingley de la présence à Londres de sa sœur.

Quatre semaines passèrent, sans que Jane le vît jamais. Elle essaya de se persuader qu'elle n'en éprouvait aucun regret, mais elle ne pouvait plus longtemps ignorer l'attitude négligente de Mlle Bingley. Chaque matin durant une quinzaine, elle resta chez elle à attendre ; chaque soir elle inventa une nouvelle excuse à son amie.

Elle la vit enfin arriver, mais la brièveté de sa visite et plus encore le changement survenu dans ses manières ne lui permirent pas de s'abuser plus longtemps. La lettre qu'elle écrivit à sa sœur en cette occasion témoignera de ses sentiments.

Ma très chère Lizzy sera, j'en suis sûre, incapable de triompher à mes dépens de sa plus grande perspicacité quand j'avouerai m'être entièrement trompée sur l'affection que Mlle Bingley avait pour moi. Mais, ma chère sœur, bien que l'événement te donne raison, ne me taxe pas d'obstination si je continue d'affirmer que, compte tenu de son attitude à mon égard, ma confiance était aussi légitime que tes soupçons. Je ne comprends aucunement les raisons qui l'ont poussée à vouloir être avec moi sur un pied d'intimité mais, si les mêmes circonstances se reproduisaient, je suis certaine que je serais encore la dupe. Caroline ne m'a rendu ma visite qu'hier, et dans l'intervalle je n'ai pas reçu le moindre billet, la moindre ligne. Quand elle est enfin venue, il était tout à fait évident qu'elle n'y prenait aucun plaisir. Elle s'est excusée brièvement — quelques mots de pure forme — de n'être pas passée plus tôt, n'a rien dit d'une intention de me revoir et s'est montrée à tous égards tellement changée que, lorsqu'elle est partie, ma décision était prise de cesser tout rapport avec elle. Je la plains si je ne puis m'empêcher de la blâmer. Elle avait grand tort de me distinguer ainsi qu'elle l'a fait. Je ne risque pas de faire d'erreur en disant que c'est d'elle que sont venus les premiers efforts vers plus d'intimité. Mais elle a droit à ma compassion, parce qu'elle ne peut ne pas sentir qu'elle s'est mal conduite, et parce que je suis absolument sûre que c'est le souci de son frère qui en est la cause. Il est inutile que je m'explique davantage et, bien que nous sachions cette anxiété sans aucun fondement, pourtant, si elle l'éprouve, cela aide beaucoup à comprendre son comportement à mon égard. J'ajoute que sa tendresse pour lui est si justifiée que toute inquiétude qu'il puisse lui causer m'apparaît naturelle et à son honneur.

Je ne puis que me demander néanmoins la raison de pareilles craintes aujourd'hui. S'il avait eu quelque sentiment pour moi, il y a longtemps que nous nous serions rencontrés. Il sait que je suis à Londres, à n'en pas douter, d'après une allusion qu'elle y a faite elle-même, et cependant, à sa façon de parler, on croirait qu'elle cherche à se persuader qu'il est réellement attiré vers Mlle Darcy. Je n'y comprends rien. Si je ne craignais pas de juger trop durement, je serais presque tentée de voir dans tout cela une forte ressemblance à de la duplicité. Mais je tâcherai de bannir toute pensée affligeante, de ne songer qu'à ce qui me rendra heureuse, à ton affection et à la constante bonté de mes chers oncle et tante. Écris-moi très vite. Mlle Bingley m'a laissé entendre qu'il ne retournerait plus jamais à Netherfield, qu'il renoncerait à la maison, mais sans pouvoir rien affirmer avec certitude. Mieux vaut pour nous n'en rien dire. Je suis ravie que tu aies de si bonnes nouvelles de nos amis de Hunsford. N'hésite surtout pas à leur rendre visite avec Sir William et Maria. Je suis sûre que tu y seras très heureuse.

Ta sœur, etc.

Cette lettre ne fut pas sans causer de la peine à Elizabeth, mais elle reprit courage à l'idée que Jane ne serait plus dupée, du moins par la sœur. Quant au frère, il ne fallait plus rien en attendre. Elle ne souhaitait même plus un retour de ses attentions. Il baissait dans son estime, chaque fois qu'elle pensait à lui. Pour sa punition, et aussi dans l'intérêt peut-être de Jane, elle se mit à espérer vraiment qu'il épouserait bientôt la sœur de M. Darcy puisque, à en croire Wickham, elle lui ferait abondamment regretter la chance qu'il avait négligée.

Vers cette époque, Mme Gardiner rappela à Elizabeth la promesse qu'elle lui avait faite à propos de Wickham et lui demanda de la tenir au courant. Elizabeth avait des nouvelles à lui communiquer, de nature à plaire davantage à sa tante qu'à elle-même. La préférence qu'il lui avait montrée avait disparu, c'en était fini de

ses attentions, il admirait quelqu'un d'autre. Rien de
tout cela n'avait échappé à Elizabeth ; pourtant, elle
pouvait l'observer et en parler sans en souffrir véritablement. Son cœur avait été touché, mais à peine, et sa
vanité se satisfaisait de croire qu'elle aurait été l'objet
de son choix si l'argent l'avait permis. L'acquisition
inattendue de dix mille livres constituait l'attrait le plus
certain de la jeune personne qu'il poursuivait maintenant de ses assiduités. Elizabeth, toutefois, moins lucide
peut-être dans le cas de Wickham que dans celui de
Charlotte, ne faisait pas grief au jeune officier de son
désir d'indépendance financière. Au contraire, rien ne
lui semblait plus naturel et, tout en restant convaincue
qu'il en avait coûté à Wickham de renoncer à elle, elle
était prête à admettre que pour l'un et l'autre la décision était sage et souhaitable et très sincèrement pouvait former des vœux pour leur bonheur.

Tout cela, Mme Gardiner se le voyait confier et,
après avoir rendu compte des circonstances de l'événement, Elizabeth continuait ainsi : « Je suis maintenant
persuadée, ma chère tante, de ne jamais avoir été très
amoureuse, car, si j'avais véritablement connu cette
passion si pure et si exaltante, à présent j'exécrerais
jusqu'à son nom et lui souhaiterais toutes sortes de
maux. Or non seulement je ne lui veux que du bien,
mais je peux considérer Mlle King d'un œil impartial.
Je ne trouve pas que je la déteste le moins du monde ;
je suis parfaitement disposée à en faire une très brave
fille. L'amour n'a aucune part dans cette manière de
réagir. Ma vigilance a atteint son but et, bien qu'assurément tous les gens qui me connaissent eussent vu en
moi quelqu'un de plus intéressant si j'avais été folle-
ment éprise de cet homme, je ne puis dire que je déplore
d'être effectivement si peu de chose. L'importance
parfois se paie trop chèrement. Kitty et Lydia prennent
son abandon beaucoup plus à cœur que moi. Elles
ne sont pas rompues aux usages de ce monde ni prêtes
encore à admettre la triste vérité qui veut que les
beaux jeunes gens doivent avoir quelque chose pour

vivre, de même que ceux à qui la nature n'a pas donné
de beauté. »

CHAPITRE IV

Janvier, février s'écoulèrent ainsi, sans événements
marquants pour la famille de Longbourn et sans guère
plus de diversité que celle que procuraient les prome-
nades à Meryton, effectuées parfois dans la boue et parfois dans le froid. Mars devait conduire Elizabeth à
Hunsford. Elle n'avait pas d'abord envisagé très sérieusement de s'y rendre, mais Charlotte, elle s'en aperçut
bien vite, comptait sur la réalisation de ce projet, et elle-
même peu à peu s'accoutuma à le considérer avec plus
de plaisir et moins d'incertitude. L'absence avait accru
son désir de revoir Charlotte et diminué sa répugnance
à l'égard de M. Collins. C'était un plan qui offrait de la
nouveauté et, comme avec une telle mère et des sœurs
de si mauvaise compagnie la vie à la maison ne pouvait
être sans inconvénient, comment ne pas accueillir favorablement un peu de changement pour le seul plaisir de
changer ? Le voyage de surcroît devait lui permettre
d'entrevoir Jane. Bref, quand la date du départ se fit
proche, elle eût été fâchée de quelque ajournement.
Tout, cependant, se passa sans anicroche, et l'on se
conforma en définitive à ce que Charlotte avait d'abord
suggéré : Elizabeth accompagnerait Sir William et la
deuxième de ses filles. À ce programme ensuite on
apporta l'amélioration d'une nuit à Londres, et le plan
élaboré atteignit à la perfection, autant qu'il est possible
à un plan de le faire.

Le seul regret d'Elizabeth était de quitter son père.
Elle allait lui manquer à coup sûr. Quand elle fut prête
à partir, il s'en accommoda si peu qu'il lui demanda
d'écrire et faillit s'engager à lui répondre.

Ses adieux à M. Wickham furent des plus amicaux,

et même plus cordiaux du côté de l'officier que du sien. La cour qu'il faisait maintenant ne pouvait lui ôter de l'esprit qu'Elizabeth avait été la première à éveiller et à mériter son attention, la première à écouter et à compatir, la première à être admirée. Dans sa façon de prendre congé d'elle, de lui souhaiter beaucoup d'amusement, de lui rappeler ce qu'elle devait attendre en Lady Catherine de Bourgh, d'être sûr que le jugement qu'elle porterait sur la grande dame, comme du reste sur tous les autres, coïnciderait toujours avec le sien, il y avait une sollicitude, un intérêt qui, pensa-t-elle, devaient lui valoir son affection la plus durable et la plus sincère. Elle le quitta convaincue que, marié ou célibataire, il demeurerait toujours à ses yeux un modèle de charme et d'amabilité.

Ses compagnons de voyage, le lendemain, n'étaient pas d'une sorte à le rendre moins agréable. Sir William Lucas et sa fille Maria, d'un bon caractère mais aussi écervelée que lui, n'avaient rien à dire qui méritât d'être entendu et furent écoutés avec presque autant de plaisir que le ferraillement de la chaise de poste. Elizabeth aimait les balourdises, mais celles de Sir William lui étaient trop connues. Il ne pouvait rien lui raconter de nouveau sur les merveilles de sa présentation au roi et sur sa réception des insignes de chevalier. Quant à ses politesses, comme ses anecdotes, elles étaient rebattues.

Le voyage ne comportait que neuf lieues, et ils se mirent en route de si bonne heure qu'à midi ils arrivaient à Gracechurch Street. Lorsque la voiture s'immobilisa devant la porte de M. Gardiner, Jane était à une fenêtre du salon qui guettait leur arrivée. Quand ils entrèrent dans le vestibule, elle les y reçut et Elizabeth, en fixant son regard sur elle, eut le plaisir de la trouver aussi jolie et d'une santé aussi florissante que jamais. Dans l'escalier s'était rassemblée une troupe de petits garçons et de petites filles dont l'impatience à rencontrer leur cousine ne leur permettait pas d'attendre au salon et dont la timidité, comme ils ne l'avaient pas revue depuis un an, les empêchait de s'aventurer plus bas. La joie régnait, la bienveillance se lisait dans tous les regards. La journée se passa le plus agréablement du monde, la matinée à se donner du mouvement et visiter les boutiques, la soirée dans l'un des théâtres.

Elizabeth le soir s'arrangea pour être assise à côté de sa tante. Elle mit d'abord la conversation sur sa sœur et fut plus peinée que surprise d'entendre, en réponse à ses multiples interrogations, que si Jane faisait toujours effort sur elle-même pour ne pas céder au découragement, il y avait des périodes où elle demeurait abattue. On pouvait raisonnablement espérer, néanmoins, que cela ne durerait pas. Mme Gardiner lui rapporta aussi les détails de la visite de Mlle Bingley à Gracechurch Street et répéta diverses conversations entre elle et Jane qui prouvaient que cette dernière était bien décidée à cesser tout rapport avec la visiteuse.

Mme Gardiner poursuivit en plaisantant sa nièce à propos de la désertion de Wickham et la complimenta de la supporter aussi vaillamment.

« Mais, ma chère Elizabeth, ajouta-t-elle, dis-moi, qui est Mlle King ? Je serais fâchée de penser notre ami intéressé uniquement par l'argent.

— Voyons, ma chère tante, quelle différence y a-t-il, quand il est question de mariage, entre les considérations d'intérêt et celles de simple prudence ? Où finit la sagesse et où commence la cupidité ? À Noël, vous aviez peur de le voir m'épouser parce que ç'aurait été une imprudence. Maintenant il cherche à obtenir une jeune fille qui possède dix mille livres, et vous en concluez qu'il obéit à l'appât du gain.

— Dis-moi seulement qui est Mlle King, et je saurai ce qu'il faut en penser.

— C'est une très brave fille, à ce que je crois. Je n'en ai jamais entendu dire de mal.

— Mais il ne s'est jamais intéressé à elle avant que la mort de son grand-père la rendît maîtresse de cette fortune ?

— Non, et pourquoi l'aurait-il fait ? S'il ne lui était pas permis de gagner mon cœur sous prétexte que je

n'avais pas d'argent, pour quelle raison aurait-il cour-
tisé une jeune fille qui le laissait indifférent et qui était
aussi démunie que moi?

— Il semble pourtant indélicat de lui faire la cour si
tôt après ce triste événement.

— Un homme qui a des ennuis financiers n'a pas
le temps de se conformer aux aimables bienséances
qu'observent les autres personnes. Si elle n'y voit pas
d'inconvénient, pourquoi en verrions-nous?

— Qu'elle n'y voie pas d'inconvénient ne le justifie
pas, lui. Cela démontre seulement l'existence chez elle
d'une lacune, d'un manque de jugement ou de sensibilité.

— Très bien, s'écria Elizabeth, faites-en ce qui vous
plaira, de lui quelqu'un de cupide et d'elle une fille
sans cervelle.

— Non, Lizzy. Je serais navrée, tu sais, d'avoir à penser du mal d'un jeune homme qui a vécu si longtemps
dans le Derbyshire.

— Bah! si c'est tout ce qui vous embarrasse, j'ai pour
ma part bien mauvaise opinion des jeunes gens qui
vivent dans le Derbyshire. Quant à leurs amis intimes
qui habitent le Hertfordshire, ils ne valent guère
mieux. Je suis fatiguée de tous ces gens-là. Dieu merci,
je m'en vais demain où je trouverai un homme
dépourvu de toute qualité qui peut plaire, qui n'a ni
manières ni bon sens pour le recommander. Les sots,
après tout, sont les seules personnes qui vaillent d'être
fréquentées.

— Prends garde, Lizzy! À t'écouter, on pourrait te
croire bien amère.»

Avant qu'elles fussent séparées par la fin de la pièce,
Elizabeth eut l'heureuse surprise de se voir invitée par
son oncle et sa tante à les accompagner dans un voyage
qu'ils se proposaient de faire l'été suivant.

«Nous n'avons pas encore décidé jusqu'où il nous
conduira, dit Mme Gardiner. Peut-être jusqu'aux Lacs[1].»

Aucun projet n'aurait pu mieux convenir à la jeune
fille, et elle accepta l'invitation avec beaucoup d'em-

pressement et de gratitude. «Ma très chère tante,
s'écria-t-elle, ravie, quelle joie! quel bonheur! Vous me
rendez la vie et la santé. Adieu tristesse et déception!
Que sont les hommes en comparaison des rochers et
des montagnes? Ah! quelles heures d'extase nous allons
connaître! Et, quand nous reviendrons, ce ne sera pas
semblables aux autres voyageurs, qui sont incapables
de donner une idée précise de quoi que ce soit. Nous,
nous saurons où nous sommes allés, nous nous sou-
viendrons de ce que nous aurons vu. Lacs, montagnes
et rivières ne seront pas confusément mêlés dans notre
imagination. Quand nous voudrons décrire une scène
en particulier, nous ne nous mettrons pas à nous quereller sur son emplacement par rapport à tel ou tel
endroit. Espérons que les premières effusions de notre
admiration seront moins insupportables que celles de
la plupart des gens qui voyagent[1].»

CHAPITRE V

Tout ce que vit Elizabeth au cours de l'étape du lendemain était nouveau pour elle et plein d'intérêt. Son
humeur aussi l'aidait à apprécier: sa sœur lui avait
paru avoir si bonne mine qu'elle ne craignait plus rien
pour sa santé, et la perspective de ce tour dans le nord
de l'Angleterre ne cessait de la réjouir.

Lorsqu'ils quittèrent la grand-route pour celle, plus
petite, de Hunsford, tous les regards se mirent en quête
du presbytère. À chaque tournant, on crut le voir surgir. La palissade du Parc de Rosings d'un côté bordait
le chemin. Elizabeth sourit à la pensée de tout ce qu'elle
avait entendu sur les habitants de ce château.

Enfin on aperçut le presbytère. Le jardin qui descendait en pente douce vers la chaussée, la maison au
milieu du jardin, la clôture peinte en vert et la haie de
lauriers, tout annonçait que l'arrivée était proche.

M. Collins et Charlotte parurent dans l'encadrement de
la porte, et la voiture s'immobilisa, au milieu des bon-
jours et des sourires, devant la petite barrière où, par
une courte allée sablée, on gagnait l'habitation. Un instant plus tard, les arrivants avaient sauté à bas de la
chaise de poste, heureux de ces retrouvailles.
Mme Collins accueillit son amie avec le plus vif plaisir,
et Elizabeth fut de plus en plus acquise à l'opportunité
de sa visite lorsqu'elle se vit si affectueusement reçue.
Elle n'eut pas de peine à se rendre compte que le
mariage n'avait rien changé aux manières de son cousin. Sa politesse guindée était restée la même, et il la
retint plusieurs minutes à la barrière pour lui poser des
questions concernant toute la famille et en entendre les
réponses. On les accompagna ensuite à l'intérieur de la
maison sans les retarder autrement que pour leur faire
remarquer combien l'entrée était jolie. Ensuite, dès
qu'ils furent au salon, une deuxième fois M. Collins leur
souhaita la bienvenue en son humble demeure, avec
beaucoup de formalité et d'ostentation, et répéta fidèlement les offres que faisait sa femme de ses rafraîchissements.

Elizabeth s'était préparée à le voir dans toute sa
gloire, et elle ne put s'empêcher d'imaginer qu'en faisant valoir les belles proportions de la pièce, son aspect,
son mobilier, il s'adressait plus particulièrement à elle,
comme s'il avait voulu lui faire sentir ce qu'elle avait
perdu en le refusant. Pourtant, si tout avait un air d'élégance et de confort, elle ne put lui accorder la satisfaction du moindre soupir de regret et s'étonna plutôt en
regardant son amie de lui voir une mine aussi réjouie
avec un pareil compagnon. Chaque fois que M. Collins
disait quelque chose dont sa femme pouvait raisonnablement avoir honte, ce qui certainement n'était pas
rare, involontairement elle se tournait vers Charlotte.
En une ou deux occasions, elle crut discerner une faible
rougeur mais, en général, Charlotte sagement n'entendait rien.

Après qu'ils furent restés assis assez longtemps pour

admirer chacun des meubles de la pièce, depuis le buf-
fet jusqu'au garde-feu, relater les péripéties de leur
voyage et raconter tout ce qui s'était passé à Londres,
M. Collins les invita à faire un tour dans le jardin, qui
était grand et bien disposé, et qu'il se chargeait de cultiver lui-même. Le jardinage était l'un de ses passe-
temps les plus respectables, et Elizabeth admira l'air
sérieux que Charlotte sut garder en parlant de la salu-
brité de l'exercice et en avouant qu'elle encourageait
son mari à s'y livrer le plus souvent possible. Une fois
dehors, il les conduisit par toutes les allées et contre-
allées, leur laissant à peine le temps de formuler les
éloges qu'il recherchait, attirant l'attention sur chaque
point de vue avec une minutie dans l'examen qui en
excluait toute la beauté. Il était capable de donner le
nombre exact des prés au nord comme au sud et de
dire sans se tromper combien d'arbres comptait le
bouquet le plus lointain. Mais, de toutes les perspectives qu'offrait son jardin, ou même le pays, peut-être
le royaume, nulle ne pouvait se comparer à celle de
Rosings, permise par une brèche dans le rideau d'arbres
qui bordait le parc, presque à l'opposé de la façade de
la maison. C'était une belle construction moderne, bien
située au sommet d'une pente.

De son jardin M. Collins aurait voulu les emmener
tout autour de ses deux prés, mais les dames, n'étant
pas chaussées pour affronter les restes d'une gelée
blanche, rebroussèrent chemin. Tandis que Sir William
restait lui tenir compagnie, Charlotte fit visiter la maison à sa sœur et à son amie, enchantée sans doute de
l'occasion qui s'offrait de la montrer sans le secours de
son mari. Elle était assez exiguë, mais bien bâtie et commode. Toutes les pièces étaient meublées et arrangées
avec un goût et un ordre dont Elizabeth attribua à Charlotte tout le mérite. Quand on pouvait oublier
M. Collins, un sentiment de bien-être se dégageait de l'ensemble et, à la façon dont Charlotte évidemment s'y
plaisait, Elizabeth supposa que cet oubli devait être fréquent.

Elle avait déjà appris que Lady Catherine n'avait pas encore quitté sa campagne. On en reparla au moment du dîner. M. Collins se mêla à la conversation pour observer :

« Eh oui, mademoiselle Elizabeth, vous aurez l'honneur lors du prochain dimanche de voir à l'église Lady Catherine. Inutile de dire que vous en serez charmée. Elle n'est qu'affabilité et condescendance, et je ne doute pas que vous ne soyez honorée d'une part de son attention, l'office une fois terminé. J'hésite à peine à affirmer qu'elle vous inclura, ainsi que ma belle-sœur Maria, dans chacune des invitations qu'elle fera la grâce de nous donner pendant votre séjour dans cette maison. Son attitude à l'égard de ma chère Charlotte est des plus aimables. Nous dînons à Rosings deux fois la semaine, et l'on ne nous permet jamais de rentrer à pied. Régulièrement, on met la voiture à notre disposition. Je devrais dire l'une des voitures, car Sa Seigneurie en possède plusieurs.

— Lady Catherine est quelqu'un de très respectable et d'excellent jugement, ajouta Charlotte, ainsi qu'une voisine très attentionnée.

— Tout à fait juste, ma chère. C'est exactement ce que je disais. C'est le genre de personne à qui l'on ne saurait marquer trop de déférence. »

La soirée se passa principalement à commenter les nouvelles du Hertfordshire et à répéter ce qui avait déjà fait l'objet de lettres. Quand elle s'acheva, Elizabeth fut laissée dans la solitude de sa chambre à méditer sur le degré de contentement que pouvait éprouver Charlotte, à comprendre son habileté à guider son mari et sa maîtrise d'elle-même quand il lui fallait le supporter. Elle dut reconnaître que tout cela était fort bien fait. Elle put aussi prévoir le déroulement de sa visite, le caractère tranquille de leurs occupations quotidiennes, les interruptions fâcheuses de M. Collins, et les réjouissances que leur vaudraient leurs relations avec Rosings. Sa vive imagination eut tôt fait de tout mettre en place.

Vers le milieu du jour suivant, alors que dans sa

chambre elle se préparait pour une promenade, un bruit soudain au rez-de-chaussée parut annoncer le plus grand désordre dans la maison. Elle écouta un moment, puis entendit quelqu'un monter l'escalier quatre à quatre et l'appeler à haute voix. Elle ouvrit la porte : Maria était sur le palier qui, hors d'haleine tant elle était agitée, s'écria :

« Ah ! ma chère Eliza, dépêche-toi, je te prie, va dans la salle à manger. Il y a quelque chose à voir d'extraordinaire. Je ne te dirai pas ce que c'est. Dépêche-toi, descends tout de suite. »

Elizabeth posa vainement des questions ; Maria ne voulait rien ajouter. Elles coururent dans la salle à manger, qui faisait face à la route, en quête de cette merveille : il s'agissait de deux dames dans un phaéton bas[1], arrêté à la barrière du jardin.

« Est-ce là tout ? s'exclama Elizabeth. Je m'attendais pour le moins à trouver que les porcs étaient passés dans le jardin, et je ne vois rien d'autre que Lady Catherine et sa fille !

— Mais non, ma chère, repartit Maria, profondément choquée de la méprise, ce n'est pas Lady Catherine. La vieille dame est Mme Jenkinson, qui habite au château. L'autre est bien Mlle de Bourgh. Regarde-la, comme elle est chétive ! Qui aurait pensé qu'elle fût si fluette et si petite !

— C'est une abominable grossièreté d'obliger Charlotte à rester dehors par un vent pareil. Pourquoi n'entre-t-elle pas ?

— Oh ! mais Charlotte dit qu'il est rare qu'elle y consente. C'est la plus grande des faveurs quand Mlle de Bourgh pénètre dans la maison.

— J'aime bien l'air qu'elle a, observa Elizabeth, frappée soudain d'autres idées. Elle paraît maladive et revêche. Oui, elle lui conviendra très bien. Elle lui fera une très bonne épouse. »

M. Collins et Charlotte se tenaient tous les deux debout à la barrière à converser avec les dames. Quant à Sir William, au grand amusement d'Elizabeth, il s'était placé sur le seuil de la porte d'où il jouissait du spectacle de la grandeur qui lui était offerte et, chaque fois que Mlle de Bourgh regardait de son côté, s'inclinait respectueusement. On finit par ne plus rien trouver à se dire. Les dames poursuivirent leur route et les autres rentrèrent chez eux. M. Collins n'eut pas plus tôt aperçu les jeunes filles qu'il se mit à les complimenter de leur chance. Charlotte l'expliqua en les informant que tout le monde était prié à dîner à Rosings le lendemain.

CHAPITRE VI

L'exultation de M. Collins à la suite de cette invitation fut sans limites. Pouvoir montrer à des visiteurs ébaubis sa protectrice dans toute sa grandeur, leur permettre de voir avec quelle civilité elle les traitait, son épouse et lui, représentait l'accomplissement de tous ses souhaits. Que l'occasion de les exaucer lui fût si tôt fournie donnait un exemple frappant de la condescendance de Lady Catherine qu'il ne savait comment suffisamment admirer.

«Je reconnais, dit-il, que je n'aurais été nullement surpris si Sa Seigneurie nous avait demandé de prendre le thé dimanche en sa compagnie et de passer la soirée à Rosings. De ce que je savais de son affabilité, je m'attendais plus ou moins à cela. Mais qui aurait pu prévoir une pareille attention ? Qui aurait pu imaginer que nous recevrions une invitation à dîner là-bas (de surcroît étendue à tous), si peu de temps après votre arrivée ?

— Je suis d'autant moins surpris de ce qui nous advient, repartit Sir William, que la condition qui est la mienne m'a permis d'acquérir une connaissance de ce que sont véritablement les manières des grands. À la cour, il n'est pas rare de rencontrer des exemples semblables d'un parfait savoir-vivre.»

Ce jour-là et la matinée qui suivit, c'est à peine si l'on parla d'autre chose que de leur visite à Rosings. M. Collins les instruisit avec soin de ce à quoi ils devaient s'attendre, afin qu'ils ne fussent pas frappés de stupeur à la vue des salles, des serviteurs en grand nombre et du merveilleux dîner.

« Ne vous tourmentez pas, ma chère cousine, au sujet de votre toilette. Lady Catherine est loin de requérir de notre part une élégance dans la tenue semblable à celle qui leur convient si bien, à elle et à sa fille. Je vous conseille de seulement porter parmi vos vêtements ce que vous avez de mieux. Il n'y a pas de raison de vous mettre davantage en frais. Lady Catherine n'aura pas plus mauvaise opinion de vous parce que vous serez vêtue avec simplicité. Elle tient à ce que l'on observe les distinctions du rang. »

Tandis qu'elles s'habillaient, il vint deux ou trois fois à leurs portes respectives leur demander de se hâter, étant donné que Lady Catherine n'aimait pas du tout qu'on lui fît attendre son dîner. Tous ces rapports angoissants sur la dame et ses habitudes terrorisèrent Maria Lucas, qui n'était guère sortie dans le monde. Elle appréhendait sa présentation à Rosings autant que son père avait redouté la sienne à St. James's.

Il faisait beau. On en profita pour traverser le parc à pied, sur près d'un quart de lieue, une promenade charmante. Tous les parcs ont leurs beautés et leurs points de vue. Elizabeth vit beaucoup de choses qui lui plurent, bien qu'elle ne pût s'extasier autant que M. Collins l'attendait en présence d'une telle scène, et qu'elle ne fût que médiocrement intéressée par son dénombrement des fenêtres de la façade et son bilan de ce qu'à l'origine Sir Lewis de Bourgh avait dû débourser pour la totalité du vitrage.

Lorsqu'ils gravirent les marches du perron qui conduisait au vestibule, la peur de Maria grandit à chaque instant, et Sir William lui-même laissa paraître un peu d'inquiétude. Le courage d'Elizabeth ne lui fit pas défaut. Elle n'avait rien entendu sur Lady Cathe-

rine qui la rendît imposante en raison de talents hors
du commun ou de vertus miraculeuses. Quant au faste
de l'argent et à la grandeur du rang, elle pensait pouvoir en être le témoin sans se mettre à trembler.

Une fois dans l'entrée, dont M. Collins souligna avec
ravissement les belles proportions et l'ornementation
soignée, ils suivirent les domestiques à travers une
antichambre jusqu'à la pièce où Lady Catherine, sa
fille et Mme Jenkinson avaient pris place. Sa Seigneurie, avec beaucoup de condescendance, se leva pour les
accueillir. Mme Collins avait obtenu de son mari qu'il
lui laissât le soin des présentations; elles furent donc
faites comme il convenait, sans l'embarras des excuses
et des remerciements qu'il aurait jugés indispensables.

Bien qu'il fût allé à St. James's, Sir William fut si
impressionné par la magnificence qui l'entourait qu'il
trouva seulement le courage de s'incliner jusqu'à terre
et de prendre un siège sans prononcer une parole. Sa
fille, que la peur mettait près de l'évanouissement,
s'assit au bord de sa chaise, ne sachant de quel côté
regarder. Elizabeth se découvrit à la hauteur des circonstances et put observer les trois dames devant elle
avec calme. Lady Catherine était grande et forte. Ses
traits, accusés, avaient pu jadis être beaux. La physionomie n'avait rien d'avenant, et sa façon de les
accueillir n'était pas de nature à faire oublier à ses visiteurs l'infériorité de leur rang. Son silence n'en impo-
sait pas, mais à toutes ses paroles elle donnait un ton
d'autorité qui dénotait sa suffisance et aussitôt fit ressouvenir Elizabeth de ce que lui avait appris Wickham.
De tout ce qu'elle put observer dans le courant de la
journée, elle conclut que Lady Catherine était exactement semblable au portrait qu'il en avait fait.

Quand, après avoir examiné la mère, dans la physionomie et le comportement de laquelle elle eut tôt fait de
trouver de la ressemblance avec M. Darcy, elle tourna
ses regards vers la fille, elle aurait presque pu partager
l'étonnement de Maria à la voir si fluette et si petite. Ni
dans la silhouette ni dans le visage ne se remarquait

quelque chose de commun entre les deux femmes.
Mlle de Bourgh était pâle et maladive, ses traits
n'étaient pas laids mais insignifiants, et elle parlait très
peu, sinon à voix basse à Mme Jenkinson, dont l'apparence n'offrait rien de remarquable et qui se consacrait
entièrement à écouter ce qu'elle disait et à placer un
écran devant ses yeux dans une bonne direction.

Après qu'ils furent restés assis quelques instants, on
les envoya tous se placer à l'une des fenêtres pour admirer la vue, à charge pour M. Collins d'indiquer ce qu'il y
avait de beau. Lady Catherine eut l'amabilité de leur
faire savoir qu'en été le coup d'œil valait bien davantage.

Le dîner fut somptueux. Il ne manquait pas un des
laquais ni aucune des pièces de vaisselle que M. Collins
avait promis. Comme il l'avait également laissé prévoir,
il prit place au bout de la table, sur l'invitation de Sa
Seigneurie, avec un air qui donnait à penser que la vie
ne pouvait rien lui offrir de plus exaltant. Il découpa les
viandes, mangea, se répandit en louanges avec un
joyeux empressement. Tous les plats eurent droit à un
éloge, qu'il fut le premier à donner, Sir William suivant
peu après son exemple. Ce dernier était maintenant suffisamment remis de son trouble pour faire écho à tout
ce que disait son gendre, d'une manière dont Elizabeth
s'étonna que Lady Catherine pût la supporter. Mais
Lady Catherine paraissait se satisfaire de cet excès d'admiration et dispensait ses plus gracieux sourires, en
particulier quand on apportait un plat qu'ils ne connaissaient pas encore. Les convives n'avaient guère de
conversation. Elizabeth aurait été prête à intervenir
quand l'occasion se serait présentée, mais elle était
assise entre Charlotte et Mlle de Bourgh. Or la première
ne cherchait qu'à écouter Lady Catherine, et la seconde
ne lui dit rien de tout le repas. Mme Jenkinson s'employait surtout à observer le peu de nourriture que prenait Mlle de Bourgh, à la presser de faire l'essai de
quelque autre mets, à craindre qu'elle ne fût indisposée.
Maria devait considérer toute parole de sa part comme

inopportune. Les messieurs se bornaient à manger et à vanter les plats.

Lorsque les dames retournèrent au salon, il ne leur resta guère qu'à écouter parler Lady Catherine, ce qu'elle fit sans s'interrompre jusqu'à l'arrivée du café, donnant son avis sur tout avec tant d'autorité qu'à l'évidence elle n'était pas habituée à être contredite dans ses jugements. Elle interrogea Charlotte sur la tenue de sa maison avec beaucoup de liberté et de curiosité et ne fut pas avare de ses conseils quant à la manière de s'y prendre dans tous les domaines. Elle lui dit comment tout devait être réglé dans un ménage aussi réduit que le sien et lui indiqua la manière de prendre soin de ses vaches et de ses volailles. Elizabeth s'aperçut que rien n'était indigne de retenir l'attention de cette grande dame qui pût lui fournir l'occasion de dicter leur conduite aux autres.

Dans les intervalles de sa conversation avec Mme Collins, elle posa à Maria et Elizabeth diverses questions, plus particulièrement à la seconde dont elle connaissait le moins la famille et qui, fit-elle observer à Mme Collins, était une jeune personne gracieuse et gentillette. Elle lui demanda, en différentes occasions, combien de sœurs elle avait, si elles étaient plus jeunes ou plus âgées qu'elle, si l'une ou l'autre avait des chances de se marier bientôt, si elles avaient de la beauté, où elles avaient reçu leur éducation, quelle sorte de voiture avait leur père, le nom de jeune fille de sa mère. Elizabeth fut sensible à toute l'impertinence de ces questions, mais elle y répondit sans se troubler. Lady Catherine dit alors :

« Le domaine de votre père est substitué au profit de M. Collins, je pense ». (Se tournant vers Charlotte.) « Je m'en réjouis pour vous, sans quoi je ne vois pas de raison pour dans la descendance substituer les terres au détriment des femmes. Dans la famille de Sir Lewis de Bourgh, ce n'était pas jugé nécessaire. Jouez-vous du piano, mademoiselle Bennet, chantez-vous ?

— Un peu.

— Vraiment ? En ce cas, à un moment ou à un autre, nous nous ferons un plaisir de vous entendre. Notre instrument est de premier ordre, sans doute bien meilleur que… Vous l'essaierez un de ces jours. Vos sœurs jouent-elles, chantent-elles ?

— Une d'elles, oui.

— Pourquoi n'avez-vous pas toutes pris des leçons ? Il l'aurait fallu. Aucune des demoiselles Webb ne joue du piano, et leur père n'a pas un aussi bon revenu que le vôtre. Dessinez-vous ?

— Non, pas du tout.

— Comment ! Pas une d'entre vous ?

— Non, pas une.

— C'est très étrange. Mais je suppose que l'occasion vous aura manqué. Votre mère aurait dû vous emmener à Londres chaque printemps pour profiter de l'enseignement des maîtres.

— Ma mère n'y aurait pas vu d'objection, mais mon père a la capitale en horreur.

— Votre gouvernante vous a-t-elle quittés ?

— Nous n'en avons jamais eu.

— Pas de gouvernante ! Comment est-ce possible ! Cinq filles élevées à la maison sans l'aide d'une gouvernante ! Je n'ai jamais rien entendu de pareil. Votre mère a dû peiner comme une esclave pour vous donner une éducation. »

Elizabeth ne put réprimer un sourire en l'assurant que tel n'avait pas été le cas.

« Mais alors, qui vous a instruites ? Qui vous a prises en charge ? Sans gouvernante, votre éducation a dû être négligée.

— En comparaison de certaines familles, je crois que oui. Mais à celles qui manifestaient le désir d'apprendre n'ont jamais manqué les moyens de le faire. Nous avons toujours été encouragées à lire et avons disposé de tous les maîtres dont nous avions besoin. Celles qui préféraient l'oisiveté ont certainement été libres de leur choix.

— Oui, bien sûr, mais c'est précisément ce que peut

empêcher une gouvernante et, si j'avais connu votre mère, je lui aurais vivement conseillé d'en employer une. Je dis toujours qu'on n'obtient rien en matière d'éducation sans une instruction continue, régulière, que seule une gouvernante peut donner. Vous seriez étonnée d'apprendre combien de familles j'ai pu accommoder sous ce rapport. Je suis toujours heureuse de pouvoir bien placer une jeune personne. Quatre nièces de Mme Jenkinson ont par mon entremise trouvé à s'établir de la manière la plus agréable qui soit. L'autre jour encore, j'ai recommandé une autre jeune fille. On m'avait seulement parlé d'elle au hasard d'une conversation. La famille en est absolument enchantée. Madame Collins, vous ai-je dit que Lady Metcalfe m'avait rendu visite hier pour me remercier ? Elle est enchantée de Mlle Pope. "Lady Catherine, m'a-t-elle déclaré, vous m'avez donné un trésor." Est-ce que l'une de vos sœurs cadettes a fait son entrée dans le monde, mademoiselle Bennet ?

— Mais oui, madame, toutes.

— Toutes ? Comment ? Les cinq à la fois ! Très étrange. Et vous n'êtes que la deuxième. Les cadettes qui vont dans le monde avant que les aînées soient mariées ! Vos jeunes sœurs doivent être très jeunes ?

— Oui, la plus jeune n'a pas seize ans. Peut-être est-ce bien jeune en effet pour sortir souvent. Mais en vérité, madame, je pense que ce serait beaucoup exiger des sœurs cadettes de leur refuser leur part de vie mondaine et de divertissements sous prétexte que les aînées peut-être n'ont pas la possibilité ou l'envie de se marier tôt. La dernière-née a autant que la plus âgée le droit de goûter aux plaisirs de la jeunesse. D'en être empêchée pour un pareil motif ! Ce ne serait pas de nature, je pense, à promouvoir l'affection entre sœurs ou la délicatesse de sentiments.

— Ma foi, dit Sa Seigneurie, vous donnez votre avis avec beaucoup d'aplomb pour quelqu'un d'aussi jeune. Quel âge avez-vous donc, je vous prie ?

— Avec trois jeunes sœurs déjà grandes, repartit Elizabeth en souriant, madame peut difficilement attendre de moi que je l'avoue. »

Lady Catherine parut stupéfaite de ne pas recevoir de réponse directe. Elizabeth soupçonna qu'elle était la première à oser prendre des libertés avec tant de hauteur et d'impertinence.

« Vous ne pouvez avoir plus de vingt ans, à coup sûr. Il n'est donc pas nécessaire de cacher votre âge.

— Je n'ai pas encore vingt et un ans. »

Lorsque les messieurs les eurent rejointes et qu'on eut pris le thé, on mit en place les tables de jeu. Lady Catherine, Sir William, M. et Mme Collins s'apprêtèrent à jouer au quadrille. Comme Mlle de Bourgh préférait le casino[1], les deux jeunes filles eurent l'honneur d'aider Mme Jenkinson à compléter sa table. Elle était d'un suprême ennui. C'est à peine si l'on dit un mot qui n'eût pas trait au jeu, hormis les instants où Mme Jenkinson émit la crainte que Mlle de Bourgh n'eût trop chaud ou trop froid, trop de lumière ou pas assez. L'autre table était beaucoup plus animée. C'était Lady Catherine le plus souvent qui parlait, indiquant les fautes commises par ses trois partenaires ou contant une anecdote la concernant. M. Collins passait son temps à approuver tout ce que disait Sa Seigneurie, à la remercier de tous les jetons qu'il gagnait[2], et à s'excuser s'il pensait en gagner trop. Sir William ne disait pas grand-chose : il engrangeait dans sa mémoire anecdotes et noms ronflants.

Quand Lady Catherine et sa fille en eurent assez de jouer, on s'arrêta, la voiture fut proposée à Mme Collins, qui l'accepta avec reconnaissance, et aussitôt ordre fut donné de l'amener. Tout le monde alors fit cercle autour du feu pour entendre Lady Catherine décider du temps qu'ils auraient le lendemain. Cette précieuse information fut interrompue par l'arrivée de la voiture et, au milieu de force discours de M. Collins pour exprimer sa gratitude et d'autant de courbettes de la part de Sir William, on prit congé. Dès que leur véhicule se fut ébranlé, Elizabeth fut appelée par son cousin à donner son opinion sur tout ce qu'elle avait vu à Rosings. Pour faire plaisir à Charlotte, elle rendit cette opinion plus favorable qu'elle ne l'était en réalité. Son éloge, pourtant, malgré la peine qu'elle avait prise, ne put en aucune façon satisfaire M. Collins, et il fut vite obligé de se charger lui-même du soin de vanter leur hôtesse.

CHAPITRE VII

Sir William ne resta qu'une semaine à Hunsford, mais sa visite fut assez longue pour le convaincre que sa fille était très confortablement installée et pourvue d'un mari et d'une voisine comme on en rencontrait peu. Tant que Sir William demeura en leur compagnie, M. Collins consacra ses matinées à le promener dans son cabriolet[1] et à lui montrer les environs. Après quoi, quand il repartit, la famille entière reprit le cours de ses activités habituelles. Elizabeth se réjouit de constater que le changement ne rendait pas plus fréquente la présence parmi elles de son cousin. En effet, il passait le plus clair de son temps entre le petit déjeuner et le dîner à travailler au jardin, ou à lire et à écrire, ou encore à regarder la route par la fenêtre de sa petite bibliothèque. La pièce où se tenaient ordinairement les dames était à l'arrière de la maison. Elizabeth d'abord s'était demandé pourquoi Charlotte ne préférait pas la salle à manger pour son usage quotidien : elle était plus vaste et d'aspect plus agréable. Mais elle découvrit bientôt que son amie avait pour ce faire une excellente raison, car M. Collins aurait sans doute beaucoup moins fréquenté son cabinet de travail s'il les avait trouvées dans une pièce aussi gaie que la sienne. Elle conclut donc à un arrangement judicieux de la part de Charlotte.

Du salon aucune vue ne s'offrait sur le chemin. C'était donc à M. Collins qu'elles devaient de savoir quelles voitures l'empruntaient, et en particulier combien de fois Mlle de Bourgh passait par là dans son phaéton, ce dont il ne manquait jamais de venir les informer, bien que cela se répétât presque tous les jours. Assez souvent elle s'arrêtait devant le presbytère pour échanger quelques mots avec Charlotte, mais il était exceptionnel qu'elle acceptât de descendre de voiture.

Il s'écoulait rarement quelques jours sans que M. Collins à pied se rendît à Rosings, et peu de jours aussi sans que sa femme estimât nécessaire de l'y accompagner. Tant qu'Elizabeth ne s'avisa pas que d'autres bénéfices peut-être étaient à la disposition de la famille de Bourgh, elle ne comprit pas le sacrifice d'une si grande partie de leur temps. Occasionnellement, Sa Seigneurie honorait le presbytère d'une visite. Rien alors de ce qui se passait dans la pièce n'échappait à son observation. Elle était curieuse de leurs occupations, examinait leur ouvrage, leur conseillait de le faire autrement. Parfois elle trouvait à redire à la disposition des meubles, ou surprenait la domestique en faute. Si elle consentait à se restaurer, elle paraissait le faire dans le seul but de déceler que les rôtis de Mme Collins étaient trop gros pour la dépense de sa maison.

Elizabeth découvrit bientôt que, en dépit du fait que cette grande dame ne figurait pas parmi les magistrats du comté[1], elle agissait dans sa paroisse comme un juge de paix très actif. M. Collins l'informait de tout, jusqu'au plus petit événement. Si par hasard un journalier se montrait d'humeur querelleuse, ou mécontent, ou trop pauvre, elle faisait irruption dans le village pour régler les conflits, faire taire les doléances et rétablir par ses semonces harmonie et prospérité.

La distraction que représentait un dîner à Rosings se répétait environ deux fois la semaine. Compte tenu de la perte de Sir William et de l'existence, le soir, d'une seule table de jeu, chacun de ces plaisirs était à l'exacte ressemblance du premier qu'elle avait connu. Il était rare que les Collins fussent ailleurs pris par une réception, comme le train de vie des gens du voisinage était de manière générale au-dessus de leurs moyens. Elizabeth n'en souffrait aucunement et occupait le plus souvent son temps de façon assez agréable. Elle avait avec Charlotte de bonnes demi-heures de conversation, et pour la saison le temps se montrait si clément qu'il lui arrivait fréquemment de tirer beaucoup de satisfaction de ses sorties. Sa promenade favorite, qu'elle faisait plus d'une fois lorsque les autres rendaient visite à Lady Catherine, était le long d'un bosquet non clos en bordure du parc. On y trouvait un beau sentier abrité du vent. Nul ne paraissait l'apprécier en dehors d'elle, et elle s'y sentait hors d'atteinte de la curiosité de la grande dame.

Ainsi tranquillement passés, les quinze premiers jours de sa visite lui parurent ne durer que fort peu. Pâques approchait. La semaine qui précédait devait ajouter à la famille de Rosings, ce qui, dans un cercle aussi restreint, prenait nécessairement beaucoup d'importance. Peu après son arrivée, Elizabeth avait appris qu'on attendait M. Darcy dans les prochaines semaines. Il n'y avait pas parmi ses connaissances beaucoup de gens qu'elle n'aurait mieux aimé voir paraître, mais cela lui offrirait un visage relativement nouveau à observer au cours de leurs visites à Rosings, et elle pouvait espérer s'amuser de la vanité des intrigues de Mlle Bingley en voyant la manière dont il se comporterait avec sa cousine, à laquelle de toute évidence le destinait Lady Catherine. Celle-ci évoquait sa venue dans les termes de l'admiration la plus chaleureuse et parut presque s'offenser en découvrant que Mlle Lucas et Elizabeth l'avaient déjà fréquemment rencontré.

On ne tarda pas au presbytère à être informé de son arrivée, car M. Collins avait toute la matinée déambulé non loin des loges donnant sur la route de Hunsford afin d'en être le premier témoin. Il s'inclina avec respect quand la voiture pénétra dans le parc et rentra précipitamment chez lui porteur de la grande nouvelle. Dès le lendemain matin, il courut à Rosings présenter ses devoirs. Il y trouva deux neveux de Lady Catherine

capables de les agréer, car M. Darcy avait amené avec
lui un certain colonel Fitzwilliam, le fils cadet de son
oncle, Lord X. À la surprise générale, quand M. Collins
revint, les deux messieurs l'accompagnaient. Charlotte
les aperçut depuis le cabinet de travail de son mari qui
traversaient la route. Elle se hâta de gagner le salon
pour faire part aux deux jeunes filles de l'honneur qui
les attendait, ajoutant :

« C'est à toi, Eliza, que je suis redevable de cette politesse. M. Darcy ne serait jamais venu si tôt si c'était
moi qu'il désirait saluer. »

Le temps fut à peine laissé à Elizabeth de désavouer
tout titre à ce compliment que déjà la sonnette à la porte
d'entrée annonçait leur venue. Le colonel Fitzwilliam,
qui pénétra le premier, avait environ trente ans. Il n'était
pas beau, mais sa tournure et son abord étaient d'une
grande distinction. M. Darcy gardait la même apparence que dans le Hertfordshire. Il présenta ses hommages à Mme Collins avec sa réserve coutumière. Quels
que fussent les sentiments que lui inspirait son amie, il
la salua sans manifester le moindre trouble. Elizabeth
se contenta de lui faire une révérence, sans dire un mot.

Le colonel Fitzwilliam engagea la conversation avec
la promptitude et l'aisance de l'homme de bonne compagnie. Ses propos furent très agréables à entendre.
Son cousin, en revanche, après une brève remarque à
l'adresse de Mme Collins concernant sa maison et son
jardin, resta quelque temps tout à fait silencieux. Finalement, toutefois, la politesse l'obligea à sortir de sa
réserve pour s'enquérir auprès d'Elizabeth de la santé
des siens. Elle lui répondit comme on le fait d'ordinaire puis, au bout d'un moment, ajouta :

« Ma sœur aînée est à Londres depuis trois mois. Ne
l'y avez-vous jamais rencontrée ? »

Elle savait pertinemment qu'il ne l'avait jamais fait
mais désirait savoir s'il montrerait par quelque signe
qu'il était au courant de ce qui s'était passé entre les
Bingley et Jane. Elle eut le sentiment qu'il paraissait un
peu gêné en répondant qu'il n'avait pas eu la chance de

voir Mlle Bennet. On laissa là ce sujet et, peu après, les deux messieurs se retirèrent.

CHAPITRE VIII

Les manières du colonel Fitzwilliam suscitèrent une vive admiration au presbytère, et les dames eurent toutes le sentiment qu'il ajouterait beaucoup au plaisir des réceptions à Rosings. Il leur fallut attendre cependant plusieurs jours pour recevoir une invitation à s'y rendre car, aussi longtemps qu'on y avait des visiteurs, leur présence n'était plus nécessaire. Ce ne fut pas avant le jour de Pâques, soit près d'une semaine après l'arrivée des deux messieurs, que les Collins eurent l'honneur d'une pareille attention, et encore ne les pria-t-on après l'office qu'à venir passer la soirée. Huit jours durant, ils n'avaient pas souvent eu l'occasion de voir Lady Catherine ou sa fille. Le colonel Fitzwilliam plus d'une fois pendant ce temps avait sonné à la porte du presbytère, mais ils n'avaient aperçu M. Darcy qu'à l'église.

L'invitation, bien sûr, fut acceptée et, quand vint l'heure, ils se joignirent aux personnes déjà réunies dans le salon de Lady Catherine. Sa Seigneurie les accueillit poliment, mais il fut évident que leur compagnie n'était en aucun cas aussi désirable que lorsqu'elle ne pouvait avoir personne d'autre. En réalité, son intérêt allait presque entièrement à ses neveux ; elle leur parlait, surtout à Darcy, beaucoup plus qu'au reste de la société.

Le colonel Fitzwilliam parut véritablement heureux de les voir. Tout à Rosings lui était diversion, et la gracieuse amie de Mme Collins de surcroît n'avait pas été sans frapper son regard. Il prit place à ses côtés et l'entretint si plaisamment du Kent et du Hertfordshire, des voyages et de la vie à la maison, des nouveautés en matière de livres et de musique, qu'Elizabeth n'avait jamais dans cette pièce été aussi bien divertie. Leur conversation fut menée avec tant de volubilité et de verve que Lady Catherine elle-même s'en aperçut, ainsi que M. Darcy. Déjà, à plusieurs reprises, il n'avait pas tardé à se tourner vers eux en manifestant de la curiosité. Le même sentiment fut ensuite partagé par Sa Seigneurie, et plus ouvertement avoué. Elle ne se fit pas scrupule de lancer :

« Qu'est-ce que vous dites, Fitzwilliam ? De quoi parlez-vous ? Que dites-vous à Mlle Bennet ? Mettez-moi donc au courant.

— Nous parlions musique, madame, répondit-il, lorsqu'il ne lui fut plus possible de se taire.

— Musique ! Alors, s'il vous plaît, parlez plus haut. Nul sujet ne me séduit davantage. Si vous parlez musique, il faut me permettre de me joindre à la conversation. Peu de gens en Angleterre, je suppose, sont plus sincères que je ne le suis quand ils disent aimer la musique, ou possèdent naturellement pour elle plus de goût[1]. Si j'avais appris, j'aurais été une musicienne experte ; tout comme Anne, si sa santé l'avait laissée étudier. Je suis sûre qu'elle aurait joué admirablement. Georgiana fait-elle des progrès, Darcy ? »

M. Darcy parla avec éloge et affection des résultats obtenus par sa sœur.

« Je suis ravie d'entendre qu'elle réussit aussi bien, dit Lady Catherine, et soyez aimable de lui dire de ma part qu'elle ne peut espérer atteindre l'excellence sans s'exercer assidûment.

— Je vous assure, madame, répondit-il, qu'elle n'a pas besoin de ce conseil. Elle n'oublie jamais ses exercices.

— Tant mieux. On n'en fait jamais trop. La prochaine fois que je lui écrirai, je lui interdirai de les négliger sous aucun prétexte. Je dis toujours aux jeunes demoiselles qu'on n'accède pas en musique au meilleur niveau sans une pratique constante. J'ai fait remarquer à Mlle Bennet qu'elle ne jouerait jamais vraiment bien si elle ne s'exerçait pas davantage. Mme Collins n'a pas de piano, c'est entendu, mais elle est la bienvenue à

Rosings. Je le lui ai souvent dit, et tous les jours, si elle veut travailler sur l'instrument qui se trouve dans la chambre de Mme Jenkinson. Elle ne gênerait personne, vous savez, dans cette partie de la maison. »

M. Darcy parut quelque peu embarrassé de l'impolitesse de sa tante et préféra ne rien répondre.

Après le café, le colonel Fitzwilliam rappela à Elizabeth sa promesse de jouer quelque chose pour lui, et elle se mit au piano sans faire de façons. Il approcha son siège du sien. Lady Catherine écouta interpréter la moitié d'une chanson, puis reprit sa conversation avec l'autre de ses neveux, jusqu'au moment où celui-ci s'éloigna d'elle et, du pas mesuré qui lui était coutumier, partit en direction de l'instrument pour aller se placer d'où il pouvait voir le visage entier de la belle exécutante. Elizabeth aperçut son manège et, à la première pause qui lui permit de s'exprimer commodément, elle se tourna vers lui avec un sourire espiègle et dit :

« Cherchez-vous donc à m'impressionner, monsieur Darcy, en venant m'écouter avec autant de majesté ? Vous ne réussirez pas à me troubler, cependant, même si votre sœur a tout ce talent. Il y a en moi une opiniâtreté qui refuse de trembler devant la volonté des autres. Mon courage redouble à toute tentative faite pour m'intimider.

— Je ne vous dirai pas que vous vous trompez, répondit-il, car il vous était en réalité impossible de croire que mon intention était de vous effrayer. J'ai le plaisir de vous connaître depuis assez longtemps pour ne pas ignorer que vous tirez une grande satisfaction de parfois émettre des opinions qui en fait ne sont pas les vôtres. »

Elizabeth rit de bon cœur au portrait d'elle-même qui était ainsi tracé et, se tournant vers le colonel Fitzwilliam, elle dit :

« Votre cousin va vous donner une charmante idée de moi et vous engager à ne pas croire un mot de ce que j'avance. Quelle malchance pour moi de rencontrer une personne si capable de dévoiler mon véritable caractère dans une partie du monde où j'espérais donner le change avec quelque succès! Vraiment, monsieur Darcy, il est peu généreux de votre part de rapporter tout ce que vous avez appris à mon désavantage dans le Hertfordshire. Laissez-moi vous dire aussi que ce n'est pas de bonne guerre car cela m'incite à prendre ma revanche, et il se pourrait qu'on vît transpirer certains détails propres à scandaliser les gens de votre famille.

— Vous ne me faites pas peur, répliqua-t-il en souriant.

— Je vous prie, dites ce dont vous l'accusez, s'écria le colonel Fitzwilliam. J'aimerais savoir comment il se comporte parmi les étrangers.

— Vous allez l'entendre, mais préparez-vous à quelque chose d'épouvantable. La première fois que nous nous sommes rencontrés dans le Hertfordshire, sachez-le, c'était dans un bal, et à ce bal, que croyez-vous qu'il fît? Eh bien, il ne dansa que quatre danses. Je regrette de devoir vous faire de la peine, mais telle est la vérité. Il n'invita que deux personnes malgré la rareté des cavaliers et alors que, j'en suis sûre, plus d'une jeune demoiselle restait assise par défaut de partenaire. Monsieur Darcy, c'est un fait, vous ne pouvez le nier.

— Je n'avais pas l'honneur alors de connaître quiconque parmi les dames qui se trouvaient là en dehors du groupe auquel j'appartenais.

— C'est vrai, et dans une salle de bal on ne peut être présenté. Eh bien, colonel Fitzwilliam, que voulez-vous que je joue maintenant? Mes doigts sont à vos ordres.

— Peut-être, dit Darcy, aurais-je mieux fait de rechercher une présentation, mais je n'ai pas ce qu'il faut pour me recommander auprès des étrangers.

— Faut-il en demander la raison à votre cousin? répliqua Elizabeth en s'adressant au colonel Fitzwilliam. Lui demanderons-nous pourquoi un homme qui a du jugement et de l'éducation, qui a vécu dans le monde, est peu fait pour plaire à des gens qu'il n'a jamais rencontrés?

— Je puis vous répondre sans son aide, dit Fitz-william. C'est parce qu'il refuse de se donner du mal.

— Je suis sûrement dépourvu du talent que certains possèdent, repartit Darcy, de converser sans difficulté avec des personnes que je vois pour la première fois. Je ne puis de but en blanc adopter le même ton qu'eux, ou paraître prendre part à ce qui les touche, ainsi que je l'ai souvent observé.

— Mes doigts, répliqua Elizabeth, ne courent pas sur ce clavier avec la maîtrise que j'ai pu admirer chez tant de femmes. Ils n'ont pas la même force ni la même vélocité et ne produisent pas les mêmes effets. Mais j'ai toujours pensé que c'était de ma faute, parce que je ne prenais pas la peine d'un apprentissage. Je ne les crois pas pour autant moins capables que ceux d'une autre d'une exécution talentueuse. »

Darcy sourit et dit :

« Vous avez mille fois raison. Vous avez fait de votre temps un bien meilleur usage. Aucun de ceux qui ont le privilège de vous entendre ne regrettera qu'il manque quelque chose. Ni l'un ni l'autre, nous ne nous produisons pour la satisfaction des étrangers. »

À cet endroit de la conversation, ils furent interrompus par Lady Catherine, qui à haute voix voulut savoir de quoi ils s'entretenaient. Aussitôt Elizabeth recommença à jouer. Lady Catherine s'approcha et, après avoir écouté quelques instants, déclara à Darcy :

« Mlle Bennet ne ferait pas mal du tout si elle s'exerçait davantage et bénéficiait des leçons d'un maître de Londres. Elle a de bonnes notions du doigté, même si son goût ne vaut pas celui que possède ma fille. Anne aurait fait une merveilleuse pianiste si sa santé lui avait permis d'étudier. »

Elizabeth jeta un coup d'œil à Darcy pour voir avec quel empressement il acquiesçait à l'éloge donné à sa cousine. Mais, ni en cet instant ni en aucun autre, elle ne put discerner un symptôme d'amour et, de l'ensemble de son comportement à l'égard de Mlle de Bourgh, elle tira pour Mlle Bingley cette conclusion réconfortante

qu'on aurait aussi bien pu l'imaginer, elle, sur le point
d'épouser Darcy si elle avait été sa parente.

Lady Catherine n'arrêta pas là ses remarques sur le
jeu d'Elizabeth, y mêlant de nombreux conseils en
matière d'exécution et de goût. Elizabeth les écouta
avec toute la patience qu'exigeait la politesse et, à la
requête des deux messieurs, demeura au piano jusqu'à
ce que la voiture de Sa Seigneurie fût prête à les ramener chez eux.

CHAPITRE IX

Le lendemain matin, Elizabeth était seule, occupée à
écrire à Jane, tandis que Mme Collins et Maria s'étaient
rendues au village où elles avaient affaire, quand un
coup de sonnette à la porte la fit sursauter, annonçant
de façon certaine une visite. Comme elle n'avait pas
entendu de voiture, elle pensa qu'il pouvait vraisemblablement s'agir de Lady Catherine et, dans cette crainte,
faisait disparaître sa lettre à moitié finie pour éviter les
questions déplacées quand la porte s'ouvrit et, à sa très
grande surprise, M. Darcy, et nul autre, entra dans la
pièce.

Il parut étonné de la trouver seule et s'excusa de son
intrusion en lui faisant savoir qu'il avait cru toutes les
dames à la maison.

Ils s'assirent. Elizabeth prit des nouvelles de Rosings.
Le danger parut grand de tomber dans un silence
absolu. Il devenait tout à fait nécessaire de s'aviser de
quelque chose à dire. En cette difficulté, elle se souvint
du jour où elle l'avait vu pour la dernière fois dans le
Hertfordshire et, curieuse de savoir comment il expli-
querait un départ aussi brusqué, elle fit observer :

« Avec quelle soudaineté vous avez tous quitté Netherfield en novembre dernier, monsieur Darcy ! M. Bingley
a dû être très agréablement surpris de découvrir que

vous aviez fait si vite à le suivre. Si ma mémoire est
bonne, il n'était parti que de la veille. Ses sœurs et lui
allaient bien, j'espère, lorsque vous-même êtes parti de
Londres.

— Parfaitement bien, je vous remercie. »

Il lui apparut qu'elle ne devait s'attendre à aucune
autre réponse. Après une courte pause, elle ajouta :

« Je pense avoir compris que M. Bingley ne songeait
guère à jamais retourner à Netherfield.

— Je ne le lui ai jamais entendu dire. Mais on peut
envisager qu'il y passe à l'avenir très peu de son temps.
Il a beaucoup d'amis et, à son âge, avec les amitiés les
obligations mondaines vont croissant.

— Si son intention est de ne faire à Netherfield que de
brèves apparitions, il serait préférable pour le voisinage
qu'il renonçât complètement à y venir. Nous pourrions
alors espérer voir une famille s'y installer pour de bon.
Mais peut-être M. Bingley n'a-t-il pas loué la maison
tant pour la commodité de ses voisins que pour la
sienne propre et devons-nous nous attendre à ce qu'il la
garde ou la quitte en vertu des mêmes considérations.

— Je ne serais pas surpris, admit Darcy, s'il la cédait,
aussitôt reçue une proposition acceptable. »

Elizabeth ne répondit rien. Il lui paraissait dangereux de mettre plus longuement la conversation sur
son ami. Ne voyant pas de quoi elle pourrait parler à
présent, elle résolut de lui laisser le soin de trouver un
sujet.

Il le comprit et peu après lança :

« Cette maison a l'air très confortable. Je crois savoir
que Lady Catherine a beaucoup fait pour l'améliorer
quand M. Collins est arrivé à Hunsford.

— C'est aussi ce que je crois, et je suis persuadée
qu'elle n'aurait pu dispenser ses bienfaits à quelqu'un
de plus reconnaissant.

— M. Collins me semble avoir eu beaucoup de
chance dans le choix de son épouse.

— Certainement. Ses amis sont en droit de se réjouir
s'ils considèrent qu'il a rencontré l'une des très rares

femmes de bon sens capables de l'accepter ou, l'ayant fait, susceptibles de le rendre heureux. Mme Collins est dotée d'une fort bonne intelligence, encore qu'à mon sens il soit douteux qu'elle ait avec ce mariage donné la meilleure preuve de son discernement. Malgré tout, elle me semble parfaitement heureuse et, sous le rapport de l'intérêt financier, c'était assurément pour elle un très beau parti.

— Il doit lui être fort agréable de s'être établie à une distance aussi commode de sa famille et de ses amis.

— Commode, dites-vous ? Il y a presque vingt lieues.

— Et qu'est-ce que vingt lieues de bonnes routes ? Cela ne demande guère qu'une demi-journée de voyage. Oui, je persiste à appeler cela très commode.

— Je n'aurais jamais considéré la distance comme l'un des avantages de cette union, s'écria Elizabeth. Je n'aurais jamais dit que Mme Collins s'était fixée non loin de sa famille.

— Cela démontre votre attachement au Hertfordshire. Tout ce qui s'éloigne un peu des environs de Longbourn, je suppose, vous paraît être lointain. »

Tout en parlant, il eut comme un sourire, qu'Elizabeth crut pouvoir interpréter. Il devait, pensa-t-elle, lui prêter une pensée pour Jane et Netherfield. Aussi rougit-elle en lui répondant :

« Je ne voulais pas dire qu'une femme quelquefois ne se fixe pas trop près de sa famille. Près et loin ont nécessairement une valeur relative et dépendent de beaucoup de conditions qui ne sont pas les mêmes pour tous. Lorsque l'argent est là pour rendre les frais de voyage indignes de considération, la distance n'est plus un inconvénient. En l'espèce, cependant, ce n'est pas le cas. M. et Mme Collins disposent d'un revenu confortable, mais qui n'est pas assez bon pour permettre de fréquentes allées et venues, et je reste persuadée que mon amie ne s'estimerait proche des siens que si elle en était moitié moins éloignée qu'aujourd'hui. »

M. Darcy rapprocha un peu sa chaise de celle d'Elizabeth et dit :

« Vous ne pouvez vous réclamer d'un attachement aussi fort à votre coin de terre. Vous ne pouvez n'avoir jamais quitté Longbourn. »

Elizabeth parut surprise. Son visiteur changea quelque peu de disposition d'esprit. Il recula son siège, prit un journal sur la table et, y jetant un rapide coup d'œil, ajouta sur un ton plus froid :

« Le Kent vous plaît-il ? »

Un court dialogue s'instaura sur les mérites de la contrée, calme et concis de part et d'autre. Il y fut bientôt mis fin par l'entrée de Charlotte et de sa sœur qui revenaient du village. Ce tête-à-tête les surprit. M. Darcy leur expliqua comment son erreur l'avait amené à importuner Mlle Bennet. Il resta encore quelques minutes sans dire grand-chose à quiconque, puis s'en alla.

« Qu'est-ce que cela signifie ? commenta Charlotte, dès qu'il eut disparu. Ma chère Eliza, il doit être amoureux de toi. Sinon, il ne nous aurait jamais rendu visite avec autant de familiarité. »

Quand Elizabeth eut parlé de son mutisme, il ne parut guère probable aux souhaits de Charlotte que ce pût être le cas. Elles examinèrent diverses hypothèses pour finalement n'attribuer sa présence qu'à la difficulté de trouver quelque chose à faire, ce que la saison rendait d'autant plus vraisemblable. Dehors, on ne pouvait plus ni chasser ni pêcher. À l'intérieur il y avait certes Lady Catherine, les livres, une table de billard, mais aux messieurs il est impossible de rester toujours enfermés. La proximité du presbytère, le charme de la promenade qui y menait, ou celui de ses habitants, créaient pour les deux cousins une tentation qui fit qu'à partir de cette période ils s'y rendirent à pied presque tous les jours. Ils venaient à différents moments de la matinée, tantôt seuls, tantôt ensemble. Parfois leur tante les accompagnait. Il ne faisait de doute pour personne que le colonel Fitzwilliam était attiré par l'agrément de leur société, conviction qui bien sûr ne le recommandait que davantage. Au plaisir qu'elle prenait à sa compagnie, ainsi qu'en raison de l'admiration qu'à l'évidence il avait pour elle, Elizabeth se voyait rappeler le souvenir de son ancien favori, George Wickham. La comparaison faisait apparaître moins de séduisante douceur dans les manières du colonel, mais peut-être des deux était-ce lui qu'elle estimait avoir l'esprit le mieux informé.

Le motif des fréquentes visites de M. Darcy était plus difficile à déterminer. Ce ne pouvait être pour les gens qu'il y rencontrait, car il demeurait souvent dix minutes d'affilée sans ouvrir la bouche et, quand il se décidait enfin à parler, cela semblait dû à la nécessité de dire quelque chose plutôt qu'à un choix, un sacrifice fait aux convenances et non un plaisir qu'il y aurait trouvé. Il était rare qu'il parût bien en train. Mme Collins ne savait que penser de lui. Que le colonel Fitzwilliam se moquât parfois de sa torpeur prouvait qu'en général il n'était pas comme cela, ce qu'elle n'aurait pu déduire de ce qu'elle savait de lui. Comme elle aurait souhaité attribuer ce changement à l'amour et faire de son amie Eliza l'objet de ce sentiment, elle s'appliqua sérieusement à découvrir ce qu'il en était. Elle l'observa lors de chacune des visites qu'elles faisaient à Rosings et chaque fois qu'il venait à Hunsford, mais sans beaucoup de succès. Son regard se fixait souvent sur son amie, mais l'expression de ce regard prêtait à confusion. Il était grave, profond, et pourtant elle se demandait souvent s'il était véritablement admiratif. Parfois cela aurait pu passer seulement pour de la distraction.

Une fois ou deux, elle avait suggéré à Elizabeth qu'il pût avoir du goût pour elle, mais Elizabeth n'avait fait que rire à cette idée. Mme Collins n'avait pas jugé bon d'insister, craignant de faire naître des espoirs qui pouvaient ne donner naissance qu'à une déception. Elle était sûre en effet que toute antipathie pour cet homme de la part de son amie serait appelée à disparaître du jour où elle le supposerait en son pouvoir.

Dans les projets qu'elle échafaudait pour le bonheur

d'Elizabeth, il lui arrivait de l'imaginer épousant le
colonel Fitzwilliam. Des deux il était sans comparaison
possible le plus agréable. Il l'admirait assurément, et
sa position en faisait un parti des plus souhaitables.
Pourtant, pour contrebalancer ces avantages, M. Darcy
disposait de plus d'un bénéfice. Son cousin ne pouvait
prétendre à rien de semblable.

CHAPITRE X

Plus d'une fois Elizabeth, en marchant dans le parc
du château, rencontra inopinément M. Darcy. Elle
maudit le malheureux hasard qui le conduisait là où nul
autre que lui n'avait idée de venir et, pour empêcher
que cela se reproduisît, prit soin dès l'abord de l'informer que c'était un de ses lieux de promenade favoris. Il
était donc bien étrange que la rencontre pût se répéter,
et pourtant c'est ce qui arriva. Il y en eut même une troisième. Cela avait les apparences d'une méchanceté voulue, ou d'une pénitence qu'il se serait infligée à
lui-même, car alors il ne se contentait pas de s'enquérir
poliment de chose et d'autre pour ensuite se réfugier
dans un silence gêné et partir. Non, il jugeait bel et bien
nécessaire de revenir sur ses pas et de l'accompagner. Il
ne disait jamais grand-chose, elle non plus ne se donnait guère la peine de parler ou d'écouter. Elle remar-
qua néanmoins, au cours de leur troisième rencontre,
qu'il lui posait des questions inattendues et sans aucun
lien entre elles. Il voulut savoir quel plaisir elle trouvait
à séjourner à Hunsford, quel était son goût pour les pro-
menades solitaires, ce qu'elle pensait du bonheur de M.
et Mme Collins. En outre, quand il parlait de Rosings et
mettait en évidence les lacunes que présentait sa
connaissance de la maison, il semblait supposer que
lorsqu'elle reviendrait dans le Kent, chaque fois c'est là
qu'elle logerait. Ses paroles le donnaient à entendre.

Pensait-il au colonel Fitzwilliam? S'il avait quelque chose en tête, ce ne pouvait être qu'une allusion à ce qui risquait d'arriver de ce côté-là. Elle en fut un peu embarrassée, et ce fut avec soulagement qu'elle atteignit la porte qui s'ouvrait dans la clôture, face au presbytère.

Un jour que tout en marchant elle relisait la dernière lettre de Jane et s'attardait sur certains passages prouvant que sa sœur n'était pas en train lorsqu'elle avait pris la plume, au lieu d'une nouvelle fois se retrouver subitement face à face avec M. Darcy, en levant les yeux elle vit le colonel Fitzwilliam qui venait à sa rencontre. Mettant aussitôt la lettre de côté et s'efforçant de sourire, elle dit :

« Je ne savais pas que vous vous promeniez quelquefois par ici.

— Je faisais le tour du parc, répondit-il, comme d'habitude chaque année, et j'ai l'intention de le finir par une visite au presbytère. Allez-vous beaucoup plus loin ?

— Non, je m'apprêtais à faire demi-tour. »

Ils firent donc demi-tour et ensemble prirent la direction du presbytère.

« Quittez-vous le Kent samedi de manière sûre ? demanda-t-elle.

— Oui, si Darcy ne remet pas notre départ une fois de plus. Mais je suis à sa disposition. Il arrange les choses à sa façon.

— Et si l'arrangement ne peut le contenter, il aura au moins la satisfaction d'avoir eu la liberté de choisir. Je ne connais personne qui autant que M. Darcy donne l'impression d'apprécier la possibilité d'agir à sa guise.

— C'est vrai qu'il aime n'en faire qu'à sa tête, repartit le colonel Fitzwilliam. Mais on peut dire la même chose de nous tous. C'est seulement qu'il a plus que beaucoup d'autres les moyens d'y parvenir. Il est riche, et beaucoup d'autres sont pauvres. Je parle en connaissance de cause. Un fils cadet, vous savez, doit s'accoutumer au renoncement et à la dépendance à l'égard d'autrui.

— À mon avis, le fils cadet d'un comte a peu de chances de connaître l'un ou l'autre. Allons, sérieusement, quelle expérience avez-vous jamais eue de ces choses-là ? Quand le manque d'argent vous a-t-il jamais empêché d'aller où vous en aviez envie ou de vous procurer ce qui vous avait plu ?

— Ce sont des questions embarrassantes. Peut-être m'est-il difficile d'affirmer être passé par beaucoup d'épreuves de ce genre. Pourtant, je risque de pâtir de l'absence de fortune. Les fils cadets ne peuvent épouser qui leur plaît.

— À moins qu'ils ne soient séduits par des femmes riches, ce qui, je crois, leur arrive très souvent.

— Nous sommes accoutumés à beaucoup dépenser. Cela nous met exagérément sous la dépendance d'autrui. Dans le rang que j'occupe, rares sont ceux qui peuvent se marier au mépris de toute considération d'argent.

Dit-il cela pour moi ? pensa Elizabeth. Elle rougit à cette idée. Mais, se reprenant, elle lança sur un ton moqueur :

« Et quel est donc, s'il vous plaît, le prix habituel du fils cadet d'un comte ? À moins que le frère aîné ne soit d'une santé précaire, je suppose que vous ne demanderiez pas plus de cinquante mille livres. »

Il répondit sur le même ton et l'on n'en parla plus. Pour mettre fin à un silence qui aurait pu lui faire imaginer qu'elle avait été touchée par les propos tenus, elle dit peu après :

« Je suppose que si votre cousin vous a amené ici, c'est pour avoir quelqu'un à sa disposition. Je ne comprends pas pourquoi il ne se marie pas. Il serait pourvu pour une longue durée d'un avantage de ce genre. Mais peut-être sa sœur lui suffit-elle pour l'instant et se plie-t-elle à toutes ses volontés, comme il est seul à veiller sur elle.

— Non, répondit le colonel Fitzwilliam, il lui faut

partager ce privilège avec moi. Nous sommes deux à
être les tuteurs de Mlle Darcy.

— Vraiment ? Et, dites-moi, quelle sorte de tuteurs
faites-vous ? Votre pupille vous donne-t-elle beaucoup
de mal ? Les demoiselles de son âge sont parfois un peu
difficiles à mener et, si elle a le caractère des Darcy,
elle peut chérir sa liberté de mouvement. »

Elle l'observait tout en parlant. Il lui adressa un
regard pénétrant et, à la façon dont il lui demanda aussitôt pourquoi elle supposait Mlle Darcy capable de
leur causer du tracas, elle sentit que d'une manière
quelconque elle n'avait pas été loin de la vérité. Elle se
hâta de répondre.

« Il est inutile de vous inquiéter. Je n'ai jamais
entendu dire de mal de Mlle Darcy. Sans doute est-elle
la jeune fille la plus docile qui soit au monde. Deux personnes de ma connaissance en raffolent, Mme Hurst et
Mlle Bingley. Il me semble que vous m'avez dit les
connaître, vous aussi.

— Quelque peu. Leur frère est un homme charmant
et distingué. C'est un grand ami de Darcy.

— Oh oui ! dit sèchement Elizabeth. M. Darcy est
d'une grande bonté envers M. Bingley et prend de lui
un soin extraordinaire.

— Pour en prendre soin, il est certain qu'il l'a fait,
dans les domaines où c'est le plus utile. À ce qu'il m'a
raconté en venant à Rosings, j'ai lieu de croire que
Bingley lui doit beaucoup. Mais je suis peut-être injuste
envers Bingley, car on ne m'a pas donné à penser qu'il
s'agissait de lui. C'est pure supposition.

— Que voulez-vous dire ?

— Les circonstances de cette affaire, Darcy bien sûr
ne souhaiterait pas que tout le monde en fût informé.
Si cela venait aux oreilles de la famille de la demoiselle, ce serait gênant.

— Comptez sur moi pour garder le silence.

— Et n'oubliez pas que je ne suis guère fondé à supposer que Bingley était en cause. Darcy m'a simplement
dit ceci : il se félicitait d'avoir récemment épargné à un

ami les inconvénients d'un mariage très imprudent, mais sans citer de nom ou mentionner quelque autre détail. Mes soupçons se sont portés sur Bingley, seulement parce que je voyais bien en lui le jeune homme capable de se mettre dans un mauvais pas de cette nature, et que je les savais ne pas s'être quittés de tout l'été.

— M. Darcy vous a-t-il donné les raisons de son interposition ?

— J'ai cru comprendre qu'à l'endroit de la demoiselle il y avait de fortes objections.

— Et de quels artifices a-t-il usé pour les séparer ?

— Il ne m'a rien dit de ses artifices, répondit Fitzwilliam en souriant. Il s'en est tenu à ce que je viens de vous rapporter. »

Elizabeth en resta là. Elle continua de marcher, le cœur gonflé d'indignation. Après l'avoir observée quelques instants, Fitzwilliam lui demanda ce qui la rendait aussi songeuse.

« Je pense, dit-elle, à ce que vous m'avez appris. La conduite de votre cousin n'a pas mon approbation. De quel droit jugeait-il ?

— Vous auriez plutôt tendance à considérer son intervention comme officieuse.

— Je ne vois pas ce qui autorisait M. Darcy à décider que le penchant de son ami convenait ou ne convenait pas, ou, en ne se référant qu'à son seul jugement, ce qui lui permettait de choisir et d'arranger la manière dont cet ami devait faire son bonheur. Mais, poursuivit-elle en se ressaisissant, comme nous ignorons tout des circonstances, il n'est pas juste de condamner M. Darcy. On peut supposer qu'il n'y avait guère d'affection de part et d'autre.

— Il est naturel de l'envisager, dit Fitzwilliam, mais c'est diminuer très sensiblement le mérite qui s'attache à la victoire de mon cousin. »

C'était dit sur le ton de la plaisanterie. Pourtant cela parut à Elizabeth si conforme à ce qu'elle savait de M. Darcy qu'elle n'osa pas aventurer une réponse. Elle préféra donc changer brutalement de sujet et ne parla plus que de choses sans importance jusqu'au moment où ils atteignirent le presbytère. Une fois rendue, elle s'enferma dans sa chambre, sitôt leur visiteur parti, et put revenir à son gré sur tout ce qu'elle venait d'entendre. Il était impossible d'imaginer qu'on eût fait allusion à d'autres personnes qu'à celles de son entourage. Il ne pouvait y avoir deux hommes au monde sur lesquels M. Darcy eût une influence aussi illimitée. La part qu'il avait prise dans les mesures destinées à séparer M. Bingley de Jane, elle n'en avait jamais douté, mais elle en avait toujours attribué le plus de responsabilité, tant pour la conception que pour la mise en œuvre, à Mlle Bingley. Or si, en se vantant, il ne s'était pas trompé, c'était bien lui la cause, son orgueil, son caprice étaient la cause de tout ce que Jane avait souffert et continuait de souffrir. Il avait anéanti pour le présent tous les espoirs du cœur le plus tendre, le plus généreux qui fût au monde, et nul ne pouvait se prononcer sur la durée du tort qu'il avait causé.

« À l'endroit de la demoiselle il y avait de fortes objections. » Telles avaient été les paroles du colonel Fitzwilliam. Ces fortes objections étaient sans doute un oncle avoué en province et un autre dans le négoce à Londres.

À Jane elle-même, s'exclama-t-elle, que pourrait-on reprocher, elle qui n'est que charme et bonté ? Une intelligence des meilleures, un esprit cultivé, des manières enjôleuses ! Rien non plus ne peut être retenu à l'encontre de mon père qui, malgré certaines bizarreries, possède des capacités que M. Darcy lui-même ne saurait dédaigner et une respectabilité à laquelle il n'atteindra sans doute jamais. Quand elle pensait à sa mère, certes elle perdait un peu de son assurance, mais sans vouloir admettre que des objections de ce côté fussent de nature à influencer considérablement M. Darcy, dont l'orgueil, elle en était persuadée, pouvait souffrir bien davantage du manque d'importance de la belle-famille de son ami que de leur absence de jugement.

Elle décida en fin de compte qu'il avait obéi en partie à l'orgueil sous sa forme la plus détestable, et en partie aussi à son désir de garder M. Bingley pour sa sœur.

L'agitation et les larmes auxquelles ces pensées donnèrent lieu provoquèrent une migraine, qui empira vers le soir au point de la déterminer, ses effets s'ajoutant à sa répugnance à revoir M. Darcy, à ne pas suivre ses cousins à Rosings, où ils étaient invités à prendre le thé. Mme Collins, s'apercevant qu'elle était réellement souffrante, ne la pressa pas de les accompagner, mais M. Collins ne put dissimuler sa crainte de voir Lady Catherine manifester quelque mécontentement en apprenant qu'elle était restée à la maison.

CHAPITRE XI

Après leur départ, Elizabeth, comme dans l'intention d'aviver sa rancune contre M. Darcy autant que faire se pouvait, choisit pour occupation de relire toutes les lettres que Jane lui avait écrites depuis son arrivée dans le Kent. Elles ne contenaient pas de véritable récrimination, on n'y revenait pas sur le passé, on n'y faisait mention dans le présent d'aucun tourment. Mais dans chacune, et à chaque ligne ou presque, faisait défaut cet enjouement qui avait caractérisé son style et qui, provenant de la sérénité d'un esprit en paix avec lui-même et bien disposé à l'égard des autres, ne s'était pour ainsi dire jamais assombri. Elizabeth, avec plus d'attention qu'elle n'en avait accordé lors de sa première lecture, releva toutes les phrases qui communiquaient une impression de désarroi. La manière honteuse dont M. Darcy s'était vanté du chagrin qu'il avait pu causer aiguisait sa pénétration de la douleur de Jane. Il était tout de même consolant de penser que la visite de cet homme à Rosings devait prendre fin le surlendemain, et plus réconfortant encore d'imaginer que dans moins de quinze jours elle-même serait réunie à sa sœur et en mesure de contribuer au retour de sa joie de vivre par tous les moyens que lui inspirerait l'affection.

Il lui était impossible de songer au départ de Darcy sans y associer celui de son cousin. Mais le colonel Fitzwilliam avait clairement laissé entendre qu'elle n'avait aucune part à ses projets d'avenir et, tout charmant qu'il fût, elle était résolue à ne pas se rendre malheureuse à cause de lui.

Elle se consacrait à régler ce point particulier quand elle fut soudain tirée de ses réflexions par un coup de sonnette à la porte d'entrée. Elle connut un moment d'émoi à la pensée que ce pouvait être le colonel en personne, qui déjà en une occasion était passé tard dans la soirée et pouvait être venu à présent tout exprès pour prendre de ses nouvelles. Elle eut tôt fait pourtant d'écarter cette idée, et une émotion fort différente succéda à la première quand, à sa grande stupéfaction, elle vit M. Darcy pénétrer dans la pièce. D'une voix qui reflétait le désordre de son esprit, aussitôt il commença par s'inquiéter de sa santé, attribuant sa visite à un souci d'apprendre qu'il y avait un mieux. Elle lui répondit avec une froide politesse. Il prit un siège et resta assis quelques instants puis, se levant, il arpenta la pièce. Elizabeth, surprise, cependant ne disait rien. Après un silence qui dura plusieurs minutes, il s'approcha d'elle en proie à l'agitation et entra ainsi en matière :

« C'est vainement que j'ai lutté. Rien n'y fait. Je ne puis réprimer mes sentiments. Il faut que vous me permettiez de vous dire combien je vous admire et je vous aime. »

La surprise d'Elizabeth fut au-delà de tout ce qui peut se dire. Elle ouvrit de grands yeux, s'empourpra, douta d'avoir bien entendu, mais resta muette. Il considéra cela comme un encouragement suffisant et passa sans attendre à l'aveu de tout ce qu'il ressentait pour elle, depuis longtemps déjà. Il parlait bien, mais d'autres sentiments que les élans du cœur cherchaient à s'expri-

mer, et il ne fut pas moins éloquent pour dire sa tendresse que pour évoquer ce que souffrait son orgueil.
Son infériorité à elle, l'impression que lui avait de
déchoir, les obstacles d'origine familiale que son jugement avait toujours opposés à son inclination, firent
l'objet d'un soin particulier dont l'insistance semblait
nécessaire à la conséquence à laquelle il attentait mais
n'était pas de nature à favoriser sa requête.

En dépit d'une antipathie solidement ancrée, Elizabeth ne put demeurer insensible au compliment que
représentait l'affection d'un tel homme et, si ses intentions ne varièrent jamais, elle regretta d'abord la peine
qu'elle allait lui causer, cela jusqu'au moment où, exas-
pérée par la suite de ses propos, elle laissa toute compassion faire place à la colère. Elle essaya pourtant de
se rasséréner pour lui répondre patiemment lorsqu'il
en aurait terminé. Il conclut en lui faisant valoir la
force d'un attachement que malgré tous ses efforts il
n'avait pas réussi à vaincre et en exprimant l'espoir
qu'il serait récompensé par l'acceptation de sa main.

Alors qu'il prononçait ces mots, il apparut clairement
à la jeune fille qu'il ne doutait nullement d'une réponse
favorable. Il parlait certes d'appréhension, d'anxiété,
mais sa physionomie reflétait une indéniable sécurité.
Qu'il en fût ainsi ne pouvait qu'irriter davantage Elizabeth et, quand il eut fini, le rouge lui monta aux joues et
elle dit :

«En pareille circonstance il est, je crois, d'usage
d'exprimer de l'obligation pour les sentiments avoués,
quelle que soit la façon dont on peut y répondre. Il est
normal de ressentir cette obligation et, si je pouvais
éprouver de la gratitude, à présent je vous remercie-
rais. Mais cela m'est impossible. Je n'ai jamais désiré
votre bonne opinion et vous me l'avez accordée sans
nul doute tout à fait en dépit de vous-même. Je déplore
d'avoir causé de la peine à quelqu'un. Ce fut cependant
entièrement à mon insu, et j'espère qu'elle ne durera
pas. Les sentiments qui, d'après ce que vous venez de
me dire, ont longtemps empêché l'aveu de votre affec-

tion n'auront guère de difficulté à en venir à bout après
cet éclaircissement. »

M. Darcy, qui se tenait adossé au manteau de la cheminée, les yeux fixés sur elle, parut saisir ces paroles
avec autant de ressentiment que de surprise. La colère
le rendit blême, et le désordre de son esprit se trahit à
chacun de ses traits. Il chercha à se composer un visage
calme et n'ouvrit pas la bouche avant de se persuader
d'y avoir réussi. Ce fut un silence des plus éprouvants
pour la jeune fille. Enfin, d'une voix qui se voulait tranquille, il dit :

« C'est donc là toute la réponse que je suis en droit
d'attendre ! Je pourrais sans doute vous demander
pourquoi, avec aussi peu d'efforts en faveur de la politesse, vous me repoussez de cette façon. Mais c'est de
peu d'importance.

— Je pourrais tout aussi bien chercher à savoir, répliqua-t-elle, la raison pour laquelle, dans le dessein évident de m'offenser et de m'insulter, vous avez choisi de
me dire que vous m'aimiez contre votre volonté, votre
jugement, et au mépris même de votre importance dans
le monde. Si j'avais vraiment été impolie, n'y avait-il
pas là de quoi excuser une impolitesse ? Mais, pour me
conduire ainsi, j'avais d'autres motifs. Vous ne les ignorez pas. Si mon cœur n'avait pas parlé contre vous, s'il
vous avait été seulement indifférent, ou même favorable, quelle considération, je vous le demande, me
pousserait à accepter l'homme qui a été l'instrument de
la ruine, peut-être définitive, des espoirs de bonheur
d'une sœur tendrement aimée ? »

Lorsqu'elle prononça ces mots, M. Darcy changea de
couleur. Mais son trouble fut de courte durée, et il
l'écouta poursuivre sans chercher à l'interrompre.

« J'ai toutes les raisons au monde de penser du mal de
vous. Rien ne peut excuser l'injustice ni le manque de
générosité du rôle que vous avez tenu en cette affaire.
Vous n'oserez pas nier — vous ne le pourrez pas — que
vous avez été le principal artisan, sinon le seul, de leur
séparation, livrant l'un à la censure du monde pour son

caprice et son instabilité, l'autre à sa dérision pour l'anéantissement de ses espoirs, et les condamnant tous deux à un chagrin des plus cruels. »

Elle reprit haleine et s'aperçut, non sans une vive indignation, qu'il l'écoutait d'un air dénotant une totale absence de remords. Il la regarda même avec un sourire qui se voulait incrédule.

« Pouvez-vous nier l'avoir fait ? » répéta-t-elle.

Il répondit, en feignant d'être tranquille :

« Je ne chercherai pas à nier que j'ai fait tout ce qui était en mon pouvoir pour séparer mon ami de votre sœur, ou que je me félicite d'y avoir réussi. J'ai été envers lui plus charitable qu'envers moi. »

Elizabeth choisit de paraître ignorer cette aimable réflexion, mais son sens ne lui échappa point et ne fut pas de nature à la réconcilier.

« Mon antipathie, poursuivit-elle, n'est cependant pas fondée uniquement sur cette chose-là. Bien avant, j'avais arrêté mon opinion en ce qui vous concerne. Je savais tout de vous par le récit que m'avait fait M. Wickham, voici maintenant de nombreux mois. Là-dessus, que pouvez-vous avoir à dire ? Au nom de quelle amitié allez-vous trouver à vous excuser en cette circonstance ? Sous le couvert de quel faux rapport pouvez-vous espérer en faire accroire ?

— Vous prenez beaucoup d'intérêt aux affaires de ce monsieur », jeta Darcy d'une voix moins tranquille, cependant que son visage s'empourprait.

— Qui pourrait s'empêcher de s'intéresser à lui, sachant l'étendue de ses malheurs ?

— Ses malheurs ! répéta Darcy avec mépris. Oui, ses malheurs ont été vraiment considérables !

— Et vous en avez été la cause, s'indigna Elizabeth. C'est vous qui l'avez réduit à la pauvreté que, toutes proportions gardées, il connaît aujourd'hui. Vous l'avez privé des avantages dont vous saviez qu'il devait bénéficier. Durant les plus belles années de sa vie, il aura été dépouillé de cette indépendance financière qui lui était due et qu'il méritait. Vous êtes l'auteur de tout cela, et pourtant pouvez réagir à l'évocation de ses malheurs par le mépris et la dérision.

— C'est donc ainsi que vous me considérez, s'exclama Darcy en marchant d'un pas rapide au travers de la pièce, c'est là toute l'estime que vous avez pour moi ! Je vous remercie de vous en expliquer aussi clairement. Mes fautes, selon votre compte, sont accablantes. Mais peut-être, ajouta-t-il en s'arrêtant et se tournant vers elle, auriez-vous pu oublier tous ces torts si votre orgueil n'avait été blessé par l'honnête confession que je vous ai faite des scrupules qui m'avaient si longtemps empêché d'envisager sérieusement de vous épouser. Vous auriez pu taire ces accusations virulentes si plus politiquement je vous avais caché mes débats intérieurs et vous avais laissé croire à l'idée flatteuse qu'une inclination sans réserve, sans mélange, me poussait à vous demander, que j'y étais conduit par la raison, la réflexion, par tout enfin. Mais j'ai le déguisement sous toutes ses formes en abomination. Je n'ai pas honte des sentiments que je vous ai avoués. Ils étaient naturels et justes. Pouviez-vous espérer que je me réjouirais de l'infériorité de votre famille, que je me féliciterais de la perspective d'une alliance avec des gens dont la condition était si évidemment au-dessous de la mienne ? »

Elizabeth sentait la colère monter en elle, plus forte à chaque instant. Pourtant, ce fut en se dominant autant que possible qu'elle finit par dire :

« Vous vous trompez, monsieur Darcy, en supposant que la manière dont vous vous êtes déclaré a eu un autre effet sur moi que de m'ôter le chagrin que j'aurais pu ressentir si vous vous étiez conduit davantage en *gentleman*. »

Elle le vit tressaillir à ces mots, mais il ne dit rien. Elle reprit :

« Vous n'auriez pu m'offrir votre main d'aucune manière susceptible de me donner l'envie de l'accepter. »

Son étonnement de nouveau fut évident, et il la regarda d'un air où se mêlaient l'incrédulité et l'humiliation. Elle continua.

« Dès le commencement, dès les premiers instants ou presque, pourrais-je dire, de nos relations, vos manières, en me donnant l'assurance la plus complète de votre arrogance, de votre vanité, de votre mépris égoïste pour la sensibilité d'autrui, ont été d'une sorte à asseoir la désapprobation à partir de laquelle les événements qui ont suivi ont définitivement consolidé mon dégoût, et je ne vous connaissais pas depuis un mois que vous étiez pour moi le dernier homme au monde qu'on aurait pu me persuader d'épouser.

— Vous en avez assez dit, madame. Je comprends parfaitement vos sentiments, et n'ai plus qu'à me montrer confus de ce que les miens ont pu être. Pardonnez-moi d'avoir abusé de votre temps, et acceptez les vœux les plus sincères pour votre santé et votre bonheur. »

Sur ces mots, il se hâta de quitter la pièce. L'instant d'après, Elizabeth l'entendit ouvrir la porte d'entrée et sortir de la maison.

Son esprit connaissait maintenant le tumulte le plus pénible et le plus grand qui soit. Elle ne pouvait se soutenir, et de pure faiblesse se laissa choir sur un siège et sanglota une demi-heure durant. Son étonnement en songeant à ce qui s'était passé augmentait à chaque retour en arrière. Une demande en mariage de M. Darcy ! Il était amoureux d'elle depuis tant de mois, et si épris qu'il avait voulu l'épouser malgré les mêmes objections qui l'avaient amené à empêcher le mariage de son ami avec Jane et avaient dû lui apparaître avec une force au moins égale dans son propre cas. C'était à n'y pas croire ! Il était flatteur de penser qu'elle avait à son insu inspiré une affection aussi forte. Mais son orgueil, son abominable orgueil, son aveu éhonté de ce qu'il avait accompli par rapport à sa sœur, l'impardonnable assurance avec laquelle il avait tout reconnu, sans pouvoir rien justifier, et sa sécheresse de cœur quand il avait parlé de M. Wickham, sans même tenter de se disculper d'une accusation de cruauté envers lui, tout cela eut tôt fait de surmonter la compassion que la considération de son attachement avait un instant éveillée.

Les mêmes réflexions la bouleversèrent jusqu'à ce que le bruit de la voiture de Lady Catherine, en lui faisant sentir à quel point elle était incapable de rencontrer le regard de Charlotte, la fit se réfugier hâtivement dans sa chambre.

CHAPITRE XII

Le lendemain matin, Elizabeth en s'éveillant retrouva les mêmes pensées et les mêmes réflexions qui avaient fini par lui fermer les yeux. Elle ne parvenait toujours pas à se remettre de la surprise que lui avaient causée les événements de la veille. Il lui était impossible de songer à autre chose. Incapable d'aucun ouvrage, elle résolut, peu après le petit déjeuner, de profiter du grand air et d'un peu d'exercice. Elle s'apprêtait à suivre d'emblée son itinéraire favori lorsqu'il lui revint en mémoire que M. Darcy parfois empruntait ce même sentier. Elle s'arrêta donc et, au lieu de pénétrer dans le parc, continua sur le chemin, s'éloignant ainsi davantage de la grand-route. La palissade du parc servait toujours à borner un des côtés, et bientôt elle passa devant l'une des grilles qui donnaient accès au domaine.

Elle commença par se promener sur ce chemin dans un sens puis dans l'autre, deux ou trois fois, pour ensuite être tentée par le beau temps en cette matinée de faire halte devant le portail pour contempler le parc. Les cinq semaines qu'avait duré son séjour dans le Kent avaient considérablement changé l'aspect de la campagne, et chaque journée ajoutait aux frondaisons des arbres les plus précoces. Elle était sur le point de poursuivre sa promenade quand elle aperçut une silhouette masculine dans l'espèce de petit bois en bordure du parc. La silhouette bougeait dans sa direction. Craignant que ce ne fût M. Darcy, elle battit en retraite. L'homme, toutefois, qui continuait d'avancer, était maintenant

assez proche pour l'apercevoir. Il hâta le pas et prononça son nom. Elle lui tournait le dos mais, s'entendant appeler, et bien que la voix prouvât qu'il s'agissait
bien de M. Darcy, revint vers la grille. Il l'avait alors
atteinte lui aussi et, tendant une lettre qu'instinctivement elle prit, lui dit d'un air calme et distant:

«Je marche dans ce bosquet depuis quelque temps
déjà dans l'espoir de vous rencontrer. Me ferez-vous
l'honneur de lire cette lettre?»

Là-dessus il s'inclina légèrement et retourna sous les
arbres. Bientôt il disparut.

Sans en attendre aucun plaisir, mais animée de la
plus vive curiosité, Elizabeth décacheta. Elle fut encore
davantage étonnée en s'apercevant que l'enveloppe
contenait deux feuillets couverts d'une écriture serrée.
L'enveloppe aussi était entièrement écrite. La jeune fille
continua sa route et commença sa lecture. La lettre
était datée de Rosings, à huit heures du matin. Voici ce
qu'on y trouvait:

*Ne soyez pas inquiète, mademoiselle, en recevant cette
lettre, à l'idée qu'elle contienne la répétition des sentiments, ou la réitération des offres, qui ont provoqué chez
vous hier soir tant de dégoût. Je n'écris pas dans l'intention de vous faire de la peine, ou de m'humilier, en revenant sur des souhaits qui, pour le bonheur de l'un et de
l'autre, ne peuvent trop tôt s'oublier. L'effort nécessité
par la rédaction et la lecture de cette lettre aurait pu être
épargné si mon honneur n'avait pas exigé qu'elle fût
écrite et lue. Il faudra donc me pardonner la liberté avec
laquelle je sollicite votre attention. De cœur je sais que
vous ne me l'accorderez pas volontiers, mais j'appelle à
votre sens de la justice.*

*Vous m'avez hier accusé de deux fautes de nature très
différente, et loin d'être d'une égale gravité. La première
consistait à avoir, sans tenir compte de ce qu'ils pouvaient éprouver l'un et l'autre, détaché M. Bingley de votre
sœur; selon la seconde accusation, j'avais, au mépris de
divers droits, de l'honneur et de l'humanité, ruiné dans*

l'immédiat la prospérité de M. Wickham et brisé son avenir.

Si j'avais volontairement et par caprice rejeté le compagnon de ma jeunesse, un jeune homme dont mon père avait ouvertement fait son préféré, qui ne pouvait guère compter que sur notre protection et qui avait été élevé dans l'espoir qu'elle s'exercerait, je me serais rendu coupable d'une vilenie auprès de laquelle la séparation de deux jeunes gens dont l'affection ne pouvait être le fruit que de quelques semaines ne supporterait pas la comparaison. Mais des reproches sévères qui m'ont été si libéralement dispensés hier soir, dans chacun de ces domaines, j'espère à l'avenir pouvoir être préservé lorsqu'aura été lu le rapport que je vous fais maintenant de mes actes et de leurs motifs. Si, dans l'explication que j'en donne et que je me dois à moi-même, je me trouve dans la nécessité de livrer des sentiments susceptibles de vous blesser, je n'ai d'autre ressource que d'en exprimer du regret. Je ne puis faire autrement, et il serait absurde de prolonger mes excuses.

Je ne séjournais pas depuis longtemps dans le Hertfordshire quand j'observai, et je n'étais pas le seul, que Bingley préférait l'aînée de vos sœurs à toutes les autres jeunes femmes du pays. Mais ce ne fut pas avant la soirée du bal à Netherfield que je nourris la crainte qu'il pût s'agir d'un attachement sérieux. Souvent dans le passé j'avais vu mon ami amoureux. Mais à ce bal, pendant que j'avais l'honneur de danser avec vous, pour la première fois je découvris, au hasard de la conversation de Sir William Lucas, que l'empressement de Bingley auprès de votre sœur avait largement répandu l'idée qu'ils allaient se marier. Il en parlait comme d'un événement assuré, dont la date seule restait à fixer. À partir de cet instant je donnai à l'attitude de mon ami une attention particulière et m'aperçus que son inclination pour Mlle Bennet excédait tout ce dont j'avais jusque-là été le témoin. J'observai également votre sœur. Son visage était ouvert, ses manières étaient franches, elle faisait preuve d'autant de bonne humeur et de bonne grâce que jamais,

mais sans trahir d'affection particulière. Je demeurai donc convaincu au terme de mon examen de la soirée que, si elle accueillait ses soins avec plaisir, elle ne les provoquait pas par la réciprocité de ses sentiments. Si vous ne vous êtes pas trompée sur ce point, l'erreur ne peut être que mienne. Vous connaissez votre sœur mieux que moi, ce qui rend probable cette hypothèse. S'il en est ainsi, si j'ai été amené par ma méprise à lui causer de la peine, votre ressentiment n'a pas été déraisonnable. Mais je n'hésiterai pas à affirmer que la sérénité qui se découvrait sur le visage et dans l'attitude de votre sœur était de nature à donner à l'observateur le plus pénétrant l'assurance que, aussi conciliant que fût son caractère, son cœur ne pouvait être facilement touché. Je ne nierai pas que j'étais désireux de la croire indifférente, mais je me hasarderai à dire que mes recherches et mes décisions ne sont pas d'ordinaire influencées par mes craintes ou mes espérances. Je ne concluai pas à son indifférence parce que tel était mon souhait. J'y vins au terme d'une enquête impartiale, ma conviction avait autant de bonne foi que mes souhaits de fondement rationnel.

Mes objections à ce mariage ne se limitaient pas à celles dont hier j'ai reconnu que, dans mon propre cas, seule la passion la plus forte pouvait les surmonter. Le défaut d'une alliance de famille ne pouvait représenter pour mon ami un écueil aussi grand que pour moi. Mais il existait d'autres raisons de se montrer réticent, des raisons que, bien qu'elles n'aient pas disparu et gardent la même importance dans nos deux situations, parce que je ne les avais plus sous les yeux, j'avais personnellement tenté d'oublier. Ces raisons, il me faut les énoncer, même si c'est brièvement. La condition de la famille de votre mère, bien qu'entraînant des inconvénients, ne représentait rien en comparaison de l'incorrection absolue si fréquemment, je dirais presque si uniformément, manifestée tant par elle que par vos trois sœurs cadettes — j'y ajouterai même, occasionnellement, votre père. Pardonnezmoi. Cela me coûte de vous offenser. Mais, au milieu du

*souci que vous causent les défauts de vos proches et de
l'amertume que vous ressentirez à vous les voir rappeler,
vous trouverez une consolation dans la pensée que, chacun s'accorde à le reconnaître, votre sœur aînée et vous-
même échappez par votre conduite à une réprobation de
ce genre, pour le plus grand honneur du jugement et du
caractère de l'une et de l'autre.*

    *Je n'en dirai rien de plus, sinon qu'après cette soirée
l'opinion que je m'étais faite des différentes personnes
fut confirmée et que tous les motifs qui m'auraient
poussé à garantir mon ami d'une alliance que j'estimais
particulièrement malencontreuse se trouvèrent renforcés.
Il quitta Netherfield pour Londres le lendemain, comme
je suis sûr que vous vous souvenez, dans l'intention de
revenir bientôt. Il me faut à présent expliquer le rôle que
j'ai tenu. L'inquiétude de ses sœurs avait été mise en
éveil autant que la mienne. Nous ne tardâmes pas à
découvrir la concordance de nos sentiments. Convaincus
tous les trois qu'il n'y avait pas de temps à perdre si nous
voulions détacher leur frère de votre sœur, vite nous
prîmes la décision de le rejoindre aussitôt à Londres.
Nous partîmes donc, et là j'acceptai volontiers l'office de
montrer à mon ami les inconvénients qui résulteraient
assurément d'un tel choix. Je les représentai, avec force
et sérieux. Cependant, quel qu'ait pu être l'effet de cette
remontrance pour ébranler ou retarder sa détermination,
je ne pense pas qu'elle eût suffi à empêcher le mariage si
elle n'avait pas été appuyée par l'assurance que je n'hé-
sitai pas à lui donner de l'indifférence de votre sœur. Il
avait cru jusque-là qu'elle répondait à son affection par
un sentiment sincère, sinon de même force que le sien.
Mais Bingley a reçu en partage une grande modestie et se
fie plus à mon jugement qu'au sien. Le convaincre, donc,
de son erreur ne comporta pas beaucoup de difficulté. Le
persuader de ne pas retourner dans le Hertfordshire, une
fois cette conviction acquise, fut l'œuvre d'un moment.*

    *Il m'est impossible de regretter d'avoir agi de la sorte.
Il n'y a en toute cette affaire qu'un seul aspect de ma
conduite auquel je ne réfléchis pas avec satisfaction : je*

me suis abaissé à recourir à un artifice en cachant à Bingley la présence à Londres de votre sœur. Je la connaissais,
tout comme Mlle Bingley, mais aujourd'hui encore son
frère l'ignore. Nous pouvions sans doute envisager une
rencontre sans en craindre la conséquence, mais son
affection ne me paraissait pas suffisamment éteinte pour
qu'il pût la voir sans danger. Peut-être cette dissimula-
tion, ce déguisement, fut-il indigne de moi. Tant pis, c'est
fait, et ce fut fait dans les meilleures intentions. Sur ce
sujet je n'ai plus rien à ajouter, je n'ai plus d'autre
excuse à faire valoir. Si j'ai blessé votre sœur dans ses
sentiments, ce fut à mon insu. Les raisons qui m'ont dicté
ma conduite peuvent, et c'est bien naturel, vous paraître
manquer de solidité, mais je n'ai pas encore appris à les
condamner.

Pour ce qui est de l'autre chef d'accusation, plus
important celui-là, qui concerne mes torts à l'égard de
M. Wickham, je ne puis y répondre qu'en ne vous
cachant rien des rapports de cet homme avec ma famille.
Le grief précis dont il a fait état, je l'ignore, mais de la
vérité de ce que je vais vous révéler je puis fournir plus
d'un témoin dont la bonne foi ne peut être mise en doute.

M. Wickham est le fils d'une personne très respectable
qui, pendant de nombreuses années, se vit confier la ges-
tion de tout le domaine de Pemberley. La probité avec
laquelle il s'acquitta de sa charge inclina tout naturellement mon père à lui rendre service et envers George
Wickham, dont il avait fait son filleul, par suite il ne fut
pas avare de ses bontés. Mon père subvint à ses besoins
au collège, puis à Cambridge. Ce furent des secours très
substantiels, car son propre père, sans cesse à court d'argent en raison de la prodigalité de sa femme, aurait été
dans l'incapacité de lui donner l'éducation nécessaire
pour tenir son rang dans la société. Mon père n'était pas
seulement féru de la compagnie de ce jeune homme, dont
les manières furent toujours engageantes; il avait aussi
de lui la plus haute opinion et, dans l'espoir qu'il choi-
sirait pour sa profession d'appartenir au clergé, avait
prévu de lui procurer un bénéfice.

*Quant à moi, depuis longtemps déjà j'avais commencé
à porter sur lui un tout autre jugement. Ses tendances au
vice, son manque de principes, qu'il dissimulait soigneusement à son meilleur ami, ne pouvaient échapper à
l'observation d'un jeune homme d'un âge proche du sien,
et qui avait l'occasion, à la différence de M. Darcy, de le
voir en des instants où il ne se tenait pas sur ses gardes.
Une fois de plus, je vais vous causer de la peine — jusqu'à quel point, vous seule pouvez le dire. Mais, quels
que soient les sentiments que M. Wickham a fait naître,
mes soupçons quant à leur nature ne m'empêcheront pas
de vous dévoiler la vérité sur son personnage. J'y trouve
même une raison d'agir supplémentaire.*

*Mon excellent père est mort il y a près de cinq ans. Son
attachement à M. Wickham se démentit si peu jusqu'à la
fin que dans son testament il me recommandait avec
soin d'aider à son avancement dans la carrière qu'il
aurait choisie, du mieux qu'il me serait possible. S'il
entrait dans les ordres, il voulait que lui fût octroyé un
bénéfice lucratif dont la famille disposait, aussitôt qu'il
deviendrait vacant. Cela s'accompagnait d'un legs de
mille livres. Son père ne survécut pas longtemps au mien
et, moins de six mois après ces événements, M. Wickham
m'écrivit pour m'informer qu'ayant finalement résolu de
ne pas entrer dans les ordres, il espérait que je ne jugerais
pas déraisonnable de sa part d'ambitionner dans l'immédiat un avantage pécuniaire au lieu d'attendre une
place dans l'Église qui ne lui servirait de rien. Il songeait, ajoutait-il, à étudier le droit, et il ne pouvait
m'échapper que pour ce faire les intérêts de mille livres
constitueraient une ressource très insuffisante. Je sou-
haitai le croire sincère plus que je ne le crus, mais de
toute manière j'étais parfaitement disposé à accéder à sa
proposition. Je savais que M. Wickham ne devait pas
faire un pasteur.*

*L'affaire en conséquence fut bientôt réglée. Il aban-
donna toute prétention à mon appui dans une carrière
ecclésiastique, au cas où il serait jamais en état d'en
bénéficier, et en retour accepta la somme de trois mille*

livres. *Nos relations paraissaient désormais définitivement closes. J'avais de lui trop mauvaise opinion pour
l'inviter à Pemberley, ou pour à Londres admettre de le
fréquenter. Je crois que c'est dans la capitale qu'il vécut
principalement, mais ses études de droit n'étaient qu'une
façade. Libre désormais de toute contrainte, il mena une
vie oisive et déréglée. Les trois années qui suivirent, j'en-
tendis peu parler de lui mais, lorsque mourut le titulaire
du bénéfice qu'on avait prévu de lui donner, il s'adressa
de nouveau à moi dans une lettre pour être présenté à
cette charge. Sa situation financière, m'assurait-il, et je
n'avais pas de peine à le croire, était particulièrement
mauvaise. Il avait trouvé les études de droit de bien
maigre profit et se disait entièrement résolu à entrer dans
les ordres si j'acceptais de lui donner accès au bénéfice
en question. En cette issue il manifestait une entière
confiance, car il savait bien qu'il n'existait aucune autre
personne que j'eusse à établir, et je ne pouvais avoir
oublié les intentions de mon vénéré père.*

*Vous ne sauriez me tenir rigueur d'avoir refusé de
céder à cette instance, ou d'avoir résisté à toutes ses répé-
titions. Son ressentiment fut à la mesure de ses embarras, et je ne doute pas que les injures dont il m'abreuva
dans sa conversation avec autrui égalèrent en violence
les reproches dont il me couvrit. Passé ce temps, nous ne
prétendîmes même plus nous connaître. Comment il fit
pour subsister, je l'ignore. Mais, l'été dernier, il se rappela de nouveau à mon souvenir de la manière la plus
pénible qui soit.*

*Il me faut à présent parler d'une circonstance que j'ou-
blierais moi-même bien volontiers et qu'aucune obligation moindre que la présente ne pourrait m'amener à
porter à la connaissance de quiconque. Après vous avoir
dit cela, je sais compter sur votre discrétion.*

*Ma sœur, qui est de plus de dix ans ma cadette, fut
placée sous la tutelle du neveu de ma mère, le colonel
Fitzwilliam, et de moi-même. Il y a environ un an, elle
fut retirée de sa pension, et nous l'installâmes à Londres
dans sa maison. L'été dernier, elle accompagna à Rams-*

gate[1] *la dame qui gouvernait son ménage. M. Wickham
s'y rendit aussi, certainement avec des intentions bien
arrêtées, car la suite prouva qu'il connaissait déjà
Mme Younge, sur le compte de laquelle nous avions le
malheur de nous être lourdement trompés. Sa conni-
vence et son aide lui permirent de se recommander à
Georgiana, dont la nature affectueuse n'avait pas oublié
la bienveillance de Wickham à son égard dans son
enfance, au point de lui donner à croire qu'elle était
amoureuse et de consentir à s'enfuir avec lui. Elle
n'avait que quinze ans, ce qui lui servira d'excuse et,
après avoir rapporté son imprudence, je suis heureux de
pouvoir ajouter que c'est à elle que je dois d'en avoir été
informé. Je les rejoignis à l'improviste un jour ou deux
avant la date fixée pour leur départ, et alors Georgiana,
incapable de supporter l'idée de peiner et d'offenser un
frère qu'elle révérait presque à l'égal d'un père, ne me
laissa plus rien ignorer.*

*Vous n'aurez pas de difficulté à imaginer ce que je res-
sentis et les mesures que je pris. Le soin que j'avais de la
réputation et de la sensibilité de ma sœur m'empêcha
de dénoncer publiquement les coupables, mais j'écrivis
à M. Wickham, qui immédiatement quitta la ville.
Mme Younge, bien sûr, se vit retirer sa charge. Le principal objet de M. Wickham sans nul doute était la fortune
de ma sœur, qui s'élevait à trente mille livres, mais je ne
puis m'empêcher de penser que l'espoir de se venger de
moi constituait un puissant motif. Sa vengeance certes
eût été complète.*

*Ce qui précède, mademoiselle, est le récit fidèle de tous
les événements auxquels nous avons l'un et l'autre été
mêlés et, si d'emblée vous ne le rejetez pas comme men-
songer, j'espère que dorénavant vous m'acquitterez d'une
accusation de cruauté envers M. Wickham. Je ne sais de
quelle manière, sous quel déguisement, il a surpris votre
bonne foi. Mais son succès n'a peut-être pas de quoi
étonner. Ignorant tout de ce qui nous concernait tous
deux, vous n'aviez pas la possibilité de le confondre, et le
soupçon n'entrait certainement pas dans votre nature.*

*Peut-être vous demandez-vous pourquoi je ne vous ai pas
tout dit hier soir, mais je n'étais pas alors assez maître de
moi pour savoir ce qu'on pouvait ou devait révéler. Pour
témoigner de la véracité de mon récit, je puis faire appel
en particulier au colonel Fitzwilliam qui, en raison de
notre proche parenté et de notre intimité constante, et
plus encore en qualité d'exécuteur testamentaire de mon
père, inévitablement s'est trouvé informé de tous les
détails de ces transactions. Si l'aversion que je vous inspire est telle qu'elle ôte toute valeur à mes affirmations,
vous ne pourrez pour la même raison vous empêcher de
croire en celles de mon cousin. Afin que vous ayez une
possibilité de le consulter, je tâcherai de trouver l'occasion de mettre cette lettre entre vos mains dans le courant de la matinée. J'ajouterai seulement : que Dieu vous
garde !*

Fitzwilliam Darcy

CHAPITRE XIII

Si Elizabeth, quand M. Darcy lui remit sa lettre, ne
s'attendait pas à ce qu'elle contînt le renouvellement de
ses propositions, elle n'avait aucune idée de ce qu'elle
pourrait lui offrir. Mais, telle qu'elle était conçue, on
peut aisément imaginer que ce fut avec la plus vive
curiosité qu'elle la parcourut et qu'elle lui dut les émotions les plus contradictoires. Il est difficile de donner
une juste idée des sentiments qui l'agitèrent pendant sa
lecture. Ce fut d'abord avec stupeur qu'elle comprit
qu'il se croyait en mesure de se justifier, et elle demeura
obstinément persuadée qu'il ne pouvait avoir d'explications à donner qu'avec un peu de pudeur il ne se refuserait pas à produire. Fortement prévenue contre tout ce
qu'il pourrait avancer, elle entama son récit de ce qui
s'était passé à Netherfield. Elle lut avec une avidité qui
lui permettait à peine de comprendre ce qu'elle lisait.

Son impatience de connaître ce qu'apporterait la phrase qui allait suivre la rendait incapable de s'attacher au sens de celle qu'elle avait sous les yeux. Sur-le-champ elle tint pour une duperie sa conviction de l'insensibilité de sa sœur. Quant à ses véritables objections au mariage, les plus graves, elles excitèrent en elle trop de colère pour qu'elle désirât être juste à son égard. Il n'exprimait aucun regret pour ses agissements qui pût la satisfaire. Son style n'était pas celui du repentir mais de l'arrogance. Elle n'y voyait qu'insolence et orgueil.

Pourtant, lorsqu'à ce sujet succéda son témoignage sur M. Wickham, lorsqu'elle lut avec un peu plus de lucidité le récit d'événements qui, s'ils étaient réels, devaient annihiler tout le bien qu'elle aimait penser du jeune officier et un récit qui de manière fort inquiétante ressemblait fort à la version que celui-ci avait lui-même donnée de ses faits et gestes, elle se sentit encore plus péniblement affectée, et sa réaction fut encore plus difficile à définir. Elle fut tour à tour en proie à l'étonnement, à la crainte, et même à l'horreur. Elle aurait voulu n'en rien croire. À maintes reprises, elle s'exclama : «Ce ne peut être vrai ! C'est impossible ! C'est sûrement une tromperie de la pire espèce ! » Quand elle eut examiné la lettre dans son entier, bien qu'ayant à peine pris connaissance du contenu des toutes dernières pages, elle la mit de côté rapidement en se jurant de ne pas en tenir compte, de ne jamais plus y jeter un coup d'œil.

L'esprit ainsi perturbé, incapable de fixer son attention sur quoi que ce soit, elle continua sa promenade. Mais rien n'y fit : un instant plus tard, elle avait de nouveau déplié sa lettre. Se ressaisissant de son mieux, elle reprit l'humiliante lecture de tout ce qui se rapportait à Wickham et s'obligea à examiner de plus près la signification de chaque phrase. Ce qui était dit des liens du jeune homme avec la famille de Pemberley coïncidait en tout point avec sa propre histoire, et la bonté de feu M. Darcy, quoiqu'elle en eût auparavant ignoré l'éten-

due, s'accordait bien aussi avec ce qu'il lui avait été
donné d'entendre. Jusque-là chacun des deux récits
confirmait l'authenticité de l'autre. Mais, quand elle en
vint au testament, la disparité fut considérable. Ce que
Wickham lui avait confié au sujet du bénéfice, elle
l'avait encore clairement en mémoire et, lorsqu'elle se
rappela les mots utilisés avec précision, il lui fut impossible de ne pas s'apercevoir qu'il y avait d'un côté ou de
l'autre une duplicité palpable. Pendant quelques instants, elle se flatta de l'espoir que ses souhaits ne la
tromperaient pas. Mais, en lisant et relisant avec toute
l'attention désirable le détail des événements faisant
immédiatement suite à l'abandon par Wickham de
toute prétention au bénéfice, la manière dont il avait
reçu à titre de dédommagement une somme de l'importance de trois mille livres, une fois encore elle fut amenée à hésiter. Elle interrompit sa lecture, jugea toutes
les circonstances d'une façon qu'elle voulait impartiale,
réfléchit à la vraisemblance de toutes les déclarations,
mais sans beaucoup de succès. D'un côté et de l'autre,
on affirmait, c'est tout. Elle reprit la lettre. Chaque ligne
démontrait avec plus de clarté que toute cette affaire,
qu'aucun artifice, avait-elle cru, ne pouvait représenter
de manière à rendre la conduite de M. Darcy autre
qu'infâme, était susceptible d'une tournure capable
d'innocenter complètement et de bout en bout ce même
M. Darcy.

L'accusation de prodigalité et de dissipation qu'il ne
se faisait pas scrupule de porter contre M. Wickham la
heurta au plus haut point, et d'autant plus qu'elle était
dans l'incapacité d'en démontrer l'injustice. Elle n'avait
jamais entendu parler de l'homme avant son arrivée
dans la milice du comté de X, où il s'était engagé sur les
instances du jeune officier qui, à la faveur d'une rencontre fortuite dans la capitale, avait là renoué une
ancienne et superficielle connaissance. De son précédent mode de vie on ne savait dans le Hertfordshire que
ce qu'il avait bien voulu dire. Quant à la réalité du personnage, à supposer qu'elle eût disposé des moyens de

la découvrir, elle n'avait jamais ressenti le besoin de
s'en informer. Sa bonne mine, le ton de sa voix, ses
manières l'avaient établi dès les premiers instants en
possession de toutes les vertus. Elle essaya de se rappeler un exemple de ses qualités, un trait remarquable
d'intégrité ou de bienveillance qui pût le sauver des
attaques de M. Darcy ou du moins, en montrant comment le meilleur l'emportait, racheter les erreurs occasionnelles au nombre desquelles elle voulait ranger ce
que M. Darcy avait dépeint comme l'oisiveté et le vice
de nombreuses années. Mais nul souvenir de cette sorte
ne vint à son secours. Elle le revoyait sans effort, paré
de toutes les grâces de la figure et du maintien, mais ne
pouvait évoquer en sa faveur rien de plus substantiel
que l'approbation généralement donnée par le voisinage et la sympathie que sa sociabilité lui avait acquise
au mess des officiers.

Après s'être attardée là-dessus très longuement, elle
reprit sa lecture. Mais, hélas, l'histoire qui suivait des
entreprises de Wickham contre Mlle Darcy trouvait un
appui dans les propos qu'elle avait échangés avec le
colonel Fitzwilliam, pas plus tard que la veille. Finalement, on la renvoyait pour la confirmation de tous les
détails au colonel en personne, qui l'avait précédemment informée du grand intérêt qu'il prenait à toutes
les affaires de son cousin et dont elle n'avait pas de raison de mettre en doute la probité. Elle fut tentée à un
moment de s'adresser à lui, mais elle hésita devant le
caractère gênant de la démarche pour en fin de compte
renoncer tout à fait, sachant que M. Darcy n'aurait
jamais hasardé pareille proposition s'il n'avait été sûr
que son cousin ne le démentirait pas.

Elle se souvenait parfaitement de tous les propos
échangés entre Wickham et elle au cours de leur première soirée chez M. Phillips. Beaucoup des expressions utilisées par lui étaient encore fraîches dans sa
mémoire. Elle voyait clairement à présent l'inconvenance de telles confidences faites à une étrangère et
s'étonnait de ne pas l'avoir remarqué jusque-là. Elle

était sensible à l'indélicatesse qu'il y avait à se mettre en avant comme il l'avait fait et à la manière dont sa conduite contredisait ses paroles. Il avait prétendu ne pas craindre de revoir M. Darcy. M. Darcy pouvait quitter le pays s'il voulait, lui-même ne partirait pas. Pourtant, la semaine suivante, il avait évité de paraître au bal de Netherfield. Et puis, avant le départ des hôtes du château, il n'avait raconté son histoire à nul autre qu'à elle, mais une fois qu'ils avaient eu plié bagage, on en avait partout parlé. Il avait cessé d'éprouver de la réticence, des scrupules à souiller la réputation de M. Darcy, après l'avoir assurée que son respect pour le père lui interdirait à jamais de faire le procès du fils.

Comme tout ce qui le concernait apparaissait maintenant sous un jour différent ! Sa cour à Mlle King ne tenait son origine à présent que dans des projets uniquement et bassement intéressés. La médiocrité de la fortune de la jeune fille ne prouvait plus la modération de ses ambitions mais sa hâte à se saisir de tout ce qui était à sa portée. Sa conduite envers elle ne s'expliquait plus de manière acceptable : ou bien il s'était trompé au sujet de sa dot, ou il avait flatté sa propre vanité en encourageant un penchant qu'elle avait montré avec beaucoup d'imprudence. Les derniers efforts qu'elle fit pour le sauver perdirent peu à peu de leur intensité. Au profit d'une plus large justification de M. Darcy, il lui fallut admettre que M. Bingley, quand Jane l'avait interrogé, avait depuis longtemps affirmé son innocence en cette affaire. Ses manières étaient arrogantes, rebutantes mais, tout le temps qu'ils avaient passé ensemble (et récemment leurs relations les avaient beaucoup rapprochés et lui avaient permis de se familiariser en quelque sorte avec son comportement), jamais elle n'avait observé de signe qui révélât un manque de principes ou de l'injustice, laissât supposer des habitudes contraires à la morale ou à la religion. Sa famille et ses amis l'estimaient et l'appréciaient, même Wickham lui avait reconnu du mérite en tant que frère, et souvent elle l'avait entendu parler de sa sœur avec une affection

qui le prouvait capable d'au moins quelques tendres
sentiments. Si ses actions avaient été conformes à la
représentation qu'en avait donnée Wickham, pareille
transgression de toutes les lois de l'honneur aurait difficilement pu être tenue cachée, et il eût été incompré-
hensible qu'une amitié se formât entre une personne
capable d'une telle conduite et quelqu'un d'aussi charmant que M. Bingley.

Elle finit par avoir véritablement honte d'elle-même.
Elle ne pouvait songer ni à Darcy ni à Wickham sans
éprouver le sentiment qu'elle s'était montrée aveugle,
partiale, prévenue, insensée.

« Comme j'ai agi de manière méprisable ! s'indigna-
t-elle. Moi qui tirais fierté de mon discernement, qui
estimais tant mes capacités, qui ai souvent dédaigné
l'esprit de charité de ma sœur et contenté ma vanité par
une méfiance inutile ou blâmable. Dans cette découverte, que d'humiliations ! Et pourtant, que cette humiliation est juste ! Même si j'avais été amoureuse, je
n'aurais pu m'aveugler plus misérablement. Mais c'est
la vanité et non l'amour qui a été la cause de mon extravagance. Flattée de la préférence de l'un, offensée de
l'inattention de l'autre, dès le commencement de nos
relations j'ai recherché la prévention et l'ignorance et
banni la raison dans mon attitude à l'égard de chacun.
Jusqu'à cet instant j'ai ignoré la vérité sur mon propre
compte [1]. »

Passant d'elle-même à Jane, de Jane à Bingley, une
pensée en amenant une autre, elle se souvint bientôt
que les explications de M. Darcy sur le dernier point lui
avaient paru très insuffisantes. Elle relut le passage les
concernant. L'effet de cette seconde lecture fut bien différent de celui de la première. Comment, il est vrai, retirer sa confiance à ce qu'il affirmait dans un cas, alors
qu'elle avait été contrainte de la donner dans l'autre ? Il
déclarait ne s'être jamais douté de l'attachement de sa
sœur ; elle ne pouvait s'empêcher d'évoquer ce qu'avait
toujours été le sentiment de Charlotte ; elle ne pouvait
davantage refuser sa fidélité au portrait qu'il faisait de

Jane. La ferveur de ce qu'elle éprouvait ne se remarquait guère, effectivement ; sur ses traits comme dans son attitude se découvrait une perpétuelle aménité, rarement liée à une sensibilité très vive.

Quand elle en arriva à la partie de la lettre qui se rapportait à sa famille et où l'on en parlait en des termes dont la réprobation était si humiliante et pourtant si méritée, elle éprouva une honte des plus cruelles. L'accusation lui parut trop fondée pour pouvoir être rejetée et les circonstances auxquelles il faisait précisément allusion, celles du bal de Netherfield, qui avaient renforcé sa condamnation première, n'auraient pas pu faire plus forte impression sur lui que sur elle.

Le compliment à son adresse et à celle de Jane ne la laissa pas indifférente. Il l'apaisa sans pouvoir la consoler pour le mépris que s'était attiré le reste de sa famille. Quand elle considéra que la déception de sa sœur avait en réalité été l'ouvrage de ses plus proches parents et réfléchit à l'importance du dommage infligé à la réputation de l'une et de l'autre par une conduite aussi inconvenante, son abattement s'accrut au-delà de tout ce qu'elle avait connu auparavant.

Elle erra deux heures durant sur le chemin, à se laisser envahir par des pensées de toute sorte, à réexaminer les événements, évaluer les probabilités et se réconcilier autant que possible avec des changements aussi soudains et aussi considérables. Enfin la fatigue et le souvenir de sa longue absence la déterminèrent à rentrer au presbytère. Elle s'efforça, en passant le seuil de la maison, de présenter un visage aussi souriant qu'à l'habitude et résolut de ne pas encourager des idées qui ne lui auraient pas permis de prendre part à la conversation.

On l'informa aussitôt que les deux messieurs de Rosings étaient l'un et l'autre venus en son absence. M. Darcy n'était resté que quelques minutes pour prendre congé, mais le colonel Fitzwilliam ne les avait pas quittés avant au moins une heure, dans l'espoir de son retour. Il avait failli partir à sa recherche, et ne pas renoncer avant de l'avoir trouvée. Elizabeth ne put que

faire semblant de regretter de l'avoir manqué. En réalité, elle s'en réjouit. Le colonel ne l'intéressait plus.
Toutes ses pensées allaient à sa lettre.

CHAPITRE XIV

Les deux messieurs quittèrent Rosings le lendemain
matin. M. Collins, qui avait attendu près des loges des
gardiens le moment de s'incliner bien bas devant eux
pour faire ses adieux, eut le plaisir d'annoncer à son
retour chez lui qu'ils lui avaient paru en très bonne
santé et aussi bien en train qu'on pouvait l'espérer
après la scène mélancolique qu'ils venaient de vivre au
château. Il se hâta ensuite de s'y rendre lui-même, afin
de consoler Lady Catherine et sa fille, et en revint fort
satisfait, porteur d'un message de Madame. Elle se sentait si morose qu'elle avait grande envie de les avoir
tous à dîner.

Elizabeth ne put rencontrer Lady Catherine sans se
rappeler que, si elle l'avait voulu, elle aurait pu alors lui
être présentée comme sa future nièce. Il lui était impossible également sans sourire de songer à ce qu'aurait
été l'indignation de Sa Seigneurie. Qu'aurait-elle dit ?
Comment aurait-elle réagi ? : autant de questions dont
elle s'amusa.

On parla d'abord de la perte subie par les habitants
de Rosings. « Je vous assure, dit Lady Catherine, que j'y
suis fort sensible. Je suis persuadée que personne ne
regrette autant que moi d'être privé de ses amis. Mais
c'est que je ressens pour ces jeunes gens un attachement tout particulier, et que je les sais eux-mêmes si
attachés à moi ! Ils étaient navrés d'avoir à partir. Il
n'en va d'ailleurs jamais autrement. Ce cher colonel se
ressaisit avec quelque succès, sauf au dernier moment.
Mais Darcy m'a paru supporter cela très mal, plus mal,

je pense, que l'an dernier. L'affection qui le lie à Rosings va sûrement croissant. »

M. Collins en cet instant eut à placer un compliment et une allusion qui provoquèrent un même sourire bienveillant chez la mère et la fille.

Après dîner, Lady Catherine observa que Mlle Bennet paraissait d'humeur mélancolique. Elle en fournit aussitôt l'explication en supposant que la jeune fille répugnait à l'idée de rentrer aussi vite à la maison. Elle ajouta :

« Mais si tel est le cas, il faut écrire à votre mère pour la prier de vous laisser prolonger votre séjour ici. Mme Collins, j'en suis sûre, sera très heureuse de vous avoir près d'elle.

— Je suis très obligée à Votre Seigneurie de cette aimable invitation, répondit Elizabeth, mais il n'est pas en mon pouvoir de l'accepter. Je dois être à Londres samedi prochain.

— Voyons, à ce compte-là, vous ne serez restée ici que six semaines. Je m'attendais à un séjour de deux mois. C'est ce que j'ai dit à Mme Collins avant votre arrivée. Il ne peut y avoir de raison pour que vous partiez aussi vite. Mme Bennet pourrait certainement se passer de vous quinze jours de plus.

— Mais non mon père. Il m'a écrit la semaine dernière pour hâter mon retour.

— Votre père bien évidemment peut se passer de vous si votre mère s'en accommode. Les filles n'ont jamais autant d'importance aux yeux d'un père. J'ajoute que si vous restez encore tout un mois, je pourrai emmener l'une de vous deux jusqu'à Londres, car j'y vais au début de juin pour une semaine. Dawson[1] ne voit pas d'objection à s'asseoir près du cocher. Il y aura donc toute la place voulue pour une de vous et même, si le temps est frais, je veux bien vous prendre toutes les deux à l'intérieur, comme ni l'une ni l'autre vous n'êtes bien grosses.

— C'est trop de bonté, madame, mais je crois que nous devrons nous en tenir à notre premier projet. »

Lady Catherine parut se résigner.

«Madame Collins, il faudra les faire accompagner
par un domestique. Vous savez que je dis toujours ce
que je pense, et je ne supporte pas l'idée de deux jeunes
femmes courant la poste sans personne avec elles. C'est
tout à fait inconvenant. Il faut vous arranger pour trouver quelqu'un. J'ai en abomination ce genre de chose.
Les jeunes femmes doivent toujours être accompagnées
et protégées, en conformité avec la position qui est la
leur. Lorsque ma nièce Georgiana s'est rendue à Ramsgate l'été dernier, j'ai insisté pour qu'elle eût deux
laquais à son service. Mlle Darcy, la fille de M. Darcy,
de Pemberley, et de Lady Anne, n'aurait pu décemment
paraître dans un autre équipage. Je veille avec le plus
grand soin à toutes ces choses. Il faut envoyer John avec
les jeunes demoiselles, madame Collins. Je me félicite
d'avoir pensé à vous en parler. Ce serait vraiment dommageable pour votre réputation si vous les laissiez partir seules.

— Mon oncle doit nous envoyer un domestique.

— Ah oui ! votre oncle ! Il emploie un domestique ? Je
suis bien contente d'apprendre que vous avez quelqu'un
qui n'oublie pas cela. Où changerez-vous de chevaux ?
Oh ! à Bromley, bien entendu. Si vous dites à l'auberge
de la Cloche que vous me connaissez, vous serez bien
servies.»

Lady Catherine avait beaucoup d'autres questions à
poser concernant leur voyage et, comme elle ne se chargeait pas de répondre à toutes, il fallait lui prêter attention, ce qu'Elizabeth considéra comme une chance
pour elle. Préoccupée comme elle l'était, elle aurait risqué en effet d'oublier où elle se trouvait. La réflexion
devait être laissée aux heures de solitude. Chaque fois
qu'elle était livrée à elle-même, elle s'y adonnait comme
à son soulagement le plus grand. Pas un jour ne s'écoulait sans une promenade solitaire, lui permettant de
goûter aux délices de souvenirs déplaisants.

Quant à la lettre de M. Darcy, elle était en passe de la
connaître par cœur. Elle en étudiait chaque phrase, et
ses sentiments à l'égard de son auteur variaient parfois

considérablement. Lorsqu'elle évoquait la manière dont il avait fait sa demande, son indignation demeurait aussi vive. Mais, quand elle considérait l'injustice dont elle avait fait preuve en le condamnant et en le couvrant de reproches, sa colère se tournait contre elle, et la déception qu'il avait éprouvée lui valait de la pitié. Son attachement donnait lieu à de la gratitude, elle respectait l'homme, mais sans pouvoir l'approuver. Elle ne pouvait non plus un seul instant regretter son refus, ni être tentée si peu que ce soit de le revoir.

La conduite qu'elle avait tenue était une source constante de contrariété et de remords, mais les fâcheux travers de sa famille la chagrinaient encore davantage. Il n'y avait pas d'espoir d'y remédier. Son père se contentait de rire de la folle étourderie des plus jeunes de ses filles. Il ne se donnerait jamais la peine de la réprimer. Quant à sa mère, dont les propres manières laissaient tant à désirer, elle n'avait aucune idée de l'étendue du mal. Elizabeth avait fréquemment uni ses efforts à ceux de Jane pour mettre un frein à l'imprudence de Catherine et de Lydia. Mais, tant qu'elles auraient le soutien de la complaisance maternelle, quelle chance restait-il d'une amélioration ? Catherine, de caractère faible, irritable et se laissant complètement gouverner par Lydia, avait toujours réagi à leurs conseils comme à un affront. Lydia elle-même, têtue et insouciante, leur prêtait à peine attention. Toutes deux étaient ignorantes, désœuvrées et vaniteuses. Aussi longtemps qu'il demeurerait un officier à Meryton, elles flirteraient avec lui et, tant que de Longbourn on pourrait se rendre à pied dans la petite ville, elles ne manqueraient pas d'y retourner.

L'inquiétude que lui causait Jane comptait également parmi ses principaux soucis. Les explications de M. Darcy, en lui permettant de rendre son estime à Bingley, donnaient plus d'importance à ce que Jane avait perdu. Il apparaissait que l'affection du jeune homme avait été sincère et que sa conduite ne méritait plus d'être blâmée — si on lui pardonnait sa confiance aveugle en son ami. Combien dans ces conditions il était pénible de penser que Jane avait été privée d'une position aussi désirable à tous égards, aussi riche en avantages, aussi favorable au bonheur, par les absurdités et l'inconvenance de sa propre famille! Lorsqu'à ces réflexions venait s'ajouter le souvenir des révélations dont Wickham avait été l'objet, on n'aura pas de peine à croire que la belle humeur de la jeune fille, qui jusque-là n'avait été que rarement assombrie, était à présent si affectée qu'il lui était presque impossible de paraître à peu près en train.

Ils furent invités aussi souvent à Rosings pendant la dernière semaine de son séjour qu'ils l'avaient été au commencement. Elle y passa la toute dernière soirée. Sa Seigneurie de nouveau s'enquit des menus détails de leur voyage, leur donna des instructions sur la meilleure façon de faire leurs bagages et insista tellement sur la nécessité de disposer les robes d'une certaine manière et non d'une autre que Maria, à son retour, se crut obligée de déballer tout ce qu'elle avait emballé le matin et de recommencer à en emplir sa malle.

Lorsqu'elles partirent, Lady Catherine condescendit à leur souhaiter bon voyage et les invita à revenir à Hunsford l'année suivante. Mlle de Bourgh poussa la courtoisie jusqu'à s'incliner devant elles et à leur tendre la main à toutes deux.

CHAPITRE XV

Le samedi matin, Elizabeth et M. Collins se trouvèrent réunis à la table du petit déjeuner, quelques instants avant d'être rejoints par les autres. Il saisit cette occasion pour procéder aux politesses que réclamait impérativement, selon lui, un prochain départ.

«J'ignore, mademoiselle Elizabeth, dit-il, si Mme Collins vous a exprimé sa reconnaissance pour votre bonté à venir nous voir, mais je suis absolument certain que vous ne quitterez pas cette maison sans recevoir les remerciements qui vous sont dus. La faveur que vous nous avez témoignée en nous donnant votre compagnie nous a beaucoup touchés, je vous assure. Nous savons le peu de tentations qu'offre notre humble demeure. La simplicité de notre mode de vie, l'exiguïté de nos pièces, le petit nombre de nos domestiques, le peu que nous voyons du monde doivent faire de Hunsford un séjour des plus rébarbatifs pour une jeune demoiselle telle que vous. Mais j'espère que vous croirez en notre gratitude pour votre condescendance et serez persuadée que nous n'avons rien laissé au hasard pour empêcher que vous passiez désagréablement votre temps. »

Elizabeth se hâta de le remercier et de l'assurer qu'elle avait été très heureuse. Ces six semaines lui avaient beaucoup plu. C'était elle l'obligée, si l'on considérait sa satisfaction à retrouver Charlotte et les aimables attentions dont elle avait fait l'objet. M. Collins ne cacha pas son contentement, et sa solennité se fit plus souriante lorsqu'il répondit :

« C'est avec le plus grand plaisir que je vous entends dire que vous avez passé votre temps sans ennui. Nous n'avons certainement pas ménagé nos efforts. Par chance, nous pouvions vous introduire dans la meilleure société, et nos liens avec Rosings nous permettaient fréquemment de varier la scène offerte par notre humble demeure. Grâce à cela, je crois, nous pouvons nous flatter de l'espoir que votre visite à Hunsford n'aura pas été entièrement morose. Notre situation par rapport à la famille de Lady Catherine représente en réalité un avantage extraordinaire, un don du ciel. Peu de gens peuvent y prétendre. Vous voyez sur quel pied nous sommes avec elle, la fréquence des invitations qui nous sont faites. La vérité m'oblige à reconnaître qu'en dépit de tous les désagréments liés à la médiocrité de cet humble presbytère, j'aurais peine à considérer avec compassion quiconque y vivrait, partageant l'intimité de nos rapports avec Rosings. »

Les mots lui manquèrent pour traduire l'exaltation de ses sentiments. Il fut contraint de faire quelques pas dans la pièce, tandis qu'Elizabeth tentait en quelques courtes phrases de concilier politesse et sincérité.

« Vous pourrez, à la vérité, donner de nous les meilleures nouvelles dans le Hertfordshire, ma chère cousine. Je me flatte, en tout cas, que ce sera en notre pouvoir. Les grands égards de Lady Catherine envers Mme Collins, chaque jour vous en avez été le témoin, et tout compte fait il me semble que votre amie, selon toute apparence, n'aura pas tiré une mauvaise... mais, sur ce chapitre, mieux vaut garder le silence. Permettez-moi seulement, ma chère mademoiselle Elizabeth, de vous assurer que du fond du cœur très chaleureusement je vous souhaite un égal bonheur dans le mariage. Ma chère Charlotte et moi-même, nous ne faisons qu'un. Nous sommes du même avis sur tout. En tout point l'on observe entre nous la plus remarquable concordance pour ce qui est du caractère et des idées. On croirait que nous étions faits l'un pour l'autre. »

Elizabeth ne courait aucun risque en disant que, lorsque cela se trouvait, on ne pouvait que s'en réjouir, et ce fut avec autant de sincérité qu'elle ajouta être convaincue et heureuse du bien-être qu'il goûtait en sa maison. Elle ne regretta pas, toutefois, qu'il fût coupé court à l'énumération des éléments qui le constituaient par l'entrée de la dame à qui ce bien-être était dû. Pauvre Charlotte ! Il était triste de la laisser en pareille compagnie ! Mais elle avait choisi son sort en connaissance de cause. Elle ne pouvait qu'être désolée, bien sûr, du départ de ses hôtes mais ne paraissait pas quêter leur compassion. Sa maison, son ménage, sa paroisse, sa basse-cour, et tout ce qui s'y rapportait, n'avaient pas encore été dépouillés de leur charme.

La chaise de poste arriva enfin. On arrima les malles, plaça les paquets au-dedans et annonça qu'on pouvait partir. Il y eut de tendres adieux entre les deux amies,

puis M. Collins accompagna Elizabeth jusqu'à la voiture. Pendant qu'ils traversaient le jardin, il la chargea
de transmettre son plus respectueux souvenir à toute sa
famille, en y joignant ses remerciements pour la bonté
dont il avait été l'objet à Longbourn l'hiver précédent,
et ses compliments à M. et Mme Gardiner, quoiqu'il
n'eût pas l'honneur de les connaître. Après quoi il l'aida
à monter, Maria suivit, et la portière était sur le point de
se refermer quand soudain, quelque peu consterné, il
leur rappela qu'elles avaient oublié de lui laisser un
message pour les dames de Rosings.

« Mais, ajouta-t-il, bien évidemment vous souhaiterez
que je les assure de vos humbles respects et de vos sincères remerciements pour leurs bontés durant votre
séjour ici. »

Elizabeth n'y vit pas d'objection. La portière put
enfin être close, et la voiture s'ébranla.

« Bonté divine ! s'exclama Maria au bout de quelques
instants de silence. J'ai l'impression que nous sommes
arrivées hier ! Pourtant, depuis, que d'événements !

— Beaucoup, en effet, laissa échapper sa compagne
dans un soupir.

— Nous avons dîné neuf fois à Rosings, sans parler
des deux où nous avons pris le thé ! Que de choses j'aurai à raconter ! »

En son for intérieur, Elizabeth ajouta : « Et combien
j'en aurai à cacher ! »

Le voyage s'effectua sans guère de conversation, et
sans incident aucun. Moins de quatre heures après leur
départ de Hunsford, elles avaient atteint la maison de
M. Gardiner, où elles devaient demeurer quelques jours.

Jane avait bonne mine, et Elizabeth eut rarement
l'occasion d'observer ses dispositions d'esprit au milieu
des différents divertissements que sa tante avait eu la
bonté de leur procurer. Mais Jane ensuite rentrerait à
Longbourn avec elle, et là elle aurait tout loisir de compléter son examen.

Il lui fallut cependant faire un effort sur elle-même
pour seulement attendre le retour à Longbourn avant

de confier à Jane les propositions de M. Darcy. De
savoir qu'elle avait la possibilité de révéler ce qui pro-
voquerait chez sa sœur un étonnement sans bornes,
tout en flattant en elle la part de vanité que la raison
n'était pas encore parvenue à bannir, offrait une tentation de se montrer ouverte que rien n'aurait pu vaincre
que l'indécision dans laquelle elle était encore plongée.
Que devait-elle communiquer? Si elle abordait ce
sujet, n'allait-elle pas être entraînée à se faire l'écho
d'informations sur Bingley qui ne pourraient que causer à Jane plus de tourment?

CHAPITRE XVI

Ce fut dans la deuxième semaine de mai que les trois
jeunes filles partirent ensemble de Gracechurch Street
pour la ville de X dans le Hertfordshire. En approchant
de l'auberge où la voiture de M. Bennet devait les
prendre, vite elles aperçurent, ce qui était à l'honneur
de la ponctualité du cocher, Kitty et Lydia guettant à la
fenêtre d'une salle à manger au premier étage. Il y
avait plus d'une heure que ces demoiselles étaient arrivées. Elles avaient fait de leur temps le meilleur usage,
rendant visite à la boutique d'une modiste vis-à-vis de
l'auberge, dévisageant la sentinelle qui était de faction
et préparant une salade de concombres.

Après avoir embrassé leurs sœurs, triomphalement
elles leur montrèrent une table garnie des viandes
froides que d'ordinaire offre le garde-manger d'une
auberge en s'écriant: «N'est-ce pas charmant? N'est-ce
pas une bonne surprise?

— Et nous avons l'intention de vous régaler toutes
les trois, ajouta Lydia. Mais il faudra nous avancer l'argent, car nous venons de dépenser le nôtre à la boutique qui est là-bas.»

Puis, montrant ses emplettes:

« Regardez, j'ai acheté ce bonnet. Je ne le trouve pas très joli, mais j'ai pensé que je ferais aussi bien de le prendre. Je le démonterai en arrivant à la maison pour voir si je ne peux pas l'arranger. »

Ses sœurs s'étant écriées que c'était une horreur, elle ajouta, avec une parfaite indifférence :

« Oh ! mais il y en avait deux ou trois de beaucoup plus laids dans la boutique, et quand j'aurai acheté du satin d'une couleur plus jolie pour renouveler la garniture, je crois qu'il sera tout à fait acceptable. Par-dessus le marché, ce qu'on portera cet été, après le départ du régiment du comté de X, n'aura guère d'importance, et ils s'en vont dans quinze jours.

— Vraiment ? s'exclama Elizabeth, sans déguiser sa satisfaction.

— Ils installeront leur camp auprès de Brighton[1]. J'aimerais tant que papa nous emmène tous y passer l'été. Ce serait un projet merveilleux et ne coûterait sans doute pas grand-chose. Maman serait on ne peut plus contente de pouvoir y aller. Sinon, pensez au pitoyable été qui nous guette ! »

Oui, se dit Elizabeth, ce serait vraiment un merveilleux projet. Il scellerait notre destin. Mon Dieu ! Brighton, et tout un campement de soldats, pour nous qui n'avons déjà pu résister à un pauvre régiment de milice et aux bals mensuels de Meryton !

« Et maintenant j'ai quelque chose à vous annoncer, déclara Lydia quand elles prirent place à table. Que croyez-vous que ce soit ? Ce sont d'excellentes nouvelles, des nouvelles de tout premier ordre, qui concernent une certaine personne que nous aimons toutes. »

Jane et Elizabeth échangèrent un regard, et le garçon fut prévenu qu'on n'avait plus besoin de ses services. Lydia se mit à rire.

« Ah là là ! je reconnais bien là vos façons et votre discrétion. Vous avez pensé que le garçon ne devait pas entendre. Comme s'il s'intéressait ! Je gage qu'il lui arrive souvent de surprendre bien pire que ce que je vais vous confier. Cela dit, il était laid à faire peur. Je suis contente qu'il soit parti. Je n'ai jamais de ma vie vu de menton aussi long. Mais passons à mes nouvelles. Elles concernent ce cher Wickham. Cela méritait mieux que les oreilles du domestique, n'est-ce pas ? Il n'y a plus de danger que Wickham épouse Mary King. Qu'en dites-vous ? Elle est allée chez son oncle à Liverpool et ne reviendra pas. Wickham n'a plus rien à craindre.

— Ni Mary King, ajouta Elizabeth. Elle ne court plus le risque de faire un mariage imprudent quant à la fortune.

— Elle est bien sotte de ne pas être restée s'il lui plaisait.

— J'espère, intervint Jane, qu'aucun des deux n'était très attaché à l'autre.

— J'en suis sûre pour ce qui est de lui. Il s'en est toujours soucié comme d'une guigne, je vous en réponds. Qui voudriez-vous qui s'intéresse à ce vilain petit bout de femme couvert de taches de rousseur ? »

Elizabeth fut confondue à la pensée que, aussi incapable qu'elle fût de s'exprimer avec autant de grossièreté, elle avait pu nourrir des sentiments qui n'étaient pas d'une nature beaucoup plus noble et qu'elle avait considérés comme généreux.

Quand tout le monde eut mangé, que les aînées eurent réglé la note, on demanda la voiture. Il fallut un peu d'ingéniosité pour asseoir les passagères avec tous leurs cartons, leurs sacs à ouvrage, leurs paquets et les achats indésirables de Kitty et de Lydia.

« Comme nous voilà agréablement tassées ! s'écria Lydia. Je ne regrette pas d'avoir acheté un bonnet, quand ce ne serait que pour le plaisir d'un carton de plus. Il ne nous reste plus qu'à nous mettre à l'aise, bien confortablement, à bavarder et à rire pendant tout le trajet. Mais d'abord, dites-nous donc ce qui vous est arrivé depuis votre départ. Avez-vous rencontré de charmants jeunes gens ? Avez-vous flirté ? J'avais bon espoir que l'une ou l'autre se serait trouvé un mari avant de rentrer à la maison. Ma parole, Jane sera bientôt vieille fille. Elle approche de ses vingt-trois ans.

Mon Dieu, que j'aurais honte de ne pas m'être mariée avant mes vingt-trois ans! Vous ne pouvez pas vous figurer comme ma tante Phillips brûle de vous voir en possession d'un époux. Elle dit que Lizzy aurait mieux fait d'accepter M. Collins, mais personnellement je pense que ce n'aurait pas été amusant. Mon Dieu, comme j'aimerais me marier avant vous! Je vous servirais de chaperon dans tous les bals.

» Ah là là! l'autre jour, chez le colonel Forster, ce que nous avons ri! Kitty et moi devions y passer la journée, et Mme Forster avait promis d'organiser un petit bal le soir (à propos, Mme Forster et moi sommes les meilleures amies du monde). Elle a demandé aux deux filles Harrington de venir, mais Harriet était souffrante. Pen a dû venir seule. Et alors, que croyez-vous que nous avons fait? Nous avons habillé Chamberlayne en femme, afin qu'on le prenne pour une dame. Ce que c'était drôle! Personne ne s'en est douté, sauf le colonel Forster, Mme Forster, Kitty et moi, et aussi ma tante, car nous avions été obligées de lui emprunter une de ses robes. Vous ne pouvez vous imaginer comme il présentait bien! Denny, Wickham, Pratt, deux ou trois autres sont entrés. Ils ne l'ont pas reconnu du tout. Ce que j'ai pu rire, mon Dieu! Mme Forster aussi. J'ai bien cru en mourir. C'est cela qui a donné des soupçons aux garçons, et ils n'ont pas tardé à tout deviner.»

Ce fut avec ce genre de récit de leurs sorties et de leurs farces que Lydia, assistée par les suggestions et les précisions de Kitty, entreprit de distraire ses compagnes pendant tout le voyage de Longbourn. Elizabeth en écouta le moins possible, mais elle ne put échapper au retour fréquent du nom de Wickham.

Leur accueil à la maison fut des plus affectueux. Mme Bennet se réjouit de voir que Jane n'avait rien perdu de sa beauté, et plus d'une fois au cours du dîner M. Bennet glissa spontanément à Elizabeth:

«Je suis heureux que tu sois de retour, Lizzy.»

Il y avait du monde dans la salle à manger, car presque tous les Lucas étaient venus chercher Maria et s'informer des dernières nouvelles. On parla de chose et d'autre. Lady Lucas demandait à Maria, assise de l'autre côté de la table, comment se portait l'aînée de ses filles et prenait des renseignements sur sa basse-cour. Mme Bennet était doublement occupée : d'une part elle se tenait au courant des modes par l'intermédiaire de Jane qui se trouvait quelques places plus loin, et de l'autre redistribuait toute son information aux jeunes demoiselles Lucas. Quant à Lydia, d'une voix qui dominait un peu celle du reste des convives, elle énumérait à qui voulait l'entendre les divers plaisirs de sa matinée.

« Ah ! Mary, s'exclama-t-elle, c'est dommage que tu ne sois pas venue avec nous ! Nous nous sommes tellement amusées ! À l'aller, Kitty et moi avons baissé tous les stores pour faire croire qu'il n'y avait personne dans la voiture. J'aurais bien aimé continuer comme cela jusqu'au bout, mais Kitty a eu mal au cœur. Une fois arrivées au George, je prétends que nous nous sommes conduites avec beaucoup de générosité : nous avons régalé les trois autres d'un bon petit repas froid, le meilleur du monde. Si tu étais venue, tu en aurais profité. Et puis, quand nous sommes parties, ce que c'était drôle ! J'ai cru que nous ne tiendrions jamais dans la voiture. J'ai failli mourir de rire. Et pendant tout le trajet, nous avons été d'une gaieté ! Nous causions, nous riions si fort qu'on aurait pu nous entendre à quatre lieues à la ronde ! »

Mary prit un ton très grave pour lui répondre.

« Loin de moi l'idée, ma chère sœur, de ravaler de tels plaisirs ! Ils s'accordent sans doute à la plupart des esprits féminins, mais j'avoue qu'ils ne me tentent aucunement. Je préfère de beaucoup me mettre devant un livre. »

De cette réponse, cependant, Lydia n'entendit pas un mot. Elle prêtait rarement attention à quelqu'un pendant plus de trente secondes, et jamais à Mary.

L'après-midi, Lydia pressa toutes ses sœurs de l'accompagner à Meryton pour voir comment les gens se

portaient, mais Elizabeth refusa obstinément son approbation à ce projet. Il ne serait pas dit que les demoiselles
Bennet ne pouvaient rester une demi-journée chez elles
sans courir à la poursuite des officiers. Il existait un
autre motif à son opposition. Elle craignait beaucoup
de revoir Wickham et elle était résolue à l'éviter le plus
longtemps possible. Le soulagement que lui causait le
départ prochain du régiment ne pouvait se dire. Son
transfert devait avoir lieu avant quinze jours et, une fois
qu'il serait parti, elle espérait bien ne plus avoir l'occasion de se tourmenter à propos de Wickham.

Elle n'était pas de retour chez elle depuis longtemps
quand elle découvrit que le projet concernant Brighton,
dont Lydia lui avait touché un mot à l'auberge, faisait
fréquemment l'objet de discussions entre ses parents.
Elle comprit tout de suite que son père n'avait nullement l'intention de céder. Mais ses réponses demeuraient si évasives et si floues que sa mère, bien que
perdant souvent courage, n'avait pas encore désespéré
du succès.

CHAPITRE XVII

L'impatience que connaissait Elizabeth de mettre
Jane au courant de ce qui s'était passé ne put être réfrénée plus longtemps. La jeune fille décida finalement de
taire tous les détails qui avaient trait à son interlocutrice
et, la préparant à une surprise, lui rapporta le lendemain matin l'essentiel de la scène entre M. Darcy et elle.

L'étonnement fut vite tempéré en Mlle Bennet par la
grande partialité d'une sœur pour qui toute admiration
d'Elizabeth semblait parfaitement naturelle. Sa surprise fit bientôt place à d'autres sentiments. Elle regretta
que M. Darcy eût déclaré sa passion d'une manière si
peu propice à ce qu'elle fût bien reçue. Elle s'affligea

plus encore du chagrin que le refus devait lui avoir causé.

« Il a eu tort de se croire si assuré du succès, dit-elle, et il aurait mieux fait de ne pas le montrer. Mais pense à combien sa déception a dû s'en augmenter.

— C'est vrai, répondit Elizabeth, et j'en suis navrée pour lui. Mais il obéit à d'autres sentiments, qui auront sans doute tôt fait de chasser celui qu'il a pour moi. Tu ne me blâmes pourtant pas de l'avoir refusé?

— Te blâmer? Oh non!

— Mais tu me désapprouves d'avoir parlé de Wickham avec autant de chaleur.

— Non, je ne sache pas que tu aies à te reprocher de t'être exprimée comme tu l'as fait.

— Tu seras d'un autre avis quand je t'aurai raconté ce que m'a réservé le lendemain. »

Elle lui parla alors de la lettre en répétant sans rien négliger ce qui concernait George Wickham. Quel coup ce fut pour la pauvre Jane, elle qui avec joie aurait fait le tour de la terre sans devoir concéder l'existence d'autant de noirceur dans toute l'espèce humaine et qui la voyait rassemblée en un seul individu! La justification de Darcy lui mettait du baume au cœur, mais sans pouvoir la consoler de cette découverte. Avec zèle elle s'ingénia à prouver la probabilité d'une erreur et chercha à disculper l'un sans commettre l'autre.

« Impossible, dit Elizabeth. Tu ne réussiras jamais à leur attribuer de l'honnêteté à tous deux. Choisis, il faudra te contenter d'un seul. Ils ne possèdent ensemble qu'une certaine quantité de mérite, juste assez pour faire un homme de bien. Ces temps derniers, la part de chacun a connu bien des fluctuations. Pour moi, j'ai tendance à croire que tout revient à M. Darcy, mais tu es libre d'avoir un autre avis. »

Il fallut cependant beaucoup de temps pour arracher un sourire à Jane.

« Je ne sais pas quand j'ai été pareillement stupéfiée, dit-elle. Une telle scélératesse de la part de Wickham! C'est presque incroyable. Et ce pauvre M. Darcy! Ma chère Lizzy, songe à ce qu'il a dû souffrir ! Quelle déconvenue ! Découvrant, qui plus est, en quelle piètre estime tu le tenais ! Et contraint de dévoiler cet écart de conduite de la part de sa sœur ! C'est vraiment trop pénible. Je suis sûre que c'est ainsi que tu le ressens.

— Oh non ! Les regrets et la compassion que j'ai s'évanouissent quand je vois que tu en as tant. Je suis certaine que tu lui rendras si généreusement justice que j'en deviens à chaque instant plus indifférente et plus libre de souci. Ta prodigalité m'incite à la parcimonie et, si tu le plains encore longtemps, j'aurai le cœur léger comme un oiseau.

— Ce pauvre Wickham ! Son visage respire la probité, et ses manières dégagent une impression de franchise et de douceur.

— De graves erreurs ont certainement été commises dans l'éducation de ces deux jeunes gens. L'un a toutes les vertus, l'autre seulement l'air de les posséder.

— Je n'ai jamais été aussi persuadée que toi de l'apparence chez M. Darcy d'une totale absence de qualités.

— Et pourtant je voulais faire preuve d'une rare perspicacité en décidant qu'il ne me plaisait pas, sans donner de raison. Cela aiguillonne les facultés naturelles, cela ouvre des perspectives au bel esprit de disposer d'une antipathie de cette sorte. On peut multiplier les propos ingénieux au mépris de toute justice, mais il est impossible de railler sans cesse quelqu'un sans de temps à autre achopper sur quelque chose de spirituel.

— Lizzy, la première fois que tu as lu cette lettre, je suis sûre que tu n'avais pas le même point de vue.

— Je ne le pouvais certes pas. J'étais assez mal à l'aise, pour ne pas dire malheureuse. Et je n'avais personne à qui parler de ce que je ressentais, pas de Jane pour me réconforter, me dire que je n'avais pas montré autant de faiblesse, de vanité, de sottise que je savais en avoir fait preuve. Oh ! comme tu me manquais !

— Il est bien regrettable que tu te sois servie de mots aussi peu nuancés pour parler de Wickham à M. Darcy, car maintenant il faut bien avouer qu'ils n'avaient aucun fondement.

— C'est certain. Mais l'acrimonie est malheureusement et inévitablement le lot de qui chérit les préjugés dont j'étais la victime. Il y a un point sur lequel je voudrais avoir ton sentiment. J'aimerais que l'on me dît s'il est ou non de mon devoir d'ouvrir les yeux aux gens que nous connaissons sur la véritable nature de Wickham. »

Mlle Bennet réfléchit un instant avant de répondre.

« Il n'est assurément nul besoin de l'exposer ainsi en criminel. Qu'en penses-tu ?

— J'en pense qu'il vaut mieux ne rien tenter. M. Darcy ne m'a pas autorisée à publier son information. Au contraire, tous les détails relatifs à sa sœur, je devais dans la mesure du possible les garder pour moi. Si j'essaie de désabuser quant au reste de sa conduite, qui va me croire ? Les préventions qui entourent généralement M. Darcy sont si fortes qu'une tentative pour le faire apparaître comme quelqu'un d'aimable frapperait d'apoplexie la moitié des braves gens de Meryton. Je ne m'en sens pas le courage. Wickham sera bientôt parti, et ce qu'il est vraiment n'importera plus à personne ici. Dans quelque temps tout se découvrira, et alors nous pourrons rire de la sottise de ceux qui n'avaient rien deviné. Pour l'instant, j'aime mieux me taire.

— Tu as entièrement raison. Publier ses erreurs pourrait ruiner ses perspectives d'avenir. Peut-être à présent regrette-t-il ses méfaits et souhaite-t-il rétablir sa réputation. Il ne faut pas le désespérer. »

L'agitation qui régnait dans l'esprit d'Elizabeth fut apaisée par cet entretien. Elle s'était délivrée de deux des secrets qui lui pesaient depuis quinze jours et assurée d'une oreille complaisante en la personne de Jane lorsqu'elle désirerait évoquer l'un ou l'autre. Il n'en demeurait pas moins dans l'ombre une chose que la prudence interdisait de mettre au jour. Elle n'osait pas livrer le contenu de l'autre moitié de la lettre ni expliquer à sa sœur à quel point l'ami de M. Darcy l'avait sincèrement estimée. C'était là une information qu'elle devait garder pour elle, et elle se rendait compte que seule une parfaite compréhension entre les intéressés pouvait la justifier de se décharger du poids de ce dernier mystère. En ce cas, se dit-elle, en cette très improbable éventualité, je pourrai seulement révéler ce que Bingley lui-même sera en mesure de dévoiler d'une manière tellement plus agréable. La liberté de tout communiquer, je ne l'aurai que lorsqu'elle aura perdu toute valeur.

Maintenant qu'elles avaient repris leurs habitudes, Elizabeth avait tout loisir d'observer les véritables dispositions d'esprit de sa sœur. Jane n'était pas heureuse. Elle gardait à Bingley la même tendresse. Elle ne s'était auparavant jamais imaginée amoureuse, si bien que son affection avait toute la vivacité d'un premier attachement et, en raison de son âge et de son tempérament, plus de stabilité que n'en possèdent souvent les premières amours. Elle chérissait le souvenir du jeune homme avec tant de dévotion et le plaçait tellement au-dessus de tous les autres qu'il lui fallait tout son bon sens et tout son désir de ne pas incommoder ses amis pour l'empêcher de donner libre cours à des regrets qui auraient nécessairement nui à sa propre santé et à leur repos d'esprit.

«Eh bien, Lizzy, lui dit un matin Mme Bennet, que penses-tu maintenant de la triste affaire de Jane? Pour ma part, je suis résolue à n'en plus parler à personne. C'est ce que j'ai dit l'autre jour à ma sœur Phillips. Il n'en reste pas moins que je n'ai pas réussi à savoir si Jane l'avait vu à Londres une seule fois. Allons, c'est un jeune homme qui ne vaut pas qu'on s'en occupe, et je ne crois pas qu'à présent elle ait la moindre chance de jamais se faire épouser par lui. On n'entend dire nulle part qu'il va revenir l'été prochain à Netherfield, et pourtant j'ai pris mes renseignements auprès de tous ceux qui avaient une possibilité de le savoir.

— Je ne pense pas qu'il revienne jamais habiter Netherfield.

— Bon, bon, il fait ce qu'il veut. On ne lui demande rien. Il n'empêche que je répéterai toujours qu'il s'est très mal conduit avec ma fille et que si j'étais elle je ne le supporterais pas. Ce qui me console en définitive, c'est que Jane en mourra de chagrin, et alors il regrettera sa mauvaise action. »

Comme Elizabeth ne tirait aucun réconfort de cette perspective, elle s'abstint de répondre.

« Et alors, Lizzy, reprit sa mère peu de temps après, comme cela les Collins vivent tout à leur aise, n'est-ce pas ? Bien, mon espoir est que cela dure. Est-ce qu'on tient bonne table chez eux ? Charlotte est excellente ménagère sans doute. Si elle regarde à tout seulement moitié moins que sa mère, c'est déjà quelqu'un de très économe. Je parierais qu'il n'y a pas de folies dans sa dépense.

— Non, pas du tout.

— Au contraire, probablement prend-elle grand soin de son ménage. Oh, que oui ! Ils veilleront, eux, à ne pas dépenser plus que leur revenu. Ce sont des personnes qui n'auront jamais de soucis d'argent. Grand bien leur fasse ! Je suppose qu'ils parlent souvent du jour où ils auront Longbourn, quand ton père sera mort. Ils s'en voient déjà les maîtres, probablement, que cela tarde ou non à arriver.

— C'est un sujet qu'il leur était difficile d'aborder devant moi.

— Oui, ç'aurait été bizarre d'en parler. Mais il ne fait aucun doute qu'ils en discutent souvent entre eux. Bah ! s'ils peuvent avoir la conscience tranquille avec un domaine qui en bon droit ne leur appartient pas, tant mieux pour eux ! Je sais que moi, j'aurais honte d'en avoir un qui m'aurait été donné seulement par substitution. »

CHAPITRE XVIII

La première semaine après leur retour fut vite passée. La deuxième commença. C'était la dernière avant le départ de Meryton du régiment. Toutes les jeunes filles du voisinage dépérissaient à vue d'œil. L'abattement était quasi général. Seules les plus âgées des demoiselles Bennet pouvaient encore manger, boire, dormir et poursuivre le cours ordinaire de leurs occupations. Très souvent elles se voyaient reprocher leur insensibilité par Kitty et Lydia, dont le désarroi était extrême et qui ne pouvaient comprendre pareille sécheresse de cœur au sein de leur propre famille.

« Mon Dieu ! qu'allons-nous devenir ? que ferons-nous ? s'exclamaient-elles fréquemment au plus fort de leur détresse. Comment peux-tu garder le sourire, Lizzy ? »

Leur tendre mère partageait leur douleur. Elle évoquait souvent ce qu'elle-même avait enduré en pareille circonstance vingt-cinq ans plus tôt.

« Je vous assure, disait-elle, que je suis restée deux jours à pleurer quand le régiment du colonel Millar a quitté la ville. J'ai pensé mourir de chagrin.

— C'est ce qui m'arrivera, sans aucun doute, gémit Lydia.

— Si seulement on pouvait aller à Brighton ! fit observer Mme Bennet.

— Ah là là oui ! si seulement on pouvait aller à Brighton ! Mais papa est si contrariant.

— Quelques jours aux bains de mer rétabliraient ma santé.

— Et ma tante Phillips se dit certaine que moi aussi, j'en tirerais beaucoup de profit », ajouta Kitty.

Tel était le genre de lamentations qui résonnaient perpétuellement entre les murs de Longbourn. Elizabeth essayait bien de s'en divertir, mais l'amusement disparaissait devant la honte. Elle reconnaissait avec plus de force le bien-fondé des objections de M. Darcy, et jamais elle n'avait été plus disposée à pardonner son ingérence pour faire obstacle aux desseins de son ami.

Les perspectives de Lydia cessèrent cependant bientôt d'être sombres. Elle reçut de Mme Forster, l'épouse

du colonel du régiment, une invitation à l'accompagner à Brighton. Cette précieuse amie était une très
jeune femme qui venait de se marier. Lydia et elle se
ressemblaient par la bonne humeur et le bon caractère.
Cela les avait rapprochées et, depuis trois mois qu'elles
se connaissaient, elles avaient été huit semaines sur un
pied d'intimité.

Il est difficile de décrire les transports de Lydia en
cette occasion, sa vénération pour Mme Forster, la joie
de Mme Bennet et la mortification de Kitty. Sans aucunement prendre garde à la déception de sa sœur, Lydia
courait par toute la maison, donnant libre cours à son
allégresse, quêtant les félicitations de tous, riant et
jasant plus bruyamment encore que de coutume, cependant que la malheureuse Kitty au salon se lamentait sur
son sort en des termes aussi déraisonnables que ses
accents étaient plaintifs.

«Je ne vois pas pourquoi, disait-elle, Mme Forster ne
m'a pas invitée comme elle l'a fait pour Lydia, bien que
je ne sois pas son amie intime. J'y avais les mêmes
droits qu'elle, sans doute davantage, car je suis de deux
ans son aînée.»

Vainement Elizabeth tenta de la raisonner et Jane de
lui prêcher la résignation. Pour ce qui était de la première, l'invitation, loin de la mettre dans le même état
que sa mère et que Lydia, lui paraissait sonner le glas
de tout espoir de voir sa jeune sœur retrouver le sens
commun. Elle ne put s'empêcher, bien qu'elle se livrât
ainsi à une démarche qui, si elle était connue, devait la
rendre haïssable, de recommander secrètement à son
père de s'opposer à ce départ. Elle lui représenta l'inconvenance de toute la conduite de Lydia, le peu de
profit qu'elle tirerait de l'amitié d'une femme telle que
Mme Forster, et la probabilité en pareille compagnie
à Brighton, où les tentations seraient sans doute plus
grandes qu'à Longbourn, d'une imprudence encore
accrue. Il l'écouta attentivement, puis dit:

«Lydia n'aura de cesse qu'elle se soit compromise
dans un lieu public ou dans un autre, et nous ne pou-

vons espérer qu'elle le fasse à moindres frais et avec moins de gêne pour sa famille que dans les circonstances présentes.

— Si vous saviez, répondit Elizabeth, les graves conséquences pour nous tous qu'il faut attendre de l'attention qui se porte sur la conduite légère et imprudente de Lydia, conséquences qui ne sont déjà plus à attendre, je suis sûre que vous auriez de cette affaire une autre opinion.

— Déjà plus à attendre ! répéta M. Bennet. Comment cela ? Aurait-elle déjà fait fuir certains de tes galants ? Pauvre petite Lizzy ! Il ne faut pas t'en désespérer. Les jeunes dégoûtés qui ne supportent pas l'idée d'entrer dans une famille où l'on trouve une tête folle ne méritent pas qu'on les regrette. Allons, fais-moi la liste de ces benêts que la sottise de Lydia a éloignés de toi.

— Vous vous trompez, je vous assure. Je n'ai pas de pareils griefs. Ce n'est pas de torts personnels mais d'inconvénients pour nous tous que je me plains maintenant. Notre importance, notre respectabilité dans le monde ont nécessairement à souffrir de la folle insouciance, de l'audace et du mépris de toute retenue qui caractérisent Lydia. Pardonnez-moi, il me faut parler sans détour. Si vous, mon cher père, ne vous donnez pas la peine de réprimer son exubérance et de lui faire savoir que ses occupations présentes ne doivent pas constituer l'objet de toute sa vie, il ne sera bientôt plus possible d'y changer quelque chose. Son caractère sera formé et, à seize ans, elle sera la coquette la plus résolue à plaire qui ait jamais attiré le ridicule sur elle et sur sa famille. J'entends une coquette au sens le plus vil, le plus bas qu'on puisse attacher à ce mot, une coquette sans rien pour charmer que la jeunesse et une figure acceptable et, en raison de son ignorance et de son manque de cervelle, tout à fait incapable de parer aux assauts du mépris général que sa soif d'admiration entraînera. Kitty est également en butte à ce danger. Elle emboîtera toujours le pas à Lydia. Elles sont vaniteuses, ignorantes, oisives, totalement libres de leurs mouvements! Ah! mon cher père, comment pouvez-vous imaginer qu'elles ne soient pas blâmées et méprisées où qu'elles aillent, et que leurs sœurs souvent ne soient pas incluses dans la même réprobation?»

M. Bennet vit qu'elle y mettait tout son cœur. Il lui prit affectueusement la main et repartit:

«Ne te tourmente pas, ma chérie. Partout où Jane et toi vous irez, vous aurez droit au respect et à l'estime et ne paraîtrez pas moins à votre avantage d'être nanties de deux, voire de trois sœurs particulièrement nigaudes. Nous n'aurons pas la paix à Longbourn si Lydia ne va pas à Brighton. Eh bien, qu'elle y aille! Le colonel Forster est un homme de bon sens. Il veillera à ce qu'il ne lui arrive rien de bien méchant, et par chance elle est trop pauvre pour susciter les convoitises. À Brighton, elle attirera moins les regards, même en tant que simple coquette, qu'elle n'a pu le faire ici. Les officiers trouveront aisément des femmes plus dignes de leur attention. Espérons donc que là-bas elle apprenne son peu d'importance. De toute manière, elle ne peut tomber beaucoup plus bas sans nous autoriser à l'enfermer pour le restant de ses jours[1].»

Elizabeth dut se satisfaire de cette réponse. Son opinion pourtant n'en fut pas modifiée, et elle quitta son père déçue et navrée. Il n'était pas dans sa nature cependant d'augmenter ses contrariétés en les ressassant. Elle avait conscience d'avoir fait son devoir, et se donner du tracas pour des maux inévitables, ou les aggraver par l'anxiété, était peu conforme à son tempérament.

Si Lydia et sa mère avaient connu la teneur de son entretien avec son père, la volubilité de l'une et de l'autre n'aurait guère suffi à l'expression de leur indignation. Dans l'esprit de Lydia, un séjour à Brighton réunissait toutes les conditions d'un bonheur parfait. Son imagination fertile lui peignait les rues de cette ville de bains de mer si animée remplie d'officiers. Elle se voyait recevant les hommages de dizaines, de vingtaines d'entre eux, qu'elle ne connaissait pas encore.

Elle avait devant les yeux le camp dans tout son éclat, les tentes alignées dans une belle uniformité, débordant de jeunesse et de gaieté, éblouissantes d'habits rouges et, pour compléter le tableau, s'imaginait elle-même assise sous l'une de ces tentes, minaudant tendrement avec au moins six officiers à la fois.

Si elle avait su que sa sœur cherchait à l'arracher à de telles perspectives et à de telles réalités, comment eût-elle réagi? Sa réaction n'aurait pu être comprise que par sa mère, dont les sentiments n'étaient guère différents des siens. Le séjour de Lydia à Brighton seul la consolait de la triste certitude où elle était que son mari n'avait nulle intention de faire le voyage.

Elles ignoraient tout cependant de ce qui s'était passé, et leurs transports se poursuivirent presque sans discontinuer jusqu'au jour où Lydia quitta la maison.

Elizabeth devait maintenant revoir M. Wickham pour la dernière fois. Comme elle avait été souvent en sa compagnie depuis son retour, son trouble s'était peu à peu estompé. De l'émotion qui avait accompagné son penchant il n'était plus question du tout. Elle avait même appris à déceler, sous la douceur même qui d'abord lui avait tant plu, une affectation et une monotonie qui rebutaient et lassaient. Le comportement qu'il adoptait maintenant à son égard avait en outre de quoi redoubler son mécontentement, car le désir qu'il manifesta bientôt de renouveler les attentions qui avaient marqué le début de leurs relations ne pouvait servir, après ce qui avait suivi, qu'à l'impatienter. Elle cessa de s'intéresser à lui en découvrant qu'elle était l'objet de son choix pour une galanterie aussi vaine et aussi frivole. Tandis qu'elle lui opposait une froideur constante, elle ne pouvait qu'être sensible à ce que cette galanterie sous-entendait de blessant: il devait être persuadé qu'indépendamment de la durée ou de la cause de la suspension de ses hommages, il lui suffisait d'en reprendre le cours pour flatter la vanité de la jeune fille et s'assurer sa préférence.

Le dernier jour de la présence du régiment à Meryton, il dîna à Longbourn en compagnie d'autres officiers. Elizabeth était si peu disposée à se séparer de lui dans la bonne humeur que, lorsqu'il en vint à la questionner sur la manière dont elle avait passé son temps à Hunsford, elle mentionna que M. Darcy et le colonel Fitzwilliam avaient tous deux séjourné trois semaines à Rosings et lui demanda s'il connaissait ce dernier.

Il eut l'air surpris, contrarié, inquiet mais, se reprenant bien vite, avec un sourire lui répondit qu'il l'avait souvent rencontré autrefois. Il observa qu'il était fort distingué, puis voulut connaître l'opinion qu'elle s'en était faite. Elle ne tarit pas d'éloges. Feignant l'indifférence, il ajouta peu après :

« Combien de temps dites-vous qu'il est demeuré à Rosings ?

— Près de trois semaines.

— Et vous l'avez vu fréquemment ?

— Oui, presque chaque jour.

— Ses manières sont très différentes de celles de son cousin.

— Oui, très différentes. Mais M. Darcy, à mon sens, gagne à être connu.

— Le pensez-vous vraiment ? s'écria Wickham avec un regard qui n'échappa point à Elizabeth, et me permettez-vous de vous demander… ? »

Mais, se reprenant, il ajouta sur un ton plus badin :

« Est-ce son abord qui est devenu plus aimable ? A-t-il daigné mettre un soupçon de civilité dans sa façon de parler aux gens ? Je n'ose espérer, continua-t-il d'une voix plus sourde et plus grave, qu'il s'est amélioré pour ce qui est de l'essentiel.

— Non, dit Elizabeth. Pour l'essentiel, je le crois très semblable à ce qu'il a toujours été. »

Tandis qu'elle parlait, Wickham avait l'air de ne pas savoir s'il devait se réjouir de ses paroles ou se défier de leur signification. Quelque chose dans la physionomie de son interlocutrice lui fit écouter avec une attention craintive et même anxieuse pendant qu'elle ajoutait :

« Quand je disais qu'il gagnait à être connu, je n'entendais pas par là que son esprit ou ses manières avaient bénéficié d'une amélioration mais que, lorsqu'on le connaissait mieux, on comprenait mieux sa nature. »

L'inquiétude de Wickham se manifesta à présent par des joues rouges et des signes d'embarras. Il garda le silence quelques instants puis, surmontant sa gêne, il se tourna de nouveau vers elle et dit de sa voix la plus doucereuse :

« Vous qui connaissez si bien mes sentiments envers M. Darcy n'aurez aucune peine à croire que c'est bien sincèrement que je me réjouis de le savoir assez sage pour se donner au moins l'apparence de la vertu. Son orgueil sous ce rapport peut s'avérer utile, sinon pour lui-même, du moins pour beaucoup d'autres, en le dissuadant de se conduire aussi mal que lorsque j'ai souffert de ses procédés. J'appréhende seulement que cette sorte de circonspection à laquelle, j'imagine, vous faisiez allusion, il n'y ait recours que lors de ses visites à sa tante dont il redoute de perdre l'estime et craint le jugement. Elle lui inspire une peur qui, je le sais, a toujours été efficace lorsqu'ils se sont trouvés réunis. Bien des choses s'expliquent par son désir de faire avancer son projet de mariage avec Mlle de Bourgh, projet qui, j'en suis certain, lui tient beaucoup à cœur. »

Elizabeth en écoutant cela ne put réprimer un sourire, mais elle ne répondit que par un simple hochement de tête. Elle se rendait compte qu'il voulait revenir avec elle sur le sujet rebattu de ses griefs, et elle n'avait nulle envie de lui donner cette satisfaction. Pendant le restant de la soirée, il se contenta de feindre son enjouement habituel, sans chercher davantage à montrer une préférence pour Elizabeth. Ils se quittèrent enfin avec la même politesse de part et d'autre, et peut-être un désir partagé de ne plus se revoir.

Lorsqu'on se sépara, Lydia accompagna Mme Forster à Meryton, d'où elles devaient partir de bonne heure le lendemain matin. Les adieux à sa famille furent plus bruyants qu'émouvants. Kitty fut

seule à verser des larmes, mais c'étaient les pleurs de la
contrariété et de l'envie. Mme Bennet prodigua à sa fille
tous ses vœux de bonheur. Elle lui enjoignit avec insistance de ne pas manquer une occasion de s'amuser le
plus possible. C'était un conseil dont il n'y avait pas lieu
de croire qu'il ne serait pas suivi. Quant aux adieux plus
discrets de ses sœurs, au milieu des cris de joie de l'intéressée prenant congé de tous, nul ne les entendit.

CHAPITRE XIX

Si Elizabeth s'en était fait une idée uniquement à partir de ce qui se passait dans sa propre famille, elle n'aurait pu parvenir à dresser un tableau bien engageant du
bonheur conjugal ou du bien-être domestique. Son
père, séduit par la jeunesse et la beauté, ainsi que par le
faux air d'enjouement qu'elles communiquent en général, avait épousé une femme dont la faiblesse de l'intelligence et l'étroitesse d'esprit eurent tôt fait, une fois
qu'ils furent mariés, de mettre fin à toute véritable
affection à son égard. Le respect, l'estime, la confiance
disparurent à jamais, et tous ses espoirs de félicité au
sein de son foyer furent anéantis. M. Bennet, cependant, n'était pas homme à rechercher une compensation à la déconvenue qu'il devait à sa seule imprudence
dans l'un de ces plaisirs qui trop souvent consolent les
malheureux de leurs folies ou de leurs vices. Il aimait la
campagne, les livres, et de ces goûts avait tiré ses principales satisfactions. À sa femme il n'était guère redevable que, pour son ignorance et sa sottise, d'une part
de son amusement. Ce n'est pas le genre de contentement qu'en général un mari souhaite devoir à une
épouse. Mais, lorsque font défaut d'autres moyens de se
procurer de la distraction, le véritable philosophe se
satisfait de ceux qui lui sont offerts.
Elizabeth, cependant, ne s'était jamais leurrée sur

l'inconvenance de la conduite de son père en tant que mari. Elle en avait toujours été le témoin désolé. Mais, respectant ses capacités et reconnaissante de l'affection qu'il lui portait, elle tentait d'oublier ce qu'elle ne pouvait excuser et de bannir de ses pensées ce manquement continuel aux devoirs et aux bienséances de la vie conjugale qui, en exposant sa femme au mépris de ses enfants, était si hautement répréhensible. Jamais toutefois elle n'avait ressenti aussi profondément les inconvénients inévitablement rencontrés par qui descendait d'une union aussi mal assortie, ni si clairement vu les conséquences néfastes du mauvais parti que son père tirait de ses talents. Bien utilisés, ceux-ci auraient pu à tout le moins préserver la respectabilité des filles s'ils étaient incapables d'élargir l'esprit de la mère.

Elizabeth s'était félicitée du départ de Wickham. Elle n'eut guère d'autre raison de se réjouir de la perte du régiment. En dehors de chez elle, les réceptions se firent moins variées ; à la maison les jérémiades de sa mère et de sa sœur à propos de la morosité de tout ce qui faisait leur existence jetaient indéniablement un voile de tristesse sur le cercle de famille. On pouvait espérer de Kitty qu'elle retrouvât un jour la part de bon sens qu'elle devait à la nature, maintenant que les causes de son dérangement d'esprit n'étaient plus là. Mais sa cadette possédait un tempérament dont on pouvait craindre davantage. Son étourderie et son audace avaient toute chance de s'aggraver face aux risques accumulés d'une ville d'eaux et d'un camp de soldats.

Tout bien considéré, donc, Elizabeth s'aperçut, comme d'autres l'avaient fait avant elle, qu'un événement attendu avec impatience n'apporte pas toujours la satisfaction escomptée. Il lui fut en conséquence nécessaire de situer ailleurs le commencement d'un bonheur incontestable, de pouvoir fonder sur une autre perspective ses souhaits et ses espoirs et, en goûtant les plaisirs de l'anticipation, se consoler des déboires du moment et se préparer à de futures désillusions. Son voyage dans la région des Lacs fut désormais au cœur de ses pensées les plus agréables, son plus sûr réconfort pour toutes les heures difficiles que le mécontentement de sa mère et de Kitty rendait inévitables. Si elle avait pu associer Jane à ce projet, il eût été parfait en tout point.

Il est cependant heureux, songea-t-elle, qu'il me reste quelque chose à désirer. Si rien ne manquait dans cet arrangement, ma déception serait assurée. Mais, de cette manière, en ayant ainsi toujours à l'esprit une cause de regret avec l'absence de ma sœur, je puis raisonnablement espérer la venue de tous les plaisirs sur lesquels je compte. Un plan dont toutes les parties promettent des merveilles n'a aucune chance de succès. On ne se garde d'une déconvenue pleine et entière qu'en se ménageant la ressource d'une petite contrariété.

Quand Lydia était partie, elle avait promis d'écrire très souvent et de manière détaillée à sa mère et à Kitty. Mais ses lettres furent toujours longues à venir et toujours très brèves. Dans celles qui étaient adressées à Mme Bennet on trouvait peu de chose : elles venaient de rentrer de la bibliothèque, tel et tel officiers les y avaient accompagnées ; elle y avait vu des bijoux dont elle raffolait ; elle s'était acheté une nouvelle robe, ou une nouvelle ombrelle, qu'elle aurait décrites plus précisément si elle n'avait pas dû s'interrompre à la hâte, car Mme Forster l'appelait, elles se rendaient au camp. De sa correspondance avec sa sœur on apprenait moins encore, car ses lettres à Kitty, bien qu'un peu plus longues, contenaient trop de lignes écrites en confidence, une fois la feuille tournée à angle droit[1], pour pouvoir être rendues publiques.

Après les deux ou trois premières semaines de son absence, bonne santé, bonne humeur et optimisme firent une timide réapparition à Longbourn. Tout prit un aspect plus souriant. Les familles qui avaient passé l'hiver à Londres[2] revinrent ; on assista au retour des toilettes d'été et des réceptions de la belle saison. Mme Bennet fut rendue à la sérénité dolente qui lui était coutumière, et la mi-juin vit Kitty suffisamment rétablie pour pouvoir entrer dans Meryton sans se mettre à pleurer. L'événement était si prometteur qu'Elizabeth se prit à espérer qu'à la Noël suivante sa sœur serait devenue assez raisonnable pour ne pas parler des officiers plus d'une fois par jour, à moins qu'une décision cruelle et perverse du ministère de la Guerre ne décidât du cantonnement à Meryton d'un nouveau régiment.

La date fixée pour le commencement de leur voyage dans le Nord était maintenant toute proche. Il ne restait qu'une quinzaine de jours à attendre quand arriva une lettre de Mme Gardiner qui en retardait le début et en limitait la durée tout à la fois. M. Gardiner était empêché par ses affaires de se mettre en route avant deux semaines, en juillet, et il devait être de retour à Londres dans moins d'un mois. Comme cela ne leur laissait pas assez de temps pour aller aussi loin et voir autant de choses qu'ils se l'étaient proposé, ou du moins pour les voir avec le loisir et la commodité escomptés, ils durent renoncer aux Lacs et remplacer cela par un itinéraire plus court. Selon leurs nouvelles dispositions, leur voyage ne les emmenait plus vers le nord au-delà du Derbyshire. Il y avait dans ce comté suffisamment de curiosités pour occuper la majeure partie de leurs trois semaines, et il possédait pour Mme Gardiner un attrait tout particulier. La ville où elle avait autrefois passé plusieurs années de sa vie et où ils comptaient rester quelques jours, éveillait sans doute autant son intérêt que toutes les beautés fameuses de Matlock, Chatsworth, Dovedale et du Peak[1].

Elizabeth fut extrêmement déçue. Elle s'était fait une joie de voir les Lacs et pensait qu'ils auraient quand même pu trouver le temps d'aller jusque-là. Mais ce qu'on attendait d'elle était de la satisfaction et son tempérament l'inclinait sûrement à se satisfaire. Elle ne fut pas longue à trouver que c'était parfait ainsi.

Le nom du Derbyshire évoquait pour elle bien des choses. Il lui était impossible de voir ce mot sans penser à Pemberley et à son propriétaire. Mais il est certain, se dit-elle, que je puis mettre le pied dans son comté impunément et lui dérober quelques morceaux de spath[2] sans qu'il me voie.

La période d'attente était désormais deux fois plus longue. Il devait s'écouler quatre semaines avant l'arrivée de son oncle et de sa tante. Elles finirent cependant par passer, et M. et Mme Gardiner ainsi que leurs quatre enfants firent enfin leur apparition à Longbourn. Ces enfants, deux fillettes de six et huit ans et deux garçons plus jeunes, allaient être confiés plus particulièrement aux soins de leur cousine Jane qu'ils aimaient tous et qui était bien faite, en raison de son sens de la mesure et de sa douceur, pour s'occuper d'eux de toutes les manières, les instruire, partager leurs jeux et leur donner son affection.

Les Gardiner ne restèrent qu'une nuit à Longbourn. Ils partirent dès le lendemain matin avec Elizabeth à la recherche de nouveautés et d'amusements. Une satisfaction leur était assurée, celle d'une société à leur convenance. L'harmonie entre eux se fondait sur la possession d'avantages communs, une bonne santé et un bon caractère pour supporter les difficultés, de la bonne humeur pour égayer tous les plaisirs, de l'affection et de l'intelligence pour rendre la vie aimable dans leur petit cercle, si en dehors de celui-ci ils se heurtaient à des déconvenues.

L'objet de cet ouvrage n'est pas de décrire le Derbyshire, ni aucun des lieux dignes d'intérêt qui jalonnaient leur route. Oxford, Blenheim, Warwick, Kenilworth, Birmingham etc. sont suffisamment connus comme cela[1]. Nous ne nous attacherons qu'à une petite partie du Derbyshire. Ce fut vers le bourg de Lambton, où Mme Gardiner avait autrefois vécu et où elle avait appris que demeuraient encore des gens de sa connaissance, qu'ils dirigèrent leurs pas, une fois vues les principales merveilles de la contrée.

Par sa tante, Elizabeth découvrit que Pemberley en était à moins de deux lieues. Le château ne se trouvait pas précisément sur leur route, mais le détour n'excédait pas une lieue. La veille au soir, ils parlaient de leur

itinéraire quand Mme Gardiner exprima le désir de
revoir le domaine. M. Gardiner s'y déclara favorable,
et l'on demanda à Elizabeth son assentiment.

« Ma chérie, n'aimerais-tu pas jeter un coup d'œil à
une demeure dont tu as tant entendu parler, interrogea
sa tante, une demeure à laquelle sont associés tant de
gens que tu connais ? Wickham y a passé toute sa jeunesse, tu sais. »

Elizabeth fut très embarrassée. Elle se rendait compte
qu'elle n'avait rien à faire à Pemberley et fut contrainte
de simuler un manque d'enthousiasme à l'idée de s'y
rendre : il lui fallait admettre qu'elle était lasse de tous
ces châteaux. Après en avoir visité un si grand nombre,
elle ne tirait plus vraiment aucun plaisir du spectacle
des beaux tapis ou des rideaux de satin.

Mme Gardiner haussa les épaules.

« S'il s'agissait seulement d'une belle maison riche-
ment meublée, dit-elle, moi-même je ne serais pas tentée. Mais le parc est superbe. Ils ont quelques-uns des
plus beaux bois de la région. »

Elizabeth se tut, mais ses scrupules n'étaient pas
levés pour autant. Elle envisagea aussitôt la possibilité,
pendant la visite, de rencontrer M. Darcy. Ce serait
épouvantable. Elle rougit, rien que d'y penser. Plutôt
que de courir un tel risque, elle estimait préférable de
tout dire à sa tante. Mais cette solution entraînait des
inconvénients, et elle décida en définitive d'en faire un
ultime recours au cas où des questions sur l'absence de
la famille, qu'elle poserait discrètement, recevraient
une réponse défavorable.

En conséquence, lorsqu'elle alla se coucher, elle
demanda à la femme de chambre si Pemberley n'était
pas un magnifique domaine, quel était le nom du propriétaire et, non sans trembler, si la famille était là pour
l'été. Une réponse négative à la dernière de ces questions fut accueillie avec un grand soulagement. Son
inquiétude à présent dissipée, elle put donner libre
cours à sa curiosité. Son envie était grande, à elle aussi,
de voir cette maison et, quand on se remit à parler de

cela le lendemain matin pour à nouveau lui demander ce qu'elle en pensait, elle fut en mesure de répondre sans se faire prier, et en affichant l'indifférence qui convenait, qu'elle ne voyait pas de véritable objection à cette visite.

Il fut donc décidé qu'on irait à Pemberley.

VOLUME III

CHAPITRE I

Ce ne fut pas sans émotion qu'Elizabeth, chemin faisant, attendit de voir surgir les premiers arbres des futaies de Pemberley, et lorsqu'enfin, à la loge, ils tournèrent pour pénétrer dans le parc, elle était fort troublée.

Ce parc s'étendait sur une grande distance et offrait des aspects multiples. Ils y accédèrent à l'un de ses niveaux les plus bas, et pendant quelque temps leur voiture roula au travers d'un bois magnifique, de vastes dimensions.

Elizabeth avait l'esprit trop occupé pour tenir une conversation, mais elle portait un regard admiratif sur tous les endroits et tous les points de vue les plus remarquables. Le chemin monta sur un quart de lieue, puis ils atteignirent le sommet d'une grande hauteur. Le bois s'arrêtait là, et le spectateur aussitôt découvrait le château de Pemberley. Il apparaissait de l'autre côté d'un vallon que rejoignait la route au terme d'une descente rapide et sinueuse. C'était une grande et belle construction en pierre de taille, bien située en haut d'une pente, avec à l'arrière-plan la crête de hautes collines boisées. Devant, un cours d'eau naturellement assez important avait encore été grossi pour donner l'impression de plus de volume, mais sans que cela sentît l'artifice. Les rives n'avaient pas fait l'objet d'une recherche ni été dotées d'une ornementation factice. Elizabeth était émerveillée. Elle n'avait jamais vu de château au cadre duquel la nature avait davantage contribué, ni où la beauté naturelle avait si peu souffert des dommages d'un goût maladroit. Tous furent chaleureux dans leur admiration. En cet instant, elle eut le sentiment qu'être la maîtresse de Pemberley pouvait certes représenter quelque chose[1]!

Ils descendirent au flanc de la colline, franchirent le pont et s'arrêtèrent devant la porte. Tandis qu'Elizabeth examinait ainsi de plus près la maison, toutes ses craintes d'en rencontrer le propriétaire lui revinrent à l'esprit. Elle redouta une erreur de la part de la femme de chambre. Ils demandèrent à visiter[2]. On les fit entrer dans le vestibule. Elizabeth, dans l'attente de la femme de charge, eut tout le loisir de s'étonner de là où elle se trouvait maintenant.

La femme de charge arriva. C'était une personne assez âgée, d'apparence fort respectable, beaucoup moins élégante et beaucoup plus courtoise que ce qu'Elizabeth avait imaginé. Ils la suivirent dans la salle à manger. C'était une pièce aux vastes et harmonieuses proportions, superbement meublée. La jeune fille y jeta un rapide coup d'œil, puis alla à une fenêtre admirer le paysage. La colline couronnée d'arbres qu'ils venaient de quitter paraissait de loin plus abrupte. Elle offrait un magnifique spectacle. Tous les aspects du parc étaient charmants. Avec le même plaisir elle contempla chacun des éléments de la scène, la rivière, les arbres disséminés sur ses bords, les méandres de la vallée, aussi loin que portait le regard. Quand on passait dans d'autres pièces, tous ces objets apparaissaient sous un autre angle, mais de chaque fenêtre on distinguait de la beauté. Les salles étaient hautes et imposantes, leur mobilier en accord avec la fortune du propriétaire. Cependant Elizabeth vit, à l'éloge de son goût, qu'on n'avait pas cherché à éblouir ni, sans que ce fût nécessaire, voulu de raffinement. Il y avait moins de faste et plus de véritable élégance qu'à Rosings.

Dire que de cette maison, pensa-t-elle, j'aurais pu être la maîtresse! Toutes ces pièces aujourd'hui auraient pu m'être devenues familières! Au lieu de les regarder en étrangère, j'aurais pu avoir la joie de les considérer comme m'appartenant et accueillir en visiteurs mon oncle et ma tante. (Se reprenant) Mais non, c'était impossible. Mon oncle et ma tante auraient été perdus pour moi. On ne m'aurait pas permis de les inviter.

Ce fut une heureuse idée. Elle lui épargna quelque chose comme du regret.

Elle aurait bien aimé demander à la femme de charge si son maître était réellement absent mais n'en eut pas le courage. La question pourtant fut finalement posée par M. Gardiner, et la crainte la fit se détourner lorsque Mme Reynolds répondit qu'effectivement il n'était pas là, mais qu'il était attendu le lendemain avec beaucoup de ses amis. On imagine combien Elizabeth se félicita de ce que son propre voyage n'eût pas été retardé d'une journée par quelque circonstance imprévue.

Sa tante alors l'appela pour attirer son attention sur un tableau en particulier. Elle s'approcha et vit un portrait de M. Wickham accroché, parmi plusieurs autres miniatures, au-dessus de la cheminée. En souriant, Mme Gardiner lui demanda ce qu'elle en pensait. La femme de charge s'avança et leur dit qu'il s'agissait d'un jeune homme, le fils de l'intendant de son défunt maître, auquel celui-ci avait à ses frais donné de l'éducation.

«Il s'est aujourd'hui enrôlé dans l'armée, mais j'ai peur qu'il n'ait mal tourné.»

Sa tante regarda Elizabeth avec un sourire qu'elle ne put lui rendre.

«Et ceci, ajouta Mme Reynolds, en désignant une autre des miniatures, est mon maître — et c'est très ressemblant. Ç'a été peint en même temps que la précédente, il y a environ huit ans.

— J'ai beaucoup entendu vanter la personne de votre

maître, dit Mme Gardiner en examinant le portrait. Le visage est beau. Mais, Lizzy, tu pourrais nous dire si cela est fidèle ou non. »

Le respect de Mme Reynolds pour Elizabeth parut s'accroître à cette idée, qui suggérait qu'elle connaissait son maître.

« Cette jeune demoiselle connaît donc M. Darcy ? »

Elizabeth rougit.

« Oui. Un peu.

— Et ne trouvez-vous pas que c'est un très bel homme, mademoiselle ?

— Oui, très beau.

— Pour ma part, en tout cas, je ne connais pas plus beau. Mais, dans la galerie au premier, vous verrez un meilleur tableau, plus grand, qui le représente. La pièce où vous vous trouvez était la préférée de mon défunt maître, et ces miniatures sont restées exactement là où elles étaient de son vivant. Il y était très attaché. »

Cela permit à Elizabeth de s'expliquer la présence de M. Wickham au milieu d'elles.

Ensuite Mme Reynolds dirigea leur attention sur un portrait de Mlle Darcy, exécuté alors qu'elle n'avait que huit ans.

« Mlle Darcy a-t-elle la beauté de son frère ? demanda M. Gardiner.

— Oui, certes. C'est la plus belle jeune demoiselle qu'on ait jamais vue. Et si accomplie ! Elle joue du piano et chante toute la journée. Dans la pièce d'à côté, un instrument tout neuf vient d'arriver pour elle, un cadeau de mon maître. Elle sera là demain avec lui. »

M. Gardiner, dont les manières étaient franches et aimables, l'encourageait à se montrer communicative par ses questions et ses observations. Mme Reynolds, par fierté ou par affection, avait de toute évidence grand plaisir à parler de lui et de sa sœur.

« Est-ce que vous voyez souvent votre maître à Pemberley au cours de l'année ?

— Pas autant que je le voudrais, monsieur. Mais je

dirais qu'il y passe la moitié de son temps, et Mlle Darcy ne manque jamais d'y venir pour l'été. »

Sauf, pensa Elizabeth, quand elle va à Ramsgate.

« Si votre maître se mariait, vous le verriez peut-être davantage.

— Oui, monsieur. Mais je ne sais pas quand ce sera. Je ne connais personne d'assez bien pour lui. »

M. et Mme Gardiner échangèrent un sourire. Elizabeth ne put s'empêcher de remarquer :

« Il est certainement tout à son honneur que vous soyez de cet avis.

— Je ne dis que la vérité et rien d'autre que ce que vous diront tous ceux qui le connaissent. »

Elizabeth pensa que c'était beaucoup s'avancer. Son étonnement s'accrut lorsque la femme de charge ajouta :

« Il ne m'a jamais parlé méchamment de toute ma vie, et il avait quatre ans quand je suis entrée au service de son père. »

De tous les éloges qu'on pouvait lui rendre, celui-ci était le plus extraordinaire, le plus contraire aux convictions de la jeune fille. Elle avait toujours cru qu'il avait mauvais caractère. Sa curiosité était fort aiguisée. Elle souhaitait d'en entendre davantage et fut reconnaissante à son oncle d'observer :

« Il n'y a guère de gens dont on puisse en dire autant. Vous avez de la chance de servir un tel maître.

— Oui, monsieur, je le sais bien. Je pourrais faire le tour de la terre sans trouver meilleur. Mais j'ai toujours remarqué que ceux qui enfants font preuve de bonté restent bons en grandissant. Et lui n'a cessé d'être l'enfant le plus doux et le plus gentil du monde. »

Elizabeth ouvrait de grands yeux. Parlons-nous du même M. Darcy ? pensa-t-elle.

« Son père était un excellent homme, dit Mme Gardiner.

— Certes oui, madame, et son fils lui ressemblera en tout point. Il sera tout autant à l'écoute des pauvres. »

Elizabeth tendait l'oreille, s'étonnait, doutait, désirait en savoir plus. Mme Reynolds ne pouvait l'intéresser à rien d'autre. Ce fut en vain qu'elle donna le sujet des tableaux, les dimensions des salles, le prix des meubles. M. Gardiner, qui s'amusait beaucoup du genre de parti pris en faveur de la famille auquel il attribuait l'excès des compliments décernés au maître des lieux, ne tarda pas à la ramener à ce qui avait fait la matière de sa conversation. Avec vigueur elle insista sur les nombreux mérites de M. Darcy, tandis qu'ensemble ils gravissaient les marches du grand escalier.

« C'est le meilleur des propriétaires et le meilleur des maîtres. Il n'a pas son pareil. Il ne ressemble en rien à ces jeunes dévergondés que vous voyez maintenant et qui ne pensent qu'à eux-mêmes. Vous ne trouverez personne parmi ses fermiers ou ses domestiques pour dire du mal de lui. Certains prétendent qu'il est fier, mais je vous assure que je ne m'en suis jamais aperçue. Si vous voulez mon avis, c'est seulement parce qu'il n'est pas toujours à jaboter comme les autres jeunes gens. »

Que cela le fait voir à son avantage ! se dit Elizabeth.

« Ce portrait flatteur, lui chuchota sa tante tout en marchant, ne s'accorde guère avec le traitement qu'il a réservé à notre malheureux ami.

— Il est possible que nous ayons été abusés.

— Ce n'est guère probable. Nos sources étaient trop sûres. »

Lorsqu'ils atteignirent au premier un vaste couloir, on leur montra un très joli petit salon qui avait été meublé avec plus d'élégance et de grâce que les appartements du rez-de-chaussée. On leur dit que l'aménagement venait d'être achevé et qu'il avait été conçu pour plaire à Mlle Darcy, qui avait pris du goût pour cette pièce lors de son dernier séjour à Pemberley.

« C'est assurément un bon frère », dit Elizabeth en se dirigeant vers l'une des fenêtres.

Mme Reynolds imaginait déjà la joie de Mlle Darcy pénétrant dans ce salon.

« Et c'est toujours comme cela avec lui, ajouta-t-elle.

Dès qu'il croit que sa sœur va aimer quelque chose, c'est comme si c'était fait. Il ne sait rien lui refuser. »

Il ne restait plus à visiter que la galerie de tableaux et deux ou trois des chambres principales. Dans la première de ces pièces figuraient beaucoup de toiles de qualité. Mais Elizabeth ignorait tout de l'art de la peinture. On lui avait déjà montré en bas des œuvres de maîtres dont elle s'était volontairement détournée en faveur de quelques dessins de Mlle Darcy, exécutés au crayon, dont les sujets étaient souvent plus intéressants et aussi plus faciles d'accès.

La galerie abritait de nombreux portraits de famille. Ils n'étaient guère de nature à retenir l'attention d'un étranger. Elizabeth passa devant, à la recherche du seul visage dont les traits ne lui seraient pas inconnus. Elle le trouva enfin. Elle put contempler alors un portrait étonnamment ressemblant de M. Darcy. Un sourire flottait sur ses lèvres qu'elle se rappela lui avoir connu quelquefois, lorsqu'il la regardait. Elle s'attarda plusieurs minutes devant ce tableau sans pouvoir en détacher les yeux, puis y retourna avant leur départ de la galerie. Mme Reynolds les informa qu'il avait été exécuté du vivant du précédent propriétaire.

Il se formait certainement en cet instant dans le cœur d'Elizabeth un sentiment plus doux à l'égard de l'original que tout ce qu'elle avait pu ressentir depuis qu'elle l'avait mieux connu. Ce que Mme Reynolds avait trouvé à dire à son avantage n'était pas de médiocre importance. Quel éloge a plus de prix que celui d'un domestique intelligent ? Il était à la fois un frère, un propriétaire, un maître ; elle réfléchit au nombre des personnes dont il tenait le bonheur entre ses mains, au plaisir ou à la peine qu'il était en son pouvoir de dispenser, au bien ou au mal qu'il ne pouvait qu'être amené à faire. Tout ce dont avait parlé la femme de charge plaidait en sa faveur. Debout devant la toile où il était représenté et d'où il fixait son regard sur elle, elle évoqua son affection avec une gratitude plus profonde que ce qu'elle avait provoqué jusque-là. Elle se souvint de la chaleur

avec laquelle il s'était exprimé en accordant moins
d'importance à l'inconvenance de ses mots.

Lorsque dans la maison tout ce qui était ouvert à la
visite eut été vu, ils retournèrent au rez-de-chaussée et,
après avoir pris congé de la femme de charge, furent
confiés aux soins du jardinier, qui les attendait à la
porte d'entrée.

Tandis qu'ils traversaient la pelouse pour se diriger
vers la rivière, Elizabeth se retourna pour un dernier
regard. Son oncle et sa tante s'arrêtèrent aussi et, pendant que le premier se demandait quand le château avait
bien pu être construit, son propriétaire surgit soudain
de l'allée qui menait aux écuries, derrière la maison.

Ils n'étaient séparés que par une cinquantaine de
pieds, et si brutale fut son apparition qu'il fut impossible à la jeune fille d'éviter d'être vue. Leurs regards
aussitôt se croisèrent, et leurs visages à tous deux se
couvrirent de rougeur. Il sursauta, au plein sens du
mot, puis, l'espace d'un instant, la surprise parut le
clouer sur place. Il se reprit néanmoins bien vite, mar-
cha au-devant d'eux et parla à Elizabeth dans les
termes sinon d'une absolue maîtrise de soi, du moins
dans ceux d'une parfaite courtoisie.

Instinctivement elle s'était éloignée mais, s'arrêtant à
son approche, elle accueillit ses salutations avec un
embarras impossible à surmonter. Si sa subite apparition, ou si sa ressemblance avec le portrait qu'ils
venaient d'examiner, n'avait pas suffi à convaincre
l'oncle et la tante qu'ils se trouvaient en présence de
M. Darcy, la surprise manifestée par le jardinier en
voyant son maître aurait pu immédiatement les renseigner. Ils se tinrent un peu à l'écart pendant qu'il s'entretenait avec leur nièce. Étonnée et confuse, elle osait à
peine lever les yeux sur lui et ne savait quelle réponse
elle était en train de donner à ses questions polies sur la
santé de sa famille. L'attitude du jeune homme était si
différente de ce qu'elle avait été quand ils s'étaient quittés pour la dernière fois qu'elle en restait confondue.
Chacune de ses phrases ajoutait à son embarras. Sans

cesse lui revenait à l'esprit l'idée de l'inconvenance de sa visite. Les quelques minutes pendant lesquelles ils continuèrent leur conversation comptèrent parmi les plus inconfortables de sa vie. Lui-même ne paraissait pas être beaucoup plus à l'aise. Quand il parlait, sa voix n'offrait rien de sa tranquillité ordinaire. Il réitéra ses questions sur la date de son départ de Longbourn et de son arrivée dans le Derbyshire, si souvent et de manière si entrecoupée, qu'apparaissait clairement le désordre de son esprit.

Finalement il ne sut plus que dire. Il resta quelques instants sans prononcer une parole, puis soudain il se ressaisit et prit congé.

Les autres la rejoignirent. Ils exprimèrent de l'admiration pour la tournure de l'homme, mais elle n'en entendit pas un mot. Tout à ses pensées, elle les suivit en silence. Elle n'en pouvait plus de honte et de contrariété. Quelle idée elle avait eue de venir ici! C'était aussi fâcheux et mal jugé que possible.

Comme cela devait lui paraître singulier! Un homme si vaniteux! Il estimerait sa présence infamante. Il pourrait croire qu'elle s'était à dessein mise une nouvelle fois au travers de son chemin. Ah! pourquoi donc être venue? Ou pourquoi avait-il ainsi avancé d'un jour la date de son arrivée? S'ils avaient fait plus vite, de dix minutes seulement, ils auraient échappé à son regard, car il était évident qu'il avait juste mis pied à terre, qu'il était un instant plus tôt descendu de son cheval ou de sa voiture. Elle rougit, encore et encore, de ce hasard malencontreux. Quant à son comportement, si étonnamment différent, que signifiait-il? Qu'il daignât lui parler était déjà stupéfiant, mais qu'il le fît si poliment, qu'il prît des nouvelles de sa famille! Jamais de sa vie elle ne lui avait vu de manières aussi peu gourmées, jamais il n'avait eu de paroles aussi aimables que lors de cette rencontre inopinée. Quel contraste avec son comportement dans le parc de Rosings, la dernière fois qu'ils s'étaient vus, quand il lui avait mis sa lettre entre les

mains ! Elle ne savait que penser ni comment expliquer
cela.

Les visiteurs s'étaient à présent engagés dans une
magnifique allée au bord de l'eau. Chaque pas leur
découvrait une pente plus imposante, ou un plus bel
aperçu des bois dont ils approchaient. Il fallut cependant quelque temps à Elizabeth pour se rendre compte
de toutes ces choses-là. Elle répondait mécaniquement
aux invitations répétées de son oncle et de sa tante à
porter les yeux sur ce qu'ils lui montraient. Elle paraissait leur obéir mais ne distinguait aucun point précis.
Ses pensées allaient toutes au seul endroit du domaine,
quel qu'il fût, où se tenait maintenant M. Darcy. Elle
aurait bien aimé savoir ce qui à ce moment lui passait
par l'esprit, comment il la voyait et si, en dépit de tout,
elle lui était encore chère. Peut-être s'était-il montré
courtois uniquement parce qu'il se sentait à l'aise — et
pourtant sa voix avait tremblé d'une manière qui ne
ressemblait guère à de l'assurance. La rencontre lui
avait-elle été pénible ou agréable ? Elle ne pouvait le
dire. Mais, à coup sûr, il ne l'avait pas regardée avec
calme.

Les remarques de ses compagnons sur sa distraction
finirent cependant par la tirer de sa songerie, et elle
sentit la nécessité d'apparaître davantage maîtresse
d'elle-même.

Ils s'engagèrent en sous-bois et, abandonnant pour
un temps le cours d'eau, entreprirent l'ascension de
l'un des versants. Du sommet, lorsqu'une trouée dans
les frondaisons permettait au regard de vagabonder, se
multipliaient les points de vue charmants sur la vallée,
les collines opposées, dont l'enfilade était souvent couronnée d'arbres, et parfois sur un pan de la rivière.
M. Gardiner exprima le souhait de faire le tour complet du parc, dans la mesure où la promenade ne serait
pas trop longue. On lui répondit avec un sourire de
triomphe qu'il fallait compter quatre lieues. Cela régla
la question. Ils continuèrent leur chemin par le circuit
ordinaire, qui les mena au bout de quelque temps, par

une descente à travers des bois accrochés à la pente,
au bord de la rivière dans l'une de ses portions les plus
étroites. Ils la franchirent sur un pont dont la simplicité était en harmonie avec l'ensemble du paysage.
C'était un endroit plus austère que tout ce qu'ils avaient
vu jusque-là. Le vallon devenait une gorge resserrée,
ne laissant de place qu'au cours d'eau et à un petit sentier au milieu du taillis laissé à l'état sauvage qui bordait les rives. Elizabeth aurait bien aimé en explorer
les détours mais, quand ils eurent passé le pont et vu
quelle distance les séparait du château, Mme Gardiner,
qui n'était pas bonne marcheuse, se déclara incapable
de continuer et ne pensa plus qu'à retourner à la voiture aussi vite que possible. Sa nièce fut donc obligée
de se soumettre et ils s'acheminèrent vers la maison,
de l'autre côté de l'eau, en coupant au plus court. Ils
n'avançaient   cependant   que   lentement,   car
M. Gardiner, bien qu'il eût rarement la possibilité de
satisfaire son goût pour ce passe-temps, aimait beaucoup la pêche, et il était si occupé à guetter les apparitions occasionnelles des truites et à en parler avec son
guide qu'il ne faisait pas beaucoup de chemin.
    Alors qu'ils marchaient ainsi sans se presser, ils
eurent de nouveau la surprise — et celle d'Elizabeth ne
fut pas moindre que lors de la première rencontre —
d'apercevoir M. Darcy qui venait dans leur direction. Il
n'était pas bien loin. Le sentier étant moins abrité là où
ils se trouvaient que de l'autre côté, ils purent le voir
avant qu'il se portât à leur hauteur. Elizabeth, quel que
fût son étonnement, était du moins mieux préparée à
une entrevue que précédemment, et résolue à se montrer calme et à parler calmement s'il avait réellement
l'intention de se joindre à eux. Durant quelques instants, elle crut bien qu'il prendrait un autre sentier. Elle
demeura en cette idée le temps d'une boucle qui le
déroba à leurs yeux. Ce tournant passé, il réapparut
juste devant eux. Du premier regard elle vit qu'il n'avait
rien perdu de sa civilité fraîchement acquise. Pour ne
pas être en reste en ce domaine, aussitôt elle se répandit

en louanges sur la beauté du parc, mais à peine avait-elle prononcé les mots «charmant», «ravissant» qu'elle fut frappée d'une idée fâcheuse et craignit qu'un éloge de Pemberley venant d'elle ne fût interprété de manière désobligeante. Elle rougit et se tut.

Mme Gardiner se tenait un peu en retrait. Profitant du silence d'Elizabeth, il lui demanda de lui faire l'honneur de le présenter à ses amis. C'était une preuve de civilité à laquelle elle n'était nullement préparée. Elle eut de la difficulté à réprimer un sourire en le voyant rechercher une introduction auprès des mêmes gens contre lesquels son orgueil s'était rebellé lorsqu'il lui avait proposé le mariage. Quelle ne sera pas sa surprise, se dit-elle, quand il saura qui ils sont! Il les croit appartenir au meilleur monde.

Les présentations, cependant, furent bientôt faites. Quand elle précisa le lien de parenté qui les unissait, elle lui jeta un coup d'œil à la dérobée pour juger de la façon dont il prendrait la chose. Elle n'aurait pas été surprise s'il avait levé le camp aussi vite que possible en présence d'une compagnie aussi déshonorante. Qu'il fût pris de court par ce lien familial n'était pas niable, mais il supporta l'épreuve avec courage et, loin de fuir, fit demi-tour pour les accompagner et engagea la conversation avec M. Gardiner. Elizabeth ne put que s'en réjouir et triompher. Il était consolant de penser qu'elle possédait des parents dont il n'y avait pas lieu de rougir. Elle écouta avec une attention soutenue tous les propos qui furent échangés, ravie de toutes les expressions, de toutes les phrases de son oncle qui marquaient son intelligence, son bon goût et ses bonnes manières.

La conversation bientôt fut mise sur la pêche, et elle entendit M. Darcy l'inviter, avec la plus grande courtoisie, à venir pêcher là aussi souvent qu'il le voudrait, tant qu'il séjournerait dans le voisinage, lui offrant en même temps de lui fournir l'équipement nécessaire et de lui indiquer en quels coins on risquait habituellement le plus de succès. Mme Gardiner, qui donnait le bras à Elizabeth, lui glissa un regard d'étonnement. Elizabeth ne dit rien, mais son contentement fut extrême. Le compliment devait lui être entièrement destiné. Elle ne cessait cependant d'être ébahie, se répétant continuellement : Pourquoi est-il si changé ? Quelle peut bien en être la raison ? Il est impossible que ce soit à cause de moi, que ce soit pour me plaire qu'il corrige ainsi ses manières. Mes reproches à Hunsford n'ont pu opérer pareille métamorphose. Il ne peut m'aimer encore.

Ils marchèrent quelque temps d'abord selon la même disposition, les deux dames devant, les deux messieurs derrière. Mais, lorsqu'ils retrouvèrent leurs places après être descendus au bord de l'eau pour mieux examiner une curieuse plante aquatique, le hasard donna lieu à une petite modification. Mme Gardiner en fut la cause. Fatiguée par l'exercice de la matinée, elle estima le bras d'Elizabeth insuffisant pour la soutenir et lui préféra celui de son mari. M. Darcy la remplaça donc aux côtés de sa nièce, si bien qu'ils continuèrent leur chemin l'un près de l'autre. Il y eut un bref silence, que la jeune fille fut la première à rompre. Elle voulait l'informer qu'avant de venir au château elle s'était assurée de son absence. C'est pourquoi elle commença par observer que son arrivée avait été tout à fait inopinée.

« Votre femme de charge, ajouta-t-elle, nous a donné comme certain que vous ne seriez pas ici avant demain et, à la vérité, avant de quitter Bakewell, nous avions cru comprendre que vous n'étiez pas attendu à la campagne dans l'immédiat. »

Il admit la vérité de tout cela et dit que pour régler certaines affaires avec son intendant il avait devancé de quelques heures le reste du groupe avec lequel il voyageait.

« Ils me rejoindront demain de bonne heure, poursuivit-il, et parmi eux figurent des personnes qui se rappelleront à votre bon souvenir : M. Bingley et ses sœurs. »

Elizabeth ne répondit qu'en inclinant légèrement la tête. Aussitôt elle revit en pensée le moment où pour la dernière fois entre eux le nom de M. Bingley avait été mentionné dans la conversation. S'il fallait en juger par la couleur de ses joues, son esprit n'était pas occupé d'une façon bien différente.

« Il y a également quelqu'un dans ce groupe, reprit-il après une pause, qui désire plus particulièrement faire votre connaissance. Me permettrez-vous de vous présenter ma sœur pendant votre séjour à Lambton, ou serait-ce trop vous demander ? »

Il était vraiment surprenant de s'entendre adresser pareille requête. La surprise fut trop grande pour qu'elle sût très bien de quelle manière elle y accéda. Elle comprit tout de suite que si Mlle Darcy avait quelque désir de la connaître, ce ne pouvait être dû qu'à son frère. Sans chercher plus loin, c'était déjà une satisfaction. Il était réconfortant de constater que son ressentiment n'avait pas abouti à lui donner véritablement d'elle une mauvaise opinion.

Après cela, ils poursuivirent leur chemin en silence, chacun absorbé par ses pensées. Elizabeth n'était pas à son aise. C'eût été impossible. Mais elle se sentait flattée et contente. Ce désir de lui présenter sa sœur était un compliment qui lui allait droit au cœur. Ils laissèrent bientôt les autres loin derrière. Quand ils furent à hauteur de la voiture, M. et Mme Gardiner avaient encore cent toises[1] à parcourir.

Il l'invita alors à entrer dans la maison, mais elle lui assura qu'elle n'était pas fatiguée, et ils attendirent ensemble sur la pelouse. En un pareil moment, beaucoup de choses auraient pu être dites et le silence était très gênant. Elle aurait bien voulu tenir une conversation, mais tous les sujets semblaient frappés d'interdit. Finalement elle se rappela qu'elle venait de voyager, et ils s'entretinrent de Matlock et de Dovedale avec beaucoup de persévérance. Cependant le temps aussi bien que sa tante étaient lents à se mouvoir ; elle faillit être à court d'idées et de patience avant la fin de son tête-à-tête. Lorsqu'arrivèrent M. et Mme Gardiner, on les pressa tous d'entrer se reposer et prendre quelques rafraîchissements. Mais l'offre fut déclinée, et l'on se sépara avec des assauts de politesse de part et d'autre.

M. Darcy aida les dames à monter en voiture et, quand
le véhicule s'éloigna, Elizabeth le vit lentement se diriger vers la maison.

Ce fut le moment pour M. et Mme Gardiner de se
livrer à des commentaires. Chacun d'eux le déclara
infiniment supérieur à tout ce qu'ils avaient imaginé.

«Il est parfaitement bien élevé, courtois et sans prétention, dit l'oncle d'Elizabeth.

— Il fait montre assurément d'un peu de dignité,
repartit sa tante, mais cela se limite à son air, et lui
convient bien. Je suis maintenant de l'avis de la femme
de charge : on peut parfois le trouver fier, mais pour
ma part je n'ai rien vu de tel.

— Je n'ai jamais été aussi surpris que par son attitude envers nous. Elle marquait plus que de la politesse ; elle était vraiment pleine d'égards, des égards
qui ne s'imposaient pas. Il ne connaissait Elizabeth que
très superficiellement.

— Il n'est pas niable, Lizzy, dit sa tante, qu'il n'est
pas aussi bien fait de sa personne que Wickham, ou
plutôt qu'il n'a pas le beau visage de Wickham, car rien
n'est à reprocher à la régularité de ses traits. Comment
as-tu pu nous le représenter comme si déplaisant ?»

Elizabeth se justifia du mieux qu'elle put, faisant
valoir qu'elle lui avait reconnu plus d'attrait qu'auparavant quand elle l'avait revu dans le Kent, et que
jamais il ne lui était apparu aussi agréable que durant
cette matinée.

«Mais peut-être, repartit son oncle, sa politesse est-
elle un peu capricieuse. C'est souvent le cas chez les
grands. Je compte bien ne pas le prendre au mot pour
ce qui est de la pêche. Un autre jour, il pourrait changer d'avis et m'intimer l'ordre de déguerpir.»

Elizabeth s'aperçut qu'ils n'avaient rien compris à
son caractère mais préféra garder le silence.

«D'après ce que nous avons vu de lui, reprit Mme Gardiner, jamais je ne l'aurais cru capable de la cruauté
dont il a fait montre envers ce pauvre Wickham. Il n'a
pas l'air méchant. Au contraire, quand il parle, il y a

dans le pli de sa bouche quelque chose d'aimable et, dans l'expression de la physionomie, une noblesse qui laisse bien augurer de son cœur. Il n'en reste pas moins que la brave dame qui nous a montré la maison nous en a tracé un portrait éblouissant. J'ai eu quelquefois du mal à garder mon sérieux. Je suppose qu'il est un maître généreux et cela, au regard d'un domestique, englobe toutes les vertus. »

À cet endroit de la conversation, Elizabeth se sentit obligée de dire quelque chose pour justifier son comportement à l'égard de Wickham. Elle leur donna donc à entendre, aussi discrètement que possible, qu'en fonction de ce que lui avaient rapporté dans le Kent des parents de M. Darcy, ses actions étaient passibles d'une interprétation bien différente, et qu'on ne pouvait lui imputer autant de défauts — ni attribuer à Wickham autant de qualités — qu'on l'avait fait dans le Hertfordshire. À l'appui de ceci, elle précisa toutes les transactions financières auxquelles les deux hommes avaient été mêlés, sans aller jusqu'à donner ses sources mais les affirmant dignes de foi.

Mme Gardiner fut à la fois surprise et chagrinée. Cependant, comme on approchait maintenant de la scène de ses plaisirs révolus, elle oublia tout pour s'abandonner au charme du souvenir. Elle fut trop occupée à montrer du doigt à son mari où se situaient tous les endroits évocateurs des environs pour se soucier d'autre chose. Malgré la fatigue endurée au cours de la promenade de la matinée, ils n'eurent pas plus tôt dîné qu'elle partit en quête de ses anciennes connaissances, et la soirée se passa à renouveler gaiement des rapports interrompus depuis de nombreuses années.

Les événements de la journée avaient excité en Elizabeth trop d'intérêt pour lui permettre de consacrer à ces nouveaux amis une grande part de son attention. Elle ne faisait que songer avec étonnement à la courtoisie montrée par M. Darcy et, par-dessus tout, à son désir de lui faire rencontrer sa sœur.

CHAPITRE II

Elizabeth s'était mis en tête que M. Darcy amènerait sa sœur pour la visiter dès le lendemain de son arrivée à Pemberley. Elle résolut donc de ne pas s'éloigner de l'auberge ce jour-là de toute la matinée. Mais ses conclusions étaient fausses, car le matin même de leur arrivée à Lambton, leurs visiteurs se présentèrent. Les Gardiner et Elizabeth s'étaient promenés en ville avec quelques-uns de leurs nouveaux amis. Ils venaient de regagner l'auberge afin de s'habiller pour dîner en compagnie de ces gens-là quand le bruit d'une voiture les attira à la fenêtre : un cabriolet approchait, dans lequel avaient pris place un monsieur et une dame.

Elizabeth aussitôt identifia la livrée. Elle devina de quoi il s'agissait. Mais quelle ne fut pas la surprise de ses oncle et tante quand ils furent informés de l'honneur auquel elle s'attendait ! Ils furent absolument stupéfaits. Sa difficulté à en parler, s'ajoutant à la visite elle-même et à beaucoup des circonstances de la veille, leur ouvrit les yeux sur une nouvelle manière de considérer cette affaire. Jusque-là l'idée ne leur en était pas venue, mais à présent leur opinion était qu'on ne pouvait expliquer de pareilles attentions venant de pareil endroit qu'en supposant un penchant pour leur nièce. Tandis que ces suppositions de fraîche date faisaient leur chemin dans leur tête, l'émotion d'Elizabeth allait croissant. Elle était stupéfaite du trouble qu'elle ressentait mais, entre autres raisons pour se tourmenter, elle craignait que la partialité du frère n'en eût trop dit en sa faveur. Particulièrement désireuse de plaire, elle redoutait — et c'était bien naturel — de se retrouver démunie de tous les moyens d'y réussir.

Elle s'éloigna de la fenêtre, de crainte d'être vue. Ne pouvant rester en place, elle essayait de maîtriser son émoi, tout en décelant chez son oncle et sa tante des

regards à la fois surpris et inquisiteurs qui n'étaient
pas faits pour lui faciliter les choses.

Mlle Darcy et son frère parurent. On procéda aux
présentations tant redoutées. Avec étonnement, Elizabeth constata que cette nouvelle connaissance manifestait un embarras au moins égal au sien. Depuis son
arrivée à Lambton, on lui avait répété que Mlle Darcy
était quelqu'un d'excessivement orgueilleux. Quelques
minutes d'observation suffirent à la convaincre qu'elle
était seulement particulièrement timide. Elizabeth
éprouva de la peine à obtenir d'elle autre chose que des
monosyllabes.

Mlle Darcy était grande et plus forte qu'Elizabeth.
Elle n'avait guère plus de seize ans mais, épanouie, elle
offrait une apparence gracieuse qui était celle d'une
femme faite. Elle était moins belle que son frère, et
pourtant sa physionomie dénotait le bon sens et l'enjouement, tandis que ses manières étaient parfaitement
douces et dénuées de prétention. Elizabeth, qui s'était
attendue à trouver en elle une observatrice dotée d'autant de pénétration et d'assurance que M. Darcy lors
de leurs rencontres précédentes, fut considérablement
soulagée en la découvrant animée de sentiments aussi
différents.

Darcy ne tarda pas à lui apprendre que Bingley aussi
venait lui rendre visite. À peine avait-elle eu le temps de
dire sa satisfaction et de se préparer à l'accueillir qu'on
entendit dans l'escalier le pas alerte de l'homme en
question. Un instant plus tard, il était dans la pièce. Le
ressentiment qu'Elizabeth avait conçu à son égard avait
disparu depuis longtemps mais, s'il lui en était resté, il
aurait eu peine à subsister devant la franche cordialité
avec laquelle il s'exprima en la revoyant. Il prit des nouvelles des siens, amicalement, bien que sans nommer
personne, et fit montre, tant dans son attitude que dans
sa conversation, de la même aisance et de la même
jovialité que dans le passé.

M. et Mme Gardiner ne lui portaient guère moins
d'intérêt qu'elle-même. Depuis longtemps ils désiraient

le connaître. À vrai dire, il n'y avait personne parmi les visiteurs qui ne suscitât leur plus vive attention. Les soupçons qui venaient de naître au sujet de M. Darcy et de leur nièce orientaient leurs regards vers l'un et l'autre. Si leur curiosité restait discrète, elle n'en était pas moins grande. Leur observation les persuada bientôt que l'un des deux au moins savait ce que c'était qu'aimer. Des sentiments de la demoiselle ils demeuraient un peu dans le doute, mais il apparaissait clairement que le jeune homme débordait d'admiration.

Elizabeth, de son côté, avait fort à faire. Elle voulait approfondir les sentiments de chacun de ses visiteurs, calmer les siens et se rendre agréable à tous. C'était dans ce dernier dessein qu'elle craignait le plus d'échouer, et pourtant c'était là que son succès était le plus assuré, car ceux auxquels elle tentait de plaire étaient tous prévenus en sa faveur. Bingley était prêt à se laisser charmer, Georgiana en avait envie, Darcy ne demandait pas autre chose.

À la vue de Bingley, les pensées de la jeune fille allèrent naturellement à sa sœur. Comme elle aurait aimé savoir si les siennes suivaient le même chemin ! Parfois il lui semblait qu'il était moins bavard qu'autrefois dans des circonstances analogues. En une ou deux occasions, elle se plut à imaginer qu'en la regardant il cherchait une ressemblance. Cela pouvait n'avoir aucun lien avec la réalité. En revanche, il lui était impossible de mal interpréter son comportement vis-à-vis de Mlle Darcy, qu'on avait voulu poser en rivale de Jane. Ils n'échangeaient aucun regard qui trahît une tendresse particulière. Rien ne se passait entre eux qui pût justifier les espoirs de sa sœur. Sur ce point, Elizabeth eut vite fait de se rassurer. Par ailleurs, à deux ou trois petites choses qu'elle nota avant son départ, elle crut pouvoir reconnaître une pensée pour Jane d'où la tendresse n'était pas absente, et le désir, s'il avait osé, d'en dire davantage pour l'amener peut-être à parler d'elle. Il lui fit remarquer, à un moment où les autres conversaient séparément, et d'une voix où perçait un peu de regret sincère, qu'il n'avait pas eu le plaisir de la voir depuis bien longtemps. Avant qu'elle eût pu lui répondre, il ajouta :

« Cela fait plus de huit mois. Nous ne nous sommes pas revus depuis le 26 novembre, lorsque nous dansions tous ensemble à Netherfield. »

Elizabeth fut contente de lui trouver si bonne mémoire. Ensuite il profita de ce que personne ne les écoutait pour lui demander si toutes ses sœurs étaient bien à Longbourn. La question en elle-même ne signifiait pas grand-chose, pas davantage que la remarque précédente, mais le regard qui les accompagnait et l'inflexion de la voix leur donnaient un sens particulier.

Ce n'était pas souvent qu'elle pouvait tourner les yeux vers M. Darcy lui-même. Mais, chaque fois qu'elle l'apercevait, elle lui voyait la même expression d'aimable bienveillance, et tout ce qu'il disait découvrait un accent si éloigné de l'arrogance ou du mépris pour sa compagnie qu'elle put en retirer l'assurance que l'amendement de ses manières observé la veille, aussi éphémère qu'il se révélât, avait au moins duré plus d'un jour. Quand elle le voyait ainsi rechercher la société et l'estime de gens que quelques mois plus tôt il eût jugé dégradant de fréquenter, poli, non seulement avec elle, mais avec les membres de sa famille qu'il avait écartés avec dédain, quand elle évoquait la scène orageuse qu'ils avaient eue au presbytère de Hunsford lors de leur dernière entrevue, la différence était si grande, le changement si considérable, elle en était si frappée, qu'elle avait peine à ne pas laisser paraître son étonnement. Jamais, même dans la compagnie de ses chers amis de Netherfield, ou de ses dignes parents de Rosings, elle ne l'avait trouvé aussi désireux de plaire, aussi peu imbu de sa personne, aussi peu disposé à se murer dans sa réserve qu'à présent, alors que le succès de ses efforts ne pouvait rien lui apporter, et même que la fréquentation des personnes avec lesquelles il se voulait aimable lui vaudrait les moqueries et la réprobation du sexe féminin, tant à Netherfield qu'à Rosings.

Leurs visiteurs ne les quittèrent pas avant au moins

une demi-heure. Lorsqu'ils se levèrent pour s'en aller, M. Darcy invita sa sœur à se joindre à lui pour exprimer leur désir d'avoir à dîner M. et Mme Gardiner ainsi que Mlle Bennet, avant leur départ de la région. Mlle Darcy, bien qu'avec un manque de confiance en elle qui montrait suffisamment qu'elle n'avait guère l'habitude de lancer des invitations, ne se fit pas prier pour lui obéir. Mme Gardiner regarda sa nièce afin de savoir comment elle réagissait à une demande qui la concernait principalement, mais Elizabeth avait tourné la tête. Présumant, toutefois, que cette volonté délibérée de ne pas rencontrer son regard provenait davantage d'un embarras passager que de peu d'empressement pour l'offre qui leur était faite, voyant aussi que son mari, qui aimait la compagnie, se montrait tout à fait prêt à l'accepter, elle se hasarda à les assurer de sa présence, et l'on se mit d'accord pour le surlendemain.

Bingley exprima toute sa satisfaction de l'assurance qui lui était donnée de revoir Elizabeth, comme il avait encore beaucoup de choses à lui dire et beaucoup de questions à poser sur ce que devenaient tous leurs amis du Hertfordshire. Elle vit en tout cela un désir de l'entendre parler de sa sœur et s'en réjouit. Pour cette raison, pour d'autres aussi peut-être, lorsque ses visiteurs prirent congé, elle s'estima assez contente de la demi-heure qui venait de s'écouler, bien que, durant cette même demi-heure, le plaisir n'eût pas été bien grand. Elle avait hâte d'être seule et craignait de la part de ses oncle et tante questions et sous-entendus. Aussi ne resta-t-elle en leur compagnie que le temps pour eux de dire tout le bien qu'ils pensaient de Bingley. Ensuite elle s'éclipsa pour aller s'apprêter.

Il n'y avait cependant pas lieu pour elle de redouter la curiosité de M. et Mme Gardiner. Ils ne souhaitaient pas la forcer à se confier. Il était clair qu'elle connaissait M. Darcy beaucoup mieux que ce qu'ils avaient pu imaginer, évident aussi qu'il était fort amoureux d'elle. Ce dont ils étaient les témoins avait de quoi les intéresser, mais rien n'aurait justifié le passage aux questions.

De M. Darcy, il devenait à présent hautement désirable d'avoir une bonne opinion. Pour ce qu'ils en savaient, rien n'était à lui reprocher. Ils ne pouvaient demeurer indifférents à sa civilité et, s'ils avaient fait son portrait en se fondant sur leurs propres impressions et les dires de sa domestique, indépendamment d'aucun autre rapport, le petit cercle du Hertfordshire où il avait été introduit ne l'aurait pas reconnu pour être M. Darcy. Il y avait cependant maintenant un avantage à pouvoir ajouter foi aux paroles de la femme de charge, et ils ne tardèrent pas à considérer comme nullement négligeable le témoignage d'une domestique informée de ses faits et gestes depuis l'âge de quatre ans et dont les manières marquaient bien la respectabilité. Rien dans les renseignements fournis par leurs amis de Lambton ne vint ôter substantiellement de la valeur à ce témoignage. Ils ne pouvaient l'accuser de rien d'autre que d'orgueil. De l'orgueil, il en avait sans doute et, s'il n'en avait pas eu, les habitants d'un petit bourg où la famille ne visitait pas lui en auraient certainement prêté. On admettait tout de même qu'il était généreux et faisait beaucoup de bien aux pauvres.

En ce qui concernait Wickham, les voyageurs découvrirent bientôt qu'il n'était pas dans la ville tenu en haute estime. Ses démêlés avec le fils de son protecteur pour l'essentiel n'étaient qu'imparfaitement compris, mais il était de notoriété publique qu'en partant du Derbyshire il avait laissé de nombreuses dettes que M. Darcy avait ensuite acquittées.

Quant à Elizabeth, ses pensées allaient à Pemberley ce soir-là, davantage que la veille, et la soirée, bien qu'elle lui parût longue pendant qu'elle s'écoulait, ne le fut pas assez pour fixer ses sentiments à l'égard d'un des habitants de ce château. Elle resta deux heures entières sans pouvoir dormir, à essayer de voir clair en elle. À coup sûr, elle ne le détestait pas. Non, l'aversion avait depuis longtemps disparu, et depuis presque aussi longtemps elle avait honte d'avoir jamais conçu une antipathie à son endroit qui méritât ce nom. La certitude qu'il possédait des qualités estimables avait engendré un respect qui, s'il avait d'abord été admis à contrecœur, avait depuis quelque temps cessé d'indisposer. À présent ce respect s'était changé en quelque chose de plus amical, à la suite du témoignage qu'elle avait entendu la veille, qui l'avantageait tellement et faisait voir son tempérament sous un jour très flatteur.

Mais, plus forte que tout le reste, que le respect et que l'estime, il y avait pour motiver ses bonnes grâces une chose qu'elle ne pouvait négliger : la gratitude. Elle éprouvait de la gratitude, non seulement à cause de l'amour qu'il avait eu pour elle, mais parce qu'il l'aimait encore suffisamment pour lui pardonner la manière insolente et acerbe dont elle l'avait repoussé et toutes les accusations injustes qui avaient accompagné son refus. Lui qui, elle en avait été persuadée, devait l'éviter comme sa pire ennemie, il lui avait paru, lors de cette rencontre accidentelle, souhaiter très sincèrement la poursuite de leurs relations et, sans indélicatement montrer de l'attachement, sans trahir quoi que ce fût par son attitude quand ils se trouvaient réunis, avait désiré se faire apprécier de ses amis et voulu lui faire connaître sa sœur. Un tel changement chez un homme aussi orgueilleux excitait non seulement la surprise mais la gratitude. Seul l'amour, un amour ardent, pouvait en être la cause, et parce qu'elle l'imaginait tel, l'impression qu'il créait en elle était d'une sorte à mériter un encouragement, car cette impression était loin d'être désagréable si l'on avait du mal à la définir précisément. Elle le respectait, l'estimait, lui vouait de la reconnaissance, prenait un intérêt certain à sa prospérité. Il ne lui manquait plus que de savoir dans quelle mesure elle désirait que cette prospérité dépendît d'elle-même, et combien cela aiderait au bonheur de l'un et de l'autre si elle employait le pouvoir, dont son imagination lui disait qu'elle le possédait encore, de l'amener à rechercher de nouveau sa main.

Il avait été décidé le soir, entre la tante et la nièce qu'une politesse aussi remarquable que celle dont

Mlle Darcy avait fait montre en venant les voir le jour même de son arrivée à Pemberley (elle n'avait pu y prendre qu'un petit déjeuner tardif) devait donner lieu à un geste de même nature, s'il ne pouvait prétendre à égaler le sien. En conséquence, elles avaient jugé des plus opportuns de lui rendre sa visite dès le lendemain matin. C'était donc là une affaire réglée. Elizabeth s'en réjouissait. Pourtant, lorsqu'elle se demandait pourquoi, il lui était bien difficile de répondre.

M. Gardiner les quitta peu après le petit déjeuner. Le projet de pêche à la ligne avait été de nouveau évoqué la veille, et il avait été formellement convié à se joindre à midi à certains des messieurs séjournant à Pemberley.

CHAPITRE III

Assurée comme elle l'était maintenant qu'il fallait attribuer à la jalousie l'antipathie de Mlle Bingley à son égard, Elizabeth ne pouvait s'empêcher de sentir combien cette personne allait mal supporter de la voir paraître à Pemberley, et elle était curieuse de voir avec quelle civilité les relations de ce côté allaient être reprises.

À leur arrivée, on les fit passer par le vestibule à l'intérieur du grand salon, que son exposition au nord rendait des plus agréables pendant les mois d'été. Les portes-fenêtres permettaient d'embrasser du regard une vue très reposante : les hautes collines boisées situées derrière la maison, ainsi que les magnifiques chênes et marronniers éparpillés sur la pelouse qui les en séparait[1].

Dans cette salle, les visiteuses furent accueillies par Mlle Darcy, qui s'y trouvait en compagnie de Mme Hurst, de Mlle Bingley, et de la dame qui vivait avec elle à Londres. L'accueil de Georgiana fut très poli, mais marqué par un embarras qui, bien que dû à la timidité et à la peur de mal faire, aurait aisément donné à qui se serait cru inférieur la conviction d'avoir en face de soi quelqu'un d'orgueilleux et de réservé. Mme Gardiner et sa nièce, toutefois, lui rendirent justice et surent la plaindre.

Mme Hurst et Mlle Bingley bornèrent leurs salutations à une révérence. Les visiteuses prirent place. Un silence s'établit, gênant, comme toujours en pareil cas, qui dura quelques instants. Il fut d'abord rompu par Mme Annesley, une dame d'apparence distinguée et agréable, qui essaya de lancer une conversation, ce qui prouvait qu'elle possédait plus de véritable savoir-vivre que les deux autres. Entre elle et Mme Gardiner, Elizabeth coopérant parfois, furent échangés quelques propos. Mlle Darcy semblait manquer de courage pour participer à l'entretien. Parfois elle hasardait une courte phrase, lorsqu'elle avait le moins de chance d'être entendue.

Elizabeth découvrit bientôt qu'elle-même était étroitement surveillée par Mlle Bingley et qu'elle ne pouvait dire un mot, en particulier à Mlle Darcy, sans retenir son attention. Cette constatation ne l'aurait pas empêchée d'essayer de converser avec la jeune fille si elles n'avaient été séparées par une distance qui rendait toute tentative incommode. Elle ne regretta pourtant pas de ne pas avoir à se montrer loquace. Ses pensées suffisaient à l'occuper. Elle s'attendait à chaque instant à voir entrer certains des messieurs. Elle souhaitait, quand elle ne craignait pas, que le maître de maison figurât parmi eux. Quant à savoir si les souhaits l'emportaient sur les craintes, elle aurait eu du mal à le dire. Au bout d'un quart d'heure passé dans ces conditions, sans qu'on eût entendu la voix de Mlle Bingley, celle-ci tira Elizabeth de ses réflexions en lui demandant sur un ton glacé comment se portait sa famille. Elle répondit avec autant d'indifférence et de brièveté. L'autre n'insista pas.

La monotonie fut à nouveau rompue par l'arrivée de domestiques porteurs de viande froide, de gâteaux et d'un choix de tous les plus beaux fruits de la saison.

Ceci, pourtant, n'intervint qu'après que bien des regards significatifs et des sourires engageants eurent été adressés par Mme Annesley à Mlle Darcy pour lui rappeler ses devoirs de maîtresse de maison. Nul maintenant n'était dénué d'emploi car, si tout le monde ne pouvait parler, chacun pouvait manger, et les belles pyramides de raisins, de brugnons et de pêches eurent tôt fait de les rassembler autour de la table.

Pendant qu'elle était ainsi occupée, Elizabeth eut beau jeu de décider si elle avait souhaité ou craint le plus l'arrivée de M. Darcy : en effet, il pénétra dans la pièce, et certains sentiments furent plus forts que d'autres. Un moment plus tôt, elle avait cru que ses souhaits l'emportaient ; elle se mit à déplorer sa venue.

Il avait été pendant quelque temps en compagnie de M. Gardiner qui, avec deux ou trois messieurs du château, s'affairait près de la rivière et ne l'avait quitté qu'en apprenant l'intention de Mme Gardiner et de sa nièce de rendre visite à Georgiana ce matin-là. Aussitôt qu'il parut, sagement Elizabeth décida de se montrer parfaitement à l'aise et libre d'embarras. C'était une résolution qu'il importait d'autant plus de prendre — sans qu'il fût peut-être pour cela plus facile de s'y tenir — qu'ils éveillaient les soupçons de l'assemblée entière. Tous les regards, ou presque, se braquèrent sur lui quand il fit son entrée dans la pièce. Nul visage ne témoignait d'une curiosité plus intense que celui de Mlle Bingley, en dépit des sourires radieux qu'elle ne manquait pas d'arborer à l'adresse des gens avec lesquels elle s'entretenait. La jalousie en effet ne l'avait pas découragée d'espérer, et ses attentions à l'égard de M. Darcy n'avaient nullement cessé de se manifester. Mlle Darcy, quand son frère parut, s'efforça bien davantage de prendre part à la conversation. Elizabeth comprit qu'il souhaitait vivement les voir mieux se connaître et que dans la mesure où cela se pouvait il aiderait à toute tentative de part et d'autre pour échanger quelques mots. Cela n'échappa point non plus à Mlle Bingley et, dans l'imprudence de l'exaspération, elle saisit la pre-

mière occasion qui se présenta de lancer, sur le ton
d'une politesse narquoise :

«Mademoiselle Eliza, je vous prie, la milice du
comté de X n'a-t-elle pas quitté Meryton ? Ce doit être
une grande perte pour votre famille.»

En présence de Darcy, elle n'osa pas mentionner le
nom de Wickham, mais Elizabeth sut tout aussitôt que
c'était à lui qu'elle pensait surtout. Les souvenirs divers
qui étaient associés à son nom lui causèrent un moment
de désarroi. Elle se reprit pourtant avec beaucoup
d'énergie pour faire échec à la méchanceté de cette
attaque et répondit bientôt sur un ton suffisamment
dégagé.

Tout en parlant, involontairement elle jeta un coup
d'œil vers Darcy. Le rouge lui était monté au visage. Il
ne la quittait pas du regard. Quant à sa sœur, de confusion elle ne savait plus que faire et n'osait plus lever les
yeux. Si Mlle Bingley s'était rendu compte du tourment
qu'elle infligeait à sa très chère amie, elle se serait sûrement abstenue de pareille allusion. Mais son seul but
était de décontenancer Elizabeth par l'évocation du
nom de l'homme auquel elle la croyait attachée. Elle
espérait ainsi la voir trahir des sentiments capables de
lui nuire auprès de Darcy, et peut-être de rappeler à
celui-ci toutes les folies et absurdités qui associaient le
régiment à une partie de la famille Bennet. Rien n'avait
filtré jusqu'à elle de la fuite que Mlle Darcy avait médi-
tée. On n'en avait rien dit à personne, lorsque le secret
pouvait être gardé, sauf à Elizabeth. Aux parents et
parentes de Bingley le frère de Georgiana avait beaucoup tenu à la dissimuler, en raison même du souhait
qu'Elizabeth lui avait attribué depuis longtemps de
faire entrer sa sœur au sein de cette famille. Il avait certainement conçu un tel projet et, si l'on ne peut aller jusqu'à dire que cela avait joué un rôle dans ses efforts
pour séparer Bingley de Mlle Bennet, il est probable
que sa vigilance à l'égard de son ami avait pu s'en trouver quelque peu renforcée.

La tranquillité manifestée par Elizabeth, cependant,

eut vite fait de le rasséréner et, comme Mlle Bingley, contrariée et déçue, n'osait pas plus précisément faire allusion à Wickham, Georgiana aussi finit par se ressaisir, bien qu'insuffisamment pour pouvoir se remettre à parler. Son frère, dont elle craignait de rencontrer le regard, cessa presque de garder en mémoire la manière dont ceci la concernait. Ce qui avait été fait pour le détourner de penser à Elizabeth parut la placer davantage au cœur de ses réflexions et de façon plus plaisante.

Leur visite ne se poursuivit pas longtemps après l'échange de propos rapporté ci-dessus. Tandis que M. Darcy les accompagnait jusqu'à leur voiture, Mlle Bingley épancha sa bile aux dépens de la personne d'Elizabeth, de sa conduite et de sa mise. Georgiana toutefois ne voulut pas la suivre. La recommandation de son frère suffisait à la prédisposer en faveur de la visiteuse. Il ne pouvait se tromper dans ses jugements et avait parlé d'Elizabeth en des termes si élogieux qu'elle n'avait d'autre ressource que de la trouver charmante et aimable. Lorsque Darcy revint au salon, Mlle Bingley ne put s'empêcher de lui répéter une partie de ce qu'elle avait dit à Georgiana.

« Comme Eliza Bennet m'a paru vilaine ce matin, monsieur Darcy ! s'écria-t-elle. De ma vie je n'ai vu quelqu'un qui ait changé autant qu'elle l'a fait depuis l'hiver dernier. Elle a bruni et son teint s'est affreusement gâté. Louisa et moi étions d'accord pour dire que nous ne l'aurions pas reconnue. »

Aussi peu à son goût que fussent de tels propos, M. Darcy se contenta de répondre froidement qu'il n'avait observé d'autre changement qu'un léger hâle — rien d'extraordinaire après un voyage estival.

« Pour ma part, insista-t-elle, je dois admettre que je ne lui ai jamais vu de beauté. Son visage est trop maigre, son teint manque d'éclat, ses traits de distinction. Le nez n'a rien que de banal, les contours n'en sont pas marqués. Les dents, passe encore, mais tout le monde a ces dents-là. Quant aux yeux, dont on a dit quelquefois qu'ils étaient si beaux, je n'ai jamais pu leur trouver rien de particulier. Le regard est vif et sarcastique. Il ne me plaît pas du tout et, dans l'ensemble de son maintien, il y a une assurance qui, chez une personne ignorante du beau monde, est intolérable.»

Persuadée comme l'était Mlle Bingley que Darcy avait de l'admiration pour Elizabeth, ce n'était pas le moyen le mieux choisi pour se recommander auprès de lui. Mais la colère n'est pas toujours bonne conseillère et, en le voyant enfin paraître un peu piqué, elle eut tout le succès qu'elle pouvait attendre. Il maintint malgré tout résolument le silence. Pour l'obliger à ouvrir la bouche, elle reprit :

«Je me rappelle votre stupéfaction, quand nous avons fait sa connaissance dans le Hertfordshire, en découvrant qu'elle passait là pour une beauté. Je me souviens en particulier de vous avoir entendu dire un soir, après un dîner à Netherfield auquel ils avaient participé : "Elle une beauté ! Je serais aussi tenté de faire de sa mère un bel esprit." Ensuite, pourtant, il me semble qu'il fut un temps où vous la trouviez assez jolie.

— Oui, répondit Darcy, incapable plus longtemps de se contenir, mais ce n'était qu'au début de nos relations, car cela fait de nombreux mois que je la considère comme l'une des plus belles femmes que je connaisse.»

Là-dessus il la quitta, lui laissant pour toute satisfaction celle de l'avoir contraint à dire ce qui ne chagrinait qu'elle seule.

Sur le chemin du retour, Mme Gardiner et Elizabeth s'entretinrent de tout ce qui s'était passé durant leur visite, en exceptant seulement ce qui était pour l'une et l'autre d'un intérêt particulier. On parla de l'air que chacun avait montré, du comportement que chacun avait eu, en gardant le silence uniquement sur la personne qui avait surtout retenu leur attention. Il fut question de sa sœur, de ses amis, de sa maison, de ses fruits, bref de tout sauf de lui. Pourtant, Elizabeth brûlait de savoir ce que Mme Gardiner en pensait, et Mme Gardiner aurait été très heureuse si sa nièce avait la première abordé le sujet.

CHAPITRE IV

En arrivant à Lambton, Elizabeth avait été très déçue de ne pas trouver de lettre de Jane. Cette déception s'était renouvelée chaque matin, les deux jours qu'ils avaient passés là. Lors du troisième en revanche, elle n'eut plus l'occasion de se plaindre ; sa sœur fut lavée de tout reproche. Elle reçut en même temps deux lettres de sa main et vit sur l'une d'elles qu'on l'avait envoyée à une mauvaise adresse. Elizabeth n'en fut pas surprise, car celle qu'avait portée Jane était difficilement lisible.

Ils se préparaient à une promenade quand on leur donna ces lettres. Aussi son oncle et sa tante choisirent-ils de partir seuls pour la laisser en profiter à son aise. Il fallait commencer par celle qui s'était égarée ; elle avait été rédigée cinq jours plus tôt. Le début faisait le récit de toutes les petites mondanités de Longbourn ; il s'y ajoutait les nouvelles que fournissait le voisinage. La seconde moitié, datée du lendemain et visiblement écrite sous le coup de l'émotion, contenait une information de plus d'importance. On y lisait ceci :

Depuis l'écriture de ce qui précède, très chère Lizzy, une chose s'est produite des plus inattendues et des plus graves. Mais je crains de trop t'inquiéter. Sois sûre que nous sommes tous en bonne santé. Ce que j'ai à te dire se rapporte à la pauvre Lydia. Un exprès est arrivé hier soir à minuit, alors que nous étions tous couchés. Il venait de la part du colonel Forster nous informer qu'elle s'était enfuie en Écosse[1] avec un de ses officiers — pour ne rien te cacher, avec Wickham ! Imagine notre surprise. Kitty, toutefois, ne paraît pas s'en étonner outre mesure. Je suis navrée, profondément navrée. C'est un mariage si imprudent, d'un côté comme de l'autre ! Mais je veux espérer que tout finira bien et que l'on s'est mépris sur le compte du jeune homme. Je n'ai pas de peine à le croire étourdi et inconsidéré, mais ce qu'il a fait (il faut nous en réjouir) ne dénote pas une nature foncièrement mauvaise. Son choix au moins est désintéressé, car il ne peut ne pas savoir que mon père n'a pas les moyens de lui donner quoi que ce soit.

Notre pauvre mère est très affligée. Mon père supporte mieux l'épreuve. Comme je me félicite de ne pas leur avoir fait connaître ce qui avait été avancé contre Wickham! Nous devons nous-mêmes l'oublier. Ils sont partis samedi soir, vers minuit, pense-t-on, mais on n'a remarqué leur absence qu'hier matin à huit heures. L'exprès a été dépêché sur-le-champ. Ma chère Lizzy, ils ont dû passer à moins de quatre lieues de notre maison. Le colonel Forster nous laisse attendre sa visite dans un court délai. Lydia a laissé un billet pour sa femme, l'informant de ses intentions. Il me faut conclure, car je ne puis m'éloigner longtemps de ma pauvre mère. Je sais à peine moi-même ce que j'écris.

Sans se donner le temps de la réflexion ni même très bien se rendre compte de la nature de ce qu'elle éprouvait, aussitôt achevée la lecture de cette lettre, Elizabeth se jeta sur l'autre et l'ouvrit, au comble de l'impatience. On y lisait ce qui suit (elle avait été écrite un jour après qu'on eut fini la première) :

À l'heure qu'il est, ma très chère sœur, tu auras reçu ma lettre, écrite dans la précipitation. J'espère que celle-ci sera plus intelligible mais, si le temps ne me presse pas, je reste si abasourdie que je ne puis garantir d'être cohérente. Très chère Lizzy, je sais à peine ce que je veux mettre sur le papier, mais j'ai de mauvaises nouvelles à te communiquer qui ne pouvaient attendre. Aussi imprudent que soit un mariage entre M. Wickham et notre pauvre Lydia, nous souhaiterions vivement avoir l'assurance qu'il ait bien été célébré. En effet, tout porte à croire malheureusement qu'ils n'ont pas pris la route de l'Écosse. Le colonel Forster est arrivé hier, ayant quitté Brighton la veille, quelques heures après le départ de

*l'exprès. Le billet de Lydia à Mme Forster leur avait
donné à penser qu'ils partaient pour Gretna Green, mais
Denny a laissé échapper un mot ou deux qui ne le montraient nullement persuadé que telle était l'intention de
Wickham. Ce fut répété au colonel Forster qui, s'inquiétant aussitôt, quitta Brighton pour retrouver leurs traces.
Il les suivit facilement jusqu'à Clapham*[1]*, mais pas au-
delà, car en y arrivant ils avaient pris place dans une
voiture de louage et renvoyé la chaise de poste qui les
avait conduits depuis Epsom. On n'est sûr de rien après
cela, sinon qu'on les a vus continuer vers Londres. Je ne
sais ce qu'il faut en penser. Après avoir fait toutes les
recherches possibles de ce côté de la capitale, le colonel
a poursuivi sa route jusque dans le Hertfordshire. Il a
pressé de questions des gens à tous les péages*[2]*, dans les
auberges de Barnet et de Hatfield, sans résultat : on
n'avait vu passer personne qui leur ressemblât. Cédant à
la plus louable des sollicitudes, il a poussé jusqu'à Longbourn et nous a livré ses craintes, d'une manière qui fait
honneur à son cœur. Je suis sincèrement navrée pour lui
et pour Mme Forster. On ne saurait néanmoins rien trouver à leur reprocher.*

*Notre détresse, ma chère Lizzy, est immense. Mon père
et ma mère craignent le pire. Pour ma part, je ne puis me
résoudre à imaginer Wickham aussi vil. De nombreuses
raisons peuvent concourir à rendre plus souhaitable
pour eux un mariage discret dans la capitale que la
poursuite de leur projet initial. Quand bien même Wickham nourrirait de tels desseins contre une jeune femme
appartenant à une famille comme celle de Lydia, ce qui
n'est guère probable, peut-on la supposer ayant ainsi
perdu tout sentiment d'honneur et de modestie ? Impossible. Il me faut hélas reconnaître que le colonel Forster
n'est pas enclin à croire en leur mariage. Il hocha la tête
lorsque j'exprimai cet espoir, et dit craindre Wickham
indigne de confiance. Ma pauvre mère est véritablement
malade et ne quitte pas sa chambre. Si elle pouvait
prendre sur elle, cela vaudrait mieux, mais il ne faut pas
y compter. Quant à mon père, jamais de ma vie je ne l'ai*

vu aussi affecté. La malheureuse Kitty se fait gronder
pour avoir dissimulé leur attachement mais, comme cela
lui avait été dit en confidence, on ne peut s'en étonner.
Je me réjouis sincèrement, très chère Lizzy, que t'ait
été épargnée la vue de certaines de ces pitoyables scènes.
Toutefois, maintenant que le premier choc est passé, je
ne te cacherai pas que je souhaite vivement ton retour.
Mon égoïsme, malgré tout, n'ira pas jusqu'à le réclamer
s'il est incommode. Adieu!

Je reprends la plume pour précisément faire ce que je
venais d'affirmer que je ne ferais pas, mais la situation
est telle que je ne puis m'empêcher de vous prier instam-
ment tous de venir ici dès que possible. Je connais mes
chers oncle et tante assez bien pour ne pas craindre de
les solliciter. Il me faut même demander à mon oncle
quelque chose de plus. Mon père part pour Londres à
l'instant avec le colonel Forster afin de tenter de retrouver
Lydia. Ce qu'il entend faire, assurément je l'ignore, mais
son désarroi est tel qu'il ne sera pas en état de prendre les
mesures les meilleures et les plus sages, et le colonel
Forster est tenu de rentrer à Brighton avant demain soir.
Dans un pareil besoin, les conseils et l'aide de mon oncle
seraient inestimables. Il comprendra sans peine les senti-
ments qui m'animent. Je compte sur sa bonté.

«Oh! mon oncle! où est mon oncle?» s'écria Elizabeth en se levant d'un bond quand elle eut terminé sa
lecture, tant elle avait hâte de partir à sa recherche,
sans perdre un instant d'un temps si précieux. Cependant, au moment où elle arrivait devant la porte, celle-
ci fut ouverte par un domestique et M. Darcy parut. La
pâleur du visage de la jeune fille et l'impétuosité de ses
gestes le firent tressauter. Avant qu'il eût eu le temps
de se reprendre suffisamment pour prononcer un mot,
Elizabeth, dans l'esprit de laquelle rien n'existait plus
que la situation de Lydia, s'exclama vivement:

«Vous m'excuserez, mais je dois vous quitter. Je dois
joindre M. Gardiner dès maintenant, pour une affaire
qui ne saurait attendre. Il n'y a pas un instant à perdre.

— Grand Dieu! que se passe-t-il donc?» s'écria-t-il, avec plus de cœur que de politesse. Puis, retrouvant son sang-froid:

«Je ne veux pas vous retarder le moins du monde, mais laissez-moi — ou laissez un domestique — se mettre en quête de M. et Mme Gardiner. Vous n'êtes pas en état de le faire, vous ne pouvez y aller vous-même.»

Elizabeth hésita. Ses genoux se dérobaient sous elle. Elle sentit que si elle tâchait de retrouver son oncle et sa tante, cela ne servirait pas à grand-chose. Elle rappela donc le domestique et lui confia le soin de ramener sur-le-champ son maître et sa maîtresse, d'une voix cependant si étranglée qu'elle était à peine intelligible.

Lorsqu'il fut parti, elle prit un siège, incapable de se soutenir et paraissant si affreusement malade qu'il fut impossible à Darcy de la quitter, ou de ne pas dire, avec un accent plein de douceur et de commisération: «Permettez-moi d'appeler votre femme de chambre. N'y a-t-il rien que vous puissiez prendre qui soit susceptible de vous soulager tout de suite? Un verre de vin — voulez-vous que j'aille vous en chercher un? Vous êtes toute pâle.

— Non, merci, répondit-elle en essayant de se ressaisir. Je n'ai rien, je vais très bien. Je suis seulement sous le coup d'une terrible nouvelle que je viens de recevoir de Longbourn.»

D'y avoir fait allusion la fit fondre en larmes. Durant quelques instants, elle ne put dire un mot. Darcy en était réduit à attendre dans la consternation. Il murmura indistinctement qu'il prenait part à son chagrin, puis la considéra en silence avec compassion. Au bout d'un certain temps, elle reprit:

«Je viens de recevoir une lettre de Jane. Elle contient de terribles nouvelles. On ne peut le tenir secret, la plus jeune de mes sœurs a quitté tous ses amis, s'est enfuie, a remis son sort entre les mains de... M. Wickham. Ils sont partis ensemble de Brighton. Vous le connaissez trop bien pour ne pas deviner la suite. Elle n'a ni argent

ni alliance, rien qui puisse le tenter de… Elle est perdue
à jamais. »

Darcy était muet de surprise.

« Quand je songe, ajouta-t-elle d'une voix encore plus
émue, qu'il était en mon pouvoir de l'empêcher. Je
savais qui il était. Ah ! si j'avais expliqué à ma famille
ne fût-ce qu'une partie — un peu de ce que j'avais
appris ! Si l'on avait connu quel genre d'homme il était,
rien de ceci n'aurait pu arriver. Mais il est trop tard,
beaucoup trop tard maintenant.

— Je suis désolé, s'écria Darcy, vraiment désolé, hor-
rifié. Mais en est-on sûr, absolument sûr ?

— Certes oui. Ils ont quitté Brighton tous les deux
dimanche soir. On a suivi leurs traces presque jusqu'à
Londres, mais pas plus loin. Ils n'ont certainement pas
pris le chemin de l'Écosse.

— Et qu'a-t-on fait, qu'a-t-on tenté pour la retrouver ?

— Mon père est parti pour Londres, et Jane a écrit
pour demander dans l'immédiat l'assistance de mon
oncle. Dans une demi-heure, j'espère, nous aurons
quitté Lambton. Mais il n'y a rien à faire. Je sais parfaitement qu'il n'y a rien à faire. Comment pourrait-on
agir sur un tel homme ? Comment même les découvrir ? Je ne garde pas le plus petit espoir. C'est en tout
point épouvantable. »

Darcy hocha la tête sans un mot pour marquer son
assentiment.

« Lorsque mes yeux se sont ouverts sur sa véritable
nature… ah ! si j'avais su ce que je devais faire, ce qu'il
fallait oser ! Mais je ne le savais pas. J'avais peur de passer la mesure. Quelle erreur ! quelle erreur funeste ! »

Darcy ne répondit rien. Il paraissait à peine l'entendre. Il arpentait la pièce, plongé dans ses réflexions,
fronçant le sourcil, l'air sombre. Elizabeth ne tarda pas
à le noter et aussitôt comprit. Son pouvoir disparaissait,
comme tout devait s'anéantir devant une pareille
preuve des faiblesses de sa famille, pareille certitude du
déshonneur le plus complet. Il lui était impossible de

s'en étonner ou de condamner. Il se dominait sûrement, mais cela ne mettait pas à la jeune fille du baume au cœur, ne diminuait en rien son affliction. Au contraire, c'était bien fait pour lui permettre de comprendre la nature de ses souhaits. Jamais elle n'avait aussi sincèrement éprouvé le sentiment qu'elle aurait pu l'aimer autant que maintenant, alors que tout amour était nécessairement vain.

Cependant, si elle pouvait penser à elle-même, cela ne bannissait pas toute pensée d'autrui. Lydia, l'humiliation, le malheur dans lequel elle les précipitait tous, effacèrent bientôt les soucis égoïstes. Elle se couvrit le visage de son mouchoir et ne tarda pas à oublier le reste. Il s'écoula ainsi plusieurs minutes, puis la voix de son compagnon la ramena à la réalité. D'un ton où se reconnaissaient la sympathie, mais aussi le sens de la mesure, il dit :

« J'ai peur que depuis longtemps vous n'ayez désiré mon absence. Je ne puis rien avancer pour me justifier d'être resté qu'une compassion sincère, bien qu'inefficace. Comme je voudrais pouvoir dire ou faire quelque chose de nature à vous consoler dans un pareil chagrin ! Mais je ne vous tourmenterai pas de mes souhaits inutiles, qui pourraient apparaître formulés pour quêter des remerciements. Ce regrettable événement privera ma sœur, je le crains, du plaisir de vous voir à Pemberley aujourd'hui.

— Oh oui ! Ayez la bonté de nous excuser auprès de Mlle Darcy. Dites qu'une affaire urgente nous rappelle chez nous immédiatement. Cachez la triste vérité tant que ce sera possible — je sais que ce ne sera pas possible longtemps. »

Il l'assura promptement de sa discrétion, dit une nouvelle fois la part qu'il prenait à son tourment, souhaita à ses malheurs une fin plus heureuse qu'on ne pouvait à présent l'espérer et, après l'avoir chargée de transmettre ses civilités à son oncle et à sa tante, lui lança un long regard, un dernier regard chargé de sens en guise d'adieu et la quitta.

Lorsqu'il sortit, Elizabeth prit conscience de toute l'improbabilité qu'il pût y avoir désormais la même cordialité dans leurs rencontres que dans celles qu'ils venaient de vivre dans le Derbyshire. Elle revit en pensée tout le cours de leurs relations, si riches en contradictions et en vicissitudes, et soupira devant la perversité de sentiments qui maintenant encourageaient la poursuite de ces relations, alors qu'autrefois ils auraient été heureux de leur fin.

Si la gratitude et l'estime constituent pour l'affection un fondement solide, on ne trouvera dans ce changement intervenu dans le cœur d'Elizabeth ni un manque de vraisemblance ni un regrettable défaut. Mais s'il en va autrement, si la tendresse venue de telles sources n'est ni raisonnable ni naturelle, en comparaison de ce qui est si souvent donné comme le fruit d'une première entrevue, et même avant que deux mots aient été échangés, on ne pourra rien avancer pour la défendre, sinon qu'elle avait expérimenté quelque peu la seconde méthode en s'attachant à Wickham et pouvait peut-être, en raison du piètre résultat, être pardonnée de chercher la vérité du côté de l'autre et moins séduisante façon de s'éprendre[1].

Quoi qu'il en soit, elle le vit s'éloigner avec regret et, dans ce premier exemple de ce que devait inévitablement amener le déshonneur de Lydia, trouva matière à se désoler davantage en réfléchissant à cette lamentable affaire. Jamais, depuis la lecture de la seconde des lettres de sa sœur Jane, elle n'avait nourri l'espoir que Wickham eût l'intention d'épouser Lydia. Seule Jane, pensa-t-elle, pouvait entretenir l'illusion d'une pareille issue. Ce nouveau tour donné aux événements la surprenait fort peu. Aussi longtemps qu'elle avait gardé présent à l'esprit le contenu de la première lettre, sa surprise avait été considérable. Comment Wickham pouvait-il se marier sans être tenté par l'argent ? et comment Lydia aurait-elle pu s'y prendre pour se l'attacher ? À présent, par contre, tout se comprenait fort bien. Pour un lien de cette sorte elle possédait des

charmes suffisants et, bien qu'Elizabeth ne pût imaginer Lydia s'engageant de son plein gré dans une fugue,
sans intention de contracter mariage, elle n'avait pas de
peine à croire que ni sa vertu ni son intelligence ne
l'empêchaient d'être une proie facile.

Elle ne s'était pas aperçue, quand le régiment était
cantonné dans le Hertfordshire, que Lydia eût un penchant pour Wickham. Mais elle croyait aisément qu'avec
de l'encouragement elle eût été prête à s'amouracher de
n'importe qui. Tantôt un officier, tantôt un autre avait
eu la préférence, selon les progrès en son estime que
leur avaient valu leurs attentions. Sa tendresse avait
toujours connu des hauts et des bas, mais n'était jamais
demeurée sans objet. Que de mal n'avaient pas fait à
une jeune fille de cette sorte la négligence et une complaisance coupable! Elle en sentait maintenant toute la
nocivité.

Elle brûlait d'impatience de rentrer à la maison, d'entendre, de voir, d'être sur place, de partager avec Jane
les soucis qui devaient à présent totalement lui incom-
ber dans une famille aussi perturbée, avec un père
absent, une mère incapable du moindre effort et
demandant des soins constants. Elle était presque sûre
que rien ne pouvait être fait pour Lydia, et pourtant l'intervention de son oncle lui semblait d'une importance
capitale. Jusqu'à ce qu'il se montrât, l'attente lui fut des
plus pénibles. M. et Mme Gardiner s'étaient hâtés de
regagner l'auberge, fort inquiets, supposant, au rapport
du domestique, que leur nièce était brusquement tom-
bée malade. Elle les rassura aussitôt sur ce point et vite
leur expliqua pourquoi elle les avait fait venir. Elle lut
les deux lettres à haute voix, insistant sur le post-scriptum de la seconde avec une vigueur tremblante.

Lydia n'avait jamais compté parmi leurs favorites,
mais M. et Mme Gardiner ne purent manquer d'être
profondément affectés. Ce n'était pas elle seulement
qui se trouvait concernée, mais la famille entière. Une
fois passées les exclamations de surprise et d'horreur,
M. Gardiner volontiers promit toute l'aide en son pou-

voir. Elizabeth n'en espérait pas moins, mais elle le remercia avec des larmes de reconnaissance. Tous trois obéissant à un même souci, ils eurent tôt fait de prendre les dispositions relatives à leur voyage. Il fallait se mettre en route au plus tôt.

«Mais qu'allons-nous faire à propos de Pemberley? s'écria Mme Gardiner. John nous a dit que M. Darcy était ici lorsque tu nous as envoyé chercher. Est-ce vrai?

— Oui, et il sait que nous ne pourrons respecter nos engagements. De ce côté-là, tout est réglé.»

Tout est réglé, se répéta Mme Gardiner en courant se préparer dans sa chambre. En sont-ils à un point où il est possible à Elizabeth de ne rien lui dissimuler de la vérité? Que j'aimerais savoir exactement ce qu'il en est!

Mais c'étaient là des vœux formulés en pure perte, ou qui à tout le mieux pouvaient servir à l'amuser au milieu de la hâte et de la confusion de l'heure qui suivit. Si Elizabeth avait eu la possibilité de rester inactive, elle aurait continué à penser qu'aucune occupation n'était envisageable à quelqu'un d'aussi malheureux qu'elle. Mais elle avait son lot d'obligations au même titre que sa tante. Entre autres choses, il lui fallait rédiger des billets pour tous leurs amis de Lambton en imaginant des excuses pour expliquer leur départ soudain. M. Gardiner durant ce temps ayant réglé sa note à l'auberge, il ne leur resta plus qu'à se mettre en mouvement et Elizabeth, après la dure épreuve de la matinée, se retrouva plus tôt qu'elle n'aurait pensé assise dans la voiture et sur la route de Longbourn.

CHAPITRE V

«J'ai retourné tout cela dans ma tête, Elizabeth, lui dit son oncle en quittant Lambton, et vraiment, après y avoir mûrement réfléchi, je suis davantage porté que je ne l'étais à me ranger à l'avis de ta sœur aînée sur cette affaire. Je trouve si extraordinaire qu'un jeune homme forme de pareils desseins à l'encontre d'une jeune fille qui n'est ni sans protection ni sans amis, qui par-dessus le marché est l'hôte de la famille de son colonel, que je suis très tenté d'espérer que tout se terminera de la meilleure des façons. Peut-il s'attendre à ce que les amis en question ne se manifestent pas, à être de nouveau reçu dans son régiment après un affront pareil fait au colonel Forster ? La tentation n'est pas à la mesure du risque encouru.

— Est-ce là réellement ce que vous pensez ? s'écria Elizabeth, dont le visage s'éclaira l'espace d'un instant.

— Ma foi, ajouta Mme Gardiner, je commence à être de l'avis de ton oncle. C'est trop faire fi de la décence, de l'honneur et de son propre intérêt pour qu'il se rende coupable d'un pareil forfait. Je me refuse à avoir de lui aussi mauvaise opinion. Peux-tu, Lizzy, le mettre assez bas pour l'en croire capable ?

— Peut-être n'est-il pas capable de négliger son propre intérêt, mais je lui prête volontiers la capacité de toute autre négligence. Ah ! si seulement les choses s'étaient passées comme vous l'imaginez ! Mais je n'ose pas y croire. Pourquoi en cette hypothèse ne seraient-ils pas allés en Écosse ?

— Pour commencer, répliqua M. Gardiner, rien ne prouve qu'ils ne l'ont pas fait.

— Mais qu'ils aient échangé la chaise de poste contre une voiture de louage constitue un indice d'importance ! Sans compter qu'on n'a retrouvé aucune trace de leur passage sur la route de Barnet.

— Fort bien, supposons-les à Londres. Ils peuvent avoir choisi de s'y rendre afin de s'y cacher, mais sans autre intention répréhensible. Il n'est guère probable qu'ils disposent, l'un ou l'autre, de beaucoup d'argent. Il pourrait leur venir à l'esprit qu'il serait moins onéreux, sinon plus rapide, de se marier à Londres qu'en Écosse.

— Mais pourquoi tous ces mystères ? Pourquoi

craindre d'être découverts? Pourquoi leur mariage
devrait-il être secret? Non, non, ce n'est pas vraisemblable. Son ami le plus cher, vous le voyez au récit de
Jane, était persuadé qu'il n'avait aucune intention
d'épouser. Wickham ne se mariera jamais avec une
femme qui n'a pas le moindre argent; il ne peut s'offrir
ce luxe. Quels atouts possède Lydia, quels charmes
peut-elle faire valoir, en dehors de la jeunesse, d'une
bonne santé et de sa bonne humeur, susceptibles de lui
faire renoncer en sa faveur à toute chance de s'avancer
dans le monde par le moyen d'un beau mariage? Pour
ce qui est des scrupules que pourrait provoquer la
crainte du déshonneur dans son régiment s'il enlevait
ma sœur de manière ignominieuse, je ne puis en juger,
car je ne connais rien des suites qu'engendrerait pareil
geste. Mais l'autre de vos objections, j'en ai peur, tien-
dra difficilement. Lydia n'a pas de frères qui puissent
s'interposer, et il pouvait se figurer, en se fondant sur
le comportement de mon père, son indolence et le peu
d'attention qu'il a toujours paru porter à ce qui se passait dans sa famille, qu'il resterait aussi passif et s'inquiétant aussi peu de cette affaire qu'un père puisse le
faire en pareille circonstance.

— Mais crois-tu Lydia insensible à toute considération en dehors de son amour pour Wickham, au point
de consentir à vivre avec lui autrement que mariée?

— Il semble en effet, et il est particulièrement pénible
de l'avouer, répondit Elizabeth, les larmes aux yeux,
que la conception que se fait ma sœur en l'espèce de la
décence et de la vertu souffre une mise en doute. Mais
vraiment je ne sais que dire. Peut-être est-ce que je ne
lui rends pas justice. Il faut reconnaître qu'elle est très
jeune, qu'on ne lui a jamais appris à réfléchir aux
choses sérieuses et que, depuis six mois, un an même,
elle a eu permission de ne songer qu'aux divertissements et aux futilités. On l'a laissée disposer de son
temps de la manière la plus sotte et la plus frivole qui
soit et faire siennes toutes les opinions qu'elle pouvait
rencontrer. Depuis que le régiment du comté de X a été

cantonné à Meryton, elle n'a plus eu en tête que l'amour, le flirt, les officiers. À force d'y penser et d'en parler avec d'autres, elle a réussi à donner le plus de vivacité possible à une sensibilité qui — comment dire ? — était par nature déjà suffisamment grande. En dehors de cela, nous savons tous que Wickham possède tous les charmes de la personne et de belles manières susceptibles de séduire une femme.

— Mais, dit sa tante, tu vois bien que Jane ne le croit pas suffisamment vil pour entreprendre une chose pareille.

— De qui Jane a-t-elle jamais eu mauvaise opinion ? Quel homme croirait-elle capable de cette entreprise, quelle que soit sa conduite passée, avant qu'on pût prouver sa culpabilité ? Jane, pourtant, connaît tout comme moi la vérité sur Wickham. Nous savons toutes les deux qu'il s'est rendu coupable de toutes les infamies, qu'il n'a ni honnêteté ni honneur, qu'il est aussi fourbe et déloyal que doucereux.

— Mais es-tu véritablement certaine de tout cela ? s'écria Mme Gardiner, dont la curiosité était vive quant à la manière dont Elizabeth avait été renseignée.

— Tout à fait, répondit Elizabeth en rougissant. Je vous ai mise au courant l'autre jour de sa conduite indigne envers M. Darcy, et vous-même, lors de votre dernière visite à Longbourn, avez pu entendre de quelle manière il parlait de l'homme qui avait montré tant d'indulgence et de générosité à son égard. Il existe d'autres circonstances que je ne suis pas libre de… qu'il ne vaut pas la peine de rapporter. Mais ses mensonges au sujet de toute la famille de Pemberley sont sans fin. En me fondant sur ce qu'il m'avait dit de Mlle Darcy, je m'attendais à rencontrer quelqu'un de fier, de réservé, de désagréable. Pourtant il savait qu'il n'en était rien. Il ne pouvait ignorer qu'elle était la jeune fille aimable et sans prétention que nous avons vue.

— Mais Lydia n'a-t-elle aucune idée de tout ceci ? Peut-elle ne pas connaître ce dont Jane et toi semblez si bien informées ?

— Oui, hélas, et c'est le pire de tout. Avant mon arrivée dans le Kent, qui m'a permis tant de rencontres avec M. Darcy et son parent, le colonel Fitzwilliam, la vérité m'était restée cachée. Lorsque je suis rentrée à la maison, le régiment du comté de X devait quitter Meryton sous huit ou quinze jours. Dans ces conditions, ni Jane, à qui j'avais tout raconté, ni moi n'avons jugé indispensable de publier ce que nous savions. En apparence, à qui cela pouvait-il bien servir de ruiner l'estime que Wickham s'était acquise dans tout le voisinage ? Même lorsqu'il fut décidé que Lydia suivrait Mme Forster, la nécessité de lui ouvrir les yeux sur sa véritable nature ne m'apparut jamais. Il ne m'a jamais effleuré l'esprit qu'elle courût le moindre danger de son hypocrisie. Vous n'aurez pas de peine à croire que j'étais bien loin d'envisager la possibilité de conséquences aussi graves.

— Lorsqu'ils sont tous partis pour Brighton, tu n'avais donc pas de raison, je suppose, de les imaginer épris l'un de l'autre.

— Pas la moindre. Je ne me souviens d'aucun signe d'affection, ni de la part de Wickham, ni de celle de Lydia. Vous devez bien vous rendre compte que, si une chose de ce genre avait pu se remarquer, notre famille n'est pas de celles où elle serait passée inaperçue. Lorsqu'il a signé son engagement, elle était assez disposée à l'admirer, mais on pourrait en dire autant de nous toutes. Les deux premiers mois, toutes les filles de Meryton et des alentours étaient folles de lui. Pourtant, il ne lui a jamais montré une attention particulière et, en conséquence, après une période relativement courte d'enthousiasme délirant, son penchant est tombé et d'autres officiers du régiment, qui la traitaient avec plus de faveur, firent à nouveau l'objet de sa préférence. »

On n'aura nulle peine à croire que, en dépit du peu de nouveauté que pouvait ajouter à leurs craintes, à leurs espoirs ou à leurs suppositions une discussion répétée de ce sujet captivant, aucun autre ne put les retenir longtemps durant la totalité du trajet. Des pensées d'Elizabeth il ne fut jamais complètement absent. Le plus brûlant de tous les tourments, le remords, empêchait qu'il la quittât. Elle ne connaissait aucun moment de tranquillité ou d'oubli.

Ils firent aussi vite que possible, couchèrent une nuit dans une auberge au bord de la route et atteignirent Longbourn le lendemain à l'heure du dîner. Elizabeth se réconforta de l'idée que Jane n'avait pas eu à souffrir d'une longue attente.

Les petits Gardiner avaient été alertés par la vue d'une chaise de poste. Ils étaient sur le perron quand les voyageurs entrèrent dans l'enclos des écuries. Lorsque la voiture s'arrêta devant la porte, leurs visages s'illuminèrent d'une joyeuse surprise qui se manifesta bientôt dans tout leur corps, sous la forme de cabrioles et de gambades, premier signe charmant du plaisir qu'ils éprouvaient à les revoir.

Elizabeth sauta à bas de la voiture. Ils eurent droit chacun à un petit baiser, puis elle courut dans le vestibule. Jane était sortie de la chambre de sa mère et avait descendu l'escalier quatre à quatre pour l'y accueillir aussitôt.

Elizabeth l'embrassa affectueusement. Leurs yeux s'emplirent de larmes. Sans perdre un instant, Elizabeth demanda à sa sœur si l'on avait des nouvelles des fugitifs.

« Pas encore, répondit Jane. Mais, à présent que mon cher oncle est parmi nous, j'espère que tout ira bien.

— Mon père est-il à Londres ?

— Oui, il est parti mardi, ainsi que je te l'ai écrit.

— Et a-t-il souvent donné de ses nouvelles ?

— Une seule fois. J'ai eu un billet de lui mercredi. Il me disait qu'il était arrivé sans encombre et me donnait ses directives, comme je l'avais instamment prié de le faire. Il se bornait à ajouter qu'il reprendrait la plume seulement s'il avait quelque chose d'important à communiquer.

— Et ma mère, comment va-t-elle ? Comment allez-vous toutes ?

— Ma mère se porte assez bien, je pense, en dépit de son découragement. Elle est au premier et sera très heureuse de vous voir tous. Elle ne quitte pas encore ses appartements. Mary et Kitty, Dieu merci, vont fort bien.

— Mais toi, comment vas-tu ? s'écria Elizabeth. Tu es toute pâle. Tu dois être passée par bien des épreuves. »

Sa sœur cependant l'assura qu'elle était en parfaite santé. Leur conversation, qui s'était déroulée alors que M. et Mme Gardiner étaient occupés avec leurs enfants, prit fin avec l'approche du groupe tout entier. Jane courut au-devant de ses oncle et tante. Elle leur souhaita la bienvenue et les remercia tous deux, mêlant des larmes à ses sourires.

Quand ils furent tous au salon, les questions déjà posées par Elizabeth furent réitérées par ses compagnons de voyage. Ils surent bientôt que Jane n'avait rien de nouveau à leur apprendre. Malgré tout, la ferme assurance que tout allait bien se terminer qui lui était suggérée par sa bonté naturelle ne l'avait pas encore abandonnée. Elle escomptait toujours une issue favorable. Chaque matin lui donnait l'espoir d'une lettre, de Lydia ou de son père, expliquant leur conduite et annonçant peut-être le mariage.

Ils gagnèrent tous les appartements de Mme Bennet après une conversation de quelques minutes. Elle les reçut exactement comme on aurait pu s'y attendre, avec des jérémiades et des pleurnicheries, des invectives contre la scélératesse de Wickham, des doléances à propos de ses propres souffrances et de l'indifférence d'autrui. Elle accusait tout le monde, hormis la personne à la coupable indulgence de laquelle devaient principalement être imputés les écarts de sa fille.

« Si j'avais pu, dit-elle, avoir gain de cause et aller à Brighton avec toute ma famille, cela n'aurait pas pu arriver. Mais la pauvre Lydia n'avait personne pour prendre soin d'elle. Pourquoi les Forster n'ont-ils pas toujours eu un œil sur elle ? Je suis persuadée qu'ils se sont rendus coupables de quelque grande négligence, car elle n'est pas du genre à faire un chose pareille si elle est bien surveillée. J'ai toujours pensé qu'on ne pouvait absolument pas leur faire confiance pour s'occuper d'elle. Mais on ne m'a pas écoutée, comme toujours. La pauvre chère enfant! Et maintenant voilà que M. Bennet est parti. Je sais qu'il va se battre avec Wickham dès qu'il le rencontrera. Il se fera tuer, et que va-t-il advenir de nous toutes? Les Collins nous jetteront dehors, à peine aura-t-il cessé de vivre. Si vous n'avez pas pitié de nous, mon frère, je ne sais pas ce que nous ferons.»

Ils se récrièrent en chœur devant des idées aussi noires. M. Gardiner, après l'avoir assurée en quelques mots de son affection pour elle et pour toute sa famille, lui dit qu'il entendait se rendre à Londres dès le lendemain et prêterait assistance à M. Bennet dans toutes ses tentatives pour retrouver Lydia.

«Ne cédez pas à une vaine inquiétude, ajouta-t-il. Il convient certes de se préparer au pire, mais il n'y a pas lieu de le considérer comme certain. Ils n'ont pas quitté Brighton depuis une semaine. Dans les jours qui vont suivre, nous pouvons espérer avoir de leurs nouvelles. Jusqu'à ce que nous soyons sûrs qu'ils ne se sont pas mariés et n'ont aucunement l'intention de le faire, ne perdons pas espoir. Aussitôt que je serai à Londres, j'irai trouver mon beau-frère et je le persuaderai de venir chez moi à Gracechurch Street. Nous pourrons alors délibérer sur les mesures à prendre.

— Ah! mon cher frère, repartit Mme Bennet, c'est précisément ce que je pouvais souhaiter de mieux. Et quand vous serez à Londres, trouvez-les, il le faut, où qu'ils soient. Si ce n'est pas encore fait, forcez-les à se marier. Pour ce qui est du trousseau, que cela ne les retarde pas! Dites à Lydia qu'elle aura tout l'argent qu'elle voudra, une fois mariée. Et surtout empêchez M. Bennet de se battre. Dites-lui bien dans quel état pitoyable vous m'avez trouvée, que je suis folle de peur, que j'ai des tremblements, des frissons sur tout le corps, des spasmes au côté, des douleurs dans la tête, et le cœur qui se met à battre, à battre, au point que je ne peux trouver le repos ni de jour ni de nuit. Et puis, à ma chère Lydia, dites de ne rien commander pour son trousseau avant de m'en avoir parlé, car elle ne sait pas où sont les meilleurs magasins. Ah! mon frère, comme vous êtes bon! Je sais que vous arrangerez tout cela.»

M. Gardiner, pourtant, s'il l'assura de nouveau qu'il ne ménagerait pas ses efforts en cette affaire, ne put s'abstenir de lui recommander la modération, tant dans ses espoirs que dans ses craintes. Ils lui tinrent le même langage jusqu'à ce que le dîner fût prêt à servir, puis la laissèrent s'épancher librement dans le sein de la femme de charge, qui prenait soin d'elle en l'absence de ses filles.

Bien que son frère et sa belle-sœur fussent persuadés qu'il n'y avait pas lieu pour elle d'ainsi se tenir à l'écart de sa famille, ils ne tentèrent pas de s'y opposer. Ils savaient qu'elle n'était pas assez discrète pour se taire à table devant les domestiques et jugeaient préférable qu'une seule personne dans la domesticité, et celle en qui ils plaçaient le plus de confiance, eût la possibilité d'entendre tout ce que l'événement lui inspirait en fait de craintes et d'inquiétudes.

Dans la salle à manger ils furent bientôt rejoints par Mary et Kitty, qui avaient été trop absorbées par leurs occupations dans leurs chambres respectives pour faire plus tôt leur apparition. L'une s'était arrachée à ses livres, l'autre à sa toilette. Elles gardaient toutes deux, cependant, un visage assez serein. On ne discernait chez elles aucun changement, si ce n'est que la perte de sa sœur préférée, ou la violence des reproches qui lui avaient été adressés pour son silence en cette affaire, avaient donné un peu plus d'aigreur que d'habitude aux accents de Kitty. Quant à Mary, elle était demeurée suffisamment maîtresse d'elle-même pour glisser dans un murmure à Elizabeth, en prenant un air grave et réfléchi, peu après qu'on se fut mis à table:

«Cette affaire est des plus regrettables et donnera

lieu sans doute à bien des commentaires. Mais il nous faut endiguer le flot montant de la méchanceté et mutuellement verser dans notre sein meurtri le baume de la consolation fraternelle.»

S'apercevant alors qu'Elizabeth n'avait aucune envie de lui répondre, elle ajouta:

«Aussi malheureux que cet événement puisse être pour Lydia, il nous est donné l'occasion d'en tirer cette utile leçon: la vertu d'une femme, une fois perdue, l'est pour toujours; un faux pas et sa ruine est consommée; sa réputation n'est pas moins fragile que bonne; elle ne peut prendre trop de précautions quand elle est mise en présence des vauriens du sexe opposé.»

D'ahurissement Elizabeth leva les yeux au ciel, mais elle était trop abattue pour lui répondre. Mary, cependant, continua de se consoler du malheur présent avec ce genre d'extraits tirés d'ouvrages édifiants[1].

L'après-midi, les deux aînées des demoiselles Bennet purent rester seules durant une demi-heure. Elizabeth aussitôt mit l'occasion à profit pour poser de nombreuses questions; Jane manifesta le même empressement à lui répondre. Après s'être jointe aux regrets de tous sur les suites qu'il fallait redouter à cet événement, suites qu'elle considérait comme presque inévitables tandis que sa sœur se bornait à n'en pas contester l'éventualité, Elizabeth poursuivit sur le même sujet.

«Mais raconte-moi tout ce que je ne sais pas encore. Donne-moi d'autres détails. Qu'a dit le colonel Forster? N'avait-il donc aucun soupçon avant qu'ils eussent pris la fuite? Ils ne devaient pas se quitter. On a dû s'en apercevoir.

— Le colonel a reconnu avoir souvent soupçonné l'existence d'un penchant, en particulier du côté de Lydia, mais rien qui fût de nature à l'inquiéter. Je suis vraiment navrée pour lui. Il s'est montré avec nous attentionné et bienveillant à l'extrême. Avant de se douter qu'ils n'étaient pas allés en Écosse, il avait déjà décidé de venir nous voir pour nous témoigner sa sympathie. Lorsqu'on se mit à craindre un peu partout, il avança son voyage.

— Et Denny était-il convaincu que Wickham ne voulait pas se marier ? Savait-il qu'ils projetaient de fuir ensemble ? Le colonel Forster avait-il vu Denny en privé ?

— Oui, mais lorsqu'il l'interrogea, Denny l'assura ne rien savoir de leurs intentions et refusa de donner son sentiment. Il ne se redit pas persuadé qu'ils n'allaient pas se marier. Cela me permet d'espérer que ses paroles auparavant ont pu être mal interprétées.

— Et jusqu'à l'arrivée du colonel en personne, nul d'entre vous n'avait, je suppose, conçu le moindre doute quant à la réalité de leur mariage ?

— Comment pareille idée aurait-elle pu nous effleurer ? J'étais quelque peu mal à l'aise, quelque peu inquiète pour le bonheur de ma sœur dans sa vie conjugale, parce que je savais que la conduite passée de Wickham n'avait pas toujours été sans reproche. Mon père et ma mère en ignorant tout, ils n'étaient sensibles qu'à l'imprudence qui s'attachait nécessairement à une pareille union. C'est alors que Kitty a reconnu, ravie, et c'était bien naturel, être mieux informée que nous tous, que dans sa dernière lettre Lydia l'avait préparée à cette initiative. Cela faisait de nombreuses semaines, apparemment, qu'elle les savait amoureux l'un de l'autre.

— Ils ne l'étaient tout de même pas avant leur départ pour Brighton ?

— Non, je ne crois pas.

— Et est-ce que le colonel Forster lui-même paraît s'être fait de Wickham une mauvaise opinion ? Sait-il qui il est véritablement ?

— Je dois admettre qu'il n'a pas dit autant de bien de lui que par le passé. Il le croyait imprudent et dépensier. Depuis cette triste affaire, on raconte qu'il est parti de Meryton grevé de dettes. J'espère malgré tout que cette rumeur est sans fondement.

— Ah ! Jane, si nous avions été plus ouvertes, si nous avions dit ce que nous savions à son sujet, le mal aurait pu être évité.

— Peut-être cela eût-il mieux valu, repartit sa sœur. Mais révéler le passé coupable de quelqu'un sans connaître ses dispositions présentes paraissait injustifiable. Nous étions animées des meilleures intentions.

— Le colonel Forster a-t-il pu vous dire tout ce que contenait le billet adressé par Lydia à sa femme?

— Il l'a apporté pour nous le montrer.»

Jane sortit alors le billet de son portefeuille pour le donner à Elizabeth. Voici ce qu'on pouvait y lire:

Ma chère Harriet,
Tu auras envie de rire quand tu sauras où je suis allée, et moi-même je ne peux m'empêcher de pouffer en songeant à ta surprise demain matin quand on s'apercevra de mon absence. Je pars pour Gretna Green et, si tu ne peux deviner avec qui, je te croirai bien nigaude, car il n'y a qu'un homme au monde qui ait mon cœur, et c'est un ange. Impossible que je sois heureuse sans lui; c'est pourquoi je ne vois rien de mal à le suivre. Il n'est pas utile que tu fasses savoir à Longbourn que je suis partie si cela t'embarrasse; leur étonnement en sera plus grand lorsque je leur écrirai et signerai Lydia Wickham. Quelle bonne plaisanterie ce sera! J'en ris tant que j'ai du mal à écrire. Excuse-moi, je te prie, auprès de Pratt: je ne pourrai tenir mes engagements et danser avec lui ce soir. J'espère qu'il me pardonnera lorsqu'il saura tout. Dis-lui aussi que je serai sa cavalière avec grand plaisir au prochain bal qui nous réunira. J'enverrai chercher mes vêtements quand je serai à Longbourn, mais aurais-tu la bonté de dire à Sally de réparer le grand accroc que j'ai fait à ma robe de mousseline brodée avant de mettre tout dans la malle? Au revoir. Mes amitiés au colonel Forster. Vous boirez, j'y compte, au succès de notre voyage.

Ton amie affectionnée,
Lydia Bennet

«Ah! Lydia! quelle écervelée! s'exclama Elizabeth quand elle eut achevé sa lecture. Quelle lettre, surtout écrite en un pareil moment! Elle montre du moins qu'elle considérait avec sérieux le but de son voyage. Wickham a pu par la suite la persuader d'autre chose, mais de son côté elle ne songeait pas à se déshonorer. Mon pauvre père! Comme il a dû souffrir!

— Je n'ai jamais vu quelqu'un d'aussi stupéfié. Pendant dix bonnes minutes il ne put dire un mot. Ma mère aussitôt se trouva mal, et la maison entière fut sens dessus dessous.

— Ah! Jane, s'écria Elizabeth, resta-t-il à la fin de la journée un seul des domestiques qui ne fût pas au courant de toute l'histoire?

— Je l'ignore. Je l'espère. Mais la discrétion en pareille circonstance est très difficile. Ma mère a eu une attaque de nerfs. Je me suis efforcée de lui donner toute l'aide dont j'étais capable, mais je crains de ne pas en avoir fait suffisamment. J'étais frappée d'horreur à la pensée de ce qui risquait d'arriver. À peine si j'étais moi-même.

— De t'occuper d'elle t'a exténuée. Tu n'as pas bonne mine. Comme je regrette de ne pas avoir été là avec toi! Tous les soucis, toutes les inquiétudes sont retombés sur toi.

— Mary et Kitty ont été très gentilles. Elles auraient bien aimé partager mes fatigues, j'en suis persuadée, mais j'ai jugé qu'il fallait leur éviter cela à toutes deux. Kitty est frêle et délicate; Mary, elle, étudie si assidûment qu'il importe de ne pas prendre sur ses heures de repos. Ma tante Phillips est venue à Longbourn mardi, après le départ de mon père, et elle a eu la bonté de ne pas me quitter avant jeudi. Elle s'est rendue très utile auprès de nous toutes et nous a beaucoup réconfortées. Lady Lucas aussi s'est montrée fort obligeante. Elle est venue à pied mercredi matin pour nous marquer sa sympathie, et elle nous a proposé ses services, de même que ceux de ses filles, au cas où ils nous seraient profitables.

— Elle aurait mieux fait de rester chez elle, s'écria Elizabeth. Peut-être ses intentions étaient-elles bonnes,

mais dans un malheur de ce genre, mieux vaut voir ses
voisins le moins souvent possible. L'assistance n'est
pas en leur pouvoir, et les marques de sympathie sont
insupportables. Qu'ils triomphent de loin en pensant à
nous et s'en satisfassent ! »

Elle passa ensuite à des questions sur les mesures
qu'envisageait de prendre son père, une fois à Londres,
pour retrouver Lydia.

« Son intention, je crois, répondit Jane, était d'aller à
Epsom, là où ils avaient changé de chevaux pour la dernière fois, d'y voir les postillons et d'essayer d'en tirer
quelque chose. Son principal objet restait de découvrir
le numéro de la voiture de louage qui les avait emmenés
jusqu'à Clapham. Elle était venue de Londres avec un
client. Comme il pensait qu'on avait pu remarquer le
changement de véhicule d'un monsieur et d'une dame,
il voulait se renseigner à Clapham. Au cas où il serait
capable de situer la maison où le cocher précédemment
avait déposé son client, il projetait d'y poser des questions et espérait qu'il ne serait pas impossible de
trouver la station et le numéro de la voiture. À ma
connaissance, il ne se proposait rien d'autre. Mais il
était si pressé de partir, et si découragé, que j'ai eu de la
peine à en savoir même aussi peu. »

CHAPITRE VI

Tout le monde croyait en une lettre de M. Bennet le
lendemain matin, mais la poste vint sans apporter un
mot de lui. Les gens de sa famille le connaissaient pour
être dans les circonstances ordinaires un correspondant très négligent et peu pressé mais, en pareille occasion, ils avaient espéré qu'il consentirait un effort
particulier. Ils furent obligés d'en conclure qu'il n'avait
pas d'agréables nouvelles à communiquer, mais même
de cela ils auraient aimé avoir la certitude.

M. Gardiner n'avait attendu que l'arrivée du courrier pour se mettre en route.

Une fois qu'il les eut quittés, l'assurance leur fut au moins acquise d'être tenus régulièrement au courant de ce qui se passait. Il promit en partant d'obtenir dès que possible de M. Bennet qu'il retournât à Longbourn, au grand soulagement de sa sœur qui voyait là le seul moyen d'éviter que son mari ne fût tué en duel.

Mme Gardiner et ses enfants devaient rester dans le Hertfordshire quelques jours encore, car elle estimait que sa présence pouvait se révéler utile à ses nièces. Elle les relayait auprès de Mme Bennet et savait les réconforter pendant leurs heures de liberté. Leur autre tante aussi ne les oubliait pas. Elle les visitait fréquemment et toujours, disait-elle, dans le but de leur changer les idées et de ranimer leurs forces mais, comme elle ne venait jamais sans citer quelque nouvel exemple des dépenses excessives ou des écarts de conduite de Wickham, elle s'en allait rarement sans les laisser plus découragées encore qu'elle ne les avait trouvées.

Tout Meryton semblait ligué pour tenter de noircir celui qui, seulement trois mois plus tôt, avait été bientôt tenu pour un ange de pureté. On l'annonçait comme endetté dans tous les commerces de l'endroit, et ses intrigues amoureuses, auxquelles on donnait le nom flatteur de séductions, s'étaient étendues à chacune des familles des boutiquiers. Tous s'accordaient à en faire le jeune homme le plus dépravé qu'on avait vu, et ils commençaient à s'apercevoir qu'ils s'étaient toujours méfiés de ses airs d'honnête homme. Elizabeth ne croyait pas la moitié de ce qu'on racontait, mais assez pour renforcer la conviction qui avait d'abord été la sienne que rien ne pouvait plus sauver sa sœur. Même Jane, qui en croyait moins encore, finit par perdre presque tout espoir, surtout quand elle considéra qu'à l'heure qu'il était, s'ils avaient pris la route de l'Écosse — ce dont elle n'avait jusque-là jamais complètement désespéré — selon toute vraisemblance ils ne seraient pas restés sans donner de leurs nouvelles.

M. Gardiner quitta Longbourn le dimanche; le mardi, sa femme avait déjà une lettre de lui. À son arrivée, il n'avait pas tardé à retrouver son beau-frère et l'avait persuadé de l'accompagner à Gracechurch Street. M. Bennet était allé à Epsom et Clapham, mais sans recueillir d'information utile. Lui-même se disait à présent décidé à prendre des renseignements dans tous les principaux hôtels de Londres, M. Bennet pensant qu'ils avaient pu se loger dans l'un d'entre eux avant de louer une chambre meublée. M. Gardiner pour sa part n'attendait pas grand-chose de ces démarches mais, comme son beau-frère y tenait, il se proposait de l'aider à les tenter. Il ajoutait que pour l'instant M. Bennet paraissait tout à fait hostile à l'idée de quitter la capitale, et il promettait de donner bientôt d'autres nouvelles. Enfin, dans un post-scriptum, on lisait ceci:

J'ai écrit au colonel Forster pour lui demander de découvrir s'il le peut, par certains des intimes du jeune homme dans son régiment, si Wickham a des amis ou des parents susceptibles de savoir dans quel quartier de Londres il se cache à présent. S'il existait quelqu'un à qui l'on pût s'adresser avec une chance d'en obtenir pareil indice, cela pourrait s'avérer d'un grand secours. Jusqu'à maintenant, nous n'avons rien pour nous guider. Le colonel, je n'en doute pas, fera tout son possible pour nous donner satisfaction sur ce point. Mais, en y réfléchissant, peut-être Lizzy saurait-elle nous dire, mieux que quiconque, quels parents Wickham possède encore.

Elizabeth n'eut pas de peine à comprendre d'où lui venait ce respect pour ses connaissances. Il n'était cependant pas en son pouvoir de fournir une information aussi précieuse que le méritait ce compliment. Elle n'avait jamais entendu dire que Wickham eût de la famille, hormis son père et sa mère, tous deux morts depuis longtemps. Il n'était pas à écarter, toutefois, que certains de ses camarades du régiment du comté de X fussent à même de les éclairer davantage. Elle n'y comptait guère. Néanmoins, c'était un espoir à quoi se raccrocher.

Chaque journée qui passait renouvelait l'anxiété à Longbourn, mais elle était portée à son comble quand tous les matins on attendait le courrier. Ce qu'on guettait alors avec le plus d'impatience était sa venue. Les lettres seules pouvaient apporter de bonnes ou de mauvaises nouvelles, et l'on se fiait toujours au lendemain pour en donner qui fussent de première importance.

Cependant, avant qu'on entendît à nouveau parler de M. Gardiner, il leur arriva une lettre. Elle était destinée à M. Bennet et d'une origine différente. Son auteur était M. Collins. Jane avait reçu des instructions pour ouvrir tout ce qui en son absence serait adressé à son père. Elle décida donc de la lire. Elizabeth, qui savait quelles curiosités représentaient toujours les lettres de son cousin, se pencha par-dessus son épaule pour en prendre connaissance, elle aussi. On y trouvait ce qui suit :

Mon cher monsieur,

Je me sens tenu, en raison de notre lien de parenté, ainsi que de la position que j'occupe, de vous témoigner ma sympathie à l'occasion de la pénible affliction qui vous frappe, et dont nous avons été informés hier par une lettre du Hertfordshire. Soyez assuré, mon cher monsieur, que Mme Collins et moi-même sommes de tout cœur avec vous et toute votre respectable famille en votre malheur présent, qui doit être des plus cruels parce que trouvant son origine dans une faute que le temps ne pourra jamais effacer. Vous pouvez compter sur moi pour vous présenter tous les arguments susceptibles d'alléger le poids d'un pareil chagrin, ou de vous réconforter dans une situation comme la vôtre, la plus attristante sans doute aux yeux d'un père. La mort de votre fille eût été en comparaison une bénédiction. L'événement porte d'autant plus à la désolation qu'il y a tout lieu de supposer, comme ma chère Charlotte m'en informe, que la conduite licencieuse de votre fille est due à une indulgence coupable. Cependant, pour votre consolation et

celle de Mme Bennet, j'ajouterai que la nature de votre
enfant, j'ai tendance à le croire, devait l'incliner au vice,
ou elle n'aurait pu commettre un crime aussi odieux à
un âge aussi tendre.

Quoi qu'il en soit, vous êtes éminemment à plaindre,
un avis que partagent non seulement Mme Collins mais
aussi Lady Catherine et sa fille, à qui j'ai rapporté cette
affaire. Elles s'accordent avec moi pour craindre que ce
faux pas de l'une de vos filles ne nuise à l'établissement
de chacune des autres, car qui, comme Lady Catherine
elle-même veut bien le formuler, songera à s'allier à une
pareille famille? Cette considération m'amène en outre à
réfléchir avec une satisfaction accrue à certain événe-
ment de novembre dernier qui, s'il avait pris une autre
tournure, m'aurait impliqué dans tout votre tourment et
tout votre déshonneur. Je vous conseillerai donc, mon
cher monsieur, de vous consoler dans la mesure du pos-
sible, de refuser à jamais votre affection à cette enfant
indigne et de la laisser récolter les fruits de son détestable
péché.

Je suis, cher monsieur, etc., etc.

M. Gardiner n'écrivit pas de nouveau avant d'avoir
reçu une réponse du colonel Forster. Il n'eut alors rien
d'agréable à communiquer. On ne connaissait à Wickham aucun parent avec lequel il fût encore en relations,
et il était acquis que, parmi ceux qui vivaient encore,
aucun n'était proche. Il avait naguère fréquenté beaucoup de gens mais, depuis son arrivée dans la milice, il
ne semblait pas qu'il fût avec quiconque dans les termes
d'une grande amitié. Personne ne pouvait être nommé
comme susceptible de donner de ses nouvelles. Le
pitoyable état de ses finances devait fortement l'inciter
à ne pas se montrer, car on venait de découvrir qu'il
avait laissé en partant des dettes de jeu pour un montant considérable. Le colonel Forster pensait qu'il faudrait plus de mille livres pour régler son passif à
Brighton. Il s'était beaucoup endetté dans les commerces de la ville, mais sur l'honneur bien davantage.

M. Gardiner n'essaya pas de dissimuler à la famille de Longbourn ces circonstances particulières. Jane en prit connaissance avec horreur : « Un joueur ! s'écria-t-elle. C'est tout à fait inattendu. Je n'en avais aucun soupçon[1]. »

Dans sa lettre, M. Gardiner ajoutait qu'ils pouvaient espérer le retour de leur père dès le lendemain samedi. Découragé par l'échec de toutes leurs tentatives, il avait cédé aux instances de son beau-frère qui désirait le voir rentrer chez lui et lui laisser le soin de faire tout ce que l'occasion suggérerait qui pût favoriser leurs recherches. Lorsqu'on le rapporta à Mme Bennet, elle n'exprima pas toute la satisfaction que ses enfants en attendaient, eu égard aux craintes qu'elle avait auparavant manifestées pour la vie de son époux.

« Comment ! Il revient, et sans cette pauvre Lydia ! s'indigna-t-elle. Il ne va tout de même pas quitter Londres avant de les avoir trouvés ! Qui se battra avec Wickham et l'obligera à épouser ma fille s'il part ? »

Mme Gardiner commençait à languir d'être de retour en sa maison. Il fut donc décidé que ses enfants et elle iraient à Londres en même temps que M. Bennet en reviendrait. La voiture, en conséquence, leur servit à couvrir la première étape de leur voyage, puis ramena son propriétaire à Longbourn.

Mme Gardiner partit sans en savoir davantage sur Elizabeth et son ami du Derbyshire que lorsqu'elle avait quitté cette région. Son nom n'avait jamais été spontanément introduit dans la conversation par sa nièce, et l'assurance dans laquelle elle était plus ou moins qu'une lettre de lui les suivrait à Longbourn avait ensuite été démentie par les faits. Elizabeth n'avait rien reçu depuis son retour qui pût venir de Pemberley.

Le malheur qui s'était abattu sur sa famille rendait superflue toute autre explication de sa mélancolie. Aucune conclusion ne pouvait donc en être tirée, bien qu'Elizabeth, qui maintenant savait assez bien à quoi s'en tenir sur l'état de son cœur, ne se cachât pas que si elle n'avait jamais connu Darcy, elle aurait un peu mieux supporté ses vives appréhensions concernant le déshonneur de Lydia. Cela lui aurait épargné, pensait-elle, une nuit blanche sur deux.

Quand M. Bennet arriva, il paraissait avoir recouvré son habituelle sérénité de philosophe. Il était aussi peu bavard que d'habitude, ne fit aucune allusion au motif de son absence, et il fallut quelque temps à ses filles pour s'enhardir à lui en parler. Ce ne fut pas avant l'après-midi, lorsqu'il prit le thé en leur compagnie, qu'Elizabeth se hasarda à aborder le sujet. En peu de mots, elle dit son chagrin de l'avoir vu exposé à tant de tracas.

« N'en parlons pas, répondit-il. Qui devrait être appelé à souffrir sinon moi ? C'est mon ouvrage, et il est normal que j'en subisse les conséquences.

— Vous ne devriez pas vous juger trop sévèrement.

— Tu as bien raison de me mettre en garde contre pareil excès. La nature humaine y est tellement portée ! Non, Lizzy, il est bon qu'une fois au moins dans ma vie je sente à quel point ma conduite a été répréhensible. Je ne crains pas que cela m'accable. C'est une impression qui ne fera que passer.

— Les supposez-vous dans la capitale ?

— Oui. Où pourraient-ils mieux se cacher ?

— Lydia avait envie d'aller à Londres, fit remarquer Kitty.

— La voilà comblée, dit sèchement son père. Son séjour risque fort de durer [1]. »

Après une courte pause, il ajouta :

« Lizzy, je ne te garde pas rancune de m'avoir donné de judicieux conseils en mai dernier, ce qui, compte tenu de la suite des événements, témoigne d'une certaine grandeur d'âme. »

Ils furent interrompus par Mlle Bennet, venue chercher le thé de sa mère.

« Que cette comédie, s'écria-t-il, fait plaisir à voir ! Le malheur en acquiert grâce et élégance ; un autre jour, j'en ferai autant. Je ne bougerai pas de ma bibliothèque, vêtu de ma robe de chambre et de mon bonnet de nuit, et je causerai tout le dérangement que je pourrai à moins que je ne diffère cela au jour où Kitty à son tour fera une fugue.

— Je ne songe pas à faire une fugue, protesta Kitty avec aigreur. Si jamais j'allais à Brighton, je me condui- rais mieux que Lydia.

— Toi, aller à Brighton! Mais je ne te laisserai pas aller jusqu'à Eastbourne pour cinquante livres. Non, Kitty, j'ai enfin appris la prudence, et tu en sentiras les effets. Nul officier ne passera le seuil de ma maison désormais, ni même ne sera autorisé à traverser le vil- lage. Les bals seront strictement interdits, à moins que tu ne danses avec l'une de tes sœurs, et il sera hors de question que tu sortes avant d'avoir prouvé que tu peux consacrer dix minutes chaque jour à une occupation rationnelle.»

Kitty, qui prenait toutes ces menaces au sérieux, se mit à pleurer.

«Bon, dit-il, ne désespère pas. Si tu es sage durant les dix années à venir, la onzième je t'emmènerai à une revue.»

CHAPITRE VII

Deux jours après le retour de M. Bennet, Jane et Eliza- beth se promenaient ensemble dans le bosquet derrière la maison quand elles virent la femme de charge qui venait vers elles. Pensant que c'était pour lui succéder auprès de leur mère, elles se portèrent à sa rencontre. Mais, au lieu de s'entendre réclamer comme elles l'ima- ginaient, à leur approche elle dit à Mlle Bennet:

«Je vous demande pardon, mademoiselle, d'inter- rompre votre promenade, mais j'espérais que vous auriez reçu de bonnes nouvelles de Londres. C'est pour- quoi j'ai pris la liberté de venir me renseigner.

— Que voulez-vous dire, Hill? Nous n'avons rien reçu.

— Ma chère mademoiselle, s'écria Mme Hill, fort surprise, vous ne savez donc pas qu'un exprès est arrivé
pour mon maître, envoyé par M. Gardiner ? Il y a une
demi-heure qu'il est ici, et mon maître a une lettre. »

Les jeunes filles partirent en courant, trop pressées
de regagner la maison pour prendre le temps de commenter l'événement. Elles traversèrent le vestibule à la
hâte, entrèrent dans la petite salle à manger, de là passèrent dans la bibliothèque : leur père n'était nulle part.
Elles s'apprêtaient à le chercher au premier étage près
de leur mère quand elles rencontrèrent le maître d'hôtel qui leur dit :

« Si c'est mon maître que vous cherchez, mademoiselle, il est parti en direction du bois taillis. »

Fortes de ce renseignement, elles traversèrent de
nouveau le vestibule et s'élancèrent sur la pelouse à la
poursuite de leur père. D'un pas tranquille il se dirigeait vers un petit bois attenant à l'enclos des écuries.

Jane, qui n'était pas aussi légère qu'Elizabeth et
n'avait pas autant qu'elle l'habitude de courir, prit
bientôt du retard, tandis que sa sœur, à bout de souffle,
rattrapait son père et lui criait aussitôt :

« Alors, papa, quelles nouvelles ? Avez-vous eu une
lettre de mon oncle ?

— Oui, un pli par exprès.

— Et qu'en apprend-on ? de bonnes ou de mauvaises
choses ?

— Comment pourrait-il y en avoir de bonnes ? dit-il
en tirant la lettre de sa poche. Mais peut-être aimerais-
tu le lire ? »

Impatiemment, Elizabeth le lui prit des mains ; Jane
maintenant les avait rejoints.

« Lis à haute voix, lui dit son père. Moi-même, je ne
sais pas trop ce qu'il y a dedans.

Gracechurch Street, lundi 2 août

Mon cher beau-frère,
Enfin je suis à même de vous donner des nouvelles de

*ma nièce. Elles sont telles qu'à tout prendre, j'espère que
vous en serez content. Peu après que vous m'avez quitté,
samedi dernier, j'ai eu la chance de découvrir dans quel
quartier de Londres ils se trouvaient. Je réserve les détails
pour le moment où nous nous rencontrerons. Il vous suffira de savoir que leur domicile m'est connu. Je les ai vus
l'un et l'autre...*

— L'événement me donne raison, s'écria Jane, je
n'avais cessé d'y croire. Ils sont mariés!»
Elizabeth reprit sa lecture.

*«Je les ai vus l'un et l'autre. Ils ne sont pas mariés et,
pour autant que j'ai pu en juger, ils n'avaient pas l'intention de l'être. Mais, si vous consentez à tenir les engagements que je me suis hasardé à prendre en votre nom,
j'espère qu'avant longtemps ils le seront. Tout ce qui
vous est demandé est d'assurer à votre fille par contrat la
part qui lui revient des cinq mille livres garantis à vos
enfants après votre décès et celui de ma sœur. En outre,
vous vous engagez à lui allouer, votre vie durant, une
somme de cent livres par an. Ce sont des conditions auxquelles, tout bien considéré, je n'ai pas hésité à souscrire
à votre place, pour autant que je m'y suis cru autorisé. Je
vais vous faire parvenir ceci par exprès, afin que j'aie
votre réponse le plus tôt possible.*
*Vous comprendrez sans peine, à la lecture de ces moda-
lités, que les finances de M. Wickham ne sont pas dans
un état aussi désastreux qu'on le croit généralement. Les
gens se sont trompés là-dessus. J'ai même le plaisir de
vous annoncer qu'il restera encore un petit quelque
chose, lorsque toutes ses dettes auront été payées, à assigner à ma nièce en complément de sa propre fortune. Si,
comme je suppose que vous le ferez, vous me donnez par
lettre pleins pouvoirs d'agir en votre nom dans cette
affaire, je communiquerai aussitôt mes instructions à
Haggerston pour la rédaction d'un contrat en bonne et
due forme.*
Je ne vois pas la moindre raison pour que vous reve-

niez à Londres. Restez donc bien tranquillement à Long-
bourn, et fiez-vous à ma diligence et à mes soins. Retour-
nez-moi votre réponse dès que possible et veillez à vous
exprimer en termes clairs et précis. Nous avons considéré
comme le plus désirable que ma nièce vînt habiter chez
nous jusqu'à son mariage. J'espère que vous nous
approuverez. Nous l'attendons aujourd'hui. Je vous écri-
rai aussitôt qu'une autre décision sera prise.

Votre dévoué, etc.,
Edward Gardiner

» Est-ce possible ? s'écria Elizabeth, quand elle eut
terminé. Se peut-il vraiment qu'il l'épouse ?

— Wickham n'est donc pas aussi méprisable que
nous le pensions, fit observer sa sœur. Mon cher père,
je m'en réjouis pour vous.

— Et avez-vous répondu à la lettre ? demanda Elizabeth.

— Non. Mais il ne faudra pas tarder à le faire. »

Elle le pressa vivement de ne plus perdre de temps
avant de se mettre à l'ouvrage.

« Ah ! mon cher père, s'écria-t-elle, rentrez et prenez
la plume au plus tôt. Pensez à l'importance que revêt
chaque instant dans un cas semblable.

— Laissez-moi écrire à votre place, dit Jane, si cela
vous ennuie.

— Cela m'ennuie beaucoup, répondit-il, mais ce doit
être fait. »

Sur ces mots, il rebroussa chemin en leur compagnie
et se dirigea vers la maison.

« Si je puis me permettre, intervint Elizabeth, je suppose qu'il faudra passer par ces conditions.

— Passer par elles ! J'ai seulement honte qu'il
demande aussi peu.

— Et ils doivent se marier, bien qu'il soit ce qu'il est !

— Oui, oui, il le faut. Il n'y a rien d'autre à faire.
Cependant, il y a deux choses que j'aimerais savoir :
primo, combien votre oncle a dû consigner pour obtenir

ce résultat ; secundo, ce que je vais pouvoir faire pour le rembourser.

— Mon oncle, consigner ! s'exclama Jane. Que voulez-vous dire, mon père ?

— Simplement qu'aucun homme de bon sens n'accepterait d'épouser Lydia pour un appât aussi mince que cent livres par an de mon vivant, et cinquante après ma mort.

— C'est à n'en pas douter, dit Elizabeth. Je m'étonne de ne pas y avoir pensé plus tôt. Ses dettes acquittées, et un petit surplus à attendre ! Ah ! il faut sans doute en remercier mon oncle ! Que de générosité, que de bonté ! Je crains qu'il ne se soit mis dans l'embarras. Une petite somme n'y aurait pas suffi.

— Non, décida son père. Wickham est un sot s'il la prend à moins de dix mille livres. Je serais navré d'avoir de lui aussi mauvaise opinion au tout début de nos relations.

— Dix mille livres ! À Dieu ne plaise ! Comment en rembourser seulement la moitié ? »

M. Bennet ne répondit rien. Chacun, tout à ses pensées, garda le silence, tant qu'ils n'eurent pas atteint le seuil de la maison. Ensuite leur père alla écrire sa lettre dans la bibliothèque, et les jeunes filles gagnèrent la petite salle à manger.

« Dire qu'ils vont finalement se marier ! s'écria Elizabeth, aussitôt qu'elles furent seules. Comme c'est étrange ! Et il faut nous en féliciter ! De ce mariage, aussi faible que soit leur chance de bonheur, aussi exécrable le personnage, nous devons nous réjouir ! Ah ! Lydia ! Lydia !

— Je reprends espoir en pensant, repartit Jane, qu'il n'épouserait certainement pas notre sœur s'il n'avait pour elle une véritable affection. La bonté de notre oncle a peut-être aidé à liquider ses dettes, mais je ne puis croire qu'il ait avancé dix mille livres, ou quelque chose d'approchant. Il a des enfants à charge et peut en avoir d'autres. Comment pourrait-il se démunir de la moitié de cette somme ?

— Si jamais nous réussissons à savoir le montant des dettes de Wickham, dit Elizabeth, et combien a été mis par contrat au nom de Lydia, nous saurons du même coup très exactement ce que M. Gardiner a fait pour eux, étant donné que Wickham n'a absolument rien. Comment pourrons-nous jamais témoigner assez de gratitude à mes oncle et tante ? Ils l'ont prise chez eux, lui ont donné leur protection, leur appui. C'est un sacrifice en sa faveur dont des années de reconnaissance ne pourraient suffisamment admettre le prix. Au moment où nous parlons, elle est déjà sous leur toit ! Si elle n'est pas morte de honte devant pareille bonté, c'est qu'elle ne méritera jamais d'être heureuse ! Quelle épreuve pour elle quand elle a revu ma tante !

— Nous devons essayer d'oublier tout ce qui s'est passé de part et d'autre, insista Jane. J'espère qu'ils trouveront le bonheur, je le crois. Qu'il ait consenti à l'épouser démontre, je veux m'en persuader, qu'il a maintenant une juste conception de ce qui doit être fait. Leur affection mutuelle les assagira. Je me flatte qu'ils mèneront un jour une vie si rangée, si raisonnable, qu'avec le temps on finira par ne plus se souvenir de leur imprudence passée.

— Leur conduite a été telle, rétorqua Elizabeth, que ni toi, ni moi, ni personne, nous ne pourrons jamais l'oublier. Il est inutile de revenir là-dessus. »

Il vint alors à l'esprit de l'une et de l'autre que leur mère selon toute vraisemblance ne savait rien encore de ce qui s'était produit. Elles allèrent donc à la bibliothèque demander à leur père s'il ne souhaitait pas qu'elles lui en fissent part. Il était en train d'écrire. Sans lever les yeux, il répondit froidement :

« Comme il vous plaira.

— Pouvons-nous prendre la lettre de mon oncle pour la lui lire ?

— Prenez tout ce que vous voudrez et laissez-moi en paix. »

Elizabeth se saisit de la lettre, qui était sur son bureau, et elles montèrent l'escalier. Mary et Kitty se trouvaient toutes les deux avec Mme Bennet : il ne serait donc pas nécessaire de multiplier les informations. Après quelques mots en préambule pour les préparer à de bonnes nouvelles, on lut la lettre à haute voix. Mme Bennet eut peine à se contenir. Aussitôt que Jane eut donné le passage où M. Gardiner confiait son espoir de voir Lydia bientôt mariée, elle laissa éclater sa joie. Chaque phrase ensuite ajouta à ses transports. Le ravissement la mettait dans un état d'excitation aussi extrême que l'avait été l'agitation causée précédemment par l'inquiétude et la contrariété. Il lui suffisait de savoir que sa fille allait se marier. Aucune crainte pour son bonheur futur ne venait la troubler, le souvenir de son inconduite ne tempérait en rien ses débordements.

«Ma chère Lydia, s'exclama-t-elle, ma Lydia chérie ! C'est vraiment merveilleux ! Elle va se marier ! Je vais la revoir ! Elle sera mariée à seize ans ! Mon gentil frère, mon bon frère ! Mais je savais comment cela finirait. Je savais qu'il arrangerait tout. Que j'ai hâte de la revoir ! et de revoir ce cher Wickham ! Mais le trousseau, le trousseau de la mariée ! Je vais tout de suite écrire à ma sœur Gardiner à ce sujet. Lizzy, ma chère enfant, cours voir ton père et demande-lui combien il compte lui donner. Non, non, n'y va pas, j'irai moi-même. Sonne, Kitty, pour faire monter Hill. Je vais m'habiller, j'en ai pour un moment. Ma chère Lydia, ma Lydia chérie ! Quelle joie pour nous tous quand nous nous reverrons ! »

Sa fille aînée voulut modérer quelque peu l'ardeur de ces transports en dirigeant ses pensées vers les obligations que faisait peser sur eux tous la générosité de M. Gardiner.

«Il nous faut attribuer, dit-elle, cette fin heureuse dans une large mesure à sa bonté d'âme. Nous sommes persuadés qu'il s'est engagé à aider M. Wickham avec son propre argent.

— Et alors ? protesta sa mère. C'est bien normal. Qui doit le faire sinon son oncle ? S'il n'avait pas de famille, mes enfants et moi hériterions de toute sa fortune, tu sais, et c'est la première fois que nous recevons

quelque chose de lui, en dehors de menus cadeaux. Ah
là là! que je suis contente! Dans peu de temps, une de
mes filles sera mariée. Mme Wickham! Cela sonne
bien. Et elle a eu tout juste seize ans en juin dernier.
Ma chère Jane, je suis dans un tel état que je ne vais
pas pouvoir écrire. Je vais dicter; tu écriras pour moi.
Nous nous arrangerons plus tard avec son père pour ce
qui est de l'argent, mais les ordres pour le trousseau
doivent être passés dès maintenant.»

Elle en était à régler les longueurs de calicot, de mousseline, de batiste, et aurait bientôt annoncé des chiffres
considérables si Jane, avec quelque difficulté, ne l'avait
persuadée d'attendre pour ce faire que son père eût le
temps d'être consulté. Elle fit observer qu'un délai d'une
journée n'aurait que peu d'importance, et sa mère était
trop heureuse pour se montrer aussi têtue qu'à son ordinaire. Elle s'avisa aussi d'autres projets.

«Je vais aller à Meryton, dit-elle, aussitôt que je serai
habillée, pour faire part de ces si bonnes nouvelles à ma
sœur Phillips. En revenant, je pourrai passer chez Lady
Lucas et Mme Long. Kitty, dépêche-toi d'aller commander la voiture. Le grand air me fera beaucoup de bien, à
n'en pas douter. Ah! voilà Hill. Ma chère Hill, avez-vous
entendu la bonne nouvelle? Mlle Lydia va se marier, et
vous aurez tous un bol de punch le jour de ses noces
pour fêter l'événement.»

Mme Hill ne tarda pas à exprimer sa joie. Elizabeth
fut de celles qui eurent droit à ses compliments. Lasse
de tant de sottise, elle alla se réfugier dans sa chambre
pour y réfléchir à son aise.

La situation de la pauvre Lydia devait, dans le meilleur
des cas, être bien mauvaise, mais il fallait se féliciter
qu'elle ne fût pas pire. C'est ainsi qu'elle voyait les choses.
Si, en regardant l'avenir, on ne pouvait s'attendre pour
elle ni à un bonheur rationnel ni à un sort prospère, tout
de même, au regard des craintes passées, nourries il y
avait deux heures encore, on ne pouvait qu'être sensible à
tous les avantages de ce qui avait été acquis.

CHAPITRE VIII

M. Bennet avait souvent regretté, avant cette période de son existence, de ne pas avoir, au lieu de dépenser la totalité de son revenu, mis de côté chaque année une certaine somme afin de pourvoir aux besoins de ses enfants et de ceux de sa femme, si elle venait à lui survivre. Il le déplorait maintenant plus que jamais. S'il avait fait son devoir sous ce rapport, Lydia n'aurait pas eu à remercier son oncle pour le peu d'honneur ou de crédit que l'argent désormais pouvait lui procurer. La satisfaction d'obtenir de l'un des jeunes gens les moins recommandables du royaume qu'il devînt son mari aurait pu revenir à qui était normalement appelé à en bénéficier.

M. Bennet éprouvait un réel embarras à la pensée que les progrès effectués dans le règlement de cette affaire, si peu profitable à tous, le fussent entièrement aux dépens de son beau-frère, et il était résolu, si la chance lui en était donnée, à découvrir l'étendue de l'assistance de M. Gardiner et à s'acquitter de sa dette envers lui dans les meilleurs délais.

Au début de son mariage, il avait été considéré comme parfaitement inutile de faire des économies. Bien sûr, ils allaient avoir un fils. Ce fils, par sa présence, dès sa majorité annulerait la substitution prévue dans les dispositions de l'héritage, et ainsi la veuve et les enfants plus jeunes seraient garantis contre le besoin. Cinq filles vinrent au monde, successivement ; le fils se fit attendre. Bien des années après la naissance de Lydia, Mme Bennet demeurait toujours assurée de sa venue. Puis on finit par en désespérer, mais il était trop tard pour mettre de l'argent de côté. Mme Bennet n'était pas habile à rogner sur la dépense, et seul le goût de son mari pour son indépendance les empêcha de vivre au-dessus de leurs moyens.

Cinq mille livres dans le contrat de mariage étaient

dévolus à l'épouse et aux enfants. Mais il était laissé
au bon vouloir des parents d'effectuer entre ces derniers la division de cette somme. C'était un point qui,
au moins en ce qui concernait Lydia, devait maintenant être réglé, et M. Bennet n'hésita pas un instant à
accéder à la proposition qui lui était faite. Dans des
termes qui marquaient sa reconnaissance pour la
bonté de son beau-frère, s'ils demeuraient d'une grande
concision, il mit sur le papier son approbation de tout
ce qui avait été fait et son acceptation des engagements
qui avaient été souscrits en son nom. Jamais auparavant il n'aurait cru que, si l'on pouvait obtenir de Wickham qu'il épousât sa fille, ce pût être accompli avec
aussi peu d'inconvénients pour lui-même que dans l'arrangement auquel il était procédé. Avec les cent livres
qui devaient leur être versées, il allait perdre à peine
dix livres par an. En effet, compte tenu de la nourriture, de l'argent de poche, des petites sommes que sa
mère ne cessait de lui donner, ce que coûtait Lydia
était de très peu inférieur à cela.

Une autre surprise très agréable venait de l'effort
dérisoire qui lui était demandé, car son principal souci
à présent était de s'embarrasser le moins possible de
cette affaire. Les premiers transports une fois passés de
la fureur qui l'avait amené à rechercher sa fille avec
persévérance, il avait retrouvé tout naturellement son
indolence première. Sa lettre fut vite envoyée ; il était
lent à entreprendre, mais rapide dans l'exécution. Il
priait M. Gardiner de lui en apprendre davantage sur
ce qu'il lui devait, mais sa colère contre Lydia restait
trop vive pour qu'il lui fît parvenir aucun message.

La bonne nouvelle se répandit bientôt à travers la
maison et, avec une célérité comparable, dans tout le
voisinage. Les voisins l'accueillirent avec la philosophie qui convenait. Certes, il eût été plus propice à la
conversation que Mlle Lydia Bennet fût devenue une
femme de mauvaise vie ou, parmi les autres hypothèses
la plus séduisante, eût été retranchée du monde et
condamnée à vivre dans quelque ferme lointaine. Mais

le mariage fournissait bien de la ressource aux can-
cans, et les bons vœux que les méchantes langues des
vieilles dames de Meryton avaient précédemment for-
més pour la prospérité de Lydia ne perdirent que peu
de leur acrimonie à ce changement de circonstances
parce que, avec un tel mari, son malheur était considéré comme certain.

Mme Bennet n'était pas descendue depuis deux
semaines mais, en cet heureux jour, elle reprit la place
d'honneur au bout de sa table. Son humeur était insup-
portablement belle. Nul sentiment de honte ne venait
tempérer son exultation. Le mariage de l'une de ses
filles, depuis que Jane avait atteint ses seize ans, avait
constitué le principal objet de ses vœux. Il était à présent sur le point de s'accomplir. Ses pensées et ses
paroles allaient toutes à ce qui accompagne les noces du
meilleur monde, belles mousselines, voitures neuves,
domestiques. Elle s'affairait à chercher dans le voisinage la résidence qui pourrait convenir à sa fille et, sans
rien connaître de leur revenu ni le prendre en considération, en écartait beaucoup comme insuffisantes par la
taille ou la distinction.

« Le Parc de la Haye pourrait suffire, disait-elle, si les
Goulding acceptaient de le quitter, ou encore le château de Stoke si le salon était plus grand. Mais Ash-
worth est trop éloigné. Je ne pourrais supporter qu'elle
fût à quatre lieues de chez moi. Quant au Pavillon de
Purvis, les combles sont épouvantables. »

Son mari la laissa parler sans l'interrompre aussi
longtemps que les domestiques furent avec eux. Mais,
après leur départ, il dit :

« Madame Bennet, avant que vous ayez retenu l'une
ou l'autre de ces maisons, ou toutes à la fois, pour votre
beau-fils et votre fille, comprenons-nous bien. Il existe
une habitation dans le voisinage où ils n'entreront
jamais. Je n'encouragerai pas leur impudence en les
recevant à Longbourn. »

Une longue dispute fit suite à cette déclaration. Mais
M. Bennet n'en démordit pas. S'ouvrit alors une seconde

querelle, lorsque Mme Bennet découvrit, avec horreur et stupéfaction, que son mari refusait d'avancer ne fût-ce qu'une guinée[1] pour l'achat du trousseau. Il jura que Lydia n'aurait droit de sa part à aucune marque d'affection à l'occasion de ses noces. Sa femme avait bien du mal à le comprendre. Que sa colère pût être portée à un tel degré d'inimaginable ressentiment, lui faisant refuser à sa fille un privilège sans lequel son mariage apparaîtrait à peine valide, excédait tout ce qu'elle aurait cru possible. Elle était plus sensible au déshonneur qu'entraînerait nécessairement l'absence de trousseau lors du mariage de son enfant qu'à la honte qui s'attachait à s'être enfuie avec Wickham pour ensuite vivre avec lui, une quinzaine de jours durant, avant de l'épouser.

Elizabeth regrettait très sincèrement à présent d'avoir, sous l'effet d'un désarroi momentané, été amenée à mettre M. Darcy au courant de leurs craintes concernant sa jeune sœur. À brève échéance, en effet, le mariage allait apporter une conclusion favorable à l'épisode de la fugue, et ils pourraient alors espérer dissimuler la fâcheuse manière dont cela avait commencé à tous ceux qui ne s'étaient pas trouvés sur place pour en être les témoins. Elle n'appréhendait nullement que Darcy ébruitât cette affaire. Il y avait peu de gens en la discrétion desquels elle eût plus volontiers placé sa confiance. Mais il n'y avait aussi aucun homme dont elle pût être à ce point mortifiée de le savoir informé des faiblesses d'une de ses sœurs. Ce n'était pas pourtant qu'elle craignît d'en souffrir personnellement : de toute manière un gouffre semblait à présent les séparer. Quand même le mariage de Lydia se serait conclu le plus honorablement du monde, on ne pouvait supposer que M. Darcy entrât jamais dans une famille où, à toutes les autres objections, s'ajoutait maintenant celle d'une alliance et d'un lien de parenté des plus étroits avec un homme qu'il avait de si bonnes raisons de mépriser.

À un tel rapprochement elle ne pouvait s'étonner qu'il eût de la répugnance. Dans le Derbyshire, elle avait acquis l'assurance qu'il souhaitait gagner son affection.

Ce souhait raisonnablement ne pouvait survivre à pareille épreuve. Elle se sentait humiliée, affligée ; elle éprouvait du remords, sans trop savoir pourquoi. Elle se mit à désirer son estime, alors qu'elle ne pouvait plus espérer en tirer profit. Elle aurait voulu avoir de ses nouvelles quand, apparemment, il ne subsistait aucune chance d'en obtenir. Elle était persuadée qu'elle aurait pu connaître le bonheur avec lui, et pourtant même une rencontre n'était plus du domaine du probable.

Quel triomphe, lui arrivait-il souvent de penser, s'il avait su que l'offre qu'elle avait si fièrement repoussée seulement quatre mois plus tôt, à présent aurait été accueillie avec joie et reconnaissance ! Nul, elle en était convaincue, n'était plus généreux que lui. Mais il n'était qu'un homme et humainement ne pouvait qu'en tirer une revanche.

Elle commençait à se rendre compte qu'il était précisément celui qui, par ses qualités et ses talents, avait le plus de chances de lui convenir. Son intelligence et son caractère, bien que différents des siens, auraient comblé ses vœux. Cette union aurait été à l'avantage de l'un et de l'autre : sa propre aisance, sa vivacité l'auraient adouci et auraient amendé ses manières, tandis que du jugement de son partenaire, de son esprit cultivé et de sa connaissance du monde, elle aurait recueilli un profit plus considérable.

Mais désormais aucun mariage heureux de cette sorte ne pouvait plus apprendre à une foule ébaubie ce qu'était le bonheur conjugal. Ce serait un mariage d'un autre genre, excluant la possibilité de ce bonheur, qui bientôt serait conclu dans leur famille.

Du secours qui pouvait être apporté à Wickham et à Lydia pour leur assurer une autonomie financière suffisante elle n'avait aucune idée. Mais sur le peu de félicité qu'était en mesure d'espérer dans l'avenir un couple qu'avaient seulement réuni des passions plus fortes que la vertu il lui était facile de se livrer à des hypothèses.

Peu de temps après, M. Gardiner écrivit de nouveau à son beau-frère. Aux remerciements de M. Bennet, il répondait de manière concise en l'assurant de son désir de contribuer au bien-être de chacun des membres de sa famille. Il concluait en le priant de ne plus jamais revenir sur ce sujet. Sa lettre visait principalement à les informer que M. Wickham avait décidé de quitter la milice.

Je souhaitais vivement qu'il prît ce parti, ajoutait-il, *et cela dès que nous fûmes tombés d'accord sur le mariage. Je pense que vous serez de mon avis pour considérer son départ du régiment où il servait comme des plus recommandables, tant pour son bien que pour celui de ma nièce. Il entre dans les intentions de M. Wickham de s'enrôler dans l'armée régulière. Parmi ses amis d'autrefois, il s'en trouve encore qui sont en mesure d'y aider à sa promotion et sont disposés à le faire. Il a la promesse d'un brevet d'enseigne dans le régiment du général X, cantonné maintenant dans le Nord. C'est un avantage à ne pas négliger qu'on lui offre cela dans une partie du royaume si éloignée de la vôtre. On peut attendre beaucoup de sa part, et j'espère qu'au milieu de gens qu'ils ne connaissent pas, avec pour l'un et l'autre une réputation à préserver, ils montreront plus de prudence.*

J'ai écrit au colonel Forster pour l'informer de nos accords et lui demander de satisfaire les différents créanciers de M. Wickham, à Brighton et dans les environs, en les assurant qu'ils seront bientôt payés. J'ai donné à cela ma caution. Voudriez-vous prendre la peine d'apporter des garanties de même nature à ses créanciers de Meryton, dont je joins la liste, en me fondant sur son information. Il a reconnu la totalité de ses dettes ; Haggerston a reçu nos instructions ; tout sera achevé sous huitaine. Ils rejoindront ensuite son régiment, à moins d'être d'abord invités à Longbourn. Je sais par Mme Gardiner que ma nièce est très désireuse de vous revoir tous avant de quitter le sud de l'Angleterre. Elle se porte bien et me

prie de vous assurer, ainsi que sa mère, de son respect.
Votre dévoué, etc.

E. Gardiner

À M. Bennet et à ses filles n'échappait pas plus qu'à
M. Gardiner aucun des avantages d'un départ de Wickham du régiment du comté de X. Mais Mme Bennet
n'en était pas aussi satisfaite. L'installation de Lydia
dans le Nord, au moment même où elle espérait le plus
de plaisir et de fierté de l'avoir auprès d'elle, car elle
n'avait nullement cessé d'envisager leur résidence
dans le Hertfordshire, fut pour elle une cruelle déception. En dehors de cela, il était tellement dommage que
Lydia dût rompre avec un régiment où elle connaissait
tout le monde et comptait tant d'amis.

« Elle est si entichée de Mme Forster, disait-elle. Il
sera inhumain de l'en séparer. Il y a aussi plusieurs
jeunes gens qu'elle aime beaucoup. Il se peut que les
officiers dans le régiment du général X ne soient pas
aussi agréables. »

La requête de sa fille (car c'est ainsi qu'on pouvait la
considérer) demandant à être de nouveau admise au
sein de sa famille avant de partir pour le Nord, se
heurta d'abord à un refus catégorique. Mais Jane et Elizabeth, qui souhaitaient toutes deux, pour ménager la
susceptibilité de leur sœur et maintenir son importance
dans le monde, que ses parents fissent autre chose que
lui tourner le dos lors de son mariage, sollicitèrent
M. Bennet si instamment, et cependant si raisonnablement et avec tant de douceur, de les recevoir à Longbourn, son mari et elle, sitôt après les noces, qu'il fut
gagné à leur opinion et persuadé d'agir selon leurs
vœux. Leur mère eut donc la satisfaction de savoir qu'elle
pourrait montrer sa fille mariée dans le voisinage avant
son bannissement dans le Nord. Lorsque M. Bennet
répondit à son beau-frère, en conséquence, il donna son
consentement à leur visite, et il fut décidé que dès la fin
de la cérémonie ils prendraient la route de Longbourn.
Elizabeth fut surprise, malgré tout, que Wickham ne

s'opposât pas à un tel plan. Si pour sa part elle n'avait
consulté que son inclination, une rencontre avec lui
aurait été le dernier de ses souhaits.

CHAPITRE IX

Vint le jour des noces pour Lydia. Jane et Elizabeth
furent sans doute plus émues pour leur sœur qu'elle ne
le fut elle-même. On envoya la voiture au-devant des
jeunes mariés pour les prendre dans la ville de X. Elle
devait les amener à Longbourn pour le dîner. Les deux
aînées des demoiselles Bennet appréhendaient le
moment de leur venue. Jane surtout, qui prêtait à Lydia
les sentiments qui auraient été les siens si elle avait été
la coupable, se rendait malheureuse à la pensée de ce
que sa sœur devait souffrir.

Ils parurent. La famille s'était assemblée dans la
petite salle à manger pour les accueillir. Mme Bennet
était tout sourire lorsque la voiture s'arrêta devant la
porte ; son mari ne se départait pas d'une impénétrable
gravité ; ses filles tremblaient, anxieuses, mal à l'aise.

La voix de Lydia retentit dans le vestibule. La porte
s'ouvrit à toute volée, et la jeune mariée entra précipitamment dans la pièce. Sa mère s'avança, la prit dans
ses bras et lui souhaita la bienvenue dans des transports de joie. Wickham suivait sa dame. Elle lui donna
la main en lui souriant tendrement et les félicita l'un et
l'autre avec une spontanéité qui ne laissait place à
aucune incertitude concernant leur bonheur.

L'accueil de M. Bennet, vers qui ils se tournèrent
ensuite, ne fut pas tout à fait aussi cordial. Son visage
gagna plutôt en sévérité. C'est à peine s'il desserra les
dents. L'aplomb montré par ces jeunes gens suffisait en
réalité à provoquer sa colère. Elizabeth était écœurée,
Mlle Bennet elle-même scandalisée. Lydia était demeurée la même, insoumise, sans vergogne, sans considé-

ration, turbulente, intrépide. Elle allait de l'une à
l'autre de ses sœurs pour quêter leurs félicitations et,
quand enfin tout le monde se fut assis, son regard fit
rapidement le tour de la pièce. Elle nota un petit changement et observa dans un rire qu'elle n'était pas
venue là depuis longtemps.

Wickham n'était aucunement plus gêné, mais ses
manières gardaient le même charme si bien que, si
l'homme et le mariage avaient été exactement ce qu'ils
auraient dû être, ses sourires et l'aisance de ses propos
quand il revendiqua avec eux un lien de parenté
auraient sur chacun exercé leur envoûtement. Elizabeth jusqu'à ce moment ne l'aurait jamais cru tout à
fait capable d'une telle assurance mais, quand elle se
rassit, ce fut en se promettant, à part soi, de ne jamais
à l'avenir fixer de limites à l'impudence d'un homme
effronté. Le rouge lui monta aux joues ; Jane aussi rougit. Mais au front des deux personnes qui étaient cause
de cette confusion n'apparut nul signe d'embarras.

On ne fut pas en peine de sujets de conversation ; la
jeune mariée et sa mère jasaient sans retenue. Wickham se trouvait être assis à côté d'Elizabeth. Il se mit à
prendre des nouvelles des gens qu'il connaissait dans
le voisinage avec un tranquille enjouement qu'elle se
sentit tout à fait incapable d'égaler dans ses réponses.
Chacun des deux époux paraissait n'avoir gardé du
passé que des souvenirs enchanteurs. Rien n'était évoqué avec regret. Lydia choisit de parler de choses auxquelles ses sœurs pour rien au monde n'eussent voulu
faire allusion.

« Quand je pense que j'ai quitté Longbourn depuis
trois mois ! s'écria-t-elle. Je vous jure que cela me
semble quinze jours. Pourtant, bien des choses se sont
passées pendant ce temps-là. Mon Dieu ! Lorsque je suis
partie, assurément je ne m'imaginais pas me marier
avant mon retour — tout en étant d'avis que ce serait
très amusant si cela m'arrivait ! »

Son père leva les yeux au ciel ; Jane s'affligea ; Elizabeth jeta à Lydia un regard significatif mais elle, qui

n'entendait ni ne voyait jamais que ce qu'elle désirait entendre et voir, poursuivit gaiement :

« Oh ! maman, est-ce que les gens d'ici savent que je me suis mariée aujourd'hui ? Je craignais que non. Alors, quand nous avons rejoint William Goulding dans son cabriolet, comme j'étais résolue à ce qu'il fût au courant, j'ai baissé la vitre de son côté, enlevé mon gant, et laissé ma main reposer sur le cadre, de façon à ce qu'il vît la bague, et puis j'ai fait des tas de signes de tête et des sourires à n'en plus finir. »

Elizabeth ne put en supporter davantage. Elle se leva et vite sortit de la pièce. Elle ne revint que lorsqu'elle les entendit traverser le vestibule pour gagner la salle à manger. Elle se joignit alors au reste de la famille, assez tôt pour apercevoir Lydia se dépêcher de se porter ostensiblement à la droite de sa mère et l'entendre déclarer à sa sœur aînée :

« Ah ! Jane, je prends ta place maintenant, tu devras passer après moi, parce que je suis une femme mariée. »

On ne pouvait envisager que, le temps aidant, Lydia montrât un embarras dont elle avait toujours été totalement exempte. Sa désinvolture et sa gaieté ne firent que croître. Elle avait grande envie de revoir Mme Phillips, les Lucas et tous les autres voisins, et de s'entendre appeler Mme Wickham par chacun de ces gens-là. En attendant, après dîner elle alla montrer son alliance à Mme Hill, aux deux femmes de chambre et se glorifier d'être à présent mariée.

« Alors, maman, dit-elle, quand les dames furent toutes de retour dans la petite salle à manger, que pensez-vous de mon mari ? N'est-ce pas un homme charmant ? Je suis certaine de faire envie à toutes mes sœurs. Il faut qu'elles aillent à Brighton. C'est là qu'il faut aller pour trouver un mari. Quel dommage, maman, que toute la famille ne m'y ait pas suivie !

— Tu as bien raison et, si l'on m'écoutait, maintenant nous irions. Mais, ma chère petite, je n'aime pas du tout que tu t'éloignes de nous pareillement. N'y a-t-il pas moyen d'éviter cela ?

— Oh là là! non, et c'est sans importance. Rien ne me plaira davantage. Ce sera à vous, à papa et à mes sœurs de venir nous voir. Tout l'hiver nous ne bougerons pas de Newcastle. Je suis sûre qu'on y donnera des bals, et je prendrai soin de leur trouver à toutes de bons partenaires.

— Je serais bien contente d'y aller, dit sa mère.

— Et puis, quand vous repartirez, vous nous confierez une ou deux de mes sœurs. Je crois pouvoir m'engager à les marier toutes avant la fin de l'hiver.

— Je te remercie pour ma part dans ton projet charitable, dit Elizabeth, mais je n'apprécie pas outre mesure ta façon de te procurer un mari.»

Leurs hôtes ne devaient pas rester plus de dix jours en leur compagnie. M. Wickham avait reçu son brevet d'officier avant de quitter Londres, et il était prévu qu'il rejoignît son régiment avant deux semaines. Il n'y eut que Mme Bennet pour regretter la brièveté de leur séjour. Elle tira le meilleur parti du temps qui lui était alloué en multipliant les visites avec Lydia et les réceptions à Longbourn. Chacun trouvait son compte à ces soirées : il était plus souhaitable encore à ceux qui étaient capables de réflexion qu'à ceux qui ne l'étaient pas de se soustraire à l'intimité du cercle de famille.

L'affection de Wickham pour Lydia était exactement ce qu'Elizabeth avait imaginé, moins forte que celle que Lydia avait pour lui. La jeune fille n'avait pas attendu le témoignage de ses yeux pour acquérir la certitude, en fonction de ce qu'elle savait de l'un et de l'autre, que leur fuite avait été la conséquence davantage de la violence des sentiments de sa jeune sœur que de l'attachement du futur mari. Elle se serait même demandé pourquoi, en l'absence d'une véritable passion à l'égard de Lydia, il avait voulu s'enfuir avec elle, si elle n'avait été persuadée que son départ avait été rendu nécessaire par l'embarras de ses finances. Si tel avait été le cas, il n'était pas homme à résister à la tentation d'avoir une compagne.

Lydia raffolait de son époux. À tout bout de champ,

c'était son cher Wickham. Nul ne pouvait se comparer
à lui. Il faisait mieux que quiconque en toutes circonstances, et elle était assurée que le 1er septembre il abat-
trait plus d'oiseaux que le meilleur fusil de la contrée.

Un matin, peu après leur arrivée, elle tenait compagnie à ses deux aînées quand elle dit à Elizabeth :

« Lizzy, je ne t'ai jamais raconté comment s'était
passé mon mariage. Tu n'étais pas là quand j'en ai parlé
à maman et aux autres. N'es-tu pas curieuse de savoir
comment cela s'est fait ?

— Non, pas vraiment, répondit Elizabeth. À mon
avis, moins on en parlera, mieux cela vaudra.

— Ah là là ! Tu es vraiment bizarre. Mais il faut que je
te le dise. Le mariage a été célébré, tu sais, à
St. Clement's, parce que Wickham avait un meublé
dans cette paroisse-là. Il avait été décidé que nous y
serions tous pour onze heures. Mon oncle, ma tante et
moi, nous devions y aller ensemble, et il était convenu
que les autres nous rejoindraient à l'église. Bon, alors le
lundi matin est arrivé. J'étais sens dessus dessous.
J'avais peur, tu sais, d'un contretemps quelconque. Je
crois que je serais devenue folle. Pendant que je m'ha-
billais, il y avait ma tante qui prêchait et discourait, on
aurait dit qu'elle lisait un sermon. Heureusement, je
n'en écoutais pas un mot. Comme tu peux le supposer,
je n'avais en tête que mon cher Wickham. Je brûlais de
savoir s'il mettrait son bel habit bleu pour se marier.

» Bon, alors nous avons pris notre petit déjeuner,
comme d'habitude. Je me disais : on n'en finira donc
jamais, car, soit dit en passant, il faut que tu saches que
mon oncle et ma tante ont été on ne peut plus désagréables avec moi tout le temps que je suis restée chez
eux. Crois-moi si tu veux : pas une seule fois je n'ai mis
le pied dehors, et j'y suis restée quinze jours. Pas une
seule réception, pas une seule sortie, rien. Il est vrai
qu'il n'y avait pas grand monde à Londres, mais le Petit
Théâtre [1] était ouvert. Bon, et précisément au moment
où la voiture arrivait devant la porte, mon oncle a été
demandé pour affaires auprès de cet affreux M. Stone.

Et alors, tu sais, une fois que ces deux-là sont ensemble, cela n'en finit jamais. Bon, j'étais si inquiète que je ne savais plus que faire, car c'était mon oncle qui devait donner la mariée et, si nous étions en retard, la noce ne pouvait être célébrée ce jour-là. Mais, heureusement, avant dix minutes il était de retour, et tout le monde put se mettre en route. Je me suis souvenue ensuite, note-le bien, que s'il n'avait pas pu venir, il n'aurait pas été nécessaire de remettre la cérémonie, car M. Darcy aurait fait l'affaire tout aussi bien. »

Elizabeth était abasourdie.

« M. Darcy ! répéta-t-elle.

— Mais oui. Il devait venir avec Wickham, tu sais. Mais je n'y pensais plus. Je n'aurais pas dû en parler du tout. J'avais engagé ma parole. Cela devait rester un grand secret. Wickham ! Comment va-t-il réagir ?

— Si cela devait rester secret, intervint Jane, plus un mot sur le sujet. Tu peux me faire confiance pour ne pas chercher à en savoir davantage.

— Certainement, renchérit Elizabeth, qui brûlait pourtant de curiosité, nous ne te poserons pas de questions.

— Merci, dit Lydia, car si vous le faisiez, je vous raconterais tout, à n'en pas douter, et Wickham serait furieux. »

Ainsi encouragée à questionner, Elizabeth fut contrainte de s'en empêcher en prenant la fuite.

Demeurer dans l'ignorance, pourtant, sur un pareil sujet était impossible. Du moins était-il hors de question de ne pas tenter de s'informer. Ainsi, M. Darcy avait assisté au mariage de sa sœur ! C'était choisir un lieu et une compagnie qu'il avait en apparence le moins de raisons de fréquenter et où ne l'attirait aucune tentation. Les suppositions les plus folles sur le motif qui l'avait fait agir se succédèrent rapidement dans son esprit. Aucune ne put la satisfaire. Celles qui lui plaisaient le plus, parce que présentant sa conduite sous le jour le plus flatteur, lui paraissaient les moins vraisemblables. Elle ne put supporter autant d'incertitude et, s'emparant d'une feuille de papier, écrivit à sa tante une courte

lettre pour requérir une explication de ce que Lydia
avait laissé échapper, si cela était compatible avec le
secret qui avait été recherché.

Il vous sera facile de comprendre, ajoutait-elle, *l'étendue de ma curiosité en apprenant qu'une personne sans
aucun lien de parenté avec nous et (dans une certaine
mesure) étrangère à notre famille avait été des vôtres en
pareille occasion. S'il vous plaît, ne tardez pas à me
répondre et donnez-moi un éclaircissement, à moins que,
pour des raisons impératives, le motif ne doive en rester
caché, comme Lydia semble le penser. Il me faudrait
alors tenter de me satisfaire de mon ignorance.*

Ce n'est pourtant pas mon intention, se dit-elle en
terminant sa lettre et, ma chère tante, si vous vous tai-
sez pour demeurer fidèle à la parole donnée, j'en serai
certainement réduite aux ruses et aux stratagèmes
pour découvrir la vérité.

Jane avait trop le sens de l'honneur pour se permettre de parler en privé à Elizabeth de ce que Lydia
avait involontairement dévoilé. Sa cadette s'en réjouit.
Tant qu'elle demeurait dans l'expectative sur le sort de
sa requête, elle aimait mieux se passer de confidente.

CHAPITRE X

Elizabeth eut le plaisir de recevoir une réponse à sa
lettre aussi prompte qu'elle pouvait l'espérer. Elle ne
l'eut pas plus tôt en sa possession qu'elle courut dans le
petit bois, où elle risquait le moins d'être dérangée,
s'assit sur l'un des bancs et se prépara à être comblée,
car la longueur de la lettre lui donnait l'assurance
qu'elle ne contenait pas de refus.

Gracechurch Street, le
6 septembre

Ma chère nièce,

Je viens de recevoir ta lettre et consacrerai la matinée
entière à y répondre, étant donné que selon mes prévi-
sions un billet ne suffira pas à la communication de tout
ce que j'ai à te dire. Je dois m'avouer surprise de ta
demande. Je ne m'attendais de ta part à rien de tel. N'imagine pas pourtant que je sois fâchée : j'entends simplement par là que je n'aurais pas cru en la nécessité pour
toi de faire de telles investigations. Si tu refuses de me
comprendre, pardonne à mon impertinence. Ton oncle
partage ma surprise. Sans la conviction que tu étais intéressée à la conclusion de l'affaire, il n'aurait jamais pu
agir comme il l'a fait. Mais, si vraiment tu es ignorante
et naïve, il va me falloir m'expliquer plus clairement.

Le jour même de mon retour de Longbourn, ton oncle a
reçu une visite à laquelle il ne s'attendait pas. M. Darcy
désirait le voir. Il s'enferma avec lui plusieurs heures
durant. Tout était terminé lorsque j'arrivai. Je ne fus donc
pas tenue sur le gril, comme tu sembles l'avoir été. Il
venait informer M. Gardiner qu'il avait découvert où ta
sœur et M. Wickham se trouvaient, qu'il les avait vus et
leur avait parlé, à plusieurs reprises en ce qui concernait
Wickham, pour Lydia une seule fois. À ce que je crois comprendre, il avait quitté le Derbyshire le lendemain du jour
où nous étions partis et avait gagné Londres dans l'intention bien arrêtée de chercher où ils se cachaient. Son motif
avoué était l'assurance que c'était à cause de lui si la vilenie de Wickham n'avait pas été assez connue pour interdire à toute jeune femme qui se respectait de l'aimer ou de
lui faire confiance. Généreusement, il imputait tout le
blâme à une fierté mal placée et reconnaissait qu'il avait
jusqu'alors considéré comme indigne de lui d'exposer au
monde les actions de sa vie privée. La réputation qu'il
s'était acquise devait parler pour lui. Il jugeait donc de son
devoir d'intervenir et de tenter de remédier à un mal dont il
était responsable. S'il avait pour agir ainsi une autre raison, je suis sûre qu'elle ne saurait le déshonorer.

Il parvint à trouver où ils se dissimulaient au bout de quelques jours passés dans la capitale. Il est vrai qu'il possédait des indices pour guider ses recherches, ce qui était plus que ce dont nous disposions. De savoir cela l'incita à prendre la résolution de nous suivre. Il semble qu'il existe une dame du nom de Mme Younge qui naguère servit de gouvernante à Mlle Darcy, emploi qui lui fut retiré pour avoir encouru un blâme dont la cause, cependant, ne nous fut pas révélée. Cette dame choisit par la suite de prendre une grande maison dans Edward Street, et depuis gagne sa vie en louant des chambres. M. Darcy la savait très liée avec Wickham et il alla la voir dès son arrivée pour en obtenir des renseignements à son sujet. Il lui fallut pourtant deux ou trois jours pour arriver à ses fins. Elle se refusait à trahir la confiance qu'on avait mise en elle, je suppose, si on ne la corrompait pas par des présents, car elle savait en réalité fort bien où l'on pouvait rencontrer son ami. Wickham était en effet allé la trouver dès le premier jour et, si elle avait pu les héberger dans sa maison, ils auraient élu domicile chez elle.

Finalement, toutefois, notre généreux ami réussit à se procurer l'adresse désirée. Ils étaient dans la rue X. Il vit Wickham, puis insista pour voir aussi Lydia. Il admit que son premier objet en la recherchant avait été de la persuader de quitter la situation déshonorante qui était la sienne et de retourner auprès de ses amis aussitôt qu'ils seraient convaincus d'accepter de la recevoir. Il lui proposait de l'y aider, dans la mesure de ses moyens. Lydia, hélas, était absolument déterminée à rester là où elle était. Elle n'avait cure de ses amis, ne désirait nullement son aide et ne voulait pas entendre parler de se séparer de son cher Wickham. Assurément ils se marieraient, tôt ou tard, et peu lui importait quand.

Puisque telle était sa façon de penser, la seule issue, estima-t-il, était d'arranger au plus tôt un mariage qui, il n'avait pas eu de peine à l'apprendre dès son premier entretien avec l'intéressé, n'avait jamais fait partie des intentions de Wickham. Celui-ci reconnut qu'il avait été contraint de quitter son régiment en raison de certaines dettes d'honneur particulièrement pressantes. Il n'hésita pas à faire retomber tout ce qui pouvait résulter de fâcheux de l'escapade de Lydia sur sa seule extravagance. Son projet à lui était de promptement se démettre de son brevet d'officier. Quant à ce que serait son avenir, il n'en avait qu'une vague idée. Il lui faudrait bien sûr aller quelque part, mais où, il n'en savait rien. Une chose était certaine : il n'aurait aucun moyen d'existence.

M. Darcy lui demanda pourquoi il n'avait pas tout de suite épousé ta sœur. Il ne pouvait imaginer M. Bennet très fortuné, mais quand même il était capable de le servir. Sa situation aurait été améliorée par ce mariage. Il s'aperçut cependant quand vint la réponse que Wickham caressait toujours l'espoir de s'enrichir de manière plus substantielle en se mariant sous d'autres cieux. Il n'en demeurait pas moins que dans son dénuement présent il ne pouvait guère résister à la tentation d'un secours immédiat. Ils se rencontrèrent plusieurs fois, car il y avait beaucoup à débattre. Wickham, bien sûr, voulait plus qu'il ne pouvait obtenir, mais à la longue fut ramené à la raison.

Tout étant réglé entre eux, M. Darcy décida alors d'informer ton oncle de cet arrangement et fit sa première visite à Gracechurch Street le soir qui précéda mon retour. Mais il ne réussit pas à joindre M. Gardiner. Il découvrit en se renseignant davantage que ton père était encore en sa compagnie et quitterait la ville le lendemain matin. N'estimant pas que ton père était quelqu'un avec lequel il pouvait aussi efficacement qu'avec ton oncle délibérer sur le parti à prendre, il remit sans regret à plus tard le moment d'une conversation, attendant pour cela que M. Bennet fût parti. Il ne laissa pas son nom, et jusqu'au jour suivant on sut seulement qu'un monsieur était passé pour affaires. Il revint le samedi. Ton père n'était plus là, ton oncle pouvait le recevoir et, comme je l'ai déjà dit, leur entretien dura longtemps. Ils se revirent le dimanche ; je le rencontrai moi aussi ce jour-là. Tout ne fut définitivement réglé que le lundi. Aussitôt que ce fut fait, on dépêcha un exprès à Longbourn.

*Mais notre visiteur fit preuve de beaucoup d'opiniâ-
treté. Si tu veux mon avis, Lizzy, l'obstination après tout
constitue son véritable défaut. On lui a reproché bien des
choses à divers moments, mais je tiens là son indéniable
travers. Il ne fallait rien faire dont il ne fût pas l'auteur.
Je suis pourtant persuadée (et je ne dis pas cela pour quêter des remerciements, aussi je compte sur ta discrétion)
que ton oncle était tout à fait prêt à tout régler lui-même.
Ils bataillèrent, chacun de son côté, pendant longtemps
pour faire valoir leur point de vue; le monsieur et la
dame n'en méritaient pas tant. Finalement c'est ton
oncle qui dut céder et, au lieu qu'on lui permît de rendre
service à sa nièce, il en fut réduit à se contenter de l'honneur qui lui serait fait d'y avoir réussi, ce qu'il accepta
bien à contrecœur. Je suis persuadée que ta lettre de ce
matin l'aura ravi en lui donnant l'occasion d'un éclaircissement qui le dépouillera d'un plumage emprunté[1] et
situera l'éloge là où il était dû. Cependant, Lizzy, je
compte sur toi pour n'en rien dire à personne, sauf peut-
être à Jane.*

*Tu es à peu près au courant, je suppose, de ce qui a été
fait pour ces jeunes gens. Les dettes de Wickham vont être
acquittées. Elles se montent, je crois, à beaucoup plus de
mille livres. Mille livres de plus vont constituer une rente
à Lydia; elles s'ajouteront aux mille qu'elle possède déjà.
On achètera son brevet d'officier au jeune marié. La raison pour laquelle tout ceci ne pouvait être accompli que
par M. Darcy est celle que j'ai mentionnée plus haut.
C'était à cause de lui, de sa réserve et d'une réflexion
insuffisante, si Wickham avait pu ainsi donner le change
et en conséquence être reçu et traité civilement, comme il
l'avait été. Peut-être ceci n'était-il pas dénué de fondement, encore que je doute que ce soit sa réserve, ou celle
de quiconque, à quoi l'on doive assigner la responsabilité de ce qui s'est passé. Cependant, en dépit de tous ces
beaux discours, ma chère Lizzy, tu peux être tranquille
que ton oncle n'aurait jamais cédé si nous n'avions prêté
à notre visiteur un intérêt de nature différente en cette
affaire. Quand toutes ces dispositions eurent été prises, il*

retourna auprès de ses amis, qui n'avaient pas quitté
Pemberley. Mais il fut conclu qu'il reviendrait à Londres
à l'occasion du mariage et lorsqu'on mettrait la dernière
main à tous les arrangements financiers.

Je crois maintenant t'avoir tout dit. Tu m'écris que tu
attends de mon récit de quoi être grandement surprise.
J'espère au moins qu'il n'aura rien contenu de nature à
te déplaire. Lydia est venue chez nous, et Wickham nous
a visités à sa guise. Il était toujours le même homme que
j'avais connu dans le Hertfordshire. Mais je me refuserais à te confier à quel point nous avons été peu satisfaits
du comportement de ta sœur tant qu'elle est demeurée en
notre maison, si je n'avais su, par la lettre de Jane
envoyée mercredi dernier, que sa conduite à son retour à
Longbourn n'avait été nullement meilleure. Il s'ensuit
que ce que je rapporte à présent ne te chagrinera pas
davantage. Je l'ai entreprise plusieurs fois de la manière
la plus sérieuse qui soit pour lui représenter l'infamie de
ce qu'elle avait fait et la peine qu'elle avait causée à sa
famille. Si elle m'entendit, ce fut par chance, car je suis
sûre qu'elle ne m'écouta pas. J'en fus parfois véritablement indignée, mais je songeai à ma chère Elizabeth, à
ma chère Jane, et à cause d'elles je ne perdis pas patience.

M. Darcy revint comme convenu. Ainsi que vous l'a
dit Lydia, il assista au mariage. Il dîna chez nous le lendemain et devait repartir de Londres le mercredi ou le
jeudi. M'en voudras-tu, ma chère Lizzy, si je saisis cette
occasion d'exprimer (ce que je n'ai jamais eu l'audace de
faire auparavant) toute la satisfaction qu'il me cause ? Il
s'est conduit avec nous, à tous égards, de manière aussi
agréable que lors de notre séjour dans le Derbyshire. Son
intelligence, ses opinions me plaisent sans restriction
aucune. Il ne lui manque qu'un peu de vivacité et cela,
s'il se marie avec discernement, sa future femme peut le
lui faire acquérir. Je l'ai trouvé très cachottier ; c'est à
peine s'il a cité ton nom. Mais la cachotterie semble à la
mode. Pardonne-moi, je t'en prie, si j'ai fait preuve d'une
hardiesse coupable dans mes suppositions. Au moins ne
m'en punis pas au point de me bannir de Pemberley. Je

n'aurais de contentement que lorsque j'aurai fait le tour
complet du parc. Un phaéton bas attelé de deux jolis
poneys ferait parfaitement l'affaire. Mais je dois conclure.
Cela fait une demi-heure que les enfants me réclament.

À toi, bien sincèrement.
M. Gardiner.

Le contenu de cette lettre jeta dans l'esprit d'Elizabeth un tel désordre qu'il lui était difficile de déterminer
du plaisir ou de la peine lequel l'emportait. Dans l'incertitude, elle avait entretenu de vagues soupçons de la
part de M. Darcy dans l'arrangement du mariage de sa
sœur. Elle avait hésité à les encourager, la bonté que
cela impliquait lui semblant devoir trop s'employer
pour que cela fût probable. Elle avait en même
temps redouté de les voir justifiés, l'obligation devenant
trop pesante, et voilà que maintenant ils se révélaient
conformes à la vérité, l'ampleur du secours dépassant
tout ce qu'on pouvait supposer. Il les avait suivis à
Londres à dessein, avait accepté les tracas et l'humiliation afférents à pareille recherche. Il avait dû instamment
solliciter l'aide d'une femme qu'il ne pouvait qu'exécrer
et mépriser, rencontrer, et cela fréquemment, raisonner, persuader et finalement corrompre l'homme qu'il
désirait le plus éviter et dont c'était pour lui un châtiment de seulement prononcer le nom. Il avait fait tout
cela pour une jeune femme qu'il ne lui était possible ni
d'aimer ni d'estimer. Son cœur lui murmurait qu'il
l'avait fait pour elle.

C'était un espoir toutefois vite réprimé par d'autres
considérations. Elle ne tarda pas à éprouver le sentiment que toute sa vanité ne suffisait pas à lui permettre
de tabler sur l'affection de cet homme, alors qu'elle lui
avait déjà dit non. Comment cette affection pouvait-elle
être assez solide pour triompher d'une aversion aussi
compréhensible que le dégoût d'un lien de parenté avec
Wickham ? Beau-frère de Wickham ! Tout son orgueil
devait s'insurger devant une telle perspective. Assuré-

ment il avait fait beaucoup. Elle avait honte quand elle
le mesurait. Mais il avait justifié son ingérence d'une
manière qui n'avait rien d'invraisemblable ; il était raisonnable de penser qu'il s'était cru en tort. Il avait de la
générosité, et les moyens de l'exercer. Elle refusait de se
considérer comme son motif principal pour agir. Mais
pourquoi ne pas croire qu'il était demeuré un penchant
susceptible d'aider à ses efforts dans une cause qui était
loin d'être sans rapport avec la tranquillité d'esprit de
celle qu'il avait aimée ? Il était pénible, excessivement
pénible de savoir qu'ils étaient redevables à quelqu'un
envers qui ils ne pourraient jamais s'acquitter de leur
obligation. Ils lui devaient le retour de Lydia et le rétablissement de sa réputation. En un mot ils lui devaient
tout. Ah ! comme elle regrettait d'avoir jamais favorisé
des réactions peu aimables à son égard et toutes les
impertinences qu'elle lui avait décochées ! Elle avait
perdu sa superbe, mais elle était fière de lui, fière de
ce que, lorsque la compassion et l'honneur l'avaient
appelé à agir, il avait su se dominer. Elle relut, encore et
encore, les compliments que lui décernait sa tante. Ils
suffisaient à peine, mais ils lui plaisaient. Elle éprouva
même du contentement, bien qu'il s'y mêlât du regret, à
constater que tant M. que Mme Gardiner s'obstinaient à
penser qu'il subsistait entre M. Darcy et elle un lien
d'affection et de bonne entente.

Elle fut ôtée à son banc et tirée de ses réflexions par
l'approche d'un autre promeneur. Avant qu'elle eût le
temps de s'engager dans un sentier différent, elle fut
rejointe par Wickham.

« Je crains d'interrompre votre promenade solitaire,
ma chère sœur, lui dit-il en s'approchant.

— Je ne le nierai point, répondit-elle en souriant, mais
il ne s'ensuit pas que l'interruption doive être fâcheuse.

— Je serais désolé si tel était le cas. Nous avons toujours été bons amis, et à présent nos liens se sont renforcés.

— C'est vrai. Est-ce que les autres ont décidé de
sortir ?

— Je n'en sais rien. Mme Bennet et Lydia prennent la voiture pour se rendre à Meryton. Ainsi donc, ma chère sœur, je découvre à écouter vos oncle et tante que vous avez bel et bien visité Pemberley.»

Elle répondit que oui.

«Je vous envie presque ce plaisir. Pourtant, je crois que l'épreuve pour moi serait trop grande, ou je pourrais m'y rendre en passant quand j'irai à Newcastle. Vous aurez rencontré la vieille femme de charge, je suppose? La pauvre Reynolds! Elle a toujours eu beaucoup d'affection pour moi. Mais il va sans dire qu'elle n'aura pas mentionné mon nom en vous parlant.

— Si, elle l'a fait.

— Et qu'a-t-elle dit?

— Que vous vous étiez enrôlé dans l'armée et, à regret bien sûr, pensait que vous aviez mal tourné. Si loin de là où les choses se passent, vous savez, on les représente de bien étrange façon.

— Certainement», concéda-t-il en se mordant les lèvres.

Elizabeth espérait bien l'avoir réduit au silence, mais il reprit peu après:

«J'ai eu la surprise de voir Darcy à Londres le mois dernier. Nous nous sommes croisés plusieurs fois. Je me demande ce qu'il vient y faire.

— Peut-être préparer son mariage avec Mlle de Bourgh. Il doit avoir des raisons particulières pour y être amené en cette saison.

— Sans doute. L'avez-vous rencontré durant votre séjour à Lambton? Il me semble avoir compris que oui, d'après ce que disent les Gardiner.

— Effectivement, et il nous a présenté sa sœur.

— Vous a-t-elle plu?

— Beaucoup.

— J'ai entendu dire en effet qu'elle avait fait de remarquables progrès depuis un an ou deux. La dernière fois que je l'ai vue, on ne pouvait en attendre rien de bon. Je suis heureux qu'elle vous ait plu. J'espère qu'elle tournera bien.

— Je pense que oui. Elle a passé le stade des années les plus difficiles.

— Avez-vous traversé le village de Kympton ?

— Je ne me souviens pas de l'avoir fait.

— J'en parle, parce que c'est le bénéfice qui devait me revenir. Un endroit ravissant ! un presbytère excellent ! Cela m'aurait convenu sous tous les rapports.

— Auriez-vous aimé écrire des sermons ?

— Tout à fait. J'aurais considéré cela comme faisant partie de mes obligations, et l'effort demandé n'aurait bientôt compté pour rien. Il ne faut pas se plaindre, mais assurément j'aurais été bien content de l'avoir. La tranquillité, le côté retiré d'une telle existence auraient correspondu entièrement à l'idée que je me fais du bonheur. Mais il était dit que je ne pourrais y prétendre. Avez-vous jamais entendu Darcy mentionner cette affaire pendant votre séjour dans le Kent ?

— J'ai entendu, de ce que je pourrais qualifier de source sûre, que le bénéfice vous avait été laissé sous condition, et moyennant l'accord de qui donnerait le bénéfice quand il serait vacant.

— Ah oui ! Il y a là-dedans une part de vérité. Je vous en ai parlé tout de suite, si vous vous souvenez.

— Je me suis également laissé dire qu'il fut un temps où la composition des sermons ne vous souriait pas autant qu'elle semble le faire à présent. Vous vous étiez alors déclaré explicitement résolu à ne jamais entrer dans les ordres, et l'on avait en conséquence abouti là-dessus à un compromis.

— Ah oui ! C'était plus ou moins fondé. Vous n'avez sûrement pas oublié ce que je vous en ai dit, la première fois où nous avons évoqué le sujet. »

Ils étaient maintenant arrivés presque au seuil de la maison, car Elizabeth avait marché vite pour se débarrasser de lui. Ne voulant pas le fâcher, à cause de sa sœur, elle se contenta de lui répondre avec un bon sourire :

« Allons, monsieur Wickham, nous voilà frère et sœur, comme vous le savez. Ne nous querellons pas à propos du passé. J'espère qu'à l'avenir nous serons toujours du même avis. »

Elle lui tendit sa main, qu'il baisa dans un mouvement de galanterie, bien qu'il sût à peine comment déguiser son embarras, et ils entrèrent dans la maison.

CHAPITRE XI

Cette conversation donna à M. Wickham si entière satisfaction que jamais ensuite il ne s'incommoda ni n'indisposa sa chère sœur Elizabeth en en introduisant le sujet. Elle fut heureuse de constater qu'elle en avait assez dit pour le faire taire.

Bientôt vint le jour de son départ et de celui de Lydia. Mme Bennet dut se soumettre à l'idée d'une séparation qui, comme son mari ne voulait pas entendre parler d'un voyage en famille à Newcastle, ainsi qu'elle le souhaitait, avait les plus grandes chances de se prolonger au moins durant un an.

«Ah! ma chère Lydia! s'exclama-t-elle, quand nous reverrons-nous?

— Ma foi, je n'en sais rien. Pas avant deux ou trois ans peut-être.

— Écris-moi très souvent, ma chérie.

— Aussi souvent que je pourrai. Mais, vous savez, les femmes mariées n'ont jamais beaucoup de temps pour écrire. Mes sœurs, elles, peuvent m'envoyer des lettres. Elles n'auront rien d'autre à faire. »

Les adieux de M. Wickham furent empreints de bien plus d'affection que ceux de son épouse. Il sourit, fit l'avantageux, et multiplia les amabilités.

«Que voilà un charmant garçon! dit M. Bennet aussitôt qu'ils furent partis. J'ai rarement vu son égal. Il grimace, il minaude, il cherche à nous plaire à tous. J'en suis prodigieusement fier. Je défie Sir William Lucas lui-même de produire un gendre plus digne d'éloge. »

La perte de sa fille attrista Mme Bennet durant plusieurs jours.

«Il m'arrive souvent de penser, dit-elle, que rien n'est pire que de devoir se séparer de ses amis. On se sent si abandonné sans eux.

— C'est ce qu'on doit attendre, voyez-vous, ma mère, du mariage d'une fille, fit observer Elizabeth. Cela devrait vous aider à vous réconcilier au célibat des quatre autres.

— Pas du tout. Lydia ne me quitte pas du fait qu'elle est mariée, mais seulement parce que le régiment de son mari se trouve cantonné si loin. Si la distance avait été moindre, elle ne serait pas partie aussi tôt.»

L'accablement dans lequel cet événement la jeta fut néanmoins bientôt tempéré — et du coup l'espoir à nouveau fit battre son cœur — par une nouvelle qui commença dès lors à circuler. La femme de charge à Netherfield avait reçu des ordres pour préparer l'arrivée de son maître. Il venait dans un jour ou deux pour chasser pendant plusieurs semaines. Mme Bennet ne tenait plus en place. Tour à tour elle adressait à Jane des regards entendus, souriait, hochait la tête.

«Alors, comme cela, M. Bingley vient faire un tour à la campagne, ma sœur (c'était Mme Phillips qui la première l'avait mise au courant). Eh bien, tant mieux. Ce n'est pas, bien sûr, que je m'en soucie. Il ne nous est rien, tu sais, et pour ma part, je te jure que je n'ai aucune envie de le revoir. Mais, quand même, s'il s'y trouve bien, je ne vois pas pourquoi je serais mécontente de son retour à Netherfield. Et comment prévoir ce qui peut arriver? Mais cela ne nous regarde pas. Tu sais bien, ma sœur, que nous sommes tombées d'accord, depuis longtemps, pour n'en plus parler. Ainsi donc, il est tout à fait certain qu'il revient?

— Tu peux en être sûre, répondit l'autre. Mme Nicholls était à Meryton hier soir. Je l'ai vue passer, et je suis sortie tout exprès pour tirer la chose au clair. Elle m'a dit qu'il n'y avait pas à en douter. Il arrive jeudi au plus tard, très probablement mercredi. Elle allait chez le boucher commander de la viande pour mercredi, et elle a deux couples de canards qui ne demandent qu'à être tués. »

Mlle Bennet n'avait pu sans rougir entendre parler de l'arrivée de Bingley. Cela faisait de nombreux mois qu'elle n'avait pas prononcé son nom devant Elizabeth. Mais, à présent, et aussitôt qu'elles se retrouvèrent seules ensemble, elle lui dit :

« Je t'ai vue aujourd'hui jeter un coup d'œil de mon côté, Lizzy, lorsque ma tante nous a informées de ce qu'on rapporte, et je sais que je me suis troublée. Mais ne va pas imaginer que c'était stupidement. J'ai dû paraître confuse sur l'instant, parce que je me doutais qu'on me regarderait. Je t'assure que la nouvelle ne me cause ni plaisir ni chagrin. Une chose me rassure : il vient seul, nous le verrons donc moins souvent. Ce n'est pas que j'aie peur de mal me comporter, mais je redoute les remarques des gens. »

Elizabeth ne savait comment interpréter l'événement. Si elle n'avait pas vu Bingley dans le Derbyshire, elle aurait pu le supposer capable de ne revenir qu'avec les intentions qu'il avait reconnues, mais elle le croyait toujours amoureux de Jane et elle hésitait avant de décider si le plus probable était qu'il faisait le voyage avec la permission de son ami, ou s'enhardissait suffisamment pour s'en passer.

« Il est tout de même intolérable, réfléchissait-elle parfois, que ce pauvre homme ne puisse se rendre dans une maison qu'il a louée en toute légalité sans donner lieu à toutes ces suppositions. Je vais me promettre de le laisser tranquille. »

En dépit de ce qu'affirmait Jane, et de ce qu'elle croyait réellement ressentir à la perspective de l'arrivée de Bingley, Elizabeth voyait sans difficulté aucune que l'humeur de sa sœur en était affectée. Elle était moins tranquille, plus irritable qu'à l'ordinaire.

Le sujet qui avait été si chaudement débattu entre leurs parents, environ un an plus tôt, surgit de nouveau dans leur conversation.

«Dès que M. Bingley sera là, mon ami, dit Mme Bennet, il va de soi que vous passerez le voir.

— Non, non, vous m'avez obligé l'année dernière à lui rendre visite en me promettant que si je le faisais il épouserait une de mes filles. Mais cela n'a rien donné, et l'on ne me fera plus me déranger pour rien.»

Son épouse lui représenta l'absolue nécessité d'une pareille attention de la part de tous les propriétaires du voisinage à l'occasion de son retour à Netherfield.

«C'est une étiquette que je méprise, répondit-il. S'il désire nous voir, qu'il vienne. Il sait où nous habitons. Je ne perdrai pas mon temps à courir après mes voisins, chaque fois qu'ils partent et reviennent.

— Eh bien, tout ce que je sais est que ce sera une impolitesse abominable de ne pas lui rendre visite. Mais, quand même, cela ne m'empêchera pas de l'inviter à dîner, j'y suis résolue. Nous devions recevoir avant longtemps Mme Long et les Goulding. Cela aurait fait treize à table en nous comptant. Il y aura donc précisément une place pour lui.»

Consolée par cette résolution, elle fut plus à même de supporter l'incivilité de son mari, encore que cela représentât pour elle une grande humiliation de savoir qu'en conséquence tous ses voisins auraient la possibilité de revoir M. Bingley avant eux. Le jour de son arrivée approcha.

«Je me prends à regretter qu'il ait seulement choisi de venir, dit Jane à sa sœur. Ce ne serait rien, je pourrais le voir sans me troubler le moins du monde, mais j'ai du mal à supporter d'en entendre sans cesse parler autour de moi. Ma mère n'a pas de mauvaises intentions, mais elle ne sait pas, nul ne peut savoir, combien ses paroles me font souffrir. Ah! je serais bien contente quand sera terminé son séjour à Netherfield!

— Je voudrais trouver quelque chose à dire pour te réconforter, repartit Elizabeth, mais c'est plus que je ne peux faire. Il faut que tu en passes par là, et la satisfaction qu'on éprouve d'ordinaire à prêcher la patience à ceux qui sont dans l'adversité m'est refusée, parce que sous ce rapport tu ne manques de rien.»

Vint le jour où M. Bingley fut de retour chez lui. Mme Bennet, avec l'aide de ses domestiques, réussit à en être la première informée, afin que la durée de son anxiété et de son agitation fût la plus longue possible. Elle compta les jours qu'il lui fallait attendre avant l'envoi de leur invitation, désespérant de le revoir plus tôt. Néanmoins, le matin du troisième qui suivit son arrivée dans le Hertfordshire, d'une fenêtre de ses appartements elle le vit pénétrer à cheval dans l'enclos des écuries et se diriger vers la maison.

Vite, elle appela ses filles pour leur faire partager sa joie. Résolument, Jane demeura à table à la même place. Elizabeth, par contre, pour faire plaisir à sa mère, alla à la fenêtre. Elle regarda : M. Darcy accompagnait leur visiteur. Elle retourna s'asseoir à côté de sa sœur.

«Il y a un monsieur avec lui, maman, dit Kitty. Qui cela peut-il être?

— Quelque personne de connaissance, ma chérie, je suppose; je n'en ai aucune idée.

— Ah mais! dit Kitty, on croirait cet homme qui autrefois ne le quittait pas, monsieur je ne sais plus qui, quelqu'un de grand et de fier.

— Bonté divine! M. Darcy! C'est bien lui, à n'en pas douter! Ma foi, les amis de M. Bingley seront toujours les bienvenus dans ma maison mais, cela mis à part, je dois admettre que je frémis, rien qu'à le voir.»

Jane jeta un regard à Elizabeth où se mêlaient surprise et compassion. Elle ne savait que peu de chose de leur rencontre dans le Derbyshire et la plaignait en conséquence de la gêne que devait susciter ce qui était presque une première entrevue après qu'elle eut reçu sa lettre d'explication. Les deux sœurs souffraient d'un égal embarras. Chacune compatissait aux soucis de l'autre, sans bien sûr en oublier les siens. Leur mère de son côté ne cessait de discourir, tant de son antipathie pour M. Darcy que de son intention de ne pas se montrer plus aimable envers lui que ce que demandait sa qualité d'ami de M. Bingley. Ni Jane ni Elizabeth ne lui prêtaient attention.

Elizabeth cependant avait des raisons de se tracasser dont Jane ne pouvait soupçonner l'existence, car elle n'avait pas encore eu le courage de montrer à sa sœur la lettre de Mme Gardiner ni de lui confier l'évolution de ses sentiments à l'égard de Darcy. Aux yeux de Jane, celui-ci ne pouvait être qu'un homme dont elle avait refusé l'offre de mariage et sous-estimé les mérites. Mais pour Elizabeth, qui en savait plus long, il s'agissait de celui à qui la famille entière était redevable du plus précieux des services et qui éveillait en elle un intérêt n'atteignant peut-être pas à la tendresse de Jane pour Bingley, mais ne lui cédant en rien sous le rapport de la raison et du bien-fondé. L'étonnement que lui causait la visite de Darcy, sa venue à Longbourn, cette détermination à la revoir, égalaient presque ce qu'elle avait ressenti devant son changement d'attitude dans le Derbyshire.

Un bref instant, son visage, qui avait d'abord blêmi, s'anima d'un nouvel éclat, et un sourire de satisfaction ajouta de la vivacité à son regard, tandis qu'elle concluait que ni l'affection ni les souhaits de son prétendant ne s'étaient trouvés ébranlés. Elle refusait quand même de se fonder là-dessus.

Il faut d'abord que je voie comment il se comporte, se dit-elle. Il sera bien temps alors de croire en quelque chose.

Elle garda les yeux fixés sur son ouvrage, essayant de rester sereine, sans oser lever la tête, jusqu'au moment où la curiosité et la crainte l'obligèrent à porter son regard du côté de sa sœur : le domestique approchait. Jane était un peu plus pâle que de coutume, mais en apparence plus calme qu'Elizabeth n'aurait pensé. Quand parurent les messieurs, elle rougit. Elle les accueillit pourtant sans trop d'embarras, ne manifestant ni de rancune ni de complaisance inutile dans son comportement.

Elizabeth limita ses paroles à l'un et à l'autre aux demandes de la politesse. Après quoi, elle se remit à son ouvrage avec un zèle qu'il ne suscitait que rarement. Elle n'avait risqué qu'un seul regard en direction de Darcy. Il avait son sérieux ordinaire et rappelait davantage, pensa-t-elle, l'homme qu'elle avait connu dans le Hertfordshire que celui qu'elle avait fréquenté à Pemberley. Mais peut-être ne pouvait-il adopter la même attitude en présence de Mme Bennet que devant M. et Mme Gardiner. La supposition était désagréable mais avait des chances de tomber juste.

Le regard d'Elizabeth ne s'était pas non plus attardé sur Bingley. Le temps qu'elle avait pu l'observer, il avait l'air à la fois content et embarrassé. Il eut droit de la part de sa mère à une civilité empressée qui provoqua la confusion de Jane et d'Elizabeth, en particulier par le contraste que cette courtoisie offrait avec la politesse glacée et cérémonieuse de la révérence et des quelques mots de bienvenue réservés à son ami. Cette distinction opérée avec si peu de fondement eut le don de blesser et de chagriner Elizabeth plus encore que sa sœur, au souvenir de la dette contractée par sa mère envers cet homme qui avait épargné à la plus chérie de ses filles une ignominie sans recours.

À Elizabeth il demanda des nouvelles de son oncle et de sa tante. Elle ne put lui répondre sans gêne. Ensuite il se confina presque dans le silence. Il n'était pas assis près d'elle, ce qui pouvait expliquer son mutisme, mais dans le Derbyshire on n'avait assisté à rien de tel. Là-bas, quand il avait été dans l'incapacité de lui parler, il avait engagé la conversation avec ses amis. Maintenant, plusieurs minutes s'écoulèrent sans qu'il fît entendre le son de sa voix. Lorsque, parfois, ne pouvant résister à la curiosité, elle levait les yeux vers lui, c'était fréquemment pour le découvrir qui regardait Jane aussi souvent qu'elle-même, quand il n'était pas absorbé par la contemplation du sol à ses pieds. À l'évidence, il apparaissait plus songeur et moins désireux de plaire que lors de leur dernière rencontre. Elle en fut déçue et se reprocha vivement de l'être.

Comment pouvais-je m'attendre à quelque chose de différent? se dit-elle. Mais alors, pourquoi être venu?

Elle n'était pas d'humeur à converser avec d'autres et peu s'en fallut qu'elle ne manquât de courage pour lui adresser la parole. Elle s'inquiéta de la santé de Georgiana mais n'alla pas plus loin.

«Cela fait longtemps qu'on ne vous avait vu, monsieur Bingley», dit Mme Bennet.

Il n'en disconvint pas.

«Je commençais à me demander si vous reviendriez jamais. On racontait que vous aviez l'intention de mettre la clef sous la porte à la Saint-Michel. J'espère que ce n'est pas vrai. Beaucoup de choses ont changé dans le voisinage depuis votre départ. Mlle Lucas s'est mariée et établie ailleurs. C'est aussi le cas d'une de mes filles. Je suppose que vous en avez entendu parler. Je sais que cela a figuré dans le *Times* et le *Courier*, même si ce n'était pas mis comme il fallait. On lisait seulement: "Récemment, M. George Wickham a épousé Mlle Lydia Bennet", sans un mot du père, du lieu de résidence, de quoi que ce soit. C'est mon frère, M. Gardiner, qui a arrangé cela. Je m'étonne qu'il s'en soit si mal tiré. Avez-vous vu l'avis dans les journaux[1]?»

Bingley répondit que oui et présenta ses félicitations. Elizabeth n'osait pas lever les yeux, si bien qu'il lui fut impossible de connaître la réaction de M. Darcy.

«Rien n'est plus plaisant, assurément, que d'avoir une fille qui a fait un bon mariage, poursuivit Mme Bennet. Toutefois, monsieur Bingley, il m'est très pénible qu'elle soit pareillement éloignée de ma maison. Les voilà partis pour Newcastle, loin au nord à ce qu'il paraît, et ils n'en vont plus bouger, pour je ne sais combien de temps. C'est là-bas qu'est son régiment, car je suppose que vous avez su qu'il quittait la milice du comté de X et s'enrôlait dans l'armée régulière. Le ciel soit loué, il a des amis, s'ils ne sont pas aussi nombreux qu'il le mérite.»

Elizabeth, qui n'ignorait pas que cette flèche était décochée à l'adresse de M. Darcy, en fut si honteuse qu'elle eut peine à ne pas prendre la porte. Cela eut toutefois pour effet de l'inciter à parler, plus que toutes les circonstances précédentes. Elle demanda donc à Bingley s'il entendait demeurer présentement à la campagne. Il pensait rester quelques semaines.

« Lorsque vous n'aurez plus d'oiseaux à tirer, monsieur Bingley, lui dit sa mère, faites-nous le plaisir de venir ici et d'en abattre autant qu'il vous plaira dans la chasse de M. Bennet. Je suis certaine qu'il sera très heureux de vous obliger et vous gardera les plus belles compagnies. »

Devant des attentions aussi superflues, aussi officieuses, Elizabeth se sentit de plus en plus mal à l'aise. Si des perspectives aussi souriantes que celles qui les avaient flattés un an plus tôt s'ouvraient à nouveau devant eux, elle en était convaincue, rien ne serait à attendre qu'une conclusion également décevante. À cet instant elle éprouva le sentiment que des années de bonheur ne suffiraient pas à compenser, tant pour Jane que pour elle, ces courts moments d'une confusion des plus pénibles.

Mon plus cher désir, se dit-elle, est de ne plus jamais me trouver dans la compagnie de l'un ou de l'autre. Leur société ne peut procurer d'agrément capable de faire oublier pareil tracas. Ah ! ne jamais les revoir de ma vie !

Pourtant, cette détresse que des années de bonheur ne devaient pas suffire à contrebalancer ne tarda guère à substantiellement se réduire quand elle observa combien la beauté de sa sœur ravivait l'admiration de son ancien soupirant. À son entrée dans la pièce, il ne lui avait parlé que peu, mais à mesure que le temps passait il lui accordait de plus en plus d'attention. Elle n'avait rien perdu de sa beauté par rapport à l'année précédente ; il la retrouvait aussi affable et aussi simple, quoiqu'un peu moins prête à bavarder. Jane aurait voulu qu'il ne pût noter chez elle aucune différence et au fond d'elle-même pensait être aussi loquace que par le passé. Mais ses préoccupations étaient telles qu'elle ne se rendait pas toujours compte de ses silences.

Lorsque les deux messieurs se levèrent pour s'en aller, Mme Bennet ne négligea pas la politesse qu'elle avait envisagé de leur faire : ils furent invités à dîner à Longbourn quelques jours plus tard, et ils s'engagèrent à venir.

«Vous me devez certainement une visite, monsieur Bingley, ajouta-t-elle, car lorsque vous êtes parti pour Londres l'hiver dernier, vous m'aviez promis de venir dîner chez nous sans cérémonie dès votre retour. Vous voyez que je n'ai pas oublié, et je vous assure que j'ai été très déçue quand vous n'êtes pas revenu tenir votre promesse.»

Bingley prit un air un peu sot devant cette remarque. Il dit quelque chose de ses regrets d'avoir été retenu par ses affaires. Après quoi ils partirent.

Mme Bennet avait eu grande envie de leur demander de rester dîner ce jour-là. Mais, si elle tenait bonne table, elle n'imaginait pas que moins de deux services pouvaient suffire à un homme en qui elle fondait de si grands espoirs, ou satisfaire l'appétit d'un autre qui disposait de dix mille livres de rente[1].

CHAPITRE XII

Aussitôt après leur départ, Elizabeth sortit pour améliorer son humeur ou, s'il faut avouer la vérité, revenir sans cesse à des sujets qui ne pouvaient que l'assombrir davantage. Par son comportement, M. Darcy à la fois l'étonnait et l'inquiétait. Pourquoi venir, se demandait-elle, s'il se proposait en venant de rester sans rien dire et de prendre un air grave et indifférent ? Elle ne pouvait résoudre ce mystère d'aucune manière qui lui donnât satisfaction.

Quand il était à Londres, avec mes oncle et tante il savait continuer à se montrer aimable et charmant. Pourquoi serait-il différent avec moi? Si c'est de la crainte que je lui inspire, à quoi bon se déranger? Si je n'ai plus d'intérêt à ses yeux, comment expliquer son silence? Il m'exaspère. Ne pensons plus à lui.

Sans effort particulier, elle réussit à tenir quelque temps cet engagement, grâce à l'arrivée de sa sœur qui la rejoignit avec un visage souriant. Elle paraissait avoir tiré de la présence de leurs visiteurs plus de contentement qu'Elizabeth.

«Après cette première entrevue, lui dit-elle, je me sens parfaitement à l'aise. J'ai pris conscience de ma force, et jamais plus je ne serai embarrassée par ses visites. Je me réjouis de savoir qu'il dînera mardi dans cette maison. Il sera donné à tous de voir que nous nous comportons comme des gens qui se connaissent certes mais n'éprouvent à se rencontrer aucune émotion particulière.»

Elizabeth se mit à rire.

«Ah oui! vraiment, rien de particulier! Méfie-toi, Jane.

— Ma chère Lizzy, tu ne peux m'imaginer assez faible pour courir un danger maintenant.

— Je crois que tu es en grand danger de le rendre plus amoureux de toi que jamais.»

On ne revit pas les deux messieurs de Netherfield avant le mardi suivant. Mme Bennet se laissa aller au charme de tous les beaux projets que Bingley, par la bonne humeur et la courtoisie qu'il avait démontrées au cours de sa visite d'une demi-heure, avait su faire renaître.

Le mardi rassembla beaucoup de monde à Longbourn. Les deux jeunes gens qui étaient attendus avec le plus d'impatience, montrant une ponctualité de chasseurs, vinrent à l'heure dite. Lorsqu'ils gagnèrent la salle à manger, Elizabeth observa avec curiosité le comportement de Bingley: allait-il reprendre auprès de sa sœur la place qui avait été la sienne au cours des dîners précédents? Sa mère, curieuse elle aussi, et dont la prévoyance n'était pas en défaut, s'abstint de l'inviter à prendre place à ses côtés. En entrant dans la pièce, il parut hésiter. Mais Jane justement regardait dans sa direction et lui sourit : cela trancha la difficulté ; il s'assit près d'elle.

Elizabeth, tout en exultant intérieurement, jeta un coup d'œil à M. Darcy. Il accueillit cette décision avec une noble indifférence, et elle aurait pu croire qu'il avait donné à son ami permission d'être heureux si elle n'avait vu ce dernier tourner les yeux du même côté qu'elle, avec un air mi-amusé, mi-craintif.

Son attitude à l'égard de Jane pendant le dîner montra qu'il l'admirait et, bien que cette admiration fût plus circonspecte que naguère, Elizabeth fut persuadée que, s'il avait été laissé seul à prendre son parti, le bonheur de Jane et le sien eussent été vite assurés. Elle n'osait pas se fier à ce qui allait en découler, mais pareil comportement avait de quoi lui plaire. Ce fut à l'origine de tout l'entrain qu'elle put manifester, car elle n'était pas d'humeur bien gaie. M. Darcy était placé presque aussi loin d'elle que possible. Il était le voisin de table de sa mère. Elle savait combien peu une telle situation était de nature de convenir à l'un et à l'autre, ou à les faire paraître à leur avantage. Elle n'était pas assez proche d'eux pour entendre ce qu'ils se disaient, mais elle voyait bien qu'ils ne s'adressaient la parole qu'en de rares occasions, et cela toujours avec froideur et cérémonie. Le peu d'amabilité de Mme Bennet rendait plus pénible à Elizabeth le sentiment de ce qu'ils devaient à cet homme, et par moments elle aurait été prête à tout donner pour avoir le privilège de lui dire que sa bonté n'était ni ignorée ni dédaignée de tous les membres de sa famille.

Elle espérait que la soirée fournirait l'occasion de se rapprocher de lui et que la visite ne se terminerait pas sans leur avoir permis d'échanger autre chose que les formules de politesse qui avaient accompagné son entrée. L'attente anxieuse et embarrassée qui précéda au salon l'arrivée des messieurs lui parut d'une longueur et d'un ennui à lui faire oublier les bonnes manières. Elle avait fondé son espoir sur le moment de leur venue. Il devait décider de toute la satisfaction que pouvait lui apporter cette soirée.

Si tout de suite il ne vient pas vers moi, se dit-elle, je renonce définitivement à lui.

Les messieurs se montrèrent, et elle crut à l'air de Darcy qu'il allait répondre à son attente. Hélas! les dames autour de la table où Jane faisait le thé et Elizabeth versait le café formaient un groupe si compact qu'il ne restait près d'elle aucune place vide susceptible de recevoir une chaise. Lorsque, à un moment, les hommes s'approchèrent, une des jeunes filles se serra contre elle en murmurant:

«Ils ne réussiront pas à nous séparer, j'y tiens. Nous n'avons besoin d'aucun d'eux, n'est-ce pas?»

Darcy s'était retiré dans une autre partie de la pièce. Elle le suivit du regard, enviant quiconque avait droit à sa conversation, trouvant à peine la patience de servir le café. Après quoi elle se reprocha vivement sa sottise.

Un homme qui a d'ores et déjà essuyé un refus! Comment pouvais-je être assez niaise pour espérer qu'il m'aime encore? Quelle personne de son sexe ne s'insurgerait pas contre une faiblesse aussi grande que de proposer une deuxième fois à la même femme? Aucun ne pourrait se résoudre à pareille indignité!

Elle reprit courage toutefois lorsqu'il rapporta lui-même sa tasse vide. Elle saisit l'occasion pour demander:

«Votre sœur est-elle restée à Pemberley?

— Oui, elle n'en partira pas avant Noël.

— Est-elle seule? Toutes ses amies l'ont-elles quittée?

— Elle a Mme Annesley. Les autres ont continué leur chemin vers Scarborough, il y a trois semaines de cela.»

Elle ne trouva rien à ajouter. Si, de son côté, il souhaitait poursuivre la conversation, il pouvait mieux y réussir. Mais, s'il demeura près d'elle quelques minutes, ce fut sans ouvrir la bouche. Finalement, la même jeune fille vint chuchoter à nouveau à l'oreille d'Elizabeth. Ce que voyant, il s'éloigna.

On enleva les tasses pour installer les tables de jeu. Toutes les dames se levèrent. Elizabeth avait espéré qu'il ne tarderait pas à la rejoindre, mais ses espoirs furent déçus lorsqu'il succomba devant elle à la rapacité de Mme Bennet, en quête de joueurs de whist. Peu après, il se trouva mêlé au reste de la compagnie. Du coup, elle abandonna toute idée de passer agréablement le temps en cette soirée. Ils ne purent ni l'un ni l'autre se soustraire à leurs tables respectives, et il ne lui resta rien de mieux à attendre que son regard tourné assez souvent vers elle pour l'empêcher de jouer avec plus de succès qu'elle-même.

Mme Bennet avait conçu le projet de garder les deux hôtes de Netherfield à souper, mais le malheur voulut que leur voiture fût demandée avant toutes les autres, si bien qu'elle n'eut pas la possibilité de les retenir.

«Alors, les filles, leur dit-elle sitôt qu'elles furent laissées seules, que pensez-vous de cette journée? Mon avis est que tout s'est passé remarquablement bien, à n'en pas douter. Le dîner n'avait rien à envier à tout ce qu'il m'a été donné de voir. Le gibier était cuit à point, et tout le monde disait n'avoir jamais vu de cuisse de venaison aussi grasse. Le potage était cent fois meilleur que ce que les Lucas nous ont servi la semaine dernière, et même M. Darcy a dû avouer que les perdrix étaient préparées dans les règles de l'art, alors qu'il doit avoir au moins deux ou trois cuisiniers français à sa disposition. Quant à toi, ma chère Jane, je ne t'avais jamais vue pareillement en beauté. C'était aussi l'opinion de Mme Long, quand je lui ai posé la question. Et que croyez-vous qu'elle ait ajouté? "Ah! Madame Bennet, nous finirons bien par pouvoir la visiter à Netherfield." Ce sont ses propres mots. Il n'y a pas meilleur que Mme Long, je vous le garantis, et ses nièces sont des jeunes filles comme il faut, pas belles du tout. Elles me font excellente impression.»

Bref, Mme Bennet était de la meilleure humeur du monde. Ce qu'elle avait observé du comportement de Bingley envers Jane suffisait à la convaincre qu'enfin il ne lui échapperait pas. Quand elle était ainsi bien disposée, les avantages qu'elle se promettait pour l'avenir des siens excédaient tant les limites du raisonnable qu'elle fut véritablement déçue de ne pas le voir revenir dès le lendemain pour faire sa demande.

« La journée a été des plus agréables, dit Jane à Elizabeth. On avait invité des gens qui étaient faits pour s'entendre ; ils semblaient choisis tout exprès. J'espère que nous nous réunirons souvent dans les mêmes conditions. »

Elizabeth sourit.

« Tu ne devrais pas sourire, Lizzy. Il ne faut pas douter de moi. J'en suis mortifiée. Je t'assure que j'ai appris à désormais goûter sa conversation comme celle d'un jeune homme charmant et d'un bon jugement sans pour autant porter au-delà mes souhaits. À ce que sont ses manières à l'heure qu'il est, je suis tout à fait sûre qu'il n'a jamais eu l'intention de se faire aimer de moi. Tout vient du fait qu'il sait parler avec plus de douceur que quiconque et qu'il est animé d'un plus grand désir de plaire que tous les autres.

— Tu es très cruelle à mon égard, repartit Elizabeth. Tu ne veux pas me laisser sourire, et tu m'y incites à tout instant.

— Comme il est difficile dans certains cas d'être crue !

— Et comme c'est impossible dans d'autres !

— Mais pourquoi vouloir me persuader que mes sentiments vont au-delà de ce que je reconnais ?

— C'est une question à laquelle je suis bien embarrassée pour répondre. Nous aimons tous donner la leçon alors que nous ne sommes capables d'enseigner que ce qui ne vaut pas la peine d'être connu. Pardonne-moi et, si tu persistes dans ton indifférence, ne me choisis pas pour confidente. »

CHAPITRE XIII

Quelques jours après cette visite, M. Bingley revint, mais seul. Son ami l'avait quitté le matin même pour se rendre à Londres, s'il avait l'intention de revenir dix jours plus tard. Bingley resta plus d'une heure en leur compagnie. Son humeur était excellente. Mme Bennet l'invita à partager leur dîner. Il ne savait comment s'excuser mais devait s'avouer pris par un autre engagement.

«La prochaine fois que vous viendrez, dit-elle, j'espère que nous aurons plus de chance.»

Tout autre jour, assura-t-il, son plaisir serait des plus grands. Si elle le lui permettait, il saisirait la première occasion de renouveler sa visite.

«Pouvez-vous venir demain?»

Oui, rien ne le retenait demain. L'invitation fut acceptée avec joie.

Il vint, et de si bonne heure qu'aucune des dames n'avait fini de s'habiller. Mme Bennet entra en coup de vent dans la chambre de sa fille, en peignoir, à moitié coiffée. Elle s'écria:

«Ma chère Jane, dépêche-toi, fais vite à descendre. Il est là. M. Bingley est là. Mais oui. Dépêche-toi, dépêche-toi donc! Sarah, venez tout de suite chez Mlle Bennet. Aidez-la à passer sa robe. Tant pis pour la coiffure de Mlle Lizzy.

— Nous descendrons dès que nous le pourrons, dit Jane, mais je gage que Kitty sera en bas avant nous, car elle est montée se préparer il y a une demi-heure déjà.

— Qui te parle de Kitty? Qu'a-t-elle à voir là-dedans? Allons, vite, vite! Où est ta ceinture, ma chérie?»

Quand sa mère fut partie, néanmoins, on ne put persuader à Jane de descendre sans être accompagnée d'une de ses sœurs.

Le soir, ce fut un même souci de leur ménager un tête-à-tête. Après le thé, M. Bennet se retira dans la

bibliothèque, comme à son habitude, et Mary au premier étage alla se remettre à son instrument. Sur les
cinq obstacles deux étant ainsi éliminés, Mme Bennet
n'en finit pas de jeter à Elizabeth et à Catherine des
regards insistants, des clins d'œil complices, sans résultat. Elizabeth refusait de se tourner vers elle. Quand
enfin Kitty s'y décida, très innocemment elle demanda à
sa mère :
« Que se passe-t-il, maman ? Pourquoi me faire
signe ? Qu'attendez-vous de moi au juste ?
— Rien, mon enfant, rien du tout. Je ne te fais pas de
signe. »
Mme Bennet resta en place cinq minutes encore
mais, incapable de laisser passer une occasion aussi
belle, subitement elle se leva et dit à Kitty :
« Viens par ici, ma chérie, j'ai besoin de te parler. »
Elle l'emmena. Aussitôt Jane adressa à Elizabeth un
regard qui disait son désarroi devant de semblables
calculs et la suppliait de ne pas y céder elle aussi. Au
bout de quelques minutes, Mme Bennet entrebâilla la
porte.
« Lizzy, ma chérie, j'ai besoin de te parler. »
Elizabeth dut obéir.
« Nous pouvons aussi bien les laisser seuls, tu sais,
lui dit Mme Bennet dès qu'elle fut dans le couloir. Kitty
et moi, nous allons monter dans mon appartement. »
Elizabeth n'essaya pas de discuter. Elle resta tranquillement dans le vestibule jusqu'à ce que sa mère et
Kitty eussent disparu, puis retourna au salon.
Les plans de Mme Bennet pour cette journée furent
déjoués. Bingley se montra on ne peut plus charmant,
mais sans faire l'aveu de sa flamme. Son naturel, sa
gaieté firent de lui le soir un complément des plus
appréciables à leur petite société. Il supporta les soins
officieux et inopportuns de la mère et entendit ses sottes
remarques avec une patience et un sérieux qui touchè-
rent beaucoup le cœur de la fille.
Il eut à peine besoin d'une invitation pour rester à
souper. Avant son départ, il fut convenu, et ce fut

essentiellement son ouvrage ainsi que celui de la maîtresse de maison, qu'il reviendrait dès le lendemain
matin chasser avec M. Bennet.

De ce jour Jane ne parla plus de son indifférence.
Entre les deux sœurs on ne mentionna pas le nom de
Bingley mais, quand Elizabeth alla se coucher, ce fut
dans l'assurance que tout serait heureusement et rapidement conclu, si toutefois M. Darcy ne revenait pas à
Netherfield avant la date prévue. Sérieusement, pourtant, elle était à peu près convaincue que ce à quoi elle
avait assisté n'avait pu se faire qu'avec l'assentiment
de la personne en question.

Bingley fut fidèle à son rendez-vous. M. Bennet et lui
passèrent la matinée ensemble, comme convenu. Le
premier se montra d'une compagnie beaucoup plus
agréable que ne l'avait imaginé le second. Il n'y avait
chez Bingley ni présomption ni absurdité de nature à
provoquer la satire de son hôte ou à lui inspirer un
dégoût silencieux. Il parla davantage et fit preuve de
moins de bizarrerie que lors de leurs précédentes rencontres. Bien entendu, au retour de la chasse, le jeune
homme fut ramené à dîner. Le soir, Mme Bennet de
nouveau déploya des trésors d'imagination pour éloigner chacun de sa fille et de leur invité. Elizabeth avait
une lettre à écrire. Peu après le thé, elle gagna pour ce
faire la petite salle à manger. Comme tous les autres
allaient jouer aux cartes, on n'avait pas besoin de sa
présence, qui eût seulement contrarié les projets mater-
nels.

Quand elle revint au salon, sa lettre une fois écrite,
elle découvrit à sa grande surprise qu'il y avait pour elle
tout lieu de se craindre vaincue par l'ingéniosité maternelle. En ouvrant la porte, elle vit Bingley et sa sœur
debout près de l'âtre. Ils donnaient l'impression d'être
engagés dans une conversation des plus sérieuses. Si
cela n'avait pas éveillé ses soupçons, leurs visages quand
ils se retournèrent brusquement et s'écartèrent l'un
de l'autre auraient suffi à la découverte de la vérité.
Leur situation était certes embarrassante, mais Eliza-

beth pensa que la sienne ne l'était guère moins. Ils ne
dirent pas un mot. Elle était sur le point de repartir
quand Bingley, qui comme Jane s'était assis, subitement se leva, glissa un mot à l'oreille de Jane et quitta
précipitamment la pièce.

Lorsque les confidences étaient assurées de plaire,
Jane n'avait pas de secrets pour Elizabeth. Elle l'embrassa aussitôt pour reconnaître avec la plus vive émotion qu'elle était la plus heureuse des femmes.

« C'est trop, dit-elle, c'est beaucoup trop. Je ne mérite
pas tant de bonheur. Ah ! pourquoi tout le monde n'est-
il pas aussi bien partagé ? »

Elizabeth la félicita avec une sincérité, une chaleur,
une joie qu'il n'est pas au pouvoir des mots d'exprimer.
Chacune de ses phrases par sa tendresse ajoutait à la
satisfaction de Jane. Celle-ci toutefois ne voulut pas
alors se permettre de s'attarder au salon près de sa
sœur ou lui dire la moitié de ce qui restait à raconter.

« Il faut que j'aille voir ma mère sur-le-champ, s'écria-
t-elle. À aucun prix je ne voudrais prendre des libertés
avec son affectueuse sollicitude ou permettre à quelqu'un d'autre de lui apprendre la nouvelle avant moi. Il
est maintenant déjà en conversation avec mon père.
Ah ! Lizzy, quand je pense au plaisir que chacun des
êtres chers de ma famille éprouvera en écoutant ce que
j'aurai à lui dire ! Comment supporter pareille félicité ! »

Elle se hâta d'aller trouver sa mère qui avait à dessein
interrompu la partie de cartes et attendait en haut avec
Kitty. Laissée seule, Elizabeth sourit devant la rapidité
et la facilité avec lesquelles s'était finalement réglée une
affaire qui leur avait valu tant de mois d'incertitude et
de tracas.

« Et c'est donc à cela qu'auront conduit, se dit-elle,
tant de prudente circonspection de la part de son ami et
tant de fourberie et de manigances de la part de sa
sœur ! La conclusion la plus heureuse, la plus sage, la
plus raisonnable ! »

Quelques instants plus tard, elle fut rejointe par Bingley, dont l'entretien avec M. Bennet avait été bref et sans détour.

« Où est votre sœur ? jeta-t-il impatiemment en ouvrant la porte.

— En haut avec ma mère. Elle descendra dans un instant, je suppose. »

Il referma la porte et, s'approchant d'Elizabeth, lui réclama les compliments et l'affection qu'un frère était en droit d'attendre. Du fond du cœur, elle lui exprima sa joie à la perspective entre eux d'un lien de parenté. Leur poignée de main fut des plus chaleureuses. Jusqu'à ce que parût sa sœur, elle dut écouter tout ce qu'il avait à dire de son bonheur et des perfections de Jane. Il avait beau être amoureux, elle croyait vraiment que sa confiance en sa félicité future était rationnellement fondée, car elle s'appuyait sur les indéniables qualités d'esprit et l'excellent caractère de Jane, ainsi que sur de grandes ressemblances entre eux en matière de goût et de sensibilité.

Chacun ce soir-là avait de quoi particulièrement se réjouir. La satisfaction de Mlle Bennet conférait à sa physionomie une aimable vivacité qui la rendait plus belle que jamais. Kitty souriait, minaudait, espérant que ce serait bientôt son tour. Mme Bennet ne pouvait consentir au mariage ou dire son approbation en des termes assez vigoureux pour traduire ses sentiments, bien qu'elle fût une demi-heure près de Bingley sans lui parler d'autre chose. Lorsque M. Bennet les rejoignit pour le souper, sa voix, son air manifestaient à quel point son contentement était réel.

Il se garda toutefois de la moindre allusion jusqu'au départ de leur visiteur. Mais, aussitôt qu'il fut parti, il se tourna vers sa fille.

« Jane, dit-il, je te félicite. Tu seras très heureuse. »

Elle courut à lui pour l'embrasser et le remercier de sa bonté.

« Tu es une brave fille, dit-il, et je me réjouis à l'idée que tu vas t'établir de manière aussi satisfaisante. Il y a de grandes ressemblances entre vos caractères. Vous êtes l'un et l'autre tellement accommodants que vous n'arriverez jamais à prendre une décision, si complaisants que tous vos domestiques vous voleront, et si généreux que vous vivrez toujours au-dessus de vos moyens.

— J'espère que non. L'imprudence ou l'inattention en matière de dépenses seraient inexcusables chez quelqu'un comme moi.

— Au-delà de leurs moyens ! Mon cher monsieur Bennet, s'écria sa femme, que dites-vous là ? Il a quatre ou cinq mille livres de rente, et sans doute davantage. »

Puis, se tournant vers sa fille :

« Ah ! ma chère Jane, que je suis heureuse ! Je suis sûre que je ne vais pas pouvoir fermer l'œil de la nuit. Mais je savais comment les choses se passeraient. J'ai toujours pensé que cela finirait de cette façon-là. Tu ne pouvais pas être aussi belle pour rien ! Je me rappelle que, sitôt après l'avoir vu, à son arrivée dans le Hertfordshire l'an dernier, je me suis dit : "Il y a toutes les chances pour que cela se fasse." Ah ! on n'a jamais vu plus joli garçon ! »

Oubliés Wickham, Lydia ! Sans aucun doute possible, Jane était la préférée. À cet instant les autres n'existaient plus.

Ses jeunes sœurs ne tardèrent pas à manœuvrer pour obtenir de Jane des faveurs qu'elle serait à l'avenir à même de dispenser. Mary sollicita l'usage de la bibliothèque de Netherfield et Kitty, instamment, qu'on y donnât quelques bals tous les hivers. Bingley dorénavant, bien sûr, fut quotidiennement reçu à Longbourn. Il arrivait souvent avant le petit déjeuner pour ne repartir qu'après souper, sauf lorsqu'un méchant voisin, qu'on ne pouvait suffisamment détester, lui avait envoyé une invitation à dîner qu'il se sentait tenu d'accepter.

Elizabeth à présent ne disposait que de peu de temps pour s'entretenir avec sa sœur : quand M. Bingley était là, Jane n'était plus disponible pour personne. Cela n'empêchait pas sa cadette d'être d'une utilité considérable à l'un comme à l'autre durant les heures d'une

séparation rendue parfois inévitable. En l'absence de
Jane, Bingley toujours recherchait la compagnie d'Elizabeth, pour le plaisir de parler avec elle et, quand Bingley avait disparu, Jane constamment usait du même
moyen pour rendre le temps moins long.

« Il m'a tant fait plaisir, lui dit-elle un soir, en me
confiant qu'il ignorait tout de ma présence à Londres
au printemps dernier ! Je ne l'avais pas cru possible.

— Pour ma part, je m'en doutais, répondit Elizabeth.
Mais comment l'a-t-il expliqué ?

— Ses sœurs probablement en sont la cause. L'une et
l'autre ne considéraient certainement pas favorablement ses relations avec moi. Je ne m'en étonne pas, car
il aurait sûrement pu choisir beaucoup plus avantageusement sous bien des rapports. Mais, quand elles s'aper-
cevront, comme elles ne pourront manquer de le faire,
que leur frère est heureux avec moi, elles apprendront à
s'en satisfaire, et nous serons de nouveau de bonnes
amies — bien que jamais plus ce ne soit comme avant.

— Ce sont les propos les plus rancuniers que je t'aie
jamais entendue tenir, dit Elizabeth. C'est bien. J'avoue
que cela me chagrinerait de te voir une deuxième fois la
dupe de la prétendue amitié de Mlle Bingley.

— Me croirais-tu si je te disais que lorsqu'il est parti
pour Londres en novembre dernier, il m'aimait vraiment, et que rien n'aurait pu l'empêcher de revenir
sinon la conviction qu'il m'était indifférent ?

— Il a incontestablement commis une erreur, mais
qui est à porter au crédit de sa modestie. »

Ce fut évidemment l'occasion pour Jane de vanter
son manque d'assurance et le peu de cas qu'il faisait de
ses mérites.

Elizabeth se réjouit de constater qu'il n'avait rien
trahi de l'ingérence de son ami : si nul ne pouvait se
montrer plus généreux et moins vindicatif que Jane, il
y avait là néanmoins de quoi lui porter préjudice dans
l'esprit de sa sœur.

« Nul n'a jamais eu plus de chance que moi, s'écria
Jane. Oh ! Lizzy, pourquoi mon sort est-il ainsi différent

de celui des autres membres de ma famille ? Pourquoi
cette faveur qu'ils n'ont pas ? Ah ! si seulement je pouvais te voir aussi heureuse ! s'il pouvait exister un autre
homme qui t'épouse, pourvu des mêmes qualités !

— Quand tu m'en trouverais quarante, je ne serais
jamais aussi heureuse que toi. Pour atteindre à ton
bonheur, il me faudrait avoir ton bon caractère et ta
générosité. Non, laisse-moi m'arranger seule. Peut-
être, si la chance me sourit, rencontrerai-je un jour un
autre M. Collins. »

Le cours favorable pris par les affaires de la famille
de Longbourn ne pouvait rester longtemps ignoré.
Mme Bennet se vit autorisée à en glisser un mot à
Mme Phillips, qui se risqua, sans autorisation aucune,
à procéder de la même façon avec toutes ses voisines
de Meryton.

On décréta bien vite que les Bennet étaient la
famille la plus chanceuse du monde, alors que quelques
semaines plus tôt, quand Lydia s'était enfuie, on en
avait le plus souvent tiré la conclusion qu'ils étaient
nés sous une mauvaise étoile.

CHAPITRE XIV

Un matin, huit jours environ après que Bingley se fut
fiancé à Jane et alors qu'il tenait compagnie aux dames
dans la salle à manger, l'attention de tous soudain se
porta sur la fenêtre en entendant le bruit d'une voiture.
Ils aperçurent alors une chaise de poste traînée par
quatre chevaux qui arrivait par la pelouse. Il était trop
tôt pour une visite matinale ; en outre, l'équipage ne
correspondait à aucun de ceux de leurs voisins [1]. L'atte-
lage provenait d'un relais de poste, et ni la voiture ni la
livrée du domestique qui la précédait ne leur étaient
familières. Comme il ne faisait toutefois pas de doute
qu'approchait quelqu'un, Bingley aussitôt persuada

Mlle Bennet, pour éviter la contrainte liée à la présence de l'intrus, de le suivre dans le petit bois. Ils s'esquivèrent donc, tandis que les trois autres continuaient à émettre des suppositions malgré leur peu de profit, et cela jusqu'au moment où la porte s'ouvrit toute grande pour livrer passage à la personne qui les visitait : c'était Lady Catherine de Bourgh.

Chacun, bien sûr, s'attendait à être surpris, mais leur étonnement fut plus grand que prévu. Mme Bennet et Kitty furent éberluées de la voir paraître, car elles ne la connaissaient pas ; l'étonnement d'Elizabeth dépassa le leur.

Lady Catherine entra dans la pièce avec un air moins avenant encore qu'à l'accoutumée, ne répondit aux salutations d'Elizabeth que par un léger signe de tête et s'assit sans dire un mot. La jeune fille avait donné à sa mère le nom de la visiteuse lorsqu'elle avait franchi le seuil, mais en l'absence de toute demande de présentation.

Mme Bennet, stupéfaite bien que flattée de recevoir en sa maison un personnage de cette importance, l'accueillit avec une politesse des plus empressées. Lady Catherine resta un moment silencieuse, puis très sèchement dit à Elizabeth :

«J'espère, mademoiselle Bennet, que votre santé est bonne. Cette dame, je suppose, est votre mère.»

Brièvement, Elizabeth lui répondit que tel était le cas.

«Et cette autre personne est sans doute l'une de vos sœurs.

— Oui, madame, intervint Mme Bennet, ravie d'avoir à parler à une Lady Catherine. C'est l'avant-dernière de mes filles. La dernière s'est récemment mariée, et l'aînée se promène quelque part dans le domaine, en compagnie d'un jeune homme qui, je pense, fera bientôt partie de notre famille.

— Votre parc est tout petit, lui repartit Lady Catherine après une pause.

— Il n'est rien en comparaison de Rosings, Votre Seigneurie, sans nul doute. Mais je vous assure qu'il est beaucoup plus grand que celui de Sir William Lucas.

— Il doit être particulièrement déplaisant de se tenir dans cette pièce le soir, en été. Les fenêtres donnent en plein sur l'ouest. »

Mme Bennet l'assura qu'on ne s'y attardait jamais après le dîner. Ensuite, elle ajouta :

« Puis-je prendre la liberté de vous demander, Votre Seigneurie, si à votre départ M. et Mme Collins étaient en bonne santé ?

— Oui, très bonne. Je les ai vus avant-hier soir. »

Elizabeth s'attendait à ce que Lady Catherine lui apportât une lettre de Charlotte, comme rien d'autre apparemment ne justifiait sa visite. Mais aucune lettre ne vint diminuer sa perplexité.

Avec beaucoup de civilité, Mme Bennet pria Lady Catherine d'accepter un rafraîchissement. Mais, très résolument, et sans y mettre beaucoup de formes, celle-ci refusa de prendre quoi que ce fût. Puis elle quitta son siège et dit à Elizabeth :

« Mademoiselle Bennet, j'ai cru remarquer d'un côté de votre pelouse une petite plantation sauvage qui n'était pas trop mal. Je serai contente d'y faire un tour, si vous m'accordiez la faveur de votre compagnie.

— Vas-y, ma chérie, s'écria sa mère et montre à Sa Seigneurie toutes les allées. Je crois qu'elle aimera l'ermitage[1]. »

Elizabeth s'exécuta. Elle courut à sa chambre prendre son ombrelle et se tint en bas à la disposition de la noble visiteuse. Quand elles traversèrent le vestibule, Lady Catherine ouvrit les portes qui donnaient sur la salle à manger et le salon. Après un rapide examen, elle décréta qu'ils paraissaient convenables et poursuivit son chemin.

Sa voiture resta devant la porte. Elizabeth vit que la femme de chambre n'en était pas sortie. Sans un mot, elles avancèrent dans l'allée sablée qui menait au petit bois. Elizabeth était résolue à ne faire aucun effort pour lancer la conversation avec une femme qui se montrait insolente et désagréable plus encore qu'à son habitude.

«Comment ai-je jamais pu l'imaginer semblable à son neveu?» se dit-elle en la regardant en face.

Dès qu'elles furent entrées dans le bosquet, Lady Catherine commença en ces termes:

«Il ne vous a sûrement pas été difficile, mademoiselle Bennet, de deviner pourquoi je faisais ce voyage. Votre cœur, votre conscience ont dû vous éclairer là-dessus.»

Elizabeth ne dissimula pas sa surprise.

«Je vous assure, madame, que vous faites erreur. Je n'ai pas réussi à m'expliquer ce qui me valait l'honneur de votre visite.

— Mademoiselle Bennet, répliqua Lady Catherine avec aigreur, vous devriez savoir qu'on ne badine pas avec quelqu'un comme moi. Mais, quelle que soit la duplicité dont vous choisissiez de faire usage, vous ne trouverez pas chez moi la même hypocrisie. Mon caractère a toujours été renommé pour sa franchise et sa sincérité. Dans une affaire de cette importance, j'entends n'y rien changer. Un rapport des plus alarmants m'est parvenu il y a deux jours. On me disait que non seulement votre sœur était sur le point de faire un mariage des plus avantageux, mais que vous-même, mademoiselle Elizabeth Bennet, selon toute vraisemblance, seriez bientôt unie à mon neveu, à mon propre neveu, M. Darcy. Je n'ignore pas qu'il ne peut s'agir que d'une allégation sans aucun fondement. Je me refuse à faire l'injure à Darcy de supposer seulement que cela soit possible. Néanmoins, j'ai sur-le-champ décidé de partir pour cette maison afin de vous faire connaître mon sentiment.»

Elizabeth rougit de stupéfaction et de dédain.

«Si vous teniez cela pour impossible, dit-elle, je me demande pourquoi vous vous êtes donné la peine d'un voyage aussi long. Qu'en attendiez-vous, madame?

— Je voulais que sans attendre on démentît partout ce bruit.

— Votre visite à Longbourn pour me voir ainsi que ma famille, observa Elizabeth sans se troubler, servira plutôt à lui donner du crédit, à supposer, bien sûr, que pareil bruit existe réellement.

— À supposer ? Ne vous êtes-vous pas vous-mêmes employés à le répandre ? Ignorez-vous que cette rumeur circule ?

— Je n'en avais jamais entendu parler.

— Et pouvez-vous aussi affirmer qu'elle est sans fondement ?

— Je ne prétends pas à la même franchise que Votre Seigneurie. Il est des questions que vous pouvez poser auxquelles je ne m'engagerai pas à répondre.

— C'est intolérable. Mademoiselle Bennet, j'insiste pour que vous me donniez satisfaction. Vous a-t-il — mon neveu vous a-t-il — proposé le mariage ?

— Vous avez déclaré, madame, que c'était impossible.

— Ce devrait l'être, et le rester, tant qu'il gardera l'usage de sa raison. Il se peut toutefois que, par la ruse et la rouerie, vous ayez réussi à lui faire oublier, dans un moment de folie, ses devoirs envers lui-même et envers sa famille. Il se peut que vous l'ayez embobeliné.

— Si c'est le cas, je serais la dernière personne à l'admettre.

— Mademoiselle Bennet, savez-vous bien qui je suis ? On ne m'a pas accoutumée à pareil langage. Je suis presque la parente la plus proche qu'il ait en ce monde, et donc en droit d'être informée de tout ce qui le touche de près.

— Mais non de ce qui me touche, moi, et une conduite comme la vôtre n'est pas faite pour me délier la langue.

— Comprenez-moi bien. Cette union, à laquelle vous avez la présomption d'aspirer, ne se réalisera jamais, non, jamais. M. Darcy est fiancé à ma propre fille. Qu'avez-vous à répondre à cela ?

— Une chose seulement : si ce que vous dites est vrai, vous n'avez pas lieu de soupçonner qu'il offre de m'épouser. »

Lady Catherine parut hésiter, puis elle répliqua :

«La promesse qui les lie est de nature très particulière. Depuis leur plus jeune âge, ils ont été destinés l'un à l'autre. C'était le vœu le plus cher de sa mère, de même que le mien. Ils étaient au berceau quand nous avons fait le projet de les unir. Et ne voilà-t-il pas qu'aujourd'hui, alors que les souhaits des deux sœurs sont en mesure de s'accomplir avec leur mariage, celui-ci se trouverait empêché par une jeune femme qui n'est rien par la naissance, sans aucune conséquence dans le monde, et sans alliance aucune avec notre famille! N'accordez-vous pas d'importance aux désirs de ses amis? À cet engagement tacite avec Mlle de Bourgh? Avez-vous quelque notion de ce que demandent les bienséances et la délicatesse? Ne m'avez-vous pas entendue dire que dès la petite enfance il avait été convenu qu'il épouserait sa cousine?

— Mais oui, et l'on m'en avait déjà parlé. Mais pourquoi devrais-je en tenir compte? Si mon mariage avec votre neveu ne se heurte qu'à cette objection, je ne serai certainement pas découragée d'apprendre que sa mère et sa tante désiraient le voir épouser Mlle de Bourgh. Vous avez fait ce que vous pouviez en élaborant ce projet; son exécution ne dépendait pas de vous. Si M. Darcy n'est pas réduit au seul choix de sa cousine par l'honneur ou par le penchant, pourquoi ne se déciderait-il pas en faveur de quelqu'un d'autre? Et si c'est moi qu'il désire épouser, pour quel motif ne l'accepterais-je pas?

— Parce que l'honneur, les convenances, la prudence et même votre intérêt propre vous enjoignent de n'en rien faire. Oui, mademoiselle Bennet, j'ai bien dit "votre intérêt", car n'espérez pas que sa famille ou ses amis vous ouvrent leur porte si délibérément vous allez à l'encontre des désirs exprimés par tous. Vous serez blâmée, mise à l'écart, méprisée par chacun de ceux qui le connaissent. Votre alliance vous déshonorera, votre nom ne sera pas même mentionné par aucun de nous.

— Ce sont des malheurs considérables, repartit Elizabeth, mais l'épouse de M. Darcy connaîtra de telles

sources de félicité en raison de sa situation que tout
compte fait son sort ne sera pas à plaindre.

— Ah! l'incorrigible entêtée! J'ai honte pour vous.
Est-ce là votre reconnaissance pour les attentions que
je vous ai manifestées au printemps dernier? N'êtes-
vous pas mon obligée sous ce rapport?

» Asseyons-nous. Vous devez comprendre, mademoiselle Bennet, que je suis venue ici bien résolue à parvenir à mes fins, et l'on ne pourra m'en détourner. On ne
me voit pas souvent céder aux caprices de quelqu'un.
Je n'ai pas pour habitude d'endurer patiemment des
déconvenues.

— Votre Seigneurie n'en sera que plus à plaindre
dans le cas présent, mais cela n'aura aucun effet sur
moi.

— Ne m'interrompez pas. Écoutez-moi en silence.
Ma fille et mon neveu sont faits l'un pour l'autre. Du
côté de leurs mères, ils sont issus d'une même et noble
maison. Leurs pères appartiennent à des familles respectables, honorables et anciennes, bien que non titrées.
De part et d'autre, les biens sont considérables. Les
parents respectifs applaudissent à leur union. Et qu'est-
ce qui s'y opposera? Les prétentions dont s'avise une
jeune femme qui ne peut les appuyer ni sur son nom, ni
sur sa famille, ni sur sa fortune. Mais c'est intolérable!
Il ne faut pas qu'elle y réussisse, et elle n'y réussira pas.
Si vous saviez où est votre intérêt, vous n'aspireriez
pas à quitter la sphère dans laquelle vous avez été élevée.

— En épousant votre neveu, je ne croirais pas la
quitter. C'est un *gentleman*, je suis fille de *gentleman*.
Jusque-là nous sommes égaux[1].

— C'est vrai. Vous êtes la fille d'un *gentleman*. Mais
qu'était votre mère? Que sont vos oncles et tantes? Ne
croyez pas que je ne sois pas informée de leur condition.

— Quoi que fassent les membres de ma famille, si
votre neveu n'en est pas rebuté, vous-même n'avez rien
à en dire.

— Parlons net: êtes-vous fiancés?»

Si ç'avait été dans le seul but d'obliger Lady Catherine, Elizabeth n'aurait pas répondu à la question. Mais un moment de réflexion lui montra qu'elle devait reconnaître que non. Son interlocutrice en parut satisfaite.

«Et pouvez-vous me promettre de ne jamais contracter cet engagement?

— Je refuse de me lier par une telle promesse.

— Mademoiselle Bennet, je suis scandalisée et stupéfaite. Je m'attendais à trouver en vous quelqu'un de plus raisonnable. Mais n'allez pas imaginer que je recule jamais. Je ne partirai pas d'ici avant que vous m'ayez donné l'assurance que je suis venue chercher.

— Je ne vous la donnerai certainement en aucun cas. On ne peut par l'intimidation m'arracher quelque chose d'aussi parfaitement déraisonnable. Vous voulez, madame, que M. Darcy épouse votre fille. Mais, si vous aviez de moi l'engagement désiré, leur mariage en deviendrait-il en aucune façon plus probable? Dans l'hypothèse où M. Darcy me serait attaché, mon refus de sa main aurait-il pour effet de lui donner envie de solliciter l'acceptation de sa cousine? Permettez-moi de vous dire, Lady Catherine, que les arguments que vous avez avancés à l'appui de cette extraordinaire requête ont autant manqué de solidité que la démarche elle-même manquait de discernement. Vous vous êtes lourdement trompée sur mon caractère en imaginant que je pourrais être sensible à de pareils raisonnements. L'approbation que donnera votre neveu à votre ingérence dans ses affaires personnelles, je ne la connais pas, mais certainement rien ne vous autorise à vous mêler des miennes. Je vous prierais donc de ne plus m'importuner sur ce sujet.

— Pas si vite, s'il vous plaît. Je n'en ai pas fini, il s'en faut de beaucoup. À toutes les objections que j'ai fait valoir, il me faut en ajouter encore une autre. Ne croyez pas que j'ignore les détails de l'escapade infamante de la plus jeune de vos sœurs. Je sais tout, que son mariage avec le jeune homme a été quelque chose de plâtré, d'arrangé aux dépens de votre père et de votre oncle.

Est-ce qu'une créature comme elle peut devenir la sœur de mon neveu, et son mari, le fils du régisseur de feu son père, s'honorer du titre de son frère ? Juste ciel ! Est-ce que vous rêvez ? Les mânes de Pemberley devront-ils supporter pareille souillure ?

— Vous ne pouvez certainement après cela avoir autre chose à me dire, répliqua Elizabeth, ulcérée. Vous m'avez insultée de toutes les manières. Il me faut vous prier de rentrer maintenant. »

Tout en parlant, elle se leva. Lady Catherine l'imita, et elles reprirent le chemin de la maison. Sa Seigneurie était très en colère.

« Vous n'avez nulle considération pour l'honneur et la réputation de mon neveu ! Quelle dureté de cœur ! Quel égoïsme ! Ne voyez-vous pas que s'il vous épouse, il va se perdre dans l'estime de tous ?

— Lady Catherine, je n'ai rien à ajouter. Vous connaissez mon sentiment.

— Vous êtes donc résolue à en faire votre mari ?

— Je n'ai pas dit cela. Je suis seulement décidée à agir de la manière qui, à mon sens, contribuera le plus à mon bonheur, sans en référer à vous, madame, ou à toute autre personne sans aucun lien avec moi.

— Bien. Vous refusez donc de m'obliger. Vous refusez de vous conformer à ce qu'exigent devoir, honneur, gratitude. Vous êtes déterminée à le ruiner dans l'esprit de tous ses amis et à en faire la risée du monde.

— Ni le devoir, ni l'honneur, ni la gratitude, répondit Elizabeth, n'ont de quoi m'influencer dans l'affaire qui nous occupe. Mon mariage avec M. Darcy n'irait à l'encontre d'aucun de leurs commandements. Pour ce qui est du ressentiment de sa famille ou de l'indignation du monde, si sa parenté se courrouçait de cette union, cela ne m'arrêterait pas un seul instant, et le monde dans son ensemble aurait trop de bon sens pour se gendarmer à sa suite.

— C'est donc là le fond de votre pensée, votre dernier mot. Très bien. Je sais maintenant ce qui me reste à faire. N'allez pas croire, mademoiselle Bennet, que

votre ambition sera jamais atteinte. J'étais venue vous
sonder. J'espérais que vous seriez raisonnable. Mais, ne
vous y trompez pas, j'obtiendrai ce que je désire. »

Lady Catherine tint le même discours jusqu'au
moment où elles furent devant la portière de la voiture.
Alors elle se retourna brusquement et dit :

« Je ne prends pas congé de vous, mademoiselle Bennet. Je ne vous prie pas de transmettre mes compliments à votre mère. Vous ne méritez pas tant d'égards.
Je suis extrêmement fâchée. »

Elizabeth ne répondit rien. Sans tenter de persuader
sa visiteuse de retourner dans la maison, elle y rentra
elle-même discrètement. En montant l'escalier, elle
entendit le roulement de la chaise de poste qui s'éloi-
gnait. Avide d'en apprendre davantage, sa mère la rejoignit à la porte de son appartement et lui demanda
pourquoi Lady Catherine n'avait pas voulu se reposer
un instant avant de partir.

« Elle a préféré s'en aller.

— Quelle allure a cette femme ! Et sa visite était d'une
extraordinaire civilité, car je suppose qu'elle venait seulement nous dire que les Collins étaient en parfaite
santé. Sans doute se rendait-elle quelque part ailleurs
et, en traversant Meryton, s'est-elle dit qu'elle pouvait
tout aussi bien venir te voir. Elle n'avait probablement
rien de particulier à te communiquer, n'est-ce pas,
Lizzy ? »

Elizabeth dut se résoudre à un petit mensonge. Il lui
était impossible de révéler la teneur de leur conversation.

CHAPITRE XV

Il ne fut pas facile à Elizabeth de surmonter le trouble
où l'avait jetée cette visite hors du commun, et il lui fallut des heures pour ne plus en pensée constamment y

revenir. Ainsi, à ce qu'il semblait, Lady Catherine s'était donné la peine de faire le long voyage depuis Rosings dans le seul but de mettre un terme à ses fiançailles supposées avec M. Darcy. C'était assurément une entreprise pleine de bon sens! Mais qui avait bien pu répandre le bruit de leur engagement? Elle fut bien embarrassée pour le dire, jusqu'au moment où elle se rappela qu'il était l'ami intime de Bingley et elle la sœur de Jane, et que cela suffisait, en un temps où la proximité d'une noce en faisait partout désirer une autre, à suggérer cette idée. Elle-même n'avait pu s'empêcher de penser que le mariage de sa sœur allait les réunir plus fréquemment. Ses voisins du Pavillon de Lucas (car elle avait abouti à la conclusion que c'était leur correspondance avec les Collins qui avait permis à la rumeur d'atteindre Lady Catherine) n'avaient fait que considérer comme quasi certain et très proche ce qu'elle avait envisagé comme possible, à une date indéterminée.

Toutefois, en se répétant les expressions dont s'était servie Lady Catherine, elle ne pouvait se garder d'une certaine inquiétude quant aux conséquences à redouter d'une ingérence persistante de sa part. Songeant à ce qu'elle avait dit de sa résolution à empêcher le mariage, Elizabeth se prit à penser qu'elle méditait une démarche auprès de son neveu. Comment allait-il réagir en s'entendant représenter à son tour les maux qui devaient inévitablement découler d'un mariage avec elle? Elle n'osait pas se prononcer là-dessus. Elle ne connaissait pas exactement le degré de l'affection qui liait Darcy à sa tante ni l'étendue de sa confiance en son jugement, mais il était naturel d'imaginer qu'il faisait de Lady Catherine beaucoup plus de cas qu'elle-même. Il était certain aussi qu'en détaillant les malheurs afférents à un mariage avec une femme dont les parents les plus proches se situaient à un niveau si inférieur à celui des siens, sa tante l'attaquerait sur son côté le plus vulnérable. Étant donné l'idée qu'il se faisait de la dignité, il trouverait sans doute que des arguments qui, aux yeux d'Elizabeth, avaient semblé faibles et ridicules contenaient beaucoup de sagesse et de solidité.

Si auparavant il avait hésité sur le parti à prendre, ce qu'il avait souvent paru faire, les conseils et les instances d'une parente aussi proche risquaient de lever les derniers doutes et de le décider d'emblée à être aussi heureux que pouvait le rendre une dignité sans tache. En ce cas, il ne reviendrait plus. Lady Catherine aurait l'occasion de le voir en passant par Londres, et la promesse qu'il avait donnée à Bingley de retourner à Netherfield deviendrait caduque.

Si, en conséquence, se dit-elle, arrivait à son ami dans les jours à venir une lettre alléguant une excuse pour ne pas tenir son engagement, je saurais comment l'interpréter. Il me faudrait alors abandonner tout espoir et tout souhait de sa constance. S'il lui suffit de me regretter, alors qu'il aurait pu obtenir mon cœur et ma main, je cesserai bientôt de le regretter moi-même, et si peu que ce soit.

La surprise du reste de la famille en apprenant qui était venu les visiter fut certes fort grande, mais ils eurent la bonté de vaincre leur étonnement par une supposition analogue à celle qui avait apaisé la curiosité de Mme Bennet. Ainsi Elizabeth échappa-t-elle à bien des questions embarrassantes.

Le lendemain matin, alors qu'elle descendait l'escalier, elle fut arrêtée par son père qui sortait de la bibliothèque, une lettre à la main.

« Lizzy, lui dit-il, je te cherchais. Entre donc chez moi un instant. »

Elle le suivit, sa curiosité de découvrir ce qu'il avait à lui communiquer avivée par l'idée que cela pouvait avoir un lien avec la lettre qu'elle lui voyait tenir. Elle imagina soudain que c'était Lady Catherine qui l'avait envoyée et se désola par avance des explications qu'il lui faudrait fournir. Ils allèrent ensemble s'asseoir auprès du feu.

« J'ai reçu une lettre ce matin, lui dit-il, qui m'a surpris plus que je ne saurais dire. Comme tu en es le principal sujet, il est juste que tu en connaisses le contenu. Je ne savais pas avant de l'ouvrir que j'avais non pas une mais deux filles à la veille de se marier. Je dois te complimenter d'une conquête certes d'une grande importance.»

Aussitôt le visage d'Elizabeth s'empourpra, persuadée qu'elle fut sur-le-champ que la lettre ne venait pas de la tante mais du neveu. Elle se demandait encore s'il lui fallait plutôt se réjouir de le voir s'expliquer ou s'offenser de ce qu'il n'eût pas choisi de lui écrire à elle, quand son père poursuivit.

«Tu n'as pas l'air d'être prise au dépourvu. Les jeunes filles font preuve de beaucoup de perspicacité dans un domaine comme celui-ci, mais je crois pouvoir mettre au défi ta sagacité de découvrir le nom de ton admirateur. La lettre est de M. Collins.

— De M. Collins! et que peut-il bien avoir à dire?

— Quelque chose de très pertinent, cela va de soi. Il commence par me féliciter de la proximité des noces de ma fille aînée. Il semble qu'il doive son information aux commérages de quelques-uns des braves Lucas. Je ne te ferai pas languir en te lisant ce qu'il dit à ce propos. Passons à ce qui te concerne : *Après vous avoir présenté les sincères félicitations de Mme Collins et les miennes à l'occasion de cet heureux événement, il me faut ajouter une brève mise en garde au sujet d'un autre, dont nous avons eu connaissance par la même source. Votre fille Elizabeth, à ce que l'on suppose, ne portera pas longtemps le nom de Bennet après que sa sœur aînée l'aura abandonné, et l'élu qui devrait partager son destin peut raisonnablement être conjecturé comme étant l'un des personnages les plus illustres de ce pays.*

»Es-tu capable de deviner, Lizzy, de qui l'on veut parler? Je continue.

Le ciel a comblé de ses faveurs ce jeune homme en lui prodiguant tout ce que le cœur d'un mortel peut le plus désirer, biens magnifiques, noble parenté, patronage étendu. Et pourtant, en dépit de toutes ces tentations, je dois prévenir ma cousine Elizabeth, et vous prévenir vous-même, des dangers auxquels vous vous exposeriez en accédant trop précipitamment aux propositions de ce grand personnage, que, bien entendu, vous serez tentés de mettre à profit sur-le-champ.

» As-tu quelque idée, Lizzy, du nom du prétendant ? Le voici qui émerge.

La raison pour laquelle je vous mets en garde est la suivante : nous avons tout lieu de croire que sa tante, Lady Catherine de Bourgh, ne voit pas cette union d'un œil favorable.

» C'est de M. Darcy, vois-tu, qu'il s'agit ! Il me semble, Lizzy, que j'ai réussi à te surprendre. Il n'aurait pas pu, et les Lucas davantage, dans le cercle des gens que nous connaissons, faire choix de quelqu'un dont le nom aurait plus efficacement apporté un démenti à leur histoire. M. Darcy, qui ne regarde les femmes que pour noter les défauts qu'elles présentent et qui n'a sans doute de sa vie jamais posé les yeux sur toi. C'est admirable ! »

Elizabeth essaya bien d'entrer dans la raillerie de son père mais ne put lui montrer qu'un sourire des plus contraints. Jamais la verve de ce dernier n'avait pris une direction moins susceptible de lui plaire.

« N'es-tu pas amusée ?

— Mais si. Continuez, je vous prie.

— Je mentionnai à Sa Seigneurie hier soir la probabilité de ce mariage. Aussitôt, avec la condescendance qui la caractérise, elle n'hésita pas à exprimer les sentiments que lui inspirait l'événement. Il apparut alors qu'en raison d'objections liées à la famille de ma cousine, elle se refuserait toujours à donner son consentement à une alliance qu'elle qualifia de particulièrement déshono-

rante. J'ai considéré de mon devoir d'en informer au plus tôt ma cousine, afin que son noble admirateur et elle-même prissent conscience de la gravité de leurs actes et ne se hâtassent point de contracter un mariage qui n'aurait pas reçu l'approbation nécessaire.

» M. Collins ajoute ceci :

Je me réjouis sincèrement que cette lamentable affaire de ma cousine Lydia ait pu être étouffée aussi efficacement et regrette seulement que leur vie sous le même toit avant la célébration du mariage ne soit un secret pour personne. Ce serait toutefois négliger les devoirs de ma charge que de taire ma stupéfaction en apprenant que vous avez ouvert au jeune couple la porte de votre maison, aussitôt qu'ils eurent été mariés. C'était un encouragement donné au vice et, si j'avais été le curé de Longbourn, je m'y serais opposé de toutes mes forces. Il fallait leur pardonner en chrétien[1] mais ne jamais leur permettre de paraître à vos yeux ni autoriser la mention de leurs noms en votre présence.

» Voilà ce qu'il entend par le pardon chrétien. Le reste de sa lettre a trait uniquement à l'état dans lequel se trouve sa chère Charlotte et à l'éclosion prochaine d'un jeune rameau d'olivier. Mais, Lizzy, on croirait que cela ne t'a pas divertie. J'espère que tu ne vas pas jouer les saintes nitouches et faire semblant de t'offusquer d'une rumeur sans fondement. Ne vivons-nous pas seulement pour amuser nos voisins et nous moquer d'eux à notre tour ?

— Ma foi oui, s'exclama Elizabeth, j'ai trouvé cela très drôle, mais si étrange malgré tout.

— Et c'est précisément ce qui en fait la drôlerie. S'ils avaient choisi quelqu'un d'autre, il n'y aurait pas eu de quoi rire, alors que sa parfaite indifférence et ton antipathie marquée rendent le ragot délicieusement absurde. J'ai beau détester écrire des lettres : pour un empire je ne voudrais pas renoncer à correspondre avec

M. Collins. Je dirais même que, lorsque je lis une de ses missives, je ne puis m'empêcher de lui donner la préférence jusque sur Wickham, quel que soit le prix que j'attache à l'impudence et à l'hypocrisie de mon gendre. Mais, dis-moi, comment Lady Catherine a-t-elle réagi à cette rumeur ? Est-elle venue refuser son consentement ? »

Sa fille ne répondit à cette question que par un éclat de rire. Comme elle avait été posée en toute naïveté, elle n'eut pas à supporter de se l'entendre répéter. Jamais Elizabeth n'avait été plus embarrassée pour donner le change sur ses véritables sentiments. Il lui fallait affecter d'être gaie quand elle eût préféré pleurer. Son père l'avait cruellement mortifiée par ce qu'il avait dit de l'indifférence de M. Darcy, et il ne lui restait plus qu'à s'étonner d'un tel manque de perspicacité, ou encore à craindre que, là où il n'avait vu que trop peu, elle-même n'eût imaginé trop de choses.

CHAPITRE XVI

Loin de recevoir de son ami la lettre d'excuses qu'Elizabeth avait plus ou moins supposé qu'il aurait, M. Bingley eut la possibilité d'amener Darcy avec lui à Longbourn avant qu'il se fût écoulé beaucoup de temps depuis la visite de Lady Catherine.

Les deux messieurs vinrent de bonne heure. Mme Bennet n'avait pas eu le loisir d'informer Darcy qu'ils avaient vu le sa tante — ce qu'Elizabeth redouta un instant — que déjà Bingley, qui désirait être seul avec Jane, proposait une promenade en commun. On y consentit. Mme Bennet n'était pas accoutumée à beaucoup marcher, Mary avait trop à faire, mais les cinq autres partirent tous ensemble. Bingley et Jane, cependant, permirent bientôt à leurs compagnons de les devancer. Ils restèrent en arrière, laissant à Elizabeth,

Kitty et Darcy le soin de converser aimablement entre eux. Les propos furent rares : Kitty avait trop peur de Darcy pour oser prendre la parole ; secrètement, Elizabeth prenait une résolution extrême ; peut-être le jeune homme méditait-il une initiative du même genre.

Leur promenade les conduisit du côté des Lucas, Kitty voulant rendre visite à Maria. Comme Elizabeth ne voyait pas de raison d'y intéresser tout le monde, lorsque sa sœur les quitta, hardiment elle continua son chemin en compagnie de Darcy. Le moment était venu de donner suite à sa résolution. Sans attendre, pendant qu'elle s'en sentait le courage, elle dit :

« Monsieur Darcy, je suis quelqu'un de très égoïste et, parce que je veux donner libre cours à mes sentiments, ne suis pas retenue par le risque de heurter les vôtres. Il m'est impossible de plus longtemps m'interdire de vous remercier pour la bonté sans exemple que vous avez témoignée à ma pauvre sœur. Depuis que j'en ai été informée, mon plus cher désir a été de pouvoir vous dire l'étendue de ma reconnaissance. Si les autres membres de ma famille savaient la vérité, je n'aurais pas que ma seule gratitude à vous exprimer.

— Je suis navré, profondément navré, repartit Darcy, d'une voix où se mêlaient la surprise et l'émotion, de ce que vous ayez eu connaissance d'une démarche qui, mal comprise, a pu vous causer de l'embarras. Je ne pensais pas Mme Gardiner aussi peu digne de confiance.

— Il ne faut pas blâmer ma tante. L'étourderie de Lydia me révéla d'abord la part que vous aviez prise à cette affaire. Ensuite, il va de soi que je n'eus de cesse que je fusse informée de tous les détails. Laissez-moi vous remercier encore et encore, au nom de tous les miens, pour la généreuse compassion qui vous a conduit à prendre tant de peine et souffrir tant d'avanies à seule fin de découvrir où ils se cachaient.

— Si vous tenez à me remercier, dit-il, que ce soit uniquement en votre nom. Mon désir de vous rendre heureuse a pu aider aux autres raisons que j'avais d'agir ; je n'essaierai pas de le nier. Mais votre famille ne me doit rien. Malgré tout le respect que je crois avoir pour elle, je n'ai pensé qu'à vous. »

Elizabeth était trop confuse pour rien lui répondre. Son compagnon marqua une courte pause, puis il ajouta :

« Vous êtes trop généreuse pour vous amuser de moi. Si vos sentiments sont demeurés ce qu'ils étaient au mois d'avril dernier, dites-le-moi tout de suite. Mon affection et mes souhaits n'ont pas changé, mais un mot de vous les fera taire à jamais. »

Elizabeth, consciente de tout l'embarras et de toute l'anxiété qu'engendrait sa situation, se contraignit à parler. Sans atermoiement, mais aussi sans beaucoup de facilité dans son élocution, elle lui fit comprendre que ses sentiments s'étaient à ce point modifiés depuis l'époque à laquelle il faisait allusion qu'elle accueillait maintenant avec plaisir et gratitude les assurances qu'il lui donnait. La joie que suscita cette réponse excéda sans doute ce qu'il avait jamais ressenti de plus doux, et il s'exprima en la circonstance avec autant de bon sens et de mesure qu'on peut en prêter à un homme passionnément amoureux. Si Elizabeth avait pu croiser son regard, elle aurait vu comme lui allait bien l'air de satisfaction profonde qui se peignait sur son visage. Mais, si regarder ne lui était pas possible, elle pouvait entendre, et il lui parla de sentiments qui, en prouvant toute l'importance qu'elle avait à ses yeux, à chaque instant donnaient plus de prix à son affection.

Ils continuèrent à marcher, sans savoir où les portaient leurs pas. Trop de pensées occupaient leur esprit, trop d'émotions leur cœur, il y avait trop à dire pour se soucier d'autre chose. Elle apprit bientôt qu'ils devaient la bonne entente qui venait de s'établir entre eux aux efforts de sa tante qui, à son retour par Londres, lui avait effectivement rendu visite pour lui narrer son voyage à Longbourn, les raisons qui l'avaient poussée à le faire, et lui rapporter l'essentiel de sa conversation avec Elizabeth. Elle avait souligné chacune des expressions de cette dernière qui selon elle montraient le mieux son obstination et son assurance, dans l'espoir que ce récit assisterait ses efforts pour arracher à son neveu une promesse que l'entêtement d'Elizabeth lui avait refusée. Mais, malheureusement pour Lady Catherine, cela se retourna contre elle.

« Cela m'encouragea à espérer, dit-il, comme jamais ou presque je ne m'étais permis de le faire. Je connaissais suffisamment votre caractère pour savoir que, si vous m'aviez rejeté sans le moindre scrupule, irrévocablement, vous l'auriez reconnu devant Lady Catherine avec franchise et sans ambages. »

Elizabeth rougit, et ce fut en riant qu'elle répondit :

« Oui, vous étiez suffisamment averti de ma franchise pour m'en croire capable. Après vous avoir à votre face effrontément injurié, rien ne pouvait me retenir de vous insulter devant tous vos parents.

— Qu'aviez-vous dit de moi que je ne méritais pas ? Vos accusations étaient mal fondées. Elles partaient d'idées fausses. Mais ma conduite envers vous justifiait les reproches les plus sévères. Elle était impardonnable. Je ne puis m'en souvenir sans dégoût.

— Nous ne nous querellerons pas pour déterminer qui en cette soirée était le plus à blâmer, dit Elizabeth. Ni l'un ni l'autre, nous n'étions exempts de reproche, si l'on y regarde de près. J'espère, néanmoins, que nous avons depuis tous deux gagné en civilité.

— Il ne m'est pas si facile de me réconcilier avec moi-même. Le souvenir de ce que j'ai dit, de mon comportement, de mes manières, des mots dont je me suis servi tout au long, demeure pour moi maintenant ce qu'il fut durant de nombreux mois, un remords des plus cuisants. Votre remontrance, si appropriée, est ce que je n'oublierai jamais : "Si vous vous étiez conduit davantage en *gentleman*." Je ne fais que répéter vos paroles. Vous ne savez pas, vous ne pouvez pas savoir, combien elles m'ont torturé — encore qu'il m'ait fallu du temps, je l'avoue, pour raisonnablement en reconnaître le bien-fondé.

— J'étais certainement bien loin de m'attendre à ce

qu'elles eussent autant d'effet. Je ne les imaginais pas capables de blesser pareillement.

— Je vous crois volontiers. Vous me pensiez dénué de toute sensibilité digne de ce nom, j'en suis convaincu. Je garderai toujours en mémoire votre expression lorsque vous m'avez dit que je n'aurais pu vous offrir ma main d'aucune manière vous donnant envie de l'accepter.

— Oh! ne vous faites pas l'écho de mes paroles! Ces souvenirs sont à bannir. Je vous assure que depuis longtemps je regrette bien sincèrement d'avoir tenu ces propos.»

Darcy parla de sa lettre.

«Est-ce que, demanda-t-il, est-ce que bientôt après vous en avez eu meilleure opinion de moi? En la lisant, avez-vous ajouté foi à son contenu?»

Elle lui expliqua quels effets la lettre avait eus sur elle et comment peu à peu avaient disparu toutes ses préventions.

«Je savais, dit-il, que ce que j'écrivais vous causerait de la peine, mais ce ne pouvait être évité. J'espère que vous avez détruit cette lettre. Il en est une partie surtout, le commencement, que je craindrais beaucoup de vous voir relire. Il m'est resté en l'esprit certaines expressions capables de provoquer chez vous, à juste titre, une véritable aversion.

— J'accepte de la brûler si vous croyez cela nécessaire à la sauvegarde de mon affection. Néanmoins, et bien que tous les deux nous ayons des raisons de penser que mes opinions n'ont rien d'inébranlable, elles ne changent pas, j'espère, aussi facilement qu'on pourrait le supposer en vous écoutant.

— Lorsque j'ai écrit cette lettre, repartit Darcy, je me croyais parfaitement calme et sans rancune. Mais, depuis, j'ai acquis l'assurance d'avoir pris la plume sous le coup d'une épouvantable aigreur.

— Peut-être commenciez-vous avec quelque amertume, mais vous finissiez dans un autre esprit. L'adieu était la charité même. Allons, n'y pensons plus. L'auteur de la lettre et son destinataire ont à présent des senti-

ments si changés qu'on ne doit plus se souvenir des circonstances désagréables qui ont accompagné son envoi.
Il vous faut faire vôtre un peu de ma philosophie et ne
vous tourner vers le passé que dans la mesure où vous y
prenez plaisir.

— Je ne crois pas que vous ayez ce genre de philosophie. Vos retours en arrière doivent être si exempts de
reproche que la satisfaction que vous en tirez n'est pas
due à une quelconque sagesse mais, ce qui vaut bien
mieux, à l'ignorance dans laquelle vous étiez alors. En
ce qui me concerne, il en va tout autrement. Des souvenirs pénibles s'imposent à moi que je ne peux ni ne veux
réprimer. Toute ma vie, j'ai été quelqu'un d'égoïste,
dans la pratique, non parce que j'avais décidé de l'être.
On m'a appris lorsque j'étais enfant à distinguer le bien
du mal, mais on a négligé de me dire comment corriger
les défauts de mon caractère. On m'a inculqué de bons
principes, mais laissé les appliquer dans l'orgueil et la
suffisance. Malheureusement fils unique (et pendant
longtemps unique enfant) je fus gâté par mes parents.
Eux-mêmes pleins de bonté (mon père en particulier,
bienveillant et affable à l'extrême), ils me permirent,
m'encouragèrent, m'enseignèrent presque à me montrer égoïste et arrogant, indifférent à qui se situait en
dehors du cercle de famille, à n'avoir qu'une piètre opinion du reste du monde, à souhaiter au moins pouvoir
ne faire aucun cas de leur jugement et de leur mérite
en comparaison des miens. Tel je demeurai, de huit à
vingt-huit ans, et tel je pourrais être encore sans vous,
ma très chère, ma très charmante Elizabeth ! Que ne
vous dois-je pas ? Vous m'avez donné une leçon, difficile certes à d'abord accepter, mais d'un immense profit. Vous avez été pour moi l'occasion d'une humiliation
salutaire. Je vins vers vous sans douter de votre accueil.
Vous m'avez appris combien étaient insuffisantes toutes
mes prétentions à plaire à une femme digne qu'on s'at-
tachât à lui plaire.

— Étiez-vous persuadé d'y réussir ?

— Certes. Qu'allez-vous penser de ma vanité ? Je

croyais que vous recherchiez mes avances, que vous les attendiez même.

— La faute dut en être à mon comportement, mais je puis vous assurer que c'était involontaire. Je n'ai jamais voulu vous abuser, si je me laisse souvent emporter par mon espièglerie. Comme vous avez dû me détester après cette soirée !

— Vous détester ! Peut-être ai-je commencé par être en colère, mais mon irritation eut vite fait de se retourner contre le vrai coupable.

— Je crains presque de vous demander ce que vous avez pensé de moi en me rencontrant à Pemberley. M'en avez-vous voulu d'y être ?

— Pas du tout. J'ai seulement été surpris.

— Votre surprise n'a rien été en comparaison de la mienne, lorsque vous m'avez fait bon accueil. Ma conscience me disait que je ne méritais pas tant d'égards, et j'avoue que je ne m'attendais pas à davantage qu'à ce qui m'était dû.

— Mon dessein alors, répondit Darcy, était de vous montrer, par toute la civilité qui était en mon pouvoir, que je n'avais pas la mesquinerie de vous garder rancune des événements du passé. J'espérais aussi obtenir votre pardon et faire des progrès dans votre estime si vous pouviez constater qu'il avait été tenu compte de vos reproches. Quand s'y mêlèrent d'autres souhaits, je ne saurais vous le dire, mais peut-être une demi-heure environ après notre rencontre. »

Il lui parla ensuite du grand plaisir que Georgiana avait eu à faire sa connaissance et de sa déception lorsque leurs relations s'étaient soudain trouvées interrompues. Tout naturellement, on en vint bientôt à ce qui avait provoqué cette interruption, et elle apprit que sa résolution de quitter à son tour le Derbyshire pour rechercher Lydia avait été prise avant qu'il sortît de l'auberge. Sa gravité dans cette auberge, la réflexion dans laquelle il était plongé n'avaient eu d'autre cause que les débats intérieurs nécessairement liés à une pareille intention. Elle ne manqua pas d'à nouveau le remercier, mais le sujet était trop pénible à l'un et à l'autre pour qu'on s'y étendît davantage.

Ils allèrent au hasard sur près d'une lieue, à une allure tranquille, l'esprit trop occupé pour prendre garde à leur itinéraire, jusqu'à ce qu'enfin, en consultant leurs montres, il leur apparut qu'il était temps de rentrer à la maison.

Que sont devenus M. Bingley et Jane? se demandèrent-ils. Cette interrogation les conduisit à évoquer les affaires de ces deux-là. Darcy avait été ravi de la nouvelle de leurs fiançailles. Son ami lui en avait réservé la primeur.

«Comment ne pas vous poser la question? dit Elizabeth? Fut-ce une surprise pour vous?

— Nullement. Quand je suis parti, je savais qu'il n'y aurait pas longtemps à attendre.

— Autrement dit, vous aviez donné votre permission. C'est ce que je pensais.»

Il se récria devant le mot de «permission», mais elle comprit qu'il s'appliquait assez bien à ce qui s'était passé.

«Le soir qui précéda mon départ, lui dit-il, je lui fis un aveu que je n'aurais sans doute pas dû différer aussi longtemps. Je lui révélai tout ce qui s'était produit pour rendre absurde et impertinente mon ingérence en ses affaires. Il fut très surpris. Jamais aucun soupçon ne l'avait effleuré. J'ajoutai que je croyais m'être trompé en supposant comme je l'avais fait que votre sœur lui était indifférente. Je n'eus pas de difficulté à découvrir qu'il lui était resté attaché et n'eus plus de doute quant à leur bonheur à venir.»

Elizabeth ne put s'empêcher de sourire de la facilité avec laquelle il dirigeait son ami.

«Vous fondiez-vous sur vos observations, lui demanda-t-elle, en lui disant que ma sœur l'aimait, ou seulement sur ce que je vous avais confié au printemps dernier?

— Sur ce que j'avais pu voir. Je l'avais suivie du regard lors des deux visites que je lui avais récemment rendues chez vous. Elles m'avaient convaincu de son affection.

— Et votre conviction, je suppose, emporta aussitôt la sienne.

— Oui. Bingley est d'une modestie qui n'est pas feinte. Son manque de confiance en soi lui avait interdit de suivre son propre jugement dans une affaire aussi délicate. Parce qu'il se reposait sur le mien, tout devint simple. Je dus lui avouer une chose à laquelle, pendant un temps, à bon droit il ne put se réconcilier. Je ne pus m'autoriser à lui dissimuler plus longtemps que l'hiver dernier votre sœur était demeurée trois mois à Londres, que je l'avais su, et qu'à dessein je le lui avais caché. Cela le mit en colère. Mais sa colère, j'en suis persuadé, dura seulement aussi longtemps que son incertitude sur les sentiments de votre sœur. Il m'a depuis pardonné de grand cœur. »

Elizabeth était tentée de faire observer que M. Bingley s'était montré un ami merveilleux, si docile que sa valeur était inestimable. Mais elle retint sa langue en se souvenant qu'il lui fallait encore apprendre à supporter la moquerie et qu'il était un peu trop tôt pour qu'il commençât à s'en accommoder. La conversation, jusqu'au moment où ils atteignirent le seuil de la maison, eut trait au futur bonheur de Bingley, qui bien sûr ne devait le céder qu'au sien propre. Une fois dans le vestibule, ils se séparèrent.

CHAPITRE XVII

« Ma chère Lizzy, jusqu'où as-tu bien pu aller ? »

Telle fut la question avec laquelle Jane accueillit Elizabeth à son entrée dans la pièce, imitée par tous les autres lorsqu'on prit place à table. La jeune fille trouva seulement à répondre qu'ils avaient marché au hasard pour finalement ne plus savoir où ils en étaient. Elle rougit en s'expliquant, mais ni cela ni le reste ne fit soupçonner la vérité.

La soirée se passa dans le calme, sans être marquée par rien d'extraordinaire. Les amoureux déclarés bavardaient et riaient, ceux dont on ignorait les sentiments demeuraient silencieux. La nature de Darcy n'était pas de celles où le bonheur déborde en allégresse. Quant à Elizabeth, agitée et confuse, elle se savait plutôt qu'elle ne se sentait heureuse. En dehors de l'embarras du moment, elle avait d'autres périls à redouter. Elle se représentait les réactions des siens quand ils seraient mis au courant de sa situation. Personne, elle ne pouvait se le cacher, n'avait de la sympathie pour lui que sa sœur Jane. Elle craignait même que pour les autres il ne s'agît d'une répulsion que ni sa fortune ni son rang ne fussent à même de surmonter tout à fait.

Une fois dans leur chambre, elle ouvrit son cœur à Jane. Bien que celle-ci ne fût pas portée à mettre en doute les affirmations, elle se montra totalement incrédule.

« Tu plaisantes, Lizzy ! C'est impossible ! Fiancée à M. Darcy ! Non, non, tu ne m'y prendras pas. Je sais que c'est hors de question.

— Voilà qui commence bien mal ! Tu étais mon seul espoir. Je suis certaine que personne ne me croira si tu refuses de me croire. Pourtant, je t'assure que je parle sérieusement. Je ne dis que la vérité. Il m'aime toujours, et nous allons nous marier. »

Jane la regarda d'un air de doute.

« Oh ! Lizzy, cela ne se peut. Je sais à quel point il t'est antipathique.

— Tu ne sais rien de tel. Il faut vite oublier tout cela. Peut-être ne l'ai-je pas toujours aimé aussi tendrement qu'aujourd'hui. Mais, en pareil cas, c'est un péché d'avoir bonne mémoire. Moi-même, après cette fois-ci, je ne m'en souviendrai plus. »

Mlle Bennet demeurait pantoise. De nouveau, et plus sérieusement, Elizabeth confirma la vérité de ce qu'elle avançait.

«Mon Dieu! Serait-ce possible malgré tout? Il faut bien te croire, s'écria Jane. Ma chère Lizzy, si c'est comme tu me le dis, bien sûr, je te félicite. Pourtant, en es-tu sûre? Pardonne-moi de te poser la question, mais es-tu absolument sûre d'être heureuse avec lui?

— Sans la moindre hésitation. Il est déjà convenu entre nous que nous serons le couple le plus heureux de la terre. Mais cela te plaît-il, Jane? Un frère comme lui sera-t-il à ton goût?

— Tout à fait. Rien ne pourrait nous donner, à Bingley et à moi, plus de satisfaction. Nous y avons songé, nous en avons parlé, mais pour conclure que c'était irréalisable. Et l'aimes-tu véritablement assez? Oh! Lizzy! préfère n'importe quoi à un mariage sans amour. Es-tu parfaitement assurée d'avoir pour lui les sentiments qu'il faut?

— Mais oui, et tu penseras même qu'ils vont au-delà du souhaitable quand je t'aurai dit toute la vérité.

— Explique-toi.

— Eh bien, je dois admettre que je l'aime mieux que Bingley. Tu vas être furieuse.

— Ma chère sœur, ne plaisante pas, je t'en prie. J'ai besoin de te parler très sérieusement. Apprends-moi tout ce que je dois savoir, et sans attendre. Peux-tu me dire de quand date ton amour pour lui?

— C'est venu si progressivement que j'ai peine à en situer les premiers instants. Mais je crois que cela a commencé du jour où j'ai posé les yeux sur son magnifique domaine de Pemberley.»

On la supplia encore d'être sérieuse, toutefois, avec en conséquence le résultat attendu. Elizabeth ne tarda pas à rassurer Jane en protestant gravement de la réalité de son attachement. Lorsqu'elle fut satisfaite sur ce point, Mlle Bennet se déclara enchantée.

«Me voici au comble du bonheur, dit-elle, car tu seras aussi heureuse que moi. Je l'ai toujours estimé. S'il n'avait fait qu'avoir de l'amour pour toi, cela aurait justifié mon estime. Mais maintenant que je verrai en lui à la fois l'ami de Bingley et ton mari, seuls Bingley et toi

pourront m'être plus chers. Il n'en reste pas moins,
Lizzy, que tu t'es montrée très rusée, très réservée avec
moi. Tu ne m'as pas dit grand-chose de ce qui s'était
passé à Pemberley et à Lambton. Ce que je sais, je le
dois à quelqu'un d'autre et non à toi.»

Elizabeth lui expliqua les raisons de son silence. Elle
avait hésité à mentionner le nom de Bingley, et l'incertitude en son cœur l'avait aussi conduite à éviter de
nommer son ami. À présent, il n'était plus utile de dissimuler à Jane la part qu'il avait prise au mariage de
Lydia. Tout fut éclairci, et la moitié de la nuit se passa
en conversation.

«Bonté divine! s'exclama Mme Bennet le lendemain
matin alors qu'elle était postée à la fenêtre. C'est encore
ce fâcheux M. Darcy qui revient ici en compagnie de
notre cher Bingley! Que peut-il bien nous vouloir à sans
cesse nous visiter? Je me disais qu'il irait à la chasse, ou
ailleurs, au lieu de nous déranger. Qu'allons-nous en
faire? Lizzy, il va falloir que tu te promènes encore avec
lui pour qu'il ne soit pas une gêne pour Bingley.»

Elizabeth eut du mal à ne pas rire d'une proposition
qui était si fort à son goût. Cependant, elle ne put
qu'être consternée du qualificatif que sa mère employait
constamment à propos de Darcy.

Dès qu'ils furent entrés, Bingley lui jeta un regard si
expressif, et sa poignée de main fut si chaleureuse, qu'elle
ne pouvait douter qu'il ne fût bien renseigné. Peu après,
il lança à haute voix:

«Monsieur Bennet, vous n'avez pas d'autres sentiers
par ici où Lizzy puisse se perdre aujourd'hui encore?

— Je conseille à M. Darcy, à Lizzy et à Kitty, dit
Mme Bennet, de pousser jusqu'à Oakham Mount ce
matin. La promenade est longue et jolie, et M. Darcy n'a
jamais vu le panorama.

— Cela peut faire l'affaire des deux premiers, jugea
M. Bingley, mais je suis sûr que Kitty trouvera le chemin trop long, n'est-ce pas, Kitty?»

Kitty reconnut qu'elle aimait mieux rester à la maison. Darcy manifesta une grande curiosité de contempler le paysage depuis le sommet de la colline. Elizabeth, silencieusement, donna son accord. Tandis qu'elle montait se préparer, Mme Bennet la suivit.

« Je suis désolée, Lizzy, lui dit-elle, que toute la charge retombe sur toi de distraire cet homme si déplaisant. Mais j'espère que tu en prendras ton parti. C'est uniquement pour Jane, tu sais bien, et il n'est pas nécessaire que tu lui parles, seulement un peu de temps en temps. Donc, ne t'embarrasse pas. »

Il fut décidé au cours de la promenade qu'on demanderait le consentement de M. Bennet dans la soirée. Elizabeth se réserva la même démarche auprès de sa mère. Il lui était impossible de deviner comment cette dernière accueillerait la proposition. Parfois la jeune fille hésitait à considérer comme suffisant le pouvoir de la richesse et de la grandeur de son prétendant pour permettre à Mme Bennet de vaincre le dégoût que l'homme lui inspirait. Mais, qu'elle fût résolument opposée au mariage ou enthousiasmée par lui, de toute manière sa réaction ne ferait pas honneur à son jugement, et Elizabeth ne pouvait supporter que Darcy fût le témoin des premiers transports de la joie maternelle davantage que des premiers éclats d'une réprobation.

Le soir, M. Bennet se retira pour gagner la bibliothèque et, peu après, elle vit M. Darcy se lever à son tour et le suivre. Son agitation fut extrême. Elle ne redoutait pas le refus de son père, mais il allait avoir de la peine, et il était triste de songer que ce serait à cause d'elle, parce qu'elle, sa fille préférée, se rendrait coupable d'un choix navrant et que la donner en mariage allait l'accabler de craintes et de regrets. Elle resta plongée dans la désolation jusqu'au retour de M. Darcy. Alors, levant les yeux vers lui, elle fut quelque peu réconfortée par son sourire. Quelques instants plus tard, il s'approcha de la table où elle était assise avec Kitty. Sous couvert d'admirer son ouvrage, il lui chuchota :

«Allez voir votre père, il vous attend dans la bibliothèque.»

Elle ne fut pas longue à s'exécuter. M. Bennet faisait les cent pas dans la pièce, l'air grave et préoccupé.

«Lizzy, lui dit-il, sais-tu ce que tu fais? As-tu perdu la tête pour accepter cet homme-là? Ne l'as-tu pas toujours détesté?»

Quels ne furent pas en cet instant ses regrets de ne pas avoir émis des opinions plus raisonnables en des termes plus mesurés! Elle n'en aurait pas été réduite à des explications et des protestations qu'il était extrêmement gênant de formuler. Mais il fallait en passer par là, et elle assura son père, non sans confusion, qu'elle était attachée à M. Darcy.

«Autrement dit, tu es résolue à l'épouser. Il est riche, je n'en disconviens pas, et sans doute auras-tu plus de belles toilettes et de beaux carrosses que ta sœur Jane. Mais en seras-tu plus heureuse?

— Avez-vous une autre objection à faire valoir que votre conviction de mon indifférence?

— Je n'en ai aucune. Nous le connaissons tous pour quelqu'un de fier et de désagréable. Mais cela ne compterait pas s'il te plaisait.

— Or il me plaît, il me plaît beaucoup, répliqua-t-elle, les larmes aux yeux. Je l'aime. Il n'a pas en réalité d'orgueil injustifié. Il est parfaitement aimable. Vous ne savez pas véritablement qui il est. Je vous en prie, ne me tourmentez pas en parlant de lui comme vous le faites.

— Lizzy, repartit son père, je lui ai donné mon consentement. C'est à vrai dire le genre d'homme auquel je n'oserais jamais refuser ce qu'il jugerait bon de me demander. Je te donne le même consentement maintenant, si tu es décidée à te marier avec lui. Mais je te conseille d'y réfléchir à deux fois. Je connais ta nature. Je sais que tu ne pourrais être heureuse ni te conduire de manière respectable sans une estime sincère pour ton mari, sans admettre sa supériorité. Ta vivacité te ferait courir de grands dangers si ton partenaire ne te valait pas. Il te serait difficile d'éviter l'opprobre et l'amertume. Mon enfant, épargne-moi le chagrin de te voir dans l'incapacité de respecter la personne qui partage ta vie. Tu ne sais pas à quoi tu t'exposes.»

Elizabeth, plus touchée encore, apporta à sa réponse le sérieux et la gravité qui convenaient. Finalement, à force de répéter que M. Darcy faisait véritablement l'objet de son choix, d'expliquer comment peu à peu elle avait acquis de l'estime pour lui, de se dire absolument sûre que l'affection de son prétendant n'était pas le caprice d'un jour mais avait résisté à l'épreuve d'une incertitude de nombreux mois, d'énumérer toutes ses qualités, elle vint à bout du scepticisme de son père et le réconcilia avec le mariage.

«Eh bien, ma chérie, dit-il quand elle en eut fini, je n'ai plus rien à ajouter. Si tu m'as bien représenté l'affaire, il te mérite. Je n'aurais pas accepté de me séparer de toi, ma Lizzy, au profit de quelqu'un de moins digne d'estime.»

Afin de rendre l'impression plus favorable encore, elle le mit au courant de ce que M. Darcy avait spontanément accompli au bénéfice de Lydia. Il fut abasourdi de l'entendre.

«Cette soirée est vraiment celle des merveilles! Ainsi Darcy a tout fait! Il a arrangé le mariage, donné l'argent, payé les dettes de ce garçon, acheté son brevet d'officier! Eh bien, tant mieux. Cela m'épargnera une foule d'ennuis et bien des économies. Si ç'avait été l'ouvrage de ton oncle, j'aurais dû le rembourser et j'y serais parvenu. Mais ces jeunes amoureux que la passion emporte ne veulent rien entendre. Demain, je lui proposerai de lui rendre ce que je lui dois. Il se lancera dans une tirade enflammée sur l'amour que tu lui inspires, et on n'en parlera plus.»

Il se rappela l'embarras d'Elizabeth quelques jours plus tôt, quand il lui avait lu la lettre de M. Collins. Après s'être moqué d'elle un bon moment, il lui permit enfin de s'éclipser. Lorsqu'elle quitta la pièce, il dit:

«S'il vient des jeunes gens pour Mary et Kitty, envoie-les-moi. J'ai tout mon temps.»

Elizabeth était maintenant soulagée d'un grand poids. Après une demi-heure passée à réfléchir tranquillement dans sa chambre, elle fut en mesure de se joindre aux autres sans trahir trop d'émotion. Tout cela était trop récent pour se traduire par de la gaieté, mais la soirée se passa dans le calme. Il n'y avait plus à redouter d'obstacle d'importance ; avec le temps viendraient le repos d'esprit et l'habitude qui rendraient confortable la nouveauté.

Quand sa mère monta plus tard à son appartement, Elizabeth l'y suivit et lui communiqua la grande nouvelle. L'effet fut saisissant. D'abord Mme Bennet fut rivée à sa chaise et incapable de prononcer un mot. Ce ne fut pas avant de longues minutes qu'elle put comprendre ce dont il s'agissait, bien qu'en règle générale elle ne fût pas lente à croire ce qui profitait à sa famille ou se présentait sous la forme d'un soupirant pour l'une ou l'autre de ses filles. Elle finit cependant par se remettre peu à peu, se trémousser sur son siège, se lever, se rasseoir, s'exclamer, tomber des nues.

« Bonté divine ! Seigneur ! Quelle histoire ! Mon Dieu ! M. Darcy ! Qui l'eût cru ? Et ce serait vrai ? Ah ! ma chère Lizzy, comme tu vas être riche et grande dame ! Que d'argent pour tes menues dépenses, de bijoux, de voitures ! Le mariage de Jane n'est rien à côté du tien, rien du tout. Je suis si contente, si heureuse ! Quel homme charmant, si beau, si grand ! Ah ! ma chère Lizzy ! Tu m'excuseras auprès de lui pour l'avoir tant détesté jusqu'à maintenant. Il ne m'en voudra pas, j'espère. Ma chère, ma très chère Lizzy ! Un hôtel particulier à Londres ! Tout ce qu'il y a de plus désirable ! Trois filles mariées ! Dix mille livres de rente ! Ah ! Mon Dieu ! Comment le supporter ? La tête me tourne ! »

C'était suffisant pour assurer qu'il n'y avait pas à douter de son assentiment. Elizabeth, heureuse d'être le seul témoin de ces effusions, saisit la première occasion qui se présenta pour s'enfuir. Elle n'était pas dans sa chambre, toutefois, depuis cinq minutes que sa mère l'y rejoignit.

«Ma chère enfant, s'exclama-t-elle, je n'arrive pas à m'ôter cela de la tête. Dix mille livres de rente, et très probablement davantage! C'est comme si tu épousais un lord. Et tu auras une dispense spéciale[1]. Tu auras nécessairement cela pour te marier. Ma chérie, il faut me dire le plat que M. Darcy préfère à tous les autres pour qu'on le lui serve demain.»

Cela augurait mal de l'attitude que prendrait sa mère envers l'intéressé. Elizabeth sentait que, bien que certaine de son affection la plus tendre et tranquillisée quant au consentement de ses propres parents, il lui restait quelque chose à désirer. Mais la journée du lendemain se passa dans de bien meilleures conditions que ce qu'elle avait prévu. Mme Bennet par bonheur était si intimidée par son futur gendre qu'elle n'osa pas lui adresser la parole, sinon pour lui prodiguer toutes les attentions qui étaient en son pouvoir ou marquer son respect pour les opinions qu'il avait émises.

Elizabeth eut la satisfaction de voir son père s'efforcer de mieux connaître Darcy, et il ne tarda pas à l'assurer que celui-ci ne cessait de monter dans son estime.

«J'ai beaucoup d'admiration pour mes trois gendres, lui dit-il. Wickham est peut-être mon préféré, mais je pense qu'à l'avenir ton mari me plaira autant que celui de Jane.»

CHAPITRE XVIII

Bientôt Elizabeth, retrouvant une humeur plus gaie, demanda à M. Darcy de lui expliquer comment il avait pu faire pour tomber amoureux d'elle.

«Comment cela vous est-il venu? dit-elle. Je comprends fort bien que vous ayez continué, après une mise en train. Mais qu'est-ce qui a constitué le point de départ?

— Impossible de préciser l'heure, le lieu, le regard

ou les mots qui ont ouvert la voie. C'est trop loin maintenant. Je ne me savais pas engagé que déjà j'étais au
beau milieu.

— Vous aviez précocement résisté au pouvoir de ma
beauté. Quant à mes manières... de ma conduite envers
vous on peut dire à tout le moins qu'elle avoisinait toujours l'impolitesse, et je ne vous adressais jamais la
parole sans sembler désirer davantage vous tourmenter
que vous plaire. Soyez franc : m'admiriez-vous pour
mon impertinence ?

— J'avais de l'admiration pour votre vivacité d'esprit.

— Vous pouvez tout aussi bien parler d'impertinence.
Cela y ressemblait beaucoup. Le fait est que vous en
aviez assez de la civilité, de la déférence, des attentions
multipliées. Vous étiez dégoûté des femmes qui par
leurs paroles, leurs airs, leurs réflexions quêtaient uniquement votre approbation. J'ai piqué votre curiosité,
je vous ai intéressé parce que j'étais très différente
d'elles. Si vous n'aviez pas été quelqu'un de foncièrement aimable, vous m'auriez détestée d'être ainsi. Mais,
en dépit de vos efforts pour déguiser votre véritable
nature, vos sentiments ne cessèrent jamais d'être justes
et généreux. Au fond du cœur, vous méprisiez absolument les personnes qui vous faisaient une cour assidue.
Voyez : je vous ai épargné la peine d'une explication et
vraiment, à tout prendre, je commence à croire que
c'était parfaitement raisonnable. Assurément, vous ne
saviez rien de moi qui fût réellement à mon avantage.
Mais qui se soucie de cela quand il tombe amoureux ?

— N'y avait-il rien de louable dans votre conduite
pleine d'affection à l'égard de Jane quand elle était
malade à Netherfield ?

— Cette chère Jane ! Qui aurait pu faire moins pour
quelqu'un comme elle ? Mais, je vous en prie, inscrivez-
le au nombre de mes mérites. Mes qualités sont placées
sous votre protection, et votre devoir est de les exagérer
autant qu'il est possible. En échange, il m'appartient de
trouver l'occasion aussi souvent qu'il se pourra de vous

taquiner et de vous quereller. Je commencerai donc par
vous demander pourquoi vous avez tant hésité finalement à en venir au fait. Pourquoi tant de timidité à mon
endroit lors de votre première visite, et quand ensuite
vous avez dîné à la maison ? Pourquoi surtout, quand
vous nous visitiez, aviez-vous toujours l'air de ne pas
vous intéresser à moi ?

— Parce que vous étiez grave et muette et ne me donniez aucun encouragement.

— J'étais embarrassée.

— Moi aussi.

— Vous auriez pu me parler davantage lorsque vous
êtes venu dîner.

— Quelqu'un de plus indifférent y aurait sans doute
réussi.

— Quel dommage que vous ayez une réponse sensée à
me fournir et que je sois assez raisonnable pour l'accepter ! Mais je me demande combien de temps aurait duré
votre manège si je ne vous avais pas aidé, quand vous
vous seriez décidé à parler si je ne vous avais pas ques-
tionné ! La résolution que j'avais prise de vous remercier pour votre bonté envers Lydia eut certainement
beaucoup d'effet. Trop, peut-être, car que devient la
morale dans tout cela si nous devons notre bien-être à
une promesse non tenue ? Je n'aurais pas dû aborder ce
sujet. Il me fallait en être punie.

— Inutile de vous mettre en peine. La morale sera
sauve. Ce sont les tentatives injustifiables de Lady
Catherine pour nous séparer qui ont permis de lever
mes derniers doutes. Je ne suis pas redevable de mon
bonheur présent à votre vif désir d'exprimer votre gratitude. Je n'étais pas d'humeur à attendre une ouverture
de votre part. Les renseignements donnés par ma tante
m'avaient rendu l'espoir, et j'étais venu bien décidé à en
avoir le cœur net.

— Lady Catherine nous aura été très précieuse, ce
qui devrait la réjouir, car elle adore rendre service.
Mais, dites-moi, qu'est-ce qui a occasionné votre venue
à Netherfield ? Était-ce seulement pour visiter Long-

bourn et en être gêné? Ou aviez-vous en tête un projet plus important?

— Mon but en réalité était de vous voir et de juger, si possible, des espoirs qui me restaient de jamais me faire aimer de vous. Mon intention avouée, du moins celle que je m'avouais à moi-même, était de m'assurer si votre sœur gardait encore une préférence pour Bingley et, dans ce cas, de reconnaître mes torts envers lui, ce que j'ai fait depuis.

— Aurez-vous un jour le courage d'annoncer à Lady Catherine le sort qui l'attend?

— Je risque davantage de manquer de temps que de courage, Elizabeth. Mais je ne puis m'y dérober et, si vous me donnez une feuille de papier, je me mettrai aussitôt à l'ouvrage.

— Si je n'avais pas moi-même une lettre à écrire, je pourrais m'asseoir à côté de vous et admirer la régularité de votre écriture, comme naguère une certaine jeune demoiselle. Mais moi aussi j'ai une tante que je ne dois pas plus longtemps négliger.»

Parce qu'elle avait été réticente à admettre combien on avait surestimé son degré d'intimité avec M. Darcy, Elizabeth n'avait pas encore répondu à la longue lettre de Mme Gardiner. Maintenant, avec une nouvelle à communiquer dont elle savait qu'elle serait particulièrement bien reçue, elle avait presque honte de s'apercevoir que son oncle et sa tante avaient déjà perdu trois jours de bonheur. Elle écrivit immédiatement ce qui suit:

Je vous aurais remerciée plus tôt, ma chère tante, comme c'était mon devoir, de m'avoir livré par le menu, de manière aimable et satisfaisante, les détails que je recherchais. Mais, s'il faut tout dire, j'étais trop fâchée pour prendre la plume. Vous imaginiez plus qu'il n'existait vraiment. À présent, toutefois, vous pouvez supposer ce qu'il vous plaira. Laissez courir votre imagination, donnez à votre fantaisie toute la liberté que le sujet autorise et, à moins de me croire d'ores et déjà mariée, vous ne pourrez beaucoup vous tromper. Il faut m'écrire à nouveau très bientôt et vous montrer beaucoup moins avare de vos éloges à son égard que dans votre dernière lettre. Merci mille fois de ne pas être allés visiter la région des Lacs. Comment ai-je pu être assez sotte pour le souhaiter! Votre idée des poneys est excellente. Chaque jour, nous ferons le tour du parc. Je suis la femme la plus heureuse du monde. D'autres peut-être l'ont dit avant moi, mais nulle n'avait à cela de meilleures raisons. Je suis même plus heureuse que Jane: elle sourit quand je ris aux éclats. M. Darcy vous assure de toute la tendresse qu'il peut distraire de ce qui me revient. Nous attendons toute votre famille à Noël à Pemberley. Affectueusement, etc.

La lettre que M. Darcy envoya à Lady Catherine fut écrite dans un autre style, et celle de M. Bennet à M. Collins, en réponse à la dernière reçue, différait autant de la première que de la seconde.

Cher monsieur,
Je vais encore vous obliger à me complimenter. Elizabeth sera bientôt l'épouse de M. Darcy. Consolez Lady Catherine du mieux que vous pourrez. Mais, à votre place, je choisirais de me ranger du côté du neveu. Il peut donner davantage.

Bien à vous, etc.

Les félicitations de Mlle Bingley à son frère à l'occasion de son prochain mariage furent aussi pleines d'affection que dépourvues de sincérité. Elle alla jusqu'à écrire à Jane en la circonstance pour lui exprimer sa joie et l'assurer à nouveau de sa sympathie. Jane n'en fut pas abusée, mais touchée. Elle ne pouvait lui faire confiance mais lui répondit quand même avec plus de cordialité que la lettre, et elle ne l'ignorait pas, n'en méritait.

La satisfaction dont témoigna Mlle Darcy en apprenant les mêmes nouvelles fut aussi sincère que celle qu'avait éprouvée son frère en les lui transmettant. Deux feuillets noircis recto verso ne suffirent pas à dire son contentement ni son désir de gagner l'affection de cette sœur.

Avant que M. Collins eût le temps d'expédier sa réponse, ou sa femme ses félicitations pour Elizabeth, on apprit à Longbourn que l'un et l'autre étaient les hôtes du Pavillon de Lucas. La raison de ce déplacement soudain apparut bientôt clairement. La colère de Lady Catherine quand elle prit connaissance de la lettre de son neveu fut telle que Charlotte, qui se réjouissait vraiment de cette union, n'eut plus qu'une hâte, celle de disparaître aussi longtemps que l'orage ne serait pas calmé. En un pareil moment, Elizabeth fut véritablement contente de voir arriver son amie même si, au cours de leurs rencontres, elle dut parfois trouver chèrement acquis un plaisir qui exposait M. Darcy aux démonstrations de politesse obséquieuse de M. Collins. Elles furent cependant supportées avec une sérénité admirable. Darcy put même écouter avec suffisamment de maîtrise de soi Sir William Lucas le complimenter de dépouiller la contrée de son plus bel ornement et exprimer l'espoir de souvent les revoir tous deux au palais de St. James's. S'il haussait les épaules, ce n'était pas avant que Sir William fût loin.

La vulgarité de Mme Phillips était un autre fardeau, plus lourd peut-être, imposé à sa patience. Certes Mme Phillips, tout comme sa sœur, était trop intimidée en sa présence pour lui parler avec la familiarité qu'encourageait la bonhomie de Bingley. Mais, dès qu'elle ouvrait la bouche, elle ne pouvait s'empêcher d'être vulgaire. Le respect qu'il lui inspirait pouvait la rendre plus silencieuse mais n'avait aucune chance de lui faire acquérir plus de distinction. Elizabeth consacrait tous ses efforts à le protéger d'une rencontre trop fréquente de l'une ou de l'autre. Son désir était de toujours le garder pour elle seule et ceux des membres de sa famille avec lesquels il pouvait converser sans en souffrir. La gêne occasionnée par tout ceci ôta beaucoup de son charme à la période des fiançailles, mais l'avenir n'en parut que sous des couleurs plus chatoyantes. Elle songeait avec délice au temps où ils seraient délivrés d'une société si peu à leur goût pour jouir de tout le confort et de toute l'élégance d'une vie familiale au château de Pemberley.

CHAPITRE XIX

Béni pour son cœur de mère fut le jour où Mme Bennet parvint à se défaire de l'une et l'autre des plus estimables de ses filles. La fierté satisfaite avec laquelle ensuite elle rendit visite à Mme Bingley et parla de Mme Darcy peut aisément s'imaginer. Je voudrais pouvoir dire, pour le bien de sa famille, que l'accomplissement de ses vœux les plus chers, avec l'établissement de tant de ses enfants, produisit un effet si bénéfique qu'il la rendit sensée, aimable, cultivée, pour le restant de ses jours. Peut-être néanmoins s'avéra-t-il une chance pour son mari qu'elle demeurât occasionnellement nerveuse et invariablement sotte. Il aurait pu ne pas goûter le bonheur conjugal sous une forme aussi peu coutumière.

Sa deuxième fille manqua énormément à M. Bennet, et l'affection qu'il avait pour elle le poussa hors du logis plus souvent que tout autre motif n'aurait pu y réussir. Il se faisait une joie d'aller à Pemberley, surtout quand on l'y attendait le moins.

M. Bingley et Jane ne restèrent qu'un an à Netherfield. Une situation qui les rapprochait à ce point de Mme Bennet et de la famille de Meryton n'était pas désirable, même pour quelqu'un d'aussi affectueux et d'aussi accommodant que Bingley. Celui-ci combla les souhaits de ses sœurs en achetant un domaine dans un comté voisin du Derbyshire, ce qui fit que, s'ajoutant à leurs autres sources de satisfaction, Jane et Elizabeth eurent la joie de n'être plus séparées que par une dizaine de lieues.

Kitty, pour son plus grand profit, passa le plus clair de son temps dans la société de ses deux aînées. Au milieu de gens bien supérieurs à ceux qu'elle avait l'habitude de fréquenter, elle s'améliora considérablement. Elle n'était pas d'un caractère aussi difficile que Lydia et, une fois soustraite à l'influence du mauvais exemple donné par sa sœur, bien surveillée, bien dirigée, elle devint moins irritable, moins ignorante et moins fade. De plus amples inconvénients liés à la société de Lydia elle fut bien sûr soigneusement protégée. Mme Wickham eut beau multiplier les invitations à venir passer quelque temps avec elle, en lui faisant miroiter l'avantage de bals et de la compagnie de jeunes gens, son père ne consentit jamais à la laisser partir.

De toutes les filles, Mary fut la seule à rester à la maison, et sa recherche de talents de société à faire valoir eut nécessairement à souffrir de l'incapacité totale de Mme Bennet à se résigner à la solitude. Mary fut contrainte de se tenir moins souvent à l'écart du monde. Cependant, elle eut la consolation de pouvoir se livrer à des réflexions morales à l'issue de toutes les visites matinales et, comme elle n'eut plus à souffrir de comparaisons entre la beauté de ses sœurs et la sienne, son père la soupçonna de se soumettre au changement sans trop de répugnance.

On ne peut dire que Wickham et Lydia devinrent bien différents après le double mariage de Longbourn. Lui supporta avec philosophie la certitude que désormais Elizabeth allait connaître de son ingratitude et de sa fourberie ce qu'elle ignorait encore et, en dépit de tout, ne désespéra pas complètement d'obtenir de Darcy qu'il l'avançât dans le monde. La lettre de félicitations qu'Elizabeth reçut de Lydia à l'occasion de son mariage démontrait qu'elle au moins chérissait cet espoir. Voici quelle était la teneur de cette lettre :

Ma chère Lizzy,

Mes compliments. Si tu as pour M. Darcy seulement la moitié de l'amour que j'ai pour mon cher Wickham, tu dois être très heureuse. Nous sommes très contents de te savoir si riche. Lorsque tu n'auras rien de mieux à faire, j'espère que tu penseras à nous. Je suis certaine que Wickham apprécierait beaucoup d'avoir une place à la cour, et sans doute, si personne ne nous vient en aide, n'aurons-nous pas tout à fait suffisamment d'argent pour vivre. N'importe quelle place ferait l'affaire qui rapporterait dans les trois ou quatre cents livres par an. Toutefois, si tu juges que c'est mieux ainsi, n'en dis rien à M. Darcy.

Affectueusement etc.

Comme en la circonstance Elizabeth le jugeait hautement préférable, elle tenta dans sa réponse de mettre fin à toute sollicitation et à toute attente de cette nature. Les secours, toutefois, qu'il était en son pouvoir de dispenser, par le moyen de ce qu'on pourrait appeler des économies dans ses dépenses personnelles, ceux-là leur furent fréquemment envoyés. Il lui était toujours apparu évident qu'un revenu comme le leur, entre les mains de deux personnes aussi déraisonnables dans leurs besoins et aussi peu soucieuses du lendemain, ne pouvait que très difficilement leur suffire. Il en résulta qu'à chaque fois qu'ils changeaient de garnison, Jane ou elle-même durent s'attendre à ce qu'on se tournât vers elles pour aider quelque peu au règlement des factures. Leur façon de vivre, même lorsque le retour de la paix leur permit de s'installer dans leurs meubles, fut marquée par une instabilité extrême. Ils allaient de place en place à la recherche de conditions moins onéreuses et dépensaient plus qu'il n'aurait fallu. L'affection qu'il avait pour elle sombra vite dans l'indifférence, celle de sa femme dura un peu plus longtemps. En dépit de son jeune âge et de ses mauvaises manières, elle resta en possession de tout le crédit que son mariage lui avait permis d'espérer.

Pour ce qui est de Wickham, si Darcy ne put jamais

le recevoir à Pemberley, cependant, à cause d'Elizabeth, il l'aida dans sa profession. Lydia vint parfois les visiter, quand son mari était parti s'amuser à Londres ou à Bath. Chez les Bingley, ils prolongeaient si fréquemment leurs séjours que même la bonhomie de leur hôte n'y résistait pas et qu'il allait jusqu'à parler de leur suggérer d'y mettre un terme.

Mlle Bingley fut très mortifiée du mariage de Darcy mais, comme elle pensait qu'il valait mieux pour elle garder la possibilité de faire des visites à Pemberley, elle abandonna toute idée de rancune, manifesta plus d'attachement que jamais à Georgiana, eut presque autant d'égards pour Darcy que par le passé et paya à Elizabeth tout l'arriéré de politesse qu'elle lui devait.

Désormais Georgiana se fixa à Pemberley, et l'affection mutuelle des deux sœurs devint exactement conforme aux espoirs de Darcy. Elles eurent l'une pour l'autre toute la tendresse qu'elles avaient souhaitée. Georgiana avait d'Elizabeth la plus haute opinion, même si au début ce fut avec un étonnement proche de l'inquiétude qu'elle l'entendit s'adresser à son frère d'une manière folâtre et enjouée. Il lui avait toujours inspiré un respect qui l'empêchait presque de se montrer affectueuse ; à présent elle le voyait l'objet de plaisanteries non dissimulées. Elle apprit ainsi certaines choses qu'il ne lui avait jamais été donné de découvrir. Elizabeth lui fit connaître qu'une femme peut prendre avec son mari des libertés qu'un frère n'autorisera pas toujours à une sœur de dix ans sa cadette.

Lady Catherine s'indigna beaucoup à l'annonce du mariage de son neveu et, comme elle donna libre cours à l'authentique franchise de son caractère dans sa réponse à la lettre qui lui faisait part de la décision, elle usa de termes si injurieux, en particulier à l'égard d'Elizabeth, que leurs rapports d'abord ne purent se continuer. Mais, à la longue, les efforts de sa femme finirent par persuader Darcy d'oublier l'outrage et de chercher une réconciliation. Sa tante commença par se montrer réticente, puis sa rancune s'apaisa, soit en raison de son affection pour lui, soit par curiosité, comme elle brûlait de savoir comment se comportait la nouvelle épousée. Elle daigna donc les visiter à Pemberley en dépit de la souillure dont ses bois avaient souffert, après non seulement l'adjonction de cette maîtresse, mais aussi la présence occasionnelle d'un oncle et d'une tante venus du quartier londonien des marchands.

Avec les Gardiner ils maintinrent toujours les relations les plus étroites. Darcy avait pour eux une affection aussi sincère qu'Elizabeth. Tous deux gardèrent la plus vive reconnaissance à des personnes qui, en amenant leur nièce dans le Derbyshire, avaient permis leur mariage.

DOSSIER

CHRONOLOGIE
(1775-1817)

1775. Le 16 décembre naît Jane Austen à Steventon, petit village au sud-ouest de Londres. Son père, George Austen, est le curé de la paroisse. Elle est le septième enfant, après James, George (handicapé mental, qui ne vit pas au foyer), Edward, Henry, Cassandra et Francis.

1776-1782. En 1779, naissance du huitième et dernier enfant, Charles. James est inscrit à l'université d'Oxford. À Paris, une cousine de Jane, Elizabeth Hancock, épouse en 1781 le comte de Feuillide.

1783-1786. Pour des raisons de place (M. Austen prend des élèves en pension), Jane quitte le presbytère familial avec sa sœur Cassandra pour le pensionnat de Mme Cawley à Oxford en 1783. Mme Cawley déménage pour Southampton. Ses élèves la suivent. La menace d'une maladie contagieuse met fin à cette séparation. En 1784, les deux sœurs fréquentent la célèbre école de l'Abbaye à Reading, tenue par Mme Latournelle, une Anglaise mariée à un Français. On n'y apprend pas grand-chose. En 1786, Francis entre à l'école navale de Portsmouth.

1787-1794. Rédaction, entre 1787 et 1793, dans trois cahiers intitulés par l'auteur *Volume the First*, *Volume the Second*, *Volume the Third*, de pseudo-romans et même d'une histoire d'Angleterre très ramassée dont l'intention est burlesque et parodique.

De 1787 à 1792, dans la grange ou dans la salle à manger du presbytère, selon la saison, on joue des pièces de théâtre. James écrit les prologues, Henry et la comtesse de Feuillide tiennent les principaux rôles. Sans doute

Jane est-elle une spectatrice intéressée de ces représen-
tations et du remue-ménage qui les accompagne.

En 1788, Henry s'inscrit à son tour à Oxford, et Francis
trouve son premier embarquement. En 1789, Edward,
qui a pratiquement été adopté par ses cousins Knight,
fait le «grand tour» de l'Europe, itinéraire des jeunes
touristes fortunés. James en 1790 devient curé de Sher-
borne St John. En 1791, Edward se marie. James fait
de même en 1792. Deux filles naîtront à leurs foyers
respectifs en 1793, Fanny et Anna, deux nièces qui
deviendront chères au cœur de Jane.

Charles à son tour entre à l'école navale de Portsmouth
en 1791. Francis est nommé lieutenant en 1792. En
1793, Henry devient lieutenant lui aussi, mais dans l'armée territoriale.

En 1793, les Français déclarent la guerre aux Anglais.
Des camps de l'armée territoriale sont mis en place à
Brighton. En 1794, victoire sur la flotte française à
Ouessant.

La même année, le comte de Feuillide est guillotiné à
Paris pour subornation de témoins. Sa veuve trouve
asile à Steventon.

1795-1800. Des années bien remplies au plan personnel pour
Jane Austen et fécondes pour le jeune écrivain. Premières versions des trois premiers grands romans : *Eli-
nor et Marianne*, commencé vers 1795, donnera *Le
Cœur et la Raison*; *Premières impressions*, mis en chantier en 1796, sera le futur *Orgueil et préjugés*; *Susan*,
ébauché en 1798, peut-être plus tôt, *L'Abbaye de Northanger*. Il faut ajouter à cela *Lady Susan*, conte moral
qui remonte à 1794 ou 1795 et une petite pièce de
théâtre, terminée en 1800, qui raille le *Sir Charles
Grandison* de Richardson.

Le fiancé de Cassandra, Thomas Fowle, meurt aux
Antilles de la fièvre jaune en 1797. Elle ne se mariera
jamais et restera pour Jane jusqu'à sa mort une compagne fidèle et une amie dévouée.

En 1798, d'un deuxième mariage de James, naît le futur
James Edward Austen-Leigh, le premier biographe de
Jane Austen. Henry épouse la comtesse de Feuillide en
1797. Il abandonne l'armée en 1801. Francis et Charles
poursuivent une brillante carrière dans la marine de
guerre.

Le conflit avec les Français continue avec quelques victoires maritimes d'importance (Aboukir, 1798). Un débarquement est projeté en Angleterre en 1797. Tentatives en Irlande (1796, 1798). Échec des émigrés à Quiberon en 1795.

1800-1804. George Austen, à soixante-neuf ans, décide de se retirer à Bath. Son fils James le remplacera dans ses fonctions à Steventon. Jane ne se plaira jamais à Bath. En 1802, Harris Bigg Wither, le frère d'amies de longue date, lui propose le mariage. Il a vingt et un ans, elle près de vingt-sept. Il est héritier du domaine de Manydown. Il bégaie. Il est infirme. Elle accepte dans un premier temps puis, la nuit portant conseil, change d'avis le lendemain matin.

En 1803, l'éditeur Crosby paie dix livres le manuscrit de *Susan*, mais ne le publie pas, pour des raisons qui restent à élucider. En 1804, Jane écrit *Les Watson*, roman qu'elle ne finira jamais.

Le conflit avec la France s'interrompt en 1802 par la paix d'Amiens, accueillie avec enthousiasme de l'autre côté de la Manche. À la reprise des hostilités en 1803, Bonaparte projette de porter la guerre sur le sol anglais. En 1804, il se fait proclamer empereur. On recrute des volontaires pour faire face à la menace d'invasion française.

1805-1808. Tournant dans la vie de Jane Austen. En 1805, son père meurt, laissant sa veuve et ses deux filles dans un relatif dénuement. Les revenus de la cure de Steventon vont à James. Il reste deux cent dix livres par an aux trois femmes pour survivre. Les frères de Jane se cotisent. James, Francis et Henry donnent cinquante livres par an, Edward cent; Charles est trop pauvre pour donner quoi que ce soit. Martha Lloyd unit ses ressources à celles de ses amies et cohabitera avec elles désormais. Seule Jane dans cette association n'apporte rien. Cassandra possède un capital de mille livres légué par son ancien fiancé.

Pour des raisons d'économie, on vit d'abord à Southampton chez Francis, souvent en mer. En 1807, Henry ouvre une banque à Londres. En 1808, Edward devient veuf avec onze enfants.

Les alliés de l'Angleterre vont de défaite en défaite sur le continent. Napoléon se fait couronner roi d'Italie.

Succès retentissant de Trafalgar en 1805. En 1806, Napoléon instaure le blocus continental. En 1808, les Espagnols révoltés demandent de l'aide aux Anglais. Un corps expéditionnaire est envoyé sous la conduite du futur duc de Wellington. La campagne débute fort mal.

1809-1811. En 1809, s'ouvre une période déterminante pour la carrière de l'écrivain qu'est Jane Austen. Jusque-là, elle n'a pu donner sa pleine mesure, se heurtant à l'incompréhension d'un éditeur et à des conditions matérielles peu propices à l'écriture. Elle va triompher de ces deux obstacles.

Edward Austen propose à sa mère et à ses sœurs de venir habiter une humble demeure qu'il possède à Chawton dans le Hampshire, au carrefour des routes de Winchester et de Portsmouth. Elles acceptent avec joie. Le travail de Jane s'en ressent aussitôt. Elle révise *Le Cœur et la Raison*. Elle commence à écrire *Le Parc de Mansfield*.

Henry à Londres connaît beaucoup de gens, entre autres l'éditeur Thomas Egerton, qui accepte de publier à compte d'auteur *Le Cœur et la Raison*. L'ouvrage paraît anonymement en novembre 1811. Le succès est mesuré, mais suffisant pour qu'Egerton donne son accord à l'édition d'*Orgueil et préjugés*, en assumant cette fois les risques financiers.

La guerre se poursuit. Une cinquième coalition contre les Français échoue à son tour. En Espagne, l'évolution de la situation n'est pas favorable aux Anglais.

1812. Correction pour l'imprimerie d'*Orgueil et préjugés*.

La guerre change d'aspect. L'expédition de Napoléon en Russie se termine par un désastre.

1813. Egerton publie *Orgueil et préjugés*. La première édition est épuisée en moins de six mois. Deuxième édition en novembre et nouvelle édition du *Cœur et la Raison*. Jane Austen travaille au *Parc de Mansfield*.

Le futur duc de Wellington remporte la victoire de Vittoria. En novembre, il franchit la Bidassoa. Napoléon poursuit sa retraite

1814. Jane Austen a pris courage. Elle commence *Emma*. Egerton publie *Le Parc de Mansfield*, mais à compte d'auteur. La critique boude, mais les ventes sont bonnes.

Le traité de Paris en mai semble mettre un terme aux « guerres françaises ». Début du Congrès de Vienne.

1815. Une année de travail pour Jane Austen. Elle termine *Emma* et met en chantier *Persuasion*. Egerton refusant de publier une deuxième édition du *Parc de Mansfield*, elle se tourne vers Murray, éditeur bien connu. Il accepte *Emma* et *Le Parc de Mansfield*, mais à compte d'auteur.

Waterloo. Sainte-Hélène. Fin du Congrès de Vienne.

1816. La deuxième édition du *Parc de Mansfield* ne se vend pas. *Emma*, par contre, se vend bien. Au total, Jane Austen y gagne trente-huit livres. L'accueil des critiques est tiède. Heureusement, la *Quarterly Review* publie un article élogieux signé Walter Scott.

Jane Austen travaille à *L'Abbaye de Northanger*. Elle finit *Persuasion* en juillet. Sa santé se détériore. Henry fait faillite et entre dans les ordres.

1817. En janvier, Jane Austen se sent mieux. Elle commence *Sanditon*, puis en arrête la rédaction en mars. Elle est atteinte de la maladie d'Addison, une tuberculose des glandes surrénales, qu'on ne sait ni diagnostiquer ni guérir. Elle meurt le 17 juillet à Winchester.

En décembre, Henry fait paraître *L'Abbaye de Northanger* et *Persuasion* (les titres ne sont sans doute pas ceux de Jane Austen), accompagnés d'une courte notice biographique. On sait enfin, ou plutôt on croit savoir, qui a écrit *Orgueil et préjugés*.

NOTICE

La révision d'Orgueil et préjugés

Premières impressions, de Margaret Holford, fut publié en 1800 à Londres par la Minerva Press (voir la Préface, p. 000).

On s'est livré à de multiples hypothèses en ce qui concerne la révision qui suivit (elle a pu en partie précéder cette parution). Dans un appendice à son édition d'*Orgueil et préjugés* en 1923, R.W. Chapman suppose que Jane Austen utilisait un almanach en rédigeant son ouvrage pour assurer la cohérence des dates. Effectivement, elle n'hésite pas à dater précisément ses lettres, et l'on peut situer les événements. D'où un calendrier confectionné par Chapman qui place le tout en 1811-1812, et suppose des révisions à la même époque.

Longtemps, le travail minutieux de Chapman a conduit à adopter cette hypothèse. Mais, en 1966, Ralph Nash («The Time Scheme for *Pride and Prejudice*», *English Language Notes*, 4 (1966-1967), p. 194-198) suggéra l'utilisation des almanachs de 1799 et de 1802, avec une révision finale en 1802. P.B.S. Andrews («The Date of *Pride and Prejudice*», *Notes and Queries*, 213 (1968), p. 338-342), présenta des éléments concourant à une révision de *Premières impressions* en 1799, suivie d'une refonte en 1802 et de raccourcissements en 1812. Le fait que Jane Austen en 1812 travaillait déjà au *Parc de Mansfield* enlève un certain poids aux arguments favorables à une révision complète en 1812.

La publication d'Orgueil et préjugés

Le livre parut sous la forme de trois petits volumes in-12. La lettre de M. Austen à Cadell du 1er novembre 1797, celle de Jane à Cassandra du 29 janvier 1813 ne laissent aucun doute quant à la conception du livre en plusieurs parties. Les deux premières se terminent d'ailleurs par une attente qui cadre avec une division de cet ordre. À la fin du premier volume, le mariage de Collins approfondit les frustrations et donne envie d'une suite plus heureuse; à la fin du deuxième, on s'apprête à visiter Pemberley.

Ce n'est pas *Orgueil et préjugés* mais *Le Cœur et la Raison* qui décida de la carrière de Jane Austen (voir la chronologie ci-dessus). Les ventes du premier ouvrage publié, sans être miro-bolantes, tentèrent Egerton. Jane, à compte d'auteur, avait gagné 140 livres. Du coup, Egerton accepta de payer 110 livres le manuscrit d'*Orgueil et préjugés*. Cela signifiait de la part de la romancière l'abandon de tous ses droits sur les éditions à venir. L'offre était mesquine, mais après tout Goldsmith avait obtenu 60 livres pour *Le Ministre de Wakefield* en 1766 et Maria Edgeworth 100 livres pour *Castle Rackrent* en 1800.

Le prix de vente fut fixé à 18 shillings. On ne sait pas quel fut le tirage de la première édition. Rien ne subsiste du manus-crit.

On a retrouvé trois articles, tous anonymes, tous favorables, commentant la première édition (*The British Critic*, 41 (février 1813), 189-90; *The Critical Review*, 4e série, 3 (mars 1813), p. 318-324); (*The New Review, or Monthly Analysis of General Literature*, 1 (avril 1813), p. 393-396).

L'accueil des contemporains

Nous possédons un certain nombre d'opinions de contem-porains sur *Orgueil et préjugés*. Je renvoie le lecteur pour les découvrir toutes à la bibliographie de David Gilson (voir note bibliographique), p. 25-26.

Si l'on excepte quelques mauvais esprits frappés par la «vul-garité» du nouveau roman, il est indéniable que le livre sur-prit, intrigua et plut. Pour nous en tenir aux notabilités, le dramaturge Sheridan le déclara «une des choses les plus habiles [qu'il eût] jamais lues». La future Lady Byron en fit «le roman à la mode». La romancière Susan Ferrier écrivit à une amie : «J'ai grande envie de poser les yeux sur cet *Orgueil et préjugés* dont tout le monde me rebat les oreilles.» Margaret Mackenzie, la fille du romancier Henry Mackenzie, confia à son frère Hugh en 1813 : «Récemment, nous avons pris beaucoup de plaisir à lire un roman : *Orgueil et préjugés*. Il est publié de manière anonyme, mais on dit qu'il est de Mme Dorset, le célèbre auteur du *Paon chez lui*.» La romancière Mary Mitford trouva le livre «très bon». Henry Austen, dans un mémoire annexé à l'édition Bentley de 1833, nous dit que «lorsque *Orgueil et préjugés* fit son apparition, un *gentleman*, célèbre pour ses talents en littérature, conseilla à un ami de Jane de le lire, ajoutant, avec plus de sel que de galanterie : "J'aimerais bien savoir qui en est l'auteur, car il est beaucoup trop intelligent pour avoir été écrit par une femme."»

Les éditions suivantes

La deuxième édition parut sans doute en octobre 1813. Elle se vendit mal. La presse resta muette. Il n'y eut pas de réaction notable parmi les lecteurs. Une troisième édition suivit en 1817 qui n'eut pas un meilleur sort.

En 1832, Cassandra et Henry Austen cédèrent les droits sur tous les romans de Jane à l'éditeur Bentley pour 210 livres sterling. Celui-ci racheta *Orgueil et préjugés* à Egerton. L'édition Bentley comporte des illustrations susceptibles de piquer la curiosité. Les journalistes se souvinrent de Jane Austen et ne ménagèrent pas leurs éloges. Son inclusion dans la collection des romans classiques de Bentley ne doit pas cependant faire illusion. Elle s'y trouve en compagnie de Bulwer Lytton et de Fenimore Cooper.

Entre 1833 et 1870, on peut dire que le roman de Jane Austen se démoda, avec l'arrivée de Dickens, de Thackeray, de Trollope, de George Eliot. Les problèmes sociaux qui intéressaient les Victoriens n'avaient rien de commun avec ceux qui avaient inquiété les Britanniques à la fin du dix-huitième et au début du dix-neuvième siècle. Individuellement, des critiques écoutés, des écrivains de renom soutinrent la renommée de la romancière, tels Macaulay ou Lewes, qui associèrent son nom à celui de Shakespeare. Ces louanges ne suffirent pas à remuer les foules.

En 1870, la parution du *Memoir of Jane Austen*, rédigé par

son neveu James Edward Austen-Leigh, ranima l'intérêt du public. On crut découvrir ou redécouvrir un amateur éclairé, une vieille fille très simple, posant ses aiguilles à tricoter pour prendre la plume.

Il fallut cependant attendre l'apparition d'ouvrages bon marché chez Dent en 1892 pour donner un élan à la vente. En 1923, R.W. Chapman publia une édition savante des œuvres complètes à l'Oxford University Press qui sert toujours de référence à qui travaille sur Jane Austen. Les critiques, peu à peu, cessèrent tous de la traiter en écrivain mineur. La multiplication de leurs ouvrages s'accompagna de plus en plus de déférence, quand elle ne tourna pas au culte, cependant que tous les établissements scolaires se faisaient un devoir de l'étudier.

Les adaptations

Rien ne saurait donner une idée plus juste de la vogue d'*Orgueil et préjugés* au vingtième siècle que la liste des pièces de théâtre écrites à partir du roman. Gilson en recense vingt-cinq entre 1906 et 1972. Il y eut même deux comédies musicales, l'une donnée à New York en 1962, l'autre à Johannesburg en 1964.

Un film fut tourné en 1940 par Robert Lemard, avec Laurence Olivier dans le rôle de Darcy. En 2006, Joe Wright a donné une nouvelle version cinématographique d'*Orgueil et préjugés*.

Rendons cependant justice à la télévision : en 1995, une adaptation télévisée provoqua pour le roman et pour son auteur un engouement sans précédent.

Les traductions

Trois traductions françaises d'*Orgueil et préjugés* parurent entre 1813 et 1822 : *Orgueil et Préjugé*, extraits, dans le périodique suisse *Bibliothèque britannique*, entre juillet et octobre 1813 ; *Orgueil et Prévention*, traduction d'Éloïse Perks, une jeune Anglaise, en 1821 à Paris, chez Maradan ; *Orgueil et Préjugé*, en 1822 à Genève, chez Paschoud. Ces traductions n'ont pas laissé un très bon souvenir et comptent peut-être pour quelque chose dans le silence qui accueillit en France *Orgueil et préjugés*.

Il va sans dire que depuis lors les traductions en français se sont multipliées. Chacun peut s'en procurer dans des éditions bon marché. La qualité en plus d'un cas est sujette à caution. Souvent les éditeurs se sont contentés de reprendre sans rien modifier d'anciennes versions fautives pour faire l'économie d'une authentique traduction, qui requiert non seulement la connaissance de l'anglais, mais aussi une grande familiarité avec la langue, l'histoire, les mœurs, les particularités de l'époque.

Jane Austen ne s'imposera au public français que lorsque ses ouvrages seront disponibles dans des éditions fiables. Le cinéma contribue et continuera de contribuer à faire connaître son nom, et c'est tant mieux, mais les libertés qu'il prend sans scrupule aucun avec le texte, l'intrigue, les lieux, les personnages, pour ne parler que de cela, si nos compatriotes se contentent de regarder et d'applaudir, imposeront une image qui n'aura que peu de chose à voir avec les mérites littéraires de l'auteur.

NOTE BIBLIOGRAPHIQUE

Édition annotée du roman

The Annotated Pride and Prejudice, ed. David M. Shapard, New York, Pheasant Books, 2004; New York, Anchor Books, 2007.

Bibliographies

La meilleure à ce jour reste celle de David Gilson, *A Bibliography of Jane Austen*, Oxford, the Clarendon Press, 1982. Un monument. Il est dommage qu'elle ne couvre pas les dernières décennies.

Biographies

Elles sont nombreuses, chacune apportant sa pierre à l'édifice. C'est un domaine où la curiosité est maintenant satisfaite. Citons les plus connues.

HALPERIN, John, *The Life of Jane Austen*, Brighton, the Harvester Press, 1984.
HONAN, Park, *Jane Austen: Her Life*, New York, St Martin's Press, 1987.

Critique

Au dix-neuvième siècle, on a écrit dans des périodiques de longs articles sur Jane Austen qui, à mon sens, nous en apprennent plus sur la mentalité de leurs auteurs que sur la personnalité ou les mérites de la romancière. Les plus célèbres sont :

Scott, Walter, « Review of *Emma* », *Quarterly Review*, n° 14 (octobre 1815), p. 188-201 (publié en mars 1816).

Lewes, C.S., « The Novels of Jane Austen », *Blackwood's Edinburgh Magazine*, 86 (juillet 1859), p. 99-113. L'article n'est pas signé.

Simpson, Richard, « Review of the *Memoir of Jane Austen* », *North British Review*, 53 (avril 1870), p. 129-152. L'article n'est pas signé. Il a pour origine la publication de la biographie écrite par le neveu de Jane, James Edward Austen-Leigh (*A Memoir of Jane Austen*, Londres, Bentley, 1870).

Southam, B.C., *Jane Austen : the Critical Heritage*, Londres, Routledge et Kegan Paul, 1968. On trouve dans ce livre l'essentiel des commentaires publiés sur Jane Austen jusqu'en 1870.

Au vingtième siècle, et en ce début de vingt et unième siècle, la critique est surabondante. On écrit de plus en plus sur l'auteur d'*Orgueil et préjugés*, en essayant, hélas, quelquefois, de la tirer dans son camp, ce qui ne contribue pas à une analyse impartiale et utile. Les ouvrages qui apportent le plus à la connaissance du lecteur sont sans doute ceux qui, comme les livres cités ci-dessous d'Irene Collins ou de Brian Southam, étudient avec rigueur certains aspects de la vie en Angleterre à l'époque de la romancière, qu'ils mettent en relation avec les épisodes et les personnages de ses romans. Le choix qui est fait ici, s'il veut ne pas être partisan, sera nécessairement jugé trop bref et probablement arbitraire.

Lascelles, Mary, *Jane Austen and Her Art*, Oxford : the Clarendon Press, 1939.

Mudrick, Marvin, *Jane Austen : Irony as Defense and Discovery*, Londres, Oxford UP, 1952.

Gornall, J.F.G., « Marriage, Property and Romance in Jane Austen's Novels », *The Hibbert Journal*, 65 (été 1967), p. 151-156 et 66 (automne 1967), p. 24-29.

BABB, Howard S., *Jane Austen's Novels: the Fabric of Dialogue*, Columbus, Ohio State UP, 1967.

DUCKWORTH, Alistair Mc Kay, *The Improvement of the Estate: a Study of Jane Austen's Novels*, Baltimore et Londres, Johns Hopkins Press, 1971.

PINION, Francis B., *A Jane Austen Companion: a Critical Survey and Reference Book*, Londres, Macmillan, 1973.

BUTLER, Marilyn, *Jane Austen and the War of Ideas*, Oxford, the Clarendon Press, 1975.

DEVLIN, David D., *Jane Austen and Education*, Londres, Macmillan, 1975.

ROBERTS, Warren, *Jane Austen and the French Revolution*, Londres, Macmillan, 1979.

KIRKHAM, Margaret, *Jane Austen: Feminism and Fiction*, Totowa, New Jersey, Barnes et Noble, 1983.

TANNER, Tony, *Jane Austen*, Londres, Macmillan, 1986.

The Jane Austen Handbook, ed. J. David Grey, Londres, the Athlone Press, 1986.

GARD, Roger, *Jane Austen's Novels: the Art of Clarity*, New Haven et Londres, Yale UP, 1992.

COLLINS, Irene, *Jane Austen and the Clergy*, Londres, the Hambledon Press, 1993.

LANE, Maggie, *Jane Austen and Food*, Londres, the Hambledon Press, 1995.

SELWYN, David, *Jane Austen and Leisure*, Londres, the Hambledon Press, 1999.

SOUTHAM, Brian, *Jane Austen and the Navy*, Londres, the Hambledon Press, 2000.

Le contexte historique et social

MINGAY, Gordon E., *English Landed Society in the Eighteenth Century*, Londres, Routledge et Kegan Paul, 1963.

THOMPSON, Francis M. L., *English Landed Society in the Nineteenth Century*, Londres, Routledge et Kegan Paul, 1963.

Choix d'études biographiques et critiques en langue française

VILLARD, Léonie, *Jane Austen. Sa vie et son œuvre, 1775-1817*, Saint-Étienne, Mulcey, 1915. Cette thèse est d'une lecture très agréable mais donne quelque idée des préjugés qui s'op-

454   *Note bibliographique*

posaient encore alors à la reconnaissance du talent de Jane
Austen.

TEYSSANDIER, Hubert, *Les Formes de la création romanesque à
l'époque de Walter Scott et de Jane Austen, 1814-1820*, Université de Paris III, 1973.

GOUBERT, Pierre, *Jane Austen. Étude psychologique de la
romancière*, Paris, Presses Universitaires de France, 1975.

NOTES

Page 35.

1. Jane Austen commence son livre en imitant, en parodiant même, un de ses auteurs favoris, Samuel Johnson (1709-1784). «Chacun se trouvera d'accord pour reconnaître» correspond au style sentencieux de ses essais. La suite de la phrase produit un effet de chute pour qui est accoutumé à lire le moraliste et engage le roman dans les chemins d'une ironie légère au contact de la réalité de tous les jours.

Page 36.

1. La chaise, ou chaise de poste, était conçue pour voyager rapidement, grâce à des changements de chevaux dans des relais placés à intervalles réguliers.

Page 37.

1. Le mariage. Se marier pour une femme était souvent s'établir, plus ou moins avantageusement.

Page 38.

1. Les réunions de fête rassemblaient les habitants des environs. On y dansait des danses sans prétention.

Page 42.

1. Un comté au nord de Londres.

2. Si, à l'origine, le *gentleman* était un gentilhomme, il n'en était plus de même en 1813. Tout le monde pouvait s'honorer de ce titre, à condition d'être instruit, de bonne mine, et d'avoir de quoi vivre à son aise. M. Hurst pour un étranger ne fait que remplir la deuxième condition.

Page 43.

1. Un comté au centre de l'Angleterre et au nord-ouest du Hertfordshire.

Page 45.

1. Cela signifie seulement qu'elle a reçu une instruction qui lui permet de se faire valoir en société.

2. Il n'aurait pu sans aller contre les convenances l'inviter trois fois de suite, à moins d'être son fiancé.

3. Dans la contredanse (*country dance*), la danse la plus populaire, chaque couple évoluait devant la rangée de ceux qui attendaient leur tour. Ceci donne tout loisir à Bingley d'admirer Jane.

Page 46.

1. Chaque danse était répétée deux fois.

2. Il s'agit bien de *La Boulangère a des écus*, chanson de Gallet, datant du dix-huitième siècle. On dansait cela sur une ronde, et ce pouvait être la dernière figure de la contredanse. L'air très vif en faisait une sorte de galop final, ce qui ajoute au comique de l'énumération.

Page 48.

1. Il peut chasser à sa guise sur ses terres.

Page 50.

1. D'où son appellation de Sir.

2. Le palais fut la résidence officielle des souverains anglais de 1698 à 1837.

Page 51.

1. L'aînée des filles Lucas était appelée Mlle Lucas, comme Jane Mlle Bennet. Pour les cadettes, d'ordinaire on ajoutait le prénom. Elizabeth est ainsi le plus souvent Mlle Elizabeth Bennet.

Page 53.

1. Ce que dit Mary est entièrement juste. Le comique vient de la valeur que la jeune fille attache à des réflexions dénuées d'originalité et qu'elle répète après les avoir lues comme si elle en était l'auteur. Jane Austen marque toujours un profond dédain pour une répétition de ce genre.

Page 55.

1. Deux jeux de cartes appréciés à l'époque. Le vingt et un se jouait à un nombre indéfini de joueurs ; le commerce était fondé sur le troc.

Page 58.

1. Dans ses *Lettres à son fils* (1774), Lord Chesterfield avait stigmatisé la citation de vieux proverbes. Cela constituait à ses yeux l'aveu de la fréquentation d'un mauvais milieu. Elizabeth n'ignore nullement qu'il est de mauvais goût de citer un vieil adage, et en particulier celui qu'elle a choisi. Elle le fait par esprit de provocation.

Page 59.

1. «Lorsque je puis m'en dispenser» indique à Sir William que Darcy est parfois obligé d'aller danser à St. James's. Sir William en conclut donc avec raison que Darcy possède à Londres un hôtel particulier, privilège des gens fortunés.

Page 61.

1. S'il y avait substitution dans les dispositions légales, le possesseur du domaine n'était pas libre de transmettre son bien à l'héritier de son choix. Le but de la substitution était de garder le domaine dans une même famille, ce qui était rendu impossible dans le cas d'une héritière qui se mariait. Un ordre de succession était prévu à l'avance et ne pouvait être changé.

Page 62.

1. La respectabilité des négoces était surtout fonction de leur importance. Un petit boutiquier n'était rien.

2. La matinée s'étendait jusqu'à l'heure du dîner, qui souvent n'avait pas lieu avant quinze ou seize heures.

3. Le rôle essentiel de la milice, ou armée territoriale, était la défense du territoire, menacé alors par le conflit avec la France. Les habitants avaient à charge d'assurer le logement de cette armée pendant l'hiver. Le roman dans son ensemble se fait l'écho de leurs griefs. La présence des officiers en particulier bouleverse la vie paisible de la petite ville de Meryton.

4. Le plus petit grade parmi les officiers.

Page 63.

1. Les bibliothèques de prêt étaient nombreuses. La consultation de leurs registres permettait de connaître les noms des

visiteurs. Le prêt ne rapportant pas suffisamment, on y vendait de la mercerie, des chapeaux, du tabac, du thé, des parfums, des médicaments, etc. La bibliothèque était ainsi une sorte de carrefour et de lieu de rencontres.

Page 67.

1. Petites échelles pour franchir les clôtures des prés sans risquer de livrer passage au bétail.
2. Il préparait et vendait des médicaments, mais servait également de médecin en l'absence de praticiens qualifiés.

Page 70.

1. Rue de Londres dans un quartier commerçant.

Page 71.

1. Jeu de cartes pour un nombre indéterminé de joueurs.

Page 72.

1. L'Angleterre courait de grands risques dans sa lutte contre la France révolutionnaire ou impériale. Plus d'un esprit accusait le laxisme des mœurs et le libéralisme des idées que connaissait l'Europe et prônait un réarmement moral.

Page 73.

1. Petits meubles destinés à protéger de l'ardeur du feu ou des courants d'air.
2. Le filet était à la mode. Ces talents mettaient en valeur les jeunes filles à marier.

Page 75.

1. Le dernier repas de la journée. L'heure de plus en plus tardive du dîner le réduisait à la prise de quelques rafraîchissements servis sur un plateau.
2. La domestique qui avait la confiance du maître ou de la maîtresse de maison pour veiller à ce que tout se passât bien. Elle donnait des ordres au personnel et disposait des clefs.

Page 80.

1. Les jeunes filles ne faisaient pas ordinairement leur entrée dans le monde avant leurs dix-sept ans.

Page 81.

1. Pour obtenir des lignes régulières, on les traçait souvent à l'avance au crayon.

Page 82.

1. La harpe avait les faveurs du public et rivalisait avec le piano.

2. Dans la langue anglaise, les mots longs sont le plus souvent d'origine latine (ou française) et plus familiers aux gens instruits qu'aux autres.

Page 85.

1. Ce désœuvrement signale que Darcy respecte pleinement le repos dominical, excluant autant l'amusement que le travail.

Page 86.

1. Danse simple et vive.

Page 87.

1. À cette époque, il n'était pas si facile de maintenir les pelouses dans un état permettant la marche, et les chaussures des dames ne favorisaient pas cet exercice. C'est pourquoi on plantait à proximité de la maison des arbres de petite taille, comme des charmes, pour une promenade agréable, et ombragée de surcroît.

2. Corridor ou promenoir dans les châteaux, décoré de tableaux représentant souvent des membres de la famille.

Page 88.

1. L'allée centrale qui conduisait de la grille à la porte de la maison.

2. Allusion humoristique aux principes de William Gilpin, grand arbitre du pittoresque au début du dix-neuvième siècle. Dans un tableau, Gilpin fixait le nombre optimal des membres d'un groupe, d'hommes ou d'animaux. Trois vaches selon lui formaient un ensemble excellent. Jane Austen ne fut pas la première à s'amuser de ce décret. Elizabeth avec cette plaisanterie ne démontre donc pas une connaissance particulière du pittoresque, mais signale tout de même qu'elle n'en est pas ignorante.

3. Quand on recevait, les dames buvaient un verre ou deux de vin pour clore le dîner, puis se retiraient au salon, ce qui

laissait la liberté aux messieurs de boire et de causer sans retenue pendant environ une heure avant de les rejoindre.

Page 89.

1. Le thé se situait trois heures environ après le début du dîner. On pouvait substituer alors du café au thé et manger une pâtisserie, une brioche, quelque chose de léger.

Page 90.

1. Les bals étaient interrompus par un souper. Nicholls (le cuisinier de Bingley) fera du potage à la reine pour l'occasion, autrement dit le potage considéré alors comme le plus relevé. La recette n'était pas toujours la même, mais les ingrédients de base comprenaient du bouillon de veau, de la crème et des amandes.

Page 91.

1. Les chaises et les tables n'étaient pas éparpillées dans la pièce mais restaient rangées le long des murs aussi longtemps qu'on n'en avait pas besoin ailleurs. Cela laissait libre le centre de la salle et permettait d'y circuler. Ces conditions commencèrent à changer après 1800.

Page 96.

1. Elle indiquait l'harmonie à l'accompagnateur.
2. Cette punition n'avait rien d'exceptionnel.

Page 97.

1. Les pêcheurs sont restés au port la veille, un dimanche.
2. La femme de charge. Il était habituel de ne lui donner que son nom de famille.

Page 98.

1. Lady Catherine est sans doute la veuve d'un chevalier, si elle est d'origine noble.
2. Dans plus de la moitié des paroisses, aux grands propriétaires terriens revenait le droit de présenter un candidat de leur choix à un bénéfice ecclésiastique. Ainsi Lady Catherine a nommé Collins recteur (curé) de Hunsford.

Page 102.

1. Jeu de cartes très en vogue au dix-huitième siècle, dont les règles étaient fort compliquées.

Page 103.

1. Modeste voiture découverte à quatre roues et deux chevaux.

Page 104.

1. Les bibliothèques de prêt devaient une grande part de leur prospérité aux romans, qui n'étaient pas considérés alors comme de la haute littérature.

2. James Fordyce, prédicateur écossais non-conformiste, était l'auteur de *Sermons pour les jeunes femmes* (1765). Le livre figurait dans la bibliothèque de M. Austen, d'où une petite plaisanterie, de la part de Jane, à usage familial.

Page 105.

1. Variété de trictrac, très populaire à l'époque en Angleterre. Le jacquet est lui-même une variété du trictrac.

Page 106.

1. Oxford ou Cambridge, passage obligé pour les futurs pasteurs.

Page 110.

1. Jeu de cartes pour un nombre quelconque de joueurs, entre cinq et douze.

Page 113.

1. Jeu de cartes qui se joue généralement à quatre joueurs.

2. Chacun verse sa mise (des jetons) au début de chaque partie. Les mises, placées sur des cartes couvertes, constituent des lots inégaux. Une nouvelle distribution de cartes attribue les lots.

Page 125.

1. C'était une faveur particulière de se voir demander les deux premières danses.

Page 140.

1. Le clergé avait droit au dixième du produit brut des récoltes de la paroisse. C'était au curé qu'il incombait de négocier et de renégocier le montant des dîmes avec les fermiers. Cela lui prenait beaucoup de temps.

2. La personne qui lui a donné sa cure et dont il dépend.

Page 141.

1. La jeune fille pouvait refuser une invitation mais se condamnait ainsi à ne plus danser le reste de la soirée.

Page 146.

1. Jane Austen utilise régulièrement dans ses romans un taux d'intérêt de 5 % pour calculer le rapport des capitaux. Il existait des titres de rente à 3, 4 et 5 %. La précision apportée par Collins dément son prétendu désintéressement.

Page 161.

1. Ce qui prévalait dans la présentation des mets était le service à la française. On mettait d'abord sur la table et simultanément une grande variété de plats : viandes, volailles, soupe, poisson. Puis, mais seulement dans les grandes occasions, après avoir débarrassé, on apportait une égale quantité de nourriture, fricassées, pâtés, tartes, entremets, etc., toutes choses plus légères et plus savoureuses.

Page 163.

1. La vieille fille restait assurée du montant de sa dot, fixé d'ordinaire dans le contrat de mariage de ses parents. Après leur décès, elle gardait son capital, qui diminuait d'autant la fortune des héritiers. Ceux-ci lui payaient un intérêt sur la somme, sa vie durant.

2. Assez curieusement, on a souvent fait de cette phrase l'expression de la pensée de l'auteur, et on s'est indigné en conséquence de son cynisme, alors que de toute évidence Jane Austen ne fait que transcrire en style indirect libre les réflexions de Charlotte. La morale de ces réflexions est laissée à l'appréciation du lecteur.

3. Âge canonique à l'époque pour les candidates au mariage.

Page 173.

1. De nouvelles modes et l'utilisation de nouveaux bois dans la seconde moitié du dix-huitième siècle incitaient à changer son mobilier si l'on voulait suivre le progrès.

Page 187.

1. Comté du sud-est de l'Angleterre.

Page 195.

1. Le *Lake District* au nord du pays attirait beaucoup les touristes. Il avait été révélé au grand public par le poète Wordsworth.

Page 196.

1. À la suite du succès remporté par les *Voyages en quête de beauté pittoresque* de Gilpin (1782-1809), les récits similaires s'étaient multipliés. L'auteur réagit ici contre cette vogue.

Page 200.

1. Le phaéton bas, souvent tiré par un seul cheval, était sans danger. Le phaéton haut, lui, était rapide et dangereux.

Page 208.

1. Jeu de cartes pour un nombre indéterminé de participants.
2. Le recours aux jetons permettait de ne pas jouer pour de l'argent.

Page 209.

1. Petite voiture à deux roues pour deux personnes, couramment utilisée à la fin du dix-huitième siècle.

Page 210.

1. Les juges de paix, nommés par le gouverneur de la province, étaient dotés de pouvoirs très étendus, notamment en matière de police. Ils se recrutaient parmi les grands propriétaires terriens. Leur travail n'était pas rémunéré. De toute manière, aucune femme n'était admise à cette fonction.

Page 214.

1. Le goût naturel, instinctif, était considéré généralement comme pouvant et devant être cultivé et corrigé par l'étude et la réflexion. Le goût finissait ainsi par s'apparenter bien davantage à un jugement s'appuyant sur la raison qu'à un engouement ou à une répulsion spontanés. Rien n'était plus éloigné de la mentalité de l'époque qu'une tolérance aveugle à la diversité des goûts. Il existait des lois en matière d'esthétique qu'il était bon de connaître et de respecter.

Page 244.

1. Station balnéaire du Kent, au sud-est de l'Angleterre.

Page 250.

1. La connaissance de soi chez Jane Austen est la plus précieuse de toutes. Elle permet non seulement de découvrir sa nature profonde mais de la dominer.

Page 253.

1. La femme de chambre, à laquelle on ôtait souvent un madame ou une mademoiselle.

Page 261.

1. En été, les régiments de la milice formaient des camps destinés à l'entraînement. Le plus grand se situait à Brighton, qui par ailleurs était la plus considérable et la plus en vogue des stations balnéaires de l'époque.

Page 274.

1. Dans *Le Parc de Mansfield* de Jane Austen, après la faute de Maria, sa tante l'accompagne loin de son village d'origine dans une maison où elle vivra recluse.

Page 280.

1. Rajouter des feuillets à une lettre augmentait le prix à payer par le destinataire, prix qui était déjà assez élevé, d'où l'habitude quand on arrivait au bout d'une page de la tourner à angle droit et d'écrire au travers de ce qui était déjà écrit. Dans *Femmes et filles*, d'Elizabeth Gaskell (1864-1866), ce qui est ainsi rajouté semble de nature confidentielle.

2. Les familles les plus riches préféraient passer la mauvaise saison à Londres.

Page 281.

1. Noms connus du *Peak District*, maintenant parc national de Grande-Bretagne, au sud-est de Manchester.

2. Il s'agit de cristaux de fluorine, une roche légèrement transparente et phosphorescente, dont on se sert pour fabriquer des vases et des coupes.

Page 282.

1. C'était devenu une habitude pour les romanciers de faire voyager leur héroïne dans des régions de la Grande-Bretagne présentant un intérêt touristique. Jane Austen ici s'insurge contre cette pratique.

Page 286.

1. Tout dans la description, à une époque où l'on n'hésitait pas à transformer le paysage, tend à donner une haute idée du goût du propriétaire, et c'est l'admiration de ce goût qui détermine le jugement de la visiteuse.

2. Il était possible sans avoir prévenu de visiter quelques grandes demeures à certaines heures ou certains jours. Ainsi Chatsworth était ouvert deux jours la semaine, Blenheim accessible de deux à quatre heures de l'après-midi.

Page 298.

1. La toise fait environ deux mètres.

Page 308.

1. Ces portes-fenêtres correspondaient à la dernière mode et permettaient de vivre en communion avec la nature à l'extérieur de la maison.

Page 314.

1. On pouvait se marier en Écosse, à Gretna Green, sur simple déclaration d'intention. Le forgeron du village acceptait, moyennant finance, de servir de témoin.

Page 316.

1. Dans les faubourgs de Londres, au sud de la Tamise.

2. Bien des grandes routes autour de Londres étaient à péage.

Page 321.

1. L'auteur interrompt son récit pour se justifier, comme s'il sentait la critique toute proche. Le ton est celui de la crainte. Quittant les sentiers battus de l'amour soudain et merveilleux, Jane Austen renonce à un certain charme. En compensation, elle croit que son roman va gagner en vraisemblance.

Page 332.

1. Notamment de l'*Evelina* de Fanny Burney (1778) et du *Ministre de Wakefield* de Goldsmith (1766), deux romans très connus.

Page 341.

1. On jouait beaucoup à cette époque, et souvent de fortes sommes.

Page 342.

1. M. Bennet veut dire par là qu'elle risque fort à Londres de tomber dans la prostitution.

Page 354.

1. Pièce d'or d'environ une livre sterling.

Page 362.

1. Au nord du théâtre du Haymarket, salle démolie en 1821.

Page 368.

1. Celui du geai qui se pare des plumes du paon dans les fables de La Fontaine. Jane Austen en général évite les expressions imagées et ne les prête qu'à des personnes mal inspirées.

Page 381.

1. L'avis dans les journaux détaillait souvent la situation sociale et financière du père de la mariée.

Page 383.

1. Un dîner ordinaire ne comportait qu'un seul service (voir p. 161, n. 1).

Page 396.

1. Les visites qui précédaient le dîner (ou visites du matin) étaient en général le fait de voisins venus poliment et brièvement donner de leurs nouvelles. Elles pouvaient se prolonger par une invitation donnée en retour à une promenade.

Page 398.

1. Il s'agit dans l'esprit de Lady Catherine d'un petit bois qu'avec de la bonne volonté on pourrait considérer comme une plantation, avec des allées tracées. Mme Bennet se laisse prendre au mot de *wilderness* qu'utilise sa visiteuse et qui s'appliquait à quelque chose de bien arrangé. Elle vante aussitôt son bosquet, et y ajoute son ermitage. L'ermitage faisait partie des fausses ruines conseillées par certains paysagistes, mais un arbitre du goût en matière de pittoresque comme Gilpin n'en était nullement partisan.

Page 402.

1. Elizabeth affirme (avec orgueil) l'appartenance de son père à la même classe sociale que Darcy. L'un et l'autre sont des propriétaires terriens. Ce qui les sépare est le degré de fortune. Lady Catherine ne niera pas cette égalité qui, dans l'esprit d'Elizabeth, tempère une différence en apparence considérable.

Page 410.

1. Il est fait ici allusion sans doute au pasteur Barnabas dans le *Joseph Andrew* de Fielding (1742), dont la conception du pardon chrétien est des plus incertaines.

Page 427.

1. La dispense permettait d'éviter la gêne pour la jeune fille d'une célébration publique du mariage. Elle sauvegardait la pudeur féminine. Elle n'était guère accordée qu'aux nobles, et il est douteux que Darcy ait pu l'obtenir.

DU MÊME AUTEUR

DERNIÈRES PARUTIONS

de Jean Le Blond, révisée par Barthélemy Aneau. Édition de Guillaume Navaud.

5414 MADAME DE SÉVIGNÉ : *Lettres de l'année 1671*. Édition de Roger Duchêne. Préface de Nathalie Freidel.

5439 ARTHUR DE GOBINEAU : *Nouvelles asiatiques*. Édition de Pierre-Louis Rey.

5472 NICOLAS RÉTIF DE LA BRETONNE : *La Dernière Aventure d'un homme de quarante-cinq ans*. Édition de Michel Delon.

5487 CHARLES DICKENS : *Contes de Noël*. Traduction de l'anglais de Francis Ledoux et Marcelle Sibon. Préface de Dominique Barbéris.

5501 VIRGINIA WOOLF : *La Chambre de Jacob*. Traduction de l'anglais et édition d'Adolphe Haberer.

5522 HOMÈRE : *Iliade*. Traduction nouvelle du grec ancien et édition de Jean-Louis Backès. Postface de Pierre Vidal-Naquet.

5545 HONORÉ DE BALZAC : *Illusions perdues*. Édition de Jacques Noiray.

5558 TALLEMANT DES RÉAUX : *Historiettes*. Choix et présentation de Michel Jeanneret. Édition d'Antoine Adam et Michel Jeanneret.

5574 RICHARD WAGNER : *Ma vie*. Traduction de l'allemand d'Albert Schenk et Noémi Valentin. Édition de Jean-François Candoni.

5615 GÉRARD DE NERVAL : *Sylvie*. Édition de Bertrand Marchal. Préface de Gérard Macé.

5641 JAMES JOYCE : *Ulysse*. Traduction de l'anglais par un collectif de traducteurs. Édition publiée sous la direction de Jacques Aubert.

5642 STEFAN ZWEIG : *Nouvelle du jeu d'échecs*. Traduction de l'allemand de Bernard Lortholary. Édition de Jean-Pierre Lefebvre.

5643 STEFAN ZWEIG : *Amok*. Traduction de l'allemand de Bernard Lortholary. Édition de Jean-Pierre Lefebvre.

5658 STEFAN ZWEIG : *Angoisses*. Traduction de l'allemand de Bernard Lortholary. Édition de Jean-Pierre Lefebvre.

5661 STEFAN ZWEIG : *Vingt-quatre heures de la vie d'une femme*. Traduction de l'allemand d'Olivier Le Lay. Édition de Jean-Pierre Lefebvre.

5681 THÉOPHILE GAUTIER : *L'Orient*. Édition de Sophie Basch.

5682 THÉOPHILE GAUTIER : *Fortunio – Partie carrée – Spirite*. Édition de Martine Lavaud.

5700 ÉMILE ZOLA : *Contes à Ninon* suivi de *Nouveaux Contes à Ninon*. Édition de Jacques Noiray.

5724 JULES VERNE : *Voyage au centre de la terre*. Édition de William Butcher. Illustrations de Riou.

5729 VICTOR HUGO : *Le Livre des Tables. Les séances spirites de Jersey*. Édition de Patrice Boivin.

5752 GUY DE MAUPASSANT : *Boule de suif*. Édition de Louis Forestier.

5753 GUY DE MAUPASSANT : *Le Horla*. Édition d'André Fermigier.

5754 GUY DE MAUPASSANT : *La Maison Tellier*. Édition de Louis Forestier.

5755 GUY DE MAUPASSANT : *Le Rosier de Madame Husson*. Édition de Louis Forestier.

5756 GUY DE MAUPASSANT : *La Petite Roque*. Édition d'André Fermigier.

5757 GUY DE MAUPASSANT : *Yvette*. Édition de Louis Forestier.

5763 *La Grande Guerre des écrivains. D'Apollinaire à Zweig*. Édition d'Antoine Compagnon, avec la collaboration de Yuji Murakami.

5779 JANE AUSTEN : *Mansfield Park*. Traduction de l'anglais et édition de Pierre Goubert. Préface de Christine Jordis.

5799 D.A.F. DE SADE : *Contes étranges*. Édition de Michel Delon.

Traduction de l'anglais de Christian Bérubé, révisée par Alain Jumeau. Édition d'Alain Jumeau.

6363 LÉON TOLSTOÏ : *Les Insurgés. Cinq récits sur le tsar et la révolution*. Traduction nouvelle du russe et édition de Michel Aucouturier.

6368 VICTOR HUGO : *Les Misérables*. Édition d'Yves Gohin.

6382 BENJAMIN CONSTANT : *Journaux intimes*. Édition de Jean-Marie Roulin.

6397 JORIS-KARL HUYSMANS : *La Cathédrale*. Édition de Dominique Millet-Gérard. Illustrations de Charles Jouas.

6405 JACK LONDON : *Croc-Blanc*. Traduction de l'anglais, postface et notes de Marc Amfreville et Antoine Cazé. Préface de Philippe Jaworski.

6419 HONORÉ DE BALZAC : *La Femme abandonnée*. Édition de Madeleine Ambrière-Fargeaud.

6420 JULES BARBEY D'AUREVILLY : *Le Rideau cramoisi*. Édition de Jacques Petit.

6421 CHARLES BAUDELAIRE : *La Fanfarlo*. Édition de Claude Pichois.

6422 PIERRE LOTI : *Les Désenchantées*. Édition de Sophie Basch. Illustrations de Manuel Orazi.

6423 STENDHAL : *Mina de Vanghel*. Édition de Philippe Berthier.

6424 VIRGINIA WOOLF : *Rêves de femmes. Six nouvelles*. Précédé de l'essai de Woolf « Les femmes et le roman » traduit par Catherine Bernard. Traduction de l'anglais et édition de Michèle Rivoire.

6425 CHARLES DICKENS : *Bleak House*. Traduction de l'anglais et édition de Sylvère Monod. Préface d'Aurélien Bellanger.

6439 MARCEL PROUST : *Un amour de Swann*. Édition de Jean-Yves Tadié.

6440 STEFAN ZWEIG : *Lettre d'une inconnue*. Traduction de l'allemand de Mathilde Lefebvre. Édition de Jean-Pierre Lefebvre.

Composition Interligne.
Impression 🦅 *Grafica Veneta*
à Trebaseleghe, le 17 avril 2019
Dépôt légal : avril 2019
1ᵉʳ dépôt légal dans la collection: novembre 2007

ISBN : 978-2-07-033866-5./Imprimé en Italie

353792